Karl-May-Weltkarte, Amerika
Die Ziffern bezeichnen die Handlungsorte der Karl-May-Bände 1–70
Mercator Projektion

KARL MAY'S GESAMMELTE WERKE

BAND 67

DER SILBERBAUER

KARL-MAY-VERLAG BAMBERG

DER SILBERBAUER

ROMAN

VON

KARL MAY

160. TAUSEND

KARL-MAY-VERLAG BAMBERG

INHALT

Der neue Lehrer 5

Stürmischer Einstand 64

Das Geheimnis des Silberbauern 121

Gottes Mühlen 180

Die Heilung des Wahnsinnigen 237

Das Ende des Silberhofes 288

Der Peitschenmüller in der Schlinge 324

Eine wichtige Entdeckung 378

Fieberträume eines Mörders 434

Späte Erfüllung 472

Der 13. Juni 1886 507

Der vorliegende Roman spielt in den 80er Jahren des vorigen Jahrhunderts und ist der zweite Teil des von Karl May in den Jahren 1886/1887 geschriebenen fünften Münchmeyer-Romans „Der Weg zum Glück" (Bd. 66/67, 68 und 73 der Ges. Werke). Über die Entstehungsgeschichte, den Werdegang und die Geschicke der fünf Münchmeyer-Romane findet man Näheres in Bd. 34 der Ges. Werke „ICH".

Herausgegeben von Roland Schmid

Satz und Druck: St. Otto-Verlag, Bamberg

ISBN 3-7802-0067-8

DER NEUE LEHRER

Es war ein warmer Junitag.

Draußen im Freien machte sich die Mittagshitze stark bemerkbar; aber im tiefen Wald gab es kühlenden Schatten, und von den fließenden Wässern stieg ein sanfter Luftstrom empor, der die Zweige der Waldbäume zu leisem, vertraulichem Flüstern verleitete.

Ein junger Mann schritt quer durch den Wald, und die Art, wie er sich umblickte und zuweilen lauschend stehen blieb, zeigte, daß er sich verirrt hatte.

Er war städtisch, aber nicht übermäßig fein gekleidet, und an der linken Seite hing eine kleine Tasche, wie man sie zu tragen pflegt, wenn man sich auf einer Wanderung nicht mit überflüssigen Dingen belasten will.

Eben jetzt hemmte er wieder den Schritt. Er hatte etwas gehört, was wie der Laut einer menschlichen Stimme geklungen hatte. Und nun vernahm er deutlich den Lockruf:

„Matz, Matz, lieber Matz, sing noch einmal!"

„Finkferlinkfinkfink!" erklang ein heller Finkenschlag als Antwort.

„So ists schön! — Machs noch einmal, Kleiner!"

„Finkfink — finkfinkfifififink!"

„Prächtig, prächtig! Bist doch mein Liebling. Hier hast nun auch die Rübsenkörner. Ich hab sie vorher eingequellt, daß d' dir den Schnabel nicht anstrengen mußt."

Der junge Mann ging versonnenen Schrittes den Tönen nach.

Schon nach kurzem Weg erreichte er eine Waldblöße, die rings von hohen Bäumen umstanden war, unter deren weiten Ästen es grünes Unterholz gab. Dort saß ein grauköpfiger Mann, dessen Gesicht aber nicht zu erkennen war, da er dem Ankömmling den Rücken zugekehrt hatte.

Der Alte trug kurze Lederhosen und war barfuß. Die Jacke lag neben ihm und der Hut darauf. Sein vielgeflicktes Hemd war vom gröbsten Leinenzeug, aber reinlich und schneeweiß gebleicht. Wie es schien, fehlte ihm der linke Arm.

Der junge Mann schritt langsam auf ihn zu und bemerkte, daß ein Fink, der in der Nähe des Alten gesessen hatte, bei seinem Nahen scheu davonflog. Das veranlaßte den Alten sich umzudrehen.

„Grüß Gott!“ sagte der Jüngere.

„Grüß Gott auch!“ nickte der Finkenfreund. „Wann der Fink nicht fortgeflogen wär, hätte ich gar nicht gewußt, daß jemand kommt; so einen leisen Schritt hast du.“

„Hoffentlich bist mir nicht bös, daß ich dich störe?“

„Bös? Warum nicht gar? Die liebe Sonn, der Wald, die Luft, das alles hat der Herrgott gemacht, und da hat halt ein jeder das Recht, darinnen zu sein. Aber dich hab ich hier noch niemals gesehn.“

„Ich bin fremd.“

„Wo kommst her?“

„Von der Eisenbahn.“

„So. Da hast zwei Stunden laufen müssen.“

„Über drei. Ich wollt es klug machen und quer durch den Wald gehn, da hab ich mich auf meine Landkarte verlassen und mich grad erst recht verirrt.“

Der Alte blickte mit einer Art drolliger Hochachtung zu ihm auf.

„Soso! Eine Landkarte hast? Da bist wohl gar ein Gelehrter?“

„O nein.“

„Na, ich dachts halt nur. Aber mit den Landkarten

ists ein eigen Ding. Wer nach ihnen geht, der verirrt sich oft. Weißt, wo die beste Landkarte gezeichnet ist?"

„Nun?"

„Im Köpferl der Vögel. Die fliegen weit übers Meer hinweg und irren sich doch nie. Und kein Schulmeister hat sie die Geographie gelehrt, und keinen Wegweiser können sie lesen. Aber wo willst hin, da du von der Eisenbahn kommst?"

„Nach Hohenwald."

„Schau, nach Hohenwald! Dort wohn ich auch. Willst jemand besuchen?"

„Ja."

„So kann ich dir wohl Auskunft erteilen."

„Zunächst muß ich zum geistlichen Herrn."

„Den kann ich dir loben. Das ist einer von der rechten Sorte, weißt, nicht so gelehrt und frommtuerisch; einer, der mehr in Taten predigt, als in Worten. Wannst zu dem kommst, so sag ihm einen Gruß von mir!"

„Danke! Aber wenn ich ihn von dir grüßen soll, so muß ich deinen Namen sagen können."

„Das sollst auch. Ich heiß eigentlich Heinrich Weise; weil man aber hier Heiner dafür sagt, und weil ich ein Vogelfreund bin und ganz besonders die Finkerln gern hab, so macht mans kurz und nennt mich halt nur den Finkenheiner. Willst nachher auch noch zu einem andern?"

„Ja, zum Dorfschulzen."

„Ach so! — Hm!"

Er hustete leise vor sich hin und schwieg.

„Kannst mir da nicht auch Auskunft geben?"

„Es ist besser, wann den ein jeder selber kennenlernt. Nimms mir nicht übel!"

„Warum sollt ichs dir übelnehmen?"

„Ja, du hast ein guts Gesicht. Du kannst mir schon gefallen und — pst, pst! Setz dich doch gleich mal da neben mich her! Da kommt meine Bachstelze. Die war heut noch nicht da und will sich nun ihr Wurmerl holen."

Wirklich kam eine Bachstelze geflogen und blieb in einiger Entfernung auf einem Stein sitzen. Sie betrachtete die beiden Männer. Der Junge setzte sich schnell zu dem Alten nieder.

„Bist wohl nicht ein Vogelfreund?“ fragte Heiner.

„Oh, ich liebe die Kleinen sogar sehr.“

„Und hast Käfige?“

„Nicht einen. Ich höre ihren Gesang für mein Leben gern, aber frei müssen sie sein. Einen Vogel im Käfig möchte ich nicht haben, selbst wenn er der beste Schlager wäre.“

„Du, da bist mein Mann! Da stimmen wir beide vollständig zusammen. Ich sitz den ganzen Tag hier im Wald, und alle Vögerl kennen mich. Ich hab meine ganz besondern Lieblinge; die kommen und holen sich eine Leckerei von mir, ein Wurmerl, eine Fliege, ein Ameiseneierl oder ein Körnchen, je nach dem Geschmack, den ein jedes hat. Paß nur mal auf das Bachstelzerl auf. Es fürchtet sich noch vor dir; aber ich werds doch herlocken.“

Er hatte nur einen Arm, den rechten. Vor ihm stand eine kleine Schachtel; er öffnete sie mit den Fingern seiner einzigen Hand und nahm einen kleinen Wurm heraus. Dann ahmte er den leisen, kurzen Pfiff nach, den die Bachstelze bei jedem Flügelschlag hören läßt, und hielt dem Vogel den Wurm entgegen. Das kleine, niedliche Geschöpf kam auch wirklich nach kurzem Zögern herbei und fraß ihm den Wurm aus der Hand.

„Hasts gesehn?“ fragte er glückstrahlend.

„Sollte man es für möglich halten!“

„Möglich? Was denkst von diesen Tierlen? — Schau mal hin! Hipp hipp, tipp tipp, jipp jipp und schwipp schwipp ists nun fort. So sauber das Körperchen, ohne Schmutz und Fleck. So ist auch die Seel im Innern. So ein Geschöpf kennt keine Sünd, und vor einem guten Menschen, da fürchtet sichs gar nimmer. Diese kleinen

Vögerl sind die einzigen, denen ich Gutes tun darf. Ich bin arm und kann niemand was geben. Und wann ich auch mehr hätt — von dem Finkenheiner nähm doch keiner was an."

„Warum?"

„Weil ich ein schlechter Kerl bin."

„Du? Das glaub ich im ganzen Leben nicht. Wer ein solches Gesicht und ein solches Auge hat wie du, der ist gewiß kein böser Mensch."

„Meinst?"

„Ja, ganz gewiß."

In den Augen des Alten schimmerte es. Er gab dem andern die Hand.

„Da sag ich dir auch meinen Dank. Du glaubst gar nicht, wie wohl ein solches Wort tut, wann man von allen Leuten verachtet wird."

„Da tut man dir unrecht."

„Das sag ich auch, aber niemand glaubts."

„So hast wohl mal einen Fehler begangen?"

„Ja."

„Ah! Und den will man dir nicht vergeben?"

„Du hasts erraten. Weißt, als meine Tochter krank darniederlag, da wollte sie essen und hatte nix. Und auch der Bub weinte vor Hunger. Ich kriegte nix mehr geborgt, und wo ich bat, da wurde ich abgewiesen, weil ich nicht aus dem Dorf stamme. Da bin ich in meiner Not bei dem Schulzen in den Keller gestiegen und hab mir einen Sack Kartoffeln holen wollen. Er hat mich erwischt, weil ich zum Stehlen kein Geschick gehabt hab. Dann bin ich ins Gefängnis kommen, und als ich wieder frei war, da steckten die beiden Kinder im Gemeindehaus. Seit dieser Zeit gelt ich halt für einen Spitzbuben, und nur die Waldvögerl halten mich noch für einen Ehrlichen."

„Auch ich halte dich für einen guten Menschen. Hier hast du meine Hand nochmals darauf, und ich will es dir auch beweisen. Ich habe eine Bitte. Einem andern würde ich sie nicht sagen, dazu bin ich zu stolz."

„Sage sie nur heraus!"

„Ich hab Hunger."

Der Alte machte eine Bewegung freudiger Überraschung. Seine Augen leuchteten auf.

„Willst mich etwa narren?"

„Nein, nein. Ich habe seit gestern nichts gegessen und dachte, eher nach Hohenwald zu kommen. Da habe ich mich aber verirrt und bin wirklich recht hungrig geworden."

„Das freut mich. Aber wannst etwa teure Schnepperpäppchen gewöhnt bist, so ists gefehlt."

„Ein Stück trocknes Brot würde mir köstlich schmekken."

„Wanns das ist, so kann ich dir wohl helfen." Er zog aus der Tasche seines Wamses ein Papierpäckchen hervor und gab es ihm hin. „Da hast. Gar weiß ist es freilich nicht, denn es ist viel Hafer drunter; aber es schmeckt leidlich, wenn man Hunger hat."

„Ist das dein Mittagessen?"

„Ja."

„So hast aber du nachher nichts."

„Ich? Wanns bloß das ist, so beiß nur tüchtig an! Ich brauch jetzt nix. Und wann ich am Abend nach Haus komm, so gibts eine Mehlsuppe, die ist wirklich fein."

Er sah mit sichtlichem Vergnügen zu, wie der junge Mann in das harte, schwarze Stück Brot biß.

„Nun, wie schmeckts?"

„Ausgezeichnet!"

„Ja, die Lisbeth hats gebacken."

„Wer ist das?"

„Meine Tochter."

„So hast du selber einen Backofen?"

„Ich?" lachte der Alte. „Wo denkst hin? Wannst meine Wohnung sähst, so würdst sagen, daß ein Wilderer besser wohnt als ich. Und den Backofen baun wir uns allemal selber gleich, wann wir backen wollen — ein paar Steine, ein paar Hände voll Lehm, ein Feuer hinein und den Teig darauf, so wird das Brot bald fertig."

„Und was hast für ein Geschäft?"

„Siehst nicht, daß ich Löffelschnitzer bin?"

„Mit einer Hand?"

„Hab ich nicht die beiden Füße? Mit den Knien halte ich das Holz, und mit der Rechten tu ichs schnitzen. Und wanns mal eine recht feine Arbeit gibt, so halt ich das Holz mit den Fußzehen. Die sind dazu eingerichtet."

„Hast du stets nur einen Arm gehabt?"

„O nein. Ich war fast zwanzig, als ich den linken verlor."

„Wie ist dieses Unglück geschehen?"

„Mit — na, ich will dir nur sagen, daß ich es dem Schulzen verdank. Ich wohnte auswärts und kam zu der im Heimgarten, die nachher meine Frau worden ist; das hat den Arm gekostet."

Sein Gesicht hatte sich verfinstert, und er blickte eine lange Weile düster vor sich hin. Um ihn von dieser Erinnerung abzulenken, brachte der Fremde nun das vor, was ihm am meisten am Herzen lag.

„Kennst du alle Personen, die in Hohenwald wohnen?"

„Alle. Das Dorf ist nicht so groß, daß es Leute geben könnt, die man nicht kennt."

„Gehen von den Bewohnern oft welche nach auswärts in Dienst?"

„Ja, das kommt freilich häufig vor. Weißt, der Ort hat früher mehr wohlhabende Leut gehabt als jetzt. Seit aber der Silberbauer Schulze worden ist, hat sichs geändert; der Reichtum hat die andern verlassen und sich zu ihm gezogen. Wo viel Kinder sind, da gibts auch viele Mäuler, die essen wollen, und wanns nicht zureicht, so müssen eben die übrigen in Dienst gehn. Warum fragst darnach?"

„Weil ich zufällig eine Herrschaft kenne, bei der ein Mädchen aus Hohenwald gedient hat."

„Jetzt nicht mehr?"

„Nein. Sie ist seit einem halben Jahre wieder zu Haus."

„Wo ist das gewesen?"

„In Regensburg beim Kaufmann Herold."

„Wie — wa —? Warum fragst grad nach diesem Dirndl?"

„Weil ich grad nach Hohenwald komme und mich zufällig an sie erinnere. Kennst du dieses Mädchen?"

„Nun ja, kennen sollt ichs halt wohl."

„Wer ists?"

„Meine Lisbeth!"

„Was? — Deine Tochter? Warum hast sie denn aus Regensburg wieder fortgenommen? Dort hat sie es jedenfalls wenigstens ebensogut gehabt, wie daheim."

„Besser, viel besser hat sies gehabt. Aber weißt, ein armer Mann kann niemals, wie er will. Mein Sohn, der Hans, ist plötzlich kränker geworden, und da hat sie schnell wieder nach Haus müssen. Ja, wenn der Bub nicht immer so krank wär, gings beim Finkenheiner auch nicht so schlimm. Nun aber weißt fast alles von mir und ich von dir noch gar nix. Was bist denn eigentlich? Ein Schuster oder Schneider sicher nicht."

„Nein. Lehrer."

„Schau, schau! Wo warst denn Lehrer?"

„In Regensburg."

„Ach so! Und da hast meine Lisbeth gesehn?"

„Ja."

„Und warum kommst nach Hohenwald? Etwa auf einen Besuch?"

„Nein. Ich bleib da."

„Aber nicht als Lehrer?"

„Als was sonst?“

„O Jemineh! Das ist nicht gut. Hast wohl einmal einen Schnitzer gemacht im Schulamt?“

„Wie kommst zu dieser Frage?“

„Weil diese Stelle eine sogenannte Strafstelle ist. Wer zu uns kommt, der steht bei seinen Vorgesetzten nicht gut angeschrieben.“

„Das hab ich wohl gewußt.“

„Und bist doch kommen?“

„Ja, aber nicht zur Strafe.“

„So kann ich dich nicht begreifen. Du hast doch wohl in Regensburg auch mehr Gehalt bekommen, als du bei uns erhalten wirst?“

„Das stimmt wohl; aber die gute Waldluft gleicht das wieder aus. Ich komme herauf, um meine Gesundheit zu kräftigen.“

Ein Menschenkenner hätte seinem ehrlichen Gesicht wohl anmerken können, daß er jetzt nicht die ganze Wahrheit sagte. Glücklicherweise war der Finkenheiner kein großer Seelenforscher.

„So bist krank?“ fragte er in teilnehmendem Ton.

„So ziemlich.“

„Doch nicht etwa die Schwindsucht?“

„Wie kommst gleich auf diese?“

„Weilst von unsrer guten Luft gesprochen hast. Na, die ist freilich gut, aber sonst wirst nicht viel Gutes weiter bei uns finden.“

„Das ahnte mir schon, als du dich weigertest, mir Auskunft über den Schulzen zu geben.“

„Ja, da hab ich dich noch nicht kennt.“

„Kennst mich vielleicht nun? Dann darf ich wohl noch einmal nach dem Schulzen fragen?“

„Ja. Das ist Klaus, der Silberbauer.“

„Warum heißt er so?“

„Weil er ein besonderer Liebhaber vom Silber ist. Alle Knöpf an seinem Gewand sind Silbertaler, und überall, wo er eine silberne Zier anbringen kann, da bringt er sie auch an. Und so ists auch bei seinem Sohn und bei seiner Tochter."

„Ist er ein anständiger Kerl?"

„Da frag lieber andre! Er ist mein ärgster Feind, und ich halt ihn für den schlechtesten Kerl auf Gottes Erdboden. Darum ist mein Urteil wohl zu parteiisch."

„Was denkst von seinen Kindern?"

„Sein Sohn ist wie er, aber seine Tochter, nun —, sie ist innen drinnen — anders."

„In meiner Stellung hab ich es nur mit ihm zu tun. Jetzt dank ich dir für die Auskunft und für das Brot. Vielleicht kann ich dir auch mal einen Dienst erweisen."

„Bitt gar schön! Ist nicht nötig. Aber wannst mich mal brauchen solltst, so komm zu mir! Ich bin dein Freund. Das darfst nicht vergessen."

„Bist wohl oft im Wald?"

„Alle Tage. Früh komm ich heraus und des Abends geh ich wieder heim."

„Und da bist du wohl meist hier an diesem Ort?"

„Stets."

„Aber wanns regnet?"

„So setz ich mich dort unter die große Fichte, da kann kein Tropfen hindurch. Hier bin ich für mich, hier hab ich meinen Stand, und am liebsten möcht ich hier auch einmal sterben."

Er sagte dies in einem Ton, der ahnen ließ, daß er wohl irgendeinen geheimen Grund haben mußte, grad diese Waldblöße so sehr zu bevorzugen. Sein Blick hatte eine Art von Starrheit angenommen, und der graue Schnurrbart, der seine Lippen verdeckte, zitterte verräterisch. Es war deutlich zu sehen, daß er sich mühte, eine tiefe Erregung zu meistern.

Dann erhob er sich langsam vom Boden und streckte dem Lehrer die Hand entgegen.

„Darfst nicht unrecht von mir denken, Herr Schulmeister. Ich bin kein weinerlicher Kerl, aber heut ist mirs wieder mal ganz weich ums Herz. Und weißt, warum?"

„Nun?"

„Weilst mich behandelt hast wie einen Menschen und hast mein Brot gegessen. Das werd ich dir gedenken, solang ich lebe. Und nun sag mir auch deinen Namen, damit ich weiß, wie ich dich zu benennen hab!"

„Ich heiße Walter, Max Walter."

„Ich dank dir schön. Und nun wannst nach dem Dorf hinein willst, so gehst hier immer grad durch den Wald. Da kommst an einen breiten Weg, und wannst ihm nach rechts folgst, so kommst grad zum Gasthof nach Hohenwald. Der liebe Herrgott behüt deinen Eingang und mags geben, daß du Glück erlebst am neuen Ort!"

Walter ging, nachdem er dem Alten herzlich die Hand geschüttelt hatte. Er folgte der Weisung, was keine Schwierigkeiten hatte, da die Bäume sehr licht standen, so daß keine Hindernisse zu überwinden waren.

So hatte er auf dem weichen Boden wohl über eine Viertelstunde Weg zurückgelegt, als er Schritte vernahm. Dem Klang nach mußte der Betreffende auf hartem Grund gehen. Wirklich kam Walter an den Weg, jedenfalls den, von dem der Finkenheiner gesprochen hatte. Er wurde zu beiden Seiten von niedrigen, dichtbelaubten Blutbuchen eingesäumt. Walter blieb stehen, um den Kommenden vorüberzulassen.

Eigentlich hatte er gar keine Veranlassung, sich nicht sehen zu lassen. Er tat es ohne alle Absicht, so wie man eben oft etwas ganz unbewußt tut oder unterläßt.

Die Schritte kamen langsam von rechts her näher, und dann erblickte der Lehrer einen vielleicht vierundzwanzigjährigen Menschen, dessen Erscheinung ein Mitteldring zwischen Bauer und Stutzer war.

Er trug eine kurze Jacke, die mit zwei Reihen silberner Taler besetzt war. Am Hut war eine Silberspange angebracht. Von der Westentasche hing eine schwere, silberne Kette herab, und an den Händen trug er so viel silberne Ringe, daß auf jeden Finger wenigstens einer kam. Die Hosen steckten in halblangen Stiefeln, die blank gewichst und mit silbernen Sporen versehen waren. Die Gestalt war lang, breit und starkknochig, das Gesicht sommersprossig und unschön.

Der junge Mann blieb plötzlich lauschend stehen, duckte sich nieder, um nach vorn zu lugen, und sprang dann schnell hinter die Buchen am jenseitigen Wegrand. Er mußte jemanden erspäht haben.

Walter hörte Schritte, leicht und federnd, und nach einigen Augenblicken erschien aus der entgegengesetzten Richtung ein junges, vielleicht achtzehnjähriges Mädchen, das einen ziemlich großen Korb auf dem Kopf trug.

Die Nahende war ärmlich, aber sauber gekleidet. Ihre Gestalt war jugendlich voll, ihr schönes Gesicht infolge der Anstrengung gerötet, und da sie mit der einen Hand den Korb auf dem Kopf im Gleichgewicht zu halten hatte, so nahm sie eine Haltung ein, die das schöne Ebenmaß ihrer Körperformen so recht zur Geltung brachte. Der Korb war mit Pilzen gefüllt. Sie hatte keine Ahnung, daß zwei Lauscher nahe waren.

Eben wollte sie vorüber, da rief es von drüben:

„Lisbeth!“

Sie erschrak und blieb stehen.

Im selben Augenblick trat der Bursche hervor.

„Der Silberfritz!“ rief sie, noch erschrockener als vorher.

„Ja, der Silberfritz!“ lachte er. „Hast wohl keine Freude darüber, daß d' mir hier im Wald begegnest?“

„Gib Raum! Ich muß heim.“

„Das hat noch Zeit. Du hasts daheim nicht so, daß d' dich um jede Minute, die du nicht dort bist, grämen mußt.“

„Das geht dich gar nichts an!“

„Oh, grad sehr viel! Wann man einer gut ist, so

kümmert man sich um alles, was sie betrifft. Und daß ich dir gut bin, das weißt wohl nun bald?"

„Ich kanns schon auswendig, sovielmal hasts mir bereits gesagt."

„Und doch sag ichs jetzt abermals."

„Das kannst bleiben lassen!"

„Oho! Wer wills dem Silberfritz verbieten zu sagen, was er sagen will?"

„Red, was du willst, aber sags meinetwegen hier den Bäumen; ich hab keine Zeit für dich."

Sie wollte fort. Er hielt sie zurück.

„Laß nach mit deinem Gezier!" sagte er. „Ich weiß doch, daß d' ganz anders denkst, als d' sprichst. Den Silberfritz weist keine ab. Du aber willsts durch die Sprödigkeit so weit bringen, daß ich noch mehr verschossen werd in dich und nachher gar vom Heiraten red. Darin aber hast dich verrechnet. Des Finkenheiners Dirndl kann niemals Silberbäuerin werden, das sag ich dir, aber mein Schatz kannst schon sein; das geht an."

Ihr Gesicht war noch röter geworden. Sie trat rasch auf ihn zu.

„Das sagst mir!" rief sie zornig. „Meinst, daß ich solche Worte anhören muß, weilst der Sohn vom Silberbauern bist und ich nur die Tochter vom ärmsten Mann im Dorf? — Ich dein Schatz? — Nicht für zehntausend Taler möcht ich mich von dir nur mit den Fingerspitzen anrühren lassen! So reich du bist, so roh bist und auch so gemein! — Da hasts, was ich von dir denk. Und nun laß mich!"

Man sah es dem Burschen an, daß er solche Worte nicht erwartet hatte.

„Was?" rief er in Wut. „Wie redst mit mir? Wann ich dich nur anschau, so ists eine Ehr für dich, die Tochter des Heiner, den mein Vater mit den Kartoffeln erwischt hat! Wer einen Spitzbuben zum Vater hat, der muß schön demütig sein! Ihr habt daheim nix zu fressen, und ich will dir aus lauter Barmherzigkeit eine Gelegenheit geben, dir was zu verdienen! — Wannst heut abend hinters Haus kommen und da mein Schatz sein willst, so solls mir auf einen Taler nicht ankommen!"

Im Nu hatte sie den Korb zu Boden gesetzt und trat hart an ihn heran.

„Mensch, niederträchtiger und gemeiner! — Willst mich nun auslassen, oder soll ich mich gar mit dir balgen, damit ich den Weg freikrieg?"

„Dirndl, was bist kuraschiert!" lachte er. „Aber so ists recht! Jetzt ist der Korb herab, und nun hol ich mir ein Busserl!"

Er faßte sie frech um den Leib. Sie aber schlug mit beiden Fäusten so herzhaft auf sein Gesicht ein, daß er sie freigeben mußte.

„Na meinetwegen!" rief er ärgerlich lachend. „Das will ich mir noch gefallen lassen, denn das tut ja nicht weh. Wann ich nur wollt, so könnt ich zugreifen, daß d' gleich ganz still wärst! Aber nun stell auch meine Geduld nicht länger auf die Probe! Ich will dich küssen, und so mußt dran glauben!"

„So? Meinst wirklich?" antwortete sie. „Denkst wohl, weil ich den Korb tragen muß, so kann ich mich nicht wehren? Den kann ich hier stehn lassen und ohne ihn davonlaufen."

„So habt ihr heut und morgen nix zu essen."

„So hungern wir. Das schmeckt immer noch besser, als ein Kuß von so gemeinen Lippen!"

„Wannst die Pilze zurücklassen willst, brauchens auch nicht im Korb zu bleiben. Da, paß auf!"

Er ergriff den Korb und schüttete die Pilze aus, die von dem Mädchen mühsam zusammengesucht worden waren, um aus dem Verkauf einige Pfennige für den kranken Bruder zu lösen.

Lisbeth stieß einen Klageruf aus; er aber kümmerte sich nicht darum, sondern warf den Korb weit fort, packte das Mädchen und preßte es so fest an sich, daß eine Gegenwehr gar nicht mehr möglich war.

„Nun solls losgehn!“ höhnte er. „Und nicht einen werd ich mir nehmen, sondern zehn!“

„Nicht einen einzigen!“

Diese drei Worte erklangen hinter ihm. Max Walter war hinter den Buchen hervorgetreten.

Der Silberfritz drehte sich schnell um und maß den Störenfried mit bösem Blick.

„Was hast hier dreinzureden?“

„Grad so viel wie du!“

„Oho! Wer bist denn eigentlich?“

„Das kannst gleich erfahren. Vorerst aber nimm die Händ vom Dirndl weg!“

„Fallt mir nicht ein.“

„Soll ich dich etwa zwingen?“

„Du? Du wärst mir der Kerl dazu!“

Die beiden standen sich gegenüber. Der Silberfritz wutschnaubend, noch immer das Mädchen in den Armen, und Max Walter ruhig und kalt.

Lisbeth rührte sich nicht. Ihr Blick hing an Walter mit einem eigentümlichen Ausdruck. Angst, Scham und Vertrauen standen in ihrem bleichen Gesicht.

„Nun, ich halt sie fest“, höhnte der Silberfritz. „So nimm sie doch weg, wannst kannst! — Oder hast Angst?“

„Vor dir nicht.“

Bei diesen Worten packte der Lehrer den Arm des Bauernburschen und drückte den Ellenbogen so mächtig zusammen, daß der Silberfritz laut aufschrie und das Mädchen fahren ließ.

„Hund!“ brüllte er auf. „Das hast gewagt?“

Lisbeth war frei, aber sie benutzte ihre Freiheit nicht zur Flucht; sie blieb stehen, als müsse sie nun unbedingt erfahren, welchen Ausgang dieser Kampf nahm.

Der Silberfritz hatte seine Fäuste geballt und sich dem Lehrer gegenübergestellt. Der stand lächelnd vor ihm.

„Was ich gewagt habe? Nichts, gar nichts. In einem Streit mit dir ist gar nichts zu wagen."

„Meinst, daß d' mir über bist?"

„Allemal!"

„So wirst mir gleich unterkommen. — Da schau!"

Er holte mit der Faust aus.

Aber Max Walter ließ den Spazierstock, den er in der einen Hand gehalten hatte, fallen, wehrte den Hieb mit einem Arm ab, faßte den Gegner mit blitzschnellem Griff bei den Hüften, hob ihn aus und warf ihn mit solcher Gewalt zu Boden, daß er halb betäubt liegen blieb.

„Jesus Maria!" schrie Lisbeth auf. „Er ist tot!"

„Nein! Hab keine Sorge! Unkraut vergeht nicht so schnell. Ich habe ihn nur ein wenig geprellt, und da wird er einige Zeit brauchen, ehe er wieder nach mir schlagen kann."

„Aber weißt, wer er ist?"

„Nun?"

„Der Silberfritz, der Sohn des reichen Silberbauern."

„So! Was ist da weiter?"

„Sein Vater ist der reichste Mann im Dorf!"

„Was geht das mich an?"

„Und der Schulze dazu, der Vorsteher!"

„Desto mehr sollte sein Sohn sich anständig benehmen."

„Aber es kann dir von ihm schlecht ergehn!"

„Das wollen wir abwarten."

„Brauchsts gar nicht abwarten! Es wird vielmehr sogleich kommen!"

Diese Drohung stieß der Silberfritz aus. Er hatte eine kurze Weile regungslos am Boden gelegen und dann versucht, ob er seine Glieder zu bewegen vermochte. Es ging. Jetzt erhob er sich, spuckte in die Hände und rieb sie wie einer, der eine schwere Last erfassen will — dann sprang er auf den Gegner ein.

„O Gott!“ rief Lisbeth erschrocken.

Bei der Gewalt, die der Bauernsohn in seinen Sprung legte, war sie überzeugt, daß er ihren Retter zu Boden reißen werde. Dieser aber trat schnell einen Schritt zur Seite, holte aus und schlug dem Angreifer die Faust so unter den hocherhobenen Arm in die Achselhöhle, daß der Getroffene seitwärts geschleudert wurde und abermals zu Boden stürzte.

Er raffte sich schnell wieder auf, ballte beide Fäuste und drang mit lautem Wutschrei auf Walter ein. Doch dieser trat mit dem rechten Fuß dem Angreifer so in die Magengegend, daß er zum drittenmal zur Erde flog.

Es war ein Kampf der rohen, ungeschulten Kraft gegen einen geübten und geistesgegenwärtigen Turner und Ringer. Max Walter stand noch ebenso lächelnd da wie vorhin. Nicht die geringste Anstrengung war ihm anzusehen. Der Silberfritz aber schnaufte, als er sich wieder aufraffte, wie ein wütender Eber. Seine Augen schienen aus den Höhlen treten zu wollen und waren jetzt mit Blut unterlaufen. Er blickte sich um. Nicht weit von ihm lag ein großer Stein. Er sprang hin, raffte ihn auf und holte aus. Der Hieb hätte, wenn er traf, unbedingt Walters Schädel zerschmettert. Aber dieser war zu gewandt, um sich treffen zu lassen. Er wich aus, und der Silberfritz wurde von der Gewalt, die er in den Schlag gelegt hatte, selber mit zu Boden gerissen.

Jetzt aber ließ der Lehrer ihn nicht wieder aufkommen. Er kniete auf ihn nieder, riß ihn herum, mit dem Gesicht nach oben und versetzte ihm eine Reihe schallender Ohrfeigen, ehe er sich wieder erhob.

Der Besiegte raffte sich mühsam auf.

Endlich stand er wieder auf den Beinen und maß den Feind mit stieren Augen.

„Das ist dir nicht geschenkt!“ kreischte er.

„Nein, aber dir. Nimms als ein gutes Andenken mit fort und laß es dir zur Lehre dienen."

„Willst auch noch spotten? Meinst etwa, daß d' den Silberfritz gar besiegt hast?"

„Ja, das mein ich. Oder willst noch eine Tracht?"

„Ich bin heut krank und hab kein Gelenk, sonst lägst längst unter mir und bätst um Barmherzigkeit. Aber laß dich um Gottes willen nimmer von mir treffen. Sobaldst mir wieder begegnest, kommt der Zahlaus."

„Schön! Auf den bin ich neugierig."

„Wirst ihn kennen lernen. Ich bin heut viel zu stolz, als daß ich mich noch weiter an dir vergreif. Bleib da bei dem Weibsbild, das keiner im Dorf anschaut! Kannst Freud an ihr haben und Ehr mit ihr einlegen! Ihr Vater ist der Spitzbub, und sie ist die richtige Zuchthaustochter."

„Wahre deine Zunge, Freundchen!" Max Walter erhob drohend die Rechte. „Im übrigen glaub ich, du hast mehr Anlagen, ins Zuchthaus zu gelangen, als sie!"

„Du, wannst dem Sohn des Silberbauern in dieser Art und Weise kommst, so kannst was erfahren, was dir nimmer lieb ist! Bist wohl auch einer, der zu einem solchen Volk paßt und gehört?"

„Zu dir passe ich freilich nicht."

„Das seh ich, und darum werd ich gehn."

Er wandte sich, den Platz zu verlassen.

„Halt!" sagte Walter. „So schnell kommst nicht fort von hier! Merkst nicht, daß du was vergessen hast?"

Der Bursche wandte sich wieder um.

„Was?"

„Hier!"

Er deutete mit dem Stock auf die verstreuten Pilze.

„Meinst etwa die Schwämme?"

„Ja."

„Die gehn mich nix an."

„Aber dieses Dirndl gehns was an. Sie sind ihr Eigentum; sie hat sie gesammelt, und du hast sie ihr entrissen und auf den Boden geworfen!"

„Wer sagt das?"

„Ich habs gesehn! Du wirst sie zusammensuchen und ihr fein sauber wieder in den Korb tun."

Der Silberfritz wurde bis an das Haar glühend rot und wandte sich zum Gehen. Aber mit einigen raschen Schritten stand Max Walter hinter ihm und schleuderte ihn mit einem kraftvollen Ruck zurück, so daß der Bursche zur Erde flog. Er wollte sich zwar sogleich wieder aufrichten, erhielt aber mit dem Stock einen solchen Hieb über den Rücken, daß er niedersank.

„Nun? Wirds bald? Jetzt heißts arbeiten!" rief Max Walter. „Ich scherze nicht."

„Saukerl!" knirschte Fritz.

„Also los! Sonst —!"

„Fallt mir nicht ein!" klang es, doch bereits viel kleinlauter.

Die Antwort war ein abermaliger Hieb. Wütend wollte Fritz aufspringen; aber es fiel jetzt so schnell Hieb auf Hieb, daß er unter der Wucht dieser Streiche zu Boden sank.

„Nun?" drohte Max Walter.

Zähneknirschend griff der Bursche nach den Pilzen.

„Ah, endlich! — Nun aber schnell!"

Es war wirklich, als ob ein Tier dem Gebot eines überlegenen Menschen Gehorsam leiste. Der Silberfritz begann die Arbeit, erst langsam und zögernd, dann aber schneller und schneller. Als zuletzt nur noch kleine Stücke am Bogen lagen, wollte er aufhören; aber Walter deutete mit dem Stock auf jedes einzelne.

Der Bursche las auch diese auf. Dann aber richtete er sich langsam empor und stellte sich in seiner Höhe und Breite vor seinen Bezwinger hin.

„Nun ists fertig; aber eh ich geh, will ich noch etwas wissen. Wer bist eigentlich?"

„Das kann dir gleichgültig sein."

„Gar nicht. Heut hast den ersten Trumpf gebracht; den letzten aber will ich ausspielen."

„Dagegen hab ich nix."

„Dann aber mußt du dabei sein."

„Sehr gern. Du wirst mich noch oft sehn."

„Wohnst in der Nähe hier?"

„Noch nicht. Aber ich werde bald da wohnen, wo du mich täglich sehn kannst."

„Das freut mich sehr. Da kann ich ruhig gehn. Es wird sich zeigen, wer von uns beiden Sieger bleibt."

„Ja, jetzt kannst du gehn. Du hast deine Arbeit getan und wirst nicht mehr gebraucht."

„Hol dich der Teufel."

Er ging.

Lisbeth stand neben ihrem Korb. Sie betrachtete den Lehrer mit einem Blick, aus dem größte Bewunderung sprach. Er nickte ihr freundlich zu und sagte:

„Wird er jetzt auch wirklich gehn?"

„Ich glaub schon."

„Oder kommt er heimlich zurück, um irgendeine Hinterlist auszuführen?"

„Nein. Der geht; der hat genug."

„Es ist ihm recht geschehn."

„Aber was bist für ein — für ein Herr?"

„Herr?" fragte er lächelnd. „Hältst mich wohl für einen Baron?"

„Nein. Aber ein Lehrer ist doch kein Bauernbursch!"

„Woher weißt, daß ich Lehrer bin?"

„Von Regensburg her."

„So kennst mich wohl gar noch?"

„Warum sollt ich dich nicht mehr kennen? Es ist ja noch gar nicht so lang her, daß ich dich —"

Sie schien sich auf etwas zu besinnen und hielt erschrocken inne.

„Bitte, sprich weiter."

„Oh, ich bin sehr dumm! Ich sag immer du zu Ihnen!“

„Warum nicht?“

„Zu einem Lehrer? Das gehört sich nicht.“

„Ich sag doch auch du zu dir.“

„Das ist was anderes.“

„So! Nun, ganz, wie du willst. Ich werde so zu dir sagen, wie du zu mir sprichst. Also du oder Sie?“

Sie blickte verschämt sinnend zu Boden.

„Dann — lieber Sie.“

„Gut! Ich hab mich gefreut, als ich Sie vorhin erblickte, denn ich dachte daran, daß Sie mir eine Frage beantworten könnten. Wollen Sie?“

„Wenn ich kann, gern.“

„Erinnern Sie sich noch, daß Ihre Herrschaft einmal Besuch hatte?“

„Es ist oft Besuch dort gewesen.“

„Ich hab nur einen beachtet, obgleich ich grad gegenüber wohnte. Es war im vorigen Februar.“

„Ein Herr?“

„Es war kein Herr, sondern eine junge Dame.“

„Eine Dame?“ meinte sie nachsinnend. „Im Februar? Das kann nicht richtig sein.“

„Und doch ist es so. Ihre Herrschaft wohnte neben einem Gasthof, in dessen Saal der Gesangverein ein Maskenfest veranstaltete. Ihr Herr war Mitglied dieses Vereins und auch an jenem Maskenfest dabei —, zusammen mit seiner Frau —“

„Ja“, rief Lisbeth lebhaft. „Sie hatte einen großen, dunklen Schleier über den Kopf gehängt und lauter Papiersterne von Gold und Silber darauf geklebt.“

„Und gingen sie beide allein, Ihr Herr und dessen Frau? Besinnen Sie sich.“

„Nein, Sie sind nicht allein gegangen, sondern die Martha ist auch mit gewesen.“

„Hm! Als was war sie verkleidet?“

„Als eine Prinzeß aus der Türkei.“

„Richtig, sehr richtig! Das war die junge Dame, die ich meine."

„Also die ist eine Dame? Nun, ich weiß halt nicht, was oder wer eigentlich eine Dame ist."

„Eine weibliche Person von nicht gewöhnlichem Stand."

„So! Dann ist sie keine Dame, weil ihr Vater ein Bauer ist."

„Nicht ein Rittergutsbesitzer?"

„Nein. Er möcht sich gern so nennen; aber ein Rittergut hat er nicht."

„Wer ist er denn?"

„Der? Nun, der ist eben der Silberbauer!"

Der Lehrer trat einen Schritt zurück. In seinem Gesicht spiegelte sich eine wirkliche Enttäuschung wider.

„Der — Silber — bauer?" wiederholte er.

„Ja freilich!"

„So ist diese Martha die Schwester des Menschen, den ich soeben verprügelt habe?"

„Ja. Die beiden sind des Bauern einzige Kinder."

„Aber, aber — erstaunlich! Sie sprach gar nicht, als ob sie eine gewöhnliche Bauerntochter sei."

„Ja, sie kann halt sehr vornehm tun. Sie spielt Klavier und redet auch Französisch. Sie ist zwei Jahre in Erziehung gewesen."

„Aber sagen Sie mir doch, aus welchem Grund die Martha Ihre Herrschaft in Regenburg besucht hat? Ist sie bekannt mit ihnen?"

„Ja freilich. Die Frau ist die Schwester von der Martha ihrer Mutter. Sie hat meine Herrschaft Onkel und Tante genannt."

„Wo ist sie jetzt?"

„Daheim."

„Und was tut sie da?"

„Was soll sie tun? Sie spielt Klavier und hat auch manchmal eine Häkelnadel in der Hand."

„Weiter nichts? Ist sie nicht in der Wirtschaft tätig?"

„Nein. Auch fährt sie zuweilen spazieren in der Kutsche."

„So, so! Also spielt sie die Dame."

„Ja, wanns so gemeint ist, nachher ist sie allerdings eine Dame. Gut hat sies freilich, besser als alle andern im Dorf."

Sie blickte dabei trübe vor sich nieder. Obgleich Max Walter sich infolge der Auskunft, die er soeben erhalten hatte, auch nicht in glänzender Stimmung befand, tat ihm das Bild der Entsagung, als das dieses hübsche und brave Mädel vor ihm stand, herzlich weh.

„Auch besser als Sie?" nickte er teilnehmend.

Sie blickte zu ihm auf.

„Ich? Halten Sie mich für unglücklich?"

„Das nicht grad, aber für arm."

„Ja, arm sind wir freilich, aber unglücklich bin ich nicht. Mein Vater hat mich lieb, und mein Bruder hängt erst recht an mir. Gesund bin ich auch, so daß ich schaffen kann; so könnt ich halt recht zufrieden sein, wann — wann nur zweierlei nicht wär."

Sie hatte das nur zögernd ausgesprochen.

„Zweierlei?" fragte er. „Darf man nichts darüber erfahren?"

„Was hilfts, wann ich auch davon sprech?"

„Sie erleichtern Ihr Herz."

„Meinen Sie? Nun, das eine wird mir schwer, wann ich davon sprechen soll, denn der Vater ist in Not gewesen —"

„Ach, Sie meinen die Angelegenheit mit den Kartoffeln?"

„Ja", antwortete sie, während sie die Augen niederschlug.

„Darüber brauchen Sie sich nicht zu kränken. Das ist ja vorüber, und Ihr Vater befand sich in großer Not, wie Sie ja selber sagten."

„Was? Sie wissens schon?“

„Ihr Vater hat es mir gesagt.“

„Wann?“

„Vor einer Viertelstunde. Ich traf ihn im Wald. Er hat mir den Weg gezeigt, und wir sind gut Freund geworden.“

„Das freut mich sehr, wann der Vater freundlich zu Ihnen gewesen ist. Er ist es sonst nicht so schnell. Hat er Ihnen auch wohl etwas vom Bruder gesagt?“

„Daß er einen kränklichen Sohn hat.“

„Das ist eben meine zweite Sorg.“

„Was hat er für eine Krankheit?“

„Kein Mensch weiß, wie mans nennen soll. Und weils keiner weiß, so hat der Doktor der Krankheit einen gar langen und fremden Namen gegeben. Wer den Bruder so sitzen sieht, der sollt meinen, es sei die Auszehrung. Aber sie ist es nicht, sondern etwas andres.“

„Erhält er Medizin?“

„Wer sollt dafür zahlen? Als es vor einiger Zeit mit ihm zur Besserung war, bin ich als Magd nach Regensburg gangen. Für meinen Lohn hat der Vater den Doktor kommen lassen und die Medizin zahlt. Da aber ist es so schlimm worden, daß ich wieder zurück mußt. Weiter aber gibts halt keinen Menschen, der den Arzt zahlen wollt für ihn.“

„Und die Gemeinde, die für den Armenarzt aufkommen muß?“

„Da dürft halt der Silberbauer nicht der Schultheiß sein! Der will uns nicht wohl. Und lieber will ich mir auch den Bast von den Händen arbeiten, bevor ich mir sagen laß, daß ich mir von der Gemeind ein Almosen erbitt.“

„Was treibt denn der Bruder während der Krankheit?“

„Was soll er treiben? Zur Arbeit ist er zu schwach. So liest er, wann er ein Buch erwischen kann. Am allerliebsten aber tut er malen und zeichnen. Die größte Freud kann man ihm machen, wann man ihm einen Bleistift schenkt und einen Bogen weißes Papier. Da malt er in die Million."

„Und was?"

„Dummes und fremdes Zeugs — was es hier bei uns halt gar nicht gibt — Affen, Elefanten, Tiger, Krokodile und dergleichen. Aber auf jedem Bild, das er macht, ist wenigstens ein Elefant dabei, und daher wird er, weil sein Name Johannes ist, also Hans, im ganzen Dorf nur der Elefantenhans geheißen."

„Sonderbar! Woher hat er denn den Einfall, nur so fremde Tiere zu zeichnen?"

„Aus den Büchern, die er gelesen hat. Und alles merkt er sich, alles. Jedes Wort, was in diesen Büchern steht, weiß er auswendig. Es wird einem angst, wenn man ihn von so gelehrten Dingen sprechen hört. Es will ihn hier gar nimmer leiden. Er will fort."

„Wohin?"

„Ich weiß den Namen nicht. Es ist auch so ein fremds Wort, was keiner über die Zunge bringt. Wissens, der Doktor hat gesagt, der Hans könnt leicht gesund werden, wann er in ein Land ging, was im Süden liegt, wo es warm ist. Da hat er nun meist nach solchen Büchern ausgeschaut, wos drinnen auch warm und südlich ist, voller Palmen, Löwen und Elefanten. Darum malt er lauter solche Sachen, und darum redet er nur davon, daß er dorthin möcht nach — nach —"

„Nach dem Orient?"

„Orient! Ja, ja, das ist das Wort, worauf ich nimmer kommen bin. Dahin will er."

„Der Ärmste! Dazu gehört Geld!"

„Wohl viel?" fragte sie kindlich.

„Sehr viel."

„Ich hatt im stillen bei mir denkt, daß ichs doch vielleicht ermachen kann."

„Was?"

„Das Geld zu verdienen. Schauns, in großen Städten,

da erhält ein Dienstmädchen mehr Lohn als in kleinen. Da hab ich denkt, wann ich nach München geh und erhalt im Monat zehn Mark, so sinds hundertzwanzig im Jahr. Wann ich nachher zwei Jahre hindurch diene und leg alles zusammen, so sinds zweihundertundvierzig. Das ist doch eine Unmenge Geld, und ich sollt meinen, daß der Bruder dafür nach dem Orient gehn und gesund werden könnt."

Sie rechnete ihm das mit einer Begeisterung her und in einem so vertraulichen Ton, daß es ihm wohl und weh im Herzen wurde. Dieses gute, schöne, aufopferungsfreudige Mädchen wollte alles hergeben, um den Bruder gesund zu sehen. Durfte er diese glückliche Vorstellung zerstören? Durfte er ihr sagen, daß selbst ein zehn Jahre langes Dienen und Sparen ihr nicht zu der Summe verhelfen könne, die nötig war, den Wunsch des wohl unheilbar kranken Bruders zu erfüllen? Nein, das wäre Grausamkeit gewesen. Er wollte die Familie und besonders den Bruder erst näher kennenlernen. Nachher konnte er eher ein Wort über diesen Plan des Mädchens sprechen. Darum antwortete er jetzt, wobei er ernst und nachdenklich nickte:

„Ja, das ist freilich eine tüchtige Summe."

„Man könnt sich gar eine Kuh dafür kaufen und nachher mit Milch, Butter und Käs handeln. Aber noch besser ists, der Hans wird gesund. Doch wenn ich von ihm fortgeh in den Dienst, nachher wird es wieder schlimmer mit ihm, das weiß ich schon. Der Vater kann mit seiner einen Hand nix verdienen, und wann ich fort bin, ists ganz aus."

„Was arbeiten Sie daheim?"

„Allerlei. Ich halt unsere kleine Wirtschaft in Ordnung, geh zu den Bauern, wanns eine Arbeit im Feld oder im Garten gibt, und mach sodann auch heimlich für die Frauen und Töchter, was sie nicht können."

„Was wäre das?"

„Nun, ich hab in Regensburg meiner Herrin das Häkeln und Sticken abgelauscht und mich in der Nacht geübt, wanns denkt hat, ich schlaf. Hier in Hohenwald nun gibts keine, die das kann, und so mach ichs für sie."

„Aber die Martha kann es doch?"

„Ja, sie hats wohl gelernt, aber sie ist zu bequem dazu. Da muß ichs arbeiten, und nachher sagt sie, daß sies gemacht hat. Das bringt mir gar manchen Groschen ein. Sie könnens glauben. Wann dies nicht wär, so müßten wir doch verhungern."

„Bitte, wo wohnen Sie?"

„Beim Feuerbalzer."

„Wer ist denn das?"

„Der war ein reicher Bauer, aber er ist schnell arm worden, weil er mit dem Silberbauern ganze Nächte lang gespielt hat. Nachher ist sein Gut eines Tags weggebrannt, und darüber ist er gar verrückt worden. Jetzt geht er umher und weiß nimmer, was er tut. Aber ich möcht nun fast erschrecken, daß ich so dasteh und mit Ihnen schwatz. Ich muß ja noch zur Stadt hinein."

„Haben Sie dort notwendig zu tun?"

„Ja. Ich will die Schwammerl hinschaffen. Für den Erlös will ich mir eine kleine Tüte mit Kaffee kaufen. Wissens, der Vater trinkt gern Kaffee. Das ist sein Leben, wann er so eine altbackene Brotrinde hineinbrocken kann. Und nachher bleiben mir auch noch ein paar Pfennig übrig für einen Bogen Zeichenpapier für den Bruder. Jetzt also muß ich fort."

„Dann will ich Sie nicht länger aufhalten. Behüt Sie Gott, Lisbeth."

„Behüt Gott, Herr Lehrer!"

Sie schüttelten sich herzhaft die Hände und trennten sich. Sie ging gradaus in den Wald, er aber folgte dem Weg, den der Finkenheiner ihm beschrieben hatte, und den vor ihm auch der Silberfritz gegangen war.

Dieser Weg folgte den Erhöhungen und Senkungen des Bodens, war bald breiter und bald enger, je nachdem das Gelände es gestattete, und schien sehr fleißig begangen zu werden.

Bei einer Bodensenkung wurde er zum engen Hohlweg, der erst steil abwärts und dann ebenso steil aufwärts führte. Da erblickte Max Walter eine alte Frau, die an der Seite des Weges stand und sich hier über ihre schwachen Kräfte mit einem Tragkorb abmühte, den sie nicht auf ihren Rücken bringen konnte. Der Korb war hochauf mit dürrem Lesholz gefüllt, wie arme Leute es im Wald zusammensuchen dürfen. Um ihn auf den Rükken nehmen zu können, hatte die Alte ihn auf die Böschung gestellt; sie selber stand unten und bemühte sich, die beiden Tragbänder über ihre Achsel zu ziehen und unten wieder am Korb zu befestigen. Aber so oft sie diesen Versuch machte, mußte sie erfahren, daß der zu hoch geladene Korb für sie viel zu schwer war.

Sie ging barfuß und trug nur einen einzigen Rock von rot und schwarz gestreiftem Flanell. Der Stoff war vielfach zerrissen gewesen und sorgsam geflickt. Aber leider hatten die Flicken nicht nach der ursprünglichen Farbe des Zeugs gewählt werden können, und so waren an diesem Kleidungsstück fast alle Farben des Regenbogens zu sehen. Oberhalb des Rocks trug die Alte ein schwarzes, bis hoch an den Hals reichendes Leibchen. Eine blaue Schürze war über den Rock gebunden, jetzt aber aufgerafft worden, weil die Frau irgend etwas darinnen verwahrt trug. Die dürren, runzeligen Arme kamen nackt aus dem Leibchen hervor, nur von den kurzen Ärmeln eines groben Hemdes bekleidet. Eine Kopfbedeckung fehlte, und das graue Haar trug sie ganz kurz abgeschnitten, grad wie bei einem Mann. Das gab der Alten ein nicht eben angenehmes Aussehen. Und doch zeigte das faltenreiche, von Sorgen und Not abgemagerte

Gesicht noch Spuren, die darauf schließen ließen, daß es einst hübsch, vielleicht sogar schön gewesen war.

Als die Greisin den Lehrer kommen sah, drückte sie sich eng an die Wegböschung, daß er bequem vorüber könne, ohne sie zu berühren. Dabei machte sie einen ehrerbietigen Knicks.

„Gelobt sei Jesus Christus!"

„In Ewigkeit!" antwortete er.

Als er dabei sein Auge auf sie richtete, blickte sie ihn so stumm flehend an, daß es ihn erbarmte. Diese Frau mußte viel ausgestanden, viel innerliche und äußerliche Not erfahren haben.

„Haben Sie Hunger?" entfuhr es ihm.

Sie sah wirklich so aus, als ob seit langer Zeit kein Bissen über ihre Lippen gekommen sei. Sie schüttelte den Kopf und öffnete ihre Schürze, um ihn eine kleine Anzahl Pilze sehen zu lassen, die sich darin befanden. Er verstand sie nicht.

„Warum soll ich diese Pilze sehn?"

„Weils mich fragen, ob ich Hunger hab."

„Ach so! Was meinten Sie also damit?"

„Daß ich keinen hab, weil ich Pilze gessen hab."

„Gleich so roh, wie sie hier sind?"

„Ja."

„Mein Gott! Wer kann solche Schwämme essen, ehe sie zubereitet sind?"

„Wer kein Geld — aber dafür Hunger hat."

„Haben Sie kein Brot daheim?"

Sie schüttelte den Kopf.

„Und auch nichts andres?"

„Ein paar Stoppelrüben noch vom vorigen Jahr."

„Aber davon können Sie doch gar nicht leben!"

„Oh, wir leben schon eine lange Zeit so. Jetzt haben wir freilich Hunger. Aber wann ich mit dem Holz nach Haus komm, nachher können wir Feuer machen und die Rüben kochen und auch die Schwämme dazu."

„Haben Sie kein Feld?“

„Keinen Fußbreit.“

„Aber ein Handwerk, ein Geschäft?“

„Auch nicht. Ich bin an die sechsundsiebzig Jahr; mein Sohn ist nimmer richtig im Kopf und kann nix verdienen, und meine Schwiegertochter liegt krank auf der Streu und jammert den ganzen Tag über weiter nix, als daß sie Hunger hat und Schmerzen dazu.“

„Mein Gott! Erbarmt sich Ihrer denn niemand?“

„Wer denn? — Etwa der Silberbauer? — Der spuckt uns höchstens an, wann er uns erblickt. Oder die andern, die auch nix haben, weil er ihnen alles genommen hat, grad wie uns? Nein! Wann nicht die Lisbeth zuweilen kommt und mir ein Stück Brot heimlich zusteckt, so hab ich nix als Rüben und Pilze.“

„Meinen Sie die Tochter des Finkenheiner?“

„Ja.“

„Die hat doch selber nichts!“

„Die? Ja, die ist grad so arm wie wir; aber sie hat doch immer etwas für uns, einen Happen Brot, eine warme Kartoffel, eine Spinatsuppe, die sie aber aus Brennesseln macht; auch ein kleines Backobst bringts zuweilen, und in voriger Woche hats gar ein Stückerl Fleisch bracht. Wohers das gehabt hat, das weiß halt auch nur der liebe Herrgott. Sagen aber tuts nix davon.“

„Wie lange sind Sie heut bereits im Wald?“

„Seit frühmorgens drei.“

„Und da wollen Sie den schweren Korb noch tragen?“

„Muß ich nicht?“

„Aber Sie können ihn ja nicht einmal heben!“

„Wann ich ihn nur erst mal auf dem Rücken hab, nachher wank ich schon damit fort.“

„So lassen Sie doch einen Teil des Holzes zurück — dann bringen Sie das übrige leichter fort.“

„Ja, mein guter Herr, das tät ich schon, wann nicht morgen Sonntag wär. Da kann ich doch nicht in den

Wald, und bis zum Montag reicht das Holz nicht aus. Am Sonntag will ich meine Kirch haben. Wann ich den Trost nimmer hätt, so wär ich schon längst vergangen vor Herzeleid."

„Wo wohnen Sie denn?"

„In der Flachsdörre. Wir sind froh, daß wir es noch so gut erwischt haben. Sie müssen nämlich wissen, daß die Flachsdörre ein gar großes Gebäude ist. Unten ist der Ofen gewesen, wo der Flachs geröstet worden ist, und oben drüber hat ein alter Bauersmann gewohnt, der die Dörre baut hat und sich dabei ausbedungen, daß er bis an sein End frei da oben wohnen kann. Jetzt aber wird in unsrer Gegend kein Flachs mehr baut, seit der Silberbauer die ganzen Felder für sich zusammengeworfen hat. Das, was die andern haben behalten dürfen, brauchens jetzt, um ein bißl Kartoffeln, Roggen, Gerste und Hopfen drauf zu erbaun. Für den Flachs aber gibts keinen Platz mehr. Darum wird die Dörre nimmer braucht, und nun wohnen wir darinnen, unten wir und über uns der Finkenheiner."

„Wie? Dann sind Sie wohl die Mutter des Feuerbalzer?"

„Ja, die bin ich schon. Freilich, mir ists an meiner Wiege auch nicht gesungen worden, daß ich mal in den Wald muß, Holz zu lesen. Ich hab andre Zeiten durchgemacht; das könnens mir glauben. Ich bin im seidnen Kleid gangen, mit dem Mieder von Samt und goldene Spangerln daran; aber — —"

Tränen waren ihr in die Augen getreten. Sie hielt inne, um sie zu trocknen.

„Ich bedaure Sie", sagte Max Walter mitfühlend. „Es ist ein großes Glück, daß Sie Ihren Glauben und Ihr Gottvertrauen nicht verloren haben."

„Oh, meinen Gott, den geb ich nicht her, den halt ich fest bis zum letzten Atemzug! Der ist ja mein einziger Trost im Leben und im Sterben. Sie haben wohl nimmer die Not kennengelernt, und —"

„Ich?" lächelte er wehmütig. „Da irren Sie sich. Auch ich habe Entbehrungen kennenlernen müssen, um das zu werden, was ich bin. Aber der liebe Herrgott hat auch mir geholfen. Und grad, weil ich diese Zeit nie vergessen werde, fühle ich mich als Bruder aller, die mühselig und beladen sind!"

„Schauns, das ist schön von Ihnen! Solche Leute findet man jetzt selten, und bei uns im Dorf fast gar nimmer. Darf ich fragen, was der Herr für einen Beruf hat?"

„Schullehrer!"

„Ein Schulmeister sinds? Hab mir doch gleich so was denkt! Das freut mich sehr. Da habens einen schönen Beruf, aber auch einen gar schweren. Seins nur froh, daß Sie nicht Lehrer hier in Hohenwald sind!"

„Warum?"

„Mit dem ists gefehlt."

„Weils eine Strafstelle ist?"

„Deshalb auch. Es war keine Strafstelle gewesen vorher, aber seit der Silberbauer das Heft in die Hand genommen hat, ist alles anders worden. Da mag niemand die Lehrerschaft hier haben, und darum wird immer einer hergeschickt, mit dems irgendwie einen Haken hat. Das ginge wohl an. Aber das allerschlimmst ist, daß der Lehrer hier nicht geachtet wird."

„Warum?"

„Weiß ichs? Niemand kanns sagen, wie das eigentlich so kommen ist. Die Stelle bringt nicht viel ein, und so hat der Lehrer stets mit den Bauern scharwenzeln müssen, um eine Wurst, eine Butter, ein Brot zu erhalten, damit er auskommen kann. Das hat dem Ruf Schaden tan, und jetzt ists nun so gestellt, daß der Lehrer gar den Hanswurst machen muß für den Silberbauern. Wann er das nicht tut, so hält ers gar nicht aus."

„Ists gar so schlimm?"

„Jawohl! Der jetzige hats nicht lange Zeit trieben. Er ist vom Bauern verführt worden und hat im Wirtshaus gesessen, anstatt in der Schule. Da habens ihn fortgejagt. Gestern ist er weg. Man sagt, er sei Schreiber worden bei einem Advokaten. Heut soll der neue kommen."

„So ist man wohl neugierig, was für ein Mann er sein wird?"

„Freilich wohl. Am neugierigsten ist der Silberbauer. Er hat den Dorfwächter ausgesandt auf der Straße nach der Stadt. Der soll ausschaun, ob einer kommt, der wie ein Schulmeister ausschaut, und ihn gleich ins Wirtshaus bringen."

„Ach so!"

„Ja, so schauts aus! So beginnts, und so ähnlich muß es nachher auch enden."

„Weiß man denn nichts Bestimmtes über ihn?"

„Nein. Freilich, ein sehr braver wirds wohl auch nicht sein, eben weil er zu uns gesandt wird, und der Herr Pfarrer hat sich auch bereits wegen ihm mit dem Silberbauern zankt."

„Wieso?"

„Der Lehrer hat stets beim Silberbauern gewohnt, droben überm Pferdestall. Er hat ihm die Schreiberei besorgen müssen, die in der Gemeind vorkommt, denn der Bauer schreibt nicht gern. Dafür hat der Lehrer die Stub erhalten, und der Bauer hat ihn gleich bei der Hand gehabt, zur Bedienung, zum Trinken und auch zum Allotria. Der neue aber hat das nicht gewußt und darum seine Bücher und andre Sachen an den Herrn Pfarrer gesandt. Das hat der Silberbauer nicht leiden wollen. Er hat die Sachen herausverlangt. Der geistliche Herr hat gesagt, was an seine Anschrift kommt, das hab er auch zu verwahren. Nun soll der Lehrer auf der Straße aufgefangt und gegen den Pfarrer gehetzt werden. So geht halt gleich der Teufel los!"

„Dann ist der neue Lehrer nicht sehr zu beneiden."

„Gar nicht. Wann nur mal einer käm, der sich vor dem Bauern nicht fürchtet. Das tät gar manchen freuen, und nachher könnts vielleicht im Ort auch besser werden."

„Dafür sollte doch eigentlich der geistliche Herr sorgen. Nicht?"

„Vielleicht wohl. Aber er ist sehr alt, und sein Gemüt paßt nicht zum Streit. Er ist eine Seel und ein Herz. Er kann kein Wässerlein trüben. Doch sich mit dem Silberbauern balgen, dazu ist er der Mann nicht. Nein, ein Schullehrer muß kommen, der noch jung ist und voller Mut. Ich, wann ich der wär! Himmelsakra, wollt ich dreinfahren!"

Sie ballte die Hand und hob sie drohend.

„Sind Sie denn gar so schlimm auf den Silberbauern zu sprechen?"

„Hab ich etwa nicht Ursach dazu?"

„Ich bin fremd und weiß es nicht."

„Und ich red gar nicht gern davon. Aber Sie sind freundlich gewesen mit mir, und da geht mir halt das Herz über. Drum will ich sagen, daß ich all mein Unglück nur ihm allein zu danken hab."

Sie blickte düster vor sich hin. Er unterbrach ihr Schweigen nicht. Dann erhob sie den Kopf und fragte:

„Kennens die Karten?"

„Ja."

„O Jerum! So spielens vielleicht auch selber?"

„Zuweilen."

„Da hat der Teufel seine Kralln auch bereits nach Ihnen ausgestreckt!"

„Meinen Sie?" fragte er, indem es ein wenig um seine Lippen zuckte.

„Ja. Wer dem Spielteufel mal den kleinen Finger geben hat, den zieht er nachher an der Hand und am Arm in die Hölle. Lassens sich warnen. Ich hab das kennengelernt. Mein Sohn war ein braver Kerl. Er hat sein Weib liebgehabt und mich dazu. Da hat ihm der Silberbauer die Karten zeigt, und von diesem Augenblick an ists aus gewesen mit dem Glück. Da, hier steh ich. Schauns mich an! Das ist die reiche Balzerbäurin, die ihre Gulden und Taler mit dem Maß gezählt hat. Wie schauts jetzt aus? Kein Strumpf, kein Schuh und kein Spenzer! Und in der Kirch kriecht sie hinter den Balken, damits nur nicht gesehn und verspottet wird. Und wer ist schuld? Der eine, der, der!"

Sie drohte abermals mit der gehobenen Faust nach dem Dorf zu.

„Und noch wärs nicht gar so schlimm worden," fuhr sie fort, „wenn das Feuer nicht ausbrochen wär grad in der Nacht, in der das viele Geld bei uns gelegen hat."

„Das ist wohl mit verbrannt?"

„Ja, alles, alles."

„Das ist freilich schlimm."

„Schlimm? Oh, das sagt gar nix, das Wort ‚schlimm'. Es gibt gar kein Wort, um auszusagen, was nachher gefolgt ist, und was wir haben erleiden müssen. Mein Sohn hat sichs so zu Herzen genommen, daß er übergeschnappt ist. Jetzt läuft er umher, gar nimmer wie ein Mensch. Du lieber Herrgott! Und dazu die Schwiegertochter krank und ich so alt, daß ich nix mehr verdienen kann, als die paar Pfennige, wann ich mal so einen Korb voll Lesholz verkauf."

„Wieviel bekommen Sie dafür?"

„Einen Groschen."

„Unmöglich!"

„Meinens, daß mehr zahlt wird, hier mitten im Wald, wo ein jeder ins Holz gehn darf? Ich sag Ihnen halt, daß drei Wochen vergangen sind, und ich hab keinen Pfennig in meiner Hand gefühlt."

„Sie arme, arme Frau!"

„Arm? Oh, wanns nur das wär! Aber es ist ja noch viel schlimmer. Nicht arm allein bin ich, sondern alt, elend und jämmerlich. Mein Sohn sitzt daheim auf der Streu und bettelt um Gnad, daß es zum Erbarmen ist. Und meine Schwiegertochter kann nicht auf vor Schwachheit. Sie hat ein Nervenfieber gehabt, und es ist zu verwundern, daß sies ausgestanden hat. Wann die Lisbeth nicht gewesen wär, so hätt sie sterben müssen. Nun aber soll sie eine kräftige Suppe haben. Wer aber gibt mir das Geld dazu?"

„Ich. Wollen Sie mir erlauben, Ihnen einstweilen so viel zu geben, daß Sie Fleisch zu einer Krankensuppe kaufen können?"

Er zog seinen Geldbeutel aus der Tasche und reichte ihr ein Geldstück.

„Wollen Sie es nicht nehmen?" fragte er bittend, als die Alte keine Miene machte, die Gabe zu nehmen.

Sie sah ihn wie geistesabwesend an.

„Soll ich — soll ich?" flüsterte sie leise.

„Sie sollen! Sie müssen sogar!"

„Nein. Ich darf nicht!"

„Warum nicht?"

„Sie sind selber arm!"

„Ich hab so viel übrig, daß ich Ihnen diese Kleinigkeit ganz gut geben kann. Sie müssen es nehmen."

Er hatte dies mit erhobener Stimme gesprochen. Sie zuckte zusammen und streckte ihre Hand aus. Als ihr Blick jedoch auf das Geld fiel, wurden ihre Augen groß und starr.

„Herrgott im Himmel! — Ein Taler! Ein ganzer Taler!"

Sie sank langsam auf ihre Knie, drückte die zitternden Hände, in denen sie den Taler hielt, gegen ihre Brust, ihre Stirn, an ihre Lippen und küßte das harte, gefühllose Metall.

„Mein lieber Herrgott droben, jetzt hast mir deinen

Engel geschickt, grad jetzt. Es war zu End mit meiner Kraft und zu End mit meinem Mut. Und nun ists doch noch nicht zu End. Es gibt noch Menschen und noch Engel!"

Sie begann laut und bitterlich zu weinen.

Walter lehnte sich an die Böschung des Weges, um zu warten, bis sie ruhig geworden war. Das geschah erst nach längerer Zeit. Es wurde ihr zu schwer, ihre Aufregung zu meistern. Dann erhob sie sich und ergriff seine Hand, um sie an Herz und Mund zu drücken.

„Lassen Sie es gut sein", sagte er. „Wenn ich es vermag, sollen Sie nicht wieder in so schwere Sorge fallen."

„Ja, ich glaubs, daß Sies täten, wanns könnten. Aber das ist doch nicht möglich."

„Oh, ein Stück Brot hab ich immer übrig."

„Aber bei uns sinds nicht."

„Freilich werd ich in Ihrer Nähe sein."

„Wo? Wohl in der Stadt?"

„Nein, sondern in Hohenwald selber."

„Wie? Da werdens wohnen?"

„Ja. Ich bin der neue Lehrer."

Sie öffnete den Mund, machte große Augen und blickte ihn an, ohne zunächst ein Wort zu sagen.

„So mag der Herrgott Ihren Eingang segnen!" stieß sie dann fast jubelnd hervor. „Und ich will die allererste sein, die Sie willkommen heißt!"

„Der Finkenheiner hats auch schon getan", sagte er.

„Der? Dem gönn ichs gern. Jedem andern aber wär ich gram drüber gewesen. Gott sei Dank! Endlich kommt da mal der Mann, den wir brauchen können!"

„Jubeln Sie nicht zu früh!" sagte er. „Sie können ja gar nicht wissen, ob ich der richtige bin."

„Sie sinds! Darauf möcht ich schwören! Ich seh es, ich hör es und ich fühl es, hier in meinem Herzen. Na, das wird eine Freude sein! Aber warum kommens nicht auf der Straße?"

„Ich liebe den Wald und wollte durch seine grüne Pracht meinen Einzug halten.“

„Und wo werdens wohnen? Etwa beim Klaus?“

„Das weiß ich noch nicht.“

„Nur nicht bei diesem!“

„Es könnte für ihn und die Gemeinde grad gut sein, wenn ich bei ihm wohne.“

„Das glaube ich nimmermehr.“

„Gibt es denn auch andere Unterkunft?“

„Es muß Rat geschafft werden.“

„Im Schulhaus ist wohl keine Wohnung?“

„Wo denkens hin? Die Kirche ist so klein, daß man die Decke mit dem Kopf einstoßen kann. Beim Pfarrhaus kann man mit der Hand grad aufs Dach langen, wenn man vor der Haustür steht, und ein richtiges Schulhaus haben wir gar nicht.“

„Wo wird denn da die Schule gehalten?“

„Nun ja, im Schulhaus; so wirds ja genannt. Aber eigentlich ists Spritzenhaus. Daran ist eine kleine Stube baut worden, worin die Kinder zusammenkommen und den Unterricht halten.“

„O weh!“

„Ja, wanns aus einer großen Stadt herkommen, so werdens bald wieder fortgehn wollen. Und nun gar zur Straf hier sein! Aber das kann ich mir bei Ihnen gar nicht denken.“

„Das ist auch nicht der Fall. Ich hab mich freiwillig nach Hohenwald gemeldet.“

„Das hat Ihnen der Herrgott eingeben! Jetzt nun wartet der Dorfwächter auf der Straße, und Sie kommen von der anderen Seite. Da werden sich die Leute schier wundern. Schauns nur, daß Sie bald hinkommen. Ich hab Sie bereits allzulang aufgehalten. Jetzt wanns immer gradaus gehn, sinds in einer Viertelstunde im Dorf, da, wo der Gasthof steht.“

„Wollen Sie mich denn so gern los sein?“

„Ja, mit mir könnens doch nicht laufen!“

„Warum nicht?“

„Wollens im Dorf verspottet werden?“

„Auf die Stimmen derer, die darüber spotten möchten, geb ich gar nichts.“

„Aber schauens mich halt an!“

„Grad so, wie Sie sind, sind Sie mir recht.“

Ihre Augen wurden wieder feucht. Man sah es ihr an, daß sie sich bemühte, ihre Rührung zu verbergen. Sie ergriff seine Hand und sagte mit beinah schluchzender Stimme.

„Sie sind ein wahrer Mann! Daß Sie mit einer Bettlerin gehn wollen, das ist mir fast noch lieber, als der Taler, den Sie mir schenkten! Wanns so weiter wirken im Dorf, wies heut angefangt haben, dann wirds bald ganz anders aussehn bei uns. Das könnens glauben.“

„Ich werde meine Pflicht tun, soweit es in meinen bescheidnen Kräften steht. Aber da fällt mir ein, daß Sie vorhin von Ihrem Sohn sagten, daß er um Gnade gefleht habe.“

„Das tut er immer, bei Tag und Nacht.“

„Wen fleht er an? Gott?“

„Ja, wann wir das wüßten.“

„Hm! Sonderbar! Wie spricht er denn?“

„Er sagt nur immer dieselben Worte: ‚Nimms hin, nimms hin! Ich sag nix! Gnade, Gnade!‘ Diese Worte bringt er stets, kein andres, kein einziges.“

„Das ist mir nicht nur sonderbar, sondern sogar auffällig. Was mag er meinen mit den Worten: ‚Nimms hin!‘ Etwa das Geld?“

„Das haben wir auch schon denkt.“

„Dann müßte es einen geben, der ihm das Geld abgenommen hat.“

„Das, was bei uns lag?“

„Vielleicht.“

„Herrgott! Was das für ein Gedank ist!“

„Macht er vielleicht Bewegungen dabei?"

„Ja, freilich, und immer auch ganz dieselben. Er kniet dabei und hält beide Hände vor den Kopf, als wann jemand ihm einen Hieb geben wollt."

„Das ist doch höchst seltsam. War er denn vor dem Feuer seiner Sinne vollständig mächtig?"

„Ganz und gar."

„Und nach dem Feuer war er sogleich geisteskrank?"

„Erst war der Körper krank."

„Was fehlte ihm?"

„Es war ihm ein Balken auf den Kopf gestürzt."

„Ach so!" dehnte Max Walter bedächtig. „Sah man die Spur davon?"

„Freilich. Er hatte eine lange Wunde im Kopf. Die Hirnschale war entzwei."

„Und da hatte er natürlich keine Besinnung."

„Nein."

„Sie ist ihm auch nicht wiedergekommen?"

„Er ist so blieben, wie er nach dem Feuer war. Er kennt seinen Namen, und er kennt mich und seine Frau, aber weiter keinen Menschen. Er macht alles wie im Schlaf und wie im Traum und sagt nix als die Worte, die ich erwähnt hab."

„Hm. War die Wunde offen?"

„Nein. Die Haut war ganz. Wir mußten Eis auflegen, und nachher ist der Kopf selber heil worden."

Der Lehrer blickte still vor sich nieder. Dann fragte er weiter:

„Also der Silberbauer ist euer Feind?"

„Unser schlimmster."

„Bekümmert er sich zuweilen um Ihren Sohn?"

„Jetzt nimmer."

„Aber vorher?"

„Als er noch krank lag, kam er alle Tage."

„Was tat er da?"

„Er saß stundenlang und hörte zu, wann mein Sohn in der Irre sprach."

„Können Sie sich an den Tag, an dem Ihr Gut wegbrannte, genau besinnen?"

„Wie auf gestern und heut, denn einen solchen Tag vergißt man niemals im Leben."

„Zu welcher Tageszeit brach das Feuer aus?"

„Des Nachts."

„Wie ist das Feuer entstanden?"

„Kein Mensch weiß es. Alle Leute sagen, daß es angelegt worden sein müsse."

„Wo war Ihr Sohn zur Zeit, als es ausbrach?"

„Wir wußtens nicht. Als wir aufgeweckt wurden durch den Feuerlärm, war er nicht im Bett. Aber nachher, als ich an das Geld denkt hab und gute Wort geben hab, zu versuchen, obs noch zu retten sei, da sind die Feuerleut hinauf in die gute Stube gesprungen. Da hat er auf der Diele gelegen. Sie haben ihn retten wollen vor dem Geld und sind mit ihm herab. Da aber ist ein Teil der Decke eingestürzt, auf sie und auf ihn. Ihnen hats nix tan; ihm aber hats den Kopf zerbrochen."

„War der Kopf nicht vielleicht schon verletzt, als er in der guten Stube lag?"

„Wer kann das wissen!"

„Hm! Hm!"

Der Lehrer brummte so nachdenklich vor sich hin, daß sie endlich aufmerksam wurde.

„Warum forschens so nach diesen Sachen?"

„Ich hab einen Grund dazu, der vielleicht aus der Luft gegriffen ist. Wir sprechen jedenfalls noch später darüber. Ich bin neugierig, Ihren Sohn zu sehn."

„Wanns ihn anschaun wollen, so könnens zu jeder Zeit kommen. Es wird eine Freude sein, wann ich Sie bei mir seh. Nun aber wollens aufbrechen und weitergehn?"

„Ja. Es wird Zeit, daß ich meinen ‚Einzug' halte."

„Aber nicht mit der alten Frau."

„Sie werden sich wohl in meinen Willen fügen müssen. Was würde sonst mit Ihrem Korb werden, wenn Sie nicht mit mir gehn wollten? Ich würde gar nicht wissen, wo ich ihn absetzen sollte."

„Sie?"

Bei dieser Frage blickte sie ihn erstaunt an.

„Ja, ich", lachte er vergnügt.

„Das klingt ja grad so, als ob Sie ihn gar heimtragen wollten!"

„Natürlich will ich das."

„Jetzt aber machens Spaß! Es müßt doch gar zu gespaßig sein, wann der neue Herr Schullehrer seinen Eingang halten tät mit einem Tragkorb voll Reisigholz auf dem Rücken und ein altes Weib an seiner Seite!"

„Genau so soll es werden."

„Na, meinetwegen denn!" lachte sie verschämt.

„So geben Sie den Korb her!"

Bald hatte er ihn auf dem Rücken.

„So, das geht ja ganz gut!" sagte er heiter.

„Ja, wann man eine solche Körperkraft hat wie Sie, dann mags gehn. Aber jetzt wissens, wie es ist, wann man einen Holzkorb auf dem Rücken trägt. Nun tuns ihn wieder herab, damit ich ihn weitertrag."

„Werd mich hüten. Ich bin froh, daß ich ihn hab."

„Aber ich bitt gar schön! Sie werden doch nicht etwa aus dem kleinen Gespaß einen Ernst machen?"

„Freilich ists Ernst!" antwortete er, indem er, mit dem Korb auf dem Rücken, wacker auf dem Wege voranschritt.

Da wurde sie nun wirklich ängstlich. Am liebsten hätte sie weinen mögen vor Sorge, daß dieser gute Mann um ihretwillen sich von den Dorfleuten auslachen lassen müsse, und doch fühlte sie sich auch stolz und hochbeglückt, daß er sich nicht zu vornehm dünkte, ihr diesen außerordentlichen Dienst zu erweisen.

Er wollte ihrem Einreden entgehen und machte große Schritte. So kam er eine kurze Strecke voran. Sie rief und bat hinter ihm her — vergeblich.

Ein schmaler Seitenpfad mündete von rechts her in den Weg. Als er vorüberging, sah er etwas Helles schimmern. Er achtete nicht darauf und ging weiter; aber nur drei oder vier Schritte hatte er getan, da hörte er hinter sich eine tiefe Frauenstimme:

„Ja, was ist denn das für ein Lärm hier im Wald? Wer schreit denn da, als ob er gebraten werden sollt? Ah, die Feuerbalzerin!"

„Ja, ich bins", antwortete die Alte.

„Warum schreist denn so?"

„Von wegen meinem Korb, den der —"

Sie hielt mitten in ihrer Rede inne, als sie die erstaunten Gesichter erblickte, mit denen die beiden einander betrachteten.

Als der Lehrer die Stimme hinter sich hörte, war er stehen geblieben und hatte sich umgedreht, um zu sehen, wer die Sprecherin war.

Er bemerkte ein Mädchen im Alter von etwa neunzehn Jahren. Ihre Gestalt war voller, als es in diesem Alter eigentlich erwartet werden darf, hoch und stark. Sie trug einen hellen, kurzen Rock. Die blaue Jacke war tief ausgeschnitten und mit mehreren Reihen eng aneinandergesetzter silberner Markstücke ausgeputzt. Um den Hals hing eine dreireihige Kette, die aus lauter fremdländischen Silberstücken bestand. Um die Handgelenke legten sich breite, schwere, silberne Armspangen. Den Hut zierte eine Silberschnur, an der mehrere Taler hingen. Und in die weitherabhängenden, aus tiefschwarzen Haaren geflochtenen Zöpfe waren schillernde Silberschnüre eingeflochten.

Die ganze Erscheinung war auffallend, herausfordernd. Augen wie die Nacht, lange, dunkle Wimpern, volle, rote Wangen, die vor Gesundheit strotzten, ein kleiner Mund, ein niedliches, rundes Kinn — das gab ein Gesamtbild, das auch einem nüchternen Mann das Blut schneller durch die Adern rollen lassen konnte.

Sie blickte den Lehrer an, als ob sie vor einer unerklärlichen Erscheinung stehe. Er aber erwiderte diesen Blick lächelnden Auges.

„Seh ich recht?“ sagte sie.

„Jedenfalls!“ antwortete er.

„Ein Regensburger!“

„Habe die Ehre,“ lachte er.

Dabei machte er trotz des Holzkorbes eine Verbeugung.

„Eigentümlich, wenn wir uns sehn, ists immer nur zur Fastnachtszeit!“

„Ausgenommen heut.“

„Aber auch Vermummung!“

„Schwerlich.“

„Sie geben doch zu, daß Sie hier in einer ganz andern, als Ihrer bisherigen Eigenschaft erscheinen!“

„Ein Mann ist ein Mann!“

Er sagte das in so würdevollem Ton, daß sie, wobei sie auf den Korb deutete, lachend antwortete:

„Und was für einer!“

„Gleichviel! Ein Mann hat die Verpflichtung, der Ritter jeder Dame zu sein, die seiner Dienste bedarf.“

Er deutete auf die Alte. Das Mädchen schien die Lippen spöttisch verziehen zu wollen, aber vor seinem Blick beherrschte sie sich sofort und sagte nur:

„Ich wünsche Glück!“

„Danke!“

Er machte eine Bewegung, als wenn er sich abwenden wolle. Da trat sie nahe an ihn heran und sagte in leiserem Ton:

„Wie kommen Sie zu diesem Korb?“

„Auf die einfachste Weise. Ich habe ihn mir auf den Rücken gebunden.“

„Für einen Mann wie Sie ist es keineswegs passend, einer Bettlerin Handlangerdienste zu leisten."

„Nicht eine jede kann die Silbermartha sein!"

„Wie wissen Sie meinen Namen?"

„Ich erfuhr, daß die Martha des Silberbauern eine Tante in Regensburg hat, bei der sie zu Fastnacht auf Besuch gewesen ist."

Sie stampfte mit dem Fuß auf den Boden.

„Ich hatte mir unser Wiedersehn anders gedacht. Sie sollten nach mir suchen müssen."

„Und zwar vergebens?"

„Nein. Finden lassen wollte ich mich, aber nicht sogleich. Der Lohn folgt nur der Anstrengung."

„Nun, die habe ich ehrlich hinter mir. Sie sehn ja den schweren Korb."

„Reden Sie nicht! Ich nehme an, daß Sie meiner Einladung gefolgt sind?"

Er machte seine unbefangenste Miene.

„Welcher Einladung?"

Ihre Augen blitzten zornig.

„Sie wissen das nicht mehr?"

„Nein — wenn ich es überhaupt gewußt habe."

„Ich flüsterte sie Ihnen noch zuletzt zu!"

„Ah, das kommt davon, wenn man nur flüstert!"

„Zum Kuckuck! Sprechen Sie nicht so spöttisch!"

Um seine Augenwinkel legte sich ein Fältchen.

„In Regensburg führten Sie eine so kräftige Sprache nicht!"

„Weil ich es dort mit gebildeten Leuten zu tun hatte. Hier aber gibt es nur Affen und Hornochsen!"

„Schöne Zoologie!"

„Ja, ich bin nicht zu beneiden. Darum hatte ich mich auf Sie gefreut. Also Sie haben wirklich meine Einladung vergessen?"

„Ganz und gar!" gestand er mit größter Aufrichtigkeit.

„Warum sind Sie aber hier?"

„Ich fliege, wie der Vogel fliegt."

„Ja, mit einem Korb auf dem Buckel. Sind Sie jetzt vielleicht Vergnügungsreisender?"

„So ähnlich. Vergnügungsreisender für lange Zeit mit kurzen Pausen."

„Sie scheinen nur in Rätseln sprechen zu wollen!"

„Sie sind geistreich genug, diese Rätsel alle schnell zu lösen!"

„Oder kommen Sie als — Dichter und Schriftsteller?"

„Mit dem Pegasus auf dem Rücken, anstatt ich auf ihm? — Nein."

Die Alte mochte der Tochter des Silberbauern lästig sein, denn Martha warf ihr einen ungeduldigen Blick zu.

„Mein Korb —" antwortete die Frau, die diesen Blick wohl verstand.

„Gehn Sie langsam weiter", meinte der Lehrer freundlich. „Ich komme gleich nach."

Als sie sich entfernt hatte, sagte Martha:

„Und nun endlich die Wahrheit: Was wollen Sie hier in Hohenwald?"

„Mein Licht leuchten lassen."

„In welcher Eigenschaft? Sie sind Lehrer, aber zugleich auch Schriftsteller."

„In beiden Eigenschaften."

„Sie sind doch nicht etwa — das heut erwartete Opferlamm?"

„Leider bin ich es!"

„Ists wahr? Sie sind um die hiesige Stelle eingekommen?"

„Sie mir anzubieten, hätte wohl niemand gewagt."

Sie blickte in die Weite. Es lag ein eigentümlicher Ausdruck auf ihrem Gesicht. War es Ärger oder war es Triumph? Vielleicht wußte sie es selber nicht.

„Werden Sie diesen Schritt nicht bereuen?“ sagte sie unsicher.

„Ich bereue niemals einen Schritt, den ich mit Überlegung getan habe.“

„Nun, was haben Sie sich denn bei dem jetzigen überlegt, mein Herr?“

„Ob ich mir auf so einer Stelle eine Frau nehmen könne.“

Es lag in seiner Haltung, in seinem Ton und in den Worten, die er wählte, etwas Grimmiges. Sie merkte das sehr wohl. Sie fühlte es bei jedem Wort heraus, aber sie ließ sich nichts davon anmerken.

„Denken Sie schon daran, Familienvater zu werden?“ lachte sie.

„Natürlich!“

„So gedulden Sie sich noch ein Weilchen! Aber — wollen Sie mit diesem Korb in das Dorf?“

„Vielleicht.“

„Ich kenne Sie und schätze Sie. Ein Mann wie Sie darf einige Schrullen haben; doch die hiesigen Leute haben keine Ahnung von Ihren Talenten und werden Sie einfach auslachen.“

„Das wird mich sehr glücklich machen.“

„Unsinn! Geben Sie der Alten ihren Korb, sobald der Wald zu Ende ist. Wenn Sie sich so vor den Leuten sehn lassen, werde ich kein Wort mehr mit Ihnen sprechen.“

„Das würde mir das Herz brechen.“

„Also sorgen Sie, daß es nicht bricht! Wo werden Sie wohnen?“

„In Hohenwald.“

Sie stampfte abermals mit dem Fuß auf.

„Donnerwetter noch einmal! Sie können doch verständig sein, wenn Sie wollen! Hoffentlich wohnen Sie bei uns!“

„Das dürfte für mich zu gefährlich sein.“

„Halten Sie uns für Menschenfresser?"

„Nein, aber Sie für eine Herzensfresserin."

„Das ist ein sehr zartes, sinniges Bild!" lachte sie.

„Wir Dichter sind stets zart."

„Und tragen Lesholz auf dem Rücken — ah, da kommt glücklicherweise eine Hilfe!"

Ein ärmlich gekleideter Mann kam des Wegs.

„Setzen Sie ab!" forderte das Mädchen Max Walter auf.

Dabei griff sie in den Korbhenkel und half dem Lehrer die Bänder lösen und den Korb auf die Erde setzen.

„Hoffmann", gebot sie dem Mann, als dieser vorübergehen wollte, „trag diesen Korb da zu der Feuerbalzerin — sie wartet darauf."

„Nein", sagte Max Walter, „tragen sie ihn ihr bis in ihre Wohnung. Sie ist zu schwach für eine solche Last. Hier haben Sie Geld für ein Glas Bier."

Er gab ihm ein Fünfzigpfennigstück, für diese Arbeit eine gute Bezahlung. Der Mann bedankte sich und verschwand mit dem Korb.

„So!" sagte sie jetzt. „Nun sieht man Sie doch wenigstens in voller Gestalt. Aber die Feuerbalzerin hätte sich das Holz auch selber nach Haus tragen können."

„Ich halte sie für eine brave Frau!"

„Wenn es auf Sie ankommt, sind alle Menschen brav."

„Sogar Sie!"

„Hören Sie auf! Sie sind heute ganz anders als früher."

„Ja, die Zeit bildet ihre Leute."

„Ich gestehe Ihnen aufrichtig, daß unser Wiedersehn mich nicht so entzückt, wie ich es mir in Gedanken ausgemalt hatte."

„So meinen Sie, daß ich heut nicht entzückend bin?"

„Welch ungeheure Einbildung, nur zu denken, daß Sie es überhaupt einmal sein könnten!"

Sie lehnte sich an einen Baum am Weg, kreuzte die Arme über die Brust und musterte ihn vom Kopf bis zu den Füßen.

Er stand ihr gegenüber und hielt ihren Blick mit ruhigem Lächeln aus. Keine Miene verriet, daß seine Gefühle keineswegs so ruhig waren.

„Eigentlich“, begann sie, „ist es ein glücklicher Zufall, daß wir uns treffen, ehe Sie das Dorf betreten. Wir können uns klar über unsere Stellung werden.“

„Bin es bereits“, sagte er kurz.

„Das kann ich von mir nicht sagen.“

„Bei mir versteht es sich von selber.“

„Wieso?“

„Nun, was meine Stellung betrifft, so bin ich Lehrer in Hohenwald. Das ist sehr einfach.“

„Sie sind unausstehlich!“ blitzte sie ihn zornig an. „Sie wissen recht gut, daß ich nicht das meine, sondern die Stellung, die wir zwei zueinander haben. Da müssen wir uns klarwerden.“

„Natürlich!“ nickte er. „Also bitte ich, mir Ihre Wünsche mitzuteilen.“

„Die sollen Sie hören.“

Wieder schweifte ihr Blick an ihm hernieder. Ihr Blick wurde warm, und um ihre Lippen spielte ein Lächeln.

„Wissen Sie, daß Sie ein netter Mensch sind?“

„Wenn Sie es sagen, muß es wahr sein.“

„Sie kennen die Verhältnisse meiner Familie?“

„So leidlich.“

„Ausgezeichnet! Ich kann wählen, und zwar nach meinem Herzen. Mein Vater wird mich nie zu einer Heirat zwingen.“

„Sehr verständig von dem Mann.“

Sie warf ihm einen forschenden Blick zu. Der halb spöttische Ton behagte ihr gar nicht.

„Ich hatte mein Traumbild“, fuhr sie fort. „Nicht, ob schwarz oder blond, alt oder jung, groß oder klein, war bei mir die Frage, sondern mein Traumbild war ein Dichter, ein Mann von Geist. Hübsch sollte er natürlich sein. Damit war das Maß meiner Ansprüche voll."

„Sehr bescheiden."

„Ich kam nach Regensburg und hörte von Ihnen. Sie waren der Leiter des Gesangvereins, in dem mein Onkel Mitglied war, und —"

„Und ich hatte ein Bändchen Gedichte verbrochen!" fiel er ein.

„Ja. Ich hab mir das Bändchen angeschafft, und ich verliebte mich in den Dichter, bevor ich ihn noch gesehn hatte —"

„Mit dem Eilzug also!"

„Bringen Sie doch keine so trivialen Bilder und Randglossen! Das steht Ihnen nicht! Ich kann das nicht leiden!"

„Gut! Ich hülle mich in lyrisches Schweigen."

„Dann sah ich Sie während des Maskenfestes, und — ich war Ihnen sofort gut. Vor dem Scheiden sahen wir uns noch einmal. Als wir uns trennten, teilte ich Ihnen mit, daß Sie mich finden würden, wenn Sie für länger als nur einen Tag nach Hohenwald kommen wollten. Jetzt sind Sie da —"

„Gott sei Dank!"

„Wollen Sie schweigen?"

„Wenn Sie wünschen, ja."

„Ich wünsche es sehr! — Also weiter! Jetzt bin ich gewiß, daß Sie eine entscheidende Frage an mich richten werden, und ich will Ihnen Antwort geben, noch ehe Sie die Frage ausgesprochen haben. Sie gefallen mir. Ein Mann von Geist, ein Mann der Feder, ein Schriftsteller, ein Dichter, ist, wie gesagt, mein Traumbild. Aber ein Schulmeister? Nein! — Sie haben es bei Ihrem Geist nicht nötig, den Rohrstock zu schwingen. Schreiben Sie, dichten Sie! Sobald Sie einen Namen haben, werde ich

Ihre Frau. Deutlicher und bündiger kann ich doch nicht sein!"

„Nein. Wir können also schon morgen heiraten."

„Ah! Wieso?" fragte sie mißtrauisch.

„Ihre Bedingung ist erfüllt. Einen Namen habe ich schon. Ich heiße Max Walter."

So ruhig er bei diesen Worten war, um so empörter wurde Martha. Sie ballte die Fäuste und rief zornig:

„Wollen Sie mich verhöhnen? Ich meine: einen Namen als Dichter! Das versteht sich ja von selber! Berühmt sollen Sie sein! — Eher heirate ich Sie nicht."

„Ach so! Und Sie behaupten, mich zu lieben?"

„Ja. Aber ich bin keine, die sich verschleudert."

„Das merke ich."

„Warum spotten Sie? — Ich bin nicht dumm genug, um meine Vorzüge nicht zu kennen. Ich bin jung, nicht häßlich, reich, nicht ungebildet, — kurz alles, was ein Mann nur wünschen kann. Und nun, was sagen Sie dazu?"

„Eigentlich hab ich nun nichts mehr hinzuzufügen."

„Ah!"

„Ja. Sie haben schon alles gesagt. Nur eine Kleinigkeit haben Sie vergessen."

„Welche?"

„Ob ich Sie überhaupt mag!"

Das hatte sie freilich nicht erwartet. Sie stand ganz verdutzt.

„Nicht — mag —?" wiederholte sie.

„Freilich. Sie scheinen von der Voraussetzung auszugehn, daß ich ohne Sie in den ersten Teich springen werde und ohne Sie überhaupt nicht zu leben vermöchte! Das ist nicht der Fall. Es fällt mir nicht ein, Sie zur Frau zu begehren. Sie wollen sich nicht an einen Schulmeister versprechen? O nein, Fräulein, Sie sind eines Schulmeisters gar nicht wert!"

Auch das sagte er in einer ruhigen anheimelnden

Freundlichkeit, als spreche er die größte Schmeichelei aus. Dies machte sie irre.

„Sie treiben Ihre Scherze zu weit!“ rief sie erregt.

„Scherz? — Pah! Ich sehe ein, daß ich mich Ihnen erklären muß.“

„Ja, ich bitte sehr darum!“

„So erlauben Sie, daß ich mich in derselben Reihenfolge halte, wie Sie. Also zunächst: ich habe niemals ein Traumbild gehabt. Ich habe auch nie gedacht, daß ich heiraten müsse. Ich habe das sehr einfach dem Herrgott anheimgestellt. Da sah ich Sie —“

„Ah!“ meinte sie, während sie sich fest an den Baum lehnte.

„Ja, ich sah Sie, und ich gestehe, daß Sie als Türkin wunderschön waren, entzückend sogar. Ich kam mit Ihnen ins Gespräch. Nun, für ein Dorfmädchen haben Sie mehr als genug gelernt. Was Sie wußten, das befriedigte mich, und wie Sie es vorbrachten, das war so natürlich und auch so geschickt, daß ich an der Leimrute hängen blieb.“

„Ah!“ wiederholte sie.

„Ja. Nach dem Scheiden schwärmte ich für Sie und verbrach auf Sie Lieder — ich gestehe es offen. Ja ich war regelrecht in Sie verliebt!“

„Ah!“ sagte sie zum dritten Male, und ihre Augen glänzten.

„Warum soll ichs leugnen? Es zog mich zu Ihnen. Ich hörte, daß der hiesige Lehrer abginge, und meldete mich. Der Schulrat hielt mich für geistesgestört. Eine gute Laufbahn lag vor mir — und da bat ich um diese Strafstelle! Von allen Seiten riet man mir ab — vergeblich! Ich liebte Sie und ging. Jetzt treffe ich Sie hier und bin —“

Er hielt inne.

„Weiter — weiter!“ drängte sie.

„Enttäuscht!“

Sie zuckte zusammen, aber beherrschte sich meisterhaft.

„Ich habe ein Gefühl wie einer, der im Dampfbad sitzt und unerwartet mit kaltem Wasser übergossen wird. Er nimmt Reißaus."

„Sie wählen wieder die abgeschmacktesten Bilder!"

„Von Ihnen angeregt. Ich habe gemerkt, daß Zartheit nicht am Platze wäre."

„Wieso?" fuhr sie auf.

„Nun", sagte er zögernd, „zunächst erscheinen Sie mir in einer Kleidung, die nur ein —"

„Nun?"

„Dieses Prunken mit Ihren Silbermünzen ist einfach beleidigend. Wenn Sie reich sind, so seien Sie es meinetwegen, aber hängen Sie das Geld nicht so auffällig zur Schau! Jedes Silberstück an Ihnen ist doch eine Ohrfeige für jeden Armen des Dorfes. Sodann war Ihr erstes Wort eine Grobheit. Sie zeigten gegen die arme Frau, deren Korb ich trug, kein Herz — kurz, ich bin geheilt. Holen Sie sich einen andern — Dichter!"

Er wandte sich zum Gehen. Da tat sie einen Sprung auf ihn zu und faßte ihn beim Arm. Ihr Gesicht glühte, deutlich malten sich in ihren Zügen Scham und Zorn.

„Das — das wagen Sie mir zu sagen?"

„Wagen? — Die Wahrheit zu sagen sollte für keinen Menschen ein Wagnis sein!"

„Oh", rief sie spitzig. „Sie kennen mich nicht! Sonst hätten Sie sich Ihre Worte besser überlegt! Sie haben mich aufs tiefste beleidigt!"

„Beleidigt? Wahrheit sollte für keinen Menschen eine Beleidigung sein!"

Sie ließ seinen Arm los und trat einen Schritt zurück. Die Lippen fest zusammengepreßt, betrachtete sie ihn mit glühendem Blick.

„Gut, wie Sie wollen!" stieß sie hervor.

„Leben Sie wohl!"

Sie sah ihn davongehen und um eine Biegung des Weges verschwinden. So stand sie eine ganze Weile. Dann ballte sie die Fäuste und schüttelte sie ihm nach.

Eine Hand legte sich auf ihre Schulter. Sie fuhr herum. Die Feuerbalzerin stand vor ihr.

„Was willst du hier?“ rief sie.

„Ihn schützen!“

„Wen?“

„Den Schulmeister!“

Martha nahm ihre ganze Selbstbeherrschung zusammen.

„Was faselst da?“

„Willst etwa leugnen?“

Die Augen der Alten waren auf das Mädchen gerichtet.

„Leugnen? — Fallt mir gar nicht ein,“ lachte Martha und fiel in die bäuerliche Redeweise. „Ich hab nix zu leugnen und nix einzugestehn. Ich weiß von gar nix.“

„Oho! Meinst, daß ich dumm bin?“

„Aber ich weiß gar nicht, was d' willst!“

„Ich hab dirs gesagt: Ihn schützen will ich. Er hat mit mir gesprochen, mit der Verachteten, mir die Hand geben, mir Geld geschenkt, ist mit mir gelaufen und hat mir sogar den Korb tragen. Ja, er hätt ihn ganz durchs Dorf tragen, wannst ihm nicht in den Weg treten wärst. Das alles hat er tan, und nun werd ich ihn schützen.“

„Vor wem denn?“

„Vor dir.“

„Was fallt dir ein?“

„Du bist eine Teufelin, vor der er sich in acht nehmen soll! Aber wannst sein Teufel sein willst, so werd ich sein Engel sein. Wannst um ihn schleichst, so werde ich wachen am Tag und in der Nacht. Ihn sollt ihr mir nicht vergiften, wie ihr das ganze Dorf vergiftet habt!“

„Du bist wahnsinnig! Ich hab ja gar keine Ahnung, weshalb ich diesem fremden Menschen Böses tun soll!"

„Fremd? — Und hast doch in Regensburg mit ihm gesprochen!"

„Alle Teufel!" fuhr sie auf.

„Und ihn hierherbestellt!"

„Woher weißt das?"

„Und willst ihn heiraten, wann er ein berühmter Dichter worden ist!"

„Bist etwa allwissend?"

„Er mag dich aber nicht! — Oh, jetzt gibts endlich mal einen, der den Mut hat und den richtigen Schneid, es mit dem Silberbauervolk aufzunehmen! Er hat die Silbermartha nicht mögen! Oh, wann das die Leut erfahrn!"

Martha stand starr.

„Hast etwa gehorcht?" brachte sie hervor.

„Gehorcht? — Hast net laut genug geschrien? — Als ich gesehn hab, daß d' ihn kennst, da ists mir sofort Angst um ihn worden; denn wer mit euch zusammenkommt, dem sagt das Unglück guten Tag. Wie du mich dann fortgejagt hast, hab ich tan, als ob ich geh; aber ich hab mich zurückgeschlichen und hinter die Bäume gesteckt. Ihr habt nicht denkt, daß jemand da sein könnt, und immer laut gesprochen. So hab ich alles gehört. Und jetzt weißt auch, wies einer zumute ist, die einen gern haben möcht, und er mag sie nicht!"

„Willst schweigen!"

„Schweigen? — Nein! Erzählen werd ich es, damit alle Welt es erfährt, daß ein armer Dorfschulmeister die reiche Silbermartha nicht mag, und sie hat ihm doch gute Worte geben!"

„Wannst ein einzig Wort sagst, nachher wirst sehn, was ich tu!" rief Martha.

„Was tust? — Nix, gar nix! Mehr kannst gar nimmer tun, als was ihr schon tan habt an uns! Ich fürcht mich nicht vor dir. Ich hab mich gefürchtet vor euch bis auf den heutigen Tag. Aber er ist mein guter Engel gewesen und hat mich nicht verachtet. Wann ihr ihm ein Leids antut, so — so —"

„Ich tu ihm ja gar nix, Balzerbäuerin!" versicherte Martha spöttisch.

„Warum nennst mich jetzt auf einmal die Balzerbäuerin, he? Warum sagst nicht Feuerbalzerin wie sonst? Jetzt hast Angst vor mir und kannst höflich sein."

„So schrei doch wenigstens nicht so!"

„Schreien? Ich wollt, ich hätt eine Stimme wie eine Kanone, so wollt ichs hinauspuffern in alle Welt, was ich gehört und gesehn hab! Grad euch zum Trotz! Im schönsten und größten Gut haben wir gewohnt, und bezahlt wars und schuldenfrei. Jetzt herbergen wir in der Flachsrösterei wie die Ratten in der Gossen. Geh hin zu uns und schau dir meinen Sohn an und sein Weib! Der Hunger ist unser Koch, die Krankheit unser Vergnügen und der Wahnsinn unser Gast! — Wer hats verschuldet? Das Feuer und dein Vater — diese beiden haben uns aufgefressen!"

„Ists denn gar so arg mit euch?"

Ihre Stimme schien einen teilnehmenden, mitleidigen Ton anzunehmen.

„Meinst etwa, daß das geselchte Rauchfleisch bei uns zur Tür hereinspaziert? Heut hab ich nix gessen am ganzen Tag als rohe Schwämme draußen im Wald, so wie sie auf der Erde stehn! Grad so fressens auch die Tiere! Zu Haus liegen die beiden andern und warten auf mich, daß ich ihnen die paar Schwammerln bring, die ich hier in der Schürze hab. Das ist unser Frühstück, unser Mittag- und unser Abendessen. Der neue Lehrer aber hat mir einen blanken Taler geben, um der kranken Schwiegertochter eine Suppe zu kochen. Das werd ich ihm danken all mein Leben lang!"

„Nun, was der kann, das können wir auch."

Sie griff in die Tasche.

„Von dir?“ fragte die Alte. „Keinen Pfennig mag ich, keinen einzigen!“

„So nimms doch!“

Sie nahm eine Mark heraus und hielt sie ihr hin. Die Alte streckte beide Hände abwehrend aus.

„Der Herrgott mag mich hüten, daß ich von euch ein Geld annehm! Lieber verhunger ich mit Freuden!“

„Oder ists nicht genug, eine Mark?“

„Tausend sind nicht genug gegen das, was dein Vater uns abgenommen hat!“

„So geb ich dir mehr als eine. Hier, hast drei!“

„Nein, nein, und wanns mein Leben kosten tät! Behalt dein Sündengeld!“

Sie wandte sich zum Gehen.

Martha bekam Angst. Sie wollte um keinen Preis einen Menschen wissen lassen, was zwischen ihr und dem Lehrer vorgegangen war. Darum ging sie der Alten nach und hielt sie am Arm zurück.

„Schau dir diese Halskette an! Sie ist an die hundert Taler wert! Ich geb sie dir und werd sie morgen einlösen, wannst mir einen Gefallen tust.“

„Welchen Gefallen?“

„Du sollst niemand sagen, was du hier gehört hast.“

„Aller Welt werd ichs sagen!“

Die Bäuerin versuchte sich von der Hand des Mädchens zu befreien.

„Denk — hundert Taler!“

„Nein.“

„In eurer Armut ists ein Vermögen. Ihr könnt nun essen und trinken und euch auch Kleider kaufen.“

„Lieber nackt verhungern, als Geld nehmen vom Silberbauern!“

„Nimm es doch!“ drängte Martha.

„Fallt mir nicht ein!“

„Ich bitt dich darum.“

Sie faltete die Hände und stand mit gesenktem Kopf

vor der Alten. Was kein Geld vermocht hatte, selbst die Summe von hundert Talern nicht, das vermochte dieses Wort.

„Was?“ fragte die Alte. „Du bittst mich?“

„Ja.“

„Du, die Silbermartha, bittst die Feuerbalzerin?“

„Du siehsts ja! Ich weiß nicht, was ich machen tät, wann ich die Schand erleben müßt, daß die Leut erfahren, er hat mich nicht haben mögen.“

Die Alte kämpfte mit sich. Der Haß, die Rachsucht stritten wider ihr gutes Gemüt.

„Laß dich doch erbitten, Balzerbäuerin!“ flehte das Mädchen.

Das gute Herz siegte.

„Nun gut“, sagte die Feuerbalzerin, „ich kann mal keiner Bitt nix abschlagen. Ein guts Wort findet eine gute Statt. Aber für immer und ewig gelob ich kein Schweigen. Ich werd dem Lehrer sagen, daß ich alles erlauscht hab, und ich werd ihn nachher auch fragen, ob ich still sein soll oder davon reden darf. Nach seinem Willen werd ich dann handeln.“

„Mein Gott! — Was wird er sagen?“

„Ich weiß es.“

„Was?“

„Daß ich schweigen soll.“

„Meinst wirklich?“

„Ja. Der hat ein gutes Herz, und er ist auch viel zu stolz, als daß er dich in Schande bringen ließ. Also mein Versprechen hast.“

„Und wirst mir sagen, was er dir befohlen hat?“

„Ja, wann ich dich treff.“

„So seh ich, daß d' nicht so schlecht bist, wie ich dacht hab.“

„Schlecht? — Ich? — Mein lieber Himmel, ich und schlecht?“

„So wirst nun aber auch Geld von mir annehmen, wann ichs dir jetzt abermals anbiete?"

„Nein. Da hilft dir keine Bitt. Aber ich will dir was geben, was mehr ist als alles Geld. Du bist nicht schuld an deinem Vater und deinem Bruder. Du bist wohl noch die best von euch dreien. Wannst besser erzogen wärst, so könntst ein ganz andres Dirndl sein. Du kannst noch so glücklich werden, wie das Geld nimmer machen kann; aber den Hochmut mußt lassen, sanft mußt sein und gut. Das kommt dich jetzt schlimm an. Aber wannst nur einmal dich überwunden hast und einem einzigen Menschenkind eine rechte Lieb erwiesen, so wirst gleich empfinden, wie glücklich das im Herzen macht. Es ist nicht gut, wann ein Kind keine Mutter hat; drum kann ich dir viel verzeihn. Behüt dich Gott, Martha — es wär schad um dich!"

War es wahr —, war es wirklich geschehen? Die Alte hatte die Hand des Mädchens ergriffen und sie gedrückt.

Martha blickte ihr nach, bis sie verschwunden war. Dann preßte sie die Hände auf die Brust.

„Es wär schad um dich!"

Es flutete heiß in ihr empor.

Woher sie kamen, das schöne Mädchen wußte es nicht, — aber im Augenblick standen die Augen voller Tränen, die über die Wangen herabliefen, um noch anderen, vielen anderen Platz zu machen. —

STÜRMISCHER EINSTAND

Der neue Lehrer sah bald das Wirtshaus vor sich. Er hörte bereits von weitem, daß man Kegel schob.

Die Kegelbahn zog sich dicht am Weg hin. Walter schritt langsam auf sie zu. Im Vorbeigehen warf er einen Blick auf die Bänke. Dort saßen und standen vielleicht zehn Männer, mit dem Kegelspiel beschäftigt — der Silberfritz unter ihnen. Dieser hatte kaum den Lehrer erblickt, so sprang er auf.

„Das ist er, Vater, das ist der Kerl!" rief er laut und wütend.

„Wo?" fragte eine tiefe Stimme.

„Der da vorbeigeht!"

„So wollen wir gleich die Polizei machen. — Kommt! Den halten wir fest!"

Im nächsten Augenblick sah Walter sich von den Leuten umringt.

Der Silberbauer war sofort an dem protzigen Silberschmuck seines Anzugs zu erkennen. Seine grobe, vierschrötige Gestalt, sein hartes Gesicht mit den kleinen, hinterlistigen Augen machten keinen guten Eindruck.

Er faßte den Lehrer beim Arm.

„Halt, Bursch!" schnauzte er ihn an. „Hier wird nicht vorübergelaufen!"

„Warum nicht?" fragte Max Walter ruhig.

„Weilst festgenommen bist."

„Von wem?"

„Von mir!"

„Ach so! Wer sind Sie denn?"

„Der Silberbauer und die oberste Polizei hier in diesem Ort. — Wo willst hin?"

„Zunächst muß ich fragen, weshalb Sie mich festnehmen wollen!"

„Das fragst auch noch, Kerl?"

„Natürlich habe ich das Recht zu dieser Frage. Übrigens bitte ich um die nötige Höflichkeit. Ich nenne jeden der anwesenden Herren ‚Sie' und muß dasselbe auch für mich verlangen!"

„Wie wir dich nennen werden, ob kurz oder lang, ob bucklig oder lahm, das wirst bald sehn! Nachher werd ich dich vernehmen. — Da kommt auch der Wächter gleich gelaufen, als ob er gerufen wär!"

Er war ein langer, dürrer Kerl, gewöhnlich gekleidet. Nur eine alte Soldatenmütze ließ erraten, welch ein wichtiges Amt er in der Gemeinde bekleidete. Er kam im Trab daher, sprang über die Kegelbahn herüber, verschnaufte einen Augenblick, begrüßte den Silberbauer, indem er militärisch die Hand an die Mütze legte und meldete:

„Er ist da!"

„Wer?"

„Der neue Lehrer."

„Wo denn? Kommt er schon auf der Straße?"

„Nein, da nicht. Er steckt im Wald."

„Im Wald? Da hindurch geht ja gar kein Weg von der Stadt herüber! Bist denn du etwa draußen im Wald gewesen?"

„Nein, ich nicht, aber das Lisbetherl. Die hat den neuen Lehrer troffen und auch mit ihm gesprochen."

„Alle Donnerwetter! Da stell ich dich auf die Straße zum Aufpassen, und da lauft der Malefizkerl durch den Wald! So ist er am End schon vorübergegangen und sitzt bereits beim Pfarrer und macht bei ihm Kuschi. Das kann mir auch gefallen! Mußt also gleich hingehn und anfragen, ob er dort ist. Wannst ihn findst, so bringst ihn gleich mit hierher."

„Gleich mitbringen? Wird sich das machen lassen? Wann er aber nicht will?"

„Nicht wollen? — Der Schulmeister? Bist gescheit oder nicht? Ich bin der Schultheiß, und er hat mir zu gehorchen. Du sagst ihm, daß ich ihm befehl, mitzukommen."

„Aber wann er trotzdem nicht mitgeht?"

„So verhaftest ihn!"

Der Wächter zog ein sehr verlegenes Gesicht.

„Nun, was machst da für eine Visasch?"

„Weil er sich nicht verhaften lassen wird!"

„Was fallt dir ein? Bist etwa nicht die Polizei?"

„Das wohl. Aber wann ich mich an ihm vergreif, und er verklagt mich ans Gericht, so wirds schlimm. Am End komm ich da gleich vom Dienst."

„Oho! Ich bin der Schultheiß, und ich tu, was mir beliebt! Das Gericht geht mich gar nix an! Aus dem mach ich mir keinen Pfifferling. Ich führ das ganze Gericht mitsamt dem Amtmann an der Nas herum. Verstanden? Also du sagst dem Lehrer, daß ich ihm befehl, hierherzukommen. Wir schieben Kegel, und er muß mittun. Zunächst aber nimmst diesen Kerl hier gleich mit und steckst ihn ein. Er ist angeklagt wegen Raubüberfall und Körperverletzung. Wann ich Zeit hab, werd ich ihn ins Verhör nehmen und dann dem Gericht überliefern. Er hat meinen Sohn dermorden wollen, der Halunkenschuft! Da steht er."

Max Walter hatte bis jetzt hinter einigen der Bauern gestanden, so daß der Wächter ihn nicht hatte sehen können. Jetzt traten sie zur Seite. Der Blick des Wächters fiel auf ihn. Er betrachtete ihn mit verlegenen Blicken.

„Heiliges Pech! — Der soll ein Mordanstifter sein?"

„Ja, mich hat er erschlagen wollen!“ rief der Silberfritz.

„Ists möglich?“

„Wann ich es sag, wirsts glauben müssen!“

„Und doch glaub ichs nicht.“

„Warum nicht?“

„Weil er der neue Lehrer ist! Nun brauch ich ihn auch nicht vom Pfarrer herbeizuholen!“

Die Männer standen stumm.

„Wie kannst den neuen Lehrer kennen?“ lachte der Silberbauer grob. „Du hast ihn ja noch nie gesehn!“

„Lisbeth hat ihn gesehn und ihn mir genau beschrieben. Einen Anzug wie in der Stadt, einen Hut auf dem Kopf, eine Tasche an der Seite, einen Spazierstock und dunkle Haare. Sagt selber, ob das nicht genau stimmt!“

„Ja, stimmen täts schon“, meinte Klaus, „und im Wald ist er auch gewesen. Wollen schaun.“

Er wandte sich an den Lehrer.

„Wie heißt denn eigentlich?“

„Max Walter.“

„Wo bist her?“

„Regensburg.“

„Das ist freilich das richtige. Das stimmt mit den Nachrichten, die ich erhalten hab. So bist der neue Lehrer?“

„Ja.“

Da lachte der Silberbauer laut auf.

„Na, da werden sich die Schulbuben freun! Seit der vorige fort ist, hats keine Schule geben, und nun gibts schon wieder neue Ferien!“

„Das möchte ich bezweifeln“, bemerkte Max Walter. „Ich beabsichtige vielmehr, bereits morgen früh den Unterricht zu beginnen, und ersuche Sie, dies durch den Gemeindediener noch heut die Eltern wissen zu lassen.“

„So!“ höhnte der Bauer. „Meinst, daß wir einen

Mörder zum Schulmeister haben wollen? — So dumm sind wir nicht."

Max Walter trat einen Schritt näher an ihn heran und sagte in ernstem Ton:

„Herr Klaus, ich —"

„Schweig!" donnerte der Bauer. „Herr Silberbauer hast zu sagen, aber nicht Herr Klaus! — Verstanden?"

„Ich nenne Sie zunächst Klaus, denn das ist Ihr Name. Sie nennen mich du, obwohl ich Ihnen dies bereits untersagt habe. Wenn Sie, als Vorstand dieser Gemeinde, die nötige Höflichkeit unterlassen, so müssen Sie gewärtig sein, daß man Sie mit ganz demselben Maß mißt. Sie dürfen nicht denken, daß ich mir von Ihnen etwas gefallen lasse. Zwar bin ich jünger als Sie, sonst aber glaube ich der Mann zu sein, der keine Veranlassung hat, sich vor Ihnen zu fürchten oder zu dulden, daß Sie ihn wie einen dummen Jungen anschnauzen! Dazu sind Sie mir denn doch nicht gescheit genug. — Verstanden?"

Das war dem Bauern noch nicht widerfahren. So hatte noch nie ein Mensch mit ihm gesprochen.

Die Umstehenden waren ernstlich erschrocken. Sie selber hätten nie gewagt, dem reichsten Mann des Dorfs solche Worte zu sagen — und da kam dieser fremde, junge Mensch daher und antwortete ihm in solcher Weise ...

„Schweig, Lausbub!"

Diese Worte stieß der Silberbauer wütend hervor und hob dabei die Hand zum Schlag.

Max Walter wich trotz dieser drohenden Haltung seines Gegners keinen Schritt zurück.

„Diesen Schimpf werde ich nicht auf mir sitzen lassen!"

„So! Was willst tun?"

„Ich werde Sie anzeigen, Bauer!"

„Was? Mich? Den Vorsteher?"

„Ja. Denken Sie nicht, daß Sie mein Vorgesetzter sind! Sie haben mir gar nichts zu befehlen."

„Was? — Das sagst mir? Du, den wir wegen Überfalls und Mordversuchs verhaften mußten?"

„Ich bin nicht verhaftet. Von einem Mann, wie Sie sind, lasse ich mich keineswegs verhaften. Ich kam im Wald dazu, als Ihr Sohn die Lisbeth anfiel und vergewaltigen wollte, und habe sie in meinen Schutz genommen. Dabei hat er freilich gewaltige Prügel erhalten, und ich sage in aller Offenheit, daß er noch viel mehr erhält, wenn er sich wieder bei einer solchen Tat erwischen läßt. Er ists, der bestraft werden muß, und wenn es mir in den Sinn kommt, so erstatte ich zu den Prügeln, die er gekostet hat, auch noch Anzeige beim Gericht. Und wenn sein Vater mich weiter beleidigt, so werde ich mich zu schützen wissen. Zeugen sind genug vorhanden, die aussagen müssen, daß ich diesen Streit nicht hervorgerufen habe."

„Zeugen? — Sie sollen nur das Maul auftun!"

„Ich glaube nicht, daß einer von den Anwesenden dem Klausbauern zuliebe sich wegen Meineids ins Zuchthaus schaffen lassen wird."

„Oho! Zunächst kommst du selber ins Zuchthaus! Du bist verhaftet! — Wächter, schaff ihn fort!"

Der brave Ortspolizist befand sich in einer nicht geringen Verlegenheit. Er kratzte sich hinter dem rechten Ohr, dann hinter dem linken.

„Wohin? Es ist ja gar kein Ortsgefängnis vorhanden hier in Hohenwald."

„Schaff ihn in mein Gut und schließ ihn in den Kartoffelkeller ein, den Schlüssel bringst mir hierher."

„Ja, schön! Also komm!"

Er winkte. Max Walter zuckte die Achseln, setzte sich an einen der Tische, die im Freien standen, und fragte einen dicken Mann, der unter der Haustür stand:

„Sind Sie der Wirt?"

„Ja."

„Bringen Sie mir ein Bier!"

„Sogleich!"

Der Wirt verschwand im Innern des Hauses. Einige der Anwesenden lachten leise vor sich hin. Der Silberbauer bemerkte es und rief wütend:

„Was habts da zu lachen! Ich werd euch zeigen, wer der Herr ist! — Wächter, schaff ihn fort, aber sogleich!"

Der Polizist trat näher an den Lehrer heran.

„So komm doch! Es hilft dir doch nix, wannst dich sperrst. Mußt mit auf alle Fälle."

Der junge Mann maß den Sprecher mit einem scharfen Blick.

„Wenn Sie mich noch ein einziges Mal du nennen, so knalle ich Ihnen eine Ohrfeige ins Gesicht, daß Sie denken sollen, der Himmel fällt ein! Wenn der Ortsschulze grob ist, braucht doch der Polizist nicht unverschämt zu sein!"

Wieder lachten einige. Das erhöhte die Wut des Silberbauern. Da gerade jetzt der Wirt das Bier brachte und dem Lehrer hinsetzte, richtete er seinen Zorn gegen diesen:

„Was bringst ihm Bier, he?"

„Er hats ja bestellt!"

„Er ist doch verhaftet!"

„Davon seh ich noch nix."

„Das werd ich sofort beweisen."

Er trat breitspurig auf den Lehrer zu. Max Walter setzte sein Bierglas an die Lippen und trank in aller Ruhe.

„Wer mich haben will, der mag herkommen!" sagte er dann gleichmütig.

„Ja, da bin ich bereits", antwortete Klaus. „Jetzt kommst sofort mit mir."

„Ich sage jetzt zum drittenmal, daß ich mir dieses

‚du' verbitte! Eine Beleidigung dulde ich nun keinesfalls mehr.“

„Pah! Soll ich etwa so einen Lumpazi auch noch mit Durchlaucht antitulieren? — Au, verdammt!“

Er flog nämlich über die ganze Breite der Kegelbahn hinüber und stürzte zu Boden; einen solchen Hieb hatte er von dem Lehrer erhalten.

„Hund!“ brüllte sein Sohn auf, als er den Vater stürzen sah. „Jetzt sollst du es büßen!“

Max Walter war von seinem Stuhl aufgestanden, trat einen Schritt zurück, holte mit dem Stock aus und schlug dem Angreifer dermaßen über das Gesicht, daß er heulend zusammenbrach.

Inzwischen hatte sich der Silberbauer aufgerafft, drang abermals auf Max Walter ein und erhielt einen Faustschlag, der ihn wie einen Klotz fällte.

„Wart!“ brüllte er. „Das sollst mir zahlen!“

Er raffte sich wieder auf und riß einen Bierkrug vom Tisch. Aber er bekam einen Stockhieb auf den Unterarm, daß er den Krug fallen ließ.

Max Walter war so vorsichtig, keinen seiner Gegner so weit an sich herankommen zu lassen, daß er gepackt werden konnte. Es schien, als ob der Silberbauer den getroffenen Arm nicht wieder heben könne. Doch sprang er wieder auf den Lehrer zu, um ihn mit dem andern Arm zu greifen. Aber da erhielt der Bedrohte Hilfe, an die niemand hatte denken können.

Die Feuerbalzerin hatte ihre Unterredung mit Martha unterdes beendet und war jetzt aus dem Walde gekommen. Beim Wirtshaus sah sie, daß der Lehrer vom Silberbauern angegriffen wurde, und sofort sprang sie hinzu, stellte dem Schultheiß, der sie nicht bemerkte, geistesgegenwärtig ein Bein, so daß er niederstürzte, warf sich auf ihn und bearbeitete ihn nun derart mit den Händen, daß er gar nicht zur Besinnung kam.

„Was?“ schrie sie. „Den Herrn Lehrer willst hauen?

— Du, du? — Das ist mein Freund, und dem helf ich gleich!“

Dabei schlug und kratzte sie mit der Schnelligkeit einer Meerkatze auf den am Boden Liegenden ein. Klaus wollte sich wehren, aber sie war so behend, daß es ihm nicht gelang, eine ihrer Hände zu erfassen.

Die Bauern hüteten sich, in diesem eigentümlichen Kampf Partei zu ergreifen. Der Sohn konnte dem Vater nicht zur Seite stehen, denn sein Gesicht blutete schwer von dem Stockstreich. Er hielt es mit beiden Händen, schimpfte in allen Tonarten und schlich heim.

Der Lehrer war der einzige, der dem Silberbauern zu Hilfe kam.

„Balzerbäuerin, lassen Sie ihn los!“ sagte er.

„Nicht eher, als bis er erschlagen ist!“

„Nein, nein! — Bitte, lassen Sie ihn!“

Er zog sie hoch.

„Na, wanns nicht anders wollen! Ihnen bin ich schon gehorsam!“ sagte sie außer Atem. „Aber er solls nimmer wagen, sich wieder an meinem Freund zu vergreifen, sonst komm ich ihm noch viel besser!“

Der Silberbauer stand von der Erde auf. Er sah schrecklich aus.

„Wer ists denn eigentlich?“ brüllte er. Er konnte kaum aus den Augen sehen. „Ach du! — Die Feuerbalzerin! Na wart, alte Hexe, dir werd ichs vergelten! Auf das Gericht werd ich gehen und —“

„— und dort sagen“, fiel Max Walter schnell ein, „daß Sie das ganze Gericht mitsamt dem Amtmann an der Nase herumführen! Wenn Sie das sagen, dann werden Sie Hilfe erhalten.“

„Das, das hätt ich gesagt?“

„Ja.“

„Das ist eine niederträchtige Lüge!“

„Alle Anwesenden haben es gehört!“

„So? Haben sie es gehört? — Nun, ich will doch sehn,

ob sie wirklich etwas gehört haben, was ich gar nicht gesagt hab! — Jetzt geh ich hinein, um das Gesicht abzuwaschen. — Nachher werden wir weiter sehn."

Er ging ins Haus.

Der Lehrer setzte sich ruhig wieder auf seinen Stuhl. Die Bäuerin nahm neben ihm Platz, als ob sie noch weitere Gefahr für ihn befürchtete.

Die anwesenden Bauern, deren Kegelspiel ein so unerwartetes Ende gefunden hatte, wußten nicht, wie sie sich verhalten sollten. Bei diesen Leuten wird meist auf körperliche Vorzüge gesehen, und daß der Lehrer einen solchen Kampf aufgenommen und auch als Sieger aus ihm hervorgegangen war, das sicherte ihm ihre Achtung. Aber der Silberbauer war nun einmal der, zu dem sie alle mehr oder weniger in Abhängigkeit standen, auch scheuten sie sich vor dem Gericht — und so erschien es ihnen als das allerbeste, jetzt zunächst für keinen Partei zu nehmen.

Sie setzten sich also zusammen an einen anderen Tisch und flüsterten miteinander. Doch sagten dem Lehrer die Blicke, die sie zu ihm herüberwarfen, daß sie ihm keineswegs feindselig gesinnt waren.

„Aber, Balzerbäuerin, wo kommen denn Sie noch her?" fragte Max. „Ich hab fest geglaubt, daß Sie längst zu Haus seien."

Sie zwinkerte ihn schlau an.

„Nach Haus gehn? Das ist mir nicht eingefallen, ich muß doch für Sie sorgen!"

„Für mich?"

„Freilich."

„So weiß ich nicht, inwiefern."

„Soll ichs sagen?"

„Bitte!"

„Jetzt schauns! Sie wissen, daß ich nicht gut auf die Klausens zu sprechen bin. Ich trau ihnen nicht. Als ich nun fortgehn mußt von Ihnen, da hab ich mir denkt, daß die Martha doch eine Klaus ist und daß sie am End gar etwas Schlimmes vorhat mit Ihnen. Da hab ich Sie schützen wollen."

„Haben Sie gehört, was wir gesprochen haben?"

„Freilich."

„Hm! So hoffe ich, daß Sie keinem Menschen davon ein Wort sagen werden."

„Das ists ja eben, warum ich mit Ihnen darüber reden will. Ich habe so eine große Freude gehabt, als ich hörte, daß die Martha Sie haben will, und Sie mögen aber nix von ihr wissen! Das hab ich aller Welt sagen wollen, daß alle Leute es erfahren sollen."

„Auf keinen Fall!"

„Und nachher, als Sie fort gewesen sind, da hat sie die Faust hinter Ihnen geballt. Darum bin ich hingangen zu ihr und —"

„Ach, so weiß sie, daß Sie gelauscht haben?"

„Alles weiß sie."

„O weh!"

„Warum: O weh? — Ich hab ihr gesagt, daß ich den Leuten alles erzählen werd, und da hats gute Worte geben und mir auch Geld anboten, hundert Taler zuletzt sogar — aber ich hab nicht mögen."

„Balzerin, Sie sind rachsüchtig und hartherzig!"

„Wanns das durchgemacht hätten, was ich erlebt hab, so dächtens auch an Rache und Vergeltung. Aber hartherzig bin ich trotzdem nicht, denn als die Martha nachher gute Worte geben hat, da hab ich freilich nicht widerstehn können."

„So haben Sie ihr versprochen, daß Sie schweigen werden?"

„Na, so schnell ists doch nicht gleich gangen. Ich hab gesagt, daß ich erst mal mit Ihnen reden will, und wann Sie es befehlen, so werd ich nachher schweigen."

„Nun gut, ich wünsche es. Wenn ich erfahre, daß Sie

nur ein Wort davon ausplaudern, so werde ich keine Silbe mehr mit Ihnen sprechen und Sie auch niemals wieder ansehen."

„Herrgott! So werd ich freilich schweigen müssen. Aber schau, da kommt die Wirtin. — Was mags wollen?"

„Was ist sie für eine Frau?"

„Ein schlechtes Weib ists nicht, aber sie kann auch nicht so, wies gern wollen tät."

Die Wirtin war mindestens ebenso dick wie ihr Mann. Mit freundlich glänzendem, hochrotem Gesicht kam sie herbei, wischte sich die Hand sorgfältig an der Schürze ab und hielt sie Walter entgegen.

„Das ist also der neue Herr Lehrer —"

„Ja, und ein feiner braver dazu!" fiel die Feuerbalzerin ein. „Ich habs erfahren."

„Hast auch für ihn gekämpft!"

„Hasts wohl gesehn?"

„Freilich wohl! Ich stand am Fenster und hab mir alles von drinnen heraus angeschaut. Wir sind hier dergleichen Sachen gewöhnt, denn ohne Rauferei geht hier ein Vergnügen selten ab; wann nicht ein bisserl gerauft wird, nachher ists kein Vergnügen, und die Leute gehn unzufrieden nach Haus. Aber so einen wackern Kampf hab ich doch noch nie gesehn. Der Herr Lehrer ist ein Tapferer, und eine Körperkraft und Gewandtheit hat er auch. Es ist eine Freude gewesen, zuzuschauen, wie er zugeschlagen hat."

„Aber die beiden Silberbauern haben die Schläge eingesteckt!" lachte Max Walter.

„Das hab ich freilich gesehn."

„Und sich doch drüber gefreut? So sind Sie keine Freundin von Klaus?"

Sie hatte sich mit hingesetzt. Jetzt wischte sie sich mit der Schürze den Mund ab, neigte sich weiter zu ihm hin und antwortete mit leiser Stimme:

„Ich bin Freund und auch Feind mit ihnen; das will ich offen sagen. Freund bin ich, weils viel zu uns kommen und immer eine gute Zeche machen. Das muß unsereins schon in acht nehmen. Das übrige von ihnen aber gefällt mir gar nicht. Wann sie nicht da wären, da wärs im Dorf viel besser."

„Wieso?"

„Nun, von den Gemeindesachen und solchen Dingen will ich gar nicht reden. Ich bin eine Frau, und das geht mich nix an. Aber wenn ich an meine Kinder denk, nachher möcht mirs angst werden. So ein Bub soll doch was lernen, und die Dirndls auch. Aber hier bei uns ist der Lehrer immer der größte Lüdrian von allen. Die Silberbauern haben ihn im Sack. Da wird die Zeit verlumpt, und wann er in die Schule kommt, hernach hat er den Katzenjammer; er schlaft ein, und die Kinder lernen nix und tanzen ihm auf der Nase herum, weils keine Achtung vor ihm haben. Es ist eine Sünde und eine Schande gewesen, und ich hab mir immer denkt, daß es doch recht großes Glück wär, wann mal ein Lehrer käm, der so recht mit dem Stock umzuspringen wüßt. Und nicht bloß bei den Schulbuben, sondern auch bei den Leuten müßt er sich Achtung verschaffen. Als ich nun vorhin gesehn hab, wie brav der neue Herr Schulmeister zuklopft hat, ist mir ganz so gewesen, als ob er der Mann sei, den wir brauchen können. Dort sitzen die Alten und stecken die Köpf zusammen. Wanns nach Haus kommen, werdens erzählen, daß man mit dem Neuen nicht Hampelmann machen darf. Das werden die Kinder hören und einen Schrecken davon bekommen."

„Meinen Sie?" lächelte Walter.

„Gewiß. Sie hätten hören sollen, was mein Dirndl zum Buben gesagt hat, als Sie vorhin so wacker dreingesetzt haben."

„Nun?"

„Pfui Teufel, schmeißt der zu! Bub, steck dir in der Schul ein Brett auf den Buckel, sonst kommst nimmer ganz nach Haus!"

„So schlimm wirds wohl nicht!" lachte der Lehrer. „Hat der Bub geantwortet?"

„Ja. Er hat den Buckel langsam an der Tischkante gerieben und dabei gemeint: ‚Da hilft auch kein Brett auf dem Buckel, denn der da draußen haut auch durchs Brett hindurch. Am besten wirds da sein, man muxt sich nimmer!' Ja, so hat er gesagt, und so werden alle sagen. Wissens, Herr Lehrer, ich will Ihnen einen guten Rat geben!"

„Nun, bitte, welchen?"

„Wie werdens Ihre Schule anfangen?"

„Natürlich mit einem Kirchenlied."

„O weh! Das ist falsch! Wann Sie mit einem frommen Lied beginnen, so werdens ganz allein singen müssen, denn kein solcher Halunk singt mit. Nein, Sie müssen anders beginnen."

„Aber wie?"

„Ich will den Knecht hinaussenden in den Busch. Der mag so viel Ruten schneiden, wies Kinder in der Schule gibt. Diese Ruten tun wir in die Schulstube, und wanns zum erstenmal hereinkommen, so sagens kein Sterbenswort, sondern Sie nehmen die erste Rute her und den ersten Buben und haun so lange zu, bis die Rute alle ist. So machens fort, bis die letzte auf dem Rücken des letzten Buben zerbrochen ist — und nachher erst fangens an zu reden."

„So!" lachte Walter. „Und was soll ich dann sprechen?"

„Gar nix weiter, als: ‚Jetzt schert euch heim und wohl bekomms!' Die werden ganz still heimlaufen und sich das Ding fein merken. Also soll ich den Knecht hinausschicken ins Holz?"

Es schien der Frau mit ihrem Rat wirklich ernst zu sein.

„Ich bin Ihnen sehr dankbar für Ihren guten Rat", lachte Max Walter, „und wenn ich ihn auch nicht wörtlich zu befolgen beabsichtige, so will ich ihn doch als freundlichen Wink gelten lassen, an den ich mich vorkommendenfalls gewiß erinnern werde."

„Na, ganz wie Sie wollen. Gut gemeint hab ichs schon. Die Jungen sollten dasselbe kriegen, wie die Alten. Und mit denen habens ja heut gleich angefangen, sogar bei den beiden vornehmsten von ihnen. Die werdens merken!"

„Nun, ich denke, daß ich noch nicht ganz fertig bin."

„Wieso?"

„Der Silberbauer wird wieder herauskommen. Ich bleib ja deshalb hier sitzen, damit es nicht heißen mag, daß ich vor ihm davongegangen bin."

„Der? Der ist längst fort!"

„Was? Wirklich?"

„Ja. Er hat sich das Gesicht abgewaschen und ist nachher zur hinteren Tür hinaus, um nach Haus zu gehn. Er sagte, er wolle anspannen lassen, um in die Stadt zu fahren und die Anzeig zu machen. Mein Mann hat ihn begleitet, um ihn auf andre Gedanken zu bringen."

„Was mich betrifft, so mag er in Gottes Namen Anzeige erstatten. Ich fürchte sie nicht."

„Ja, das hab ich freilich gesehn. Ich weiß zwar nicht, wies eigentlich zugangen ist, aber mein Mann hat gesagt, daß Sie nicht unrecht haben, wann der Silberfritz die Lisbeth im Wald draußen angefallen hat."

„Das ist der Fall. Freilich bin ich auch etwas derb gewesen. Auch hätt ich mich ruhig festnehmen lassen und dann beim Gericht Einspruch erheben sollen. Aber die hiesigen Verhältnisse dürfen nicht nach dem gewöhnlichen Maß beurteilt werden. Darum bin ich ein wenig kräftiger aufgetreten. Ich denke aber, es verantworten zu können."

„Wills hoffen. Ich glaub, den Silberbauern ist grad ihr Recht geschehn."

„Sie mögen es sich zur Lehre dienen lassen. Es hat ein jeder Bürger seine Rechte, und wenn ein Gemeindevorstand seine Gewalt mißbraucht, so kann er zu jeder Stunde abgesetzt werden. Das scheinen die guten Leute hier nicht zu wissen. Schultheiß kann ein jeder werden, selbst der ärmste Mann im Dorf; die Gemeinde ists ja, die ihn wählt."

Das sagte er mit erhobener Stimme, um an dem andern Tisch gehört zu werden.

Als Walter sein Bier bezahlte und im Gehen nachher freundlich grüßte, griffen die Leute nach den Hutkrempen, was sie vor einem Schulmeister seit langen Jahren nicht getan hatten. Der Wächter hatte es längst vorgezogen, sich unsichtbar zu machen.

Langsam ging Max Walter das Dorf hinauf.

Die Kinder, die ihm begegneten, öffneten die Mäuler und starrten ihn an. Die Erwachsenen machten es ebenso. Das waren untrügliche Zeichen, daß er es hier mit einem höchst spröden Menschenschlag zu tun haben werde.

Als er das niedrige Kirchlein erreicht hatte, sah er das Pfarrhaus daneben. Er konnte sich nicht irren. An den kleinen Fenstern hingen weiße Vorhänge, und wohlgepflegte Blumen blickten durch die blankgeputzten Scheiben.

Er klingelte an der Tür.

Die alte, grauhaarige Wirtschafterin öffnete ihm.

„Wohnt hier der Herr Pfarrer?" fragte er

Sie machte einen Knix.

„Ja. Vielleicht sind Sie der neue Herr Lehrer, den wir erwarten?"

„Der bin ich allerdings."

„So kommen Sie schnell herein! Hochwürden freut sich sehr auf Sie."

Der alte geistliche Herr saß in einem großblumigen Sofa, rauchte seine Pfeife und las dazu. Er empfing den Lehrer mit aufrichtiger Herzlichkeit. Als beide bei einer Tasse Kaffee einander gegenübersaßen, gestand der Pfarrer:

„Ich begann fast zu zweifeln, Sie heute noch bei mir zu empfangen."

„Darf ich fragen, warum?"

„Weil der Silberbauer Sie von der Straße wegfangen wollte. Sie kennen die hiesigen Verhältnisse noch nicht, und darum will ich Ihnen —"

„O bitte, ich kenne sie bereits", fiel Max Walter lächelnd ein. „Ich habe schon einige Erfahrungen gemacht, da ich unterwegs mit verschiedenen Leuten aus Ihrer Gemeinde zusammenkam."

„So wissen Sie schon, daß es hier einen Gegensatz gibt, der fast unausgleichbar ist?"

„Leider. Sie, Hochwürden, und den Silberbauer."

„So ist es. Die Lehrer haben leider stets auf der Seite des Bauern gestanden. Nun fragt es sich, welche Stellung Sie einzunehmen gedenken."

„Ich werde treu zu Ihnen stehn."

„Gott sei Dank! Ich sage aufrichtig, daß ich, als ich Ihre Zeugnisse und Ihren Brief las, bereits hoffte, in Ihnen einen Helfer zu finden. Freilich konnte ich mir gar nicht erklären, wie sich ein Mann von Ihren Eigenschaften grad nach diesem Winkel sehnen kann. Sie haben sich in Beziehung auf Ihre Zukunft Schaden getan."

„Den werde ich gern verwinden."

„Bitte, gab es einen besonderen Grund für Sie, sich nach Hohenwald zu wünschen?"

Die Wangen Walters röteten sich.

„Ich sehnte mich nach Wald und nach Einsamkeit.

Ich bin nämlich — sozusagen im Nebenberuf ein bißchen Schriftsteller."

„O weh!" entfuhr es dem Pfarrer. Sofort aber fügte er hinzu: „Verzeihung!"

„Was werden Sie nun sagen", lachte Max Walter, „wenn ich Ihnen offen gestehe, daß ich jetzt sogar an einem Theaterstück schreibe?"

Das Gesicht des Pfarrers nahm einen nachdenklichen Ausdruck an.

„Das ist ein Stoff, über den sich nicht schnell urteilen läßt. Auf alle Fälle aber will ich Sie lieber dichten, als mit diesem Silberbauern im Wirtshaus sitzen sehen. Die bisherigen Lehrer haben bei ihm gewohnt, und sie alle sind an diesem Umstand zugrunde gegangen. Da Sie so freundlich waren, mir Vollmacht zu erteilen, habe ich mich im stillen nach einer andern Wohnung für Sie umgesehen."

„Wohl nicht mit Erfolg?"

„O doch! — Sie werden sogar im neuesten Haus des Ortes wohnen. Vor Jahren brannte der Balzerbauer ab. Er war verarmt. Der Eschenbauer hat an seiner Stelle aufgebaut und will Ihnen zwei Stuben geben, obgleich vorauszusehn ist, daß er sich dadurch mit dem Silberbauer verfeindet. Der Eschenbauer ist einer der wenigen, die nicht zu den verlornen Schafen gehören. Ich habe gestern abend, als niemand es sah, Ihre Kisten und Koffer hinüberschaffen lassen. Es wird Ihnen bei ihm gefallen, während die Wohnung, die Ihnen der Silberbauer gegeben hätte —"

„— über dem Pferdestall liegt."

„Sie scheinen sich bereits erkundigt zu haben?"

„Ich kam durch den Wald und traf da die Tochter des Finkenheiner und die Balzerbäuerin."

„Das sind zwei Seelen, mit denen ich keine Not habe, so verschieden sie auch voneinander sind. Ich wünsche von ganzem Herzen, in Ihnen einen tatkräftigen und streitbaren Helfer zu finden."

„Streitbar? — Hm, das scheine ich zu sein. Wenigstens werde ich hier dafür gehalten."

„Hier? Wieso?" fragte der Pfarrer.

„Ich habe den Silberfritz so nachdrücklich durchgeprügelt, daß er sich wohl nicht sogleich wieder an mich wagen wird."

„Sie scherzen!" rief der Pfarrer erschrocken.

„Ich erzähle Tatsachen, Hochwürden. Auch seinem Vater, dem Silberbauer, hab ich eine so handfeste Lehre gegeben, daß er sich das Blut aus dem Gesicht hat waschen müssen."

Der Pfarrer stand vom Sofa auf, legte die Pfeife weg und schlug die Hände zusammen.

„Soll ich das wirklich glauben?"

„Gewiß!"

„Und das sagen Sie mit diesem ruhigen Lächeln?"

„Bitte, Hochwürden, setzen Sie sich wieder nieder und lassen Sie sich erzählen, in welcher Weise ich meinen Einzug gehalten habe."

Der Pfarrer nahm wieder Platz und hörte die aufrichtige und ausführliche Erzählung des Lehrers mit Staunen an.

„Und Sie sind nicht besorgt um sich?"

„Gar nicht."

„So begreife ich Sie nicht. Sie müssen sofort zur Stadt, um dem Silberbauer zuvorzukommen."

„Das möchte ich doch nicht tun. Ich glaube nicht, daß er Anzeige erstatten wird. Wenn ich in diesem Fall der erste bin, bringe ich gleich am Tag meines Einzugs zwei hiesige Einwohner in Strafe. Das möchte ich vermeiden."

„So werde wenigstens ich jetzt zu ihm gehen."

„Warum? Um ihm ins Gewissen zu reden? Er wird

Sie gar nicht anhören. Oder wollen Sie ihn um Nachsicht für mich bitten? Das könnte ich nicht dulden."

„Aber etwas muß doch geschehn!"

„Natürlich! Und das werde ich sofort selber besorgen, wenn Sie die Güte haben wollen, mir das dazu nötige Papier zu leihen."

„Was wollen Sie tun?"

„Ihn schriftlich auffordern, den Eltern der hiesigen Schulkinder sofort sagen zu lassen, daß morgen früh sieben Uhr der erste Unterricht beginnt, und daß ich jeden, der sein Kind nicht schickt, in die Strafliste setzen werde."

„Das wollen Sie? Er wird es nicht tun!"

„Oh, ich glaube meinen Mann zu kennen. Jeder Prahlhans ist im Grunde doch nur ein Feigling."

Er schrieb die betreffenden Zeilen, und der Pfarrer besorgte sie durch einen Boten zum Ortsschulzen.

Dann begaben sich die beiden in das Eschengut, um sich die Wohnung zu betrachten.

Der Hof hatte den erwähnten Namen von mehreren hohen Eschen, die vor dem Tor standen. Walter war mit den beiden Zimmern zufrieden und ebenso mit seinen Wirtsleuten. Er blieb gleich dort und begann, als der Pfarrer sich entfernt hatte, seine Bücher und andere Sachen auszupacken und sich häuslich einzurichten.

Als die Dämmerung hereinbrechen wollte, steckte er seine Papiere ein und ging ins Dorf hinab. Er war noch nicht weit gekommen, da erblickte er den Wächter, der aus einer Haustür trat. Der Mann blieb, als er Walter erblickte, stehen und legte die Hand grüßend an die Mütze.

„Guten Abend, Herr Lehrer!"

„Guten Abend! Was tun Sie hier?"

„Ich hab den Umgang im Dorf. Ich muß den Alten ansagen, daß die Jungen morgen in der Früh, wanns sieben Uhr ist, in der Schule sein müssen bei fünf Mark Strafe."

„Ah! Wer hats befohlen?"

„Der Herr Silberbauer."

„Auch das mit der Strafe?"

„Nein; das setz ich von selber dazu."

„Hm! Rauchen Sie?"

„Nur, wann ich was hab."

„Hier haben Sie eine."

Er gab ihm eine Zigarre. Der Wächter betrachtete ihn, die Zigarre, wieder ihn und wieder die Zigarre.

„Ei! — Was ist denn das?"

„Nun, eine Zigarre."

„Ja, das weiß ich schon. Aber wem soll die sein?"

„Ihnen soll sie gehören."

„Mir? — Himmelsakra! Noch nie hat mir ein Lehrer was geschenkt! Sondern die wollten alle nur haben. Der neue aber ist ein Feiner, das hab ich nun schon weg! Na, ich dank auch sehr schön! Werd auf Ihr Wohl rauchen."

Damit eilte er davon.

In der Nähe stand das Pfarrhaus. Der geistliche Herr hatte am Fenster gestanden und den Vorgang mit angesehen. Er öffnete und blickte hinaus.

„Wohin?" fragte er, als Max Walter zu ihm trat.

„Zum Silberbauern. Er ist der Ortsvorsteher. Ich bin heute hier angekommen und muß mich bei ihm anmelden."

Der Pfarrer schüttelte den Kopf.

„Sie sind fast mehr als streitbar!" meinte er.

„O nein. Ich möchte mich von ihm nicht auf etwas aufmerksam machen lassen, was sich von selber versteht. Ich vermeide möglichst jede Blöße."

„Wie aber wird er sie empfangen?"

„Das ist seine Sache. Nach dem, was ich soeben erfahren habe, ist für mich nichts zu befürchten."

„Was war das?"

„Er hat dem Wächter befohlen, meine Weisung auszuführen, und dieser hat sogar für jeden, der nicht gehorcht, fünf Mark Strafe aus eigener Machtvollkommenheit hinzugefügt."

„Ah! Unglaublich! — Das klingt ja grad wie ein Sieg, den Sie erfochten haben!"

„Das ist nicht der erste und wird hoffentlich auch der letzte nicht sein."

„So lassen Sie mich bitte nachher wissen, wie Ihr Besuch abgelaufen ist."

Walter ging weiter. Der große Gebäudekomplex, aus dem der Besitz des Silberbauern bestand, lag fast in der Mitte des Dorfs, nur etwas abseits von der Straße. Als Max Walter durch das offene Tor schritt, empfing ihn das Gebell mehrerer Hunde. Er mußte über einen weiten Hof gehen. Aus der Haustür trat ein Knecht, der, die Mütze auf dem Kopf, ihn groß anblickte. Walter zog seinen Hut, grüßte und fragte nach dem Herrn Schultheiß.

Der Mann dankte nicht, griff auch nicht an die Mütze, sondern deutete nur schweigend zur Tür.

Walter klopfte dort an und trat ein. Er befand sich in einem großen Raum, der wohl als Gesindestube diente. Eine Magd schlug Butter, eine andre schälte Kartoffeln. Auf seinen Gruß und seine Fragen hin betrachteten ihn die beiden mit großen Augen und sagten kein Wort; aber die eine deutete mit dem Finger nach einer zweiten Tür, an der Walter nun ebenfalls klopfte.

Ein lautes „Herein!" ließ sich hören.

In der Stube, die er betrat, sah er den Bauern und seinen Sohn.

Der Silberfritz sah gar nicht mehr silbern aus. Er hatte das von dem Stockhieb des Lehrers aufgesprungene Gesicht so bepflastert und verbunden, daß nur der Mund und die beiden Augen zu sehen waren. Der Silberbauer saß ihm gegenüber am Tisch und sah auch nicht sehr anziehend im Gesicht aus. Die Nägel der Feuerbalzerin hatten es übel zugerichtet.

Als sie den Eintretenden erblickten, fuhren sie beide kerzengrade von ihren Stühlen auf.

„Grüß Gott, Herr Vorsteher!" sagte der Lehrer in sehr höflichem Ton. „Bitte um Verzeihung, daß ich Sie stören muß!"

„Himmeldonnerwetter!" rief der Silberfritz.

„Da muß doch gleich der helle Teufel dreinschlagen!" fluchte sein Vater. „Was zu stark ist, das ist zu stark!"

Der Lehrer beachtete diese beiden Ausrufe nicht. Er zog seine Papiere heraus.

„Ich heiße Max Walter und bin der neue Lehrer", sagte er, „den Sie heute erwarten —"

„Zum Teufel! — Das weiß ich ja!"

„Sie wissen das bereits? Nun, so wird es —"

„Mensch, bist denn ganz verrückt, daß d' so tust, als obst uns nicht kennst? — Willst denn unbedingt Prügel haben oder —"

„Herr Vorsteher!" donnerte ihn Max Walter an.

Der Bauer fuhr zusammen.

„Na, was denn?"

„Sind Sie so unklug, daß Sie nicht ahnen, warum ich so tue, als ob ich Sie noch gar nicht gesehn habe? Sonst müßte ich vielleicht Anzeige erstatten, und dann käm der eine in Untersuchung wegen seines Verhaltens im Wald, und der andre würde wegen Mißbrauchs amtlicher Gewalt und Beleidigung des Gerichts von seinem Posten abgesetzt. Sie sehen also ein, daß es für Sie am besten ist, wenn ich Sie gar nicht kenne."

„Fritz!" rief der Alte. „Was sagst dazu?"

„Ich? — Gar nix."

„Mir bleibt der Verstand stehn!" knirschte der Alte. „Wollen wir ihn nauswerfen?"

„Das Allerbest würde das sein."

Da machte Max Walter eine entschlossene Handbewegung.

„Meine Herren, ich weiß nicht, von wem Sie sprechen; aber ich habe nicht viel Zeit übrig und bitte, mich gütigst abzufertigen. Ich komme mich anzumelden. Hoffentlich bin ich beim Vorsteher?"

„Ja, der bin ich zwar, aber ich hab keine Zeit!"

„Wie ich sehe, sind Sie nicht beschäftigt."

„Das geht dich nix an. Ich habe keine Zeit, mit dir zu reden und —"

„Bitte!" fiel Max Walter ein. „Wenn Sie meine Geduld allzusehr auf die Probe stellen, dann kann es leicht geschehen, daß sie reißt. Ich verlange, daß Sie mich Sie nennen und mir einen Anmeldeschein ausstellen. Tun Sie das nicht, so melde ich mich morgen früh bei der vorgesetzten Behörde und stelle den Antrag, einen zuverlässigeren und weniger eigenmächtigen Mann mit dem Amt des Vorstehers zu betrauen. Jetzt wählen Sie! Ich bin in aller Höflichkeit gekommen und habe keine Lust, mich mit Grobheiten behandeln zu lassen. Mein Wirt will den Meldeschein sehen."

„Dein — ah! Ihr Wirt? — So? — Wer ist denn das?"

„Der Eschenbauer."

„Ah, dort wohnst — dort wohnen Sie? Der Lehrer hat hier bei mir zu wohnen!"

„Wer sagt das?"

„Ich sags!"

„Welcher Paragraph gebietet dies?"

„Ich selber bin der Paragraph!"

„Nun, ein solcher Paragraph hat bei mir keine Geltung. Ich bin kein Sklave und weiß auch nichts von einer Dienstwohnung, die mit meinem hiesigen Amt verbunden ist."

„Der Lehrer muß hier bei mir wohnen, weil er mein Schreiber ist!"

„In meiner Berufung steht nicht ein Wort von einer Schreiberstelle. Ich bin Lehrer, aber nicht Schreiber, und bitte, mich nun endlich abzufertigen."

„Donnerwetter! Willst in meiner eigenen Stube mit mir so anfangen, wie drüben am Gasthof? Da kannst leicht wegen Hausfriedensbruch eingesteckt werden."

„Sie scheinen nicht zu wissen, was man unter Hausfriedensbruch versteht. Wenn ich gehen soll, dann sagen Sie es nur! Ich werde melden, daß es hier einen Beamten gibt, der den, der in amtlicher Veranlassung zu ihm kommt, wegen Hausfriedensbruchs bestrafen lassen will. Es wird wohl eine geeignetere Person für einen solchen Posten zu finden sein!"

Er nahm seine Papiere wieder zusammen, steckte sie ein und wandte sich zum Gehen.

Da wurde eine gegenüberliegende Tür geöffnet. In ihrem Rahmen erschien Martha. Sie sah blaß aus und war weniger auffällig gekleidet als am Nachmittag. Sie schien sich im Nebenzimmer befunden und dabei das Gespräch gehört zu haben.

„Herr Walter?"

Das klang bestimmt und doch auch bittend.

Er blickte sich um.

„Verzeihung!" fuhr sie fort. „Vater ist unwohl und scheint sich die Hand verletzt zu haben. Er kann nicht schreiben. Gestatten Sie, daß ich die Meldung entgegennehme?"

Er verbeugte sich sehr höflich.

„Wenn der Herr Vorsteher mir sagt, daß er Sie beauftragt, gern."

„Vater, soll ich?"

„Mach, was du willst!"

Er stand auf und verließ die Stube.

Sein Sohn schlug mit der Faust auf den Tisch und lief ihm nach.

Sie aber zeigte nach der Tür, durch die sie gekommen war.

„Bitte, kommen Sie hier herein!"

Sie ließ ihn eintreten und schloß hinter ihm die Tür. Dann zeigte sie auf einen Stuhl.

„Bitte, nehmen Sie Platz!"

Es fiel ihm ein, daß sie heut im Wald gesagt hatte, ein Schulmeister stehe viel zu tief unter ihr. Darum standen ihm schon die Worte auf den Lippen: ‚Ein Dorfschulmeister darf in Ihrer Gegenwart nicht sitzen.' Aber sein besseres Ich ließ ihn diese Worte zurückbehalten. Erst als sie ihre Einladung wiederholte, antwortete er kalt: „Danke", und setzte sich.

Sie ging an ein Stehpult und schlug ein großes Buch auf. Man merkte, daß sie mit den amtlichen Obliegenheiten und Arbeiten ihres Vaters vertraut war.

„Darf ich bitten?"

Er legte seine Papiere in ihre Hand, die sie bei diesen Worten ausgestreckt hatte. Sie las sie durch und begann, die Eintragungen zu machen.

Das Stübchen war klein, aber die Ausstattung war sichtlich darauf berechnet, auf den armen Bauersmann, der zu seinem Ortsvorsteher kam, den Eindruck zu machen, daß er sich bei einem sehr reichen Mann befand. Das Einfachste und Anspruchsloseste im ganzen Zimmer war — Martha.

Der Silberschmuck war verschwunden. Kein Silberfaden befand sich mehr in den schweren Zöpfen. Kein einziger Ring war an den Fingern. Sie trug einen einfachen, dunklen Hausrock, aus dem oben am Hals ein weißer Stehkragen blickte. Aber grad diese einfache Kleidung ließ ihre Schönheit wirkungsvoller und prächtiger hervortreten.

Walters Augen hingen an dieser vollen, an das Stehpult geschmiegten Gestalt. Die Röte der Wangen, die ihn bezaubert hatte, war gewichen. Ihre Augen schienen jetzt glanzlos, trüb und müde. Er bewunderte im stillen den fein gezeichneten Mund, und es war ihm, als ob auch dessen Purpur erblaßt sei.

Als sie den Meldeschein ausgefertigt und unterstempelt hatte, gab sie ihn mit den Papieren zurück.

„Ich danke Ihnen", sagte sie mit mattem Lächeln. „Jetzt sind Sie richtiger Einwohner von Hohenwald."

Er steckte die Ausweise ein, griff nach seinem Hut und verbeugte sich.

„Ich empfehle mich, Fräulein Klaus!"

„Gute Nacht!"

Sie sah ihn dabei nicht an. Ihr Blick war auf den Boden gerichtet. Es war ihm, als ob er noch etwas sagen müsse, eine Bemerkung, ein kleines, freundliches Wort, und doch fühlte er, daß ihm die Kehle wie zugeschnürt war. Schon streckte er die Hand nach der Tür aus.

„Herr Walter!"

Er zog die Hand wieder zurück.

„Fräulein Klaus?"

Da hob sie die Lider. Es war ein unbeschreiblicher, ein qualvoller Blick, der ihn aus ihren Augen traf.

„Gehn Sie so fort?" fragte sie leise, beinahe flüsternd.

„Erwarten Sie es anders?"

„Ich dachte, Sie könnten mir — trotz allem — die — Hand geben."

„Wirklich?"

„Ich war töricht", sagte sie leise. „Ich selber bin an allem schuld. Das habe ich schnell eingesehn, als ich erst dazu kam, kühl nachzudenken."

„Diese Worte ehren Sie. Ich hätte nicht geglaubt, daß die Silbermartha so sprechen könne."

Bei dem Namen, den er mit besonderer Betonung nannte, erhob sie abwehrend die Hand.

„Bitte, sprechen Sie dieses Wort nicht mehr aus! Seit

einer Stunde hasse ich es! Sie sehn jetzt bei mir keine Spur dieses Silbers mehr. Bei dem einen bedarf es eines langen, schweren Ganges durch Trübsal und Prüfung, ehe er zur Selbsterkenntnis kommt — und bei dem andern ists ein schneller, unerwarteter Blitzstrahl, der ihn die Tiefen seines Herzens erblicken läßt. Die Silbermartha lebt nicht mehr. Ich möchte den Reichtum hassen; ich habe erkannt, daß er ein Feind des wahren Glückes ist."

Sie wandte sich ab.

Er kämpfte mit sich. Doch ließ er sich in seinen Worten nicht durch seine Gefühle bestimmen.

„Aber bitte, wozu diese Bekenntnisse?" fragte er zurückhaltend.

Jetzt röteten sich ihre Wangen doch, und schnell antwortete sie ihm:

„Ich bitte Sie, mich nicht falsch zu verstehen! Ich habe Sie und zugleich auch mich selber beleidigt, indem ich Ihnen eine Anschauung von mir gab, die — falsch war. Darum ist es mir Bedürfnis, meine Fehler zu bekennen; denn ich war ja im Unrecht. Unsere Lebenswege gehn weit auseinander. Wir wohnen jetzt zwar räumlich nahe, aber in anderer Beziehung stehn wir uns fern, ferner als sich vielleicht ganz Fremde stehn. Wollen wir da nicht wenigstens eine freundliche Erinnerung aneinander mitnehmen in unser zukünftiges Leben?"

„Sie haben recht. Unser Scheiden war unfreundlich. Jetzt aber wollen wir des vergangenen Tags gedenken ohne Haß und ohne Zorn. Wir sind versöhnt."

Er streckte ihr die Hand entgegen, und sie ergriff sie.

Wie kam es nur, daß er die seine so schnell wieder zurückzog? War ihm diese Berührung so sehr zuwider, oder hatte er das Vorgefühl, daß sie ihm gefährlich werden könne? Sie hatte seine schnelle Bewegung gar wohl beachtet und senkte den Kopf.

„Ehe Sie heut von mir fortgehen, erlauben Sie mir, eine Bitte auszusprechen!"

„Gern. Ich will hoffen, daß ich Sie Ihnen erfüllen kann."

„Vielleicht. Sie haben heute einen Zusammenstoß mit meinem Bruder und mit meinem Vater gehabt —"

„Leider! Ist es nicht besser, darüber zu schweigen?"

„Nein, es ist mir eine Notwendigkeit, Sie wissen zu lassen, welche Stellung ich in dieser Beziehung zu Ihnen einnehme!"

„Sie werden mich für einen Raufbold halten."

„Ich dachte es mir, daß Sie mich auch hier falsch beurteilen! Ich habe in Regensburg gehört, daß Sie ein geschickter Ringer und Fechter sind, aber für einen Raufbold halte ich Sie nicht. Sie haben sich vielmehr heute geprügelt als — Lehrer und Menschenkenner."

Er blickte überrascht auf. Das war der treffendste Ausdruck, den sie hatte wählen können.

„Sie sehen, daß ich wenigstens beginne, Sie richtig zu beurteilen", lächelte sie. „Sie haben geglaubt, es sei für unsre Gemeinde und für Ihre erziehlichen Bemühungen hier von Vorteil, meinem Vater entgegenzutreten. Sie konnten fast nicht anders handeln. Was meinen Bruder betrifft, so weiß ich nach genauer Erkundigung, daß Sie die Lisbeth zu verteidigen gezwungen waren."

„Das haben Sie erfahren?"

„Ja, und zwar von ihr selber. Ich war bei ihr."

„Sie — bei der Tochter des Finkenheiner?"

„Ja, in der Flachsdörre. Ich weiß, was Sie meinen. Früher wäre ich viel zu stolz gewesen, den Fuß in dieses Gebäude zu setzen."

„So dachte ich allerdings", antwortete er offen.

„Ich muß wirklich ein sehr hoffärtiges Geschöpf gewesen sein! Doch das ist vorüber. Aber nun eine Bitte: Ich möchte nicht haben, daß Sie auch mich als Ihre Feindin betrachten. Ich sprach heute mit jemand, der mir ein schweres Wort sagte, ein Wort, dem ich es verdanke, daß ich so schnell zur Erkenntnis gekommen bin. Die Frau, die mir dieses Wort sagte, meinte, daß man einem Mädchen, das keine Mutter gehabt hat, sehr viel verzeihen könne. Herr Walter, denken auch Sie zuweilen daran — daß ich — keine Mutter — gehabt habe!"

Jetzt legte sie ihr Gesicht in beide Hände und beugte sich auf das Pult.

Sie weinte, nicht laut, aber herzbrechend. Das Wort der alten Feuerbalzerin hatte es in ihr hell werden lassen, so daß sie ihr liebeleeres Leben erkannte. Sie hatte eingesehen, daß ihr Gefühlsvermögen bisher vollständig vernachlässigt worden war.

Walter wußte nicht, was er sagen sollte. Es trat eine peinliche Pause ein. Bisher hatte er sich stets bemüht, seinem Denken mehr Rechte zu lassen als den Gefühlen. Nur ein einziges Mal hatte er sich von seinem Gefühl zu einem schnellen, folgenschweren Schritt verleiten lassen — er hatte seine gute Stelle aufgegeben, um nach Hohenwald zu gehen, und das eines Mädchens wegen, von dem er gleich beim ersten Wiedersehen die Überzeugung erhielt, daß es eines solchen Opfers nicht wert war. Eine solche Dummheit wollte er nicht noch einmal begehen.

„Bleiben wir kalt, Fräulein Klaus", sagte er. „Aufregung ist ungesund!"

Da erhob sie den Kopf und blickte ihn durch rinnende Tränen an.

„Sie sollen mich nie wieder weinen sehen."

„Oh, nicht das Weinen verwerfe ich, sondern das vergebliche Weinen. Tränen sind eine große Wohltat, aber unnütze Tränen soll man nicht vergießen, denn —"

„Schulmeister!" sagte sie heftig. „Während andre

weinen, philosophieren Sie kalt über das Thema der unnützen Tränen! Ich gebe Ihnen freilich recht. Alles Unnütze ist überflüssig. Auch Worte, deren wir jetzt bereits so viele gesprochen haben. Tun wir das nicht wieder. Die Meinen werden sich überhaupt wundern, daß ich zu der kleinen Schreiberei eine so lange Zeit brauche. — Gute Nacht!“

Sie winkte mit der Hand und wandte sich ab, dem Licht der Lampe entgegen, die auf dem Pult stand. Er blieb noch einige Augenblicke stehen, mit dem Gefühl, daß er eine Sünde begehe, wenn er jetzt so von ihr scheide, aber — sie hatte recht — ‚Schulmeister!‘

„Gute Nacht!“ sagte er und ging zur Tür hinaus.

„Er geht!“ murmelte sie mit zuckenden Lippen. „Er kann gehen!“

Laut aufschluchzend legte sie den Kopf und die Arme auf das Pult, das unter den krampfhaften Bewegungen ihres Körpers zitterte.

Er aber ging ruhig hinaus. Erst als er durch das Tor getreten war und längs des eisernen Zaunes hinging, blickte er sich um und blieb stehen. Er sah das erleuchtete Fenster, das Pult und die Mädchengestalt, die an ihm lehnte. Nachdenklich stand er eine Weile da, dann wandte er sich endgültig zum Gehen.

Zunächst suchte er den Pfarrer auf, um ihm mitzuteilen, daß sein Gang zum Silberbauern ohne ‚schwere Folgen‘ gewesen sei. Dann wollte er eigentlich nach Haus gehen. Aber der Abend war so mild, und vom Wald wehte es so duftig und kräftig herüber, daß er noch eine Strecke weiterlief. Als er dann umkehrte, gewahrte er gegenüber dem Eschenhof ein Haus, aus dessen einem Fenster Licht schimmerte. Er hatte bereits am Tage bemerkt, daß es ein ganz eigentümliches Bauwerk war. Mehr unwillkürlich, als aus bestimmter Absicht näherte er sich ihm.

Der Abend war nicht dunkel, und man konnte auf

eine ziemliche Entfernung hin sehen. Da kam von seitwärts her eine Gestalt. Sie lief in gebückter, müder Stellung. Neben dem Lehrer blieb sie stehen und betrachtete ihn.

„Wer sind Sie?" fragte Walter.

Er erhielt keine Antwort.

„Wollen Sie etwas von mir?"

„Gnade!"

„Was wollen Sie? — Ich verstehe Sie nicht!"

Da wimmerte der Mann vor sich hin.

„Nimms hin! — Ich sag nix! — Gnade, Gnade!"

Da besann Walter sich auf die Worte, die die alte Feuerbalzerin zu ihm gesagt hatte. Also mußte dieser Mann ihr wahnsinniger Sohn sein.

„Gehn Sie nach Haus!" forderte er ihn auf.

Da drehte der Irrsinnige sich um und schlich in seiner eigentümlichen, gebückten Haltung zur offenen Tür der Flachsdörre hinein.

Walter war ihm nachgegangen. Er hörte innen hinter dem kleinen Holzladen eine Stimme.

„Na, kommst endlich? Wo bist herumgeschlichen heut, wo ich nach so langer Zeit endlich einmal ein ordentliches Essen hab für dich? — Komm, setz dich her!"

Er erkannte die Stimme der Balzerbäuerin und trat in den dunklen Hausflur. Er suchte mit der Hand nach der Tür und klopfte an. Sie wurde geöffnet, und das Gesicht der Bäuerin blickte heraus.

„Wer ists? Was willst?" fragte sie.

„Ich bin es. Darf ich einmal herein?"

„Herrgott, das ist ja unser neuer Herr Lehrer! — Na, so eine Überraschung! Zu uns armen Leuten kommens? Na, na, so was!"

Sie öffnete die Tür weit, und er trat ein.

Was er erblickte, sah nicht tröstlich aus. Ein niederer Raum, von dessen Mauer sogar die Tünche gewichen war. Hinten ein Lager von Stroh, auf dem eine weibliche Gestalt lag, mit einem alten Rock zugedeckt. Ein vielfach schadhafter Kachelofen, ein Tisch, ein Stuhl, ein Schemel und eine Kiste, die als Brot- und Kleiderschrank diente. In der Mauer steckte ein brennender Kienspan, dessen rotqualmende Flamme das Bild trübe beleuchtete.

Die Alte wischte den Schemel ab.

„Setzens sich, Herr Lehrer!“ sagte sie. „Auf den Stuhl könnens nicht, weil er nur drei Beine hat. — Nein, so eine Freude! — Schwiegertochter, schau dir den Herrn richtig an! Der hat mir den Taler für dich geben!“

„Schweigen Sie davon!“ gebot Walter. „Ich mag das nicht wieder hören. Ich ging zufällig vorüber und sah Ihren Sohn eintreten. Da kam ich ihm nach, um Ihnen einen guten Abend zu wünschen und Ihnen zugleich zu sagen, daß Sie den Silberbauern nicht zu fürchten brauchen. Er wird keine Anzeige erstatten.“

„Anzeig? — Der? — Der sollte mir mal damit kommen! Die Augen kratzt ich ihm aus! Aber wissens, Herr Lehrer, wer dagewesen ist?“

„Nun, wer?“

„Die Silbermartha. Eigentlich hats freilich zur Lisbeth wollen, aber da ists halt auch gleich mal hereingekommen zu uns. Sie hat mich ausgefragt, wies mit dem Zank gewesen ist im Gasthof, und ich hab ihr den reinen Wein zu kosten geben. Nachher ists hinauf zum Heiner. Da ists sehr lange Zeit gewesen.“

„Ist der Heiner daheim?“

„Freilich. Na, Herr Lehrer, bei denen habens einen großen Stein im Brett. Dem Heiner habens gefallen und der Lisbeth auch. Wanns mal hinaufsteigen wollten zu ihnen, tätens ihnen eine große Freude bereiten.“

„So? Da muß ich nur gleich mal hinaufgehn.“

Die Alte zog den Kienspan aus der Mauer, um ihm zu leuchten.

„Laufens leise, Herr Lehrer, und machens die Tür

recht heimlich auf! Das ist hernach eine feine Überraschung!"

Sie blieb mit dem Span unten stehen, und Walter stieg die steile Holztreppe empor. Als er der Alten durch einen Wink zu verstehen gab, daß er sich an der Tür befinde, ging sie hinein.

Er klinkte leise und zog die Tür um eine kleine Spalte auf.

Was er sah, war ein rührendes Familienbild. Der alte Heiner saß an einem gescheuerten Tisch, eine ungeheure Messingbrille auf der Nase, und las in der Zeitung. Ihm gegenüber die Lisbeth, die an einem Pantoffelmuster stickte. Sie hatte eine dünne, leinene Jacke an. Einer ihrer Zöpfe war aufgegangen und warf seine Haarflut von Zeit zu Zeit auf die Stickerei, so daß sie die widerspenstigen Haare durch eine rasche Bewegung wieder nach hinten bringen mußte. Zur Seite stand ein Stuhl, den der Finkenheiner selber gefertigt und mit weichem Moos gepolstert hatte.

Dort saß ein junger Mann, hager, mit einem schönen, aber erschreckend wachsfarbenen Angesicht. Er war seiner Schwester außerordentlich ähnlich. Seine Haltung war müde. Dennoch arbeitete er mit Eifer an einer Zeichnung, die er vor sich auf dem Tisch liegen hatte.

Das Gemach war weißgetüncht. Statt der Vorhänge war weißes Papier angeklebt, in das man eine hübsche Kante geschnitten hatte. Von der Decke hing eine brennende Petroleumlampe, augenscheinlich ein Aufwand, den man sich heut abend ausnahmsweise erlaubte, denn in der Ecke stand eine hölzerne Vorrichtung zum Halten der Kienspäne.

Der Kachelofen war von hohem Alter und sehr oft ausgebessert, und doch hatte alles in der Stube den Anschein äußerster Sauberkeit. Ein Tellerbrett barg einen bescheidenen Vorrat an Schüsseln, Tellern und Tassen. An der Hinterwand hing das Bild des Heilands, offenbar von dem jungen Mann gemalt, darunter das Weihwassergefäß.

„Und wie groß war er, Lisbeth?“ fragte der Kranke.

„Fast wie der Vater.“

„So! Wann ich ihn nur sehn könnt! Er muß der richtige Herkules sein.“

„Gar so lang war der Schulmeister nicht. Man hats ihm eigentlich gar nicht zutraun können, was für eine Gewalt er in den Muskeln hat. Aber daß er ein braver Kerl war, das konnt man ihm gleich ansehn.“

„Meinst?“

Das hatte Max Walter vorn an der Tür gesagt, und sofort richteten sich alle sechs Augen auf ihn.

Der Alte sprang augenblicklich auf.

„Das ist er! — Der Herr Lehrer! — Na, da hat er gestanden und alles gehört! Willkommen auch tausendmal!“

Er streckte ihm seine Hand entgegen. Beide begrüßten sich herzlich. Auch Lisbeth gab ihm die Hand. Hans wollte aufstehen, brachte es aber nicht fertig.

„Bleib sitzen, Bub!“ sagte der Vater. „Der Herr Schulmeister nimmt dirs nicht übel, da du krank bist und schwach.“

Er schob dem Gast den vierten Stuhl hin, den letzten, den es gab. Dann blickte er sich ratlos in der Stube um.

„Ja, nun haben wir Besuch, aber nix zum Vorsetzen. Was ist da zu machen?“

„Bitte, keine Umstände! Ich komme nicht, um zu essen oder zu trinken.“

„Das läßt sich auch denken, denn bei uns gibts nicht viel zu holen; aber heut, wo der Lisbeth ihr Namenstag ist, da sollten wir schon was Guts vorsetzen können.“

„Was? — Der Namenstag? Da freilich muß es einen Schmaus geben“, sagte Max Walter. „Deine Lisbeth mag gleich beim Bäcker ein Brot, beim Fleischer eine Wurst und im Gasthof ein Bier holen."

Das Gesicht des Kranken rötete sich vor Freude, Lisbeths Gesicht vor Verlegenheit. Der Heiner aber sprang auf und hob seinen Arm wie zum Schwur.

„Nein, daraus wird nix, auf keinen Fall nix! Das geb ich nicht zu!"

„Sie werden gar nicht gefragt. Wenn ich der Lisbeth das zum Namenstag geb, so hat nur sie zu bestimmen, ob sie es annehmen will oder nicht. Und wenn sie es nicht annimmt, so ist es eine große Beleidigung für mich, und ich komme Ihnen niemals wieder ins Haus. — Also, Lisbeth, wollen Sie? Sagen Sie ja!"

Er griff in die Tasche und legte ein Silberstück auf den Tisch. Der Heiner nahm es in die Hand.

„Fünf Mark? Sinds denn ein Rothschild, Herr Lehrer?"

„Nein, aber heute hab ich es übrig."

„Und der Feuerbalzerin habens auch drei Mark geben!"

„Diese alte Klatschbase sollte es nicht sagen. Also diese fünf Mark müssen alle werden."

„O jerum!"

„Ja. Ein Brot, eine Butter, eine ganze Wurst und vier Flaschen Bier. Was noch übrigbleibt, gehört der Lisbeth."

So blieb es, ob sie sich noch so sehr dagegen sträubten. Das Mädchen mußte gehen, um die Einkäufe zu besorgen.

Jetzt erst besah Walter sich die Zeichnung, an der der Sohn arbeitete. Es war eine Bleistiftlandschaft, die er auf das Papier geworfen hatte. Als der Lehrer sich in anerkennender Weise aussprach, schwieg der junge Mann bescheiden; aber sein Vater gab seiner Freude Ausdruck.

„Das gefallt Ihnen wirklich? Das ist nix, gar nix.

Da hat er noch ganz andre Sachen gemalt! — Darf ichs Ihnen vielleicht mal zeigen?"

„Ich bitte darum."

Da ging der Heiner in eine Nebenkammer und brachte einen alten Kasten, der voller Zeichnungen war. Walter begann die Blätter durchzusehen. Wirklich, Hans besaß nicht nur eine außerordentliche Begabung, sondern hatte sich ohne Lehrer eine geradezu erstaunliche Fertigkeit angeeignet.

„Jetzt werde ich Ihnen etwas zeigen", sagte Max Walter zu Hans und verließ das Haus.

Als er nach kurzer Zeit wiederkam, brachte er Gegenstände mit, bei deren Anblick Hans laut aufjubelte; ein Reißbrett mit Schiene, ein vollständiges Reißzeug, einen Farbenkasten und Zeichenpapier, das er sich aus Regensburg mitgebracht hatte, in der Überzeugung, daß hier an dem abgelegenen Ort dergleichen nur schwer zu haben sein werde. Zuletzt legte er noch zwei schöngebundene Bücher hin. Hans schlug ihre Titel auf und las: „Stieglitz, Über die Malerei der Griechen und Römer" und „Völker, Die Kunst der Malerei."

„Das alles laß ich Ihnen da", sagte Max Walter. „Und alle Tage komme ich herüber, um mit Ihnen zu zeichnen. Talent haben Sie, und das Wissen hab ich. Da dürfen wir erwarten, daß Sie sehr bald vorwärtskommen."

Wer war glücklicher als der arme Kranke! Auch sein Vater wußte sich vor Freude nicht zu fassen.

„Herr Lehrer", sagte er, „Sie sind grad wie ein Engel zu uns kommen. Erst habens der Lisbeth beigestanden gegen den Silberfritz, und nun bringens gar noch dem Hans diese Sachen! Das werden wir gar nie vergelten können. Und Geld habens auch noch geben zum Essen für heut abend. Das ist zuviel!"

„Nein, das ist nicht zuviel. Ich kann es geben."

„Aber bei den paar Markerl Gehalt, die Sie hier bei

uns bekommen, werdens nicht weit ausreichen, wanns so verschwenderisch leben."

„Oh, so bin ich nicht immer. Und glücklicherweise bin ich nicht allein auf mein Gehalt angewiesen!"

„Sinds am Ende reich?"

„Gar nicht. Aber ich bin nebenbei Schriftsteller."

„Was ist das?"

„Das heißt, ich schreibe Erzählungen, die gedruckt werden. Und dafür bekomme ich ein Entgelt, das weit mehr beträgt als mein Gehalt."

„Sakra! Das lasse ich mir gefallen."

Jetzt kam die Lisbeth mit den Eßwaren zurück.

Das war eine Freude, daß man einmal ein ordentliches Stück Brot hatte! Denn das, was die Lisbeth aus dem schlechtesten Mehl selber backen mußte, das war gar nicht Brot zu nennen.

Als Walter zuletzt noch einige Zigarren auf den Tisch legte, sagte Finkenheiner, daß er noch nie so einen glücklichen Namenstag erlebt habe, wenigstens nicht, solange seine Frau tot war.

„Der Silberbauer hat Ihre Frau auch gekannt?"

„Freilich. Er hat sie ja haben wollen!"

„Darf ich darüber etwas erfahren?"

„Alles könnens erfahren. Wanns unten rechts aus dem Dorf gehn, nachher kommens an das Wasser, an dem die Schneidemühle gelegen ist. Dort war ich der Müllerknappe, und meine Frau war die Tochter. Wir haben uns im stillen geliebt und haben denkt, daß niemand was davon wüßt; aber der Klaus hats doch gemerkt, denn er ist mir feind gewesen zu aller Zeit. Er hat sich beim Müller eingeschlichen, daß der ihm hat seine Tochter geben sollen; sie aber hat nicht wollen. Einmal hab ich des Abends draußen mit ihr am großen Rad gestanden. Wir haben leise miteinander gesprochen und dabei gemerkt, daß uns einer zuhört. Kaum aber ist sie fort gewesen, so hat sich ein Kerl auf mich geworfen und mit mir gerungen. Sein Gesicht war schwarz von Ruß, so daß ich ihn nicht erkannt hab; aber es ist die Gestalt des Klaus gewesen. Er hat mich nach dem Rad treiben wollen, und ich hab mich aus Leibeskräften gewehrt. Es hat vorher geregnet gehabt, und da bin ich ausgeglitten und niedergestürzt. Er war stark, und im nächsten Augenblick bin ich hinabgeflogen in das Radlager, wo das oberschlächtige Wasser darübergeht. Das Rad war im Gang, und ich hab aus Leibeskräften gebrüllt. Der Müller war schlafen gangen, aber mein Dirndl war noch wach und hat sogleich die Mühle stehn lassen. Nachdem es den Vater geweckt hat, bin ich da unten gefunden worden. — Der linke Arm war weg."

„Mein Gott! Das hat der Silberbauer getan?"

„Ich möcht darauf schwören, aber ich kann nix beweisen. Damals ist das Gericht nach ihm gelaufen; aber er hat beweisen können, daß er um diese Zeit daheim gewesen ist. Er war nämlich Knappe in der untern Mühl, die eine Viertelstunde tiefer im Tal gelegen war. Aber später hat er zuweilen ein Wort fallen lassen, aus dem ich sicher weiß, daß ers gewesen ist."

„Wenn er auch nur ein Knappe war, so kann er doch früher nicht so reich gewesen sein?"

„Der, reich? — Ein armer Schlucker ists gewesen. Er hat nix gehabt, als was er auf dem Leib tragen hat; alles, was er verdient hat, das ist über die Zunge gelaufen. Als er damals freigesprochen worden war, ist er in die Fremd gangen, und ich hab doch mein Dirndl geheiratet. Später ist der Klaus dann wiederkommen, und zwar zum Unglück für uns alle."

„Wieso?"

Der Heiner warf einen bezeichnenden Blick auf seine Kinder.

„Wanns das wissen wollen, so erzähl ichs Ihnen ein andermal. Heut aber ist der Namenstag, und da mag ich nicht an die Sache denken. Wanns erst länger hier wohnen, nachher werdens bald alles wissen, was daherum geschehn ist."

Das war für den braven Alten eine außerordentlich trübe Erinnerung gewesen, und er wurde auch nicht wieder so fröhlich wie vordem. —

Am nächsten Morgen ging der Finkenheiner beizeiten in seinen lieben Wald hinaus und hinterließ der Lisbeth die Weisung, in der Mühle für fünfzehn Groschen Grobmehl zum Brotbacken zu holen. Es war dieselbe Schneidemühle, von der er gestern abend dem Lehrer erzählt und die ihm früher gehört hatte. Nach ihm war sie in die Hände des Silberbauern übergegangen, der sie auch zu einer Mahlmühle eingerichtet und nachher verpachtet hatte. Der jetzige Pächter war ein junger, überall gerngesehener Mann, der noch keine Frau hatte und mit einer alten Magd eine einsame Wirtschaft führte.

Als Lisbeth die Mühle erreichte, ging sie nicht sofort hinein, sondern schritt nach dem Wasser, das die Räder trieb. Dort am Radlager blieb sie stehen. Sie dachte an die gestrige Erzählung ihres Vaters. Hier, grad wo sie stand, hatte er mit dem Nebenbuhler gekämpft, war von ihm hinabgestürzt worden und um den Arm gekommen.

Und ihre Mutter? Warum sprach der Vater so wenig von ihr? Warum hatte er gestern dem Lehrer einen Wink gegeben, als dieser etwas Näheres hatte erfahren wollen? Auch sonst war es Lisbeth vorgekommen, daß Leute, mit denen sie von ihrer Mutter gesprochen hatte, plötzlich still geworden waren und ihr keine weitere Auskunft gegeben hatten. War da irgendein Geheimnis?

„Grüß Gott, Lisbeth!" hörte sie jetzt rufen. „Bist auch schon munter?"

Der junge Müller stand drüben an der Ecke und hatte sie gesehen.

Das Mädchen ging zu ihm hinüber und gab ihm die Hand. Sie waren Vertraute seit langer Zeit und hatten schon miteinander gespielt, als sein Vater noch Pächter der Mühle war. Es war von jeher ihr Traum gewesen, einmal Müllerin zu sein. Und grad an diese Mühle hatte sie dabei allemal denken müssen. Aber der Müller, so hübsch und gut er war, schien seine alte Magd höher zu halten, als alle Dirndln der Welt. Das war immer ihr Herzeleid gewesen.

„Stehst schon wieder drüben am Rad?“ sagte er. „Wirst schon mal hineinfallen!“

„So kannst mich herausholen.“

„Ach so! Dann mußt aber auch richtig schreien, daß ichs sogleich hör.“

„Wie beim Vater.“

„Denk doch nicht immer daran!“

„Ich muß halt doch stets dran denken, daß er dort den Arm verloren hat. Seitdem ists ihm unglücklich gangen.“

„Ich denk, er hat erst hernach geheiratet?“

„Das wohl.“

„So kann er doch nicht sogleich unglücklich gewesen sein.“

Sie blickte ihn forschend an. Auch er machte jetzt eine Bemerkung, die ihr zu denken gab.

„Was meinst damit?“ fragte sie.

„Nix!“ antwortete er kurz.

„Und doch wars was!“

„Na, ich hab denkt, dein Vater ist erst dann elend worden, als der Silberbauer wiederkommen ist aus der Türkei.“

„In der Türkei ist er gewesen?“

„So sagt man zuweilen.“

„Aber wie hat es ihm gelingen können, den Vater unglücklich zu machen?“

„Ja, wer weiß das!“ antwortete er gedehnt. — „Du willst ein Mehl holen?“

„Ei freilich! — Recht grobes, billiges.“

„Ja, ihr seid die Feinen, die nur das Leckerste backen wollen. Hast aber auch Geld?“

„Oh, viel! Eine ganze Mark und eine halbe.“

„Sapperlot, seid ihr heut reich! — Hast doch stets nur für eine Mark kauft!“

„Ja, gestern zu meinem Namenstag war der Rothschild bei uns.“

„O weh! Der Namenstag war gestern? Schlipperment, das ist dumm, daß ichs nicht gewußt hab!“

„Hast mir sonst immer Glück gewünscht, nur gestern nicht. Du bist schon der Richtige!“

„Dann bin ich sehr zufrieden, wann ich für dich der Richtige bin.“

„Geh!“ schmollte sie. „Wannst einem das Wort im Mund herumdrehst, so bist eben der Richtige nicht, sondern grad der Falsche!“

„Weißt, ich war gestern nicht daheim. Ich war verreist, Getreid einzukaufen. Nachher also konnt ich nicht zu dir kommen. Und sodann hab ich gewußt, daß d' heut doch selber kommst.“

„Wie willst das wissen?“

„Weil euer Brot alle gewesen ist. Als ich in der Früh fortging, traf ich deinen Vater im Wald, und der hat mir gesagt, daß in seinem Sack der letzte Bissen steckt.“

„Und da denkst, daß wir gleich zu dir kommen müssen?“

„Ei freilich.“

„Nein, nein! Wann der neue Lehrer nicht am Abend bei uns gewesen wär, so hätt ich nicht kommen können. Er hat uns fünf Mark geschenkt!“

„Und der Feuerbalzerin drei!“

„Das weißt schon?“

„Die hats ja im ganzen Dorf herumgetragen. Der Neue muß ein toller Bursch sein. Nicht?"

„Ja, ein Wackerer und Guter."

„Ist er jung?"

„Sehr."

„Und auch hübsch?"

„Viel mehr als du."

„Und den Namenstag hat er auch schon mit euch gefeiert? So kannst Frau Lehrerin werden."

„Geh fort! Mit dir sprech ich gar nimmer!"

„So bekommst auch kein Mehl."

„Ach so. Dann gib mirs halt schnell!"

„So schnell geht das nicht. Erst mußt mit in die Stub kommen und den Kaffee trinken. Die Barbara wird ihn bereits fertig haben. Dann werd ich dir das Mehl einmessen."

„Aber mußt besser messen!"

„Meß ich schlecht?"

„Nein, zu gut. Allemal bring ich grad noch mal so viel heim, als ich zahlt hab."

„So wirds halt unterwegs mehr. Also komm herein!"

Er führte sie in die Wohnstube, in der die alte Barbara wirklich beschäftigt war, den Tisch zu decken. Sie begrüßte das Mädchen mit herzlicher Freundlichkeit und holte unaufgefordert die dritte Tasse, denn sie kannte die Herzensneigung ihres jungen Herrn. Solch alte, treue Seelen pflegen unbewußt das Richtige zu treffen. Auch ein Weißbrot wurde gebracht und goldgelbe Butter dazu. Eben schenkte die Barbara den Kaffee ein, da wurde die Tür ein wenig geöffnet.

„Grüß Gott zum guten Morgen!" rief eine vergnügte Stimme hinein. „Der ehrenwerte Herr Meister mag erlauben, daß ein wandernder Geselle der achtbaren Müllerzunft die edle Kunst begrüßen tut. Ich hab keinen Beutel, aber viel Hunger; kein Geld, aber viel Durst, und ein Kaffee mit Zucker wär mir eben recht!"

Als die drei hinblickten, sahen sie einen alten, zerrissenen Hut, dessen Löcher von allerlei Blüten und Pflanzen durchwoben waren. Darunter blickten eine Nasenspitze und ein gewaltiger, grauer Schnurrbart hervor.

„Was?“ rief der Müller, während er von seinem Stuhl aufsprang. „Bists wirklich?“

„Nein, ich bin ein andrer.“

„Oho! Dich kennt man gleich an deinem Hut und an dem Gespaß, was d' allemalen machst.“

„Wer? Was?“ rief nun auch die Barbara. „Ists die Möglichkeit? Die Stimme sollt man kennen. Das ist kein andrer als der Wurzelsepp!“

„Weiß Jux, sie hats erraten!“ sagte der Sepp, der die Tür vollends öffnete und hereinkam. „Ja, so eine alte Liebste vergißt den Schatz niemals.“

Er warf den Sack und den Hut zu Boden, lehnte den Bergstock an die Wand und ging auf die Alte zu.

„Komm heran, Bärbel! Dich muß ich gleich zuerst begrüßen, sonst schaffst dir gar einen andern an!“

Er faßte sie um die Hüfte, drückte sie herzhaft an sich und gab ihr einen schallenden Kuß. Sie stieß ihn von sich und wischte sich mit dem Topflappen, den sie in der Hand hatte, den Mund schnell ab.

„Mach dich fort, du Sausewind!“ zeterte sie. „Ich will nur sehn, wannst mal zu Verstand kommen und ein gesetzter Mensch werden wirst! Bei allen den hübschen, jungen Dirndln muß er seinen Schnauzbart am Mund abwischen!“

„Ja, du bist halt die richtige Junge und Hübsche! Wann bist hundertfünfzig gewesen? Vor sechzig Jahren, nicht wahr?“

„Hundertfünfzig! Hört, ihr Leut, hundertfünfzig! Und da will der Lodrian gar einen Kaffee haben, und noch dazu mit Zucker!“

„Ists etwa nicht wahr? Bei dir heißts auch:

„Jetzt bin ich hundertneunzig Jahr,
hab' nur noch einen Zahn;
obgleich ich nicht mehr beißen kann,
krieg' ich doch keinen Mann!"

„Schweig!" schalt sie. „Sonst werf ich dich zur Türe hinaus! Wir sind beide nicht allein in der Stube! Kannst die andern nicht auch grüßen?"

„Ja, eben jetzt kommen sie dran."

Er streckte beiden die Hände entgegen.

„Herr Müller und Frau Müllerin,
froh bin ich, daß ich bei euch bin.
Schenkt gleich dem Sepp den Kaffee ein,
er hofft, willkommen euch zu sein."

Lisbeth errötete im ganzen Gesicht.

„Weißt, Sepp, hier gibts keine Müllerin", sagte der Müller scharf.

„So? Steht sie nicht hier?"

„Du bist falsch berichtet. Die heiratet den neuen Schulmeister."

„Was? Die Lisbeth, eine Müllerstochter und das Kind von meinem Freund, dem Finkenheiner? Die gehört in eine Mühle. Und wann sie keine hat, so kauf ich ihr eine."

„Hast wohl sehr viel Geld?"

„So viel, daß mirs zu den Strümpfen herausfallt. Drum hab ich keins mehr im Sack. So, und nun wollen wir zur Hauptsach kommen. Wie gehts, und wie stehts?"

Nachdem er Auskunft erhalten hatte, sollte auch er berichten.

„Sepp, ich hab gehört, daß d' ein großer Künstler worden bist!" meinte der Müller.

„Weißts auch schon?"

„Es hat ja in der Zeitung gestanden, daß d' sogar vor dem König gesungen hast!"

„Ja, ich und der König, wir sein halt zwei Spezi. Er sitzt auf dem Thron und ich drunter."

„Da hasts besser als er."

„Das mein ich auch, darum bin ich immer lustig und kreuzfidel. Gut gehn tut mirs auch. Was will ich mehr haben auf der Welt? Nur eins fehlt mir, ein einziges, und das ist a Stubn."

„Eine Stube? Und für wen denn?"

„Für einen Jäger, der hier eine sucht in Hohenwald."

„Da liegt ja das Jägerhaus im Wald."

„Dahin mag er nicht. Weißt, er sucht den Bombyx."

„Wie? Der Jäger sucht den — was? Was für ne Büx?"

„Gar keine Büx! Den Bombyx!"

„Und was ist das?"

„Ein Viehzeug."

„Von dem hab ich noch gar nie was gehört. Ists groß?"

„Hm! Er frißt ganze Bäume auf, besonders Kiefern und Fichten."

„Bist toll? Welch ein Tier kann eine Kiefer oder Fichte fressen!"

„Eben der Bombyx. Ich wills dir sagen. Der Bombyx ist ein Schmetterling, dessen Raupe im Wald großen Schaden macht. Wann man nicht bald ein Mittel ergreift, so ists gefährlich. Und weil nun in der Gegend der Bombyx sein soll, so wird der Jäger kommen, um nachzuschaun. Er hat mir Auftrag geben, mich nach einer Stube umzuschaun, in der er während der Zeit wohnen kann."

„Ach, so ists! Ja, was ists denn für einer?"

„Nun, ein Feiner."

„O weh! Ich hätt wohl eine Stube, aber wenns ein so gar Feiner ist, so ists ihm nicht gut genug."

„Ja, essen und trinken will er auch. Das macht schon eine große Arbeit und Wirtschaft. Und du hast nur die Barbara. Die ist zwar fleißig, aber alleinicht kanns so was nicht dermachen. Du solltest also doch eine Müllerin haben."

„Damit ists gefehlt."

„Etwa weil dich keine mag?"

„Ja."

„Oder weilst dich nach keiner umschaust! Du wirst auch warten und warten, grad so wie ich, bis es zu spät worden ist, und du kommst ins uralte Register."

„Dann geh ich auf den Wurzelhandel — wie du."

„Gut, so heirat ich die Barbara und übergeb dir meine Kundschaft. Machst mit, Bärbel?"

„Mit dir sogleich!" antwortete sie.

„So? Wirklich? Na, da wollen wir bald losmachen. Hast auch bereits was gespart?"

„Sechsundachtzig Pfennig."

„Und ich zweiundneunzig. Das soll eine Hochzeit werden, wies noch keine geben hat! Ich zieh den Kartoffelsack an, und du nimmst den Regenschirm um. Gegessen und trunken wird auch, was das Zeug hält, Sauerkraut und Zwetzschgenkerne und zwei Flaschen Röhrenbrunner dazu. Sodann haben wir uns und können wieder auseinandergehn, gradso wie jetzt."

Er stand auf.

„Willst schon fort?" fragte der Müller. „Wohin willst gehn?"

„Wohin der Sepp überhaupt geht, überallhin und nirgends. Ich hab in aller Welt meine guten Freunde, die ich besuchen muß. Jetzt will ich zuerst zu meinem guten Spezi, dem Finkenheiner. Ist er draußen im Wald auf seinem Platz, Lisbeth?"

„Ja, wie immer."

„So will ich mich für den Kaffee bedanken. Wann

ich wieder komm, gebt ihr mir einen andern. Nachher sind wir quitt. Behüt Gott!“

Er nahm Hut, Rucksack und Stock wieder auf, gab den dreien die Hand und ging. Sie versuchten nicht, ihn aufzuhalten, sie kannten seine Art und Weise und wußten, daß es erfolglos gewesen wäre. Die Barbara begleitete ihn hinaus.

„Jetzt kannst mir mein Mehl geben“, bat das Mädchen den Müller.

„Hasts so eilig?“

„Ja. Ich will heut noch backen.“

„Wannst noch eine Viertelstund hierbleibst, wirds drum doch auch noch fertig.“

„Der Bruder ist allein daheim.“

„Da hast recht. Also komm!“

Er führte sie hinaus, aber nicht hinüber in die Mühle, wo er, wie sie wußte, das Mehl hatte, sondern zur Treppe.

Sie kannte das Haus von der frühen Jugend her. Sie wußte, daß es oben eine Mehlkammer gab, aber er schlug eine andre Richtung ein. Dann blieb er vor einer Tür stehen und zog den Schlüssel aus der Tasche, sie zu öffnen.

„Da drin ist doch kein Mehl!“ sagte sie.

„Das weißt noch?“

„Ja. Das ist meiner Mutter ihre gute Stube gewesen. Oder nicht?“

„Ja, und meiner Mutter ihre auch. Komm herein! Brauchst dich nicht zu fürchten.“

In dem Raum war es dunkel, denn der Fensterladen war geschlossen. Er öffnete ihn, und nun drang das Morgenlicht freundlich in das Zimmer, das ihm jahrelang verschlossen gewesen war.

Es war sehr altmodisch ausgestattet. Nur ein Bild hing an der Wand, das Bild einer Frau, deren Gesichtszüge auf große Herzensgüte schließen ließen. Der Müller deutete auf das Sofa.

„Setz dich nieder, Lisbeth! Ich will dir etwas suchen."

„Was denn?"

„Das, was ich dir heut zum Namenstag geben will, weil ich gestern nicht zu dir kommen konnt."

„Das ist nicht nötig, Wilhelm. Brauchst mir nix zu schenken. Ich weiß ja doch, daß d' mich nicht vergessen hast."

„Nein. Ich muß tun, was mir die Mutter gesagt hat, bevor sie gestorben ist."

Er hob den Deckel einer Truhe und nahm ein Kästchen heraus, das er öffnete.

„Schau dir mal an, was da drinnen ist", sagte er. „Hier, nimms in die Hand, da hasts näher."

Sie erblickte zwei einfache Goldringe und dann eine goldene Kette, an der zwei Doppellouisdors und drei Henkeldukaten hingen.

„Ein Schmuck!" sagte sie. „Wohl von deiner Mutter?"

„Ja."

„Das ist ein heiliges Andenken, Wilhelm. So was muß man gut verwahren. Da hängt ein großer Segen dran."

„Meinst?"

„Ja. Von meiner Mutter hab ich gar nix erhalten. Es ist nix übrig blieben, weil die Eltern arm geworden sind."

Es war ein fast mitleidiger Blick, den er auf ihr hübsches ernstes Gesicht warf.

„Ja, du hast nix geerbt von der Mutter. Nicht mal ein Ringerl oder ein Kreuzerl. Und doch sollst was haben, woran ein Muttersegen hängt. Ich schenk dir die Kette und auch die Ringerln!"

„Wilhelm", rief sie erschrocken, „so was darfst nicht verschenken!"

„Warum nicht?"

„Eben weils von deiner Mutter ist!“
„Nun, sie hat mirs erlaubt, dirs zu geben.“
„Mir?“
„Ja, grad dir.“
„Wie könnt ich das glauben!“
„Wann ichs dir sag, so ists wahr. Schau, diese Kette hat die Mutter tragen, als sie Braut gewesen ist, einen Ring auch und den andern der Vater. Ich schenk dirs, doch mußt auch mich den einen Ring tragen lassen.“
Sie blickte ihn forschend an. Plötzlich flog eine glühende Röte über ihr Gesicht. Fast hätte sie das Kästchen fallen lassen. Er wartete eine Weile. Sie hatte die eine Hand in holder Scham vor das Gesicht gelegt. Er zog diese Hand sanft fort.
„Willsts haben, Lisbeth?“ fragte er leise.
„Nein“, hauchte sie. „Nie!“
Da nahm er das Kästchen ihr wieder aus der Hand, tat es in die Truhe und verschloß sie. Dann trat er zu dem Bild heran und sagte:
„Hasts gehört, meine gute Mutter? — Ich hab sie so sehr lieb. Du hasts gewußt. Sie aber mag nicht. Nun wird keine andere dein Ketterl erhalten und die Hochzeitsringe dazu. Es kommt keine Müllerin in diese Mühle, und dein armer Wilhelm wird allein mahlen, bis er nachher zu dir kommt.“
Er zog den Laden zu und schloß das Fenster. Es war wieder dunkel in der Stube geworden. Er ging zur Tür und öffnete sie. Von draußen fiel das Licht in sein Gesicht. Sie sah, daß ihm die Tränen in den Augen standen.
„Komm! — Ich will dir das Mehl einmessen.“
Sie antwortete nicht und bewegte sich auch nicht.
„Lisbeth!“
Auch jetzt blieb sie stumm.
Da trat er wieder zurück und auf sie zu. Sie fuhr

vom Sofa empor, schlang die Arme um ihn und sagte unter ausbrechendem Weinen:

„Wilhelm, ich darf doch nicht!"

„Wohl weilst mich nicht lieb hast?"

„Ich dich nicht lieb? — Oh, ich hab dich schon als kleines Dirndl lieb gehabt, und noch jetzt träum ich davon, daß ich eine Müllerin bin. Aber ich bin nicht so wie du."

„Das versteh ich nicht. Wie meinst das?"

„Es ist was zwischen mir und dir, was uns nicht zusammenkommen laßt. Weißt, von meinem Vater."

„Du, da tust deinem Vater ein großes Unrecht und Herzeleid an. Er ist der bravste Mann, den es nur geben kann."

„Und doch liegt was auf uns — vielleicht ists auch von meiner Mutter! Du weißts, und auch andre wissens, aber niemand wills mir sagen. — Wilhelm, wannst mir das Kästerl schenken willst, so soll ich deine Müllerin werden. Ich bin ein armes Dirndl, aber ich weiß, daß ich eine brave Frau sein werd und auch fleißig und ordentlich. Das ist fast auch wie Geld. Also wegen der Armut sag ich nimmer nein. Aber wannst mir so ein großmächtiges Vertrauen schenkst, daß ich deine Frau werden soll, warum schenkst mir da nicht das Vertrauen, mir zu sagen, was d' von meiner Mutter weißt?"

„Weils dir nix nützen kann."

„Ich hab dich lieb, Wilhelm, und ich mag keinen andern — aber erst, wann ich weiß, woran ich mit der Mutter und dem Vater bin, nachher kann ichs dir sagen, ob ich das Kästl annehmen darf."

„Nun — so will ichs dir sagen."

Er zog sie neben sich auf das Sofa nieder. Obgleich er sie nicht berührte und ganz wie ein Fremder an ihrer Seite saß, bat sie dennoch:

„Magst den Laden nicht wieder aufziehn?"

„Jetzt noch nicht. Das, was ich dir erzählen will, laßt sich am besten in der Dunkelheit sagen.“

„Ists so schlimm?“

„Schlimm? Traurig, sehr traurig, Lisbeth. Du denkst, deine Mutter sei gestorben, aber sie ist nicht tot.“

„Herrgott! Ists wahr?“

„Ja.“

„Wo ist sie, wo?“

„Das weiß kein Mensch.“

„Auch der Vater nicht?“

„Nein.“

„Warum forscht er nicht nach ihr?“

„Sie ist ihm untreu geworden und auf- und davongegangen, in die weite Welt.“

„O Jesus!“

„Sie hat das ganze Vermögen mitgenommen und ihm nur Schulden hinterlassen.“

„Mein Vater! Mein armer Vater!“

„Und der Silberbauer hat sie verführt.“

„Der? Der und immer wieder der!“

„Soll ichs dir erzählen?“

„Ja, tus! Ich muß es wissen.“

„Schau, das ist so: Meine Mutter ist deinem Vater sehr gut gewesen, aber er hatte nur Augen für deine Mutter, die sehr schön gewesen ist, aber leichten Blutes. Meine Mutter aber war nicht hübsch. Sie hat später meinen Vater genommen und sich mit ihm gut zusammengefunden. Dann hat sie sehn müssen, wie es deinem Vater ergangen ist, und ihre alte Lieb ist wieder erwacht. Die hat dich so lieb gehabt und mir noch auf dem Sterbebett geboten, dich zur Müllerin zu machen, wannst mich nur haben willst. Doch ich wollt ja von deiner Mutter reden. Hier in diesem Haus war sie geboren, und hier hat dein Vater sie kennengelernt. Er war ein hübscher Bursch, und sie war ihm gut, wie eben ein leichtes Dirndl einem Burschen gut ist. Daß sie ihn nicht nehmen sollt, das hat sie nur in dieser Lieb bestärkt. Der Silberbauer war in der untern Mühle und stellte ihr nach. Ihr Vater wollte, daß sie diesen nehmen solle, aber grad darum hat sie ihn nicht mögen. Da ists zum Kampf kommen zwischen den beiden Nebenbuhlern, und das hat deinen Vater den Arm kostet. Der Klaus ist zwar eingesperrt worden, doch hat die Magd in der untern Mühle gesagt, daß er grad um dieselbe Zeit daheim gewesen sei, und das hat ihn wieder frei gemacht."

„Bis hierher weiß ichs auch."

„Aber weiter nicht?"

„Daß der Vater die Mutter geheiratet hat."

„Das hat sie nur tan, weil sie den widerspenstigen Charakter gehabt hat. Ihr Vater hat Ja sagen müssen und Amen zu dieser Heirat, aber er hat auch dafür gesorgt, daß nachher die Mühle und alles deiner Mutter gehört hat und nicht deinem Vater. Der Klaus ist in die Fremde gegangen und für eine lange Zeit verschwunden gewesen. Aber plötzlich ist er wieder kommen und wieder Knappe worden in der untern Mühle. Von jetzt nun beginnt das eigentliche Unglück deines Vaters. Der hatte nur den einen Arm noch. Damals, als er unter das Rad kam, das hat ihn arg mitgenommen gehabt. Er ist nimmer so frisch und gesund gewesen wie vorher. Der Klaus aber, der spätere Silberbauer, der war ein frischer Bursch und hat sich in der Welt eine braune Farb geholt. Er ist immer um die obere Mühle herumgeschlichen, bis er sie troffen hat — und als sie nun so mitnander gesprochen haben, da hat er ihr wohl viel besser gefallen, als ihr Mann, der um sie zum Krüppel geworden war."

„Armer Vater!" klagte sie.

„Hast recht. Und du kannst dir denken, daß es nicht bei diesem ersten Zusammentreffen blieben ist, sondern sie sind nachher oft wieder zusammenkommen —

erst draußen im Wald und sogar in der Mühle — hier drin, wo wir sitzen."

„Das — das ist ja eine Sünde!"

„Was fragen solche Leut darnach?"

„Und habens die Nachbarn gemerkt?"

„Erst nicht, aber nachher, als die beiden nicht mehr so vorsichtig gewesen sind, da hat man leis gesprochen, dann lauter und immer lauter, bis es öffentlich worden und vor die Ohren deines Vaters kommen ist. Na, da kannst denken, was er dacht und tan hat. Am Abend, als der Klaus wieder hier durchs Fenster eingestiegen war, da ist dein Vater dazukommen."

„Herrgott! Was wirds da geben haben?"

„Ja, was es da geben hat, davon weiß kein Mensch was. Aber am Morgen hat dein Vater im Fieber gelegen und ganz irr gesprochen. Denn weißt, er hat deine Mutter so sehr lieb gehabt, und ihr beiden Kinder seid so kleine, arme Würmer gewesen. Deine Mutter hat sich nicht um ihn und nicht um euch kümmert. Aber es kommt noch schlimmer. Als dein Vater todkrank dagelegen hat, da ist plötzlich einer kommen, der hat zeigt, daß er die Mühle kauft hat mit allem, wie es steht und liegt, und der kranke Müller mußt augenblicklich heraus und fort."

„Ein Weib kann doch nix verkaufen ohne den Mann!"

„Gewöhnlich, ja. Aber der alte Müller hats so gemacht. An Stelle des Mannes ist ein andrer Vormund gewesen, und der hat den Kauf gebilligt. Dein Vater hat heraus müssen."

„Und die Mutter?"

„War verschwunden."

„Du Himmel!"

„Und der Klaus auch, mit ihr."

„Wohin?"

„Kein Mensch weiß es. Aber vom Klaus redet man heut, daß er in der Türkei gewesen ist."

„Was hat denn da der Vater angefangen?"

„Der ist viel kränker worden und ins Bezirkshaus kommen. Der Arzt hat gesagt, er muß einen Schlag auf den Kopf erhalten haben. Erst viel später ist er wieder so worden, wie er heut noch ist."

„Und wir Kinder?"

„Nun, euch hat meine Mutter zu sich genommen, bis dein Vater euch zurückgefordert hat."

„Die Gute!"

„Ja, darum hat sie dich so lieb gehabt, wie ihr eignes Kind. Dein Vater hat seitdem eine ganz eigne Vorliebe zu der Waldblöße da draußen, wo er immer sitzt; niemand weiß, warum, aber es muß doch mit jener Zeit zusammenhängen. Später ist der Klaus wiederkommen mit seinen zwei Kindern. Er ist indessen verheiratet gewesen und sehr reich worden. Jetzt ist er der Silberbauer. So, Lisbeth, jetzt weißt alles."

„Ist das wirklich alles?"

„Alles, was ich weiß, ja."

„Und niemand weiß mehr?"

„Kein Mensch. Zwei wissen wohl mehr. Dein Vater und der Silberbauer, aber die sagen nix. Jetzt aber sind wir fertig. Nun sag, ob ich die Truhe wieder aufschließen soll."

Sie schwieg.

„Lisbeth, ich bitt! Antworte mir!"

„Mach den Laden wieder auf!"

Er ging hin und tat es. Als das Tageslicht in die Stube fiel, trat er zur Truhe.

„Soll ich?"

Sie nickte.

Er schloß auf, nahm das Kästchen heraus, öffnete es und hielt es ihr hin.

„Da nimm!"

„So will ichs mit dem Herrgott wagen!"

Sie nahm die Kette heraus, legte sie sich um, warf

einen Blick auf die funkelnden Goldstücke und tat sie dann wieder in das Kästchen.

„Wie? Willst sie etwa nicht behalten?“ fragte er.

„O ja; aber du sollst sie aufheben.“

„Bis du sie am Altar trägst. Nicht, Lisbeth?“

„Ja.“

„So hat meine gute Mutter nun doch ihr Recht. Ich dank dir, Lisbeth. Du wirst sehn, daß ich ein guter Mann sein werd.“

Er hatte ihre beiden Hände ergriffen und küßte sie auf Stirn, Wange und Mund. Dann führte er sie hinab in die Stube, wo die alte Magd beschäftigt war.

„Du, Bärbel“, sagte er. „Schau dir doch gleich mal dieses Dirndl an! Wer ist sie?“

Wenn er erwartet hatte, die Barbara in Verlegenheit zu bringen, so hatte er sich geirrt.

„Das sieht man ihr sogleich an“, lachte die Magd. „Die junge Müllerin.“

„Hurra! — Sie hats wahrhaftig erraten!“

„Dazu gehört keine große Klugheit. Gut seid ihr einander immer gewesen, und wann ihr eine volle Stunde droben in der Stube sitzt, so weiß man genau, daß die Maus nun endlich mal in die Falle geschlüpft ist.“

„Wer ist die Maus? Sie oder ich?“

„Sie. Du aber bist der Esel!“

„Warum?“

„Weilst nicht schon längst zugegriffen hast! Eine Müllerin wie die Lisbeth kannst nirgends mehr kriegen. Aber wann ich nicht hier und da hätt ein Wort fallen lassen, so wärs auch heut noch nix. Der junge Hund muß eben mit der Schnauze hineingedrückt werden in die Milch, bevor er sauft. Na, ich gratulier von ganzem Herzen und wünsch viel Glück, Gesundheit und gedeihliche Kinder. Und nun kann der Herr getrost kommen, der hier wohnen soll. Die junge Müllerin ist da. Kannst dem Wurzelsepp sagen, daß hier alles in Ordnung ist."

„Das werd ich tun. Du aber bekommst auch gleich deine Arbeit. Die Lisbeth will nämlich backen."

„Backen?" sagte sie in sehr entschiedenem Ton. „Damit hats einstweilen ein End."

„Meinst?"

„Ja. Für die Braut backen wir hier, und wanns nachher die Frau ist, backts selber."

„Aber sie braucht jetzt Brot."

„Das werd ich schon alles besorgen. Setzt euch nur her! Ich werd hinausgehn und das Brot besorgen."

Als sie nach einer halben Stunde hereinkam, um zu melden, daß die Lisbeth nach Haus gehen könne, und ihr die beiden folgten, stand draußen vor der Tür hochbepackt der Esel des Müllers.

„Herrgott!" rief Lisbeth und schlug die Hände zusammen. „Was ists mit dem Peter?"

„Den führst fort. Tragen kannsts doch nicht. Bringst ihn nachher hübsch wieder."

„Aber was hast denn aufgesackt?"

„Vier Brote, zu acht Pfund eins. Fünf Pfund Mehl. Sechs Pfund Backobst. Drei Flaschen Milch. Eine Flasche Eingemachts. Zwei Pfund Strickgarn. Ein Paar neue Pantoffel und zwanzig Ellen Hemdenzeug. Da habt ihr für diese Woche nun genug zu essen, und wanns alle ist, so kommst wieder!" —

DAS GEHEIMNIS DES SILBERBAUERN

An diesem Morgen hatte Max Walter sein Amt angetreten.

Der Pfarrer hatte ihn eingeführt; das heißt, er hatte ihn in die Schule begleitet und den Kindern gesagt, daß dieser Herr der neue Lehrer sei. Dann war er wieder gegangen. Walter hatte ihn darum gebeten. Als sich der geistliche Herr entfernt hatte, forderte Max die Schüler auf, ihre Gesangbücher zur Hand zu nehmen. Er fragte den Jungen, der der Erste in der Klasse war, welches Lied gewöhnlich bei Beginn der Schule gesungen worden sei, und der Gefragte antwortete mit ernster Miene:

„Auf d' Alma geh i aufi,
es brummelt schon der Stier,
und wann er mit den Hörnern stößt,
ists ein verfluchtes Tier."

Ein anderer Lehrer hätte über diese Frechheit den Gleichmut verloren.

Max Walter aber sah in die Liste, um den Namen des Jungen zu erfahren, und sagte:

„Du kannst nach Haus gehn. Heute brauch ich dich hier nicht."

Daß einer für ein Vergehen eine solche Belohnung empfing, war noch nie dagewesen. Der Junge wußte daher nicht, ob er seinen Ohren trauen solle.

„Geh!" wiederholte der Lehrer kurz, wobei er zur Tür zeigte.

Der Bub nahm seine Siebensachen und trollte sich schleunigst von dannen.

„Na, der neue, der ist ein Dummer!" erklang es von einer der letzten Bänke.

„Wer sprach da?" fragte Walter.

„Ich", meldete sich einer mit dreistem Grinsen.

„Der kann auch für heute gehen."

Auch dieser stampfte höchst beglückt ab.

Das sonderbare Strafverfahren fand den Beifall der lieben Schuljugend in solchem Grade, daß nach Verlauf der zweiten Unterrichtsstunde über die Hälfte der Kinder wegen Ungezogenheiten für heute Urlaub erhalten hatten.

So war es auch am folgenden Tag.

Die Kunde von dieser seltsamen Art des neuen Lehrers, zu strafen, verbreitete sich schnell im Ort. Die ihm wegen seines tapferen Verhaltens gegen den Silberbauer gewogen waren, schüttelten die Köpfe, die andern aber lachten ihn aus.

Am Abend des dritten Tages ging er zum erstenmal in den Gasthof, um ein Glas Bier zu trinken. Er tat dies absichtlich zu einer Stunde, in der die meisten Gäste zugegen waren.

Als er eintrat, richteten sich aller Blicke auf ihn. Die früheren Lehrer hatten hier das große Wort geführt. Max Walter aber setzte sich, nachdem er höflich gegrüßt hatte, an die Ecke des Tisches, der am weitesten abseits stand.

Der Silberbauer war auch da. Er saß am großen Stammtisch. Die Kratzwunden in seinem Gesicht begannen zu verblassen.

Wie es in solchen Fällen herzugehen pflegt, waren die Anwesenden einige Minuten lang still. Als Max Walter sein Bier erhalten hatte und trank, sagte der Silberbauer zu einem untersetzten, stierköpfigen Gast, der ihm gegenüber saß:

„Also, Hornfrieder, wie war es mit deinem Buben, dem Christjörg?"

Alle wußten, daß diese Frage auf den Lehrer gemünzt war. Der aber freute sich innerlich, daß es genauso kam, wie er es sich gewünscht hatte.

„Hasts noch nicht gehört?“ meinte Hornfrieder.

„Ja, gehört hab ichs wohl, aber glauben tu ichs nicht. Es ist aber auch gar zu dumm!“

„Ich hätts auch nicht glaubt, wenns nicht grad mein eigner Bub gewesen wär. Also am Abend vorher wird angesagt, daß der neue Lehrer am nächsten Morgen die Schul anfängt. Ich schick also meinen Buben hin. Er ist der Erst und Klügst in der ganzen Klasse und darf also nicht fehlen. Als nun das Ding beginnt, fragt der Lehrer den meinigen, was für ein Lied immer in der Früh gesungen wird, und der Bub wird da vom Teufel geritten, daß er ein Schnadahüpfl sagt, anstatt ein Gesangbuchliedl.“

„Und was hat da der Herr Lehrer dazu gesagt?“

„Er hat ihn fortgeschickt aus der Schul.“

„Oho! Denkst, ich bin albern?“

„Es ist wahr.“

„Aber mir machst doch nichts weis.“

Da schlug der andre mit der Faust auf den Tisch, daß die Gläser klirrten.

„Donnerwetter! Wannsts nicht glauben willst, so läßts halt bleiben!“

„Ja, es ist wahr!“ rief ein andrer. „Den meinigen hat er auch heimgeschickt.“

„Was hat denn der tan?“

„Den hat er gefragt, wo Frankreich liegt, und der Bub hat gesagt: ‚Bei uns hinterm Mist‘.“

„Na, den muß er doch durchhaun!“

„Er hat ihm nur frei geben.“

„Sollt man so was glauben?“

„Ja, ich hab denkt, mein Bub macht mir was vor, als er nach Haus kommt und sagt: ‚Vater, der neue

Lehrer ist verrückt. Wer von der Schule loskommen will, der muß eine Dummheit machen.'"

„Das ist freilich wahnsinnig; das heißt gradheraus, das Vergehn belohnen."

„Die Buben und Madels merken sichs auch bereits. Heut sind nicht ein Drittel Schüler dagewesen."

„Und da bekommt der Lehrer sein Gehalt!" rief der Silberbauer. „Keinen Pfennig soll er erhalten, nicht einen einzigen! Habt ihr ihn denn schon einmal gesehn?"

Er saß mit dem Rücken zu Walter und tat so, als ob er ihn nicht bemerkt habe. Rundum wurde geantwortet:

„Ich nicht, ich auch nicht!"

Nur einige Verständige schwiegen.

„Ich möcht ihn doch mal sehn!" rief einer. „Wer solche Dummheiten macht, der muß doch ein ganz besondres Gesicht haben. Ja, ich tät sogleich einen Schnaps geben, wann ich ihn sehn könnt!"

„So blicken Sie gefälligst hierher zu mir!" ertönte es laut von der Ecke her. „Ich bin der Mann, von dem Sie sprachen."

Es trat eine augenblickliche Stille ein. Der Silberbauer drehte sich leicht um, tat, als ob er ihn erst jetzt sehe, und sagte halblaut:

„Ah! Ja, das ist er freilich!"

Der stierköpfige Bauer, dessen Junge den Vers gesagt hatte, lachte vor sich hin.

„So! Also so schaut er aus. Hm, hm!"

„Ja, so schau ich aus", antwortete Max Walter. „Und ich selber will nicht unterscheiden, ob ich dümmer aussehe als Sie. Aber das will ich fragen: Verstehn Sie vielleicht von der Erziehung mehr als ein Lehrer?"

Da ging der Silberbauer hoch.

„Ein Vater, der Kinder hat, wird mehr davon ververstehn als ein Lehrer, der keine hat."

„Leider ist dies nicht der Fall; das bemerkt man an den Kindern. Wenn die Eltern etwas von Erziehung verständen, so würde ein Lehrer von ihren Kindern nicht solche Antworten erhalten. Ich habe meine Schüler zu lehren und zu erziehen. Wenn die Zucht von seiten der Eltern fehlt, habe ich vergebliche Mühe, und sie zu ersetzen bin ich nicht da, und dazu werde ich auch nicht besoldet. Ich werde also die Eltern zwingen, ihre Kinder anders zu erziehen."

„Zwingen?" rief der Stierköpfige. „Ich wollt mal sehn, ob ein junger Schulmeister mich zu was zwingen kann!"

„Ja, gewiß! Sie, grad Sie sind der allererste, den ich zwingen werde! Kinder, die gut erzogen sind, werden sich zu meiner Zufriedenheit verhalten; die bleiben bei mir und werden etwas lernen. Buben aber, deren Väter Freude an ihren Ungezogenheiten haben, jage ich fort, denn sie stören den Unterricht und stecken mir gar die andern an. Solche Buben lernen also nichts."

„Brauchts auch nicht!" rief einer.

„Das sagen Sie jetzt aus Widerspruchsgeist. Aber wenn das Jahr herum ist und die Prüfung kommt, so entlasse ich die, die artig waren und etwas gelernt haben; die andern aber bleiben zu ihrer und ihrer Eltern Schande noch als Schulbuben sitzen. Auf diese Weise zwinge ich die Eltern, darauf zu sehen, daß ihre Kinder sich zu meiner Zufriedenheit betragen."

Wieder trat eine Stille ein. Man überlegte. Der Silberbauer ergriff als der erste das Wort.

„Laßt euch nichts weismachen, ihr Leute! Wann der Bub das Alter hat, wird er aus der Schule entlassen."

„Nein, sondern wenn er das gelernt hat, was er gelernt haben muß!" fiel Max Walter ein.

„Oho! Ich bin der Vorsteher und werd es nie dulden, daß ein Kind länger in der Schule gehalten wird!"

„Sie werden das ebensogut dulden, wie Sie sich bereits schon andres haben gefallen lassen müssen. Ich dächte, Sie wüßten nun so ziemlich, woran Sie mit mir sind. Ich befolge meine Grundsätze und weiche nicht von ihnen ab. Ein Ortsvorsteher hat mir hier nicht das mindeste zu befehlen. Wer von Ihnen also darüber lacht, daß ich sein Kind fortschicke, der wird später nicht mehr lachen, wenn es mit fünfzehn und sechzehn noch schulpflichtig bleiben muß. Wer aber sein Kind liebhat und auf Ehre hält, der mag dafür sorgen, daß ich es ihm nicht wieder nach Haus sende. Das ists, was ich Ihnen sagen wollte. Deshalb bin ich gekommen. Wer mich nun noch auslachen und für dumm halten will, der mag es tun. Später kommen wir zusammen. Die Verständigen unter Ihnen aber bitte ich, sich nicht verführen zu lassen; ihre Kinder würden es unschuldig zu entgelten haben. — Jetzt gute Nacht, meine Herren!"

Er trank sein Bier aus, legte das Geld dafür auf den Tisch und ging, unbekümmert um das, was man nun über ihn sagen werde.

Er begab sich zum Finkenheiner, um mit dessen Sohn die begonnenen Zeichenübungen fortzusetzen. Dort fand er den Müller, der nach seinem abgekürzten Vornamen Wilhelm in der ganzen Gegend nur der Müllerhelm genannt wurde. Die beiden jungen Männer fanden Wohlgefallen aneinander, und als der Lehrer erfuhr, daß der Müller seit heut der Verlobte der Lisbeth war, freute er sich von ganzem Herzen über das Glück der Liebenden, durch das ja auch der armseligen Lage des Heiner ein Ende gemacht wurde.

Als er die Schenkstube verlassen hatte, wurde von den Bauern lebhaft auf ihn geschimpft. Der allerschlimmste unter ihnen war der stiernackige Hornfrieder.

„Was!" sagte er. „Ich soll der erste sein, den er zwingen will? Der letzt werd ich sein, der allerletzt!

Ich erziehe meinen Buben so, wie es mir gefallt, und laß mir von keinem Schulmeister darüber Vorschriften machen!"

Das Gespräch zog sich lange hin. Daher kam es, daß der Hornfrieder erst spät nach Haus kam und auch spät am Morgen aufstand, und zwar nicht in der allerbesten Stimmung; eine Folge des Rausches, den er mitgebracht hatte. Als er in die Stube trat, stand sein lieber Christjörg am Tisch und machte sich einen großen Papierdrachen. Die Mutter schimpfte eben darüber, daß ihr der Bube dazu einen großen Knäuel Strickgarn entwendet hatte.

Der Hornfrieder sah an die Uhr. Es war grad halb neun.

„Nun, wird heut keine Schule gehalten?" fragte er.

Der Junge antwortete nicht.

„Hasts gehört, Christjörg?"

„Ja."

„So tu halt das Maul auf, wann ichs wissen will."

„Schule wird gehalten."

„Aber ohne dich?"

„Ja. Ich hab wieder frei."

„Warum?"

„Weil der Lehrer ein Esel ist."

Da zuckte es eigentümlich über das Gesicht des Bauern.

„So! Also ein Esel ist er? Woher weißt das?"

„Weil er nicht rechnen kann. Er hat gesagt, meine Aufgabe sei falsch, und ich hab mich mit ihm gestritten, daß sie richtig ist."

„So! Und da hat er dich wieder gehn heißen?"

„Ja."

„Freust dich wohl drüber?"

„Alleweil ja."

„So freu dich auch mal da drüber! — Da hast!"

Er holte aus und gab ihm zwei gesalzene Ohrfeigen.

Der Junge fuhr sich mit den Händen nach den beiden Backen.

„Donnerwetter! Das ist mir noch nicht geschehn!"

„Nein, das ist dir noch nicht geschehn; aber von heut an kanns dir alle Tage geschehn, wannst wieder nicht in der Schule bleibst!"

„Hast dich ja selber gefreut darüber!"

„Was? Gefreut hab ich mich? Da hast vor lauter Freude noch zwei Watschen!"

Der Christjörg nahm die zweite Auflage mit lautem Gebrüll in Empfang.

„Ich bin noch nie gehaut worden und laß mich nicht versohlen! — Verstanden?"

„Ja, habs wohl verstanden. Sollst auch gleich die Bescheinigung erhalten!"

Er riß die Elle von der Wand, legte sich den Buben übers Knie und maß ihm eine Anzahl Meter von dem Teil ab, der ihm für solche Messungen am geeignetsten schien.

„Du haust ihn ja tot!" schrie seine Frau voller Angst.

„Halts Maul! Es brauchts niemand zu hören, daß ich den Buben verwalk. Das tät meinem Ruf schaden. So, Lausbub, da hast den letzten Hieb! Und wannst wieder aus der Schule kommst, so erhältst noch mehr!"

„Warum aber?" fragte die Frau kampfbereit.

„Das verstehst nicht. Der neue Lehrer ist ein Kerl wie der Moltke. Wo der durch will, da geht er durch und haut den Feind. Wann der Bub ihm nicht gehorcht, so schickt er ihn heim, daß er nix lernen soll und nachher nicht aus der Schule kommt. Jetzt ist er der Erst in der Klasse. Das klingt gut und fein. Aber wie wirds dann nachher klingen, wanns heißt: ‚Schau doch mal dem Hornfrieder seinen Christjörg an! Der stellt sich im nächsten Jahr zum Militär und sitzt in der Schule noch unter den elfjährigen Buben'!"

„Na, so was wird doch nicht geschehn!"

„Schweig! Sonst kriegst selber auch Prügel! Ich laß mir meinen Buben nicht von dir falsch erziehn! Folgen und gehorchen muß er dem Lehrer; das verlange ich durchaus von ihm, aber zu wissen braucht das niemand, sonst werd ich ausgelacht!"

Leider aber wurde er bereits ausgelacht, ehe noch der Mittag herangekommen war. Sein Christjörg hatte einem andern Buben im Vertrauen mitgeteilt, daß er heut wegen der Schule die ersten Prügel bekommen habe, und zwar so, daß ihm die Lederhose hinten angeklebt sei. Der andre Junge erzählte es schleunigst weiter, und so verbreitete sich sehr schnell im Dorf die Nachricht, daß der neue Lehrer ganz recht gehabt habe, denn der Hornfrieder habe seinen Christjörg, weil der Lehrer ihn fortgeschickt, braun und blau geschlagen. Für den Spott brauchte der Stiernackige nicht zu sorgen; Max Walter hatte abermals einen Sieg errungen.

Als er zur Mittagsschule ging, begegnete ihm ein Bursche, der vor ihm stehenblieb und ihn grüßte.

„Grüß Gott, Herr Lehrer! Ich möcht gar schön bitten, daß Sie mir einen Gefallen erweisen."

„Gern. Was ists?"

„Ich hab für den Herrn einen Zettel nach der Stadt zu tragen und weiß nimmer, wohin er soll, ob auf die Post oder anderswo."

„Ist keine Anschrift dabei?"

„Ich weiß nicht."

„Sie wissen es nicht?"

„Ich kann nicht lesen, und weil ich den Herrn Lehrer so treff, wollt ich um Rat fragen. Nach Haus darf ich nicht wieder, um zu fragen, denn da würd ich schöne Grobheiten erhalten."

Er zog einen zusammengefalteten Zettel aus der Tasche, schlug ihn auseinander und reichte ihn dem Lehrer hin.

Dieser las folgendes:

„Telegramm.

Herrn Gotthold Kellermann, Talmüller bei Scheibenbad. Morgen früh elf Uhr bin ich dort. Ich mache das Geschäft.

Konrad Klaus, Silberbauer."

„Ach so", sagte Walter, „Sie dienen beim Silberbauern?"

„Jawohl."

„Das ist kein Brief, sondern eine Depesche. Sie müssen das Papier auf das Postamt tragen."

„Ich dank sehr schön! Behüt Gott, Herr Lehrer!"

Er zog den Hut und ging weiter. Max Walter fühlte sich im stillen befriedigt, daß ein Dienstbote seines Todfeindes ihn gegrüßt hatte. Er hoffte, auf seine Weise nach und nach alle Widersacher zum Schweigen zu bringen.

Dabei hatte er keine Ahnung, wie wichtig der Umstand werden sollte, daß er dieses Fernschreiben gelesen hatte. Obgleich er sich keine Mühe gab, den Namen des Empfängers und den Inhalt zu merken, blieb doch jedes Wort in seinem Gedächtnis fest.

Der Tag war sehr warm. In dem kleinen Schulzimmer war es außerordentlich schwül. Max Walter war ein Freund des Wassers, und so beschloß er, nach dem Unterricht ein Bad zu nehmen.

Er schritt also zum Dorf hinaus und wandte sich nachher rechts zwischen den Feldern hindurch, dem Wasser zu. Da sah er auf einem Steinhaufen, der am Ende eines Feldrains aufgeschichtet war, einen ihm fremden Menschen sitzen. Der Mann war alt, hatte graues Haar und einen mächtigen, grauen Schnurrbart. Auf dem Kopf trug er ein Hütchen mit vielen Löchern, in denen allerlei Pflanzen steckten. Neben ihm lagen ein alter Rucksack und ein starker Bergstock. Er hatte ein Papier auf dem Knie liegen und schien zu schreiben.

Je näher aber Walter kam, desto mehr überzeugte er sich, daß jener zeichnete, denn der Alte warf regelmäßig den Blick nach der Felsenhöhe, die sich jenseits des Baches fast senkrecht gegen den Himmel hob und fast das Aussehen einer von Menschenhänden stammenden Ruine hatte.

Der Alte blickte sich um; als er Max Walter kommen hörte, griff er höflich an den Hut und grüßte zuerst.

„Guten Tag auch, Herr!"

„Grüß Gott! Sie zeichnen?"

„Freilich."

„Wohl den Berg?"

„Den Berg mit den Felsen. Schauns! Wie ists wohl getroffen?"

Er hielt dem Lehrer das Papier hin. Dieser lächelte, als er den kindlichen Versuch einer alten, ungeübten Hand erblickte.

„Leidlich!" sagte er dennoch. Aber es mochte in seinem Ton doch eine schlimme Note gelegen haben, denn der Alte meinte:

„Jetzt lachens mich halt aus!"

„O nein. Dazu habe ich nicht das Recht."

„Aber die Veranlassung."

„Wie kommen denn Sie dazu, diese Felsen abzeichnen zu wollen?"

„Weils mir gefallen. Ich will das Bild einem Bekannten geben, dem sehr daran gelegen ist."

„Nach Ihrer Zeichnung aber kann er sich kein Bild des Gegenstandes machen."

„Das glaub ich gar wohl, weil ich vom Gegenstand selber kein Bild machen kann. Es ist doch zum Ärgern, wenn man nix gelernt hat. Ich hab schon vier solche Papiere beschmiert und doch nix fertig bracht."

„So lassen Sie es mich einmal versuchen."

„Himmelsakra! Sinds vielleicht ein Maler?"

„Nein, doch zeichne ich ein wenig."

„Aber Zeit müssens auch dazu haben."
„Ich bin jetzt unbeschäftigt."
„Na, da mögens mal versuchen."
Er zog aus seinem Rucksack eine kleine Rolle Zeichenpapier hervor und gab sie ihm samt dem Bleistift hin. Walter setzte sich nieder und begann. Der Alte schaute voller Spannung zu. Schon nach den ersten Strichen aber sagte er:
„Ja, das ist ja eine ganz andre Geschichte! Das lauft ja wie Buttermilch! Schau, da ist auch schon der Berg, und nun kommen darauf die Felsen. Herr, Sie sind ein Maler!"
„Nein."
„Was sonst?"
„Ein Lehrer."
„Ein Lehrer? Heißens etwa Herr Walter?"
„Ja", antwortete er, während er immer weiterzeichnete.
„So sinds der neue Lehrer von Hohenwald?"
„Ja."
„Das freut mich, daß ich Sie da gleich kennenlerne. Ich hab von Ihnen viel Guts gehört."
„Von wem?"
„Von meinem Spezi, dem Finkenheiner, und seiner ganzen Familie."
„Ich habe diesen Leuten einen kleinen Dienst erwiesen."
„Oho! — Kleiner Dienst! — Weiß schon!"
„Aber nein!" wehrte der Lehrer ab. Dann blickte er den Alten an. „Sind Sie von hier?"
„Ja und nein."
„Also aus der Nähe?"
„Ja und nein."
„Oder weiter her?"
„Ja und nein."
„Sie haben eine eigenartige Weise zu antworten!"

„Aber es ist die richtige. Ich bin nämlich überall zu Haus und doch auch an keinem Ort daheim. Ich lauf im ganzen Land herum, und überall nennt man mich den Wurzelsepp."

Da blickte Walter rasch von der Zeichnung auf und musterte den Alten mit einem teilnehmenden Blick.

„Sie sind ein guter Jodler?"

„Na, grad ein Künstler bin ich nicht, aber ich schrei doch noch immer gern ein bisserl mit."

„Das hab ich gehört."

„Von wem?"

„Vom Kapellmeister im Kurort Scheibenbad."

„Sakra! Kennens den?"

„Er ist mein Freund."

„Dort hab ich ein Konzert mitgemacht."

„Ich weiß es. Er hat mir davon erzählt. Auch vom Fex, der jetzt in München ist, von dem Konzertmeister Rialti, dem Sie einen so großen Schalksstreich gespielt haben —"

„Ja freilich! Es war Zeit, daß ich mich aus dem Staub gemacht hab, denn wegen dem Streich wollt mich nachher der Italiener gar noch einsperren lassen. Aber schau! Da wird das Bild ja bald fertig sein!"

„Es ist nur eine flüchtige Skizze."

„So! Das ist grad ein Meisterstück gegen meine Schmiererei. Na, wann ich dies am End gar behalten dürft!"

„Ich zeichne es ja für Sie."

„So ists mein? — Na, so merkens sich halt meinen Namen. Wann ich Ihnen mal einen Gefallen erweisen kann, so solls von Herzen gern geschehn. Oder lachens darüber?"

„Gar nicht. Es kann der ärmste Bettler unter Umständen dem reichsten Fürsten einen Dienst erweisen."

„Wills meinen!" nickte der Sepp eifrig, als wolle er sagen: „Ich zum Beispiel!"

„Vielleicht ist das sogar gleich jetzt möglich."

„Der Dienst?"

„Ja. Wenn der Finkenheiner Ihr Freund ist, so läßt es sich erwarten, daß Sie hier in der Gegend bekannt sind?"

„Wie in meiner Tasche."

„Gibt es hier im Bach eine Stelle, die sich zum Baden eignet?"

„Es gibt da eine gar schöne, und wanns Ihnen recht ist, führ ich Sie hin, sobald die Zeichnung fertig ist."

Bereits nach kurzer Zeit war die Skizze fertig. Sie war gut geglückt; der Sepp verwahrte sie sorgfältig in seinem Rucksack und führte den Lehrer dann weiter zwischen den Feldern hin. Als sie um eine Ecke bogen, wies er nach rechts.

„Dort kommt auch einer, der badet hat."

„So? Ist das nicht der Silberbauer?"

„Ja."

„Der badet?"

„Mit Leidenschaft!"

„Bei seinem Alter? Das ist selten."

„Oh, den hab ich schon oft im Wasser stehn sehn. Schwimmen freilich tut er nicht. Er steht nur so drinnen und planscht die Arme hin und her."

Sie hatten jetzt die Felder hinter sich und gingen über saftige Wiesen. Dann kamen sie an den Bach. Sie folgten seinem Lauf durch bald dichtes und bald dünnes Gebüsch, bis sie an eine Stelle kamen, wo sich der Bach zu einem kleinen Teich erweiterte, von zwei Seiten mit Felsen und steinigem Geröll umgeben.

„Da ist der Platz", sagte der Sepp.

„Ists tief?"

„Nur höchstens bis zur Brust. Die tiefste Stelle ist hier, wo ich jetzt steh."

Er trat näher an das Ufer heran, bückte sich dort nieder und hob etwas auf.

„Was ist das hier? Eine Brieftasche. Die hat jemand hier verloren."

Der Lehrer trat näher.

„Ja", sagte er. „Hier ist vor kurzem jemand gewesen. Das Gras ist niedergetreten."

„Wer mags gewesen sein?"

„Wohl gar der Silberbauer?"

„Ah! Sollte dem die Brieftasche gehören?"

„Jedenfalls haben Sie als Finder die Pflicht, hineinzuschauen, um den Namen des Besitzers dadurch zu ermitteln."

„Finder? — Ich? — Allein bin ichs nicht, Sie sind auch dabei. Da schauns hinein!"

Er gab dem Lehrer die Tasche. Dieser öffnete sie. Sie enthielt wertlose Aufzeichnungen über Feld- und Wieswachs und einen Brief mit Umschlag. Walter las:

„Herrn Gutsbesitzer Konrad Klaus in Hohenwald."

„Konrad Klaus?" fragte der Sepp. „Gibts da einen?"

„Ja, das ist der Silberbauer."

„Der sollt doch eigentlich als Vorsteher oder Schulze angeredet werden. Vielleicht ist ein andrer Klaus gemeint."

„Das ist möglich. Ich kenne noch nicht die Namen sämtlicher Einwohner. Vielleicht gibt uns der Inhalt des Briefes Aufschluß. Unter den gegenwärtigen Verhältnissen ist es kein Vergehen, ihn zu lesen."

Er öffnete das Schreiben und blickte zunächst nach der Unterschrift.

„Gotthold Kellermann, Talmüller", las er.

„Kellermann? Der Talmüller? Von dem ist der Brief?" fragte der Sepp. „Sapperment! Da möcht ich wissen, was darinnen steht."

„Der Inhalt ist allerdings eigenartig", meinte der Lehrer. „Sie sind der eigentliche Finder, und so müssen Sie es auch hören."

Er las folgendes:

„Lieber Freund!

Es müssen Fremde an meinem Stuhl gewesen sein. Das Lichtbild und auch die andern Papiere fehlen. Wenn ich nur wenigstens wüßte, ob man auch eine Geldrolle geöffnet hat, um zu sehn, was für Geld es ist! Ich muß alles schleunigst fortschaffen, wenn ich mich und dich nicht verraten will. Aber ich kann nicht fort, da ich gelähmt bin. Zweitausend goldene türkische Pfundstücke machen siebenunddreißigtausend Mark. Wenn Du mir das Geld abkaufen kannst und sogleich bezahlen, lasse ich es Dir für dreißigtausend Mark. Du verdienst also siebentausend Mark. Gib schnell Nachricht!

Dein Freund

Gotthold Kellermann, Talmüller."

Als Max Walter geendet hatte, schüttelte er den Kopf und sagte:

„Wie gesagt, das klingt eigentümlich, sogar verdächtig, möchte ich sagen!"

Der Sepp stand sprachlos, mit offenem Mund, einer Bildsäule gleich. Plötzlich aber riß er dem Lehrer die Brieftasche und den Brief aus den Händen, steckte ihn an den alten Platz, warf die Tasche dahin, von wo er sie aufgehoben hatte, ergriff Walter beim Arm und zog ihn schleunigst mit sich fort, in die Büsche hinein.

„Was gibts?" fragte der Lehrer, der über das seltsame Gebaren seines Gefährten fast erschrak.

„Es kommt jemand. — Passens auf!"

Sie standen hinter den Büschen versteckt und lugten nach der freien Stelle hinaus, auf der sie bisher gestanden hatten.

Jetzt hörte Walter eilige und heftige Schritte. Ein Mensch kam schnell herbeigelaufen. Es war der Silberbauer. Er hatte noch unterwegs bemerkt, daß er die

Brieftasche verloren hatte, und war schleunigst umgekehrt.

Er brach wie ein gehetztes Tier durch die Büsche. An der Stelle angekommen, an der er gebadet hatte, sah er das Vermißte liegen.

„Gott sei Dank!“ rief er laut.

Er hob die Brieftasche auf, öffnete sie und sah den Brief darinnen liegen.

„Ist auch noch da! So war noch niemand hier! Na, das soll mir nicht wieder vorkommen!“

Er hatte so laut in seiner Erregung gesprochen, daß die beiden jedes Wort gehört hatten. Dann kehrte er um und ging heim.

Die beiden warteten, bis seine Schritte verklungen waren.

„Dahinter steckt etwas!“ sagte Walter.

„Natürlich!“ lachte der Sepp.

„Der Bauer ist entsetzt gewesen über den Verlust des Briefs. Es muß da viel auf dem Spiel gestanden haben.“

„Viel Geld.“

„Vielleicht noch mehr als Geld. Ich traue diesem Mann nichts Gutes zu.“

„Ich habe ihm schon seit langen Jahren nicht getraut. Und weil er von dem Talmüller Freund genannt wird, so ist er gewiß ein schlechter Kerl.“

„Kennen Sie diesen Talmüller?“

„Sehr gut. Er ist ein Schuft.“

„Seltsam, daß es sich um türkisches Geld handelt.“

„Freilich. Der Silberbauer soll ja in der Türkei gewesen sein.“

„So? Wirklich?“

„Ja. Vielleicht ist der Talmüller mit ihm gewesen.“

„Was mag das für ein Stuhl sein, der im Brief erwähnt wird?“

„Es ist der Polsterstuhl, auf dem der Müller sitzt, und den der Fex — Sakra!“

„Was?“

„Jetzt hätt ich mich fast versprochen! Ich soll doch nix sagen.“

„Auch zu mir nicht?“

„Zu keinem Menschen.“

„Hm. Und doch wäre es vielleicht nötig, daß Sie mir mitteilen, was Sie wissen.“

„Ich darf nicht.“

„Handelt es sich denn um ein Unrecht, das Sie begangen haben?“

„Hm! Einbrochen sind wir.“

„Sie sehn mir nicht wie ein Dieb aus!“

„Nein. Ein Spitzbub bin ich auch nicht.“

„Und dennoch sind Sie eingebrochen, um zu stehlen?“

„Ja. Aber wir haben nur das genommen, was dem Fex gehört, und was ihm vorher gestohlen worden war.“

„Das ist derselbe Fex, der sich damals in dem Konzert der Geige des Italieners bemächtigt hatte?“

„Ja.“

„Hm! Aus dem, was ich über diesen jungen Mann gehört habe, ist seine Vergangenheit in ein Geheimnis gehüllt. Sollte sie gar mit der Person des Silberbauern in Beziehung stehen?“

„Das wäre ein Wunder zu nennen.“

„Oh, es geschehen täglich Wunder, nur daß wir die Augen und Ohren nicht immer dafür haben, sie zu bemerken.“

„Ja, denselben Gedanken hab ich auch. Es ist mir oft was widerfahren, was ich nur einen Zufall genannt hab, und wann ichs nachher richtig betrachtet hab, so ists mir grad wie ein Wunder vorkommen. So ists wohl auch mit diesem Brief, den wir jetzt gefunden haben. Der Herrgott hats gewollt, daß der Silberbauer die Brieftasche verlieren mußt, damit wir hinter ein Geheimnis kommen, von dem wir sonst keine Ahnung gehabt hätten.“

„Und dem Knecht des Silberbauern gebot er, mir zu begegnen und mir die Depesche zu zeigen, die er fortgeschickt hat."

„Eine Depesche?"

„Ja. Der Bauer hat an den Talmüller gedrahtet, daß er morgen vormittag elf Uhr kommen will, um das Geschäft abzumachen."

„Himmelsakra! Da möcht ich dabei sein, wann die beiden heimlich mitnander sprechen."

Der Lehrer blickte sinnend zu Boden.

„Hm!" sagte er. „Vielleicht könnten wir doch wenigstens etwas darüber erfahren, falls wir es schlau anfangen. Vor allen Dingen müßten wir beide uns gegen ihn verbinden."

„Da bin ich gleich dabei."

„In diesem Fall aber müßten Sie aufrichtig gegen mich sein. Ich müßte alles erfahren, was Sie selber wissen."

„Das tät ich sehr gern, aber ich hab versprechen müssen, zu schweigen."

„Aber überlegen Sie sich doch, daß Sie sich mit Ihrer Mitteilung in gar keine Gefahr begeben. Ich bin ein Gegner dieses Silberbauern. Es würde mich sogar freuen, wenn ich einer seiner Schändlichkeiten auf die Spur kommen könnte. Ich werde jetzt baden. Wenn ich fertig bin, können Sie mir endgültig sagen, ob ich das erfahren kann, was ich erfahren möchte."

„Ja, ich werd mich hier ins Gras setzen. Machens nur Ihre Sache, Herr Lehrer."

Nachdem Max Walter sich im Wasser erfrischt hatte, saßen die beiden noch eine Weile beisammen, um einen Plan zu entwerfen, wie sie dem Silberbauern hinter die Schliche kommen könnten.

Im Verlauf des Gesprächs erfuhr nun Max Walter vom Wurzelsepp alle Einzelheiten über die Vorgänge beim Brand des Feuerbalzergutes und teilte auch den

Verdacht, daß niemand anders als der Silberbauer hier die Hand im Spiele gehabt haben müsse. Besonders auffällig war dem Lehrer die Bemerkung des Wurzelsepp, daß er den Silberbauern kurz vor dem Brand mit einem Hammer gesehen habe. Aus der ganzen Darstellung war ihm klar geworden, daß der Balzerbauer schon vor Ausbruch des Brandes betäubt worden sein mußte.

Über alle diese Vermutungen tauschten die beiden neuen Verbündeten ihre Gedanken aus und kamen zu dem Schluß, daß der Silberbauer auch die fünftausend Taler gestohlen und sie irgendwo verborgen haben müsse.

„Übrigens kommt mir da ein neuer Gedanke, der uns vielleicht zum Ziel führt," warf Max Walter ein. „Nämlich das Geschäft, das er morgen mit dem Peitschenmüller abschließen will, ist auch ein solches, das er geheimhalten muß. Der Müller hat sein Geld nicht sehen lassen, und so denk ich, daß der Silberbauer es auch verstecken wird."

„Auf alle Fälle."

„Aber wohin?"

„Nun, in seinem Haus. Oder — ah, jetzt weiß ich, was Sie meinen. Wann das alte Versteck noch da ist, so wird er das Geld aus der Türkei auch dort verbergen. Nicht?"

„Ja, das hab ich gemeint."

„Nun, so brauchen wir ja nur aufzupassen."

„So? Stellen Sie sich das so leicht vor? Ich halte es für schwer."

„Warum?"

„Weil wir die Zeit nicht wissen, in der er es verstecken wird."

„Nun, die werden wir schon erfahren."

„Aber wie?"

„Sehr leicht. Ich paß auf ihn auf."

„Wollen Sie sich an seine Haustür legen?"

„Nein, sondern gleich ins Haus hinein."

„Ach so! Sie wollen ihn um Herberge bitten?"

„Ja."

„Wird er sie Ihnen nicht versagen?"

„Der? Kein Mensch versagt sie dem Wurzelsepp. Das wär ja ewige Schand für einen jeden, wann er den armen Sepp von der Tür weisen tät. Nur wissen darf er freilich nicht, daß ich ein guter Freund von dem Herrn Schulmeister bin."

„Nun, das werden wir geheimhalten."

„Ja, das müssen wir freilich. Und schauns, dahinten kommen zwei Leute. Es ist nicht notwendig, daß die uns beisammen treffen. Darum wollen wir jetzt Abschied nehmen."

„Gut. Wann sehn wir uns wieder?"

„Morgen am Abend, wann ich mit dem Silberbauern wiederkommen bin. Wo wohnens denn?"

„Beim Eschenbauer, wo früher der Feuerbalzer sein Gut gehabt hat."

„Wohl in der guten Stube?"

„Ja."

„Schön! Wann ich komm, werd ich in die Händ klatschen. Nachher kommens herab zu mir."

„Und was mache ich, wenn ich Sie einmal sehen will?"

„Nun, da spazierens halt hinaus auf die Waldblöße zum Finkenheiner. Der wird Ihnen sagen, wo ich zu finden bin."

„Darf der alles wissen?"

„Nein, jetzt noch nicht."

„Also behüt Gott!"

„Behüt Sie Gott auch!"

Sie gaben einander die Hand und trennten sich.

Der Wurzelsepp ging zum Wald hinüber und der Lehrer ins Dorf. Da er von dieser Seite kam, mußte er an dem Gut des Silberbauern vorüber.

In dem Augenblick trat Martha aus dem Tor.

Sie war auch heut nicht mehr die ‚Silbermartha'. Sie ging einfach gekleidet. Ihr Gesicht war blaß. Als die beiden aneinander vorübergingen, zog er den Hut, und sie nickte leicht mit dem Kopf. Keins sprach ein Wort.

Es hatte ihm einen Stich tief ins Herz gegeben, als er sie erblickte. Das war die Tochter des Mannes, den zu verderben er sich vorgenommen. Er hatte sie geliebt — mehr, als er ihr eingestanden hatte — mit der ganzen Glut und Sehnsucht seiner Seele — ein Traumbild zwar nur, aber ein schönes — und jetzt sann er auf ihr Unglück. Denn das Verderben des Vaters, mußte es nicht auch das der Tochter nach sich ziehen?

Seine Schritte wurden unwillkürlich kleiner und langsamer, und sein Blick suchte nachdenklich den Erdboden. Bald aber hob er den Kopf wieder. Ein Schulmeister sei ihr viel zu niedrig, hatte sie gesagt. Gut, sie sollte erfahren, daß ein Schulmeister mit der Tochter eines Verbrechers nichts, gar nichts zu schaffen hatte.

Er ging zur Pfarre, um zu sehen, ob der geistliche Herr zu Haus sei. Dieser war heut nach der Kreisstadt gefahren, und Walter hatte ihn gebeten, Papier und Pastellstifte für den Sohn des Finkenheiner mitzubringen. Er war noch nicht zurück, und erst als es dunkel geworden, kam er in die Wohnung des Lehrers, um ihm das Bestellte zu bringen.

Als der Pfarrer wieder gegangen war, suchte Walter seinen Zeichenschüler auf. Der Heiner war bereits daheim, und die Lisbeth stand im Begriff, das Abendessen zu bereiten. Der Bruder saß am Tisch und hatte ein Buch vor sich, das der Lehrer ihm gestern geborgt hatte. Es waren die Reisen Vogels in Zentralafrika. Der junge Mann hatte den Band heute mit Begierde verschlungen und sich besonders von den Abbildungen begeistern lassen. Er schob dem Lehrer ein Blatt zu, auf dem er eine Szene aus jenen Ländern entworfen hatte. Walter betrachtete sie prüfend.

„Ich überzeuge mich immer mehr, daß Sie eine seltene Begabung für das Fremdländische besitzen. Wenn ich wüßte, daß es Ihnen recht wäre, würde ich mich mit Ihnen nach einem Gegenstand für eine umfänglichere Arbeit umsehen."

Die bleichen Wangen des Kranken röteten sich bei diesem Lob.

„Bitte", sagte er. „Suchens halt, und gebens mir eine Aufgab, an der ich eine Freud haben kann."

„Nun, ich glaube Ihren Geschmack zu kennen. Sie haben das Buch gelesen; der Inhalt ist Ihnen bekannt. Ein Kapitel handelt vom Tsad-See, jenem großen Wasserbecken im Sudan, an dessen Ufer sowohl die Pflanzen-, als auch die Tierwelt in riesigen Formen vertreten ist. Krokodile, die gewaltigsten unter den Amphibien, bewohnen das Wasser; Löwen, Elefanten, Nashörner, Flußpferde trinken am Ufer. Ungeheure Schlangen winden sich durch das hohe Gestrüpp. Und diese Ufer werden in Schatten gehüllt von Bäumen, deren Spitzen höher ragen als die Wetterfahnen unserer Kirchtürme. Palmen, Affenbrotbäume, Talhas und andere Riesen verbieten den Sonnenstrahlen den Zutritt zu der Fläche des Sees. Es ist alles groß, erhaben, gewaltig. Eine Szene am Ufer dieses Sees, das wäre eine Aufgabe für Sie."

Der Kranke nickte nur. Seine Augen leuchteten, seine dünnen, wächsernen Finger spielten zitternd mit dem Bleistift.

„Und dieses Riesenhafte müßte gemildert werden durch eine Fabel, deren Gestalten aus dem Schattendunkel leuchteten", fuhr Max Walter fort. „Sie haben gelesen, daß sich ein kleines, helles, unscheinbares, liebliches Blümchen in großen Massen auf der Oberfläche des Secs bewegt?"

„Die heimatlose Fanna", antwortete Hans.

„Wissen Sie, warum sie so genannt wird?"

„Nein."

„Nun, sie wurzelt nicht im Boden des Sees; sie lebt nur an der Oberfläche und folgt der Richtung des leisesten Windhauches. Sie blüht also nicht an einer festen Stelle und heißt darum die heimatlose Fanna. An diese Blume knüpft sich eine Sage, von der sich die dortigen Eingeborenen erzählen. Auf dem Grund des Wassers wohnt ein herrliches Meerweib von so wunderbarer Gestalt, daß kein Mensch, der es sieht, ihm zu widerstehn vermag. An hellen Mondnächten erscheint es auf der Oberfläche, weiß wie eine Europäerin, herrlich und entzückend. Rudert nun ein Jüngling über das Wasser und erblickt die Fee, so ists um ihn geschehn. Er springt aus dem Kahn in ihre Arme und verschwindet mit ihr in der Tiefe — auf Nimmerwiederkehr. Seine Seele wird in eine Fanna verwandelt, in eine jener lichten Blüten, die heimatlos auf den Wassern treiben. So viele Blüten da schwimmen, so viele Herzen hat die Fee hinab in die Tiefe gezogen. Nun denken Sie sich ein Bild, das eine Uferlandschaft des Tsad-Sees vorstellt, der Mond über den riesigen Bäumen, und im Wasser das Meerweib, wie es einen Fischer aus dem Kahn zieht. Das wäre doch ein prächtiger Entwurf, nicht wahr?"

„Ja— das möchte ich einmal malen!" flüsterte der Kranke mit begeisterten Augen.

„Nein, das ist unmöglich."

„Ah!"

„Ja, es ist unmöglich. Dazu gehört neben dem Genie eine jahrelange Schulung, die Sie nicht besitzen. Aber versuchen sollen Sie es; eine Probe soll es sein, wieweit man auf Ihre Begabung rechnen kann. Und hernach, wenn es glückt, dann —"

Er hielt inne.

„Dann?" fragte Hans.

„Dann weiß ich einen, der Sie ausbilden lassen wird."

„O Gott, wenn das wäre!"

„Beweisen Sie, daß Sie Begabung besitzen, so wird er Ihnen seine Hand reichen."

„Wer ist's?"

„Der König."

Alle fuhren erschrocken auf.

„Der König?" fragte der Finkenheiner. „Wie soll er von unserm Hans erfahren?"

„Ich schreibe es ihm."

„Sie? Kennens ihn denn?"

„Ich werde doch meinen König kennen!"

„Aber kennt er auch Sie?"

„Nein. Er hat mich weder gesehen, noch jemals von mir gehört."

„Da schauns! Wanns ihm auch schreiben, so wird er das Brieferl doch nicht lesen."

„Da irren Sie sich. Doch wollen wir uns da noch gar nicht mit Sorgen quälen. Jetzt ist die Hauptsache, daß sich unser Hans an die Arbeit macht. Ich habe hier Papier und Pastellstifte mitgebracht und werde ihm zeigen, wie man damit umgeht."

Hans erhielt Unterweisung über die Anwendung der Stifte; sie wurden unterbrochen durch das Essen, an dem Walter teilnehmen mußte.

Nach der Abendmahlzeit ließ Hans sich seinen Stuhl in die Stubenecke schieben, und Max Walter begann zu erzählen. Die alte Balzerbäuerin kam und setzte sich auf einen Schemel, um ihm zuzuhören. Ihr geisteskranker Sohn war dabei; er hockte sich gleich auf die Stubendiele und verwandte kein Auge von dem Sprecher.

Erst gegen zehn Uhr verabschiedete sich Walter.

Der Lehrer hatte noch nicht die Dorfstraße erreicht, da hörte er einen leichten, schnellen Schritt hinter sich. Er blieb stehen und blickte sich um.

Es war der verrückte Balzerbauer, der ihm nacheilte.

Der Kranke ergriff ihn beim Arm und flüsterte ihm zu:

„Freund — guter Freund!"

„Ja", antwortete der Lehrer. „Ich bin dein Freund, ich meine es gut mit dir."

„Feind — böser Feind!"

Bei diesen Worten deutete er zum Dorf aufwärts.

„Wen meinst du?"

„Feind."

„Wer ists?"

„Böser Feind. Komm!"

„Wohin?"

„Du ihn sehn."

„Wo?"

„Dort, dort!"

Das Verhalten des Armen kam dem Lehrer ungewöhnlich vor. Seine Mutter hatte gesagt, daß er keine andern Worte sage als: ‚Nimms hin, nimms hin! Ich sag nix, Gnade, Gnade!' Und jetzt sprach er auch andre.

Wie kam das?

War dem geistig Gestörten vielleicht grad jetzt eine lichtere Stunde gekommen?

Das mußte ausgenutzt werden.

„Ich soll mitgehen?" fragte Max Walter.

„Komm!"

Der Irre antwortete auch auf alle weiteren Fragen gar nichts, als was er bisher gesagt hatte. Walter merkte, daß er nur das eine Verlangen hatte, seinem ‚guten Freund' den ‚bösen Feind' zu zeigen. Welchen Nutzen konnte das haben? Doch wohl gar keinen.

„Geh heim", sagte er darum.

Aber als er Miene machte, sich abzuwenden, ergriff ihn der Wahnsinnige wieder beim Arm.

„Komm, komm!"

„Warum denn?"

„Licht, Licht!“

Das war wieder ein neues Wort. Der Mann schien mehr Vorstellungen in seine geistige Nacht hinübergerettet zu haben, als man glaubte.

Was meinte er mit dem Licht?

„Wer hat Licht?“ fragte Max Walter verwundert.

„Feind.“

„Wo?“

„Dort.“

„Freilich hat er Licht brennen. Aber laß es doch brennen! Es stört dich nicht. Geh nach Haus!“

Max Walter sagte sich, daß unter dem Feind jedenfalls der Silberbauer gemeint sei. Der Irre wollte ihm wohl zeigen, daß der Feind in seinem Haus Licht brennen habe. Das war eine kindische Sache, deretwegen man keinen Schritt zu tun brauchte. Darum wollte er den Balzerbauern von sich schieben. Dieser aber begann zu drängen und zu flehen.

„Guter Freund! Komm, komm!“

„Nein. Geh!“

„Feind sehn!“

„Ich habe ihn schon gesehen!“

Der Irre blickte ihm sinnend ins Gesicht. Jedenfalls bemühte er sich, irgendeinen Gedanken zu finden.

„Wasser!“ sagte er dann.

„Welches Wasser meinst du?“

„Dort! Wehr.“

Dieses Wort durchzuckte den Lehrer wie ein elektrischer Schlag.

Wollte der Irre ihn etwa gar an das Wehr führen, an das Mühlwehr, das der Silberbauer gebaut hatte? Sollte der ‚Feind‘ sich dort befinden? Befand der Irre sich im Besitz irgendeines Geheimnisses, das er verborgen mit sich herumgetragen hatte, bis ein Gefühl ihm sagte, daß er jetzt einen ‚guten Freund‘ besitze, dem er alles mitteilen könne?

„Komm! Führe mich!“ sagte er, entschlossen, mitzugehen.

Der Balzerbauer ergriff ihn bei der Hand und führte ihn fort, nicht ins Dorf hinein, sondern hinter ihm weg. Kein Wort wurde gesprochen.

Das große Gut des Silberbauern lag etwas abseits vom Dorf. Darum kamen die beiden hart an dem Garten vorüber, der an dieser Stelle von einer Hainbuchenhecke eingefaßt war. Dort blieb der Irre stehen und blickte starr zu einem erleuchteten Fenster hinüber.

„Wen suchst du?“

„Feind.“

„Nun, was wollen wir hier?“

„Warten auf den Feind!“

„Bis wann?“

„Gehn nach dem Wehr.“

Es verursachte ihm sichtlich Anstrengung, die Fragen zu begreifen. Max Walter ahnte, der Irre müsse genau wissen, daß der Silberbauer heute nach dem Wehr gehen werde. Er wollte durch weitere Fragen der Fassungskraft des Geisteskranken zu Hilfe kommen, schwieg aber, denn es ließen sich leise Schritte hören.

Sofort duckte sich der Irre am Zaun auf die Erde nieder. Walter tat dasselbe.

Jetzt kam der nächtliche Wanderer langsam und schleichend näher. Man hörte, daß er sich Mühe gab, jedes Geräusch zu vermeiden. Nicht weit von ihnen blieb er stehen. Er hatte keine Ahnung, daß er nicht allein war. Da flüsterte es neben ihm.

„Wurzelsepp!“

Er fuhr erschrocken zusammen.

„Tausendsakra! Wer ist da?“ fragte er.

„Ich bins.“

Walter richtete sich auf.

„Ah! Der Herr Lehrer! Was machens denn hier?“

„Ja, was machen Sie hier?“

„Ich wollt noch nicht schlafen, und da hielt ichs für das best, ein bißl lauschen zu gehn. Sie wohl auch?“

„Nein. Ich bin hierhergeführt worden.“

„Von wem?“

„Vom Balzerbauern. Hier kauert er.“

Der Sepp bückte sich nieder. Da wimmerte der Irre voller Angst:

„Nimms hin, nimms hin! Ich sag nix! Gnade, Gnade!“

„Mach keine Faxen, Balzer! — Kennst mich denn nicht? Ich bin der Sepp, der Wurzelsepp!“

Sofort erhob sich der Irre aus seiner kauernden Stellung.

„Freund, guter Freund!“ flüsterte er.

„Ja, das bin ich, und das weißt gar wohl.“

„Auch guter Freund!“

Er nahm sie beide bei den Händen.

„Nun ja“, meinte der Sepp. „So einer merkts gar wohl, wer sein Freund ist, und wer nicht. Also der hat Sie herführt? Wozu?“

„Er will mir seinen Feind zeigen.“

„Das ist der Silberklaus.“

„Wie es schien, wollte er mich auch ans Wasser führen.“

„Wasser!“ stimmte der Balzer bei.

„Hinunter zum Mühlenwehr.“

„Wehr!“ nickte Balzer.

„Warum? Was wollens dort unten?“

„Ich weiß es nicht, vermute aber, daß ich dort den Feind auch sehen solle, und —“

Der Irre unterbrach ihn jetzt.

„Komm!“ sagte er dringlich.

Dabei deutete er zum Fenster, das dunkel geworden war, da man das Licht ausgelöscht hatte.

Er faßte die beiden und zog sie hinter sich her. Mit schnellen Schritten stapfte er zum Dorf hinaus, über die Wiesen hinüber und dem Flüßchen zu. Dort führte er die beiden am Ufer entlang. Das Rauschen des Wehres war bald zu hören. Endlich hatte man es erreicht.

Es war nicht leicht gewesen, im dunklen Gebüsch dem Führer zu folgen. Hier aber am Wehr waren außer einem einzigen, der hart am Wasserfall stand, die Sträucher gerodet, so daß man mehrere Schritte weit zu sehen vermochte. Das Wehr stieß drüben am andern Ufer an eine steil ansteigende Felsenwand. Hüben aber war das Gelände eben, bis dahin, wo der Mühlgraben seinen Wasserinhalt auf das klappernde Mühlrad leitete. Dort war der Mühlendamm, der ziemlich steil zur Radgrube abfiel, und auf den auch das Fenster führte, durch das der Silberbauer früher zur untreuen Frau des Finkenheiner eingestiegen war.

Da, wo das Wasser des Baches oder vielmehr des Flüßchens sich von der gemauerten Kante des Wehres in einem breiten Strahl herunterstürzte, stand der erwähnte Busch dicht am Wasser, so daß er von ihm jahraus, jahrein benetzt wurde.

Dort war der Irre stehengeblieben. Er deutete auf den Busch.

„Hier Feind."

„Was mag er meinen?" fragte der Sepp. „Dieser Strauch ist doch kein Feind!"

Das Brausen des Wehres war nicht gar zu stark. Man konnte verstehen, was gesprochen wurde.

„Eine Absicht muß er mit seinen Worten haben", erklärte der Lehrer.

„Licht!" sagte der Balzerbauer.

„Licht? Wo ist Licht?" fragte Sepp.

„Komm, komm!" sagte der Irre anstatt der Antwort. „Feind kommt."

Er faßte beide beim Arm und zog sie eine kleine Strecke mit sich fort. Dort legte er sich ins Gras.

„Sollte der Silberbauer kommen?" meinte der Lehrer.

„Dann darf er uns nicht sehen, und wir müssen uns auch niederlegen.“

Sie taten es.

Schon nach wenigen Minuten erkannten sie eine lange, breite Gestalt, die sich dem Strauch näherte und neben ihm stehenblieb. Es verging eine kurze Zeit, dann leuchtete ein Streichholz auf, eine kleine Windlaterne wurde angebrannt.

Die Lauscher erkannten den Silberbauern.

Er bückte sich und kroch in den Busch, hinter dem er zum großen Erstaunen der beiden verschwand. Aber durch die Wassermasse, die von der Höhe des Wehrs stürzte, sahen sie nachher die Laterne schimmern und sich nach der Mitte des Wassers bewegen. Dann verschwand der Lichtschein.

„Feind, böser Feind!“ sagte der Irre.

„Habens alles gesehn?“ fragte der Sepp.

„Ja“, antwortete Max Walter.

„Er ist unterm Wasser. Ich hab denkt, da muß man gleich ersaufen!“

„Nicht unter dem Wasser ist er, sondern dahinter.“

„Das begreif ich nicht.“

„Es ist sehr leicht zu begreifen. Das Wehr ist so gebaut, daß man hinter das Wasser gelangen kann.“

„Was aber will der Silberbauer drin?“

„Das erraten Sie nicht?“

„Meinens etwa, daß dies sein Versteck ist?“

„Ja.“

„Sapperment! Da hätten wirs ja entdeckt!“

„Mit Hilfe des Irren da.“

„Der kennt es vielleicht schon längere Zeit. Nun möcht ich drin sein und zuschaun, was der Silberklaus macht.“

„Wir brauchen das jetzt gar nicht zu sehen. Wenn er fort ist, werden wir es erfahren.“

„Wollens etwa hinein?“

„Natürlich. Sie nicht mit?“

„Wanns meinen, daß ich nicht ersaufe, so geh ich mit. Wann er nur erst wieder heraus und fort wär, damit wir gleich hinein könnten!“

„Sogleich können wir nicht hinein. Wir müssen erst ins Dorf zurück.“

„Warum?“

„Wegen einer Laterne. Ohne Licht ist es unmöglich, sich dort hineinzuwagen.“

„Da werd ich mich wohl hüten, ins Dorf zu laufen. Das hab ich viel näher.“

„Wo?“

„Hier in der Mühle.“

„Wollen Sie sich eine borgen?“

„Ja, bei der alten Barbara.“

„Aber Sie darf um keinen Preis wissen, wozu wir die Laterne brauchen!“

„Meinens etwa, daß ich ihr die Laterne gleich an die Nase binden werd? Ich hol mir ein Licht, damit gut. Der alte Wurzelsepp hat viel vor, was andre Leut nicht wissen dürfen. Das wissen alle, und darum fragens mich auch nicht.“

Jetzt schwiegen die drei. Es dauerte eine ziemliche Weile, ehe sich vom Silberbauern wieder eine Spur sehen ließ. Endlich sagte der Irre:

„Feind!“

Das Licht schimmerte wieder durch das Wasser. Man sah, wie es sich langsam dem Rand des Falles näherte; dann kam der Bauer aus dem Busch hervorgekrochen. Er löschte die Laterne, steckte sie ein und entfernte sich.

„Ob er vielleicht was geholt hat?“ fragte der Sepp.

„Es schien nicht so. Wenigstens hatte er außer der Laterne nichts in den Händen.“

„So holen vielleicht wir uns was!“

„Zunächst die Laterne.“

„Da geh ich allein. Die Barbara braucht nicht zu

wissen, daß noch jemand bei mir ist. Wartens ein paar Minuten! Ich komm gleich wieder."

Er ging, und es dauerte nicht lange, so kehrte er mit einem Blendlicht zurück.

„Es wird ihnen doch niemand aus der Mühle gefolgt sein?" fragte der Lehrer.

„Nein. Kein Mensch. Es weiß gar niemand, daß ich in der Mühle gewesen bin. Der Müller war drinnen im Gangwerk, und ich ging in die Küche, wo die Laterne hängt. Durch die Küchentür sah ich die Barbara in der Stube sitzen am Tisch, sie hat die Brille auf und schlaft wie ein Ratz."

„So wollen wir anbrennen."

Sie setzten das Licht in Brand und traten nun den Entdeckungsweg an. Max Walter ging, die Laterne in der Hand, voran. Er beugte sich tief zur Erde nieder, schob die Äste des Busches zur Seite und kroch hinein. Der Sepp folgte ihm.

Der Irre blieb draußen. Er war wieder in Stumpfsinn verfallen.

Als die beiden den Busch hinter sich hatten, befanden sie sich nun unter dem Wehr, rechts die Mauer und links das niederstürzende Wasser. Hier im Innern war das Brausen stärker, doch konnte man sich verständigen, wenn man laut rief. Der Luftraum war einen Meter höher als ein Mensch. Der Boden bestand aus nassen, schlüpfrigen Quadersteinen.

Gerade traulich war es hier nicht. Der geringste Zufall konnte den Tod des Ertrinkens oder ein andres Unglück nach sich ziehen.

Der Lehrer schritt unter dem Wasser voran, dem andern Ufer entgegen. Als sie sich ungefähr in der Mitte des Wehrs befanden, sahen sie eine hölzerne Tür, die mit einem Riegel verschlossen war. Sie schoben ihn zurück und öffneten. Ein kleiner, dunkler Raum blickte ihnen entgegen. Er war beim Bau des Wehrs hohl gelassen und mit der Tür versehen worden.

Sie traten ein.

Das unterirdische Gelaß war nicht groß, vielleicht zwei und einen halben Meter hoch, vier Meter breit und zwei Meter tief. Im Innern befand sich zunächst ein schrankähnliches Möbel, das verschlossen war, außerdem eine Bank und ein Tischchen. An den Wänden hingen einige bedeutungslose Gegenstände. Auf der Bank lag ein eisernes Kästchen, das gewiß einmal gewaltsam aufgebrochen worden war. Max Walter setzte die Laterne auf den Tisch und griff nach dem Kästchen.

„Sollte es dasjenige sein —?“ rief er.

„Dem Balzerbauern seins?“

„Ja.“

„Schauns nach!“

Dem Gewicht nach mußte es leer sein. Walter öffnete den Deckel. Er fand mehrere Holz- und Papierschnitzel darin, unter den letzteren einen — Geldschein.

„Schauen Sie her!“ sagte er.

„Was! Ein Kassenschein!“

„Ja.“

„Zeigens her! Das ist doch eine Fünfhundert!“

„Ja, fünfhundert Taler.“

„Herrgottsakra! Ists denn möglich?“

„Wir sind am richtigen Ort!“

„Sollts denn wirklich ein Kassenschein vom Balzerbauern sein?“

„Jedenfalls.“

„Aber wir kennen die Nummer nicht.“

„Die werden wir schon erfahren.“

„Und was mag da in dem Schrank sein?“

Der Lehrer versuchte ihn zu öffnen.

„Verschlossen.“

„So brechen wir ihn auf!“

„Nein. Die Klugheit gebietet uns, heut noch alle Gewaltmaßregeln zu vermeiden. Wir wollen warten, bis der Silberbauer noch das andre Geld geholt hat."

„Ach so! Sie haben freilich recht. Aber was machen wir mit der Banknote?"

„Die lassen wir da."

„Was? Dalassen? Der Schein ist gestohlen. Er gehört dem armen Teufel, der draußen sitzt."

„Das ist sehr richtig. Aber wir dürfen den Silberbauern nicht ahnen lassen, daß wir in sein Geheimnis eingedrungen sind. Wir haben für heut genug Erfolg gehabt, indem wir diesen verborgnen Ort — ah, was liegt da unter der Bank?"

Der Sepp bückte sich und hob den Gegenstand auf.

„Herrgott!" rief er aus. „Schauns, was das ist! Das gehört auch dazu!"

„Ein Hammer!"

„Ja, ein Hammer! Jedenfalls der, mit dem er hat den Balzer erschlagen wollen."

„Zeigen Sie her!"

Der Lehrer betrachtete das Werkzeug genau.

„Vielleicht läßt es sich noch nach der Narbe bestimmen, ob es ein solcher Hammer gewesen ist, mit dem der Schlag ausgeführt wurde. Legen wir ihn wieder her. Auch er soll hier bleiben, bis wir soviel Beweisstücke beisammen haben, daß ihre Last den Silberbauern erdrücken muß."

„Wanns der Balzer wüßt!"

„Ja, wenn er es verstehen könnte!"

„Vielleicht doch! Ich an Ihrer Stell tät ihn holen. Vielleicht tät er doch den blechernen Geldkasten erkennen, und nachher —"

„Was, nachher?"

„Wann er nur erst was erkennt, dann kommt das andre ganz von selber hinterher."

„Unrecht haben Sie freilich nicht."

„Also holens ihn mal herein!"

„So muß ich Sie im Finstern lassen."

„Für eine so kurze Zeit gehts schon."

„Also warten Sie!"

Er entfernte sich mit der Laterne und ließ den Sepp im Dunkel zurück. Bereits nach kurzer Zeit kam er wieder. Den Irren zog er an der Hand hinter sich her. Dieser zeigte in seinem Gesicht nicht die mindeste Spur von Angst. Das Brausen des Wassers, das Unheimliche des Ortes machte nicht den geringsten Eindruck auf ihn. Max Walter stellte die Laterne auf den Tisch neben den Eisenkasten und deutete auf ihn.

„Kennst du das?"

Er erhielt keine Antwort.

„Kennst du diesen Kasten?"

Wieder keine Antwort. Die Augen Balzers waren auf den Schrank gerichtet. Da zog Walter ihn näher heran und hielt ihm den Kasten vor die Augen. Es änderte sich im Ausdruck seines Gesichts nicht das Geringste. Da nahm Walter den Hammer und hielt ihm diesen hin.

„Was ist das?"

Auch jetzt blieb er still.

Ohne alle Absicht, höchstens nur um die Aufmerksamkeit des Stumpfsinnigen zu erhöhen, erhob er jetzt den Hammer wie zum Schlag. Der Irre sah es, und sofort bemächtigte sich seines Gesichts der Ausdruck der Besorgnis. Sein Blick glitt in immer steigender Ängstlichkeit zwischen dem erhobenen Hammer und dem Kasten hin und her. Sein Blick gewann Leben. Seine starren Züge verzerrten sich in steigendem Entsetzen. Seine Lippen bebten; der ganze Körper begann zu zittern — und dann stürzte er plötzlich in die Knie, hob flehend die Hände und rief mit durchdringender Stimme:

„Nimms hin, das Geld, alle fünftausend Taler, nur morde mich nicht! — Ich sag gar nix, daß dus gewesen bist! — Gnade, Gnade!"

Sein Anblick war zum Erbarmen. Max Walter ließ den

Hammer schnell wieder sinken und hob den Knienden empor.

„Steh auf!“ rief er ihm durch die rauschenden Wasser zu. „Ich tu dir ja nichts!“

Sobald der Irre den Hammer nicht mehr erblickte, beruhigte er sich.

„Freund, guter Freund!“ sagte er.

„Ja, ich bin dein Freund.“

„Gut, gut, gut!“ bat er.

„Ja, komm, wir wollen gehn!“

Er legte die Gegenstände genau wieder so, wie sie sie gefunden hatten, und zog den Irren mit sich hinaus.

„Freund, gut Freund, fort!“ sagte der Balzerbauer und lief davon, während Max Walter das Licht löschte.

„Der ist froh, daß er heiler Haut davongekommen ist, der arme Schlucker“, meinte der Sepp. „Jetzt muß ich die Latern wieder heimtragen. Wollens mitkommen, Herr Lehrer?“

„Ich denke, sie dürfen mich in der Mühle nicht sehen!“

„Vorhin nicht. Jetzt aber geht es.“

„So gehe ich mit.“

Als sie die Tür erreichten, die, wenn die Mühle arbeitete, auch des Nachts offen zu stehen pflegte, stand die alte Barbara unter ihr.

Sie war nicht wenig erstaunt, als sie den Sepp erkannte, aber ihr Erstaunen wandelte sich in aufrichtige Freude, als ihr der Alte in dem Fremden den neuen Lehrer vorstellte. Trotz der späten Stunde nötigte sie die beiden in die Stube, und dann trug sie auf, daß der Tisch krachte und der Sepp aus dem Schmunzeln nicht herauskam. Der Müller setzte sich auch zu ihnen, und nun begann eine Schmauserei, die der alte Sepp mit seinen lustigen Einfällen würzte und die bis in den frühen Morgen hinein währte.

Als der Sepp schließlich den Lehrer nach Haus begleitete, war er der Mühe enthoben, den Silberbauern um ein Obdach anzureden; er sollte in der Mühle bleiben. Was ihm aber noch lieber war — er hatte die Versicherung erhalten, daß der Jäger, für den er eine Stube suchte, in der Mühle wohnen könne.

*

Der Silberbauer hatte sich in dieser Nacht das Geld für den Talmüller aus dem Schrank geholt, den der Lehrer nicht hatte öffnen können. Am andern Morgen wurde angespannt, und der Knecht wunderte sich nicht wenig, als er vernahm, daß seine Dienste heut überflüssig seien, da der Herr Ortsvorsteher selber fahren werde. Der Silberbauer liebte es nämlich sonst, bei dergleichen Gelegenheiten mit seiner ‚Dienerschaft' zu prunken.

Wie er in seiner Drahtantwort versprochen hatte, hielt er Punkt elf Uhr vor der Talmühle. Die Knechte waren bereits vom Müller unterrichtet und eilten herbei, dem Herrn Vorsteher beim Aussteigen behilflich zu sein. Er übergab ihnen Pferde und Wagen und trat ein.

Obgleich beide nicht sehr weit voneinander wohnten, hatten sie sich doch seit Jahren nicht gesehen. Das Band, das sie zusammenhielt, war nicht derart, daß sie sich zueinander gesehnt hätten.

Als nun Klaus jetzt den Müller erblickte, blieb er an der Stubentür stehen.

„Kellermann, bists oder bists nicht?" fragte er.

„Wer solls denn sein?" antwortete der Müller ärgerlich.

„Wie siehst aber aus!"

„Jedenfalls nicht schlechter als du! Da geh her, und schau dich doch im Spiegel an!"

„Ach so, wegen der paar Kratzer?"

„Die sind groß genug."

„Besser als dein lahmes Bein!" knurrte der Silberklaus.

„Lieber krank, als sich prügeln lassen!"

„Prügeln? Geh weg! Eine Katz ists gewesen!"

„Ja, eine Katz mit zwei Händen."

„Meinst etwa, ich hab noch meine Frau?"

„Na, die erste könntst noch haben, die lebt wenigstens noch. Die zweit aber hast regelrecht zu Tod geschlagen."

„Ja, die erst, die hat Haare auf den Zähnen gehabt. Die hab ich nicht angreifen können, da hats mir gleich mit allen Nägeln am Kopf gesessen. Die hat mir der Finkenheiner verdorben gehabt."

„Und die andre war besser?"

„Viel besser. Nur das Flennen hab ich nicht ausstehn können; da hab ich alleweil gleich zuschlagen müssen. Aber darf man sich bei dir nicht setzen?"

„Warum nicht? Stühle sind genug da. — Also heiraten tätst nicht wieder?"

„Fallt mir nicht ein!"

„Ich auch nicht. Du hast die deinige totgeschlagen, und ich hab die meinige totgeärgert."

„Geh weg mit den Frauensleut", lachte der Silberbauer, während er die Beine behaglich übereinanderschlug. „Zwei Müllerstöchter und wir zwei Mühlenknappen, das war ein gutes Geschäft. Und der Alte —"

„— ist rechtzeitig gestorben! Und hernach das Geschäft mit dem —"

„Schweig!" fiel der Bauer ein. „Auch die Wänd haben Ohren!"

„Bei dir vielleicht, bei mir aber nicht. Wie gehts daheim bei dir?"

„Gut."

„Die Kinder?"

„Wohl! Der Bub ist ein rechter Kerl!"

„Und das Dirndl?“

„Sakrisch sauber. Und die Nasen tragts auch schon hoch.“

„Recht so! — Man soll das Armutsgesindel nie zu nah an sich herankommen lassen.“

„Und wie ists bei dir?“

„Könnt besser sein.“

„Ja, einen Buben hast nicht!“

„Und das Dirndl schlagt mir ganz aus der Art, das ist nach der Mutter geraten, wie ein Pflaumenbrot. Und vom Stuhl auf kann ich auch nicht.“

„Schlimm. Wie stehts da mit dem —“

Er zeigte mit dem Daumen über die Achsel.

„Wen meinst?“

„Den Fex.“

„Donnerwetter! Der macht mir Sorg!“

„Schlag ihn tot, den Kerl!“

„Hätt ichs nur schon tan!“

„So tus noch!“

„Kann ich?“

„Warum nicht?“

„Weil ich ihn nicht hier hab.“

„Was — wa — aaas?“

„Er ist fort.“

„Wohin?“

„Ja, wann ich das wüßt! Dem schickt ich einen nach, der müßt ihm einen versetzen, daß er gleich so auf der Nase liegenblieb, und wanns mich fünfhundert Mark kosten sollt!“

„Warum hast ihn denn fortlassen? Bist nicht der Vormund?“

„Bins nicht mehr.“

„Wer sonst?“

„Der Obervormund.“

„Wen meinst?“

„Nun den, der über alle Vormünder ist.“

„Das ist der König, aber den meinst doch nicht?"

„Grad den mein ich. Er war hier und hat ihn mit fortgenommen."

Da sprang der Bauer vom Stuhl auf.

„Bist albern?"

„Nein. Der Fex ist mit dem König fort, und da kannst gar nix dran ändern."

„Wie ist das zugangen?"

„Mit dem Teufel. Ich hab immer denkt, der Zigeunerin ihre Geigen ist verlorengangen — aber nein, der Fex hats sich aufbewahrt und heimlich drauf geübt. Jetzt nun hat er auf einem Konzert mitgespielt, ohne daß ichs wußt. Der König ist auf dem Konzert gewesen und hat den Narren gefressen an dem Fex. Darum hat er ihn mit fortgenommen. Er will einen Künstler aus ihm machen."

„Daraus wird nix!"

„Was willst dagegen tun?"

„Das wird sich bald finden. Der Bub gehört uns, aber nicht dem König!"

„So hol ihn wieder!"

„Ja, das werd ich tun, wann ich nur erst weiß, wo er ist. Kannsts nicht erfahren?"

„Nein. Niemand sagts. Einer weiß es genau, aber dieser Halunk ist verschwiegen wie ein Fisch im Wasser."

„Wen meinst?"

„Den Wurzelsepp."

„Den? Oh, den kenn ich gut. Wann ders wirklich weiß, wird er mirs sagen."

„Meinst wirklich? Und was machst nachher?"

„Nicht, was du tun wolltst. Ich werd dem Fex niemand nachsenden, sondern ich werd selber hingehn und dafür sorgen, daß er — das Maul hält! Solange der Bub lebt, sind wir in Gefahr, wir und unser Geld."

„Darum ists recht, daß d' ihm selber nachgehn willst. Schau nur zu, daß d' bald vom Wurzelsepp erfährst, wo der Halunk zu finden ist. Wann er nicht bald auf die Seit geschafft wird, so ists aus und vorbei mit uns beiden."

„Warum?"

„Er hat die Papiere."

Der Bauer sprang entsetzt in die Höhe. Er war leichenblaß.

„Die Papiere? — Welche meinst?"

„Nun, die richtigen."

„Von ihm und seinen Eltern?"

„Ja."

Da schlug der Bauer mit der Faust auf den Tisch, daß es krachte.

„Müller, bist wahnsinnig?" rief er.

„Nein."

„So mußt auch die Papiere noch haben!"

„Er hat sie und das Lichtbild dazu."

„Auch das? Dazu ist aber doch gar keine Möglichkeit! Du hasts doch hier im Stuhl gehabt!"

„Freilich! Ich habs auch nimmer begreifen können, bis er mirs selber gesagt hat."

„Wie ists gewesen?"

„Ich hab mal fort müssen des Abends, aus der Stube hinaus. Da hat er sich eingeschlichen. Der Schlüssel ist mir herabgefallen gewesen. Er hat ihn gefunden und den Stuhl aufgeschlossen. Die Papiere und das Bild hat er nommen."

„Und das Geld?"

„Hat er dringelassen."

„So wärs besser, er hätt das Geld genommen und das andre liegen lassen. Hat ihm jemand dabei geholfen?"

„Kein Mensch. Er hat mirs gesagt."

„Aber weiß er denn, daß die Papiere die seinigen sind?"

„Freilich."

„Wie kann er das wissen?"

„Aus dem Bild. Er hat da gleich seine Mutter wiedererkannt."

„Verdammt!"

Der Bauer lief im Sturmschritt in der Stube auf und ab. Dann blieb er vor dem Müller stehen.

„Weiß er denn auch was von mir?"

„Nein, wann ihm damals die Zigeunerin nix gesagt hat."

„Da war er zu klein. Wanns ihm auch was gesagt hat, so ists doch längst wieder vergessen. Nein, sondern ich mein, ob nicht von dir aus mal irgendein Wort gefallen ist."

„Wie kannst so was denken! Ich hab ja über die ganze Geschicht mit ihm noch kein einziges Wort gesprochen. Wie könnt ich also dich erwähnt haben?"

„So! Dann ist noch nicht alles verloren. Weißt nicht, ob er mich kennt?"

„Er kennt dich nicht. Und wann er dich auch einmal gesehn hat, so hat er sichs doch nicht gemerkt."

„Das ist gut. So brauch ich mich nur zu erkundigen, wo er zu finden ist, sodann fahr ich hin zu ihm."

„Und nachher?"

„Nachher tu ich, als ob ich es sehr gut mit ihm meine, und brings so weit, daß er mir die Papiere zeigt."

„Oh, der wird sich hüten!"

„Meinst? Wann er hört, daß ich die Sprache versteh, in der die Papiere geschrieben sind, zeigt er sie mir ganz sicher und gewiß."

„So müßts sein."

„Ja. Und hab ich sie dann in der Hand, so bekommt er sie nicht wieder zurück. Und dann, wie stehts mit dem Geld? Wieviel verlangst für das Gold, was du loswerden willst?"

„Ich hab dirs geschrieben."

„So viel geb ich nicht."

„Dann kannst nur gleich wieder gehn. Ich laß keinen Pfennig herab."

„Wirst schon noch handeln lassen!"

„Kein Wort. Ich hab einen guten Preis gemacht. Zum Fenster will ich mein Geld doch nicht hinauswerfen. Weil der Fex die Papiere hat, muß ich gewärtig sein, es kommt alle Augenblick jemand, um nun auch nach dem Geld zu schauen; darum will ichs von mir tun, damit niemand es finden soll. Aber für einen Lumpenpreis geb ichs doch nicht hin. Dann mags lieber liegenbleiben, und es mag finden, wer da will. Mein Schad ists nicht allein, sondern auch der deinige."

„Nun gut, ich will mich nicht mit dir zanken. Ich geb dir, was d' verlangt hast."

„Bar?"

„Bar, in guten Staatspapieren."

„So zähl auf!"

„Zähl erst du dein Gold her!"

„Das ist noch in denselben Rollen, in denen wir es mitgebracht haben. Wie schaffsts fort?"

„Ich hab einen Kasten mit."

„So hol ihn herein! Nachher schließen wir die Tür zu. Es braucht kein Mensch zu wissen, was wir hier mitnander machen."

Der Bauer ging hinaus und holte den Kasten.

Als er ihn dann nach ungefähr einer Stunde wieder zurück in den Wagen trug, konnte man es ihm ansehen, daß es sich um eine bedeutende Last handelte. Er hatte sich aber eine Zeit gewählt, in der er von niemandem beobachtet werden konnte.

Der Abschied der beiden war keineswegs herzlich. Sie gingen unter gegenseitigen Vorwürfen und Scheltworten auseinander. Die Schuld ist nicht das geeignete Mittel, Menschenseelen zu verbinden.

Bald rollte der leichte, viersitzige Wagen des Machthabers von Hohenwald auf derselben Straße zurück, auf der er nach der Talmühle gekommen war.

Es war ein schöner Tag. Die Sonne schien zwar heiß, aber da die Straße durch den dichten, hohen Wald führte, war die Wärme erträglich.

Klaus mochte etwa die Hälfte des Weges zurückgelegt haben, als er vor sich einen Wanderer erblickte. Die Fahrt wurde ihm nachgerade langweilig, und da kam ihm der Gedanke, diesen Mann aufzufordern, in den Wagen zu steigen. Das gab wenigstens eine Unterhaltung. Darum prüfte er den Fremden, soweit das von fern möglich war.

Der Mann war von hoher, achtunggebietender Gestalt und halb wie ein Gebirgler, halb wie ein Forstbeamter gekleidet. An der linken Seite hatte er eine Tasche hängen, in der Rechten trug er einen Stock.

„Grüß Gott!" sagte der Bauer, als er ihn erreichte, doch griff er nicht an den Hut. „Wollens vielleicht mitfahren?"

Der Angeredete wandte dem Sprecher das Gesicht zu, und nun blickte der Bauer in ein Paar dunkle, durchdringende Augen, unter deren Blick er unwillkürlich nach dem Hut griff. Der Fremde dankte mit kurzem Nicken, betrachtete mit einem scharfen Blick den Mann, die Pferde und den Wagen und antwortete:

„Grüß Gott! Wohin fahren Sie?"

„Nach Hohenwald."

„Wie lange geht man noch bis dorthin?"

„Weit über zwei Stunden."

„So werde ich Ihr Anerbieten annehmen. Wieviel verlangen Sie?"

„Nix."

„Wenn ich fahre, zahle ich."

„Und ich nehme nix."

„So fahren Sie allein weiter!"

„Donnerwetter! Das ist mir auch noch nicht vorgekommen. Ich will gern einen Gesellschafter haben. Darum laß ich Sie nicht laufen. Gebens also eine Mark!"

„Ich gebe fünf!"

„Was fallt Ihnen —"

„Fünf!" unterbrach ihn der Fremde. „Ja oder nein?"

„Na, ich bin kein Dummer. Wanns Ihr Geld los sein wollen, so zahlens meinetwegen fünf und steigens auf! Aber in der Waldschenke mach ich eine kleine Pause Da müssens halt mit einkehren!"

„Ist mir recht."

Er stieg ein, setzte sich aber nicht auf den vorderen Sitz neben Klaus, sondern auf den hinteren. Der Silberbauer trieb die Pferde an.

„Warum setzens Sie sich dahinten hin?" begann er.

„Hier ists bequem."

„Vorn bei mir ist das Reden bequemer."

„Ich bin kein leidenschaftlicher Redner."

„Das heißt, daß ich das Maul halten soll?"

„Nicht grad das."

„Hernach hättens auch gleich wieder aussteigen müssen. Ich hab Sie mitgenommen, um einen zu haben, mit dem ich ein bißchen plaudern kann."

„Ich werde wohl nicht wieder aussteigen. Sie haben erklärt, mich für fünf Mark nach Hohenwald zu fahren, und wenn nicht ich selber Sie von diesem Vertrag entbinde, so haben Sie ihn einzuhalten."

Der Bauer hielt unwillkürlich die Pferde an.

„Himmelsakra! Jetzt also bin ich gezwungen, Sie zu fahren?"

„Ja."

„So! Das ist schön! Das kann mich aber freun! Erst bin ich der Herr, der den Wagen verschenken will aus Gnad und Barmherzigkeit, und nun auf einmal bin ich nur der Kutscher, der zu gehorchen hat!"

„So ist es allerdings", lächelte der Fremde. „Bitte, fahren Sie weiter!"

Klaus ließ die Pferde wieder laufen.

„Wanns wüßten, wer ich bin, so würdens nicht so mit mir reden“, knurrte er.

„Solange Sie Ihre Pflicht als Kutscher tun, brauche ich nicht zu wissen, wer Sie sind.“

„Meine Pflicht als Kutscher? Alle tausend Teufel! Wissens, ich bin der Klaus, der Silberbauer!“

„So?“ meinte der Fremde gleichgültig.

„Habens von mir noch nix gehört?“

„Kein Wort.“

„Das ist aber ein Wunder! Ich bin der Ortsrichter von Hohenwald!“

„Weiß nichts davon.“

„Auch davon nix? So, da will ich Ihnen halt noch was sagen. Nachher werdens Achtung bekommen. In dem Kasten da unterm Sitz hab ich Geld, fast an die vierzigtausend Mark!“

„Ich sitze trotzdem nicht besser.“

„Da muß doch gleich der Teufel dreinfahren! Wer sinds denn eigentlich, wanns bei vierzigtausend Mark so ruhig bleiben, als obs nur ein Stück vom Fingernagel wäre?“

„Ich bin jetzt Forstbeamter.“

„So? Nun, da brauchens nicht grad so vornehm zu tun. Was ist ein Forstbeamter, und wieviel hat er im Jahr? Es ist zwar ein gesundes Leben, aber zu beißen gibts nicht viel. Förster, Kinderwärter und Schulmeister, das wär so was für mich! Besonders das Schulmeistern. Das tut groß und dick, und wanns zum Treffen kommt, so fressens Löschpapier und saufen Klarizerintinte dazu.“

„Kennen Sie so einen?“

„Bei uns im Dorf. Da ist vor ein paar Tagen der neue Schulmeister kommen und hat gleich in der ersten Stund Prügel gekriegt.“

„Wo?“

„Im Wald und auch in der Schenk."
„Von wem?"
„Von mir und meinem Buben, dem Silberfritz."
„So? Bei Ihnen empfängt also der Inhaber der Ortsgewalt den neuen Lehrer mit Schlägen?"
„Warum nicht? Wenn ers verdient hat!"
„Was hatte er denn getan?"
„Er ist grob gewesen gegen meinen Silberfritz."
„Und da gibts sofort Prügel?"
„Sofort, und zwar nach Noten! Und wann der König selber käm, wann er nicht höflich wär, so würd er durchgehaun."
„Ah!"
„Ja! Oder glaubens das etwa nicht? Wir hier oben kümmern uns den Teufel um den König und seine Leute. Der weiß auch nimmer, was er für Dummheiten beginnen soll."
„Sie scheinen ihm nicht sehr gewogen zu sein."
„Gewogen? Na, mir ist er eigentlich gleichgültig; aber er soll mich auch nur in Ruhe lassen."
„Hat er das nicht getan?"
„Nein."
„Wieso?"
„Der will alle Menschen groß machen und berühmt. Der eine soll ein Maler werden und der andre ein Dichter, der dritte ein Musikant und der vierte ein Sänger. Sogar die Buben nimmt er von der Fähr weg und wills studieren lassen, bloß weils Geige spielen können. Da komm ich grad von einem Freund aus der Talmühle. Dem hat der König einen Gesindebub weggenommen, weil er auf der halben Geigen klimpert hat. Mir wann er das machen tät, na, ich wollts ihm schon stecken! Und weiter — ah, da ist die Waldschenke, und da gehn meine Pferde nie vorüber. Also steigens mit aus?"
„Ja."
Beide sprangen ab. Der Bauer hängte zwei Stränge ab,

dann ging er hinein. Der Fremde folgte ihm langsam. Als Klaus in die Gaststube trat, befand sich nur ein einziger Gast darin. Sobald der Bauer ihn sah, rief er aus:

„Was der Teufel! — Wurzelsepp, du bist hier? Das ist gut. Wo willst hin?"

„Nach Hohenwald."

„So kannst mit aufsteigen und mit uns fahren."

Der Sepp hatte diese Einladung erwartet, wußte aber nicht, was er darauf antworten sollte, denn jetzt trat der Fremde ein. Würde dieser — mit dem Wurzelsepp fahren? War es dem Sepp überhaupt gestattet, ihn zu kennen?

Der Fremde bemerkte die Verlegenheit des Alten und beseitigte sie sofort, indem er ihm gütig zunickte.

„Das ist ja der Wurzelsepp! Ich hoffe, du kennst meinen Namen noch?"

„Jawohl, Herr Ludwig."

„Wo willst du hin?"

„Nach Hohenwald."

„So kannst du ja gleich mitfahren. Auf dem Vordersitz ist ein Platz übrig. Laß dir ein Bier geben!"

„Also Herr Ludwig heißens?" fragte der Bauer. „Und den Sepp kennens auch? Ja, ich möcht wissen, wer im ganzen Bayernland den Sepp nicht kennen tät. Der Haderlump steckt seine Nase überall hinein. Aber ein braver Schelm ist er doch. Oder meinst nicht, Sepp?"

„Weiß nicht."

„Das kannst schon wissen. Bist überall willkommen, auch bei vornehmen Leuten, sogar bei mir. Wannst heut in Hohenwald bleiben willst, kannst wieder bei mir im Heu schlafen."

„Kann noch nicht sagen, ob ich bleiben werd."

„Willst vielleicht weiter fort?"

„Das ist möglich."

„So ists besser, ich frag dich gleich jetzt."

„Was?"
„Ich hab mich bei dir wonach zu erkundigen."
„So? Wann ich Auskunft geben kann, soll es gern geschehn."
„Hast einen kannt, der Fex geheißen hat?"
„Ja."
„Er soll jetzt ein Künstler werden?"
„Freilich."
„Der König will ihn studieren lassen, dems gar nix angeht, eigentlich. Ich möcht nun gern wissen, wo der Fex jetzt ist."
„Warum?"
„Weil ich mich um ihn kümmern will."
„Das hast nicht mehr nötig."
„Warum?"
„Eben weil der König sich für ihn kümmert."
„Ich möchte aber doch gern wissen, wies ihm geht, und möcht ihm was schicken."
„Er braucht nix. Der König sorgt für ihn."
„Das ist wohl schön. Aber ich mach in den nächsten Tagen eine Reis; da ists möglich, daß ich auch dahin komm, wo er jetzt wohnt, und da tät ich ihn gern aufsuchen, weil er sich darüber freuen wird."
„So? Bist ein so guter Freund von ihm? Aber ich glaub nicht, daß d' jemals dorthin kommst, wo er sich jetzt aufhält."
„Das weiß man nicht."
„Da müßtest weit fahren, mit der Eisenbahn und nachher auch noch mit dem Dampfschiff."
„Ists gar so weit? Also wo?"
„In Sebastepol."
„In Sewastopol? Ists wahr?"
„Ja."
„Was sie damals mit den Kanonen erobert haben, als der Malakowturm erstürmt worden ist?"
„Dasselbige."

„Das ist mir freilich zu weit. Aber sag, warst dabei, als er fort ist?"

„Ja."

„Weißt alles, was er mitgenommen hat?"

„Ja."

„Was denn? Hat er einen Ausweis?"

„Natürlich."

„Von früher her?"

„Nein. Den hat er zurückgelassen. Ein Bild war auch dabei."

Die Augen des Bauern leuchteten auf.

„Wo hat ers gelassen?" fragte er.

„Bei mir. Ich solls ihm aufbewahren, bis er wieder zurückkommt."

„Aber du trägsts doch nicht mit dir herum?"

„O nein, das fallt mir nicht ein."

„Wo hasts da hingetan?"

„Zu meiner Frau."

„Wie — wa — wo? Du — du hättst eine Frau? Davon weiß ich doch gar nix!"

„Nur ganz wenige haben das gewußt."

„Nein, aber nein! Der Wurzelsepp hat eine Frau! — Hahaha, die Frau Wurzelsepp! Sowas! — Wo lebt denn die?"

„Das willst wissen? Werd mich schön hüten, es zu sagen. Das ist gefährlich."

„Warum?"

„Weißt, weil ich mir eine ganz junge Frau genommen hab, und der ihren Aufenthalt sagt man nicht einem jeden. Später, wanns alt worden ist, werd ich dirs mal aufschreiben."

„Bist ein alter Halunk."

„Ja, da hast recht. Vertölpeln tut mich so leicht keiner. Das kannst merken."

„Meinst, daß ich dich vertölpeln will? Da irrst sehr."

„O nein. Dich kenn ich schon. Du hast nur wissen

wollen, wo sich die Papiere und das Bild befinden, die der Fex bei sich hat."

„Unsinn! Was redst daher?"

„Schweig! Du bist jetzt beim Talmüller gewesen und hast mit ihm vom Fex gesprochen."

„Das behauptest bloß. Ich kenn den Talmüller fast gar nicht."

„Und da kaufst ihm für dreißigtausend Mark Gold ab, und er büßt dabei so viel ein?"

Der Bauer erbleichte. Er blickte ängstlich in der Stube umher. Herr Ludwig war nicht mehr da. Es war ihm in der niedrigen Stube zu schwül geworden, und darum war er nach den Worten, die er mit Sepp gewechselt hatte, hinausgegangen.

„Du", sagte der Bauer, „was weißt von dem Geld? Sags heraus! — Schnell!"

„Daß der Talmüller dir darüber geschrieben hat, und du hast ihm antwortet, daß d' heut zu ihm kommen willst, um den Handel mit ihm zu machen."

„Donnerwetter! Woher weißt das?"

„Weil ich heut bei ihm war. Ich komme von ihm her und will nach Hohenwald."

„Er hätt dir das gesagt?"

„Freilich hat ers. Ich bin sein Vertrauter."

„Er hat mir doch nix gesagt, daß d' dagewesen bist."

„Weil ichs ihm verboten hab."

Der Bauer lief mit langen Schritten in der Stube auf und ab. Er befand sich in einer ungeheueren Aufregung.

„Du", sagte er, „hier gibts mit dir ein Geheimnis, was du mir aufklären mußt!"

„Gern, Silberbauer."

„So sag —"

„Halt, jetzt nicht!"

„Wann sonst?"

„Hier ist kein Ort zu solchen Dingen. Ob ich noch

Zeit hab, das weiß ich nicht; aber morgen komm ich zu dir, um dir alles zu erklären. Nachher wirst froh sein, daß d' mich heut hier an diesem Ort troffen hast."

„Herrgottsakra! Mich rührt der Schlag!"

„Warum? Brauchst keine Angst zu haben, denn ich bin dein Freund, ich halts mit dir."

„Wirklich?"

„Ja."

„Das soll dein Schad nicht sein, Sepp, das versprech ich dir. Also morgen kommst?"

„Ja."

„Zu welcher Zeit?"

„Das weiß ich noch nicht. Vielleicht am Abend. Also laß dir ja nicht bang sein! Ich bin verschwiegen und sag keinem Menschen etwas. Schau, wir sollen fort."

„Ja. Ich zahl dein Bier."

„Der andre hat schon zahlt!"

„Wer ist er denn?"

„Werds dir später sagen. Jetzt darfst ihn nicht warten lassen. Komm!"

Sie hatten gesehen, daß der Herr Ludwig in den Wagen gestiegen war, für Sepp das Zeichen, mit dem Bauer hinauszukommen. Beide setzten sich auf die Vorderplätze, und die Pferde zogen an.

Im Gegensatz zu vorhin war der Silberbauer schweigsam. Er holte von Zeit zu Zeit tief Atem oder betrachtete den Sepp verstohlen von der Seite. Er traute dem Alten nicht recht.

So kamen sie in die Nähe von Hohenwald. Da ließ Herr Ludwig halten, stieg ab und zahlte seine fünf Mark. Auf einen verstohlenen Wink von ihm sprang auch der Sepp herab.

„Halt!" sagte der Bauer. „Du fährst mit mir ins Dorf hinein."

„Das geht nicht."

„Warum nicht?“

„Weil ich vorerst noch eine Pflanze such, die bis morgen verdorren tät. Brauchst keine Sorg zu haben, ich komm schon zu dir.“

Er sprang ab, und der Wagen fuhr davon.

„Ich komme eher, als ich dachte“, sagte Ludwig zu Sepp. „Gibts eine Unterkunft?“

„Ja, aber nicht im Dorf, sondern in der Mühle.“

„Das ist mir recht. Führ mich! Kennst du den neuen hiesigen Lehrer?“

„Oh, sehr gut.“

„Was ist er für ein Mann?“

„Ein Bub, so, wie ich wollt, daß ich früher gewesen wär! Die Schulmeister haben hier immer nur den Affen machen müssen; der aber hat sogleich in der ersten Stund bewiesen, daß er nicht mit sich spaßen laßt.“

„Er rauft wohl gern?“

„Nein, aber er verteidigt sich brav, wenn er angriffen wird. Die Geschichte, wie er hier seinen Einzug gehalten hat, mit dem Tragkorb auf dem Buckel, die ist nicht übel.“

„Erzähl!“

Während der Sepp dieser Aufforderung nachkam, schritten die beiden zur Mühle. Sie waren dort angelangt, als der Alte seinen Bericht beendet hatte. Das Gesicht Ludwigs hatte einen befriedigten Ausdruck angenommen. Er nickte vor sich hin.

„Den jungen Mann werde ich mir ansehn. Wer ist die Frau?“

Er meinte damit die alte Barbara, die unter der Tür stand.

„Das ist die Barbara, die Magd, die dem Müller die Wirtschaft versorgt, ein sauberes Weibsbild.“

Als die Alte den vornehmen Herrn kommen sah, machte sie einen Knix.

„Wen bringst denn da zu uns, Sepp?“

„Das ist der Herr, der den Bombyx sucht, weißt, was ich dir erzählt hab."

„Ja, ich weiß."

„Und er will dich fragen, ob er bei dir wohnen kann auf ein paar Tag, liebes Bärbel."

Liebes Bärbel! So hatte der Sepp noch nie zu ihr gesagt. Ihr Gesicht glänzte vor Freude. Sie machte noch einen Knix.

„Ja, wanns zufrieden sein wollen, lieber Herr, mit unsrer Mühle, so könnens uns willkommen sein. Sauber will ichs Ihnen schon machen, daß ich mich nicht nachher noch zu schämen hab. Bitt schön! Kommens herein und seins willkommen!"

Die drei verschwanden in der Tür.

Bereits nach kurzer Zeit kam der Sepp wieder heraus. Er hatte einen Befehl zum Forsthaus zu bringen. Als er sich dieses Auftrags entledigt hatte, war der Nachmittag so ziemlich vergangen, und da er für heute von Ludwig beurlaubt war, so beschloß er, sich heimlich in der Nähe des Wehrs auf die Lauer zu legen, falls der Silberbauer am Tag dort etwas zu suchen hätte. Mit dem Lehrer hatte er ausgemacht, daß dieser sich am Abend dort einstellen solle.

*

Max Walter war nach beendeter Nachmittagsschule hinaus ins Freie gegangen, um da, beeinflußt von den Reizen des herrlichen Sommertages, den letzten Akt seines Theaterstücks zu vollenden. Er hatte sich am Waldrand ein ruhiges Plätzchen ausgesucht und zu arbeiten begonnen. Er befand sich in ausgezeichneter Stimmung, und die Worte flossen ihm so schnell aus der Feder, daß er bald zu Ende war. Dann streckte er sich auf dem warmen, duftenden Boden aus.

Da schwebte ein Schmetterling heran, ein großer,

prächtiger Trauermantel. Max Walter sprang auf, und den Hut in der Hand, begann die Jagd, wobei er nicht beachtete, daß er sich weiter und immer weiter von dem Plätzchen entfernte.

Bald kam ein andrer langsam daher, der ‚Herr Ludwig'. Er hatte, wie er es liebte, allein einen Spaziergang unternommen; er wollte der alten Barbara auch Zeit lassen, die zwei Oberstübchen für ihn in Glanz und Wichs zu bringen. Jetzt befand er sich auf dem Heimweg. Er sah das dicke Heft des Lehrers liegen, hob es auf und blätterte darin herum. Seine Züge nahmen, je weiter er schritt, den Ausdruck größter Spannung an. Als er bei der Mühle anlangte, empfing ihn die Barbara mit geröteten Wangen.

„Jetzt könnens heraufkommen, Herr Ludwig", sagte sie. „Wollen sehn, obs Ihnen gefallen wird."

„Ja, meine Beste. Aber sagen Sie mir vor allen Dingen, ob es hier einen Dichter gibt."

Sie schüttelte fast erschrocken den Kopf.

„Einen Dichter? Nein, Gott sei Lob und Dank, einen Dichter haben wir hier noch nie gehabt. Hier gibts alleweil ordentliche Leut!"

„Oder gibt es außer dem Pfarrer und dem Lehrer noch studierte Leute im Dorf?"

„Nein."

„Der Pfarrer ist kein Dichter?"

„Nein, obgleich er von seinen paar Kreuzern gar ärmlich leben muß."

Sie hatte die Ansicht aller ungeistigen Leute, daß ein Dichter von Gottes und Rechts wegen zum Hungern verurteilt wäre, oder daß nur ein Hungerleider zum Dichter werden könnte.

„Aber der Lehrer dichtet wohl?"

„Fällt ihm nicht ein! Der, wenn er was zu essen hat, kann derb einhauen. Das hab ich gestern am Spätabend bemerkt."

Denn sie hegte die Überzeugung, daß ein Dichter einen so schwachen Magen habe, daß bei ihm von einem richtigen, kräftigen ‚Einhauen‘ gar keine Rede sein könne.

Ludwig erriet ihren Gedankengang.

„Ich habe soeben draußen am Waldrand dieses Heft gefunden und wünsche sehr, den Namen des Besitzers zu erfahren. — Wo ist der Müller? Ich will auch ihn einmal fragen.“

„Er ist drüben in der Mühle. Wanns ihm das Geschreib zeigen wollen, glaub ich trotzdem nicht, daß er sagen kann, von wem es ist. Aber versuchen können Sies halt.“

Sie hatte recht. Auch dem Müller war die Schrift unbekannt. Als Ludwig aus der Mühle zurückkehrte, stand die Barbara im Hausflur und begrüßte den Finkenheiner, der mit seiner Lisbeth gekommen war, um den Abend bei dem Müller zuzubringen.

„Schaut“, sagte sie zu den beiden, „das hier ist der Herr Ludwig, der nach Hohenwald kommen ist, um den Bangbüx oder Bimbax zu suchen, der die Bäum zusammenfrißt.“

Und dem Herrn Ludwig stellte sie die beiden mit den Worten vor:

„Und das hier ist halt der Finkenheiner mit seiner Lisbeth, die den Müller heiraten wird. Ich hab vorhin zu ihr geschickt, damit sie mir helfen soll bei der Bedienung. Unsereins ist nicht auf so vornehme Herren eingestellt, sondern man braucht eine Hilfe dazu.“

„Machen Sie sich meinetwegen keine Sorgen! Ich bin nicht so vornehm, daß ich zwei Personen zu meiner Bedienung brauche.“

„Ach, gehns! — Vornehm sinds halt doch! Das sieht man Ihnen ja gleich an der Nase an. Und wer nach dem Buxbimb sucht, der muß schon ein gewaltig gescheiter Kerl sein.“

„Sie meinen den Bombyx?"

„Ja, die Bangbüx oder den Bimbex, den ich noch gar nie gesehn hab, obgleich ich aus der Gegend gebürtig bin. Aber nicht wahr, der Müller hat auch nicht gewußt, von wem das Geschmier ist?"

„Nein."

„So fragens doch mal den Heiner hier!"

„Was gibts?" erkundigte sich dieser.

Ludwig erklärte es ihm.

„O weh! Da kommens halt an den Unrechten", meinte der Heiner. „Ich bin kein Schriftgelehrter; ja, ich kann nicht mal schreiben. Was steht denn drin in den Papieren?"

„Es ist ein Theaterstück, das nur von einem feinen Kopf hat verfaßt werden können."

„Von einem Schreibfix? Na, da haben wir einen."

„Wer ist das?"

„Der Schulmeister. Er hat sich mal versprochen, daß er Gedichte macht und auch Geschichten, in denen er totschlagt, wen er will."

„Also der? So hat er es verloren."

„Verloren? Ja, da fallt mirs ein, daß er vorhin einem Schmetterling nachgelaufen ist bis in den Wald hinein zu mir. Da hat er gemeint, daß er schnell wieder zurück muß, weil er sein Heft hat liegen lassen."

„Dann ist er es sicher. Er soll es morgen erhalten."

Herr Ludwig ließ sich auf seine Zimmer bringen, die jetzt zwei Schmuckkästchen glichen. Dort vertiefte er sich erneut in die Handschrift.

Barbara begann derweil, sich in der Küche zu beschäftigen. Lisbeth half, und der Heiner ging zu dem Müller. Nach einiger Zeit kam er in die Küche gelaufen.

„Bärbel, ist denn jemand droben bei dem Herrn Ludwig?" fragte er.

„Nein."

„Er redet doch mit jemand."

„Es ist niemand droben."

„Und doch muß jemand droben sein, mit dem er sich vielleicht gar zankt. Manchmal ganz laut!"

„Herrjesses! Es wird sich doch niemand zu ihm hinaufschlichen haben?"

„Das wirds sein, denn horch nur mal!"

Er öffnete die Küchentür, und da war allerdings trotz des Mühlengeklappers die Stimme Ludwigs sehr laut zu hören.

„Freilich ist wer droben!" sagte die Barbara. „Sonst tät er doch nicht reden."

„Reden? — Na, der schreit! Da muß man ihm zu Hilf kommen. Wollen wir hinauf, Barbara?"

„Nein. Er ist ein hoher Herr, den wir nicht stören dürfen, solang er nicht nach uns ruft. Aber ich werd unten im Haus bleiben und dem auflauern, der drin bei ihm ist."

„Das wird das Best sein, was du machen kannst. Stören tu ich ihn auch nicht gern. Er hat gar so ein vornehms Gesicht und ein paar Augen — na, da liegt was drin."

Sie stiegen hinab. Barbara stellte sich an die Haustür. Zu ihrem Erstaunen aber kam niemand von oben herab, und als sie später das Essen hinauftrug, war sie verwundert, zu sehen, daß Herr Ludwig sich allein in der Stube befand.

Er las friedlich in dem Heft, auf dessen erster Seite der Titel zu lesen war: ‚Götterliebe', Drama in drei Aufzügen." —

GOTTES MÜHLEN

Kurz vor der Abenddämmerung war ein eigentümliches Gefährt durch das Dorf gekommen und hatte vor dem Gasthaus gehalten.

Ein magerer, abgetriebener Gaul zog einen Wagen, wie sie bei sogenannten herumziehenden Künstlern gebräuchlich sind — die Leute pflegen gleich darinnen zu wohnen. Ein junger, verlumpter Kerl führte das Pferd. Hinter dem Wagen schritt ein älterer Mann, der einen abgeschabten, ungarischen Schnürrock aus Samt trug. Sein Gesicht war tiefgebräunt und hatte alle Merkmale des Zigeuners. Er beaufsichtigte zwei große, magere Ziegenböcke und mehrere ebenso magere Hunde. Die ganze Gesellschaft machte einen ziemlich heruntergekommenen Eindruck.

Als der Wagen vor dem Gasthof stand, kam der Wirt heraus, und die Wirtin folgte ihm. Beide waren neugierig, denn dergleichen Gäste gab es hier im Dorf nur selten. Der Mann im Schnürrock grüßte in fremdländischer Mundart und fragte, ob er hier für einige Tage Unterkunft finden könne.

„Was sind Sie denn eigentlich?" fragte der Wirt.

„Ich bin Akrobat und Äquilibrist", antwortete der Gefragte in stolzem Ton.

„Das versteh ich halt nicht. Redens doch lieber deutsch, denn hier sinds ja in Bayern."

„Ich meine, daß ich Künstler bin. Ich laufe auf dem Seil und führe abgerichtete Hunde und Ziegenböcke vor; ich habe auch einen Bären, der erstaunliche Kunststücke machen kann."

„Was! Einen Bären habens? Wo denn?"

„Hier im Wagen."

„Donnerwetter! Ein Bär? — Der — der soll mit hier bei uns wohnen?"

„Ja. Er ist nicht schlimm. Er ist so zahm wie ein Kanarienvogel und liegt übrigens an der Kette."

„So! Aber wo tun wir ihn hin?"

„Haben Sie nicht einen Stall oder einen andern sichern Ort?"

„Hm! Den Schweinestall hab ich schon; der ist jetzt leer. Wollens denn hier im Dorf Kunststücke machen?"

„Ja."

„Warum nicht in der Stadt? Da würdens doch viel mehr verdienen!"

„Erst will ich mich hier vorstellen. Finde ich, daß die hiesige Bevölkerung Verständnis für meine Leistungen hat, so fahre ich dann auch noch zur Stadt."

„Verständnis? Da brauchens keine Angst zu haben. Ziegenböcke und Hunde verstehn wir schon, und was den Bären betrifft, so wird er wohl nicht gar so gelehrt sein, daß wir ihn nicht begreifen können."

„So kann ich also ausspannen?"

„So schnell nicht. Wanns hier wohnen wollen, müssens auch zahlen können. Wie aber stehts damit? Habens denn auch Geld mit?"

„Selbst wenn meine Kasse leer wäre, würde ich hier so viel verdienen, daß ich Sie bezahlen könnte. Übrigens mache ich keine Ansprüche."

„Das ist auch nicht nötig, denn seidne Betten und ein Tafelgeschirr von Silber kann bei mir niemand erhalten. Eine Stube mit Betten werdens aber brauchen wie jeder andre auch."

„Nein. Ich brauche kein Bett. Haben Sie vielleicht eine Scheune?"

„Ja, dort hinterm Haus."

„So können wir ja dort wohnen. Ein wenig Heu wirds doch wohl geben zu einem Lager."

„Das gibts schon. Zwei Personen sinds also?"

„Nein, sondern drei. Ich habe eine Dame mit."

„Potz Teufel!" lachte der Wirt. „Eine Dame? Da sinds doch gar vornehm. Wir haben im ganzen Ort nicht eine einzige Dame! Nicht mal die Silbermartha gilt für eine. Wo ist sie denn?"

„Hier im Wagen ist die Signora."

„So! Habens aber nun auch Ihre richtigen Ausweise?"

„Das versteht sich. Ich werde sie Ihnen vorlegen."

„So hab ich nix dawider, daß Sie bei mir bleiben. Fahrens also herein in den Hof. Die Scheune werd ich Ihnen gleich öffnen."

Der Wagen wurde in den Hof geschafft. Der Künstler brachte Pferd, Ziegenböcke und Hunde im Stall unter; dann wurde eine Wagentür geöffnet.

Der Bär stieg heraus. Er war ein sehr großes, aber entsetzlich mageres Tier, das in den Schweinestall geschafft und dort angekettet wurde.

Von der anderen Seite des Wagens stieg die ‚Signora' aus. Sie war üppig gewachsen, aber ärmlich gekleidet und hatte das Kopftuch so weit ins Gesicht gezogen, daß es nicht zu erkennen war. Sie ging so schnell in die Scheune, daß es zu merken war, sie wollte sich von niemandem betrachten lassen.

Später kam der Künstler in die leere Gaststube. Er legte seine Papiere vor. Sie lauteten auf den Namen Jeschko Bandolini. Die Frau war Signora Mylla genannt. Er erkundigte sich bei dem Wirt nach verschiedenem, trank einen Schnaps, bestellte Futter für seine Tiere und kehrte nachher in die Scheune zurück.

„Wo bist du?" fragte er am Eingang.

„Hier unten in der Ecke beim Heu", sagte die Frau. „Hast du etwas erfahren?"

„Ja. Es steht gut. Er wohnt hier."

„Gott sei Dank.“

„Dieser Konrad Klaus wird hier der Silberbauer genannt. Er ist sehr reich. Auf fast allen Häusern hat er Geld stehn. Die beiden Mühlen, die ihm gehören, hat er verpachtet. Kinder besitzt er zwei, einen Sohn und eine Tochter. Ich werde ihn übrigens bald sehn. Er ist Ortsschulze, und ich muß mich also bei ihm melden.“

„Wann tust du das?“

„Ich möchte am liebsten gleich gehn.“

„Ja, geh gleich! Ich muß wissen, woran ich bin.“

„Soll ich noch schweigen?“

„Das mußt du selber sehn, wenn du bei ihm bist. Du bist schlau genug und wirst keinen Fehler machen.“

„Nein. Du willst dich an ihm rächen, und ich helfe dir. Aber nachher —“

Sie standen nebeneinander.

„Was nachher?“ fragte sie.

„Nachher will ich auch meinen Lohn haben.“

„Du wirst ihn erhalten.“

„Und vorher eine Abschlagszahlung.“

Er legte seinen Arm um sie. Die Frau aber schob ihn von sich.

„Abschlag gibt es nicht. Wenn ich mich gerächt habe, bin ich dein, eher nicht.“

„So geh ich gleich jetzt.“

Er hatte sich beim Wirt nach der Wohnung des Silberbauern erkundigt.

Sie war leicht zu finden. Als er dort ankam und höflich nach dem Herrn Vorsteher fragte, wurde er in die Gesindestube gewiesen und von da in das nächste Zimmer. Dort saß der Bauer mit seinem Sohn.

Der Künstler grüßte höflich.

„Was wollens?“ fragte der Silberklaus.

„Gestatten Sie mir, Ihnen meine Papiere vorzulegen.“

Während der Bauer sie las, ruhten die schwarzen Augen des Zigeuners mit stechendem Blick auf seinem

Gesicht. Klaus legte die Papiere vor sich hin und betrachtete den Künstler hochmütig.

„Die Papiere sind in Ordnung. Also ein Akrobat sinds? Was wollens da hier?"

„Ich habe die Absicht, mich vor einem hiesigen hochverehrten Publikum zu zeigen, und möchte Sie um Ihre freundliche Genehmigung ersuchen."

„Habens denn was Ordentliches gelernt?"

„Ich habe mich bereits vor höchsten Herrschaften und Fürstlichkeiten sehn lassen und stets den größten Beifall geerntet."

„Na, so schauns aber gar nicht aus."

Der Zigeuner zuckte die Achsel.

„Inwiefern?"

„Habens sich denn noch nicht selber angeschaut?"

„Ach so! Meinen Sie vielleicht, daß ich während der Reise und beim Fuhrwerk einen Sonntagsanzug anlegen soll? Bei der Vorführung zeig ich mich in anderer Kleidung."

„Hm! Und wie stehts mit dem Geld? Könnens die Erlaubnis bezahlen?"

„Ja."

„Sie haben sofort den Betrag in die hiesige Ortsarmenkasse zu entrichten."

„Ich bitte um die Erlaubnis, dies nach der Vorstellung tun zu dürfen. Grad heut habe ich mich so ausgegeben, daß ich um Stundung ersuchen muß."

„Das geht nicht. Wanns nicht zahlen können, so könnens auch keine Kunststücke machen."

„Aber ich bitte, zu bedenken, daß die hiesige Armenkasse gar nicht gefährdet ist."

„Ja, wanns nun bei der Vorstellung nix verdienen?"

„So sind Sie durch das Eigentum, das ich mit mir führe, gedeckt."

„Wenn das Eigentum so ausschaut wie Sie selber, so ist da wohl nix zu holen."

Der Zigeuner blitzte ihn zornig an, beherrschte sich aber.

„Einen Wert haben selbst die Lumpen, und leider kann nicht ein jeder ein Silberbauer sein."

„Ja, das wollt ich mir auch verbitten."

„Obgleich sich ein armer Teufel vielleicht ehrlicher plagt als einer, der nachher silberne Knöpfe trägt."

„Was?" fuhr der Bauer auf. „Wie meinens das?"

„Wirf ihn hinaus!" hetzte der Sohn.

„Vom Hinauswerfen kann keine Rede sein", meinte der Zigeuner. „Ich habe nur im allgemeinen gesprochen und keinen Namen genannt."

„Aber wann ichs nun auf mich beziehe?" rief der Silberklaus.

„So sind Sie selber schuld. Ein ehrlicher Mann bezieht niemals ein solches Wort auf sich. Wer sich getroffen fühlt, der hat einen Grund dazu."

„Wollens damit etwa sagen, daß ich einen Grund hab? Das will ich mir verbitten."

„Ich habe gar nichts gesagt, was Sie beleidigen könnte."

„Aber unverschämt ists, überhaupt hier mit solchen Redensarten zu kommen! Und da werd ich nun grad meine Erlaubnis nicht geben — verstanden! — Es wird also hier im Ort keine Vorstellung abgehalten!"

„Ich glaube nicht, daß Sie mir die Genehmigung verweigern können. Ich habe meinen Erlaubnisschein bezahlt, gebe meine Steuern und habe die Berechtigung, aufzutreten, wo es mir beliebt. Eine Verweigerung müßte da einen sehr triftigen Grund haben."

„Den hat sie."

„Welchen?"

„Das ist meine Sache."

„Wenn Sie ihn mir nicht nennen, werde ich mich bei der Behörde über Sie beschweren."

„Dagegen habe ich nix. Die Behörde wird mit solchem

Volk nicht viel Sums machen. Hier sind die Papiere! Machens nun, daß Sie hinauskommen!"

Der Zigeuner steckte die Ausweise ein.

„Sie werden es bereuen, daß Sie mir die Erlaubnis verweigern. Wenn Sie wüßten, was ich alles aufführe, würden Sie sich und den hiesigen Einwohnern einen so hohen Kunstgenuß nicht versagen."

„Von der Kunst mag ich nix wissen! Was wirds sein als ein paar armselige Kartenkunststücke?"

„Oh, es ist noch viel, viel mehr! So führe ich zum Beispiel eine höchst spannende Pantomime auf, die den Titel führt ‚Die beiden Müller'. Es ist das eine Leistung mit Feuerwerk und wahrhaft großartiger Schlußwirkung."

„Die beiden Müller? Machens sich nicht lächerlich! Was wollens von der Müllerei verstehn!"

„Ein Müller brauch ich nicht zu sein. Übrigens hat das Stück einen ausführlicheren Titel. Es heißt eigentlich: ‚Die beiden Müller', oder ‚Die Bojarenfrau', oder —"

„Bojarenfrau!" rief der Silberbauer aufhorchend. „Was wissens von Bojaren?"

„Ich stamme von der untern Donau. Der Titel lautet weiter: oder ‚Der Schloßbrand bei Slatina'."

Da wurde Klaus plötzlich leichenblaß. Er stützte sich mit den Händen auf denTisch.

„Slatina!" sagte er. „Sie kennen Slatina?"

„Sehr gut."

„Wann warens dort?"

„Als das Schloß brannte, das in der Nähe liegt. Sein Name tut nichts zur Sache."

„Das kenne ich nicht. Ich weiß nix davon."

„Das glaub ich. Wie sollte der Silberbauer von Hohenwald nach Slatina kommen! Aber grad darum sollten Sie sich mein Stück ansehn. Es behandelt ein Ereignis, das bis jetzt noch nicht aufgeklärt ist. Bei Slatina liegen zwei Mühlen, die zum Schloß gehören. Die beiden Müller waren Deutsche. Der Schloßherr war gestorben. Die Herrin war jung und schön. Sie kam oft mit ihrem Söhnchen herab an den Fluß, an dem die Mühlen lagen. Die beiden Müller verliebten sich in sie."

Der Silberbauer ließ sich in seinen Stuhl zurücksinken. Seine Augen ruhten groß auf dem Zigeuner.

„Nicht wahr, das ist rechte Kunst?" fragte dieser.

„Erzählens weiter!"

„Das kann ich nicht, weil das Ereignis geheim bleiben muß, bis mein Stück die Aufklärung bringt. Nur einige Andeutungen kann ich geben. Es kommt ein Zigeuner vor, der Barko heißt. Der holt des Nachts den Knaben aus dem Schloß."

Der Bauer riß sich zusammen.

„Weiter", sagte er.

„Dann überfallen die beiden Müller die Bojarin."

„Ein rechtes Räuberspiel!"

„In der Schloßkasse war eine bedeutende Summe in türkischen Goldstücken eingegangen. Dieses Geld verschwand. Die Müller teilten sich darein."

„Wer sagt das? Wer behauptet das?"

„Ich und jener Zigeuner Barko."

„Das ist wohl eine erfundne Geschichte?"

„Nein. Sie ist wirklich geschehn. Um den Diebstahl zu verdecken, wurde das Schloß abgebrannt. Die Bojarenfrau verunglückte dabei. Sie starb."

„Solch ein Unsinn!" lachte der Silberfritz roh.

„Weiter, weiter!" drängte der Alte.

„Die Müller übergaben die Mühlen andern Leuten und zogen bald darauf fort."

„Wohin?"

„Nach Deutschland."

„Das ist groß."

„Bayern ist kleiner. Ich bin ausgezogen, um sie zu finden und der Polizei zu übergeben."

„Donnerwetter! Das ist freilich eine sehr spannende Geschichte! Und die wollens spielen?"

„Ja."

„Und wie endet sie?"

„Natürlich wird der Knabe gefunden, und die beiden Müller enden am Galgen."

„Das ist ein böser Schluß."

„Aber ein verdienter, denn die beiden haben auch noch andres begangen. Der eine hat sich zum Beispiel der Doppelehe schuldig gemacht. Er hat zwei Weiber zugleich gehabt."

„Das alles hat sich wohl ein Romanschreiber ausgedacht? Nicht wahr?"

„O nein. Die Geschichte ist so wahr, daß ich sogar die Namen nennen kann."

Der Silberbauer fuhr sich mit der Hand über die Stirn, um sich den Angstschweiß abzuwischen. Er wandte sich an seinen Sohn.

„Vielleicht erlaub ichs doch, daß diese Geschichte aufgeführt wird! Was meinst? Ich muß nur erst wissen, ob die Sachen auch so viel Wert haben, daß ich das Geld noch stunden kann. Lauf mal zum Gasthof und schau, was es taugt!"

Der Sohn erhob sich nur widerwillig vom Stuhl und ging.

Der Bauer legte sich in den Stuhl zurück und betrachtete den Zigeuner.

Er wußte nicht, wie er beginnen solle. Der Künstler setzte sich und machte es sich bequem.

„So! Jetzt sind wir ohne Zeugen. Wir können miteinander sprechen, ohne befürchten zu müssen, verraten zu werden."

„Was wollens? — Was ich zu reden hab, das kann ein jeder hören!"

„So? Dann täusche ich mich. Ich glaubte, daß Sie der sind, den ich suche."

„Wer sollt ich sein?“

„Der eine der beiden Müller, die in meinem Stück vorkommen.“

„Unverschämter Bursche!“

„Hm! Den andern such ich noch. Wissen Sie vielleicht, wo er sich befindet?“

„Mensch, nimm dich in acht! Wie soll ich von deinem Gefasel etwas wissen? Deine Sachen gehn mich gar nix an!“

„Das ist sonderbar, denn die Namen stimmen genau. Der eine Müller hieß Konrad Klaus und der andre Gotthold Kellermann. Kennen Sie vielleicht den?“

„Nein.“

„Nun, so bin ich freilich im Irrtum und muß also weitersuchen. Jetzt aber handelt es sich darum, ob ich die Erlaubnis erhalten werde, meine Vorstellungen zu geben.“

Der Bauer stand auf und schritt einige Male im Zimmer auf und ab.

„Was für Stücke führens denn sonst vor?“

„Abgerichtete Hunde.“

„Hm“, brummte der Silberbauer böse, weil er nicht wußte, was er mit dem Zigeuner anfangen sollte, „hm, das schaut man gern an.“

„Zwei abgerichtete Ziegenböcke.“

„Das ist noch hübscher.“

„Auch hab ich einen Bären, der außerordentlich gelehrig ist.“

„Ein Bär? — Ja, warum sagens das nicht gleich?“

„Und dann besteig ich das hohe Seil.“

„Auch das noch! Solche Sachen schau ich selber gern. Da will ich schon meine Erlaubnis geben.“

„Danke! Und wie steht es mit dem Schauspiel?“

Er blickte dabei den Bauer erwartungsvoll an.

„Das dürfens halt nicht machen.“

„Warum nicht?“

„Ich muß vorher erst die höhere Behörde fragen."
„Warum sollte das nötig sein?"
„Weil ein Feuerwerk dabei vorkommt."
„So lassen wir es weg."
„Nein, denn dann wird das Stück nimmer so gut und schön sein. Wann das Feuerwerk dazugehört, muß es auch mitgegeben werden, oder das Stück wird lieber ausgelassen. Ich werd gleich morgen anfragen."
„Sie stunden mir also den Betrag, den ich an die Armenkasse zu zahlen habe?"
„Nein, stunden darf ich ihn nicht; das ist gegen meine Pflicht. Aber wanns das Geld nicht gleich haben, so werd ichs selber zahlen."
„Welch eine Güte von Ihnen! Vorhin habe ich Sie ganz anders beurteilt."
„Ja, man täuscht sich oft im Menschen. Wanns einige Tage hier bleiben, werdens vielleicht erfahren, daß ich ein umgänglicher Kerl bin. Aber sagens doch mal, obs vielleicht in den letzten Tagen mit jemand von dem Schauspiel gesprochen haben?"
„Nein."
„Mit gar keinem?"
„Mit keinem. Ich komm erst heut hier an und habe noch gar keine Gelegenheit gehabt, mich mit irgend jemandem zu unterhalten."
„Aber vielleicht vorher und woanders? Kennens vielleicht einen alten Handelsmann, der der Wurzelsepp geheißen ist?"
„Nein."
„So! Dann hab ich freilich falsch vermutet."
„Und Sie, Herr Silberbauer, kennen Sie nicht einen Mann, der Müller war oder auch noch ist und Gotthold Kellermann heißt?"
„Nein."
„So habe auch ich falsch vermutet."
„Gewiß. Also Sie dürfen Ihre Kunststücke machen,

und wegen dem Geld will ich Ihnen gleich die Quittung geben."

Er setzte sich hin und schrieb. Als der Zigeuner das Papier erhalten hatte, bedankte und entfernte er sich. Silberklaus lauschte, bis er die Tür des vorderen Zimmers gehört hatte. Dann konnte er sich nicht länger beherrschen. Er schlug mit der Faust auf den Tisch.

„Da sollen doch gleich alle Donnerwetter dreinschlagen! Erst kommt dieser verdammte Wurzelsepp und macht mir die Hölle heiß — und nun ist dieser Gaukler da, der die ganze Geschichte kennt! — Was tu ich nur? Erschlagen sollt ich alle beide! Vielleicht tu ichs auch; dann bin ich sicher. Und dieser Fex muß auch aus der Welt, sonst — ah, das Geld, was ich vom Talmüller hab, muß ich gleich noch heut abend verstecken. — Man kann nicht mehr wissen, was geschieht. Es darf auf keinen Fall bei mir gefunden werden, und nachher —"

Er hielt inne, denn sein Sohn kam zurück.

„Was?" rief Fritz. „Er ist ja fort!"

„Ja; er konnte nicht länger warten. Ich hab ihm erlaubt, seine Kunststücke zu machen."

„Und vorher hast ihn so angeschnauzt!"

„Er hat gar so gute Worte geben."

„Wann auch! Er hat so spitzfindige Worte gesagt, und seine Sachen sind auch nix wert. Ich hab mir alles angeschaut."

„Die paar Mark, die er zu zahlen hat, wirds schon noch eintragen."

„Na, daß d' auf einmal so redest — bist vielleicht krank? — Bist doch sonst nicht so!"

„Ich hab mal gute Laune gehabt."

„Das ist eine Seltenheit. Vielleicht hast Grund zu dieser guten Laune. Nicht?"

„Was meinst?"

„Kennst etwa die Geschichte genauer, die er vorhin

uns erzählt hat? Ich hab gesehn, daß d' ganz erschrocken bist."

„Ich? Erschrocken? Der Silberbauer kann vor nix erschrecken."

„Gut solls sein, wanns so ist — denn dieser Kerl sah mir grad so aus, als ob er noch viel hinterm Rücken hat. Dem ist nicht zu trauen. Im Gasthof wird Karten gespielt. Ich geh jetzt wieder hin. Kommst nach?"

„Ja, später. Jetzt hab ich noch zu tun."

Der Silberfritz ging.

Der Bauer trat in die nächste Stube, die sein eigentliches Amtszimmer war. Dort brannte eine Lampe. Auf einem Stuhl neben der Tür saß Martha. Als ihr Vater sie erblickte, erschrak er auf das heftigste.

„Was? Du bist hier?" rief er aus.

Sie antwortete nicht.

„Wie kommst hierherein? Ich hab denkt, du bist gar nicht daheim!"

Da sie auch jetzt nicht antwortete, betrachtete er sie genauer. Sie war leichenblaß und saß mit geschlossenen Augen. Er legte ihr die Hand auf die Schulter.

„Was hast? — Was ist mir dir?"

Sie schlug die Augen auf und holte tief Atem.

Jetzt stand sie auf, langsam und unsicher. Sie mußte sich dabei auf die Stuhllehne stützen.

„O mein Gott, mein Gott!" stöhnte sie.

„Na, was hast zu jammern?"

„Ich hab alles gehört, was der Fremde gesagt hat."

„So? — Hast gehorcht? Na, was ist da weiter!"

„Das fragst auch noch?"

„Nun freilich."

Sie richtete sich empor.

„Mach mal die Augen richtig auf! Ich will sehn, obst mich noch richtig anschaun kannst!"

Er versuchte es, aber der Blick war unsicher.

„Siehst, du kannsts nicht! Das ist das böse Gewissen."

„Was meinst? — Was sagst? — Ich weiß nicht, was du willst.“

„Du weißts gar wohl! Du bist der Mann, von dem der Seiltänzer erzählt hat!“

„Bist bei Trost?“

„Du bists, du und der Talmüller!“

„Schweig!“

„Warum hasts nicht gesagt, daß d' den Gotthold Kellermann kennst?“

„Was geht mich der Kellermann an?“

„Auch deinen Namen hat er gesagt. Und in Slatina sind wir ja gewesen, und der Talmüller auch! O Gott, o Gott! — Mein Vater ein Verbrecher! — Das halt ich nicht aus!“

Sie sank in den Stuhl zurück, bedeckte ihr Gesicht mit den Händen und weinte bitterlich.

Der Silberbauer verbarg seine Verlegenheit hinter einem geheuchelten Zorn.

„Was soll ich sein? — Ein Verbrecher? Soll ich dich etwa aufs Irrenhaus schaffen lassen?“

„Frevle nicht! Der Gedanke, daß du ein Verbrecher bist, kann mich allein schon verrückt machen! — O Gott, o Gott!“

„Jammer nicht, sonst sperr ich dich ein!“

Martha rang die Hände.

„Der Sohn ist gestohlen! Die Bojarenfrau ist gestorben! — Und die beiden Müller sind schuld daran!“

„Willst schweigen!“

Aber Martha richtete sich stolz vor ihm auf.

„Nein, ich werde nicht schweigen! Jetzt will ich dich in allem Ernst fragen: Bist unschuldig oder nicht?“

Seine Augen glühten sie an, suchten aber bald den Boden.

„Red nicht so blöd! — Ich weiß nix von dem Zeug!“

„Das ist eine Lüge!“ sagte sie scharf.

„Dirn! — Wag das nicht noch einmal!" brauste er auf.

„Ich seh dirs an, daß d' die Unwahrheit sagst! Ich aber will offen mit dir sein."

„Nun, da bin ich begierig, was du mir für eine Offenheit zu bringen hast!" lachte er grob.

„Sollsts gleich hören. Solche Sachen macht man stets so kurz wie möglich. Ich bin noch jung gewesen, als wir von der Donau hierherzogen sind. Ich hab nix gewußt und nix verstanden. Die Mutter war tot, und weil ich nur dich hatte, so bin ich innerlich so worden, wie du bist, nämlich hochmütig, geldprotzig, hart und schlecht!"

„Alle Teufel! — Das sagst mir?"

„Ja, dir, denn du bist schuld daran! Ich bin so blieben bis vor kurzer Zeit. Ich hab das Silber um mich gehängt, weil dus mich so gelehrt hast, und immer dacht, daß ich was Besondres bin. Da aber hat mir jemand die Augen geöffnet, und da ists Licht worden in mir drinnen. Freilich hab ich nur das eine gewußt, daß d' dem Finkenheiner seine Frau mitgenommen und nachher wieder fortgejagt hast — aber ich hab nachdenken müssen, und da ist mir viel eingefallen und aufgefallen. Die Ahnung ist mir aufgegangen, daß mein Vater ein schlechter Kerl ist, und daß der Bruder auch so einer wird!"

„Und das Dummzeug soll ich anhören? Na, red nur aus — nachher werd ich dir antworten, wie sichs gehört!"

„Ich hab nix dagegen. Es ist mir klar worden, wie schlecht und albern ich gewesen bin, und ich hab mir vorgenommen, anders zu sein. Heut nun bin ich in der Stube gewesen und hab ein jedes Wort vernommen, was draußen gesprochen worden ist. Jetzt weiß ich, woran ich bin. Ich hab meine Mutter nicht kannt und hab nun auch keinen Vater mehr. Ich will lieber keinen haben, als einen, der hinein ins Zuchthaus muß."

„Kreuzhimmeldonnerwetter! — Mach mich nicht warm, sonst sollst sehn, was geschieht!"

„Es kann geschehn, was da will — schlimmer ists doch nicht als das, was schon geschehn ist! Gott hat mir zur rechten Zeit die Augen öffnen lassen, und nun weiß ich, was ich zu tun hab. Den Vater kann ich nicht anzeigen, aber bei einem Verbrecher bleiben kann ich auch nicht — so werd ich fortgehn von hier!"

„Bist verruckt?"

„Nein."

„Du bleibst! Ich befehl es dir!"

„Ich bin dir keinen Gehorsam mehr schuldig. Ich geh — hab keine Angst, ich nehme nicht einen einzigen deiner Sündentaler mit — aber der liebe Herrgott wird mich nicht verderben lassen."

„Daß ich nicht lach! — Die Silbermartha will fort! Weißt, was Armut ist, Hunger, Kummer, Arbeit und Elend? Du bist nicht bei Sinnen. Du hältst den Vater für einen andern, als er ist, und willst drum fort. Morgen aber wirst schon anders denken und gern bleiben."

„Morgen? Ich werd im ganzen Leben nicht anders denken, als ich jetzt und heut denk, darauf kannst dich verlassen. Ich geh, und bevor ich geh, will ich dir den Rat geben, der der einzige ist: Mach gut, was du bös gemacht hast. Geh zum Gericht und erzähl da alles, was du auf dem Gewissen hast! Gib alles wieder her, was dir nicht gehört! Nachher bist die Schuld los, und ich kann wieder deine Tochter sein. Ich will gern zu dir ins Gefängnis kommen und dich trösten."

„Nun hör auf! Wannst noch so ein Wort sagst, schließ ich dich in deine Stube ein und laß dich ein ganzes Jahr lang nicht wieder heraus!"

„So weit solls nicht kommen. Ich schweig. Aber wie

bei mir der Herrgott anklopft hat, so daß ich anders worden bin, so wird er auch dir ins Herz hineingreifen. Wannst nicht selber Buße tust, so wird er dich mit seiner Gerechtigkeit fassen, ehe du es dacht hast — vielleicht schon morgen oder gar heut. Er läßt sich nimmer verspotten, und wer das Herz hat, eine Sünd zu tun, der soll auch den Mut haben, sie zu bekennen! Ich bitt dich von ganzem Herzen und aus dem tiefsten Grund meiner Seele heraus, daß d' jetzt —"

„Schweig!" brüllte er und ballte die Hände vor ihrem Gesicht. „Wannst noch ein einziges Wort sagst, schlag ich dich nieder, du Lumpendirn, du!"

„Gut, ich schweig! — Leb wohl, Vater! Der liebe Gott behüt dich vor der ewigen Verdammnis und der Hölle! Ich werd alle Tag und alle Stund zu ihm bitten, daß er dich erlöst aus dem Fallstrick, in dem du gefangen bist! — Leb wohl!"

„Fahr selber zur Höll!"

Er ergriff die Tür, die sie geöffnet hatte, und schleuderte sie hinter ihr ins Schloß, daß alles krachte. Er war vollständig überzeugt, daß dieses Abschiednehmen nichts zu bedeuten habe. Sie würde wohl bald wieder zur Vernunft kommen.

In ihrem Zimmer sank Martha weinend in die Knie. Lange lag sie da, ehe sie sich wieder erhob und einen Kasten der Kommode öffnete. Sie packte etwas Wäsche in eine kleine Tasche und ging gleich, wie sie war. Weder auf der Treppe noch im Hausflur begegnete ihr jemand.

Sie gelangte unbemerkt auf den Dorfweg und ging weiter, in der Richtung zur Stadt. Dabei kam sie beim Eschenbauer vorüber. Sie wußte, daß der Lehrer dort wohnte. Sie kannte auch die Fenster seiner Wohnung, sie waren erhellt.

„Er ist daheim", flüsterte sie. „Wann ich ihn nur noch einmal sehn könnt, nur seinen Schatten wenigstens!"

Sie stellte sich an den gegenüberliegenden Zaun und

blickte beharrlich hinauf. Es wollte sich kein Schatten sehen lassen. Das hatte seinen Grund, denn Max Walter war nicht daheim. Er war für einige Augenblicke hinüber zum Heiner gegangen, um dessen Sohn noch einige Kleinigkeiten zu bringen, die für das geplante Bild notwendig waren. Dann wollte er Abendbrot essen und sich nachher hinaus ans Wehr begeben, wie er mit dem Wurzelsepp verabredet hatte.

Sein Heimweg führte am Zaun hin. Im Gras waren seine Schritte kaum zu hören. Als er um die Ecke biegen wollte, blieb er überrascht stehen. Er sah eine weibliche Gestalt, die unbeweglich nach seinen Fenstern starrte.

Sie war so in ihr Leid versunken, daß sie für Äußeres gar keinen Sinn hatte. Darum hörte und sah sie ihn nicht. Er tat zwei rasche Schritte und stand vor ihr.

„Marth — Fräulein Klaus!"

„Herr Lehrer!"

„Entschuldigung, daß ich Sie störe. Jedenfalls warten Sie auf jemanden."

Sie war außerordentlich verlegen. Sie schämte sich, hier von ihm gesehen worden zu sein. Was mußte er von ihr denken? Seine letzten Worte gaben ihr eine Ausrede.

„Ja, ich warte auf den Knecht, der mit dem Wagen kommt. Ich will zur Stadt."

„Dann wünsche ich gute Reise. Gute Nacht, Fräulein!"

„Gute Nacht!" hauchte sie.

Es wollte ihr das Herz abdrücken. Sollte sie ihn rufen? Oh, wenn er wüßte, daß sie im Begriff stand, fortzugehen auf Nimmerwiederkehr! Vielleicht hätte er sich umgedreht, wäre zurückgekommen und hätte ihr ein freundliches Abschiedswort gesagt. Aber durfte sie das verlangen, sie, die Tochter eines Verbrechers?

Nein und wieder nein und tausendmal nein!

Jetzt war er am Haus. Da blieb er wie überlegend stehen und wandte sich um.

„Verzeihung, Fräulein, fährt Ihr Herr Vater mit?"
„Nein."
„Ist er daheim?"
„Ja. Als ich jetzt ging, war er in der Stube."
„Ich danke! Gute Nacht!"

Er verschwand hinter der Ecke des Hauses. Sie schluchzte laut auf, drängte aber mit aller Gewalt den Schmerz zurück und wankte weiter.

Droben wurde das Licht ausgelöscht. Als Max Walter nachher herabkam, war sie fort.

Er ging zu der verabredeten Stelle, wo ihm Sepp sagte, daß der Silberbauer noch zu Haus sei. Sie lagerten sich in der Nähe des Wehrs ins Gras, so daß sie jeden Nahenden, mochte er von der Mühle links oder von der Stadt rechts herkommen, deutlich sehen konnten.

Sie hatten gar nicht lange gewartet, da hörten sie von rechts her Schritte, langsam und vorsichtig.

„Das ist er", flüsterte der Sepp.
„Möglich. Still!"

Die Gestalt kam näher und blieb am Wehr stehen.

„Alle Teufel, ein Frauenzimmer!" flüsterte der Sepp.
„Ja. Ist sie Ihnen bekannt?"
„Nein."
„Aber jedenfalls eine Hiesige."

„Nein. So gekleidet geht hier keine. Sie hat das Tuch ganz über den Kopf gezogen. Vielleicht will sie das Gesicht nicht sehn lassen."

„Das ist verdächtig."

„Mir fallts auch auf. Da stehts und starrt ins Wehr, als obs etwas drinnen zu suchen hätt."

„Sie wird doch nicht —?"
„Was?"

„Bei Nacht so einsam hier am Wasser und so verhüllt! Ich will doch nicht hoffen —"

„— daß sie sich ersäufen will? Hm! Dieser Gedanke ist am End nicht falsch. Soll ich sie anreden?"

„Nein. Springt sie hinein, so hole ich sie heraus. Will sie nicht hinein, so brauchen wir sie unsere Anwesenheit nicht merken zu lassen."

Die Frau blieb noch eine Weile stehen, dann schritt sie auf dem Mühlendamm weiter. Dort konnte sie das erleuchtete Fenster sehen, hinter dem Ludwig die Handschrift Walters las. Es war dasselbe Fenster, in das vor Jahren der Silberbauer eingestiegen war, zur untreuen Frau des Finkenheiner. Sie setzte sich auf den Damm nieder, starrte lange ins Fenster, ließ dann den Kopf sinken und weinte leise.

Nach langer Zeit erhob sie den Kopf und wischte die Tränen aus den Augen.

„Heiner, Heiner", flüsterte sie, „wie habe ich mich an dir versündigt, und doch bist du es gewesen, den ich wirklich geliebt habe! Ich war jung und leichtsinnig —, der Klaus verstand es, mich zu betören. Du wurdest unglücklich und ich auch. Oh, ich bin noch viel, viel elender geworden als du — denn du bist rein, und ich trag meine Schande mit mir herum."

Sie weinte wieder. Dazwischen hörte man nur manchmal gemurmelte Worte.

„Meine Kinder! — O Gott, o Gott! Ich muß sie wiedersehn, sonst sterbe ich vor Sehnsucht! — Sie sehn und ihnen nicht sagen zu dürfen, daß ich die Mutter bin! Mein Herr und mein Gott, du strafst hart, aber gerecht!"

Die Jammernde war die Frau, die mit dem Seiltänzer im Dorf angekommen war — Signora Mylla. Nach seiner Rückkehr vom Hof des Silberbauern hatte er sie in der Scheune aufgesucht, um ihr den Erfolg seiner Unterredung mitzuteilen. Dann war er in die Gaststube gegangen, um sich den anwesenden Bauern für seine Vorstellungen zu empfehlen. Sie hatte heimlich die Scheune und den Hof verlassen und war zur Mühle gelaufen.

Kaum hatte sie sich vom Wehr entfernt, hörte man trotz dem eintönigen Rauschen des Wassers wieder nahende Schritte. Ein Mann kam, lang und stark; er trug eine Last.

„Er ists!“ flüsterte der Sepp.

„Ja. Passen Sie auf!“

Der Bauer setzte den Kasten neben dem Strauch ab, schob die Zweige zur Seite und den Kasten hinein, zwischen die Mauer des Wehrs und den Bogen des Wassers. Dann brannte er die Laterne an und kroch nach.

„Was tun wir?“ fragte der Sepp. „Gehn wir ihm nach?“

„O nein. Er braucht noch nicht zu erfahren, daß wir hinter sein Geheimnis gekommen sind. Wenn wir abwarten, können wir noch mehr erfahren.“

„Pah! Ich brauch nix mehr zu wissen. Was ich weiß, das ist vollauf genug. Später, wenn wir das Gericht hierher führen, leugnet er es gar, daß das Versteck ihm gehört. Nein, er muß hier ergriffen werden!“

„Es wird einen Kampf geben.“

„Wir zwei brauchen uns nicht zu fürchten. Es ist auch gar nicht notwendig, daß wir ihn festhalten. Nur mit ihm reden müssen wir, damit ers nicht leugnen kann, daß ers gewesen ist.“

„Still! Jetzt kommt er wieder!“

Man sah das Licht, das durch den Wasserbogen leuchtete. Es kam jetzt dem Rand näher und wurde dann gelöscht. Dieses Mal nahm der Bauer also die Laterne nicht mit nach Haus, sondern ließ sie drinnen im Versteck.

Die beiden Lauscher sahen den Busch sich bewegen, der Silberbauer kam hervorgekrochen. Er richtete sich auf, blieb einen Augenblick lang stehen und wollte sich entfernen.

„Tausend Teufel!“ rief er erschrocken.

Vor ihm stand der Lehrer.

„Guten Abend, Herr Silberbauer!“

Klaus hatte so viel Geistesgegenwart, einzusehen, daß er sich verleugnen müsse.

„Silberbauer?“ sagte er. „Da kannst dich wohl geirrt haben. Geh zum Teufel!“

Er stieß den Lehrer beiseite und wollte davon. Da aber fuhr Sepp vom Boden auf.

„Willkommen, Silberbauer! — Gehst spazieren hier am Wehr? Ja, schön ists da!“

Der Bauer antwortete nicht.

Die Gesichter der beiden konnte er nicht sehen, aber den Lehrer hatte er am Hochdeutsch erkannt. Sich zu fragen, wer der andre sei, hatte er keine Zeit. Er sagte sich, da er die Gesichter der beiden nicht erkannt hatte, so würden sie das seinige also auch nicht deutlich genug gesehen haben. Er nahm ferner an, daß sie erst jetzt gekommen waren und also auch nicht beobachtet hatten, daß hier sein Versteck lag. Also nur fort, und zwar schnell, ehe es ihnen möglich war, sich zu überzeugen, daß er wirklich der Silberbauer sei. Darum sagte er auf Sepps Anrede kein einziges Wort, sondern ergriff schleunigst die Flucht, und zwar nicht zur Dorfseite, wo die beiden ihm im Weg standen, sondern zur Mühle hin.

Mit großen Sprüngen eilte er auf dem Mühlendamm weiter, die beiden hinter ihm her. Er wollte an der Mühle vorbei und dann im Wald verschwinden.

Die einsame Frau hörte seine Schritte. Sie blickte sich um und sah einen Menschen in höchster Eile auf sich zukommen. Sie erhob sich. Beim Trocknen der Tränen hatte sie das Tuch aus dem Gesicht zurückgeschoben. Sie stand jetzt grad so, daß der Lichtschein aus der Stube, in der Herr Ludwig lesend saß, voll in ihr Gesicht fiel.

Der Bauer hatte sie nicht sitzen sehen. Er wäre jedenfalls in seiner Eile über sie hinweggestürzt. Da fuhr sie vor ihm empor. Er prallte zurück. Einen kurzen Augenblick standen sie einander gegenüber. Der Lichtschein traf auch sein Gesicht.

„Klaus!" rief sie. „Kennst du mich?"

„Anna! Die Anna!" rief er mit gellender Stimme und taumelte zurück.

In seinem Schreck fuhr er zur Seite, bis an den scharfen Rand des Dammes, da, wo dieser fast senkrecht zum klappernden Mühlenrad abfiel, und verlor das Gleichgewicht.

„Teufel!" brüllte er auf.

Er griff mit den Armen in die Luft, um das Gleichgewicht wiederzugewinnen — vergebens, er stürzte hinab. Ein lauter, schriller Angstschrei, und er war verschwunden, in das Radlager hinein, in das er damals den Finkenheiner gestürzt hatte.

Das Wasser rauschte aus dem Graben auf die Holzleitung und von da auf das Rad. Dieses drehte sich, aber nicht mehr so rasch wie zuvor.

Die Frau rief laut um Hilfe, ebenso der Wurzelsepp. Ludwig riß das Fenster auf und blickte hinaus.

Max Walter verlor keinen Augenblick die Geistesgegenwart. Er rannte am Damm hin, der Mühle zu, zur offenen Haustür hinein und riß die Stubentür auf. Da saß der Müller mit dem Heiner, der Lisbeth und der Barbara am Tisch.

„Schnell, die Mühle stoppen!" rief er ihnen zu. „Es ist einer im Rad!"

Der Müller lief blitzschnell, ohne ein Wort, zur Stubentür hinaus und drüben zur Mühlentür hinein — im nächsten Augenblick war es beim Räderwerk totenstill, die Mühle stand.

„Wer ist hinein?" fragte der Heiner.

„Der Silberbauer."

„O Gott! — Der? — Rasch, rasch! — Leitern her!"

Der Verunglückte war sein Todfeind, und doch war er sofort zur Hilfe bereit. Er ergriff den Lehrer am Arm und riß ihn mit sich fort, hinter die Mühle, wo, wie er wußte, die Leitern lagen.

„Bringt Lichter und Laternen!“ rief Max Walter den beiden Frauen zu.

Jetzt kam der Müller aus der Mühle und zu gleicher Zeit Ludwig von oben.

„Leitern, Leitern!“ befahl auch er.

„Der Heiner und der Lehrer sind schon danach“, antwortete die Barbara.

„Schnell Licht!“

Laternen wurden gebracht, und dann eilten sie zum Radlager, das heißt zum Mauerwerk, zwischen dem sich das große Triebrad bewegt.

Man leuchtete in die Tiefe. Das Licht konnte nicht bis hinabdringen.

Zwei Leitern wurden hinuntergelassen.

Der Heiner wollte als erster hinab.

„Halt!“ sagte Max Walter. „Sie haben nur einen Arm, hier aber sind wenigstens vier Arme nötig! — Ich steige mit dem Müller hinab.“

Die beiden nahmen jeder eine Laterne und verschwanden in der Tiefe.

„Ist er zu sehen?“ fragte Ludwig.

„Ja“, antwortete der Müller. „Hier liegt er im Wasser.“

„Ertrunken?“

„Ich weiß nicht. Herr, mein Heiland! — Er blutet an der Schulter! — O Gott, ihm fehlt ein Arm!“

„Bringt ihn herauf!“

Sie brachten ihn, langsam und vorsichtig. Oben legten sie ihn nieder. Ja, es fehlte ihm der linke Arm. Ludwig bückte sich nieder und untersuchte ihn.

„Er lebt!“ sagte er. „Er ist zwischen Rad und Mauer gekommen, und das Rad hat ihm den Arm glatt herausgedreht!“

Einige Augenblicke lang standen die andern wortlos.

„Herr, dein Strafgericht ist gerecht!" murmelte Max Walter.

„Wieso?" fragte Ludwig.

„Dieser Mann hat vor Jahren hier unseren braven Heiner an demselben Ort hinabgestürzt. Das Rad hat dem Heiner den Arm zermalmt. Heut hat Gott selber die Vergeltung übernommen!"

Es graute allen. Dem alten Finkenheiner liefen die Tränen über die Wangen.

„Und wer sind Sie?" wandte sich Ludwig nach einer kleinen Pause wieder an Max.

„Ich bin der hiesige Lehrer."

„Ah, der sind Sie! Haben Sie heute ein Manuskript verloren?"

„Allerdings! Woher wissen Sie —"

„Ich habe es gefunden. Sie sollen es wiederhaben. Jetzt aber vor allen Dingen muß der Verunglückte heimgeschafft werden."

„Wird er es aushalten?" fragte Walter.

„Ich hoffe es. Eine Binde oder ein Strick oder ein Riemen — wir müssen die Blutung unterbinden! Dann muß sofort ein reitender Bote zum Arzt!"

„Das will ich schon ausrichten!" rief der Wurzelsepp und sprang davon.

Die andern hoben den Silberbauern auf und trugen ihn zur Vorderseite der Mühle. Im Nu hatte Max Walter mit Leinenzeug und Riemen einen Notverband angelegt, während der Müller ging, um eine Trage zu holen.

„Wie hat das nur geschehen können?" fragte Ludwig.

Der Lehrer wollte es erzählen, wenigstens so viel zur Erklärung nötig war, ohne das andere zu verraten:

„Ich ging mit dem Wurzelsepp am Wasser her und —"

Er hielt inne. Die zwei Laternen standen hart neben dem Verwundeten, zu dem sich Ludwig jetzt niederbeugte. Der Blick des Lehrers fiel auf die Züge des Königs.

„Nun?“ fragte dieser. „Und was nachher?“

„O bitte, darf ich fragen, wie — wie Sie hier in die Mühle kommen?“

„Der Herr hier?“ meinte die Barbara. „Das ist unser Herr Ludwig, der bei uns wohnt. Er will im Wald herumlaufen, um den Blomfax zu fangen.“

„Bombyx“, verbesserte Ludwig, der merkte, daß der Lehrer ihn erkannt hatte. „Ich bin eine Art Forstbeamter“, sagte er mit Betonung.

Max Walter verbeugte sich und fuhr dann in seiner Beschreibung fort.

Da brachte der Müller die Trage. Der Bauer, dessen Herz zwar schlug, der aber kein Lebenszeichen von sich gab, wurde daraufgelegt. Der Lehrer und der Müller griffen zu, um ihn ins Dorf zu tragen.

„Soll ich mit?“ fragte der Heiner.

„Nein“, antwortete der Müller. „Dich können wir nicht brauchen, und wir wollen dir auch gar nicht zumuten, mit zum Silberhof zu gehn. Bleib du also hier!“

Sie schritten mit dem Verunglückten fort, dem Dorf zu. Am Silberhof trat ihnen vor dem Tor der Wurzelsepp entgegen.

„Ist ein Bote fort?“ fragte der Lehrer.

„Ja. Und ich hab auch in den Gasthof zum Silberfritz geschickt, daß er heimkommen soll.“

Das Gesinde eilte herbei. Es war ein Augenblick unbeschreiblicher Aufregung. Keiner ließ merken, was er eigentlich dachte und fühlte. Der Bauer wurde in die Schlafstube gebracht und ins Bett gelegt.

Da kam sein Sohn.

„Ists wahr?“ rief er unter der Tür. „Der Alte ist tot?“

„Nein, er lebt“, antwortete der Lehrer.

„Na, die dumme Magd, die mich geholt hat, hat gesagt, daß er schon — diese dumme Gans! — Ja, der Vater hat ein zähes Leben!"

Das klang so roh und herzlos, daß es alle kalt überlief.

„Es läßt sich nicht sagen, ob er nur noch minutenlang lebt", sagte der Lehrer scharf. „Er ist ins Mühlenrad gekommen und hat einen Arm verloren."

Der Sohn beugte sich über das leichenfahle Gesicht des Vaters.

„Na, ein Arm! Dann ists nicht so schlimm. Der blutet ja nicht mal mehr. Nun kann er mit dem Finkenheiner Kameradschaft spielen. Wie aber ist das denn zugangen?"

„Das wird er Ihnen wohl später selbst sagen."

„Ja, Sie brauch ich auch nicht dazu, verstanden? Jetzt aber möcht ich doch wissen, warum man der Martha nix davon sagt! — Wo steckt sie?"

„Sie ist nicht zu finden", antwortete ein Knecht.

„Na, wo lauft sie wieder herum?"

„Kein Mensch weiß es."

„Wie? Sie wissen nicht, wo sie ist?" fragte Max Walter erstaunt. „Sie hat sich doch den Knecht mit dem Wagen bestellt, um zur Stadt zu fahren!"

„Wer hat denn diese Lüge erfunden?" fragte der Silberfritz spöttisch.

Der Lehrer überhörte geflissentlich diesen feindseligen Ton.

„Sie selber hat es mir gesagt. Ich traf sie unten am Dorf. Dort stand sie mit einer Tasche in der Hand. Sie sagte mir, daß sie zur Stadt wolle und auf den Knecht mit dem Wagen warte." —

„Himmeldonnerwetter! So ist sie fort! — So hat sies doch wahr gemacht."

„Was?"

„Sie hat sich mit dem Vater zankt und ihm gesagt, daß sie fortgehn werd in die Fremde! Der Vater hat drüber gelacht. Er hat nicht glauben wollen, daß sie wirklich so albern ist. Nun aber, wann sie eine Tasche gehabt hat, so hat sie den Vorsatz doch ausgeführt. Na, wenn sie der Teufel holt, so hab ich nix dagegen!"

Es gab dem Lehrer einen Stich durch das Herz. Sie hatte sich von ihrem Vater getrennt. Sie war fortgegangen, still und heimlich. Jetzt wußte er, warum sie vor seiner Wohnung gestanden hatte, und jetzt erst besann er sich, daß ihre Stimme so gepreßt geklungen hatte, als wenn sie nur mit Mühe das Weinen hätte unterdrücken können. Er nahm den Müller und den Wurzelsepp beim Arm.

„Kommen Sie!" sagte er. „Hier kann unsres Bleibens nicht sein. Wir haben unsre Schuldigkeit getan."

„Und was machen nun wir beide?" fragte der Sepp, als sie vorm Silberhof standen.

„Für heut lassen wir alles, wie es ist", antwortete der Lehrer.

„Warum? Wir müssen ja hineinschaun in — na, Sie wissens ja!"

Er sprach nicht aus, weil der Müller dabei stand.

„Das läuft uns nicht davon."

„Aber der Silberbauer —!"

„Auch der ist uns sicher! Ich habe einen außerordentlich notwendigen Weg zu machen. Kommen Sie morgen früh zu mir, da werden wir besprechen, was zu tun ist. Jetzt aber hab ich keine Zeit, ich darf keinen Augenblick verlieren."

Ohne ein weiteres Wort abzuwarten, eilte er davon, das Dorf hinab und auf der Straße weiter, der Stadt zu.

Als er allein durch die Nacht schritt und die Aufregung hinter ihm geblieben war, konnte er sich mit sich selber beschäftigen. Es kam jetzt schwer über ihn, daß er einen großen Fehler begangen hatte, einen Fehler, den er schnellstens wieder gutmachen mußte.

„Sie hat doch einen guten Kern! Sie liebt mich! — Sie

hat mit ihrem Vater, mit der Heimat, mit allem gebrochen, weil sie auf mich gehört hat! — Ich muß ihr nach! Ich muß mit ihr sprechen! Ich muß ihr sagen, daß — daß — daß — ja, daß ich sie liebe! Herrgott, gib nur, daß ich sie noch finde!" —

*

Der Müller hatte zum Finkenheiner gesagt, er solle in der Mühle zurückbleiben.

Während Herr Ludwig nunmehr mit der Barbara und Lisbeth im Innern der Mühle verschwand, blieb der Alte im Freien. Es war ihm zumute, als ob heut das Jüngste Gericht käme. Er dachte an jenen Tag zurück, an dem er selber da unten im Rad verunglückt war. Noch schrecklicher aber war jene Nacht gewesen, in der er den Silberbauern bei seiner Frau getroffen hatte und dann — ah, jene fürchterliche Szene drüben auf der Waldblöße!

Es hatte ihn seit jener Zeit täglich zu ihr hingezogen, und es zog ihn auch jetzt hinüber, jetzt, wo der Nebenbuhler, der Mörder seines Glückes einen Teil der verdienten Strafe gefunden hatte. Er dachte nicht an Lisbeth, die auf ihn wartete.

Heute war Gottes Gerichtstag.

Hier an der Mühle war ein Urteil gefällt worden. Drüben auf der Blöße war ein zweites zu fällen. Nicht aus Vorsatz schritt er langsam durch die Nacht dem Wald entgegen. Er handelte unwillkürlich, unter dem Einfluß eines inneren Antriebs, über den er sich selber keine Rechenschaft ablegte.

Es war kein Mondschein. Nur die Sterne flimmerten am Himmel; doch ihr Licht reichte nicht hin, die von Bäumen freie Waldstelle zu erleuchten. Man konnte nur wenige Ellen sehen. Er kannte jeden Schrittbreit der Blöße, sein Fuß traf trotz der Dunkelheit an keinen Baumstumpf oder Stein. Er ging langsam und in Gedanken zu der Stelle, an der er seit Jahren täglich zu sitzen pflegte.

Da erhob sich eine dunkle Gestalt vor ihm. Er hatte kein ängstliches Herz; aber er erschrak doch, als unerwartet ein fremdes, menschliches Wesen wie aus der Erde emporstieg.

„Wer ist da?" fragte er.

Er erhielt keine Antwort, denn die Person schien über sein Erscheinen noch weit mehr erschrocken zu sein, als er über das ihrige.

„Nun, kannst nicht reden?" fragte er wieder.

„Ich bins."

„Ich? — Wer?"

Er trat näher und sah nun, daß es sich um ein Weib handelte.

„Ach so! — Eine Frau bist! Was hast da in der Dunkelheit hier im Wald zu tun?"

„Ich geh spazieren."

„Spazieren? — Sapperlot! Das ist mir auch noch nicht geschehn, daß ich eine Frau troffen hab, die bei Nacht im finstern Wald spazierenläuft! Hör, das glaub ich dir nicht. Da steckt was andres dahinter! — Jetzt sagst aufrichtig, wast hier willst!"

„Nix. Ich bin eine Fremde."

„Und da gehst hier im unbekannten Forst spazieren? Hör, das machst mir nicht weis! Da hast irgendwelche Absicht. Es gibt Forstspitzbuben und auch Grenzschmuggler, die verbotne Sachen hinüber und herüber tragen. Die Grenz von Österreich ist ja hier in der Nähe. Gehörst etwa zu ihnen?"

„Nein, so etwas zu treiben fallt mir nicht ein."

„Nun, so kann ich erst recht nicht begreifen, was du hier willst."

„So will ichs sagen. Ich gehör zur Gesellschaft des Signor Bandolini. Wir sind erst in der Dämmerung hier angekommen. Der Signor ist ein Seiltänzer und will hier Vorstellung geben."

„Ach so! Und da gehst gleich in den Wald spazieren? Wo seid ihr denn her?"

„Von weit aus dem Süden."

„Und da redest unsre Sprache so hübsch? — Nein, ich werd dich doch mal anschauen. Ich bin der Heinrich Weise, den sie hier nur den Finkenheiner nennen."

Es war, wie gesagt, hier zwischen den hohen Waldbäumen noch dunkler als draußen im Freien. Darum hatte sie sein Gesicht nicht sehen und auch nicht erkennen können, daß er nur einen Arm besaß. Dazu hatte sich offenbar im Lauf der Jahre auch seine Stimme verändert. Sie wich wie erschrocken noch weiter von ihm zurück.

„Herrgott, der Finkenheiner!"

„Kennst etwa meinen Namen?"

Sie zögerte mit der Antwort und schien in Ungewißheit zu sein, ob sie ja oder nein sagen solle.

„Nun, warum antwortest nicht?"

„Weil — weil — ja, ich hab deinen Namen bereits schon mal gehört."

„Hier? Warst schon hier?"

„Nein, zum letztenmal hab ich ihn an einem Ort vernommen, der sehr weit von hier liegt."

„Wo?"

„Da unten in der Walachei."

„In — der — Walachei!" stieß er hervor. „Bist dort gewesen?"

„Ja, lange Zeit."

„So kannst meinen Namen dort nur von dem Silberbauern gehört haben — oder nein, denn der ist ja schon eine lange Zeit hier. Sag also, wer dort von mir gesprochen hat!"

„Das ist — eine Frau gewesen."

„Eine Frau? Herrgott! — Sag, ists vielleicht gar — meine Frau gewesen?“

Sie antwortete nicht gleich.

„Ja“, erklang es nach einer Weile und in gepreßtem Ton.

Beide schwiegen. Sie sah trotz der Dunkelheit, daß er sich mit seiner Hand übers Gesicht fuhr.

„Von ihr, von ihr!“ erklang es dann leise. „Mein lieber Gott! So hat sie von mir gesprochen?“

„Ja.“

„Und sie ist noch nicht tot? — Sie lebt wohl noch?“

„Ja, sie lebt noch.“

Er setzte sich langsam auf einen Baumstumpf nieder, der neben ihm aus dem Boden hervorsah.

„Ich hab gar nicht denkt, daß ich so schwach sein kann“, sagte er, und sein Ton klang unsäglich müde.

Sie schwieg, und erst nach einer minutenlangen Pause begann er wieder.

„Ich hab sie vergessen wollen — aber seit sie fort ist, verging nicht ein Tag, an dem ich nicht an sie hab denken müssen. Und ich hab auch nit von ihr reden wollen, und nun, da ich eine treff, die sie kennt, so red ich dennoch von ihr! — Was ist das Herz doch für ein armseliges Ding.“

Da klang leise und verzagt aus ihrem Mund die Frage:

„So hast sie also nicht vergessen?“

„Vergessen? — O Gott, wann ich sie hätt vergessen können, so wärs wohl besser für mich gewesen! Hat sie dir vielleicht erzählt, was zwischen uns geschehn ist?“

„Ja.“

„So mußt eine sehr gute Freundin von ihr sein.“

„Wir haben, so lang wir uns kennen, kein Geheimnis voreinander gehabt.“

„So kannst mir auch sagen, wo sie jetzt ist?“

„Ja. Sie ist noch dort unten in derselben Gegend.“

„Sie sehnt sich wohl nimmer heim?"

„Oh, sehr; aber sie darf nicht heimkommen."

„Ja, sie darf nicht. Sie selber hat die Tür verschlossen, die nach der Heimat zurückführt. Die Schand ist der Riegel, den sie nimmer wieder wegschieben kann."

„Und dir dürft sie ja auch niemals wieder unter die Augen treten?"

„Mir? — Ach mir!"

Er sagte das in einem Ton, in dem aller Schmerz zitterte.

„Denn du mußt sie ja hassen!" fuhr sie fort.

„Hassen? — O nein. Wie könnt man eine hassen, die man einmal von ganzem Herzen lieb gehabt hat!"

„Aber verachten."

„Verachten? Ach, wie dürften wir kleinen Menschen einen andern verachten? Das ist gegen die Lieb, die uns der Herrgott zur Pflicht gemacht hat. Hassen kann ich einen, aber verachten niemals. Selbst der schlechteste Kerl, selbst der schlimmste Verbrecher ist ein Geschöpf Gottes und hat noch ein Stückl Boden und Erdreich im Herzen, auf dem was Guts noch wachsen kann, wann das richtige Körnl darauf gesät wird. Nein, hassen oder verachten kann ich die Anna nimmer. Aber Mitleid kann ich mit ihr haben, Mitleid und Erbarmen."

Sie ließ den Kopf sinken und sagte nichts.

„Schau", fuhr er fort, „sie ist jung gewesen und unerfahren. Sie hat eine schnelle und hitzige Natur gehabt. Ich war ein stiller und bedachtsamer Kerl, und da hab ich halt nit recht zu ihr paßt. Das hab ich freilich erst später eingesehn. Da ist der Silberbauer kommen; der ist ein andrer Kerl gewesen, und da ist sie von seiner glatten Weis verführt worden."

„Sie hätt sich nicht sollen umgarnen lassen."

„Ja, aber ich bin auch mit schuld daran."

„Wieso?"

„Schau, wann man einen Schatz hat, so wacht man

darüber und laßt nicht einen jeden dazukommen. So ists auch, wann man eine schöne Frau hat, die so jung ist, daß sie noch keinen festen Charakter haben kann. Über die muß eben der Mann wachen, daß nicht hinter seinem Rücken ein Dieb kommt, der sie ihm wegschnappt. So eine Frau will wohl gleich gar nix Böses; aber der Verführer ist schlau und hat sie halt gefangen, noch bevor sies überhaupt merkt. Ich hätt den Silberbauern nicht an sie heranlassen sollen. Ich aber hab nicht aufpaßt, bin zu sehr voller Vertrauen gewesen, und darum bin ich auch mit schuld an dem, was mir damals geschehn ist."

„Nein, nein, sie allein war schuld. Das weiß sie ganz genau."

„Hat sie es denn gesagt?"

„Ja."

„So hat sie bereut, was sie getan hat?"

„Oh, bitter, bitter bereut."

„Das freut mich um ihretwillen. Ich trag ihr keine Rache nach und wills ihr gönnen, wanns ihr gut geht."

„Ja, du bist so gut. Das hat sie auch immer gesagt. Der Silberbauer aber ist ein Schurk gewesen durch und durch. Er hat sie nur belogen und betrogen."

„Das hab ich mir freilich denken können. Sie wird als seine Frau kein großes Glück erlebt haben."

„Glück? — Wo denkst hin. Und seine Frau ist sie gar niemals gewesen."

„Nicht?" fragte er erstaunt.

„Nein."

„So hat er sie freilich schlimm betrogen. Ich hab damals — hat sie dir nicht gesagt, was an jenem Abend hier, grad an dieser Stelle geschehn ist?"

„Ja, das hat sie mir gesagt."

„Das war schrecklich! Ich hab nur geahnt, daß der Klaus zu meiner Frau ging; aber im Dorf habens alle gewußt und auch in der ganzen Umgegend. Einer hat mich einmal aufmerksam macht, und da bin ich in ihre Stube gangen. Sie hat ihn bei sich gehabt. Er hat mir einen Schlag auf den Kopf geben, daß ich gleich zusammenbrochen bin, und ist dann zur Türe hinaus, sie mit ihm. Ich hab mich doch aufgerafft und bin hinter ihnen her bis auf die Waldblöße hier. Da hab ich sie erwischt; er aber ist weitergelaufen. Mir ists so schlimm im Kopf gewesen von dem Schmerz, daß meine Frau mir untreu ist, und von dem Schlag, den er mir geben hat. Ich hab nur gewankt und gezittert und kaum reden können. Sie hat kein Erbarmen gehabt und zornig auf mich einsprochen. Sie hat verlangt, daß ich sie aufgeben sollt, weil sie den Klaus hat heiraten wollen. Es ist ein Auftritt gewesen, daß mir das Blut im Herzen still gestanden ist. Ich hab ihr auch versprochen, sie freizugeben, und bin mit ihr nach Haus. Da hab ich ihr die Unterschrift geben und hab mich nachher ins Bett gelegt. Als ich wieder zu mir kommen bin, hab ich gehört, daß ich sehr lange krank war, und im Kopf ists noch immer nicht richtig gewesen. Die Frau war fort, und die Kinder hat die Mutter vom jetzigen Müller zu sich genommen gehabt. Später bin ich aufs Amt verlangt worden, denn sie hat die Unterschrift eingeschickt, und die hab ich vor Gericht anerkennen müssen. Ich habs tan und ihr alles Glück gewünscht. Nun aber hör ich, daß er sie doch nicht geheiratet hat. Was hast denn?"

Während er erzählte, hatte sie das Gesicht in die Hände genommen. Es klang, als ob sie weine. Sie antwortete nicht.

„Was tust denn?" wiederholte er. „Ich glaub gar, du fangst an zu weinen."

„Ja, da muß man weinen", antwortete sie. „Oder ists etwa nicht traurig?"

„Freilich ists traurig, und wannst ihre Freundin bist, so mags wohl auch dich angreifen."

„Ich wein nicht über sie, sondern über dich, weil du das schwerste hast ausstehn müssen. Was sie erlebt hat, das hat sie verdient. Sie hat kein Herz gehabt, für dich nicht und auch für die Kinder nicht. Als nachher der Bericht kommen ist vom Gericht, daß sie geschieden war von dir und hat wieder heiraten können, so hat der Klaus zu ihr gesagt, daß er sie nicht heiraten kann, weil er katholisch war und sie evangelisch."

„Der Lump!"

„Aber später hat sie den eigentlichen Grund erfahren. Er ist nämlich gar nicht ledig gewesen."

„Wie? — Er war verheiratet?"

„Ja. Er ist doch, bevor er deine Frau kennengelernt hat, bereits mal da unten an der Donau gewesen. Dort hat er seine Frau zurückgelassen mit zwei Kindern. Mit der deinigen ist er nur bis nach Ungarn hinein; dann hat er sie sitzen lassen. Sie ist ihm nach, ohne Geld, als Bettlerin. Sie hat ihn lange, lange vergeblich gesucht, und nachher, als sie ihn fand, war er verheiratet."

„Du guter Himmel! Was mag die Anna da gefühlt haben! Das muß eine Strafe gewesen sein!"

„Hart, sehr hart. Sie verlor fast den Verstand darüber. Er hat ja auch ihr Geld gehabt, um das sie dich vorher betrogen hat."

„Ja, ich hab aus dem Haus müssen, und weil ich so krank war, ist es mir und den Kindern traurig ergangen. Aber was hat die Anna nachher angefangen?"

„Sie hat sich einen Dienst gesucht."

„Und auch einen gefunden?"

„Ja, bei einer Bojarenfrau auf einem Schloß, das nicht weit von der Stadt Slatina gestanden hat."

„Was ist das, ein Bojar?"

„Ein Edelmann."

„O Jegerl! So hat sies wohl gut gehabt?"

„Nur kurze Zeit, denn das Schloß ist wegbrannt, und nachher starb die Frau. Nicht weit vom Schloß sind zwei Mühlen gewesen. In der einen hat der Klaus gewohnt mit seiner Familie. Er hat da Sachen gemacht, die ihn aufs Zuchthaus bringen müssen."

„Wie? Wirklich? Weißt du das?"

„Ich weiß alles, und die Anna weiß es auch."

„Und darf ichs vielleicht erfahren?"

Sie wartete eine Weile, ehe sie antwortete:

„Du? Warum willst dus wissen?"

„Weil er seine Strafe erhalten — Gott, daran hab ich ja gar nicht denkt! Die Strafe hat ihn ja schon troffen!"

„Heut abend, ja. Ich bin voll Entsetzen gewesen, als ichs gesehn hab."

„Ach, du warsts, die hinkam, als wir hinter der Mühle bei ihm standen?"

„Ich kam grad dazu, als ihr den Klaus aus dem Rad herauszogen habt. Und — das will ich dir sagen, daß ich nicht kommen bin, um Kunststücke zu machen, denn ich kann keins, sondern ich nehme nur das Geld ein, und ich hab den Signor Bandolini so weit bracht, daß er hierhergangen ist, weil ich hab den Klaus aufsuchen wollen."

„Warum?"

„Um ihm seine Straf geben zu lassen."

„Das wird jetzt nicht mehr nötig sein. Ich habs ausgehalten, als mir der Arm zermalmt worden ist; ein andrer halts nicht so gut aus. Und ihm ist er nicht zermalmt, sondern gleich aus dem Leib gerissen worden. Das ist noch schlimmer."

„Meinst? Nun, das kann nix ändern an dem, was ich tun will. Ich muß entdecken, was damals in Slatina geschehn ist, damit noch ein andrer auch seine Straf erhält."

„Wer?"

„Der zweite Müller, der mit dort gewohnt hat. Der ist auch mit dem Klaus nach Deutschland zogen. Ich hab ihn nur nicht finden können, und der Klaus will ihn nicht verraten."

„Das weißt schon jetzt?"

„Ja, denn der Signor ist beim Klaus gewesen, und der hat gesagt, daß er den Kellermüller gar nicht kennt."

„Kellermüller? Heißt er etwa Kellermann?"

„Ja."

„Wanns das ist, so kann ich dir wohl sagen, wo er zu finden ist! Der ist jetzt Talmüller in Scheibenbad, was gar nicht weit von hier gelegen ist."

„Wirklich? Wann ers wär, sollt michs freun. Aber vielleicht ists ein andrer."

„Das glaub ich nicht. Ich weiß genau, daß der Talmüller da unten gewesen ist, wo die Türkei liegt, und der Silberbauer ist sein guter Freund!"

„So ist ers, so ist ers! — Gott sei Dank, daß ich das erfahr! Nun kann ich vielleicht auch herausfinden, wo der kleine Curty hinkommen ist."

„Wer ist das?"

„Das ist das Söhnchen von der Bojarenfrau, das plötzlich verschwunden ist. Ich hab immer denkt, daß es geraubt worden ist."

„Geraubt? — Ein Kind? Wer sollt so etwas Böses tun?"

„Die beiden Müller! Ich weiß noch viel mehr, als ich jetzt sagen kann. Wehe dem Silberbauern, wenn er an dem heutigen Unglück nicht sterben sollt!"

„Er hat alles verdient, was ihm Böses geschehn kann. Aber er ist schlau, und es wird schwer halten, ihm was zu beweisen. Wannst keine Zeugen hast, so — ah, da fallt mir ein, du hast doch gesagt, daß meine Frau auch alles weiß?"

„Ja. Von der hab ichs doch erst erfahren."

„So müßt sie es sein, die ihn anzeigen tät."

„Das kann sie nicht."

„Warum nicht?"

„Wann sie gegen ihn auftreten wollt, müßt sie doch wohl hierher kommen. Nicht?“

„Freilich.“

„Das kann sie nicht wagen.“

„Warum nicht?“

„Deinetwegen ganz allein.“

„Oh, da irrst dich. Ich hab ihr damals nicht einen einzigen Vorwurf gemacht. Ich hab ihr kein böses Wort gesagt; ich bin nicht grimmig gewesen, sondern nur traurig und elend tief im Herzen drinnen.“

„Aber jetzt? Wie wärs jetzt, wann sie käm?“

„Da tät sie mich wohl nicht aufsuchen. Und wanns mich zufällig treffen tät, so wär ich ganz still. Ich sagt ihr kein böses Wort.“

„Wirklich?“

„Ja. Was geschehn ist, das ist vorüber, und das kann nun nimmer anders werden. Es würd mir wohl einen Stich durchs Herz geben, wann ich sie schauen müßt, aber daß ich ihr Feind bin, das soll sie nicht denken.“

„Ja, du bist — gut, gut, gut!“

Sie suchte nach seiner Hand. Als sie diese fand, zog sie sie zu sich hin und — drückte schnell ihren Mund darauf. Er entriß sie ihr.

„Was tust? Was fallt dir ein!“ rief er. „Der Finkenheiner ist nicht ein vornehmer Herr, dem man die Patscherln küssen muß!“

„Vornehm bist wohl — im Herzen — und vielleicht vornehmer als nur irgendeiner!“

„Oho! Da kennst mich schlecht!“

„Nein, ich kenn dich gut!“

„Woher?“

„Von der Anna, die immer viel, sehr viel von dir gesprochen hat! Oh, wannst nur wissen könntst, wie sie es bereut hat, was damals geschehn ist!“

„Ich wills glauben!“

„Und wie sie sich seit Jahren gesehnt hat nach der Heimat, nur um dich noch ein einziges Mal zu erblicken."

„Ists wahr?"

„Ja. Sie hat oft herbeiwollen, um sich zu verstecken, so daß kein Mensch sie sieht. Und da hats aufpassen wollen, bis sie dich heimlich sehn könnt."

Ihre Stimme klang ganz so, als ob sie sich große Mühe gebe, eine tiefe Bewegung zu verbergen, und es ging ihm zu Herzen.

„Und weißt", fuhr sie fort, „wonach sie dann auch noch die allergrößt Sehnsucht hat?"

„Nach der Mühle, wo sie gewohnt hat?"

„Auch wohl. Aber das ists nicht, was ich mein. Die Kinder, die Kinder sinds, nach denen ihr Herz aufgeschrien hat jahrelang!"

„So!" sagte er. „Hat sie nach den Kindern eine Sehnsucht gehabt?"

„Oh, eine große, große Sehnsucht!"

„Das kann mich freun. Das macht vieles wieder gut. Ich hab nicht glauben können, daß bei ihr das Mutterherz doch endlich mal die Stimm erheben wird."

„Oh, diese Stimme hat lange geschwiegen, aber später ist sie desto lauter worden. Die Anna hat vergehn wollen vor Sehnsucht nach dem Buben und dem Dirndl! Und je länger, desto größer ist die Sehnsucht worden."

Er hörte es, daß nicht ihr Mund allein, sondern auch ihr Herz sprach. Die Tränen traten ihm mit Gewalt in die Augen. Er weinte.

„Schau", sagte er, „bei dem allen hat michs am meisten ergriffen, daß sie hat von den Kindern können fortgehn. Wie, wie hat das mir weh tan! Doch auch das mag ihr vergeben sein. Du aber bist eine Gute. Du hast ein weiches Herz. Wann die Anna so eins gehabt hätt, so wär das nimmer geschehn. Jetzt aber, da sie sich nach den Kindern sehnt, wirds wohl besser worden sein in ihrem Gemüt."

„Viel, viel anders. Sie hat mir gute Worte geben. Ich soll nachschaun, ob sie mal herkommen darf — weißt, ganz heimlich, ohne daß jemand was merkt."

„Sie mag in Gottes Namen kommen. Ich werd ihr sagen, daß ich ihr vergeben hab."

„Mein Gott! Und nachher will sie sich von weitem stellen, so ganz von weitem und auch die Kinder mal schaun. Sie will nicht mit ihnen reden, denn das ist sie ja nimmer wert — aber mal anschaun möcht sie sie und nachher wieder still fortgehn. Dann hat sie doch das Bild von ihnen im Herzen und wirds festhalten bis an ihre letzte Stund."

Der Finkenheiner, der schon die ganze Zeit seiner Tränen nicht Herr werden konnte, schluchzte laut auf und brachte kein Wort heraus.

„Wirst ihr das erlauben?" fragte sie mit brechender Stimme. „Wirsts tun?"

„O Gott, o Gott! Ist das nicht zum Herzbrechen? — Oh, Anna, Anna, warum hast mir das tan? Wir hätten so glücklich sein können, so glücklich! — Freilich, freilich werd ichs ihr erlauben, die Kinder zu sehn. Sie ist ja die Mutter und hat das Recht dazu!"

„Dies Recht hat sie sich verscherzt!"

„Nein. Das Recht der Mutter kann niemals verscherzt werden. Sie soll nur kommen. Sie mag die Kinder sehn und mag auch mit ihnen reden."

„Welch ein Glück, welch ein Glück! Aber reden auch? Nein, reden darf sie nicht mit ihnen! Was sollt sie zu ihnen sagen?"

„Daß sie die Mutter ist."

„Das darf sie nicht sagen, das kann sie nicht sagen. Sie müßt ja vor Scham vergehn!"

„Nein, sie braucht sich vor den Kindern gar nicht zu schämen, gar nicht."

„So haben auch sie ihr vergeben?"

„Vergeben? Oh, die wissen ja gar nicht, daß sie der Mutter was zu vergeben haben!"

Sie hob den Kopf mit einem schnellen Ruck.

„Nicht? — Sie wissens nicht?"

„Nein, kein Wort. Ich hab ganz allein unglücklich sein wollen. Wann ich auch die Kinder hätt unglücklich machen wollen, so wär ich ja doppelt elend gewesen! Sie haben nie erfahren, daß ihre Mutter noch lebt, daß ihre Mutter fortgangen ist und sie verlassen hat. Sie haben immer dacht, daß die Mutter gestorben ist, daß sie im Himmel ist. Ich hab den Kindern nicht das Glück nehmen wollen, gern an ihre Mutter zu denken — und des Abends, wanns schlafen gehn, und des Morgens, wanns aufstehn, für sie zu beten."

Da stand sie auf. Sie faltete die Hände und stieß, vor Bewegung am ganzen Körper bebend, hervor:

„Wie? Das, das hättst tan?"

„Ja. Ich hab die Anna lieb gehabt, und die Kinder sollen sie auch lieb haben."

„Was — bist — doch — für ein Mann!" schluchzte sie laut auf. „Was sie an dir verbrochen hat, kann ihr nimmer vergeben werden!"

„Ich habs ihr verziehn, und der liebe Herrgott wird nicht weniger barmherzig sein als ich."

„Aber habens die Kinder nicht von fremden Leuten erfahren?"

„Nein, so lange ich krankgelegen hab, sinds bei der Müllerin gewesen und mit niemand zusammenkommen. Und sobald ich hab laufen können, bin ich von Haus zu Haus gangen und hab die Leut beten, den armen Kindern nix von der Mutter zu erzählen. Diese Bitte ist mir erfüllt worden, denn wanns einer verraten hätt, so hätten die Kinder mirs ja gesagt und mich gefragt. Nein, nein, die Anna braucht sich vor ihnen nicht zu schämen."

„Oh, wanns das wüßt, so täts vor Glück vergehn. Und sag nun auch noch, was die Kinder machen!"

„Die sind herangewachsen, ehe mans denkt hat. Vorhin, als d' beim Silberbauer gestanden bist, hast da das Dirndl gesehn, was die Laterne in der Hand gehabt hat?"

„Ja."

„Wie hats dir gefallen?"

„Das ist ein prächtigs Dirndl gewesen. Hats in die Mühle gehört?"

„Bereits ja, denn sie ist dem Müller seine Braut. Das ist meine Lisbeth."

Da stieß die Frau einen lauten Freudenruf aus.

„Die Lisbeth ists gewesen? — O Gott, o Gott! Wie schön sie ist. Der Herrgott mag sie glücklicher machen als ihre Mutter!"

„Die ist schon glücklich. Weißt, das Lisbetherl ist eine gar Saubere und Richtige und auch Brave! Die ist mein Glück und meine größte Freude."

„Die? Der Bub also nicht?"

„Oh, der auch. Dem hab ich noch nie ein böses Wörtl sagen dürfen. Aber er ist halt nicht gesund."

„Mein Gott! Was fehlt ihm denn?"

„Ja, wann ich das wissen tät! Weißt, als meine Frau damals fort ist, und ich krank war, hat er ohne Aufhören nach dem Vater und nach der Mutter geschrien. Er hat sich da so abgejammert und abgehärmt, daß er ganz elend worden und bis heut noch schwach blieben ist. Eine Arbeit kann er nicht machen. Ich hab den Doktor gefragt. Der schüttelt den Kopf, sagt einen fremden Namen für die Krankheit und meint, daß der Hans gesund werden kann, wann er in ein Land kommen könnt, wo ein wärmers Klima ist."

„Mein Himmel! Und das kann er nicht?"

„Nein, denn ich bin arm."

„Das glaub ich wohl. Und einen Arm hast auch nur, da wirst nimmer viel verdienen."

„Ich mach Holzlöffel. Wann ich da am Tag zwanzig Pfennige hab, so ists gar viel."

„Und davon mußt leben?"

„Davon und von dem, was die Lisbeth verdient. Die macht mit der Nadel saubre Sachen und arbeitet Tag und Nacht. Auskommen tun wir da freilich schon, aber bescheiden. Eine Suppe aus Kartoffelschalen, die kommt sehr oft auf den Tisch bei uns."

„Eine — Suppe — aus Kartoffelschalen!" wiederholte sie. „Die Kinder müssen eine Suppe aus Kartoffelschalen essen? Und das viele Geld, was ihnen gehören tät, das hab ich mitgenommen, das hab ich ihnen gestohlen, ihnen und dir! Das hab ich dem Silberbauern an den Hals geworfen! — Oh, ich Rabenmutter, ich Rabenmutter!"

Der Gedanke, daß ihre Kinder Hunger leiden müßten, war ihr so schrecklich, daß sie vergaß, sich auch noch weiter zu verleugnen. Der Finkenheiner fuhr von seinem Baumstumpf empor.

„Was?" schrie er auf. „Von wem redest du? Wer, wer ist eine Rabenmutter?"

Sie trat nahe zu ihm heran, nahm das Tuch vom Kopf und hielt ihr Gesicht vor das seinige.

„Schau mich an! Kennst dies Gesicht noch?"

Er erkannte ihre Züge trotz der Dunkelheit und trotz der Länge der Zeit, in der er seine Frau nicht gesehen hatte.

Er taumelte zurück.

„Anna!"

Das klang wie Entsetzen.

„Heiner!" antwortete sie.

Dabei sank sie vor ihm in die Knie und blieb in dieser Stellung vor ihm liegen.

Er rang mit sich. Er wollte sprechen und brachte doch keinen Laut über die Lippen.

„Heiner!“ flehte sie weinend. „Tritt mich mit Füßen! Spuck mich an! Schlag mich mit der Faust! Ich will dirs noch danken, denn ich habs verdient! — Aber sei nur nicht so still! — Das macht mir Angst! — Sag ein Wort, sag eins!“

Er ließ einige stammelnde Laute hören. Sie sah, daß er taumelte. Da sprang sie auf und legte den Arm um ihn, um ihn zu stützen.

„Heiner, setz dich nieder, sonst fallst mir um!“

„An—na, An—na!“ kam es röchelnd hervor. „Du — du — du selber bists?“

„Ja, ja, ich! — Aber bleib stark, bleib ruhig! Mach alles mit mir, alles — nur fall nicht um!“

„Mein Gott und mein Herr! Die — Anna — ist da, — die — Anna!“

Er brach, obwohl sie ihn hielt, langsam zusammen, nieder ins Moos, legte den Arm um einen Baumstumpf und den Kopf darauf und begann wahrhaft herzzerbrechend zu weinen. Sie kniete neben ihm nieder.

„Mein Vater im Himmel, gib ihm, daß ers ertragen mag!“ betete sie inbrünstig. „Laß mich sterben, gleich hier auf der Stell — aber gib, daß es ihm nix schadet!“

Dann lehnte sie die gesenkte Stirn neben Heiners Kopf auf den Baumstumpf und weinte mit.

Beide waren so von ihrem Schmerz gefangen, daß sie für nichts anderes Augen und Ohren hatten. Sie hörten nicht ein leises Räuspern, das ganz in der Nähe erklang.

So knieten die beiden eine ganze Weile nebeneinander. Endlich hob die Frau den Kopf.

„Heiner“, bat sie, „kannst noch nicht sprechen? Sag mir ein Wort! — Nur ein ganz kleines!“

Da hob auch er den Kopf.

„Sei still!“ antwortete er. „Ich hab glaubt, daß der

Schlag mich trifft, aber der liebe Herrgott hat mich dafür behütet. Jetzt wart einen Augenblick!"

Grad hier an diesem Baumstumpf pflegte er zu sitzen. Er war ein sparsamer Arbeiter, der auch die kleinsten Holzabfälle zu verwerten wußte. Harzige Stücke legte er immer an einen besonderen Platz, um sie später zu verkaufen. Er nahm ein Stück davon auf, brannte es an und leuchtete der Frau ins Gesicht. Sie ließ es sich gefallen. Sie bewegte sich nicht und hielt nur den Blick angstvoll auf ihn gerichtet. Nun blies er das Licht aus, warf den Span weg und sagte:

„Ja, du bists! Jetzt seh ichs deutlich. Komm, steh auf, Anna!"

Er streckte die Hand nach ihr aus.

„Nein!" sagte sie. „Ich werd hier vor dir knien, bis du mir sagst, daß d' mir vergeben hast!"

„Das hab ich ja bereits gesagt. Ich hab keinen Groll mehr gegen dich im Herzen. Steh also auf von den Knien und setz dich neben mich her!"

Ehe er es verhindern konnte, hatte sie abermals seine Hand ergriffen. Sie hielt sie so fest, daß er sie ihr nicht entziehen konnte, und bedeckte sie mit Küssen.

„Heiner, Heiner!" schluchzte sie. „Ich bin nimmer wert, daß die lieben Sterne vom Himmel auf mich niederscheinen. Und grad weilst so gut bist und so barmherzig, darum steht meine Schuld viel größer als bisher vor mir. Jetzt, wann ich ungeschehn machen könnt, was ich dir tan hab, ich gäb mein Leben hin, ja mit tausend Freuden gäb ichs hin, hier auf der Stell!"

„Ungeschehn kannsts nicht mehr machen, Anna. Also kannst nix weiter tun, als es vergessen."

„Vergessen? Das ist unmöglich!"

„Warum? — Schau, ich habs auch vergessen!"

„Vergeben hasts, du Großmütiger, aber vergessen kannsts nicht. Daß einer um sein ganzes Lebensglück, um sein Vermögen und um seine Gesundheit bracht worden ist, das kann bei ihm nicht in Vergessenheit geraten."

„Wannsts so meinst, so hast freilich recht. Aber man braucht doch nicht mehr in Zorn daran zu denken. Schau, ich hab viel gelitten, aber du hast noch mehr erduldet. Du hast einen Wurm in dir getragen, der immer genagt und gefressen hat, und ein Feuer, das nie verlöscht ist. Ich hab nachher doch noch Freude gehabt an den Kindern. Du aber hast keine Freud finden können, niemals."

„O Gott, da hast du recht! Ich bin oft dran gewesen, mir das Leben zu nehmen. Aber da ist mir der Gedanke an Gott kommen und an dich und die Kinder. Euch hab ich nochmal sehn wollen, und nachher wird der Herrgott ein Einsehn haben und mich sterben lassen, ohne daß ich mich an mir selber vergreifen muß."

„Das ist schrecklich! Nein, so darfst nicht denken. Schau, jetzt denk ich nimmer an das Herzeleid, sondern daran, wie lieb ich dich gehabt hab und wie groß das Glück gewesen ist, bevor der Klaus kommen ist. Ich bin ein Krüppel, doch glaub ich an den lieben Herrgott, der für die Sperlinge sorgt und für die Blum auf dem Feld. Der wird mich nicht verderben lassen und uns erlauben, das Vergangne zu vergessen und ein neues Leben zu beginnen."

„Ein neues Leben? — Unmöglich!"

„Nix ist unmöglich, wanns der liebe Gott will."

„Aber das ist — ich weiß ja auch gar nicht, was d' da hast sagen wollen."

„Ich hab gemeint, daß d' nicht die Frau von dem Silberbauern worden bist damals."

„Das freilich."

„Nun, so bist ja noch die meinige."

„Heiner!" rief sie aus.

„Oder meinst nicht?"

„Wir sind geschieden!"

„Das tut nix, man kann sich wieder heiraten.“

„Wie? — Was? Ich hör nicht richtig!“

„Wirst schon richtig gehört haben. Willsts wohl nicht glauben, daß ich dir so gut gewesen bin?“

„Das glaub ich.“

„Oder willsts nicht glauben, daß d’ deine Fehler längst gebüßt hast?“

„Gott ist mein Zeuge, wie sehr ich sie bereue, und wie sehr ich um ihretwillen gelitten hab.“

„Nun, warum solls da nicht grad so werden können, wies früher mal gewesen ist?“

Sie schwieg. Sie starrte im Finstern zu ihm herüber, so daß er ihre Augen leuchten sah.

„Heiner“, sagte sie, „was du sagst, das ist unmöglich!“

„So! Willst beim Seiltänzer bleiben?“

Sie schwieg.

„Bist etwa seine Frau?“

„Nein, Gott bewahre!“

„Oder lebst mit ihm, als ob du seine Frau wärst?“

„Heiner, ich hab ein einziges Mal nicht an meine Ehr gedacht — seit jener Zeit aber hats keinen gegeben, der mich hat anrühren dürfen. Ich bin beim Seiltänzer, weil er mir helfen soll, mich an dem Silberbauern zu rächen. Daß er das kann, davon werd ich dir noch erzählen. Er will mich zwar zu seiner Frau haben, aber er wird sich das aus dem Kopf schlagen müssen.“

„So? Also bei ihm willst nicht bleiben? Was aber willst anfangen später?“

„Der Himmel wird mir schon einen guten Gedanken geben oder eine Gelegenheit, die ich ergreifen kann.“

„Diese Gelegenheit ist eben jetzt da, und du mußt sie eben nur schnell ergreifen.“

„O Himmel! Wann ich bei dir sein dürft, nicht als Frau, sondern als eine Magd, so wollt ich mir die Händ blutig arbeiten, um dich zu ernähren und ein freundliches Wort von dir zu erhalten! Nachher, wannst mich mal freundlich anschaun tätst, so könnt ich mir gar kein größeres Glück mehr denken."

„Ist das wahr, Anna?"

„Soll ich schwören?"

„Nein, nein, ich wills schon glauben."

„Schau, Heiner, nachher als ich von dir fortgewesen bin, da hab ich erkannt, daß nur du es gewesen bist, den ich lieb gehabt hatte. Der Klaus hat mich mit Reden trunken macht, und als ich nachher wieder nüchtern war, da hab ich erkannt, welch ein Glück ich mir verscherzt hatte. Ich hab dich betrogen und eine Schand auf mich geladen, die niemals von mir genommen werden kann."

„Oh, ich kanns! Wannst wieder meine Frau bist, so ist ja alles gut und richtig!"

„Was würden die Leute sagen?"

„Sie würden das sagen, was ich ihnen vorsag, nämlich: das ist damals alles Irrtum gewesen. Du bist mir nie untreu worden, ich hab mich geirrt, und weil ich dich beleidigt hab und dir nicht traut, so bist von mir gegangen, und wir sind geschieden worden."

„Das — das wolltst sagen?" rief sie.

„Ja, Anna, das tu ich gern und gewiß."

Sie kniete noch vor ihm. Eine solche Milde war unerhört. Sie schlang die Arme um seine Knie, preßte das Gesicht daran und weinte.

Er legte seine Hand auf ihren Kopf und schwieg. Dann als ihr Schluchzen leiser und leiser geworden war, bis er es nicht mehr hörte, sagte er:

„Weißt, Anna, als ich damals drunten an der Mühle im Gras gesessen hab und du auf der Bank? Da hab ich den Kopf auf deine Knie gelegt und dir gesagt, wie von Herzen gut ich dir bin."

Sie holte tief Atem, ohne zu antworten.

„Damals", fuhr er fort, „ist mir mein Herz so weit gewesen, als ob die ganze Welt drin Platz haben könnt. Und jetzt, da ich ein alter Krüppel bin mit grauem

Haar und nur dem einzigen Arm, da ists mir ganz genau wieder so."

„Heiner, ich kanns nicht fassen!"

„Hasts doch schon gefaßt, nämlich mich, bei den Beinen. Willsts nicht festhalten, Anna?"

„Ach, wie gern, wie gern!"

„So tus!"

„Nein. Es ist nicht zu glauben."

„So will ich dir was sagen, Anna. Wannst mich nicht wieder haben willst, so kann ich dich nicht zwingen — aber eine Freude kannst mir machen: Gehst jetzt mit mir! Ich will dir unsre Kinder zeigen. Willst sie sehn?"

„Was?" rief sie aus. „Ich soll sie sehn? Noch heut Abend?"

„Willst wohl nicht?"

„Mein Heiland! — So eine Freude! Sollen sie aber auch mich sehn?"

„Natürlich!"

„Nein, nein, das geht nicht! Ich — muß mich schämen!"

„Hab ich dir nicht gesagt, daß d' dies nicht nötig hast? Und woher wissens denn, daß d' die Mutter bist?"

„Ja, wannst mir versprichst, daß d' nix sagen willst, so will ichs wagen, mitzugehn."

„Nun gut, so werd ich schweigen. Komm, Anna, gib mir die Hand! Der Herrgott hat mich und dich gerächt an dem Silberbauern. Damit hat er gesagt, daß die Trennung zu End sein soll, und so wollen wir mitnander heimgehn."

Er ergriff ihre Hand. Sie entzog sie ihm nicht, aber sie blieb noch stehen.

„Wegen dem Silberbauern hab ich dir vorhin das richtige doch nicht gesagt, Heiner."

„So sags jetzt!"

„Jetzt kannst wohl wissen, warum ich so spätabends im Wald spazierengegangen bin?"

„Hast wohl eine alte Erinnerung gehabt, Anna?“

„Hier, da auf der Blöße, hab ich zum letztenmal mit dir gesprochen. Am andern Tag warst krank und ohne Besinnung, und ich ging fort. Heut, als ich nach Hohenwald kam, hab ich sofort hierher müssen. Mein Herz hat mir keine Ruhe lassen. Da bin ich am Bach gangen bis zur Mühle hin. Da hab ich gesessen und nach dem Fenster geschaut, weißt, dasjenige, wo —“

„Weiß schon, Anna!“

„Es war Licht in der Stube.“

„Der Herr Ludwig wohnt darinnen, ein feiner, vornehmer und gelehrter Herr, der ein paar Tage hierbleiben will.“

„Als ich die Mühle sah und das Fenster, da ists mir gewesen, als ob mir das Blut nur immer so aus dem Herzen tropft; ich hab geweint, ach so sehr geweint! Dann ist einer schnell laufen kommen, grad auf mich zu. Ich bin aufgesprungen, sonst wär er über mich weggestürzt. Ich hab ihn angeschaut und er mich. Das Licht ist aus dem Fenster grad in sein Gesicht und in meins kommen, und wir haben uns erkannt. Der Silberbauer wars. Er ist über mich so erschrocken, daß er zur Seit gesprungen ist vor Entsetzen, den Damm hinab und grad ins Rad hinein. So ists kommen, und so ists gewesen.“

„So, also so! Siehst nun ein, daß es Gottes Fügung war? Deinetwegen hat er mich ins Rad hinabgeworfen, daß ich den Arm verlieren mußt, und grad deinetwegen ist er heut hinabgestürzt und hat auch grad den gleichen Arm eingebüßt. Gott ist gerecht. Er läßt sich nicht spotten. Aug um Aug, und Zahn um Zahn. Seine Mühlen mahlen langsam, mahlen aber schrecklich klein. Wollen ihn also immer vor Augen haben und uns hüten, fernere Sünd zu tun. Und eine Sünd wärs ganz gewiß, wannst den Kindern nicht ihre Mutter geben wolltst. Komm, und schau sie dir an!“

Er zog sie mit sich fort, und sie folgte ihm ohne

weiteres Zögern. Beide waren so mit sich selber beschäftigt, daß sie nicht bemerkten, wie sich hinter ihnen eine hohe Gestalt aus dem Moos erhob. Es war — Herr Ludwig.

Er hatte in sein Zimmer zurückkehren wollen, doch als er in den niedrigen Hausflur trat, fühlte er sich — wohl auch infolge der ihm ungewohnten, engen räumlichen Verhältnisse — von den Geschehnissen so ergriffen, daß er es vorzog, noch für kurze Zeit im Freien zu bleiben. Er ging also wieder hinaus.

Da sah er den Finkenheiner, dessen Haltung Ludwigs Aufmerksamkeit fesselte. Der Heiner stand gesenkten Hauptes, fuchtelte mit seinem Arm in der Luft herum und stieg dann in einer Weise den Damm empor, als ob er irgend etwas sehr Geheimnisvolles vorhabe. Ludwig folgte ihm langsam in den Wald.

Da hörte er die ersten Worte, die zwischen den beiden gewechselt wurden, und wurde so Zeuge des ganzen Vorgangs.

Als sie aufbrachen, folgte ihnen Ludwig nicht. Er kehrte — erst langsam und vorsichtig, zwischen den Bäumen hindurch und dann den Waldweg entlang — ins freie Feld und zur Mühle zurück.

Der Heiner war mit der wiedergefundenen Anna kaum aus dem Wald herausgetreten, so hörten sie, daß ihnen jemand entgegenkam.

„Komm zur Seite!“ sagte er.

Ein Mann wollte an ihnen vorüber. Der Heiner erkannte ihn.

„Sepp! — Wurzelsepp!“

„Was? Wer ist da?“

„Kennst mich denn nicht gleich an der Stimme?“

„Ja, nun freilich! — Der Heiner! Dich such ich!“

„Hier?“

„Ja, wo sollst sein, wannst nicht daheim bist und nicht

in der Mühle. Dich kennt man schon. Du schlafst sogar, wanns dir einfallt, draußen im Wald auf deiner Blöße."

„Ich war eben auch dort."

„Hab mirs denkt. Aber, bist ja nicht allein! Hör mal, ich glaub gar, du hast ein Rotkehlchen gefangen und schaffsts jetzt heim, damits deine Mehlwürmer fressen soll!"

„Hasts erraten. Fangen hab ichs und heimschaffen tu ichs. Ich laß es gar nimmer wieder fort."

„So mags nur gut singen und pfeifen!"

„Das wirds gern tun."

„Glaubs aber nicht."

„Warum?"

„Den Vogel, den kennt man schon. Der hat keine rechte Stimme. Da ists gefehlt."

„Da bist auf dem falschen Weg. Diesen Vogel, den kennst freilich nicht."

„Oho! Wer solls sein, als die Feuerbalzern, die bei dir wohnt?"

„Die? Denkst das?"

„Ja, denn eine andre wirst nicht heimführen."

„Na, eine andre ists aber doch. Und was für eine!"

„Wohl eine gar Schöne oder Junge?"

„Die Willkommenste, dies nur geben kann."

„Da bin ich freilich neugierig, wers ist! Darf ich sie mir mal anschaun?"

„Wann sies leiden will, ja."

„Warum soll sies nicht leiden? Der Wurzelsepp ist noch ein ganz hübscher Bub, so daß ein Dirndl nur seine Freude haben kann, wann ers anschaut."

Er brachte sein Gesicht nahe an das ihrige.

„Nun, hasts schon gesehn?"

„Nein, das ist freilich eine Fremde. Du, Heiner, läufst doch nicht etwa gar auf Freiersfüßen?"

„Grad das ists, worauf ich lauf."

„So will ich dir gratulieren. Nimmst mich doch zum Brautführer?"

„Ja, dich am liebsten."

„Topp?"

„Topp!"

Sie schlugen ein.

„Jetzt nun brauchst nicht in den Wald", fuhr der Finkenheiner fort. „Geh lieber mit mir!"

„Nein. Ich geh zur Mühle, wo ich schlafen will. Ich wollt dich nur aufsuchen, um dir zu sagen, wie es mit dem Silberbauern steht. Ich bin nachher nochmals hin, um zu erfahren, was er zu hoffen hat."

„Ist der Arzt kommen?"

„Ja. Er hat den Kopf geschüttelt."

„So stehts schlimm?"

„Ja. Von wegen dem Arm, das hätt keine sehr große Sorg gemacht. Es ist kein zu großer Blutverlust gewesen, und so schwer der Fall ist, so tät er doch bald heilen. Aber der Bauer hat auch noch zwei Rippen gebrochen. Das macht die Sach schlimm."

„So kommt er nicht davon, obgleich die Silbermartha ihn wohl gut pflegen wird."

„Die? Die ist nicht daheim. Es heißt, sie ist vom Vater fortgangen, doch ists noch nicht zu glauben. Wer weiß, wos steckt. Morgen komm ich zu dir hinaus in den Wald, da können wir weiter drüber sprechen. Gute Nacht!"

Er verschwand, und die beiden setzten ihren Weg fort. Sie liefen, um Neugierigen aus dem Weg zu gehen, nicht durch das Dorf, sondern hinten herum. Da begegnete ihnen der Müller, der sich still wunderte, daß sein Schwiegervater mit einer fremden Frau ging. Er berichtete, daß er soeben Lisbeth nach Haus begleitet habe.

Als sie die Flachsdörre erreichten, sahen sie, daß droben in der Wohnung des Heiner noch Licht brannte. Die Stube wurde nicht von einem Kienspan erleuchtet, sondern, wie zu Lisbeths Geburtstag, von der Lampe. Die gute, alte Barbara hatte dafür gesorgt, daß ihre zukünftige junge Herrin Petroleum im Haus hatte.

„Da droben wohnen wir", sagte er.

„Mein Gott! In der Flachsbreche!"

Damals, als sie sich noch in der Gegend befand, war das Gebäude noch nicht zum Bewohnen eingerichtet.

„Brauchst keine Sorg zu haben. Es ist nicht schlimm da droben. Die Lisbeth sorgt dafür, daß alles recht hübsch fein und sauber ist. Komm nur mit!"

Dabei ergriff er ihre Hand und führte sie ins Haus und die Treppe empor. Sie öffnete die Tür. Hans saß zeichnend am Tisch, und Lisbeth stand im Begriff, den Ofen für morgen vorzurichten.

„Der Vater!" sagte sie. „Du warst ja lange fort. Wo bist gewesen?"

„Ich hab einen Gast geholt, den ich euch hier mitbring. Da, schaut ihn euch an!"

Er schob Anna in die Stube. Ein einziger Blick der Frau zeigte ihr die Armut der Bewohner, aber auch die Wirtschaftlichkeit des jungen Mädchens. Hans konnte wegen seiner Schwäche nicht vom Stuhl empor; Lisbeth aber schritt der Eintretenden entgegen und reichte ihr freundlich die Hand.

„Schau, das ist schön von dir, daß d' uns aufsuchst. Einen Gast hab ich gern; aber leider kommt niemand zu uns."

Auf dem Gesicht ihrer Mutter wechselte die Röte mit der Blässe. Die unglückliche Frau mußte alle Kraft zusammennehmen, sich zu beherrschen.

„Ja", sagte der Heiner. „Du tust doch grad so, als obst sie schon kennen tätst!"

„Der Vater wird sie schon kennen, und da ists mir halt willkommen."

„So hast wohl den Vater sehr lieb?"

Diese Frage sprach Anna aus. Ihre Stimme zitterte,

und über ihre Augen legte sich ein feuchter Schleier. Lisbeth horchte auf, als sie diese eigentümliche Stimme hörte. Ihr Blick nahm einen forschenden Ausdruck an.

„Ja, freilich hab ich den Vater lieb. Und das dort ist Hans, der Bruder. Er ist krank und kann nicht gut aufstehn. Wannst seine Hände haben willst zum Willkommen, so mußt zu ihm gehn."

Da ging Anna hin, streckte ihm die Hand entgegen und fragte:

„Wirst auch du mich willkommen heißen?"

Er hatte ihre Hand ergreifen wollen, zog sie aber wieder zurück, errötete, fuhr sich nach dem Herzen und ergriff dann aber hastig ihre Rechte.

„Freilich bist herzlich willkommen, denn dich hab ich gern."

Das war die Stimme des Blutes, die Gottes Stimme ist. Dem Heiner drangen plötzlich die Tränen aus den Augen.

„Ja, habt sie lieb!" sagte er. „Sie ist eine gute Base aus — aus — Steinegg über der Grenz herüber. Wir sind früher gut bekannt mitnander gewesen. Nicht wahr, Bas?"

„Ja", antwortete Anna.

Sie mußte die Lippen mit Gewalt zusammenpressen, um nicht in ein lautes Weinen auszubrechen; aber die Tränen stürzten ihr doch über die Wangen.

Da tat Lisbeth einen raschen Schritt auf sie zu, ergriff sie bei der Hand und sah ihr mit einem unbeschreiblichen Blick ins Gesicht.

„Du weinst! Der Vater weint! Herr, mein Gott, ich weiß, warum. Ich weiß, wer du bist — — meine Mutter, meine liebe, liebe Mutter!"

Sie schlang die Arme um sie und weinte und lachte aus tränenden Augen. Der Sohn fuhr vom Stuhl auf.

„Mutter!" rief er. „Haben wir denn noch eine Mutter? — Ist sie nicht tot?"

„Nein“, rief Lisbeth. „Sie ist nicht tot! Der Wilhelm hat mir erzählt, daß sie noch lebt! — Und hier ist sie! — Ich kenne sie! — Da drin im Herzen hats gerufen, daß es die Mutter ist, die Mutter!“

Hans flog, als ob er völlig gesund sei, hinter dem Tisch hervor und auf sie zu.

„Ists wahr? — Bists? — Bist unsre Mutter?“

„Ja, ja, ihr guten, lieben, armen Kinder!“ schluchzte sie, während sie vor Wonne und Schmerz in die Knie sank. —

DIE HEILUNG DES WAHNSINNIGEN

Es war ein schöner Feiertagsmorgen. Die Sonne leuchtete in all ihrer Pracht. Die Lerchen trillerten. Vom Busch her ertönte lauter Finkenschlag. Herr Ludwig hörte es nicht. Sein Herz war traurig. Welch eine Fülle von Schmerz vermag eine einzige Menschenseele in sich zu bergen! Hier, dieses kleine Hohenwald, dieses weltvergessene, einsame Gebirgsnest, wieviel Sorge und Not, wieviel Jammer und Elend, wieviel Schlechtigkeit und Verbrechen barg es in seinen Häusern! Und nun die weite, weite Erde — welche undenkbare Masse von Herzeleid hat sie zu tragen, während sie stolz und leuchtend um die Sonne rollt!

Ist das Leben denn überhaupt wert, daß man es lebt?

Verdient es die Wissenschaft, die Kunst denn wirklich, daß man ihr die Leiden, Entbehrungen und Anstrengungen seines ganzen Daseins opfert?

Ist nicht der Augenblick, da ein müdes Auge bricht, um das Aufleuchten einer besseren Welt zu erblicken, der schönste, beneidenswerteste im ganzen Leben? Ist der Tod nicht Erlösung von allem Übel, und bedeutet nicht der Klang der Sterbeglocken einen Willkommensruf aus höheren Sphären, wo die Seele alles abgestreift hat, was ...

Er fuhr aus seinem Sinnen auf. Der Pfad hatte geendet, und er stand vor der einstigen Flachsdörre. Die Feuerbalzerin saß vor der Tür auf einem Stein und flickte ein altes Tuch, das kaum noch zu flicken war.

„Guten Morgen!“ grüßte Ludwig.

„Guten Morgen!“ dankte sie. „Der Herr hat sich gewiß verlaufen. Wo wollens denn hin, zu wem?“

„Ich geh nur spazieren.“

„So, dann sinds ein glücklicher Mensch. Unsereins kann nimmer spazieren gehn. Dazu gibts gar keine Zeit. Man muß schaffen, schaffen und immer schaffen, wenn man nicht verhungern will.“

„Sind Sie so arm?“

„Arm? Du liebes Herrgottl! Wann wir nur bloß arm wären, so wollt ich noch froh sein! Elend sind wir, die elendsten Leute weit und breit! — Habens noch nie von dem verrückten Feuerbalzer gehört?“

„Es ist mir, als ob man mir diesen Namen einmal genannt hätte. Aber Genaues weiß ich nicht.“

„Sie können es sogleich erfahren.“

Und er erfuhr es. Die einstige Balzerbäuerin war stets bereit, jedermann ihre Not zu klagen; sie erzählte alles. Sie erzählte am Schluß auch, daß der neue Lehrer der einzige sei, der sie nicht verachtet, sondern ihr die Hand gereicht habe und sogar mit ihr gegangen sei.

Während der Erzählung war der Balzer aus dem Haus getreten. Er starrte dem König ins Gesicht. Der Blick Ludwigs ruhte forschend auf ihm.

„Ihr Sohn hat nicht das Aussehen eines Verrückten“, sagte er. „Es ist, als ob der Verstand sich vergeblich anstrenge, hervorzubrechen. Wo hat ihn denn damals der Balken getroffen?“

„Auf den Kopf freilich.“

„Das haben Sie mir gesagt. Aber an welche Stelle?“

„Das kann ich nicht wissen. Das hat doch nur der Doktor merken können.“

So schmutzig der Balzer aussah, Ludwig legte ihm doch die Hand prüfend auf das wirre Haar.

„Freund, guter Freund!“ stammelte der Kranke, während er dankbar nach der andern Hand Ludwigs haschte.

Ludwig betastete mit den Fingerspitzen den Kopf des Balzer. Dieser duldete es, ohne eine Miene zu verziehen. Plötzlich aber schrie er laut auf. Der König hatte eine Stelle getroffen, die schmerzte.

„Das hab ich mir gleich gedacht, als ich Ihrem Sohn ins Auge blickte. Er leidet nicht an einem Wahngedanken; sein Geist schläft auch nicht, sondern ist von einem physischen Druck mit aller Gewalt niedergehalten."

„Das versteh ich nicht."

„Ich meine, die verletzte Stelle seines Kopfes ist noch gar nicht geheilt; darum wird sein Geist verhindert, regelrecht tätig zu sein. Wenn diese Stelle zur Heilung gebracht wird, so wird Ihr Sohn auch geistig gesunden. Er wird nicht mehr irr im Kopf sein."

Da blitzten ihre Augen auf. Sie warf das Tuch von sich und stand von dem Stein auf.

„Nicht mehr irr wird er sein? Er wird dann denken können und auch sprechen?"

„Ich bin kein Arzt und kann also nichts behaupten; aber ich vermute, daß es so ist, wie ich gesagt habe."

„Und könnt er sich dann auch auf alles besinnen, was damals in jener Nacht geschehn ist?"

„Ich glaube es."

„Und er könnt es uns erzählen?"

„Gewiß."

„Herrgott! — Wärs möglich? Das ist das erste Licht, was ich leuchten seh! Wann doch die Stelle heilen tät! Dann käms heraus, wo unser Geld ist, und wer das Haus anbrennt hat!"

Ludwig hatte jetzt die Stelle abermals berührt. Balzer stieß einen Weheruf aus und wimmerte:

„Nimms hin, nimms hin! Ich sag nix. Gnade, Gnade!"

Dann, als der König die Hand von ihm nahm, rannte der Jammernde eiligst davon, um den Schmerz nicht nochmals erleiden zu müssen.

Ludwig blickte ihm sinnend nach und erkundigte sich dann:

„Ist denn nie ein Arzt auf denselben Gedanken gekommen, den ich soeben ausgesprochen habe?"

„Nein. Unsre Ärzte haben nie was taugt. Und von fremd einen Klugen kommen lassen, das können wir nicht."

„Es soll ein Kluger herkommen. Ich werde ihn rufen lassen. Morgen schon soll er hier sein."

Da stürzte sie sich auf seine Hände, ergriff beide und bedeckte sie abwechselnd mit Küssen.

„Ists wahr? Ists wahr?" rief sie dabei. „Oh, ich weiß nicht, wer Sie sind — aber für uns sinds ein guter Engel vom Himmel herunter! Tun Sies, ja tun Sies! Wir können Ihnen freilich nix dafür geben, aber der Herrgott wirds Ihnen vergelten!"

Er wehrte sie ab.

„Wer wohnt noch in diesem Haus?"

„Der Finkenheiner mit den Seinigen."

„Ist er daheim?"

„Ja. Da droben steht er am Fenster und schaut herab."

„So will ich ihn einmal aufsuchen."

Er stieg die Treppe empor. Droben öffnete der Heiner bereits die Tür.

„Der Herr Ludwig", sagte er. „Das ist schön, daß Sie mal zu uns kommen. Ich bin mit dem Sohn allein. Die Lisbeth ist mit —" er wollte sagen „mit ihrer Mutter", schluckte aber die Worte wieder zurück — „nach der Mühle gegangen. Hier ist mein Bub, dens den Elefantenhannes nennen, weil er so gern große Tiere malt."

Hans saß bleich und matt wie gewöhnlich im Stuhl. Er hatte ein Buch vor sich, das ihm der Lehrer geliehen hatte. Seine großen, klugen Augen richteten sich mit demütig forschendem Blick auf Ludwig.

„Könnte ich vielleicht etwas sehen, was Sie gezeichnet haben, junger Freund?"

„Oh, sehr viel", antwortete Heiner an Stelle seines Sohnes. „Das steht auf vielen hundert Blättern. Na, Hans, laß doch den Herrn das neue Bildwerk sehn."

„Nein, Vater, das geht nicht, weils noch nicht fertig ist. Es ist einstweilen nur so der Entwurf da, der Elefant, das Flußpferd und die beiden Löwen sind ausgeführt, die Dum- und Talebpalmen, aber der Affenbrotbaum hat noch gar keinen Schatten, und der ganze Hintergrund ist erst nur im Umriß angegeben."

„So weit ists schon fertig?" sagte Ludwig. „Nun, dann kann man doch bereits feststellen, ob es nach der Vollendung Wert haben wird oder nicht!"

„Ja, dazu muß man aber ein Kenner sein."

Er sagte dies in einem so eindringlichen und auch ein wenig selbstbewußtem Ton, daß Ludwig ein fröhliches, kurzes Lachen nicht unterdrücken konnte.

„Nun", sagte er, „es gibt eine ganze Anzahl von Künstlern, die mich für einen Kenner halten."

„So? Wie heißen denn diese Herren?"

„Ich will nur Lenbach, Piloty, Kaulbach und Defregger nennen."

Hans fuhr empor, so weit es ihm seine Schwäche zuließ.

„O Jerum! Das sind ja grad die berühmtesten!"

„Haben Sie bereits von Ihnen gehört?"

„In den Büchern, die ich mir borgt hab, hat viel von ihnen gestanden, und der Herr Lehrer hat dann von ihnen erzählt. Wanns diese Leute kennen, so müssens wohl aus München sein?"

„Ja, ich bin aus der Hauptstadt."

„So möcht ich Sie beneiden! Wann ich mir mal so eine Gemäldesammlung anschauen oder gar mal mit so einem Künstler reden könnt, gleich ein Jahr oder zwei tät ich von meinem Leben hingeben!"

Ludwig war tiefgerührt von der Begeisterung des Kranken.

„Vielleicht läßt es sich bewerkstelligen, daß Ihnen dieser Wunsch erfüllt werden kann."

„Nein, das ist leider nicht möglich. Ich bin ja krank und kann nicht von meinem Platz. Ich muß die größte Anstrengung machen, wenn ich in der Stube umhergehn will. Und selbst, wann ich gesund wär, so sind wir doch sehr arm. Ich könnt das Geld gar nimmer erschwingen, was man braucht, um nach München zu fahren."

„So wenden Sie sich doch an einen wohlhabenden Mann! Man hört ja oft, daß ein Reicher einen Armen unterstützt hat."

„Das klingt gut und schön. Aber die Sache hat einen Haken oder gar zwei."

„Wieso?"

„Zunächst bin ich arm, aber betteln könnt ich nicht, und dann, wann ich auch bitten möcht, so wüßt ich doch gar nicht, bei wem. Ich kenn nur einen einzigen reichen Mann. Das ist der Silberbauer. Von dem möcht ich keinen Pfennig haben, selbst wann ich darum sterben müßt."

„Das glaub ich Ihnen. Aber es gibt doch noch andre."

„Die kennen wir nicht."

„Nicht? Wirklich nicht? Hm! Einen kennen Sie doch."

„Einen? Wer sollt das ein?"

Ludwig nickte lächelnd.

„Trauen Sie mir gar nichts zu?"

„Oh, gar wohl. Ein herzensguter Herr sinds auf alle Fälle. Wann man Ihnen so ins Angesicht schaut, so hat man zuerst eine kleine Angst vor Ihnen, aber wann man länger in Ihre Augen geschaut hat, und wanns nachher gesprochen haben, da geht einem das Herz auf, denn man ist Ihnen recht gut worden inzwischen."

„Wenn Sie das ehrlich gemeint haben, so freue ich mich von Herzen, daß ich Ihr Vertrauen besitze. Ich werde mich Ihrer annehmen."

Über das bleiche Gesicht des Kranken ging ein glückliches Lächeln, aber dennoch fragte er mit fast neckischer Betonung:

„Nun aber, wie werdens das anfangen?“

„Indem ich für Sie sorge. Ich habe gehört, daß die Ärzte der Ansicht seien, nur eine Luftveränderung könne Ihnen Heilung bringen.“

„Freilich wohl, ich soll nach dem Süden.“

Er sagte das traurig im Ton schmerzlicher Entsagung.

„Wohin?“

„Das hat keiner gesagt. Was solls auch nützen, wanns mir ein Land nennen? Sie wissen doch, daß ich im ganzen Leben nicht hinkommen kann.“

„Nun, wenn es durchaus notwendig ist, daß Sie unsre Gegend verlassen, so bin ich wohl erbötig, Ihnen das Geld für die Fahrt zu bezahlen“, meinte Ludwig.

„O weh! Das könnens leicht sagen!“

„So? Ich halte es nicht für leicht!“

„Schwer ists nicht. Was kanns eintragen, wann ich hinfahren kann? Ich muß doch dort bleiben, und dazu gehört wohl ein größeres Geld, als nur für das Hinreisen erforderlich ist.“

„Das ist sehr richtig. Und was sagen Sie dazu, wenn ich Ihnen verspreche, auch das zu bezahlen?“

Hans blickte ihn mit zaghaft forschenden Augen an.

„Ich will Ihnen sagen, daß ich wohlhabend bin. Ich habe keine Kinder, also macht es mich nicht arm, wenn ich einmal für ein fremdes Kind eine kleine Summe ausgebe. Zeigen Sie mir Ihr Bild, und dann werde ich Ihnen sagen, ob Sie Anlage zum Künstler besitzen! In diesem Fall werde ich Sie ausbilden lassen. Auf alle Fälle aber, selbst wenn Sie kein Talent für die Malerei besitzen sollten, werde ich dafür sorgen, daß Sie körperlich hergestellt werden, so weit es in der Möglichkeit liegt.“

Die mageren, bleichen Hände, die der Kranke ihm jetzt entgegenstreckte, zitterten heftig.

„Ists wahr? Ists wahr?“ fragte er.

„Ja. Ich spreche im Ernst.“

„Vater, Vater!“ jubelte Hans laut auf.

Er biß sich auf die Lippen, um nicht weinen zu müssen.

„Hans, mein lieber Hans!“ rief der Heiner, sprang auf ihn zu und schlang die Arme um ihn.

„Hasts gehört? Hasts deutlich gehört, Vater?“

„Ja, ja! Du sollst gesund werden! — Oh, Herrgott, wer hätt denken können, daß heut so ein großes Glück einkehren würd in unsre arme Stube hier!“

Hans legte seinen Kopf an das Herz seines Vaters und deutete auf Ludwig.

„Schau, wie gut er ist“, sagte er leise. „Er weint! Der Herrgott mags ihm vergelten, daß er nur Freudentränen kennen soll in seinem ganzen Leben!“

Ja, die Augen Ludwigs standen voller Tränen. Er trat ans Fenster und blickte stumm hinaus. Er fühlte voll das Glück, Wohltäter sein zu können. Die beiden wagten es nicht, ihn in seinem Schweigen zu stören. Sie hielten einander still umschlungen, und erst als er sich wieder zu ihnen umwandte, streckte ihm der Heiner die Hand entgegen und sagte aus überfließendem Herzen:

„Ich bin nur der Finkenheiner, ein armer Teufel, der Ärmste wohl unter den Armen hier; aber da nehmens meine Hand! Ich muß sie Ihnen geben, sonst tät mirs das Herz abdrucken. Was Sie für meinen Hans tun wollen, das kann er Ihnen nie vergelten, und ich kanns auch nicht. Es gibt nur einen, der das lohnen kann; das ist der Herrgott im Himmel droben. Zu dem werden wir beten alle Tage und alle Nächte, daß er seine Hände so über Ihnen halten mag, daß nie ein Leid auf Ihr Haupt herabkommen mag. Er mag der Vergelter sein, hier im Leben und hernach auch droben in der Ewigkeit!“

Ludwig schüttelte ihm tiefgerührt die Hand.

„Ich danke! Ohne Gottes starken Schutz ist selbst ein König machtlos und ein Millionär arm. Was den Hans betrifft, so habe ich die Absicht, einen Arzt kommen zu lassen, der den Balzerbauern untersuchen soll. Dieser Herr ist einer der berühmtesten Doktoren, die wir besitzen, und er wird uns auch sagen, was unserm jungen Maler frommt. Ich brauche jetzt jemand, der in die Stadt gehen kann, um mir ein Fernschreiben zu besorgen —“

„Ich werd das tun“, fiel der Heiner freudig ein. „Ich hab zwar nur einen Arm, aber ich hab meine zwei Beine, und mit denen werd ich springen, daß es auf der Erde noch gar keinen schnellern Läufer gegeben hat als mich!“

„Gut! Vorher aber — wie steht es nun mit dem Bild? Darf ich es ansehen?“

„Freilich, freilich! Nicht wahr, Hans?“

„Hols schnell herbei, Vater, schnell!“

Der alte Heiner ging hinaus in die Kammer und brachte die Zeichnung herein. Sie war mit einem dünnen Bogen bedeckt. Als ihn Ludwig entfernen wollte, ging ein schwerer Seufzer durch die Stube. Hans hatte ihn ausgestoßen und dabei angstvoll die Hände gefaltet. Der Augenblick war ja da, in dem entschieden werden sollte, ob er Talent besaß oder nicht.

Ludwig hörte den leisen Ausruf.

„Seien Sie ruhig“, sagte er tröstend. „Wie diese Prüfung auch ausfallen möge, auf Ihrem Krankenlager hier sollen Sie auf keinen Fall länger bleiben. Und nun wollen wir getrost den Schleier lüften!“

Er schlug den Bogen zurück und ließ sein Auge prüfend auf die Zeichnung fallen. Kein Zug seines Gesichts bewegte sich. Hans wurde es angst, als Ludwig sich nicht äußerte. Der Heiner konnte es nicht aushalten. Er ging hinaus in die Kammer, sank in die Knie und erhob seinen Arm.

„Mein lieber Herrgott, gib deinen Segen dazu; gib ihn, oh, gib ihn! Dann will ich alles Herzeleid vergessen, was ich zu tragen hab, und auch noch mehr, noch viel mehr tragen bis an mein Sterbensend!“

Dann kehrte er in die Stube zurück.

Ludwig hatte das Bild vom Tisch genommen. Er hielt es gegen das Licht. Noch immer sagte er kein Wort. Hans preßte die bebenden Lippen zusammen.

Endlich legte Ludwig den Zeichenbogen wieder auf den Tisch und deckte das andre Papier darüber. Der Ernst seines Gesichts machte einem heiteren, milden Lächeln Platz. Er bemerkte die Angst, mit der die Blicke der beiden auf ihn gerichtet waren, und fragte:

„Das waren jetzt wohl böse Minuten?“

„Ei wohl!“ antwortete der Heiner. „Fünf Minuten sinds gewesen, volle fünf Minuten! Fast hab ichs nicht aushalten können. Mir ists gewesen, als ob ich ein Mörder sei, der auf sein Urteil warten muß. Und dem Hans wirds nicht viel besser gewesen sein in seinem Herzen!“

„Nun, ein Todesurteil ist es glücklicherweise nicht, was ich zu fällen habe, sondern im Gegenteil ein sehr gutes — besser wohl, als Hans es erwartet hat.“

Er trat zu dem Kranken und legte ihm die Hand auf den Kopf.

„Gott hat Ihnen eine Gabe verliehen, wie sie nur wenigen zuteil wird. Wenn Ihr Körper wieder genügend erstarkt ist, so werden Sie sich bald einen Platz erobern unter denen, die wahre Künstler sind. Ich werde das Meinige tun, den Weg zu ebnen und die Anstrengungen zu erleichtern. Von heute an, von dieser Stunde an, sorge ich für Sie.“

Hans holte tief Atem, als ob er dem Erstickungstod nahe sei, und legte den Kopf hintenüber an die

Lehne des Stuhles. Über sein hageres Gesicht aber legte sich das Lächeln des Glückes.

„O du mein lieber Gott!“ flüsterte er. „Wie herrlich das ist! Ich bin so selig! Ich soll ein Maler werden dürfen, ein großer Künstler, wie der Herr hier gesagt hat! Jetzt weiß ich nimmer, was ich denk und was ich tu! Ich bin wie im Traum und wie in allen Himmeln, und fast wird mirs zu schwer, wieder auf die Erd herabzusteigen. Ich möcht am liebsten da bleiben, wo es so eine Wonne gibt und solche Seligkeit!“

Ludwig wandte sich ab. Am Fenster faltete er die Hände und blickte empor zum heiteren Morgenhimmel.

In diesem Augenblick begannen die Kirchenglocken zu läuten. Es waren nur zwei kleine, armselige Glöcklein, die im schwanken Kirchturm ihre dünnen Stimmen ertönen ließen, aber es klang den drei Anwesenden doch, als ob diese Stimmen voll und gewaltig vom Turm eines Domes erschallten.

Als sie verhallt waren, standen die drei still, bis Ludwig sein Merkbuch aus der Tasche zog. Er nahm einen Zettel heraus, schrieb darauf den Text der Drahtnachricht, von der er vorher gesprochen, und gab sie in verschlossenem Umschlag Heiner zur Besorgung.

„Hier, dieser Umschlag muß zur Stadt und dort auf dem Postamt abgegeben werden“, sagte er.

„Ich werde gleich laufen, was nur die Beine hergeben. Hab ich dort was zu zahlen?“ fragte der Alte.

„Ja. Hier ist das Geld.“

Er zog seine Börse und schüttete deren Inhalt auf den Tisch aus. Der Alte warf einen fast erschrockenen Blick auf das Geld.

„Was? — Wie? — Kostet ein Drahtbrief eine solche Summe?“

„Nicht ganz. Was übrig bleibt, das soll als Botenlohn gelten.“

Der Alte blickte auf das Geld und dann dem Spender ins Angesicht.

„Wieviel wird da wohl übrigbleiben?“ rief er.

„Ich hab es mir nicht genau ausgerechnet. Jetzt muß ich fort. Sobald der Arzt da ist, komm ich mit ihm her. Da können wir ja zusammenrechnen, Heiner.“

„Ja, das werden wir tun. Ich brings ehrlich wieder, was ich herausbekomm. Und wanns etwa gar zu viel verlangen, so kommens bei mir grad an den Rechten. Ich werd mit ihnen gut reden und soviel abhandeln, wie nur möglich ist!“

Ludwig ging, und Heiner eilte, so schnell ihn seine Beine trugen, der Stadt zu. —

*

Das Kirchlein von Hohenwald stand inmitten des Friedhofs. Dort pflegten die Kirchgänger sich vor Beginn des Gottesdienstes einzufinden, um einige stille Minuten an den Gräbern ihrer Verstorbenen zuzubringen. Auch der Wurzelsepp war heute unter ihnen.

Noch ehe die Glocken läuteten, erschien der Pfarrer. Die Anwesenden grüßten ihn, und er verschwand in der Sakristei. Nur einige Augenblicke später kam der Lehrer Max Walter. Die Bauern rissen ihre Hüte und Mützen herab, und die Frauen machten achtungsvolle Knixe.

Sepp zog seinen mit Blumen und Kräutern besteckten Hut vom Kopf. Walter bemerkte den Gruß, dankte und trat zu ihm.

„Gut, daß ich Sie treffe, Wurzelsepp“, sagte er. „Ich habe Sie gestern vergebens gesucht.“

„Brauchens mich, Herr Lehrer?“

„Ja, Sie wissen doch, wozu.“

„Wohl wegen der Geschichte dort unterm Wasser?“

„Ja.“

„Nun, dann bin ich allzeit bereit.“

„Sehr gut! Wir müssen doch nachschaun, was dort zu finden ist, sonst kann sich leicht eine Störung ergeben.“

„O nein. Der — na, Sie wissen doch, wen ich meine, der liegt ja ohne Bewußtsein und kann also nix tun.“

„Wir müssen dennoch vorsichtig sein. Ich bin heut in die Mühle zu Tisch geladen. Wollen wir uns dort treffen?“

„Ja, ich werd kommen.“

Damit trat Sepp hinter dem Lehrer in das Gotteshaus, wo die Orgel gerade mit dem Vorspiel begann. In andachtsvoller Versunkenheit folgte er nun der heiligen Handlung, und auf seinem verwitterten Gesicht lag ein Widerschein von ernster innerer Ruhe, der nichts von all den aufregenden Geschehnissen mehr zeigte, die ihn vorher noch so stark beschäftigt hatten.

Ganz hinten, da, wo es keinen Sitz mehr gab, hatte Ludwig gestanden, unbemerkt von den Anwesenden. Er war erst spät gekommen und hatte nicht stören wollen. Darum ging er auch eher als die andern.

Als er aus dem Tor des Kirchhofs trat, kam ein städtisch gekleideter Herr das Dorf herauf, den Überrock am Arm und eine Tasche an der Seite. Er trug eine goldne Brille und sah sehr gelehrt, dabei aber gemütvoll und heiter aus. Als Ludwig ihn bemerkte, blieb er überrascht stehen. Der andre sah ihn und beschleunigte seine Schritte. Als er herangekommen war, zog er den Hut und machte eine tiefe Verbeugung.

„Pst!“ warnte Ludwig. „Es darf mich hier niemand kennen. Aber Ihre Ankunft überrascht mich. Sie können doch unmöglich mein Fernschreiben bereits erhalten haben, Herr Medizinalrat!“

„Ein Telegramm habe ich allerdings nicht erhalten“, antwortete der Arzt. „Um so mehr freue ich mich, unbewußt dem hohen Ruf gefolgt zu sein.“

„Nichts vom ‚hohen Ruf', bitte! Ich wiederhole, daß ich hier nur ein Herr Ludwig bin, und ich werde Sie einfach Doktor nennen. Ihre Gegenwart ist hier dringend nötig. Aus welchem Grund befinden Sie sich jetzt schon hier?"

„Aus dem einfachsten: Meine Pflicht gebot mir, nach Hohenwald zu kommen. Nachdem ich Ihnen einen kurzen Aufenthalt in dieser herrlichen Waldluft angeraten hatte, verstand es sich von selber, nachzusehen, wie mein Patient sich befinde, und ob er auch meine Verordnung einhalte."

„Das tut er sehr!"

„So wird der Erfolg nicht ausbleiben."

„Ich merke es schon jetzt. Kommen Sie, damit wir nicht unter die Dorfbewohner geraten, die eben jetzt die Kirche verlassen. Sie begleiten mich in meine Wohnung."

„Die ich mir hätte erfragen müssen, da ich sie nicht kannte."

„Der Wurzelsepp hat sie mir besorgt. Ich wohne in einer Mühle bei netten Leuten. Sie werden einem feinen Mittagessen mit beiwohnen."

„Von Herzen gern. Ich habe in der Stadt den Zug verlassen und vorgezogen, den Weg hierher zu Fuß zurückzulegen. Das und die Gebirgsluft machen Hunger. Darf ich fragen, ob es ein Essen unter vier Augen sein wird?"

„O nein. Ich habe den Müller veranlaßt, den alten würdigen Pfarrer zu laden und auch den Lehrer, einen sehr hoffnungsvollen, jungen Mann, von dem ich überzeugt bin, daß er ein ausgezeichneter Schriftsteller, ja Dichter ist."

„Wieder einen Künstler endeckt?"

„Zwei sogar. Einen Maler auch. Sie werden an diesem Ihre ärztliche Kunst zu erproben haben. Doch davon später. Wir werden ferner mit einigen guten Leuten speisen, deren Namen Ihnen vielleicht etwas nüchtern klingen mögen."

Der Medizinalrat freute sich außerordentlich, seinen hohen Schützling in so vortrefflicher Stimmung zu finden. Er warf, während sie das Dorf verlassen hatten und nun über die Wiesen schritten, einen Blick umher.

„Hier in dieser herrlichen Gottesnatur sollte einem eigentlich gar nichts nüchtern erscheinen dürfen."

„Namen doch wohl. So speisen wir zum Beispiel mit einem gewissen Müllerhelm. Das ist mein Wirt, der Müller, der Wilhelm heißt. Dann mit dem Wurzelsepp —"

„Auf diesen freue ich mich bereits."

„Und mit einem gewissen Finkenheiner."

„Also, Heinrich der Finkler, der Vogler, aus dem sächsischen Herrscherhaus."

„Oh, mein Finkenheiner ist ein sehr guter Bayer. Er hat meine Depesche an Sie nach der Stadt getragen und wird dennoch zur rechten Zeit zur Tafel kommen."

In dieser munteren Weise machte Ludwig den Arzt mit den Hohenwalder Verhältnissen und Personen bekannt, während beide langsam nach der Mühle spazierten.

*

Der Wurzelsepp wanderte wohlgemut über die Wiesen dahin, der Mühle zu.

In einiger Entfernung, da, wo der Weg am Wasser hinführte, begegnete ihm Anna, die Frau des Finkenheiner. Sie wollte bei seinem Anblick zwischen die Büsche treten, er aber rief ihr zu:

„Vor mir brauchst dich nicht zu verstecken. Warum bleibst nicht in der Mühle?"

„Ich kann doch nicht bleiben", antwortete sie. „Es gibt dort so viele Leute jetzt, und ich will mich noch nicht sehn lassen."

„Wo gehst denn jetzt hin?"

„Zunächst nach dem Gasthof zu dem Künstler, um ihn über meinen Verbleib zu beruhigen. Nachher aber gehe ich zu meinem Sohn. Der arme Bub würde sonst ganz allein sein, weil der Heiner auch noch nach der Mühle kommt. Er hat für den Herrn Ludwig nach der Stadt müssen."

„So geh in Gottes Namen, Anna! Ich wünsch dir, daß noch alles gut werden mag!"

Bei diesen Worten traten ihr sofort die Tränen in die Augen.

„Ach, Sepp, ich bins ja gar nicht wert, daß der Heiner mir verziehn hat!"

„Ja, leichtsinnig bist freilich gewesen, und deine Strafe hast auch erhalten. Nun aber wird sich alles zum Besten fügen."

Sie faltete die Hände.

„Das ist ja fast unmöglich."

„Beim Herrgott ist alles möglich. Und so schwer ist das, was du dir wünschest, denn doch nicht."

„Und doch! Schwerer, als du dir denken kannst."

„So muß es wohl einen Grund geben, den ich noch nicht kenne."

„Zwei gibts. Der erste ist, daß ich mich so gewaltig schäm, mich hier vor den Leuten wieder sehn zu lassen."

„Da geb ich dir freilich nicht unrecht. Hier gibts Erinnerungen, die das Glück immer wieder stören würden. Ihr müßt also von hier fort."

„Aber wohin? Wir sind ja so arm, und zum Fortziehn gehört allemal Geld."

„Ja freilich. Aber ich werd das mal mit Euch überlegen, und es müßt grad mit dem Teufel zugehn, wann wir da nicht Rat schaffen könnten. Aber du hast noch von einem zweiten Hindernis gesprochen?"

„Das ist der Signor Bandolini, mit dem ich hierhergekommen bin."

„Na, der kann doch nix dagegen haben, wannst hierbleiben willst!“

„Sehr viel. Er hat bis heut noch immer denkt, daß ich seine Frau werden soll.“

„Donnerwetter! Das glaub ich dem Kerl gleich und auch gern.“

Er ließ seinen Blick über ihre stattliche Gestalt schweifen. Es fehlte ihr nur kurze Zeit des Glückes, um die Spuren der Leiden und Entbehrungen aus ihrem bleichen Gesicht verschwinden zu lassen. Sie errötete, als sie diesen Blick des Alten bemerkte.

„Hast dich ihm denn versprochen?“ fragte er.

„Ich habe ihm nie eine bestimmte Zusage geben.“

„Das ist gut. Aber warum bist dann eigentlich mit ihm in der Welt herumgezogen?“

„Um mich an dem Silberbauern durch ihn zu rächen. Der Signor ist doch eigentlich ein Zigeuner und kennt einige Geheimnisse des Bauern sehr genau.“

„Sinds Schlechtigkeiten, die er kennt?“

„Ja.“

„Ah! So hat er sich doch eigentlich mitschuldig gemacht. Er hätts anzeigen müssen. Ists nicht so?“

„Recht magst da haben, Sepp.“

„Nun, schau, so brauchst vor ihm gar keine Angst zu haben. Ich werd zu ihm gehn und mit ihm sprechen, und es müßt sehr zuwider kommen, wann ich nicht mit ihm einig werden tät. Übrigens gibts auch noch zwei andre, von denen du eine Hilfe erwarten kannst.“

„So weiß ich freilich nicht, wen du meinst.“

„Der eine ist der Herr Schulmeister und der andre der Herr Ludwig. Weißt, das sind zwei Kerle, die haben Haare auf den Zähnen. Ich werd mit ihnen reden, und wann ich dich wieder treff, so glaub ich, daß ich dir einen guten Trost sagen kann. Jetzt nun geh, Anna, und schau deinem Buben recht ins Aug hinein! Nix kann einer Mutter mehr Zuversicht und Mut geben, als wanns sich ihn aus dem Aug des Kindes holt."

Er gab ihr die Hand. Sie zog das Tuch weit ins Gesicht herein, um von niemandem erkannt zu werden, und war bedacht, auf Umwegen in den Hof und in die Scheune des Gasthofs zu gelangen. Der Sepp setzte in ernsten Gedanken seinen Weg fort.

An der Mühle traf er mit dem Heiner zusammen. Er war von der Stadt aus gradwegs durch den Wald gegangen, um Herrn Ludwig eher melden zu können, daß er das Fernschreiben aufgegeben habe.

Als die beiden in die Stube traten, saßen die andern bereits an mehreren zusammengeschobenen Tischen. Die Fenster waren geöffnet, damit die würzigkräftige Waldluft hereindringen könne, und der Raum erglänzte von einer vorbildlichen Sauberkeit.

Soeben trug die alte Barbara eine ungeheure, braune irdene Schüssel herein. Ihr Gesicht glühte vor Anstrengung und Entzücken, einmal solche Gäste bei sich versammelt zu sehen.

„Wo bleibst aber doch nur, Sepp!" zürnte sie, als sie die Schüssel auf den Tisch setzte. „Wann man auf euch warten wollt, so würd das ganze, schöne Zumittagsdineh über dem Feuer verderben. Ihr Mannsbilder wißt gar nicht, was so ein Essen zu bedeuten hat, wanns nachher gutschmecken soll!"

„Oh, das weiß ich schon. Und daß d' eine besonders gute Köchin bist, das weiß ich auch. Grad deswegen will ich dich ja noch heiraten, obgleichst schon längst zum alten Register gehörst."

Da stemmte sie die Hände in die Seite.

„Du, nun sag doch du mal, wannst eigentlich geboren bist! Das ist seit so uralten Zeiten her, daß dus schon selber nicht mehr weißt."

„Hast recht. Aber wann wir nur erst Mann und

Frau sind, nachher werden wir wieder jung. Was hast denn da in der Schüssel?“

„Forellen sinds.“

„O Jegerl! Das ist grad heut meine Leibspeise.“

„So! Hast wohl alle Tag eine andre?“

„Ja, denn grad allemal das, was ich bekomm, das ess ich gern. Da werd ich mich gleich hersetzen.“

Während dieses kleinen Wortgefechts war der Heiner zu Herrn Ludwig getreten und hatte ihm eine ganze Reihe von Gold- und Silberstücken auf den Tisch gezählt.

„Was soll das?“ fragte Ludwig lächelnd.

„Ja, das fragens mich nun!“ antwortete der Heiner, indem er eine hochwichtige Miene zog. „Habens denn schon mal eine Telegraphendepesche fortgeschickt?“

„Ja.“

„Und habens sich nicht gemerkt, was eine kostet?“

„Nun?“

„Zwei Mark fünfundzwanzig.“

„Das ist freilich billig!“ sagte Ludwig, scheinbar sehr erstaunt.

„Ja. Drinnen in München ists wohl teurer als hier bei uns. Bei uns ist eben alles viel billiger als in so einer Stadt. Ich hab noch keine Depesche aufgegeben. Darum hab ich gefragt, wie schnell es geht.“

„So! Was hat man geantwortet?“

„So schnell, daß ichs gar nicht erlaufen kann.“

„Ja, das ist freilich wahr.“

„Aber ich möchts doch nicht glauben.“

„Warum?“

„Nun, der Mann mit der Uniform hat das Blatt gelesen und nachher zu mir gesagt, ich soll nur schnell heimlaufen, dann wär der Herr aus München wohl schon da.“

„Da hat er wohl nur Scherz gemacht.“

„Nein, er hat ein ernsthaftes Gesicht macht.“

„So, so! Ja, schnell ists freilich gegangen. Ich hab nach München telegraphiert nach einem Arzt, der kommen soll, um den Balzerbauern und auch den Elefantenhans zu untersuchen —"

„Jesses! Meinen Hans gleich auch mit?"

„Nun, der Arzt ist schon angekommen. Hier sitzt er neben mir."

Er zeigte auf den Medizinalrat. Der Heiner sperrte den Mund auf und starrte den Arzt sprachlos an. Die Barbara schlug die Hände zusammen, daß es klatschte.

„Schon aus dem Münchenda? Wann die Depesche erst vorhin fort ist? — O jerum, das ist ja ein ganz blaugraues Wunder!"

„Drum!" rief der Heiner. „Drum!"

„Was hast mit deinem Drum?" fragte der Sepp.

„Drum!" antwortete der Heiner und starrte noch immer den Arzt an. „Drum hat der Uniformierte zu mir gesagt, daß ichs gar nicht erlaufen könnt!"

„Ja, darum!" lachte der Ludwig. „Darum sollte es eigentlich mehr kosten als zwei Mark fünfundzwanzig. Und weil ich das Geld einmal dazu bestimmt hatte, so kann ich es unmöglich zurücknehmen. Hier ist es also."

Er schob es dem Heiner hin. Dieser blickte ihn jetzt noch verwunderter an, als vorher den Arzt.

„Was ists mit dem Geld?" fragte er. „Ich kanns doch nicht behalten!"

„Warum nicht? Ich nehme es auf keinen Fall wieder. Es mag also der Botenlohn sein."

„Herrgott!" rief er, tief aufatmend. „Das sind doch fast an die hundert Mark."

„Nur immer zugegriffen!"

Ludwig schob es zusammen und drückte es dem Heiner in die Hand. Dieser tat einen Luftsprung, daß er tatsächlich mit dem Kopf an die Decke stieß.

„Herrjesses! — Dank schön! Das gibt eine Freud, wie ich noch keine erlebt hab!"

Er ergriff die Hand des Herrn Ludwig, um sie zu küssen, und eilte in die Küche.

„Lisbeth, Lisbeth!“ rief er. „Schau her, was ich für ein Geld geschenkt bekommen hab! Lauter Gold und Silber. Jetzt kann der Hans auch ein besseres Essen haben und Papier zum Zeichnen und Farben zum Malen! Ich muß gleich zu ihm! Ich muß es ihm erzählen.“

Er rannte fort.

„Heiner! Heiner!“ rief ihm der Wurzelsepp nach. „So bleib doch jetzt noch da! Das Essen wird kalt.“

Aber der Heiner dachte nicht ans Essen, er dachte nur daran, den kranken Sohn an seiner eigenen Freude teilnehmen zu lassen. —

Wenn fremde Leute sich um einen Tisch versammeln, so pflegt es zunächst etwas still und kühl herzugehen. Hier in der Mühle war es ebenso. Und außerdem wußten einige, daß der Herr Ludwig nicht einfach der Herr Ludwig war. Aus diesem Grund hatte man sich bisher vorsichtig und wortkarg verhalten. Die Jubelszene des Heiner aber brachte Leben in die Versammlung. Am Vormittag war für Herrn Ludwig eine Kiste aus der Stadt angekommen. Der Sepp mußte sie öffnen, und es stellte sich heraus, daß sie Wein enthielt. Ludwig ließ eine Anzahl Flaschen auf den Tisch stellen, und als nun die wenigen Gläser, die es in der Mühle gab, gefüllt waren und zusammenklangen, da verschwand bald auch der letzte Rest von Scheu.

Nach dem Essen nahm Ludwig den Medizinalrat beiseite.

„Ich habe Ihnen bereits vom Silberbauern erzählt. Wir werden im Vorübergehen bei ihm eintreten und ihn untersuchen. Ich möchte wissen, welcher Art sein Zustand ist.“

Sie erreichten das Dorf und betraten das Silbergut. Unter der Tür stand der Silberfritz. Als er die beiden kommen sah, verfinsterten sich seine Züge. Er hatte

Ursache, Fremde vom Lager seines Vaters zurückzuhalten.

Der Arzt grüßte einfach und griff dazu an den Hut. Ludwig schwieg.

„Was wollens?“ fragte Fritz.

„Wer sind Sie?“ fragte der Arzt dagegen.

„Ich bin der Sohn.“

„So. Wir wollen zum Silberbauern.“

„Wozu?“

„Ich bin Arzt.“

„Wir brauchen keinen zweiten.“

„Ich muß trotzdem ersuchen, mich zu dem Kranken zu lassen.“

„Das fällt mir nicht ein. Da könnt jeder Quacksalber kommen und nach ihm schaun wollen. Mein Vater bedarf der Ruh. Er soll nicht gestört werden.“

„Ich störe ihn nicht.“

„Wanns ihn nicht stören, was wollens dann bei ihm?“

„Nun, so will ich Ihnen sagen, daß ich im behördlichen Auftrag komme.“

Der Fritz verfärbte sich.

„Ach so!“ sagte er. „Nach was sollens denn schaun?“

„Ich will mich überzeugen, welche Verletzungen er erlitten hat.“

„Wozu will das die Obrigkeit wissen?“

Ludwig machte eine Bewegung der Ungeduld.

„Kurz machen!“ sagte er.

Darum zog der Rat andre Saiten auf.

„Darüber habe ich Ihnen keine Rechenschaft abzulegen. Geben Sie Raum!“

Damit schob er ihn ohne weiteres zur Seite und trat, gefolgt von Ludwig, über die Schwelle. Fritz schimpfte hinter ihnen her, wagte ihnen aber nicht mehr zu widerstreben.

Eine Magd kam die Treppe herab.

„Wo liegt der Bauer?“

„Da droben!“ antwortete sie.

„Führe uns!“

Sie wandte sich sofort und schritt ihnen voran. Oben öffnete sie die Stubentür. Ludwig blickte hinein. Er sah ein Bett, in dem eine lange Gestalt unbeweglich lag.

„Mit hineingehn!“ gebot er der Magd. „Dem Doktor helfen!“

Der Arzt trat infolgedessen mit dem Mädchen ein. Ludwig blieb draußen stehen und wartete, bis nach einiger Zeit der Arzt zurückkam.

Da die Magd ihm folgte, wurde zunächst kein Wort gesprochen. An der Haustür stand der Silberfritz mit zwei Knechten. Er zog jetzt den Hut, als sie an ihm vorübergingen; sie beachteten es aber nicht.

„Diese verdammten Saukerle!“ schimpfte er leise. „Die tun ja, als ob sie den König und das ganze Ministerium verschluckt hätten! Ich möcht nur wissen, was das zu bedeuten hat. Du, Alois, lauf mal denen nach! Ich muß wissen, wohins gehn.“

„Dank schön!“ meinte der Knecht. „Das sind zwei Gewichtige. Der eine, der Hohe, Breite, sah gar so aus, als wann er ein General wär oder ein Staatsadvokat! Dem lauf ich nicht nach. Der, wann er sich umdreht und mich erblickt, ist am End gleich imstand, mich einstecken zu lassen.“

„Hasenfuß! So lauf du, Wendelin!“

„Ich?“ fragte der andre. „Ich bin hier, um zu arbeiten, aber nicht, um solchen Herren im Weg herumzulaufen. Ich begeb mich in keine Gefahr. Wannst wissen willst, wohins mitnander gehn, so spring ihnen nur selber nach!“

Damit drückten sie sich beiseite. Da es dem Fritz aber auch nicht geheuer erschien, die Aufmerksamkeit der beiden Fremden unnötigerweise auf sich zu lenken, so zog er es wie die Knechte vor, zu Haus zu bleiben.

Die Herren schritten langsam durchs Dorf, der Flachsdörre zu. Dort saß die Feuerbalzerin wieder vor der Tür. Sie erkannte Ludwig und erhob sich sofort von dem Stein, auf dem sie saß.

„Ach“, sagte sie erfreut, „das ist ja der gute Herr, der mich so beschenkt hat und mir einen Doktor versprochen für meinen Sohn.“

„Ja“, nickte Ludwig. „Der Doktor ist schon da. Hier dieser Herr ist es.“

Die Frau betrachtete den Rat prüfend.

„Ja, so einen laß ich mir schon gefallen!“

„Warum?“ erkundigte sich der Arzt.

„Warum? Sie schaun ganz anders aus als unsre Latwergenkramer. Ihnen sieht mans ja gleich an, daß Sie die ganze Medizin bis in den Kopf hinauf studiert haben.“

„So! Ist Ihr Sohn zu Haus?“

„Ja, der sitzt drinnen und fängt Fliegen.“

„Holen Sie ihn einmal heraus!“

Sie ging hinein und brachte den Irren. Als er die beiden erblickte, sank er auf den Boden nieder und wimmerte:

„Nimms hin! Nimms hin! Ich sag nix! Gnade! Gnade!“

Der Sonnenschein fiel hell auf sein Gesicht, so daß der Arzt es in schärfster Beleuchtung sah. Der König hatte ihm einige Andeutungen gemacht. Er blickte daher den Kranken drohend an, ballte die Faust und tat, als ob er zum Schlag aushole.

„Nimms hin!“ wimmerte der Balzerbauer so wie vorher. „Ich sag ja nix! Gnade! Gnade!“

Da griff der Arzt ihn bei der Hand, half ihm auf und betrachtete seine Augen. Der Blick war verschleiert, ohne Selbstbestimmung, aber doch nicht irr. Es lag etwas in diesen Augen verborgen, wofür nur der Arzt Verständnis haben konnte. Nach und nach verlor das Gesicht auch den angstvollen Ausdruck. Es wurde sogar freundlich und immer freundlicher. Wie im Wiedererkennen sah er Ludwig an und sagte dann:

„Freund! Guter Freund!"

Der Arzt schüttelte den Kopf.

„Nun?" fragte Ludwig.

„Dieser Mann ist nicht wahnsinnig. Es lastet auf seinem Gemüt irgendein schweres Gewicht, das zu entfernen er die Kraft nicht besitzt."

„Das war genau meine Ansicht. Aber welch eine Last mag das sein?"

„Keine geistige, sondern eine körperliche. Wir müssen ihren Sitz aufzufinden suchen."

„Vielleicht ists die Verwundung, die er damals bei dem Brand erhalten haben soll."

„Höchstwahrscheinlich. Ich werde den Kopf untersuchen."

Er legte die Hände des Kranken, der jetzt keine Scheu mehr vor ihm zeigte, auf dessen Rücken und begann, mit den Fingerspitzen den Kopf zu betasten. Als er die Mitte des Schädels berührte, schrie der Balzerbauer laut auf und wollte entfliehen. Der Arzt ergriff ihn jedoch beim Arm und hielt ihn zurück.

„Hier ist der Sitz des Übels. Ich muß diese Stelle genauer untersuchen; aber der Schmerz, den der Unglückliche dabei empfindet, wird ihn hindern, stillzuhalten. Ich brauche einen Mann oder auch zwei Personen, ihn festzuhalten."

„Ich werd sogleich zwei holen!" sagte die Alte, die aufs aufmerksamste zugeschaut und dem Arzt jedes seiner Worte von den Lippen gelesen hatte.

„Halt!" sagte Ludwig, als sie forteilen wollte. „Bin ich stark genug, Doktor?"

„Sie?" fragte dieser. „Hm! Stark genug jedenfalls. Aber ich meine —"

„Sie haben nichts zu meinen! Wir vereinfachen die Sache. Ich halte ihn."

Ludwig trat zu dem Kranken heran, schob ihn an die Mauer, nahm ihn zwischen die Arme und hielt ihm mit den Händen den Kopf fest. Der Kranke konnte sich bei der Riesenkraft Ludwigs nicht bewegen. Er wimmerte angstvoll, denn er merkte gar wohl, daß man jetzt im Begriff stand, etwas Gewaltsames mit ihm vorzunehmen.

„Nun beginnen Sie!" gebot Ludwig.

Der Rat nahm die Untersuchung vor. Der Kranke fiel aus dem Wimmern in ein schmerzvolles Schreien, so daß nicht nur oben am Fenster der Kopf von Heiners Frau erschien, sondern auch aus den benachbarten Häusern die Leute traten, um die Ursache dieses Schreiens kennenzulernen.

Die Untersuchung dauerte mehrere Minuten. Endlich war der Arzt fertig.

„Zu Ende", sagte er. „Sie können ihn loslassen, Herr Ludwig."

Sobald Ludwig die Hände von dem Balzerbauern nahm, rannte dieser spornstreichs von dannen.

Die Bäuerin hatte voller Angst zugeschaut. Sie näherte sich zaghaft dem Arzt.

„Jetzt, was sagens, Herr Doktor? Kann er wieder gesund werden?"

Das Gesicht des Arztes war von einem Freudenschimmer erhellt.

„Zunächst sage ich, daß die Personen, von denen er bisher untersucht worden ist, wahre Esel — hm, sich sehr geirrt haben. Von Irrsinn ist gar keine Rede."

Er wandte sich an Ludwig.

„Bei seiner damaligen Verletzung hat sich, wie ich für gewiß annehme, ein Knochensplitter ins Gehirn gesenkt. Er ist die Ursache der Geistesstörung, und es ist ein Wunder zu nennen, daß sich nicht mit der Zeit noch schwerere Folgen eingestellt haben."

„Ist dieser Splitter zu entfernen?" fragte Ludwig.

„Sicherlich. Vielleicht ist dem Splitter schon durch einen bloßen Schnitt in die Kopfhaut beizukommen. Ich werde gleich morgen den Eingriff vornehmen und den in der Stadt wohnenden Kollegen zugegen sein lassen. Wenigstens kann ich bei ihm die nötigen Instrumente bekommen. Ich habe die dazu erforderlichen Sachen nicht bei mir."

„Herrgott!" rief die Bäuerin. „Bereits morgen?"

„Ja, gute Frau."

„Und er wird wieder gesund?"

„Ich glaube."

„O du mein lieber Himmel, wie dank ich dir, wie dank ich dir!"

Sie sank in die Knie, sprang aber sofort wieder auf, ergriff die Hand Ludwigs und küßte sie inbrünstig.

„Das hab ich nur Ihrer Güte und Barmherzigkeit zu verdanken!"

Und dann faßte sie auch die Hand des Arztes.

„Tuns, was Sie tun können, mein bester Herr Doktor! Rettens mir den Sohn! Der Herrgott wirds zahlen!"

„Haben Sie keine Sorge. Was die Wissenschaft vermag, das wird sicherlich getan werden."

„Also er wird nicht nur am Leib gesund werden, sondern auch wieder denken können?"

„Ja. Ich vermute sogar mit allem Grund, daß in dem Augenblick, da ich den Splitter aus dem Hirn entfernt habe, der Kranke in den vollen Besitz seiner Geisteskräfte gelangen wird."

„So kann er dann gleich denken und sprechen?"

„Ja."

„Mein Heiland! Dann wird er ja doch sagen können, was damals alles geschehn ist!"

„Ich denke. Aber, gute Frau, gerade aus diesem Grund ist es sehr geraten, niemanden vorher etwas erfahren zu lassen. Verstanden?“

„Oh, ich weiß, was Sie meinen! Es soll kein Mensch wissen, daß mein Sohn geheilt werden soll.“

„Gut. Sorgen Sie dafür, daß er morgen am Vormittag zu Haus bleibt. Ich freue mich, daß es mir erlaubt war, Ihnen eine so hoffnungsreiche Mitteilung zu machen. Leben Sie wohl!“

„Grüß Gott, mein guter, mein bester Herr Doktor!“ antwortete sie unter Glückstränen. „Ich hab bisher lange Jahre in der richtigen Hölle gelebt. Nachher, wann mein Sohn wieder gesund ist, wirds für mich sein wie im Himmel!“

Sie zitterte vor Freude.

„Und nun?“ fragte der Arzt den Herrn Ludwig.

„Zum Elefantenhans. — Ich halte mich einstweilen unten.“

Der Arzt trat in das Haus und stieg die Treppe empor. Ludwig aber entfernte sich ein Stück vom Dorf und begann da auf- und abzugehen. Er mußte sehr lange warten, fast eine halbe Stunde, bis der Rat zurückkehrte.

„Nun?“ fragte er im Weiterschreiten.

„In Bezug auf diesen Kranken haben meine verehrten Herren Kollegen nicht unrecht gehabt, wenigstens was die Heilung betrifft. Der Knabe hat im frühen Kindesalter einen großen Jammer durchmachen müssen, und darauf sind arme, entbehrungsreiche Jahre gefolgt. Die Frau, die eben bei ihm war, gab sich die Schuld, indem sie bitter dabei weinte.“

„Sie ist seine Mutter, die leichtsinnig ihren Mann und ihre Kinder verlassen hatte. Sie ist zur Einkehr und Reue gekommen, und ihr Mann, der trotz seiner Armut und seines niederen Standes ein großherziger Charakter ist, hat ihr vergeben. Ich weiß, daß der arme Knabe damals über den Verlust der Mutter und die Krankheit des Vaters nicht zu trösten gewesen ist. Er besitzt ein ausgezeichnetes Talent für Pinsel und Palette. Hoffen Sie, daß er noch gesunden kann?"

„Ich bin überzeugt davon. Aber die Mittel —"

„Habe ich."

„Sie werden bedeutend sein!"

„Darnach darf ich nicht fragen. Es ist meine Pflicht, ein solches Talent dem Leben zu erhalten."

„Der Patient muß zum Süden. Wohin, ist erst nach weiterer Beobachtung zu bestimmen. Der Süden mit seinem Licht und seiner Wärme wird Wunder wirken, denn er findet eine sehr kräftige, geistige Unterstützung in der Sehnsucht des Kranken, dort Hilfe zu suchen. Schon die einfache Nachricht, daß er bald reisen darf, wird seine Kräfte verdoppeln."

„So wollen wir nicht zögern! — Nun aber der Silberbauer! Wie steht es mit diesem?"

„Er hat zwei Rippenbrüche. Inwieweit sein Kopf beschädigt ist, kann jetzt noch nicht beurteilt werden, weil er sich in einem traumartigen Zustand befindet und nicht einmal einen Schmerzenslaut hören läßt. Die Armwunde, so fürchterlich sie beim ersten Anblick erscheinen mag, ist nicht so gefährlich wie der Bruch der Rippen. Ich wollte, ich könnte dabei sein, wenn er erwacht. Es ist das für den Arzt ein Augenblick, in dem die wichtigsten Beobachtungen angestellt und nicht weniger wichtige Erfahrungen gemacht werden können."

„Wird man auf das Erwachen noch lange Zeit zu warten haben?"

„Diese Frage läßt sich kaum mit Sicherheit beantworten. Es fehlt da jeder Maßstab. Doch denke ich, daß binnen zwei, höchstens drei Tagen der Kranke eine Äußerung geistigen Lebens merken lassen wird."

„So sollen Sie dabei sein. Solange ich hierbleibe, bedarf ich doch Ihrer Gegenwart, und vor Ablauf dreier

Tage reise ich wahrscheinlich nicht ab. Treffen Sie also Ihre Vorbereitungen! Nötigenfalls soll die Behörde dafür sorgen, daß Ihnen der Zutritt nicht wieder, wie vorhin, erschwert wird.“

Sie sprachen nun noch über die Verhältnisse der Umgegend und der hier wohnenden, Ludwig bereits bekannten Personen. Dabei kamen sie zur Mühle zurück, und schon von weitem hörten sie die Stimmen der Gäste, die, der Pfarrer ausgenommen, noch beim Wein saßen.

Als sie den Garten erreichten, kam gerade der Lehrer. Er grüßte und wollte vorbeigehen, doch Ludwig hielt ihn zurück.

„Ich will Sie nicht stören“, sagte er. „Aber wenn es Ihnen recht ist, so ersuche ich Sie, mit in die Stube zu kommen. Dort herrscht noch reges Leben, wie es scheint, und ich möchte auch gern etwas zu der allgemeinen Freude beisteuern.“

Sie kamen durch die Hintertür ins Haus. Barbara bemerkte sie durch die Küche zuerst und rief mit lauter Stimme:

„Seid still, ihr Hallodrivolk! Die Herrschaften kommen! Was sollens von uns denken, wenn so ein Lärm herinnen herrscht?“

Sie traten ein.

„Jetzt wirds uns schlecht ergehn“, sagte der Müller. „Herr Ludwig, wir haben fast den ganzen Wein ausgetrunken!“

„Ja“, stimmte der Heiner bei, „wenn man all sein Lebtag keinen solchen Tropfen trunken hat, und man bekommt dann mal ein Glas, so macht man nachher allerlei Dummheiten.“

„Und wir haben derweil gearbeitet“, lächelte Ludwig. „Wenigstens der Herr Medizinalrat. Ich hab daran gedacht, daß ich versprach, für den Hans einen Arzt rufen zu lassen. Hier, der Doktor ist schon bei ihm gewesen und hat ihn untersucht."

„Jetzt?" fragte der Heiner bestürzt. „Und ich war nicht dabei?"

„Das war nicht nötig."

„Und was ist? Kann er gesund werden?"

„Ja", antwortete der Arzt. „Aber er darf nicht hierbleiben."

„Habs mir denkt!" meinte der Heiner traurig.

„Ja, Ihr Sohn soll zum Süden und so lange dort bleiben, bis er gesund ist, selbst wenn es mehrere Jahre dauert. Und nicht nur das will Herr Ludwig bezahlen, sondern er will ihn auch in der Malkunst unterrichten lassen."

Der Heiner stand sprachlos. Lisbeth stieß einen Freudenschrei aus und machte eine Bewegung, als ob sie auf Ludwig zueilen wolle, wankte aber und schlang den Arm um Barbara, um sich an ihr festzuhalten.

„O ihr Heiligen all im Himmel droben!" stieß der Heiner endlich hervor. „Das ist doch gleich gar zu viel! Wer kann das aushalten!"

„Und weiter!" fuhr Ludwig fort. „Der Hans kann doch nicht allein in die Fremde gehen —"

„Nein, da muß ich wohl mit", fiel der Heiner ein.

„Sie nicht. Sie müssen hierbleiben, um dabei zu sein, wenn Ihre Lisbeth Hochzeit macht. Der Hans braucht zunächst eine weibliche Hilfe. Da schlage ich vor, es begleitet ihn die Frau, die wir vorhin bei ihm getroffen haben."

„Herrgott, seine Mutter!" rief der Heiner entzückt.

Er streckte den einen Arm nach seiner Tochter aus. Sie flog an sein Herz. Die Barbara machte sich bereits mit ihrer Schürze zu schaffen. Sie fühlte, daß sie die Tränen nicht mehr lange zurückhalten konnte. —

*

Der Wurzelsepp betrat das Haus des Eschenbauers gerade in dem Augenblick, als Max Walter die Treppe herunterkam; der Lehrer war im Begriff, fortzugehen.

„Sepp, du?“ sagte er. „Hast du vielleicht etwas Wichtiges?“

„Nein. Ich wollte nur fragen, wann wir wieder unters Wehr kriechen werden.“

„Vielleicht bereits heut abend. Ärgerlich ists, daß wir den Schlüssel zum Schrank nicht haben. Wir sind also gezwungen, ihn aufzusprengen.“

„Hm! Vielleicht ist der Schlüssel zu erhalten. Der Silberbauer hat ihn doch wohl in der Tasche gehabt, als er ins Rad gefallen ist. Vielleicht steckt er noch jetzt drin. Soll ich mal nachschaun?“

„Wie willst du das anfangen?“

„Die Sach ist nicht so schwer, wie sie ausschaut. Ich geh halt in die Stube, in der der Silberbauer liegt. Da wird wohl auch das Zeug hängen, was er angehabt hat, und da schau ich in die Taschen.“

„Das sieht man doch!“

„O nein, denn ich tus nur dann, wann niemand zugegen ist.“

„Nun, so versuch es einmal! Ich muß jetzt zu der Balzerbäuerin. Der Arzt, der bei Herrn Ludwig ist, hat nach mir geschickt. Ich soll zugegen sein, wenn der Feuerbalzer operiert wird.“

„Sapperment! Wann wird das sein?“

„Jetzt. Der Doktor aus der Stadt ist dabei und auch ein Herr vom Gericht.“

„Wann ich doch auch mit dabei sein könnt!“

„Wir wollen es versuchen. Du kannst ja auch später zum Silberbauern gehn. Hoffentlich haben die Herren nichts dagegen, daß du mit anwesend bist.“

So schloß sich also der Sepp dem Lehrer an. Als sie an die frühere Flachsdörre kamen, waren die Herren eben erst eingetroffen.

Die alte Balzerbäuerin hatte dafür gesorgt, daß ihr Sohn sich zu Hause befand. Ebenso war sie bemüht gewesen, ihrer Stube ein einigermaßen leidliches Aussehen zu geben. Die Fenster waren gewaschen und geputzt, so daß das Tageslicht voll hineindringen konnte.

Als die beiden eintraten, fragte der Gerichtsassessor, der mit noch einem Arzt aus der Stadt gekommen war und den Wurzelsepp nicht kannte, was dieser hier wolle.

„Er heißt Joseph Brendel", antwortete der Lehrer, „wird gewöhnlich Wurzelsepp genannt und weiß so viel von dem Feuerbalzer und dem Silberbauern, daß er gern dabei sein möchte, wenn der Kranke den Gebrauch der Sinne wiedererlangt. Es steht zu erwarten, daß er dann imstande sein wird, sehr wichtige Aussagen zu machen."

„So mag er bleiben."

Der Feuerbalzer verhielt sich trotz der Anwesenheit so vieler Personen völlig teilnahmslos. Nur als der Assessor einige Fragen an ihn richtete, um sich von seinem geistigen Zustand zu überzeugen, blickte er ihn blödängstlich an und antwortete in klagendem Ton:

„Nimms hin, nimms hin! Ich sag nix! Gnade, Gnade!"

Der Assessor nickte den beiden Ärzten stumm zu. Er war von ihnen über alles unterrichtet worden und gab durch dieses Nicken zu verstehen, daß er ihre Ansichten teile.

Nun sollte der Eingriff beginnen. Die Feuerbalzerin mußte sich entfernen. Am liebsten hätte man auch ihre kranke Schwiegertochter aus der Stube gewiesen; das aber ging nicht an.

Der Kranke wurde auf einen Stuhl gesetzt und darauf festgebunden, was er sich unter ängstlichem Wimmern gefallen ließ. Dann wurde er betäubt.

Als er sich unempfindlich zeigte, wurde die Stelle seiner Hirnschale, deren Berührung ihm Schmerzen verursachte, von den Haaren befreit, und dann griff der Medizinalrat zu seinen Instrumenten, um die Kopfhaut zu entfernen. Die zur Schädelbohrung erforderlichen Instrumente lagen bereit.

Als die Haut zurückgeschlagen war, ließ der Arzt einen Ruf der Verwunderung hören.

„Wir brauchen nicht zu bohren", sagte er. „Sehen Sie, Herr Kollege! Hier ist die verletzte Stelle. Es ist in Wirklichkeit so, wie ich vermutete. Die Hirnschale ist hier durch einen schweren Hieb eingedrückt worden. Man sieht trotz der Jahre, die indes vergangen sind, die scharfe Umschreibung der Wunde noch sehr genau. Der Gegenstand, mit dem der Schlag ausgeführt worden ist, scheint ein Hammer gewesen zu sein, ein Hammer mit einem quadratischen Kopf. Ich werde einmal messen."

Er legte ein silbernes Stäbchen, das dem angegebenen Zweck diente, auf die verletzte Stelle.

„Drei Zentimeter vier Millimeter im Geviert hat die Wunde. Merken wir uns das genau. Das eingeschlagene Knochenstück hängt an einer Seite noch mit der Schädeldecke zusammen, während es an der entgegengesetzten Seite einwärts gebogen ist und also auf das Gehirn drückt. Dieser Druck ist die Veranlassung der geistigen Umnachtung des Kranken. Nach der Beseitigung wird er, wie zu erwarten steht, wieder den Gebrauch seiner Geisteskräfte erlangen. Glücklicherweise ist die Sache sehr leicht. Wir brauchen nur die eingeschlagene Knochenstelle zu heben. Die Heilung wird in verhältnismäßig kurzer Zeit erfolgen."

So, wie er gesagt hatte, geschah es auch. Der Knochen wurde aus dem Hirn emporgezogen, mit der abgelösten Kopfhaut bedeckt und dann durch eine aufgelegte Metallplatte geschützt. Darüber kam ein Verband. Der Eingriff war in kurzer Zeit erledigt.

Jetzt waren alle Anwesenden darauf gespannt, wie der Kranke sich im Augenblick des Erwachens verhalten werde.

Die Herren nahmen Platz und ließen Balzer nicht aus den Augen. Er saß noch immer angebunden auf dem Stuhl.

So verging eine ziemlich lange Zeit, bevor er sich zu regen begann. Endlich öffnete er die Augen, blickte einige Sekunden grad vor sich hin und schloß sie wieder. Dabei stieß er einen tiefen Seufzer aus, als ob er nach einer schweren Bedrückung jetzt Erleichterung fühle. Seine Brust bewegte sich sichtbar unter tiefen Atemzügen.

„Binden wir ihn los!" sagte der Medizinalrat. „Ich glaube, daß wir es wagen können."

Es geschah. Ein leises, befriedigtes Lächeln ging über des Kranken Gesicht.

„Sehen Sie", flüsterte der Rat, „daß sein Geist zurückkehrt? So lächelt kein Irrer. Ich möchte wetten, daß er vernünftig zu sprechen beginnen wird."

Es zeigte sich, daß der erfahrene Mann recht hatte. Nach kurzer Zeit öffnete Balzer die Augen abermals, blickte zunächst wie träumend vor sich hin und sah sich dann im Kreis um. Er erblickte die Anwesenden und fuhr sich mit der Hand nach dem Kopf.

„Mein Kopf! Er hat mich also doch derb mit dem Hammer troffen."

„Wer?" fragte der Assessor.

Balzer richtete sein Auge auf den Sprecher. Er schien in Wirklichkeit erst jetzt die Anwesenden zu bemerken.

„Ja, wer ist denn da?" fragte er. „Wer sind diese fremden Leute, die da bei uns sitzen?"

„Wundern Sie sich nicht", antwortete der Medizinalrat. „Ich bin der Arzt, der Sie verbunden hat. Der Hieb, den Sie auf den Kopf erhalten haben, ist gefährlich gewesen."

„Weil er so tüchtig ausgeholt hat."

„Wer?"

Der Kranke öffnete den Mund, um zu antworten, besann sich aber eines andern. Seine Frau, die in der Ecke lag, hatte mit angstvoller Spannung das Ergebnis des Eingriffs erwartet. Jetzt, als sie ihren Mann plötzlich in verständiger Weise sprechen hörte, fühlte sie sich auf das tiefste ergriffen. Es war ihr zwar verboten worden, sich bemerkbar zu machen, aber sie vermochte nicht, sich zu beherrschen. Sie schluchzte vernehmlich.

„Wer weint denn da?“ fragte Balzer.

Die Herren hatten sich so gestellt, daß er seine Frau nicht sehen konnte.

„Darum sollten Sie sich jetzt nicht kümmern, Balzer!“ antwortete der Assessor.

„Aber wo bin ich denn eigentlich?“

Er blickte sich erstaunt um.

„Kennen Sie diesen Ort?“

„Hm! Ich weiß es nicht genau. Er scheint fast grad wie die untere Stub in der Flachsbrecherei. Aber da wohnt doch kein Mensch. Ich bin gar nicht daheim, ich bin bei fremden Leuten.“

„Allerdings. Sie wissen also nicht, was geschehen ist?“

„Was soll geschehn sein?“

„Hm! Aber wer Sie sind, das wissen Sie?“

„Na“, lachte der Kranke, „ich werd doch wissen, wer ich bin!“

„Nun, wer?“

„Der Balzerbauer in Hohenwald.“

„Richtig! Sie kennen also alle Bewohner dieses Dorfes?“

„Natürlich.“

„Auch den Silberbauern?“

„Ja. Ich bin doch erst gestern mit ihm in der Stadt gewesen.“

„Was haben Sie da gemacht?“

„Im Amt waren wir. Er hat mir eine Grundschuld ausgezahlt.“

Es war klar, daß er von dem langjährigen Zeitraum,

der seitdem vergangen war, nichts wußte. Der Assessor ging auf diese Anschauung sofort ein.

„Wieviel betrug die Schuld?"

„Fünftausend Taler."

„In welcher Münzart haben Sie diese ausgehändigt bekommen?"

„In lauter Goldfüchsen. Nur ein einziger Kassenschein war dabei."

„Wie hoch im Wert?"

„Fünfhundert Taler."

„Kennen Sie seine Nummer?"

„Ei wohl! Bei so einem großen Papier schaut man sich die Nummer schon genau an. Freilich, wie sie ausgesprochen wird, das weiß ich nicht, aber es waren erst drei Neuner, nachher kamen drei Dreier und zuletzt noch eine Null."

„Also 9 993 330 — neun Millionen neunhundertdreiundneunzigtausend und dreihundertdreißig?"

„Wird schon so sein."

„Und wo haben Sie das Geld?"

„Droben in meiner guten Stube ists. Da liegts im Kasten drin."

„Es ist also noch da?"

„Wohin solls sein? Aber, warum fragens mich denn so aus? Wer sinds eigentlich? Und nun will ich wissen, wo ich bin!"

„Sie befinden sich bei Leuten, die es sehr gut mit Ihnen meinen. Wir sind hier allerdings in der Flachsbrecherei."

„Aber da seh ich doch einen Tisch und den Stuhl, den Schemel und andre Sachen. Wohnt denn jemand hier, ohne daß ich es weiß?"

„Ja, und wer das ist, das werden Sie nachher erfahren. Jetzt bitte ich Sie, mir vor allen Dingen meine Fragen zu beantworten. Sagen Sie mir zunächst, ob Sie vielleicht einen Schmerz am Kopf fühlen!"

Er griff mit beiden Händen nach dem Kopf und fuhr erstaunt fort:

„Ich hab ein Tuch am Kopf? Ich bin verbunden worden? Warum hat man das tan?"

„Weil Sie verwundet worden sind. Es ist Ihnen der Schädel zerschmettert worden. Sie haben ein Loch darin."

„Ach so! Jetzt begreif ich die ganze Sache. Das Gericht ist da, um zu erfahren, wer mich so geschlagen hat?"

„Ja. Hoffentlich werden Sie mir diese Frage beantworten können?"

Er blickte still vor sich nieder. Man sah es ihm an, daß er mit sich zu Rate ging, ob er aufrichtig sein solle oder nicht. Der Silberbauer war sein Spielkumpan gewesen, und da er nichts von dem wußte, was geschehen, und daß inzwischen Jahre verflossen waren, so hielt er es für geraten, nichts zu gestehen.

„Ja, ich werd schon antworten", sagte er. „Aber ich weiß nicht, ob ich das wissen werd, was Sie von mir erfahren wollen."

„Ich möchte zuerst wissen, ob Sie im vollständigen Gebrauch Ihres Denkvermögens sind."

„Warum soll ich das nicht sein? Ich werd doch noch denken können?"

„Und Sie verstehen meine Fragen sehr genau und wissen, was Sie antworten?"

„Ja, das weiß ich alles ganz genau."

„Nun gut! So sagen Sie mir, wo Sie gestern abend gewesen sind."

„Beim Silberbauer."

„Waren Sie dort allein, oder befand sich außerdem noch jemand bei ihm?"

„Der Schulmeister und auch der Heimannbauer."

Der letztgenannte war längst gestorben. Der Lehrer, der hier gemeint war, hatte indes seine Stelle mehrmals gewechselt, und da er damals schon ziemlich alt gewesen war, so ließ sich fast mit Gewißheit annehmen, daß auch er nicht mehr lebte.

„Was haben Sie dort gemacht?“ fragte der Beamte weiter.

„Was sollen wir gemacht haben? Gesprochen haben wir und einen Tabak dabei geraucht.“

„Sonst haben Sie weiter nichts getan?“

„Nein.“

„So! Haben Sie dann vielleicht ein kleines Spielchen gemacht?“

„Nein, gespielt — haben — wir — nicht.“

Diese Antwort wurde nur zögernd gegeben. Es war ihm anzumerken, daß er jetzt nicht die Wahrheit gesprochen hatte.

„Besinnen Sie sich genau! Es kommt sehr viel darauf an, ob Sie gespielt haben oder nicht.“

„Es ist nicht gespielt worden. Wer spielen will, der geht ins Wirtshaus. Daheim bei sich aber spielt hier bei uns keiner.“

„So! Und wann gingen Sie nach Haus?“

„Die Stund weiß ich nicht mehr genau.“

„Was haben Sie zu Haus gemacht? Besinnen Sie sich genau.“

„Hm! Das weiß ich freilich nicht mehr. Es muß einer in meiner Stube gewesen sein und mich geschlagen haben. Davon hab ich den Verstand verloren.“

„Sie scheinen also nicht zu wissen, wer es gewesen ist?“

„Nein. Ich weiß nur, daß ich träumt hab, bis ich jetzt aufgewacht bin.“

„Können Sie mir über diesen Traum etwas sagen?“

„Ja. Es wollt mich einer ermorden, und ich hab ihm gute Worte geben, daß ers nicht tun soll. Nachher haben die Leute alle denkt, daß ich verrückt sei, aber ich bins nicht gewesen. Ich hab nur nicht denken können. Ich hab mir alle Mühe geben, zu sinnen und zu reden wie andre Menschen auch, aber ich habs halt nicht zustand bracht, denn es ist eine Last auf meinem Kopf gelegen, die ich nicht herunterbracht hab. Auch hat mir träumt, daß ich arm bin, und daß ich großen Hunger hab immerfort. Die Mutter ist eine große Lumpin worden und die Frau krank. Die Leute, denen ich begegnet bin, haben mich angeschaut wie einen Verrückten, und ich hab einen Feind gehabt, der uns alle hat unglücklich machen wollen."

„Wußten Sie, wer dieser Feind ist?"

„Nein. Ich hab den Kopf sehr angestrengt, es zu erfahren; aber das ist ganz vergeblich gewesen."

„War es nicht der Silberbauer?"

„Das weiß ich nicht."

Er sagte das so zögernd, daß man leicht vermuten konnte, er habe auch jetzt wider besseres Wissen gesprochen. Der Assessor schüttelte den Kopf; dennoch aber begriff er recht wohl, warum der Balzer nicht aufrichtig antwortete. Er mußte Schritt um Schritt vorgehen, um das noch nicht erstarkte Hirn des Kranken zu schonen.

„Das Geld, das Ihnen gestern der Silberbauer ausgezahlt hat, befindet sich also noch in Ihrem Besitz?" fragte er weiter.

„Natürlich."

„Wo liegt es?"

„Im Kasten, droben in der guten Stube."

„So! Hm! Stehen Sie doch einmal auf, und blicken Sie durch das Fenster. Was liegt rechts da oben?"

Balzer schaute nach der angegebenen Richtung.

„Das ist unsre Kirche. Warum fragens so?"

„Und blicken Sie nun links da hinüber! Kennen Sie dieses Haus?"

Balzer folgte der Weisung des Beamten. Sein Blick fiel auf das Gut, das an der Stelle seines abgebrannten stand. Es war merkwürdig, zu sehen, welch ein Erstaunen sich in seinen Zügen ausdrückte. Er öffnete die Augen weit und trat einen Schritt von dem Fenster zurück, den Blick auf die ihm fremden Gebäude gerichtet.

„Ja, was ist denn das?“ fragte er. „Hab ich denn noch jetzt den Traum?“

„Nein, Sie sind wach. Kennen Sie das Gebäude denn nicht?“

„Ich habs im Traum gesehn, aber ich konnt nicht wissen, wems gehört. Himmelsakra! Das steht ja grad da, wo mein Gut stehn muß! Das ist doch eine Zauberei!“

„Es ist Wirklichkeit, Balzer. Sie sind doch überzeugt, daß Sie sich in Hohenwald befinden?“

„Freilich! Ich kenne ja alle die Häuser, die von hier aus zu sehn sind. Aber das meinige ist fort. Wo ists hin?“

„Es ist abgebrannt.“

„Ab — brannt — wärs?“

Seine Augen wurden stier, und sein Gesicht nahm einen starren Ausdruck an. Seine Brust atmete ungleichmäßig, als ob ihm der Atem ausgehn wollte.

„Abbrannt wärs? Das hat mir auch träumt. Es hat mir lange um die Nase gerochen wie lauter Brand. Aber der Traum kann doch nicht Wahrheit sein! Wann mein Gut heut in der Nacht verbrannt ist, kann doch nicht bereits heut ein neues dastehn!“

„Beruhigen Sie sich, Balzer! Sie müssen jetzt allerdings etwas erfahren, was Sie sehr betrüben wird; aber es wird nur kurze Zeit vergehen, so ist das Leid in Freude umgewandelt. Treten Sie doch einmal her an den Spiegel, und schauen Sie hinein!“

Auf einem Mauervorsprung lehnte ein Stückchen Glas von einem zerbrochenen Spiegel. Balzer nahm es in die Hand und sah hinein. Er fuhr zurück, stieß einen Ruf des Schreckens aus, blickte wieder hinein, fuhr abermals zurück — kurz, er war in diesem Augenblick das leibhafte Bild des unglücklichsten Erstaunens.

„Jesus Maria!" rief er. „Wie schau ich da aus? Das kann doch ich nicht sein!"

Er blickte die Anwesenden ratlos an. Dann erst fiel sein Blick zum erstenmal auf seine eigene Erscheinung. Das Blut wich ihm aus den Wangen. Er wollte sprechen, brachte aber kein Wort hervor.

Der Medizinalrat trat zu ihm, ergriff seine Hand, um nach dem Puls zu fühlen.

„Beruhigen Sie sich, Balzer! Es ist nicht so schlimm, wie Sie denken."

„Nicht — so schlimm?" stieß der Bauer jetzt hervor. „Wie schau ich aus! Barfuß, mit solch einer zerrissenen Kleidung! Nicht gewaschen, nicht gekämmt! Und mein Gesicht ist so alt, als ob seit gestern zwanzig Jahre vergangen wären. Das kann ich nicht —"

Er hielt inne, griff mit der Hand an die Stirn, stieß einen schrillen Schrei aus und sank auf den alten Stuhl zurück.

Da trat der Wurzelsepp herbei, legte ihm die Hand auf die Schulter und sagte:

„Balzerbauer, laß dichs nicht so angreifen! Der Herrgott hats geben und hats auch genommen. Wenn er will, kannst du es auch wiedererhalten."

Der Bauer blickte zu ihm auf.

„Diese Stimm ist mir bekannt", sagte er, „und das Gesicht auch. Du bist der Wurzelsepp, aber auch viel älter als d' sein kannst. Oh, ich weiß, ich weiß! Ich hab nicht träumt. Es ist alles wahr, es ist alles wirklich geschehn, was ich für einen Traum gehalten hab. Ists nicht so, Sepp? Sag mir die Wahrheit!"

„Du hast recht; es ist kein Traum gewesen. Dein Gut ist abbrannt, und nun wohnst hier mit deiner Frau und der alten Mutter."

„Hier im Flachshaus wohn ich? Herrgott! Bin ich denn Armenhäusler?“

„Es ist ja alles verbrannt, und der Eschenbauer hat das Gut für sich neu aufbaut.“

„Wann — wann ist das Feuer gewesen?“

„Vor langen Jahren.“

Der Bauer vergrub sein Gesicht in beide Hände und blieb eine Weile still. Der Medizinalrat winkte den andern, ihn nicht zu stören. Aus einer Ecke, in der sich das Lager der Frau befand, erklang ein herzbrechendes Schluchzen. Der Bauer hob den Kopf.

„Wer weint da? Wann ich hier wohne, so muß es eins von den Meinigen sein.“

„Wenn Sie mir versprechen wollen, möglichst ruhig zu bleiben, so sollen Sie es erfahren“, antwortete der Arzt.

„Oh, ich werd ruhig sein, ganz ruhig!“

„So schauen Sie hin! Kennen Sie diese Frau?“

Die andern traten zurück, so daß der Bauer das Lager sehen konnte. Ein hohläugiges Gesicht blickte ihm von dorther unter Tränen entgegen.

„Wer, wer ist das?“ fragte er. „Die hab ich noch niemals gesehn.“

Das ging der Kranken wie ein glühendes Eisen durch das Herz.

„Balzer! — Frieder!“ schluchzte sie „Mich willst du nicht kennen, mich?“

Er horchte auf.

„Welch eine Stimm ist das? Das ist die Stimm von meiner Frau! Aber die kanns ja gar nicht sein! Kathrin, bists denn wirklich?“

„Ja, ich bins.“

Er tat die wenigen Schritte zu ihr hin und wollte sprechen, aber da öffnete sich die Tür, und die alte Balzerin, seine Mutter, trat ein.

„Ich kanns nicht länger aushalten“, sagte sie. „Ich hab

ihn reden hören. Er kann sprechen; er kann denken! Wenn da fremde Menschen dabei sind, so darf seine Mutter wohl auch mit hereinkommen!"

Er hatte sich zu ihr umgedreht und sie wie eine Fremde angestarrt.

„Wer bist? — Meine Mutter bist?" rief er laut.

„Ja, die bin ich. Kennst mich denn nimmer?"

Da breitete er die Arme aus, als ob er in der Luft nach einem festen Halt suche.

„O Gott", stöhnte er. „Mir wird schlimm."

Der Arzt wollte ihn halten; aber seine Mutter war noch schneller gewesen. Sie hatte den Wankenden in ihren Armen aufgefangen.

„Er stirbt, er stirbt!" schrie sie auf.

„Nein, er stirbt nicht", tröstete der Medizinalrat. „Er ist ohnmächtig geworden und wird in einen tiefen Schlaf fallen, aus dem er hoffentlich gestärkt erwachen wird. Wir werden uns entfernen, aber ich komme heut noch einige Male wieder. Legen Sie ihn neben seine Frau, und beobachten Sie gegen jedermann das tiefste Schweigen!"

Der Ohnmächtige wurde zu Kathrin auf das elende Lager gebettet, und dann entfernten sich die Herren, nachdem sie der alten Bäuerin Geld zurückgelassen hatten, um die notwendigen Ausgaben bestreiten zu können.

Sepp stieg mit dem Lehrer in das obere Stockwerk zum Finkenheiner. Beide wollten im Haus bleiben, um beim Erwachen Balzers bei der Hand zu sein. Die beiden Ärzte aber gingen mit dem Assessor zum Gasthof, wo der Gerichtsbeamte sich eine Stube geben lassen wollte. Er hatte die Absicht, das Dorf nicht eher zu verlassen, als bis die Balzersche Angelegenheit in Ordnung gebracht worden war. Der Arzt aus der Stadt blieb bei ihm; der Medizinalrat ging zur Mühle, wollte aber bald wiederkommen.

Die Zeit bis zum Anbruch des Abends verging. Da

kehrte der Medizinalrat aus der Mühle zurück, und bald darauf kam auch vom Lehrer die Botschaft, daß der Kranke erwacht sei. Die Herren machten sich sogleich zur Flachsbreche auf.

Als sie dort anlangten, saß der Balzer am Bett seiner Frau. Der Finkenheiner hatte seine Stühle hergegeben, daß man sich wenigstens setzen konnte.

Das Auge des aus geistiger Nacht Erwachten war verhältnismäßig klar und frei von innerer Trübung. Er gab den Herren in demütiger Freundlichkeit die Hand und antwortete auf die Frage des Medizinalrats nach seinem Befinden:

„Der Kopf tut mir weh, da, wo ich den Schlag erhalten hab. Sonst aber fühl ich gar nichts von einer Krankheit."

„Das ist sehr gut. Ich hoffe, daß Sie bald vollständig gesund sein werden. Die Hauptsache ist, zu wissen, ob Ihnen das Denken und Sprechen viel Anstrengung bereitet."

„Gar keine. Es ist mir, als ob ich aus einer Gefangenschaft frei worden bin. Es drückt und zuckt noch ein klein wenig, grad so, als ob ich einen Rausch gehabt hätt, aber klar bin ich im Kopf. Ich weiß alles genau, was ich sag und tu."

„Auch das, was geschehen ist?"

„Ja. Die Frau und die Mutter haben mir alles erzählt und erklärt. Ich weiß nun, wie es steht, und was damals geschehn ist."

„So werden Sie jetzt hoffentlich meine Fragen wahrheitsgetreuer beantworten als vorher?" bemerkte der Assessor, indem er warnend den Finger hob.

„Hab ich was gesagt, was nicht wahr ist?" fragte der Bauer in unsicherem Ton.

„Ja, in Beziehung auf den Silberbauern."

„Da habens recht! Es war mir noch dumm und trüb im Kopf, und ich hab nicht gewußt, was ich dem Silberbauern alles zu danken hab. Darum hab ich dacht, daß ich nicht alles erzählen darf. Jetzt aber werd ichs sagen. Der Mensch ist ein Teufel. Er hat mich unglücklich gemacht, weil er mich zum Spiel verführt hat. Er hat mich bestohlen und ermorden wollen und mir nachher sogar das Haus über dem Kopf anbrannt."

„Davon sind Sie überzeugt?"

„Ja, obgleich ichs nicht beweisen kann."

„Vielleicht finden wir den Beweis, wenn Sie uns aufrichtig erzählen. Haben Sie sich an jenem unglücklichen Abend, an dem Sie sich bei dem Silberbauern befanden, wirklich nur miteinander unterhalten?"

„Wir haben auch gespielt."

„Karten? Was für ein Spiel?"

„Ich weiß nicht, wies genannt wird, dieses Spiel. Es werden vier Zündhölzer auf den Tisch gelegt und das Geld rechts und links dazu. Nachher legt einer die Karten auf, für sich und die andern. Es ist ein Spiel, bei dem man gar nicht viel verlieren kann."

„Aha, ich kenne es. Sie hatten es wohl schon sehr oft betrieben?"

„Ja. Erst hab ich gar nicht gewußt, daß es unrecht war, und nachher als ich erfuhr, daß es verboten ist, da hat mich der Spielteufel bereits zu sehr in den Krallen gehabt. Ich hatt schon zuviel verloren und wollt alles wiedergewinnen. Darum hab ich nicht aufgehört. Und grad an jenem Abend hab ich einen großen Gewinn machen wollen, denn ich hatte fünftausend Taler, mit denen ich das Glück erzwingen konnt."

„So haben Sie wohl sehr hoch gespielt?"

„Ja, und auch heimlich. Es hats niemand gewußt, daß wir bei dem Silberbauer waren, denn wir sind zu ihm durch das Fenster eingestiegen. Und ebenso heimlich sind wir auch wieder fort. Meine Frau und meine Mutter haben gemeint, daß ich das Geld in die gute Stube tan hab. Aber der Kasten, den ich dort eingeschlossen hab, war leer. Das Geld hat der Silberbauer gleich mit zu sich genommen. Dann hab ich mich zu ihm geschlichen, und wir haben beisammengesessen und gespielt, vier Personen. Der Silberbauer hat die Bank gehalten und viel gewonnen, bis ich gesehn hab, daß er falsch spielt. Da hab ich mich an seine Stell gesetzt und die Bank übernommen. Von diesem Augenblick an hat sich das Blatt umgedreht. Ich hab gewonnen und wieder gewonnen, bis die beiden andern keinen Pfennig mehr gehabt haben. Da hat nur noch der Silberbauer weiter mit mir gespielt. Er ist alle Minuten fortgangen, um abermals Geld zu holen, und es war noch lange nicht Mitternacht, da hat er gar nix mehr zu setzen gehabt. Ich hatt zu meinen fünf- wohl noch viertausend Taler gewonnen. Der Silberbauer hat mir einen Sack borgt, in dem ich das viele Geld nach Haus geschleppt hab. Unterwegs hab ich mir vorgenommen, nun aufzuhören und nie wieder zu spielen."

„Das ist so einer von den guten Vorsätzen, mit denen der Weg zur Hölle gepflastert ist."

„Ja, das hab ich bald gemerkt, denn kaum waren drei Minuten vergangen, so saßen wir wieder beinander und spielten."

„Wer? Doch nicht der Silberbauer?"

„Freilich, grad der. Ich hatt mich leise hinaufgeschlichen und das Licht anbrannt. Da saß ich und zählt das Geld. Dabei hört ich, daß einer mit Sand nach dem Fenster warf, und als ich hinausgeschaut hab, da ists der Silberbauer gewesen. Er hat gesagt, ich soll ihn heimlich zu mir lassen, weil er mir was Guts zu sagen hat. Ich bin also hinabgangen und hab ihm leis die Tür geöffnet. Droben hat er mir gesagt, daß er nicht schlafen kann, weil er so viel verloren hat, und daß er kommen sei, um nochmals zu spielen. Er hat alles wiedergewinnen oder noch mehr verlieren wollen."

„Ich denke, er hat kein Geld gehabt?"

„Damit ist er freilich zu End gewesen. Aber er bot mir an, die untere Mühle gegen zweitausend Taler zu setzen. Da hat mich der Spielteufel abermals bei den Haaren ergriffen, und ich hab mitgemacht."

„Schrecklich! Und der Erfolg?"

„Gleich bei der ersten Reih hab ich gewonnen. Er hat alles schon vorbereitet gehabt und mir ein Wechselpapier geben, was er mit der Mühle einlösen wollt. Dann hat er die obere Mühle verspielt und mir noch ein Papier geben. Sein Angesicht ist weiß gewesen, und seine Augen haben blitzt wie beim Satanas. Dann aber hat er mir den letzten Vorschlag gemacht. Alles, was ich gewonnen hab und auch meine fünftausend Taler soll ich gegen sein großes Gut setzen und gegen alles, was er hat. Er hats erzwingen wollen."

„Und Sie sind darauf eingegangen?"

„Ja, ich hab nicht anders können. Ich bin von dem großen Gewinn wie betrunken gewesen. Ich hab das ganze Geld und auch seine beiden Papiere eingesetzt, und er dagegen einen dritten Wechselbrief, der so hoch lautete, wie sein Gut im Wert gewesen ist. Das war ein Spiel, wie es wohl selten gemacht wird. Nur eine einzige Minute hat es gedauert, und dann bin ich der Gewinner gewesen."

„Wie hat sich der Silberbauer verhalten?"

„Er ist natürlich nun arm wie ein Bettler gewesen. Zunächst hat er still dagesessen und mich immer grad angestarrt. Dann ist er aufgestanden und in der Stube hin- und hergelaufen. Endlich hab ich ihm die drei Papiere herausgeben sollen. Das hab ich nicht wollen, sondern sie eilig in meine Tasche gesteckt. Da ist er zornig geworden, hat mich bei der Brust ergriffen und zu Boden gedrückt. Ich habs ihm gleich angeschaut, daß er mich ermorden will. Ich hab mich wehren wollen, aber er ist mir zu stark gewesen. Er hat dabei einen Hammer aus der Tasche genommen, um mir den Kopf zu zerschlagen. Jetzt, in diesem Augenblick hab ich rufen können."

„Um Hilfe?"

„Nein. Ich bin so in Angst gewesen, daß ich ihn nur um Gnade beten hab."

„Können Sie sich der Worte erinnern, die Sie da gesprochen haben?"

„Ja, ich weiß sie noch ganz gut. Ich hör sie noch jetzt klingen, wie sie mir damals aus dem Munde hervorkamen."

„Nicht wahr, Sie riefen: ‚Nimms hin, nimms hin! Ich sag nix! Gnade, Gnade!'"

„Wie? Was? Sie wissen die Worte so genau, die ich gesagt hab? Woher können Sie diese wissen?"

„Von Ihnen selber. Sie haben diese Worte während der vergangenen Jahre unzählige Male wiederholt. Aber berichten Sie weiter!"

„Ich kann ja weiter nix erzählen. Ich hab nur noch gesehn, daß er den Hammer auf mich schwang. Von nun an weiß ich nur noch, daß ich vorhin hier in der Stube wie aus einem bösen Traum aufgewacht bin. Alles andre aber ist mir unbekannt."

„So ist es erwiesen, daß der Silberbauer Sie hat erschlagen wollen. Natürlich hat er das ganze Geld und auch seine Wechsel an sich genommen und ist damit heimlich fortgegangen. Um aber alle Spuren seiner Tat zu vernichten, hat er Ihr Gut angebrannt."

„Ja, so ists gewiß!"

„Aber wie es ihm beweisen? Er wird sagen, daß Sie geisteskrank sind, daß Sie sich das alles ausgesonnen haben. Ich bin überzeugt, daß er der Mordbrenner und Dieb ist, aber wenn wir nicht einwandfreie Beweise bringen, so befürchte ich, daß er freigesprochen wird."

„Einwandfreie Beweise?" warf der Wurzelsepp ein. „Die sind da."

„Ah! Wo?"

„Hier stehn sie: der Herr Lehrer und ich. Wir haben den Hammer gefunden und auch den Kassenschein mit der genauen Nummer, die der Balzer vorhin gesagt hat."

Die Worte machten einen bedeutenden Eindruck. Der Sepp wurde aufgefordert, sich deutlicher zu erklären. Er erzählte von jenem Abend, an dem er den Silberbauern im Garten getroffen und den Hammer gesehen hatte.

Und dann berichtete der Lehrer von seiner und Sepps Beobachtung bei und unter dem Mühlenwehr. Diese Mitteilungen wurden mit größter Genugtuung aufgenommen.

„Jetzt kommts an den Tag!" rief die alte Balzerbäuerin. „Der Herrgott ist gerecht! Er hilft, wann niemand die Hilf erwartet! Und der Engel, den er uns gesendet hat, das ist der Herr Lehrer. Als ich ihn zum ersten Mal gesehn hab, da ists mir gleich in meinem Herzen so gewesen, als ob er ein Mann sei, dem ich viel zu danken hab. Und heut ists in Erfüllung gangen. Herr Lehrer, was Sie an uns tan haben, das werden wir nimmer vergessen!"

Sie ergriff seine Hand und führte sie an ihre Lippen. Er entzog sie ihr schnell.

„Nicht mir haben Sie das zu verdanken, sondern Ihrem Sohn, der uns auf die Spur seines Feindes führte. Übrigens steht hier der Sepp, der noch viel mehr getan hat als ich."

„Sie haben sich beide allerdings große Verdienste um diese arme Familie erworben", meinte der Assessor. „Es war außerordentlich wichtig, daß Sie dem Versteck Ihre Aufmerksamkeit zuwandten. Das müssen wir jetzt auch tun. Wir dürfen nicht säumen. Brechen wir sofort auf, um den Inhalt der Kammer, die sich unter dem Wasser befindet, zu untersuchen."

Das geschah. Die fünf Männer versahen sich mit

zwei Laternen, sowie mit Hammer und Zange, um den Schrank öffnen zu können.

Dann verließen sie die Flachsbreche. Bei Balzer ließen sie die strenge Weisung zurück, daß über alles das peinlichste Stillschweigen zu beobachten wäre.

Als sie an dem Hof des Silberbauern vorüberkamen, sagte der Assessor, während er auf das Gebäude zeigte:

„Also dort wohnt dieser Mann. Wäre es nicht geraten, uns seiner Person zu versichern?"

„Oh, den haben wir sicher!" antwortete der Medizinalrat. „Er liegt bewußtlos im Bett. Der Arm ist ihm ausgerissen worden. Urteilen Sie selber, ob er imstande sein kann, sich der Gerechtigkeit zu entziehen."

„Wenn es so ist, dann haben wir ihn freilich sicher. Dennoch werde ich ihm von heut an einen Wächter geben, der ihn keinen Augenblick verlassen darf."

DAS ENDE DES SILBERHOFES

Selbst der erfahrenste Mensch und beste Arzt kann sich täuschen. Der Silberbauer war allerdings noch nicht aus seiner Betäubung erwacht, aber am Nachmittag bemerkte sein Sohn, daß das Gesicht des Vaters wieder Farbe bekommen hatte. Der Kranke atmete ruhig und regelmäßig, und es schien, als sei der Zustand der Betäubung in einen natürlichen Schlummer übergegangen.

Von da an machte sich der Silberfritz in der Stube, in der sein Vater lag, möglichst viel zu schaffen, sagte aber niemandem etwas davon. Er wollte zugegen sein, wenn der Verunglückte erwachte.

Als die Dämmerung hereinbrach, brannte der Silberfritz ein Licht an, und als er es auf den Tisch setzte, war es ihm, als hätte sich der Vater bewegt. Vielleicht war der Lichtschein dem Schlafenden zwischen den Wimpern hindurch in das Auge gedrungen und hatte zur Beschleunigung des Erwachens beigetragen.

„Vater!" sagte Fritz, während er zum Bett trat.

Der Schlafende bewegte leise die Lippen, und die Augenlider begannen zu zucken.

„Vater, kannst mich hören?"

Da schlug der Bauer die Augen auf, hielt sie starr auf den Sohn gerichtet, schloß sie wieder und antwortete:

„Ich bin müd."

„Müd bist? Und hast doch mehrere Tage lang stets geschlafen!"

„Ich? So lang?"

„Ja, seit du in das Mühlrad gefallen bist."

Da riß der Kranke die Augen unnatürlich auf. Er starrte den Sohn an.

„Ich? Ins Mühlrad gefallen?"

„Ja. Weißts wohl gar nicht?"

Der Silberbauer zog den gesunden Arm unter der Bettdecke hervor. Jedenfalls hatte er auch den andern hervorziehen wollen, denn es ging wie ein gewaltiger Schreck über sein Gesicht.

„Alle Teufel, was ist das? Hat mich etwa der Schlag troffen? Ich kann den linken Arm nicht mehr bewegen!"

„Das glaub ich wohl! Du hast den Arm ja gar nicht mehr."

„Bist toll? Wo sollt er hin sein?"

„Greif doch mal hin!"

Der Bauer fühlte mit der rechten Hand nach der linken Seite. Dann stieß er einen schrillen Wehruf aus.

„Alle Teufel! — Er ist fort! Und der Kopf brummt mir wie eine Baßgeige. Jetzt weiß ich freilich, was geschehn ist! Ich war im Wehr und nachher —"

Er unterbrach sich. Von dem Wehr durfte doch kein Mensch etwas wissen.

„Sprich doch weiter!" sagte der Sohn.

„Nix ist zu sprechen. Ich besinn mich, daß ich ausglitten bin und in das Rad hinabgestürzt. Dann war es aus mit meiner Besinnung. Also das Rad hat mir den Arm weggerissen!"

„Ja, grad wie damals dem Finkenheiner."

„Schweig! Den darfst mir nicht nennen! Aber wie kommt es, daß ich gar keinen Schmerz dran hab?"

„Der Doktor hat gesagt, daß dies zuweilen vorkommen ist. Wann einem ein Glied ausdreht wird, so ists nicht so schlimm, als wanns ihm abgeschnitten wird. Das Blut kam kaum heraus bei dir."

Der Alte lag eine Weile still.

„Ist indessen was geschehn bei uns?" fragte er dann.

„Ja, die Martha ist verschwunden."

„Laß sie! Ich meine andre Sachen. Ist niemand kommen, um mich zu sehn?"

„Ja, oft."

„Wer?"

„Die Bauern hier, die ich aber nicht hereinlassen hab. Dann kamen zwei. Der eine sah vornehm aus, fast wie einer vom Gericht oder von der Regierung."

„Donnerwetter! Weiß man, wie es kommen ist, daß ich in das Rad gefallen bin?"

„Nein."

„Und — und — weißt nicht, ob eine Frau hier im Dorf ist, eine fremde Frau?"

„Ich weiß nix davon."

„Die etwa auf Besuch ist beim Finkenheiner?"

„Was für einen Besuch soll dieser Hungerleider bekommen?"

„Hm! Und doch — doch — ist sie da! Ich hab sie genau erkannt. Und zwei Männer dort am Wehr, die wohl alles gesehn hatten."

Er hatte das mehr zu sich selber gesagt.

„Wen meinst?" fragte der Sohn.

„Das geht dich nix an. Weiß jemand, daß ich jetzt wieder bei Besinnung bin?"

„Nein."

„So schweig auch noch! Niemand darf es wissen. Ich werd jetzt einmal fortgehn."

„Wohin?"

„Hinaus aufs Feld. Weiter hast nix zu fragen."

„Bist närrisch im Kopf? Hinaus aufs Feld willst, in diesem Zustand?"

„Ja, ich muß."

„Unmöglich! Du liegst ja krank auf den Tod! Du kannst nicht aus dem Bett heraus."

„Da kennst den Silberbauern schlecht. Was der will, das

kann er auch. Wann mein Arm kaum blutet hat, und wann er mir nicht weh tut, so ist die Sach gar nicht schlimm. Er ist weg, und ein Krüppel werd ich bleiben; dennoch aber bin und bleib ich derjenige, der ich gewesen bin. Ich werd dir gleich zeigen, wie gut ich aus dem Bett heraus kann."

Er richtete sich mit Hilfe seines einen Armes empor. Sein Sohn aber schob ihn sofort wieder nieder.

„Liegen bleibst! Ich gebs nicht zu, daß d' aufstehst. Nachher, wannst stirbst, bin ichs, der die Vorwürfe bekommt."

„Was fällt dir ein?" giftete der Alte. „Denkst wohl, weil ich nur einen Arm hab, so brauchst mir nicht mehr zu gehorchen? Da irrst dich aber gewaltig. Ich muß auf."

„Und ich duld es nicht!"

Sein Gesicht bewies, daß er wirklich fest gewillt war, seinen Vater am Aufstehen zu hindern. Dieser lachte einen Augenblick lang grimmig vor sich hin und sagte dann mit unterdrückter Stimme:

„Wirst mich schon aufstehn und gehn lassen, wann ich dir nur eins sag. Weißt, wann ich nicht gleich was tu, was niemand wissen darf, so kommen die Gendarmen und schaffen mich ins Zuchthaus. Alles, alles wird uns genommen, und dann bist ein Bettler und ein Lump, größer noch als der Finkenheiner."

Fritz erschrak.

„Was sagst?"

„So ists. — Läßt mich also auf?"

„Hast was tan, was verboten ist?"

„Dummkopf! Hab ich nicht täglich tan, was verboten ist? So was kann mich nicht in Angst bringen. Ein Verbrechen ists, was ich tan hab, ein großes, um reich zu werden und dir ein tüchtiges Stück Geld zu hinterlassen. Aus Lieb zu dir hab ichs tan. Und wann ich jetzt nicht gleich fortgehn kann, so kommt die Sach gewiß an den Tag. — Willst mich auch nun noch zurückhalten?“

„Wanns so ist, so muß ich dich freilich lassen!“

„Nun gut! So steh ich jetzt auf. Du magst mir helfen, das Gewand anzutun. Nachher wirst aufpassen, damit niemand es sehn kann, daß ich fortgeh. Wann ich wiederkomm, so leg ich mich ins Bett, und kein Mensch weiß, daß ich fortgewesen bin.“

„Aber wirsts auch aushalten?“

„Bin ich ein altes Weib?“

„Es kann dir unterwegs was zustoßen. Es wird am besten sein, daß ich mitgeh.“

„Ach so! Willst wohl sehn, was ich vorhab? Das schlag dir aus dem Sinn! Meine Wege sind nicht für die Augen eines andern. Schweig jetzt überhaupt und zieh mich mit an!“

Er stand auf. Der Silberbauer besaß wirklich eine wahre Elefantennatur. Er bewegte sich mit einer Leichtigkeit, als ob ihm nicht das mindeste körperliche Leid widerfahren sei. In kurzer Zeit stand er angekleidet vor dem Sohn.

„Nun, schau ich aus wie einer, dem unterwegs was geschehn kann? Meinst, daß ein Wind mich umzustoßen vermag?“

„Ja, kräftig genug schaust wohl aus. Aber es fragt sich halt, wie lange es währen wird.“

„So lang ich will. Jetzt steckst mir noch die kleine Laterne in die Tasche und ein Feuerzeug dazu. Den Jagdsack kannst mir auch umhängen. Ich werd dir was mitbringen, worüber du große Freud haben wirst.“

„Was mags sein?“

„Geld, viel Geld.“

Die Augen des Sohnes erglänzten lüstern. Geld war ihm alles. Für Geld gab er alles hin, die Ehre und selbst auch — den Vater.

„Hasts irgendwo versteckt gehabt?“ forschte er.

„Ja. Wann ichs jetzt nicht hol, wirds mir weggenommen, und es kommt an den Tag, woher ichs hab. Ich bring es dir, und du wirsts irgendwo anders verstecken. Denn gefunden darfs auch hier im Haus nicht werden. Nun geh voran und schau zu, daß mir die Gesindeleut aus dem Weg gehn! Es darf mich niemand sehn. Hier oben schließt zu, und nach einer Stund und einer halben bist draußen am Gartentor, um mich zu erwarten, damit ich ebenso heimlich wieder hereinkommen kann!"

Beide verließen die Stube. Der Sohn ging voran und sorgte dafür, daß niemand im Weg war.

Auf diese Weise gelangte der Silberbauer unbemerkt in den Garten. —

Anna, die reuig zurückgekehrte Frau des Finkenheiner, war den ganzen Tag in dessen Wohnung gewesen. Sie scheute sich, von jemandem gesehen zu werden. Jetzt aber, da es dunkel geworden war, verließ sie das Haus und ging zur Mühle. Dort befand sich Lisbeth, um der alten Barbara in der Wirtschaft zu helfen. Die Mutter wollte die Tochter abholen und nach Haus begleiten.

Sie schlug den Weg ein, der an den Gärten vorüberführte. Im Dorf wäre sie ja bemerkt und vielleicht sogar erkannt worden. Beim Garten des Silberbauern blieb sie stehen und blickte über den Zaun hinüber. Dort befand sich der Mann, der schuld an ihrer Verirrung, an ihrem Unglück war. Eine tiefe Bitterkeit erfüllte sie, ein wilder Haß gegen den Menschen, der ihr Verführer gewesen war. Wie mild und freundlich war sie von ihrem armen, unglücklichen Mann aufgenommen worden! Die Barmherzigkeit des Finkenheiner ließ ihr ihren Fehler und die Schlechtigkeit des Silberbauern in grellster Beleuchtung erscheinen. Sie war gekommen, sich an diesem zu rächen. Sie fürchtete ihn nicht.

Da hörte sie Schritte, die sich leise dem Gartentor näherten. Wer kam da? Warum trat er so leise auf?

Wollte er nicht gehört werden? Ging er vielleicht auf verbotenen Wegen?

Sie drängte sich nahe an den Zaun heran und duckte sich zusammen, um nicht bemerkt zu werden. Kaum drei Schritte entfernt von ihr wurde das Tor geöffnet und — der Silberbauer trat heraus.

War das möglich? Er, der so schwer Verwundete, dessen Leben nur an einem Haar hing, hier im Freien? Und doch war eine Täuschung nicht möglich. Die hohe, breite Gestalt mußte für einige Sekunden stehen bleiben, um das Gittertor wieder zu schließen, und da hatte Anna Zeit, sich zu überzeugen, daß er es wirklich war.

Sie gab sich keine Mühe, nach einer Erklärung zu suchen. Sie ahnte, daß er irgend etwas Unheimliches vorhatte, und war sofort fest entschlossen, ihn zu beobachten. Darum folgte sie ihm auf dem Fuß.

Er blieb von Zeit zu Zeit stehen, um zu lauschen, während er um das Dorf herum und dann rechts über die Wiesen dem Wasser zu ging. Sie huschte unhörbar hinter ihm her, blieb stehen, wenn er den Schritt anhielt, und folgte ihm, wenn er weiterging.

Was wollte er dort, in der Gegend der Mühle? Das fragte sie sich. Er war ja bereits am Abend, an dem er verunglückte, dort herumgeschlichen.

So ging es weiter und weiter, durch das Gebüsch, bis hin zum Wehr. Er horchte längere Zeit auf, um sich zu überzeugen, daß er sich allein befände. Sie hatte sich kaum zehn Schritte weit von ihm auf den Boden niedergekauert. Er sah sie nicht.

Dann endlich trat er zu dem Busch, der den freien Raum zwischen dem Gemäuer des Wehres und dem Wasserbogen verdeckte.

Ein Zündholz leuchtete auf. Sie sah bei dem Schein deutlich, daß eine kleine Laterne an der Erde stand, deren Lämpchen der Silberbauer anbrannte. Ebenso deutlich sah sie, daß er sich dann tief bückte, um unter den Zweigen des Busches hinwegzukriechen und plötzlich zu verschwinden.

Das war ihr unbegreiflich. Sie, als einfache Frau, konnte sich nicht denken, daß hinter dem Wehr ein wasserfreier Raum sein müsse. Sie eilte sofort dahin, wo er verschwunden war, bückte sich nieder und blickte unter den grünen Zweigen hindurch.

Da sah sie ihn mit dem Laternchen langsam zwischen der Wehrmauer und der Wasserflut dahinschreiten. Er öffnete eine Tür und war dann nicht mehr zu sehen.

Rasch entschlossen folgte sie ihm. Sie fragte nicht, ob der Gang hier mit Gefahren verknüpft sei. Sie wollte wissen, was er da drin zu tun hatte, und da konnte kein Bedenken sie zurückhalten. Zwar war es jetzt dunkel in dem kühlen, vom Wasserdunst getränkten Gang, aber sie hatte ja vorhin beim Schein seiner Laterne gesehen, wie man gehen müsse, um nicht in den Strom zu geraten. Sie hielt sich so weit rechts wie möglich, eng an die Mauer, tappte sich langsam und vorsichtig daran hin und erreichte so die offene Tür. Langsam schob sie den Kopf vor, um hineinzublicken.

Der Silberbauer hatte den Jagdsack abgenommen und auf die Bank gelegt. Er stand vor dem offenen Kästchen und hatte den bewußten Fünfhunderttalerschein in der Hand. Während er ihn betrachtete, murmelte er Worte vor sich hin, die die Lauscherin wegen des Wasserrauschens nicht zu hören vermochte. Dann legte er den Schein in den Kasten, bückte sich und hob den Hammer auf. Auch ihn betrachtete er, und zwar mit einer Art grimmigen Behagens. Seine Lippen bewegten sich. Sie hätte viel darum gegeben, wenn sie seine Worte hätte verstehen können.

Jetzt warf er auch den Hammer in den Kasten und zog einen Schlüssel aus der Tasche. Er trat zum Schrank, um ihn zu öffnen. Es ging nicht rasch. In dieser feuchten Luft rostete das Schloß natürlich sehr leicht. Nur unter großer Anstrengung gelang es ihm, mit seinem einen Arm den Schlüssel umzudrehen. Knarrend und kreischend tat sich die Tür auf. Die Lauscherin sah, daß der Schrank aus mehreren Fächern bestand. Im unteren stand ein länglich viereckiger Kasten mit einem großen Hängeschloß. Die beiden anderen Abteilungen waren mit Zigarrenkistchen angefüllt. Jedenfalls aber befanden sich keine Zigarren darin, denn sie wären bei der Feuchtigkeit binnen kürzester Zeit verdorben.

Der Silberbauer holte zunächst den Kasten hervor und stellte ihn auf die Bank. Dann zog er einen Schlüssel aus der Tasche, um das Hängeschloß zu öffnen. Als ihm das gelungen war und der Kasten offen vor ihm stand, ruhte sein Blick mit gierigem Ausdruck auf dem Inhalt. Dann begann er, alles in den Jagdsack zu stekken. Die Frau sah deutlich, daß es lauter Geldrollen waren.

Es dauerte eine geraume Zeit, bis der Kasten leer war. Dann nahm der Silberbauer einige der Zigarrenkistchen her und warf sie auch in den Sack. Endlich ergriff er den Hammer und den Fünfhunderttalerschein, um auch sie mit hineinzutun. Jetzt schien er fertig zu sein, denn er schloß den Schrank wieder zu und lud sich den Sack auf die Schulter, was ihm mit dem einen Arm nicht leicht wurde. Dann wandte er sich zum Gehen.

Bis jetzt hatte die Frau an der Ecke der Tür gestanden, nun aber trat sie hervor. Der Schein der Laterne fiel auf sie. Er sah sie und stieß einen lauten Schrei aus. Seine Augen schienen aus den Höhlen treten zu wollen. Die Hand sank ihm herab, und da er mit dieser den Sack gehalten hatte, so fiel er ihm vom Rücken herab und auf die Erde nieder.

„Anna!“ schrie er auf.

„Silberbauer! Was treibst hier im Verborgnen?“

Er stützte sich mit der Hand an die Wand.

„Bists wirklich?“ stöhnte er auf.

„Wohl bin ich es!"

„Ich hab glaubt, daß d' tot seist!"

„Wenns auf dich ankommen wär, so wär ich schon längst tot, verbrannt und begraben unter den Ruinen des Schlosses, das ihr angesteckt habt."

„Das ist nicht wahr! — Hasts etwa gesehn?"

„Ich hab es nicht gesehn, aber ich hab einen Zeugen."

„Wen?"

„Barko, den Zigeuner."

„Der lebt nicht mehr."

„Weilst ihn ermordet hast."

„Lüge!"

„Natürlich mußt du es leugnen, sonst kommst als Raubmörder und Mordbrenner an den Galgen! Ist nicht ein Künstler bei dir gewesen, Signor Bandolini mit Namen, der sich hier sehn lassen will?"

„Wohl war er bei mir."

„Nun, der heißt eigentlich Jeschko und ist auch ein Zigeuner. Kennst diesen Namen?"

„Meinst dem Barko seinen Bruder?"

„Ja."

„Alle Teufel! Drum hab ich mich gewundert, warum der Kerl mir so bekannt vorkommen ist!"

„Die Krankheit hat sein Gesicht entstellt. Er ist mit mir hierhergekommen, nicht um Vorstellungen zu geben, sondern nur mir behilflich zu sein, mich an dir zu rächen."

Der Bauer ließ seine Augen ratlos in dem kleinen Raum umherschweifen. Dann blieben sie an Annas Gestalt haften.

„Also rächen willst dich?" sagte er. „Wie willst das anfangen?"

„Indem ich dich anzeig."

Ein höhnisches Lächeln glitt über sein Gesicht.

„Du, das wirst bleiben lassen! Denn wannst von mir erzählst, so mußt auch von dir reden, von dem Ehebruch, von deiner Schand und daß d' mit mir davongelaufen bist."

„Warum sollt ich das nicht erzählen?"

„Weil das keine Frau tut."

„Ich werde es dennoch tun. Alle Welt weiß es bereits, jedermann hier im Ort, und höher als alles gilt mir die Rache. Du bist mein Verführer, mein Teufel gewesen! Ich habe dir meinen guten Ruf, mein Glück, alles geopfert, und dafür hast du mich elendiglich betrogen, mich von dir gestoßen! Mir ist es gleich, ob die Leut hier erfahren, was sie noch nicht wissen, wenn nur du die verdiente Straf kriegst!"

Ihre Augen glühten ihm entgegen. Er mußte an diesem Blick erkennen, daß sie wirklich gewillt war, alle Rücksicht auf sich beiseite zu lassen, nur um sich zu rächen. Dennoch aber gab er die Hoffnung nicht auf.

„Jetzt ist diese alte Sach längst vergessen, und kein Mensch spricht mehr von ihr", versuchte er noch einmal. „Willst sie etwa wieder aufwärmen, deinen Kindern zur Schand?"

„Den Namen meiner Kinder rufst vergeblich an, Silberbauer. Sie sind so brav und gut, daß mir die Augen übergehn, sobald ich nur an sie denk, vor Reue und vor Gram, aber auch vor Grimm und Zorn gegen dich! — Solche Kinder hab ich damals verlassen können! Und warum? Weilst mich verführt hast mit schönen Worten! — Grad der Gedank an meine Kinder macht mich unerbittlich in meiner Rach! Das laß dir gesagt sein!"

„So! Willst wohl hier bei ihnen bleiben?"

„Ja."

„Beim Finkenheiner? Der wird dich hinauswerfen!"

„Meinst? Da irrst dich sehr. Ich hab bereits mit ihm gesprochen."

„So! Hast ihm wohl gute Worte geben, dem Lump?"

„Es hat keiner bedurft. Er hat mir sogleich verziehn

und mich zu Gnaden angenommen, und grad das hat mich zur Erkenntnis bracht, was für einen guten Mann ich so elend gemacht hab! — Das schreit doppelt laut nach Vergeltung!“

„Nun, wannst so willst, so hab ich auch nix dagegen. Mach also, wast willst.“

Aber sein Gesicht zeigte nicht die Gleichgültigkeit, die in seinen Worten lag. Seine Augen flammten unheimlich auf. Sie sah es, aber sie fürchtete sich nicht.

„Ja, das werd ich freilich machen. Morgen um diese Zeit steckst im Gefängnis.“

Es zuckte in seinem Gesicht wie von einem neuen Gedanken, der ihm jetzt gekommen war.

„Weißt“, sagte er, „du darfst nicht denken, daß ich mich vor deiner Drohung fürcht. Der Silberbauer braucht vor keinem Menschen Angst zu haben. Aber ich denk daran, daß ich dich mal lieb gehabt hab, und daß d' meinetwegen in Not kommen bist. Das möcht ich wiedergutmachen an dir.“

Sie lehnte sich an den Türrand, zuckte verächtlich mit der Schulter und antwortete:

„Meinst etwa, daß d' das wirklich wiedergutmachen kannst? Kannst mir meine Ehr wiedergeben, meine Jugend, mein Glück?“

„Jung kann ich dich freilich nicht wieder machen, aber doch glücklich.“

„Wie denn?“

„Durch Geld.“

„Ah! Geld willst mir geben? Ich mag kein Geld, sondern Rache. Bestraft mußt d' werden! An den Galgen oder auf das Schafott muß der Silberbauer! Dann bin ich zufrieden. Dann will ich nicht hinschaun, wann die Leut mit den Fingern auf mich zeigen. Und übrigens bleib ich nicht hier. Ich geh in ein fremdes Land, und dahin will ich die Überzeugung mitnehmen, daß dir deine Sünden auch den richtigen Lohn bracht haben!“

Da stieß er ein trotz des Wasserrauschens laut schallendes Hohngelächter aus.

„Schau, wast für ein kluges Weibsbild bist! Aber der Silberbauer ist doch noch klüger. Bist in dem Löwen seine Höhle gangen, so magst auch sehn, wie du wieder herauskommst.“

Er tat zwei Schritte zur Tür und stieß die Frau in das Innere des Raumes zurück.

„So!“ lachte er. „Jetzt bist in meinen Händen! Nun geh zum Gericht und zeig den Silberbauer an!“

War es seine Meinung gewesen, daß die Frau sich jetzt vor ihm fürchten werde, so hatte er sich geirrt.

Sie schob geistesgegenwärtig die Laterne mit dem Fuß so zur Seite, daß er nicht zu dem Licht gelangen konnte, ohne an ihr vorüberzugehen.

„Jetzt bist wohl Herr über mich?“ fragte sie.

„Ja. Du bist in meiner Gewalt.“

„Aber ringen wirst doch mit mir müssen. Ich hab zwei Arme und du nur noch einen. Werden wohl sehn, wer das Übergewicht erhält, du oder ich! Willst raufen mit mir?“

Er sah ein, daß es unmöglich war, sie anders als durch einen raschen Angriff unschädlich zu machen. Er brauchte sie nur anzufassen und hinaus ins Wasser zu stoßen, dann mußte sie von der tosenden Flut fortgerissen und getötet werden.

„Ja!“ schrie er wütend. „Ich rauf mit dir!“

Er sprang auf sie ein und erhob die geballte Hand zum Schlag. Sie aber stieß ihm ihre beiden Fäuste so an den Leib, daß er taumelte und dann niederstürzte. Sie warf sich sofort auf ihn, und nun begann ein wortloses, aber wildes Ringen zwischen dem schwachen Weib und dem riesenstarken, doch einarmigen Mann. Mit ihren blitzschnellen Bewegungen war sie ihm überlegen, aber er hatte seine kräftige Faust. Es war ihm gelungen, sie bei der Gurgel zu fassen, und er drückte zu. Sie wehrte sich verzweifelt. Zwar kratzte sie mit ihren Nägeln sein Gesicht tief auf, aber er ließ nicht wieder los. Er wußte, daß sie ihn nur leicht verwunden könne, während sie, wenn er nur die Faust fest zusammendrückte, in wenigen Augenblicken eine Leiche sein mußte.

Sie machte noch eine letzte, krampfhafte Anstrengung, sich zu befreien — doch vergeblich!

„Kratz nur, Teufelskatze!" brüllte er. „Wirst im Leben nicht mehr kratzen! Heut ists das letztemal! — In die Höll mit dir!"

„Noch nicht sogleich!" ertönte eine Stimme am Eingang.

Eine Gestalt schnellte herzu, bog sich über ihn und riß seinen Arm von der Frau zurück.

Der Silberbauer war so erschrocken, daß er vergaß, sich zu bewegen. Er starrte wie geistesabwesend in das Gesicht des unerwarteten Ankömmlings, der grad noch im letzten Augenblick erschienen war, um die Frau vom Tod zu retten.

„Was?" stammelte der Bauer. „Der Schulmeister!"

„Ja, ich bin es", sagte Max Walter. „Mensch, findest du denn solche Lust am Morden?"

Anna hatte sich mühsam aufgerafft. Sie lehnte matt am Schrank, hielt die Hände an den Hals und rang nach Atem. Der Silberbauer war ebenfalls schnell aufgestanden. Er beachtete nichts und sah nichts als den Lehrer.

„Verdammter Halunke!" rief er. „Was willst hier? Diese Stube hab ich für mich baut; sie gehört mir! Pack dich hinweg, sonst fliegst von selber hinaus!"

Er zeigte mit der Hand gebieterisch zur Tür. Selbstverständlich folgte sein Auge dabei derselben Richtung. Er ließ den ausgestreckten Arm sinken.

„Alle Teufel!“ rief er aus. „Auch der Wurzelsepp! — Kerl, was hast hier zu suchen?“

„Den Fünfhunderttalerschein, den du noch vom Feuerbalzer daliegen hast“, antwortete der Alte gemütlich.

„Oho! Du redest wohl im Traum?“

„Nein. Hier in dem Kasten hat er gelegen, und da unten der Hammer, mit dem du den Balzer hast erschlagen wollen.“

„Ich versteh dich nicht.“

„Und das Geld, was du vom Talmüller geholt hast, die fremden Goldstücke aus der Türkei sind wohl auch da?“

Der Bauer hielt sich mit der Hand am Schrank fest. Er fühlte plötzlich eine große Schwäche.

Jetzt trat auch der Assessor ein. Er hatte eine Laterne in der Hand. Der Lehrer und der Sepp waren vorangegangen, um die Herren zu überzeugen, daß man ohne alle Gefahr sich unter das Wasser des Wehrs begeben könne.

„Wer ist das?“ entfuhr es dem Silberbauer.

„Dieser Herr ist der Staatsanwalt“, antwortete der Lehrer. „Ihre Rolle ist ausgespielt.“

Es ging wie ein Krampf über das Gesicht des Bauern. Er konnte nicht begreifen, wie diese Leute in den Besitz seines sorgsam bewahrten Geheimnisses gelangt waren. Aber eins begriff er: es war alles verloren. Für ihn gab es kein Heil, als nur in der Flucht. Gelang es ihm, jetzt zu entkommen, so war es vielleicht möglich, der Strafe zu entgehen.

Er sprang auf den Assessor ein und stieß ihn zur Seite. Dadurch wurde der Eingang frei, und er schoß hinaus. Aber als er sich nach links wandte, um zwischen Mauer und Wasser hinauszueilen, sah er zwei Männer stehen, deren einer eine Laterne in der Hand hatte — die beiden Ärzte.

Wohin sich retten?

Es gab nur einen Weg: hinein in die tosende Wasserflut, die vom Wehr herniederschoß.

Der Assessor hatte sich augenblicklich wieder aufgerafft und zum Ausgang gewandt. Schon streckte er seine Hand aus, um den Silberbauer zu ergreifen, da tat der Verzweifelte den verwegenen Sprung und verschwand in den abstürzenden Wogen.

„Herrgott!“ rief der Assessor erschrocken. „Das ist ja der sichere Tod!“

„Was? — Wo ist er?“ fragte hinter ihm Max Walter, der vom Innern des Raumes aus nichts gesehen hatte.

„Hier hinein ins Wasser!“

„Er soll uns trotzdem nicht entkommen!“

Der junge Mann warf den Rock ab und riß gedankenschnell die Stiefel von den Füßen.

„Um Gottes willen! Sie wollen ihm doch nicht etwa nach?“ rief der Beamte.

„Warum nicht? Es ist nicht so gefährlich, wie es scheint. Haben müssen wir ihn. Er darf nicht ertrinken. Seine Aussagen sind uns zu kostbar! Eilen Sie wieder hinaus, um mir nötigenfalls zu helfen!“

Ein Sprung, und die Wasser schlugen über dem Lehrer zusammen.

„Tüchtiger Kerl!“ rief der alte Sepp. „Schnell hinaus! Sonst ersaufens alle beide!“

Die drei Herren eilten schnell zwischen der Mauer und dem Wasser hin und krochen unter dem Busch wieder hinaus. Der Sepp folgte. Die Frau blieb allein zurück.

Draußen war es dunkel. Die eine Laterne, die der Medizinalrat in der Hand hatte, konnte nichts nützen. Er setzte sie nieder.

Das Wasser hatte sich da, wo es vom Wehr stürzte, ein tiefes Loch ausgehöhlt, in dem es schäumende, kochende Strudel bildete. Dann aber floß es wieder ruhig zwischen den Ufern dahin.

„Was jetzt tun? Man sieht ja nichts!“ sagte der Assessor. „Ich bin überzeugt, daß beide verloren sind.“

„Vielleicht der Herr Lehrer doch nicht“, antwortete der Sepp. „Ich habs gesehn, daß er ein sehr guter Schwimmer ist.“

„Aber in diesen zischenden, drehenden Wassern! Und wenn er den Bauern wirklich durch Zufall ergreift und dieser hängt sich an, so ist er doch verloren.“

„Nun, hier könnens alle beide nimmer sein. Sie sind mit dem Wasser fort. Wir müssen weiter hinab.“

Er eilte davon, und die andern folgten. Als sie eine Strecke zurückgelegt hatten, blieb der Alte stehen und rief:

„Herr Lehrer!“

Er erhielt keine Antwort.

„Jesusmaria! Da ist halt doch das Unglück geschehn! Wann er ersoffen ist, so werd ich all mein Lebtag nimmer froh! Max, Max! Hörst denn deinen alten Sepp nicht mehr?“

Da antwortete in nächster Nähe seine lachende Stimme.

„Natürlich höre ich dich! — Du schreist ja laut genug!“

„Herr Jerum! Da ist er! Aber Mensch, warum gebens nicht gleich Antwort?“

„Weil ich den Mund voll Wasser hatte! Es ist wirklich nicht ungefährlich, einen Sprung in einen so rasenden Strudel zu tun, besonders bei Nacht!“

Er kam heran.

„Gott sei Dank!“ sagte der Assessor aufatmend. „So leben doch wenigstens Sie noch. Der Bauer ist natürlich ertrunken.“

„Das ist möglich. Wenigstens bewegt er sich nicht mehr. Er liegt keine zehn Schritte von hier am Ufer.“

„So hat ihn das Wasser ausgestoßen?“

„O nein. Als ich in den Strudel sprang, fühlte ich

einen festen Gegenstand, an den ich beim Emportauchen stieß, und griff zu. Ich hielt ihn auch fest, als ich noch einige Male in die Tiefe zurückgerissen wurde, und es gelang mir, mit ihm den Fluten zu entkommen. Es war der Silberbauer, den ich am Arm ergriffen hatte. Ich schwamm mit ihm ans Ufer, und da rief auch bereits der Sepp nach mir. — Bitte, kommen Sie!"

Er führte die Herren an die Stelle, wo er den Bauern liegen gelassen hatte.

„Ich werde gleich untersuchen, ob noch Leben in ihm ist", sagte der Medizinalrat.

Er bückte sich nieder, fragte aber in verwundertem Ton:

„Wo soll er liegen? Hier?"

„Ja. Gleich neben dem Busch."

„Er ist nicht da."

„Unmöglich!"

Er bückte sich auch nieder und suchte. Die andern suchten mit — vergeblich. Der Silberbauer war verschwunden.

Der Lehrer eilte fort, um die Laterne zu holen, die der Medizinalrat am Wehr niedergesetzt hatte. Als er sie brachte, leuchtete er nach allen Seiten im Gras umher.

„Er ist entflohen", sagte er. „Der Mensch ist gar nicht besinnungslos gewesen. Er hat sich nur so gestellt und sich von mir aus dem Wasser schaffen lassen, um dann zu entfliehen. Hier sehen Sie die Spur im hohen Gras. Er ist zum Mühlgraben hinauf. Folgen wir schnell."

Die Spur führte nach dem schmalen Steg, der über den Mühlgraben ging, und verlor sich dann auf festem Boden.

„Er wird doch nicht wieder unters Wehr geflüchtet sein?" meinte der Medizinalrat.

„Das kann ihm nicht einfallen", antwortete der Lehrer. „Das hieße ja, sich widerstandslos unsern Händen überliefern. Nein. Jedenfalls ist er so schnell wie möglich nach Haus, um seinem Sohn zu sagen, was geschehen ist, und wo dieser ihn zu suchen hat. Denn es versteht sich von selber, daß der Silberfritz den Vater mit Geld und trockner Kleidung versehen muß."

„Das müssen wir verhindern!" rief der Assessor. „Also schnell in das Dorf! Das Versteck aber dürfen wir auch nicht unbewacht lassen. Die beiden Herren Ärzte mögen hierbleiben, bis wir wiederkommen. Sepp mag in den Gasthof eilen. Ich habe in der Vorahnung, daß ich sie brauchen werde, zwei Landjäger dorthin bestellt. Vielleicht sind sie schon da. Ist das der Fall, so mögen sie schleunigst zum Silbergut kommen. Sie aber, Herr Lehrer, führen mich jetzt dorthin."

Diese Anordnung wurde rasch ausgeführt, aber es war doch inzwischen eine beträchtliche Zeit vergangen. —

Der Lehrer hatte mit seiner Vermutung das Richtige getroffen. Der Bauer hatte sich den Wogen widerstandslos überlassen. Da war er von Max gegriffen und an das Ufer geschafft worden. Inzwischen rief Sepp, und der Lehrer entfernte sich die wenigen Schritte. Sofort kroch der Bauer am Boden hin, richtete sich erst auf, als er gewiß war, nicht bemerkt zu werden, und eilte dann davon, über den Mühlensteg hinüber, dem Dorf zu.

Natürlich schlug er die Richtung nach seinem Garten ein. Am hinteren Tor stand sein Sohn.

„Kommst endlich?" sagte dieser. „Es sind längst mehr als anderthalb Stunden vergangen. Sapperment! — Bist ja ganz naß!"

„Ja. Ich komm aus dem Wasser und—"

„Und hast gar keinen Atem! Was ist geschehn?"

„Ein großes Unglück. Ich bring nix mit und bin erwischt worden! Die Polizei will mich fangen. — Ich muß fliehn. — Hör, ich hab keine Zeit, dir alles zu erzählen. Vielleicht kommens gleich hinter mir her und sind schon in einer Minute da. Der Lehrer ist auch dabei, der Halunk. Ich brauch Geld und ein andres Gewand und auch Wäsch. Brings schnell heraus! Ich geh hinüber an unser Roggenfeld. An der untern Ecke wirst mich finden."

„Aber wann sie indessen kommen und lassen mich nicht fort?"

„So steig ich hinauf zur Höh und versteck mich ins Felsenloch. Da findest mich gewiß."

„Ich bin außer mir vor Schreck! — Du auf der Flucht! Ists denn so gefährlich?"

„Ja. Es kostet mich den Kopf, wanns mich erwischen."

„Aber das Gut! Was wird mit dem Gut?"

„Das ist dein. Verstehst? Und da man auf alles gefaßt sein muß, wannst mich etwa hier nicht findest, so bin ich fort und nach Scheibenbad zum Talmüller. Der ist mein Spezi und weiß alles. Der muß mir forthelfen. Horch, da hör ich Schritte! Also fort! Komm ans Roggenfeld!"

Er huschte davon.

Der Silberfritz blieb stehen und lauschte. Es war nichts zu hören. Die Angst hatte den Bauern getäuscht. Der Bursche ging durch den Garten ins Haus und in die Stube des Vaters. Er befand sich in außerordentlicher Aufregung. Die Hauptsache war, den Vater mit Geld, einem Anzug und trockener Wäsche zu versorgen. Darum raffte er zusammen, was er brauchte, nahm Geld aus dem Pult und kehrte in fieberhafter Eile zum Garten zurück, um sich nach dem Roggenfeld zu begeben.

Aber er hatte die Hälfte des Gartens noch nicht durchschritten, da kamen ihm zwei Männer entgegen — der Assessor und der Lehrer.

„Guten Abend!" grüßte der Beamte. „Wohin, mein Bester?"

„Wer hat da zu fragen?" antwortete der Silberfritz trotzig. „Wer erlaubt es sich, durch den Garten zu gehn?"

„Das können Sie sofort erfahren. Wer sind Sie?"

„Das geht niemand nix an!"

„Er ist der Sohn des Bauern", erklärte der Lehrer.

„So? Und was haben Sie da in den Armen? Ah, einen Anzug, wie es scheint. Darf ich fragen, für wen er bestimmt ist?"

„Das braucht keiner zu wissen."

„Bitte, sprechen Sie höflicher zu uns! Ich bin Gerichtsbeamter und komme, mich nach Ihrem Vater zu erkundigen. Wo ist er?"

„Der? Wo soll er sein? Er ist ja krank! Droben im Bett liegt er."

„Wollen Sie uns einmal zu ihm führen?"

„Wanns zu ihm wollen, meinetwegen."

„Und was wollen Sie mit diesen Kleidungsstücken?"

„Ich hatt sie heut im Garten in die Sonn gehängt. Nun ists Nacht, und ich hol sie ins Haus."

„Es schien aber, als ob Sie damit fortwollten, zum Garten hinaus."

„Fällt mir nicht ein! Ich hab nur sehn wollen, ob die Tür noch offen ist. Die muß des Nachts zugeschlossen werden."

„Nun, sie ist noch offen. Haben Sie den Schlüssel mit?"

„Nein."

„So werde ich selber dafür sorgen, daß sie nachher verschlossen wird."

„Sie? Was haben denn Sie hier im Silbergut zu befehlen?"

„Darüber werden Sie bald aufgeklärt werden. Kommen Sie mit!"

Als sie durch die Hintertür ins Haus traten, brachte zu gleicher Zeit der Sepp die beiden Landjäger zur vorderen Tür herein.

Der Assessor erteilte den Landjägern Weisungen.

„Einer von Ihnen bleibt hier im Flur. Kein Bewohner

dieses Hauses verläßt es ohne meine Erlaubnis. Der andre folgt uns. — Also führen Sie uns zu Ihrem Vater!"

Sie stiegen hinauf. Eine Lampe brannte dort. Natürlich war das Bett leer.

„Nun, wo ist er denn?" fragte der Assessor.

„Ja, wo ist er?" rief der Sohn mit gutgespieltem Erstaunen. „Er muß doch im Bett liegen!"

„Aber wie Sie sehn, ist er fort!"

„Wie kann er fort sein? — Er ist ja krank, ohne Arm! Er hat stets dagelegen ohne Verstand!"

„Wir werden ihn wohl finden. Zunächst erlauben Sie mir einmal, die Gegenstände anzusehen, die Sie jetzt aus dem Garten geholt haben. Ah! Ein Paar Stiefel! Haben die auch mit unten gehängt?"

„Ja."

„Ein frisches Hemd und ebensolche Strümpfe. Warum mußten auch diese Sachen an die Luft gehängt werden?"

„Weil alles feucht war."

„So! Seit wann hing das alles unten?"

„Am ganzen Tag."

„Es hat nicht ein einziger dieser Gegenstände im Garten gehangen! Sie haben mich belogen! Ich fordere Sie auf, mir die Wahrheit zu sagen."

„Die hab ich gesagt. Wer anders spricht, der ist ein Lügner!"

„Gut, so will ich Ihnen sagen, daß Sie diese Sachen für Ihren Vater bestimmt haben. Wo befindet er sich?"

„Weiß ichs?"

„Nun, ich kann Sie nicht zwingen mir zu sagen, was Sie nicht gestehen wollen; aber Sie veranlassen mich durch Ihre Unwahrheiten, strenger mit Ihnen zu verfahren, als ich beabsichtigte. Sie sind hiermit verhaftet! Sie dürfen diese Stube ohne meine Erlaubnis nicht verlassen. Der geringste Versuch, gegen meinen Befehl zu handeln, würde mich veranlassen, Sie in Fesseln legen zu lassen. Jetzt wollen wir Ihren Vater suchen."

Fritz wurde eingeschlossen. Draußen bemerkte der Lehrer zu dem Assessor:

„Ich bin überzeugt, daß die Durchsuchung des Hauses zu keinem Ergebnis führt. Der Sohn wollte aus dem Garten hinaus, um seinem Vater die Sachen zu bringen. Der Bauer befindet sich also im Freien."

„Aber wo?"

„Jedenfalls gar nicht weit vom Garten."

„Meinen Sie, daß ich ihn draußen suchen lasse?"

„Nein. Dadurch würde er uns sicher entgehen. Die beiden haben jedenfalls einen Ort verabredet. Wir kennen ihn nicht. Durch unser Suchen würden wir ihn nur auf uns und auf die ihm drohende Gefahr aufmerksam machen. Meiner Ansicht nach haben wir auch einen großen Fehler begangen."

„Nicht daß ich wüßte!"

„Wir hätten den Silberfritz nicht stören, sondern ihm nachschleichen sollen. Er hätte uns gewiß zu seinem Vater geführt."

„Allerdings. Sie müssen aber berücksichtigen, daß er uns auch sofort entdeckte, als wir ihn sahen. Es war also unmöglich, ihm heimlich zu folgen. Übrigens habe ich alle Hoffnung, den Bauer doch zu greifen. Wenn sein Sohn nicht kommt, um ihm die Sachen zu bringen, so wird er sich jedenfalls hierherschleichen, um den Grund der Zögerung zu erfahren. Ich werde dafür sorgen, daß er da ergriffen wird."

Es war freilich so, wie der Lehrer gesagt hatte: die sorgfältige Durchsuchung des ganzen Gutes bewies nur, daß der Bauer nicht da war. Das sämtliche Gesinde wurde bis auf weiteres eingeschlossen. Der zweite Landjäger stellte sich im Garten auf, um mit dem alten Sepp und dem Finkenheiner den Silberbauern festzuhalten, falls er herbeigeschlichen kommen sollte. Dann kehrte der Assessor mit dem Lehrer wieder zum Wehr zurück, denn es galt, das Versteck zu durchsuchen. Nach dem dortigen Befund mußte der Beamte sein Verhalten gegen die Bewohner des Silberhofes einrichten.

Als die beiden am Wasser anlangten, fanden sie die Ärzte am Ufer sitzen, und zwar in Gesellschaft der Frau des Finkenheiners, der es in dem Versteck zu einsam geworden war.

Nachdem man ihnen mitgeteilt hatte, daß der Flüchtling noch nicht ergriffen worden sei, begaben sich die vier Herren mit der Frau hinein in das Versteck. Der Assessor kannte Anna nicht, aber der Lehrer hatte ihn unterwegs, soweit er es vermochte, über ihre Person und ihre Verhältnisse aufgeklärt. Darum wandte er sich zunächst, bevor er den Raum und dessen Inhalt untersuchte, an sie.

„Wie kommt es, daß wir Sie mit dem Silberbauern hier überraschten?"

„Ich wollte nach der Mühl, und er ging vor mir her. Ich sah ihn ein Licht anbrennen, dann verschwand er unter dem Wasser. Ich bin ihm gefolgt, und als er mich sah, wollt er mich ermorden. Da haben wir mitnander gerungen. Und wann der Herr Lehrer nicht kommen wär, so lebt ich jetzt nicht mehr."

„Sagen Sie uns zunächst, was Sie hier beobachtet haben!"

Sie erzählte es. Als sie geendet hatte, nahm der Beamte den Jagdsack und öffnete ihn.

„Wirklich, hier ist ein Hammer", sagte er. „Warum hat er ihn in Sicherheit bringen wollen?"

Er betrachtete das Werkzeug.

„Hm! Der Kopf hat drei Zentimeter und einige Millimeter im Geviert. So gaben Sie die Kopfwunde des Feuerbalzers an, Herr Medizinalrat."

„Ich habe das Maß bei mir", antwortete der Genannte. „Bitte, zeigen Sie!"

Er erhielt den Hammer und zog das silberne Stäbchen hervor. Das Maß stimmte. Nun hielt er den Hammer nahe an das Licht der Laterne, um ihn genau zu betrachten.

„Eigentümlich", sagte er, „daß dieses Eisen nicht so verrostet ist, wie man es bei der Feuchtigkeit des Raumes erwarten sollte. Ich werde die Kopffläche, mit der der Hieb ausgeführt sein müßte, einmal untersuchen. Vielleicht ist noch eine Spur von Blut aufzufinden."

„Ja, wickeln wir dieses Werkzeug sorgfältig ein! Es kann für uns von großer Wichtigkeit sein. Nun weiter!"

Er suchte im Sack nach, zog die Zigarrenkisten und dabei auch den Kassenschein heraus.

„Ah! Tatsächlich! Nummer 9 993 330!" rief der Beamte aus. „Also wirklich derselbe Schein, der dem Feuerbalzer geraubt wurde! Ich bin neugierig, wie der Silberbauer, wenn er ergriffen worden ist, das Vorhandensein dieses Papieres in seinem Versteck erklären wird."

Er öffnete die Zigarrenkästchen und fand, daß deren Inhalt aus Briefen und schriftlichen Anweisungen bestand, zu deren näherer Untersuchung jetzt nicht Zeit war.

Dann wurden auch einige der Geldrollen untersucht. Sie enthielten türkische Goldstücke von der Prägung ein und desselben Jahres.

Zum Öffnen des Schranks fehlte der Schlüssel. Der Silberbauer trug ihn bei sich. Der Hammer hätte zwar zum gewaltsamen Öffnen dienen können, allein da an ihm nach Blutspuren gesucht werden sollte, so mußte man darauf verzichten. Es war im Dorf kein Schlosser; aber der Schmied verstand sich leidlich auf Schlosserei und konnte auch Schlösser durch Nachschlüssel öffnen. Der Lehrer erbot sich ins Dorf zu eilen, um ihn zu holen.

Anna, die sich hier nicht sehen lassen wollte, fragte, ob sie sich nicht entfernen dürfe, da der Schmied sie erkennen werde. Der Assessor gestattete es ihr unter der Bedingung, daß sie zu seiner Verfügung sei, sobald er ihrer Aussage bedürfe.

Sie ging zur Mühle, um Lisbeth abzuholen. Dort erzählte sie, was geschehen war, und der Müller hatte nichts Eiligeres zu tun, als zum Wehr zu gehen. Er kam zugleich mit dem Lehrer und dem Schmied dort an, blieb aber draußen stehen, um sich nicht aufdringlich zu zeigen.

Der Schmied war höchst verwundert darüber, daß sich unter dem Wasser des Wehrs eine so geheimnisvolle Kammer befand. Er öffnete mit Hilfe eines Dietrichs den Schrank, erhielt Bezahlung und durfte dann gehen, wurde aber angewiesen, jetzt noch zu keinem Menschen von dem zu sprechen, was er hier gesehen hatte.

Der Assessor öffnete nun ein Kästchen nach dem andern. Sie alle enthielten Geld in verschiedenen Sorten südlicher Länder, außerdem Uhren, Ringe und andre Gold- und Geschmeidesachen.

„Wie das Lager eines Pfandleihers", sagte der Medizinalrat.

„Oder vielmehr wie der geheime Schatz eines Einbrechers", antwortete der Assessor. „Jeder Gegenstand ist mit einem Namen versehen, und in jedem Kästchen liegen Blätter mit Bemerkungen über die verschiedenen Nummern. Hören Sie zum Beispiel."

Er nahm ein Blatt und las vor:

„‚Nummer Elf; Ring mit Rubin. In der Pußta Kobrö der reichen Bäuerin Emzcvary abgenommen. Nummer Vierzehn; Busennadel des Weinhändlers Terecky. Wollte schießen, kam aber nicht dazu.' Was sagen Sie zu solchen Aufzeichnungen, meine Herren?"

Auf diese Frage des Assessors antwortete der Medizinalrat kopfschüttelnd:

„Das klingt ganz so, als ob wir es hier mit einem wirklichen Räuberhauptmann zu tun hätten."

„Ja. Und ich bin der Ansicht, daß der Entflohene in früheren Jahren dieses Geschäft betrieben hat. Jedenfalls werden die Papiere, die hier zu finden sind, Aufschluß darüber geben. Ich werde alles nehmen und zum Silberhof bringen lassen, wo ich für diese Nacht mein Lager aufschlagen werde. Leider habe ich niemanden, der mir die Sachen fortschaffen könnte."

„Draußen steht der Müller", bemerkte der Lehrer, „der wird gern dazu bereit sein."

Natürlich war dieser einverstanden. Er holte seinen alten Esel. In den zwei Körben, die das Tier rechts und links trug, fand alles Platz.

So setzte sich der Zug in Bewegung. Selbst der Medizinalrat ging nicht zur Mühle, wo er doch sein Unterkommen hatte, sondern er begab sich mit dem Kollegen noch einmal zum Feuerbalzer. Dieser lag in einem gelinden Wundfieber, eine natürliche, aber unbedenkliche Folge des Eingriffs. Seine Mutter hätte gern erfahren, was sich indessen ereignet hatte, bekam aber nichts zu hören.

Als der Assessor mit dem Lehrer und dem Müller am Garten des Silberhofes anlangte, erfuhren sie, daß der Bauer sich noch nicht hatte sehen lassen. Vielleicht hatte er sich doch herangeschlichen und dabei bemerkt, daß ihm aufgelauert werden solle.

So geheim man den ganzen Vorgang gehalten hatte, er war doch ruchbar geworden.

Draußen vor dem Silbergut standen viele Neugierige, die freilich nichts erfuhren. Nur den im Hausflur aufgestellten Landjäger sahen sie, wenn sie aus der Entfernung durch die Haustür blickten, falls diese einmal geöffnet wurde.

„Die Polizei ist beim Silberbauer", so sagte man. Das war aber auch alles, was man wußte. Dennoch war es für die hiesigen Verhältnisse ziemlich viel, und die Bauern hüteten sich wohl, schlafen zu gehen. Sie begaben sich vielmehr ins Wirtshaus und waren entschlossen, das Bett nicht eher aufzusuchen, als bis sie eine sichere Nachricht mit nach Haus nehmen konnten.

Da saßen sie nun und ließen ihren Gedanken und Vermutungen freien Lauf. Und der eigentlich von ihnen allen der Unterrichtetste hätte sein sollen, der Wächter, saß bei ihnen und wußte ebensowenig wie sie.

„Höre, Wächter", sagte einer, „wer ist denn eigentlich die Polizei hier im Ort?"

„Na, wer wirds halt sein? Ich bins."

„So! Nun, so sag doch halt mal, was heut im Silberhof vorgeht!"

„Das weiß ich nicht."

„So solltst dich schämen. Es darf kein Mensch hinein und heraus. Der Jäger steht drin und hält die Wach, und du weißt nix davon. Geh doch mal hin und bekümmre dich um dein Amt!"

„Ich geh nicht eher hin, als bis ich drei Schnäpse trunken hab."

„Dann hast wohl Mut?"

„Den hab ich auch jetzt schon. Aber wann ich Branntwein trunken hab, dann bekomm ich scharfe Augen und eine beredte Zunge."

„So trink!"

„Kann ich denn?"

„Nun, warum sollst nicht können?"

„Weil ich kein Geld hab, und der Wirt pumpt mir nimmer."

„So zahl ichs."

„Das ist was andres."

Als er sich dann Mut angetrunken hatte, setzte er seine Soldatenmütze auf und machte sich auf den Weg zum Silberhof. Erst war seine Haltung selbstbewußt. Aber je näher er seinem Ziel kam, desto mehr sank er zusammen, und desto langsamer wurden seine Schritte.

Er marschierte auf die Haustür zu und trat ein.

„Was wollen Sie?“ fragte der Jäger.

„Ich bin der Wächter hier vom Ort und wollt fragen, ob ich nicht auch mitmachen kann.“

„Was wollen Sie denn mitmachen?“

„Alles, was es hier zu tun gibt.“

„Schön! Wenn ich wüßte, daß Sie Ihre Pflicht gewissenhaft erfüllen werden, so würde ich Ihnen den schwierigsten Posten anweisen.“

Das schmeichelte dem Wächter.

„Oh“, sagte er, „ich werd meine Pflicht tun, und wanns mein Leben kosten tät.“

„Gut, so will ich Ihnen mein Vertrauen schenken. Sind Sie im Gasthof bekannt?“

„Freilich.“

„So marschieren Sie jetzt geradewegs hin. Sie setzen sich in irgendeine Ecke, reden mit keinem Menschen ein Wort und passen genau auf alle Leute auf, die dort ein- und ausgehen. Es wird höchstwahrscheinlich ein berüchtigter Verbrecher dort einkehren. Den nehmen Sie sofort fest. Verstanden?“

„Aber wie schaut denn dieser Verbrecher eigentlich aus?“

„Wenn Sie ein Polizist sind, so müssen Sie auch wissen, wie ein Verbrecher aussieht.“

„Ach so! Ja, das weiß ich freilich. Mir soll keiner entgehn.“

„Also gut! Eilen Sie ins Wirtshaus, und sobald er kommt, fassen Sie ihn und bringen mir ihn hierher.“

„Schön! Sie werden bald erfahren, daß ich ihn erwischt hab.“

Er ging. Als er wieder draußen war, wurde er von den Draußenstehenden gefragt, was er erfahren habe.

„Das sind heimliche Amtsgeheimnisse“, sagte er. „Wir von der Polizei dürfen nix verraten.“

Er eilte weiter. Im Wirtshaus suchte er sofort einen Winkel auf und ließ die Tür nicht aus dem Auge. Er gab auf keine Frage eine Antwort und hielt sich genau an seine Anweisungen. Leider aber wollte niemand kommen, der nach seiner Ansicht wie ein berüchtigter Verbrecher aussah.

Unterdessen ließ der Assessor alle Gegenstände in ein besonderes Zimmer bringen. Dann konnte Wilhelm zur Mühle zurückkehren. Der Lehrer aber wurde zum Bleiben eingeladen.

„Ihren Bemühungen ist es zum größten Teil zu verdanken, daß wir hinter die Verbrechen des Silberbauern gekommen sind", sagte der Beamte. „Es wäre mir lieb, wenn ich heut noch weiter auf Ihren Beistand rechnen könnte. Es gibt viel zu lesen. Wollen Sie helfen?"

„Sehr gern."

„So kommen Sie mit hinauf!"

Nun begannen die beiden zu arbeiten. Es war noch lange nicht Mitternacht, da sahen die Neugierigen, daß der Wagen des Silberbauern vor dem Tor stand. Der Knecht saß auf dem Bock. Ein Landjäger stieg ein und vor ihm — der Silberfritz, an den Händen gefesselt.

Diese Nachricht lief binnen weniger Minuten durch das ganze Dorf. Später wurde die alte Feuerbalzerin geholt. Sie blieb lange Zeit bei dem Assessor. Als sie wieder herauskam, sollte sie den Leuten erzählen; aber sie entzog sich den wißbegierigen Leuten schnell.

Dann sah man den Finkenheiner kommen und nach fast einer Stunde wieder gehen. Auch er gab neugierigen Fragern keine Auskunft.

Gleich nach seinem Verschwinden kam eine verhüllte Frauengestalt das Dorf herauf, huschte an den Wartenden vorüber und ging in das Haus. Niemand hatte sie erkannt. Es war die Frau des Finkenheiner. Sie wurde von dem Jäger ins Zimmer des Assessors gewiesen.

Der Beamte empfing sie freundlich und wies ihr einen Stuhl an. Der Lehrer saß an der andern Seite des Tisches, um Notizen zu machen.

„Sorgen Sie nicht", begann der Assessor, „daß ich Sie mehr als notwendig belästigen werde. Ich habe Sie nicht rufen lassen, um mich über Ihre persönlichen Verhältnisse zu unterrichten. Dennoch aber wird es unvermeidlich sein, auch diese zuweilen zu berühren. Sie verließen damals Ihre Heimat in Gesellschaft des Silberbauern?"

„Ja. — Damals aber wurde er noch nicht mit diesem Beinamen genannt."

„Wie weit kamen Sie mit ihm?"

„Zunächst bis Wien, wo ich meinem Mann schrieb und wartete, bis ich von ihm meine Papiere erhielt. Er tat alles nach meinem Willen. Wir wurden, weil ich ihn böswillig verlassen hatte, schnell geschieden. Dann ging ich mit Klaus nach Ungarn, wo er plötzlich verschwand, und zwar mit den dreitausend Gulden, die mir gehörten."

„Das stimmt. Er hat sie gebucht. Dieser Mann hat über seine Schurkereien höchst gewissenhaft Buch geführt. Bitte, was taten Sie in Ihrer nun jedenfalls sehr bedrängten Lage?"

„Ich vermietete mich als Magd, hatte aber böse Zeit, da ich nicht Ungarisch verstand und nur ein einziges Kleid besaß. Klaus hatte mir alles gestohlen und mir nur das gelassen, was ich auf dem Leib trug. Ich diente bei verschiedenen Herrschaften, versuchte manches andre, alles ohne Erfolg, bis ich in Preßburg eine Herrschaft fand, bei der ich jahrelang blieb. Es war eine Witwe, eine Baronin von Gulijan, die an der Moldau und in der Walachei bedeutende Besitzungen hatte. Ihr Lieblingssitz war ein Schloß in der Nähe von Slatina, wohin ich ihr folgte. Zu dem Besitz gehörten zwei Mühlen. Auf einem Spaziergang betrat ich die eine. Denken Sie sich meinen Schreck, als ich den Müller erblickte: Klaus war es."

„Was tat er?"

„Ich sah deutlich, daß er mich erkannte, denn er zuckte im ersten Augenblick zusammen."

„Sind Sie öfters mit ihm zusammengetroffen?"

„Nur allzuoft. Gleich dies erstemal kam er mir, als ich ging, heimlich nach. Er leugnete nicht, der Klaus zu sein, obgleich er einen andern Namen trug. Aber er verlangte von mir, daß ich ihn nicht kennen solle."

„Was antworteten Sie?"

„Ich versprach es ihm. Dieses Versprechen wurde mir sehr leicht. Ich verachtete ihn. Aber ich verlangte natürlich auch mein Eigentum zurück. Er versicherte mir, es mir nach und nach zurückzuerstatten, wenn ich ihm verspräche, seiner Frau nicht mitzuteilen, was ich von ihm wisse."

„Er hatte also indessen geheiratet?"

„Nein, sondern er war bereits verheiratet gewesen, als er mich durch das Versprechen der Ehe verlockte, ihm zu folgen. Er hatte hier gewohnt, als Knappe in der untern Mühle, und war dann in die Fremde gegangen an die untere Donau. Dort hatte er die Tochter eines reichen Müllers verführt und dadurch das Jawort ihres Vaters erhalten, aber keinen Pfennig Mitgift. Darum war er unter dem Vorwand einer Geschäftsreise zu uns zurückgekehrt, um mich zu verleiten und mein Geld in seine Hand zu bekommen. Als er das hatte, verließ er mich. Er hatte es für unmöglich gehalten, daß ich ihn finden würde. Nun kamen meine schrecklichsten Erlebnisse. Der Silberbauer trat da als ein wahrer Satan auf, er und der andre Müller, sein Kumpan und Helfershelfer, namens Kellermann, dessen Aufenthaltsort ich leider trotz allen meinen Bemühungen nicht habe ausfindig machen können."

„Ist er nicht mehr dort?"

„Nein. Er verschwand mit Klaus zu gleicher Zeit, nachdem beide Taten verübt hatten, deren jede einzelne sie ins Zuchthaus hätte bringen müssen."

Der Lehrer war aufmerksamer geworden.

„Haben Sie keine Ahnung, wohin dieser Kellermann sich gewandt hat?“ erkundigte er sich.

„Nein, aber vermutlich nach Deutschland, da er doch auch ein Deutscher war.“

„Können Sie mir seine Person beschreiben?“

„Schwarz, stark und kräftig, mit grausamen Zügen. Sein Benehmen war noch roher als sein Gesicht. Er war ein würdiger Spießgeselle des andern.“

„Hatte er Familie?“

„Seine Frau und die des Klaus waren Schwestern. Beide starben. Klaus hatte zwei Kinder, einen Sohn und eine Tochter, Kellermann aber nur eine Tochter.“

„Wie hieß sie?“

„Pauline. Sie wurde von ihrer Mutter und infolgedessen von allen andern Paula genannt.“

„Seltsam, daß Sie diesen Mann nicht gefunden haben, da Sie doch Klaus fanden.“

„Was wollen Sie damit sagen?“

„Daß er hier in der Nähe wohnt, nur wenige Stunden von hier. Er ists, von dem Klaus die türkischen Goldstücke gekauft hat.“

„Der Talmüller?“ rief der Assessor erstaunt.

„Ja. Seine Tochter heißt Paula, und der Fex, von dem ich Ihnen vorhin erzählte, ist wahrscheinlich kein andrer, als jener geraubte kleine Baron Curty von Gulijan, der in den Aufzeichnungen des Klaus oft erwähnt wird.“

„Ah! Wenn sich das bewahrheitete!“

„Ich möchte wetten, daß es so ist!“

„Und ich“, sagte Anna, „könnte vieles opfern, wenn ich jenen Kellermann wirklich wiedersähe.“

„Sie sollen den Talmüller sehen“, sagte der Assessor. „Dann werden wir ja erfahren, ob er der ist, den Sie meinen. Also Sie sagen, daß die beiden Menschen sehr viel Strafbares verübt haben. Dürfen wir es erfahren?“

„Ich bin ja hier, um es zu berichten."

Und nun begann Anna zu erzählen, Taten, die sie belauscht, deren Zeugin sie gewesen, geheimnisvolle Ereignisse, schier unglaublich und doch in Wirklichkeit geschehen.

Als sie geendet hatte, sprang der Assessor von seinem Stuhl auf, schritt erregt im Zimmer auf und ab und diktierte dann folgendes Fernschreiben an den Fex nach München:

„Komm mit dem nächsten Zug sofort nach Scheibenbad, doch laß dich von keinem Bewohner der Mühle sehn! Es ist außerordentlich Wichtiges im Werk.

Dein Wurzelsepp."

Der Sepp weilte unten in der Gesindestube bei den Dienstleuten. Er wurde jetzt heraufgerufen.

„Sepp, Sie müssen sogleich zur Stadt laufen", sagte der Assessor. „Es handelt sich um ein Fernschreiben, das aufgegeben werden muß."

„Na, das werd ich schon besorgen."

„Können Sie lesen?"

„Nein. Gedruckts buchstabier ich schon ein wengerl, wann die Buchstaben so groß sind wie meine Tabakspfeife."

„Nun", lächelte der Beamte pfiffig, „so darf ich es Ihnen anvertrauen, ohne eine Verletzung der Amtsgeheimnisse befürchten zu müssen. Es soll nämlich geheim bleiben. Nur ich darf den Wortlaut wissen. Hier ist es."

Er gab das Blatt dem Alten in die Hand. Dieser warf einen Blick darauf.

„Donnerschlag! Ists möglich?" rief er aus. „Der Fex soll kommen nach Scheibenbad!"

„Woher wissen Sie das?"

„Hier stehts ja doch geschrieben! Und gar mein eigener Nam darunter."

„Ich denke, Sie können nur Gedrucktes lesen und

auch das nur dann, wenn die Buchstaben die Größe Ihrer Tabakspfeife besitzen!"

Der Alte kratzte sich hinter dem Ohr.

„Hm! Ja", brummte er. „Aber wissens, Herr Assessor, zuweilen, wann mein Aug recht scharf ist und die Luft recht rein und durchsichtig, da kann ich auch schon mal Geschriebnes lesen, besonders, wanns mich betrifft und so einen guten Freund von mir, wie der Fex es ist!"

„Verstehe schon! Sie sind ein alter Schlauberger, aber glücklicherweise ein seelenguter Kerl."

„Das denkens? Na, das kann mich freun! Und unrecht habens nicht damit. Warum aber habens denn meinen Namen darunter gesetzt?"

„Weil er nicht wissen darf, wer ihn eigentlich ruft. Auch denke ich mir, daß Ihr Name ihn eher zum Kommen veranlaßt."

„Versteht sich, daß er kommt! Aber da muß ich doch auch hin!"

„Das ist nicht unbedingt nötig."

„O doch! Wann der Wurzelsepp dem Fex einen Drahtbrief schreibt, so ist er auch dabei, wann der Bub kommt. Herrgott, ich hab keine Zeit! Jetzt nach der Stadt, und nachher nach Scheibenbad hinüber!"

„Nun, diesen letzten Weg können Sie mit mir machen. Ich werde fahren."

„Natürlich tut der Sepp da mit. Fahren tut er gern, besonders wann er die Pferd und den Wagen nicht zu bezahlen hat. Also werd ich mich sofort auf die Schuh machen. Wer aber zahlt das Geld für das Geschreib?"

„Ich natürlich. Hier!"

Sepp erhielt das Geld und trabte von dannen.

Als die Frau sich später entfernte, wurde der Künstler Bandolini aus dem Gasthof geholt. Auch er blieb lange Zeit im Silberhof. Zuschauer gab es nun nicht mehr vor dem Gut. Es war zu spät geworden.

Aber am andern Morgen machten die Leute große Augen, als sie erfuhren, daß der Feuerbalzer den Verstand wiedererhalten habe und vom Amt aufgefordert worden sei, seine Wohnung im Silberhof aufzuschlagen. Der Silberfritz saß im Gefängnis, und sein Vater war entflohen und wurde von der Polizei gesucht.

DER PEITSCHENMÜLLER IN DER SCHLINGE

Der Assessor war in Begleitung des Wurzelsepp nach Scheibenbad gefahren und in einem Gasthof der Stadt abgestiegen.

„Ich möchte den Müller nicht sofort merken lassen, daß ich ein Gerichtsbeamter bin", sagte der Beamte. „Daher kehre ich zunächst als Gast bei ihm ein und werde es einzurichten suchen, daß ich mit ihm ins Gespräch komme. Wo aber werden wir den Fex treffen?"

„Auf dem Bahnhof."

Der Assessor warf einen prüfenden Blick auf den Fahrplan.

„Wenn er nach Empfang der Depesche den nächsten Zug benutzt hat, kann er bereits hier sein; denn der Zug ist vor drei Viertelstunden angekommen."

„So weiß ich, wo er zu finden ist."

„Wo?"

„Am Zigeunergrab."

„Was ist das?"

„Ein Heidengrab in der Nähe der Talmühle. Was es mit dem für eine Bewandtnis hat, wird er Ihnen wohl selber erzählen. Soll ich ihn aufsuchen?"

„Ja. Unterdes kann ich meine Kollegen hier unterrichten. Ohne vorherige Meldung habe ich in diesem Bezirk keine amtliche Gewalt."

Sepp hatte recht gehabt. Der Fex hatte sich, nachdem er die Drahtmeldung gelesen, sofort zum Bahnhof begeben. Er konnte zwar nicht begreifen, was sein alter Freund von ihm wollte, sagte sich aber, daß die Veranlassung zu der Nachricht jedenfalls wichtig war.

Wer ihn früher gesehen, hätte jetzt in ihm wohl kaum den einstigen Fährmann wiedererkannt. Der eigenartige Anstand, der ihm angeboren war, hatte während seines Aufenthaltes in der Residenz den letzten Schliff erhalten. Das langgelockte, blonde Haar, das er auch jetzt noch trug, stand gut zu dem schöngeschnittenen Gesicht. Das Ebenmaß seiner Glieder wurde durch den modernen Anzug betont und in seiner Wirkung vergrößert durch die Gewandtheit seiner Bewegungen, die keineswegs erraten ließen, daß er seine bisherige Lebenszeit in einer Art Sklaverei zugebracht hatte.

In Scheibenbad verließ er den Bahnhof und schlug die Richtung zum Städtchen ein. Er betrat es indes nicht, weil er möglichst nicht gesehen werden wollte, sondern bog in den Weg ein, der ihn um die Stadt herum auf den zur Mühle führenden Fahrweg brachte.

Aber auch diesen vermied der Fex. Er ging quer über die Wiesen nach dem Fluß hinüber und verfolgte das Ufer abwärts, um zur Fähre zu gelangen. Er tat das, um von der Mühle aus nicht bemerkt zu werden.

Nach einiger Zeit erreichte er den Ort, an dem er den größten Teil seiner Sklavenzeit verlebt hatte: die Fähre. Links von ihm lag die Höhe mit dem Zigeunergrab, und rechts war die Fähre ans Ufer gekettet.

Beim Anblick dieser Gegend und der alten Fähre gedachte er der entbehrungsreichen Jahre und des lieben, schönen Wesens, durch dessen Teilnahme ihm die vergangene Leidensnacht wie durch einen mildstrahlenden Stern erleuchtet worden war, — an Paula.

Unwillkürlich griff er in die Tasche und zog einen Brief heraus, den letzten, den er jüngst von Paula erhalten hatte. Sie war ihrem Versprechen nachgekommen; sie hatte ihm geantwortet, so oft er einige Zeilen an sie gerichtet hatte.

Er faltete das Blatt auseinander und las die letzten Sätze des Briefes:

„Besser ist es nicht geworden, seit Du fort bist. Der Vater hat zwar durch den neuen Badearzt Hoffnung erhalten, von seiner Lähmung geheilt zu werden, aber das hat in seinem Wesen keine Änderung hervorgebracht. Er ist zornig auf dich und mich. Er meint noch immer, daß ich die Frau des Fingerlfranz werden müsse, und läßt mir keine Ruh. Da hab ich in meiner Bedrängnis keinen Menschen, der mir Trost und Mut zuspricht. Du fehlst mir sehr, mein lieber Fex. Dennoch bleibe ich stark und widerstehe allem, obgleich der Franz mich auf Schritt und Tritt verfolgt. Wenn das nicht anders wird, so verlasse ich die Mühle und geh in die weite Welt. Einen Dienst werde ich wohl finden, und wenn ich da meine Pflichten brav erfülle, so hab ich wenigstens vor denen Ruh, gegen die ich mich jetzt nur so schwer verteidigen kann."

Er faltete den Brief zusammen und steckte ihn ein. „Armes Kind!" sagte er. „Das muß anders werden. Vielleicht kennt der Sepp deine Lage und hat mir grad deswegen telegraphiert."

Er wurde durch nahende Schritte in seinen Gedanken gestört. Er trat hinter dieselben Sträucher, hinter denen er damals mit dem Wurzelsepp gesteckt hatte, um den Fingerlfranz im Fuchseisen zu fangen.

‚Wenn man den Teufel an die Wand malt, so kommt er', sagt ein altes Sprichwort.

Der Nahende war kein anderer als der Fingerlfranz. Er trat, ohne den Fex zu bemerken, an die Fähre, blickte sich um und stieß, als er keinen Fährmann sah, einen scharfen Pfiff aus. Er wurde aus einiger Entfernung beantwortet, und bald kam ein zerlumpter Kerl dahergeschlendert, den der Fex nicht kannte.

„Wo steckst denn eigentlich?" schimpfte Franz. „Wann man dich braucht, so bist nicht da."

„Nun, ich bin doch hier!“ antwortete der Mann mürrisch.

„Nachdem ich dich erst hab rufen müssen. Wannst so fortmachst, wirst nimmer lang mehr Fährmann sein!“

„Das ist auch kein Unglück. Was hab ich für ein Geld für die Überfahrt? Zwei Pfennige zahlt die Person. Wann es Abend ist, hab ich zwanzig oder dreißig, wann es hoch kommt. Warum hast denn eigentlich nach mir pfiffen?“

„Weil ich hinüber will.“

„Ach so! — Warum?“

Er sprach diese Frage aus, während er ein sehr pfiffiges Gesicht dazu machte. Der Fingerlfranz schien das übelzunehmen.

„Was hast dich danach zu erkundigen? Dich gehts doch nichts an, warum ich hinüber will!“

„Meinst? Vielleicht doch!“

„Wieso?“

„Weil es Leute gibt, denen es gar nicht lieb ist, wannst hinüberkommst.“

„Ich weiß, wen du meinst — die Paula.“

„Die Paula?“ fragte der Fährmann mit gutgespieltem Erstaunen. „Wie kommst grad auf die?“

„Weil sie es ist, die ich such.“

„Ach so! Aber ich hab sie nicht gemeint.“

„Mach keine Lüg, Kerl! Sie ist über das Wasser und da in den Wald hinein. Der Müller selber hats mir gesagt.“

„Nun, wannsts so genau weißt, so will ich es gestehn. Und wannst nicht geizig bist, kannst auch noch erfahren, wo sie ist.“

„Weißt du das auch?“

„Ja. Die Paula hats gewußt, daß d' nach der Mühle kommst, heut grad so wie alle Tage, um diese Zeit. Da ist sie fortgangen, wie sie stets fortgeht, wann du kommst. Nun hat sie sich denkt, daß du ihr nachlaufen wirst. Darum hat sie mir gesagt, wohin sie geht, und ich soll dir, wannst etwa auch fragen tätst, eine andre Richtung angeben."

„Himmelsakra! Wirst das tun?"

„Ja, freilich! Die Paula ist die junge Herrin, der ich zu gehorchen hab."

„Du bist ein Lump! Verstehst mich?"

„Es gibt manchen Lump, der kein armer Fährmann ist, sondern ein reicher Kerl. Also steig ein! Ich werd dich für die zwei Pfennige hinüberfahren. Dann wirst ja sehn, obst die Paula findest."

Er schritt näher zum Ufer hin.

„Halt!" sagte der Fingerlfranz. „Wieviel willst haben, wannsts mir sagst?"

„Gibst eine Mark?"

„Hier! Aber wann ich die Paula nicht find, so schlag ich dir die Mark vom Fell herunter."

Der Fährmann steckte das Geld lachend ein und sagte: „Weißt, die Paula erzählte mir, daß sie nach der Quell gehn will, dir aber soll ich sagen, daß sie bei den Eichkatzerln sei."

„Gut! So werd ich sie finden. Fahr mich über!"

Die beiden stiegen ein und stießen vom Ufer ab.

Der Fex kannte die Stelle, die der Fährmann genannt hatte, sehr genau. Er hatte den Quell in Stein gefaßt und daneben eine Rasenbank errichtet. Wie oft war er mit der schönen Müllerstochter dort gewesen, um mit ihr von tausend Dingen zu reden, Dingen, die an und für sich außerordentlich gleichgültig waren, durch ihren Mund aber und durch den Klang ihrer Stimme für ihn eine große Wichtigkeit erhielten.

Dort also befand sich Paula jetzt. Vielleicht hatte sie den einsamen, trauten Ort nur aufgesucht, um an den Jugendgespielen zu denken, den sie so fern wähnte. Und nun sollte diese Einsamkeit durch den Menschen, der ihr der allerverhaßteste war, gestört werden.

„Wart, Franz, ich mache dir einen Strich durch die Rechnung!" lächelte der Fex vor sich hin.

Er konnte von seinem Standort aus deutlich sehen, daß der Franz aus der Fähre sprang und sich dann langsam entfernte. Der Fährmann aber kehrte zum diesseitigen Ufer zurück.

Der Fex verließ sein Versteck, ging eine kurze Strecke zurück und tat, als ob er eben ankomme. Der Zerlumpte sah ihn langsam heranschlendern, zog seinen alten Hut, grüßte höflich und fragte:

„Wohin will der Herr? Vielleicht nach der Mühl? Die liegt da drüben."

„Überfahren will ich", antwortete der Fex.

„Wohin wollens denn? Sie sind doch wohl ein Spaziergänger aus der Stadt. Über dem Wasser drüben aber habens lang zu laufen, bevor Sie an einen Ort kommen."

„Ich will nur da im Wald spazieren und komme bald zurück. Dann fahr ich wieder herüber."

Er sprang in den Kahn und hielt dem Fährmann einen Fünfzigpfenniger hin, bei dessen Anblick der Mann ihm schnell nachsprang, um zu den Rudern zu greifen.

Drüben ging der Fex erst eine kurze Strecke gradaus, um den Fährmann nicht wissen zu lassen, daß er dem Fingerlfranz folge, dann aber, als er nicht mehr gesehen wurde, lenkte er nach links ein.

Der Boden war stark bemoost und weich, so daß die Schritte keinen Schall verursachten. Dennoch spähte er vorsichtig nach beiden Seiten hin, um von Franz nicht bemerkt zu werden.

Er befand sich schon in der Nähe der Quelle. Es waren keine menschlichen Stimmen zu vernehmen. Entweder hatte der Franz die Müllerstochter nicht dort gefunden, oder er stand noch versteckt, um sie zu beobachten. Das war für den Fex Veranlassung, seine Vorsicht zu verdoppeln. Er ging also langsam weiter, und richtig — da lag der Franz hinter einem dichten Strauch am Boden und blickte zwischen den Zweigen hindurch.

Der Strauch stand zwischen jungen Tannen nahe an der Quelle. Befand sich Paula dort, so konnte der Fingerlfranz sie deutlich sehen, denn die Entfernung zwischen ihm und ihr betrug nicht zehn Schritte.

Fex schlug einen kurzen Bogen und versteckte sich so zwischen den Bäumen, daß er Franz und die Quelle im Auge hatte.

Ja, dort auf der Bank saß Paula. Sie hatte ein beschriebenes Blatt in der Hand und las. Neben ihr auf der Bank lagen noch mehrere solche Papiere und auch die dazu gehörigen Umschläge.

„Meine Briefe!“ flüsterte der Fex. „Sie liest meine Briefe! — Die Gute! — Also denkt sie an mich!“

Da sah er, daß der Franz leise den Busch verließ und um ihn herumkroch. Es war klar, was er beabsichtigte. Er wollte sich zu Paula schleichen, um zu sehen, was für Briefe sie so heimlich las.

Fex kannte Paula und wußte, daß sie starke Nerven besaß und daß sie vor dem plötzlichen Erscheinen des Franz nicht erschrecken werde. Er blieb daher ruhig an seinem Ort und sah, daß der Franz, als er hinter dem Busch hervorgekrochen war, sich in aufrechte Stellung emporrichtete und sich leise der Bank von hinten näherte.

Paula war so vertieft, daß sie von all dem nichts merkte. Jetzt hatte Franz die Bank erreicht. Er ergriff erst den einen und dann auch den andern der neben ihr liegenden Briefe und nahm sie an sich. Sodann kehrte er ebenso leise zurück, kauerte sich wieder hinter dem Strauch nieder und begann die Briefe zu lesen.

Fex konnte das Gesicht des Lesenden deutlich sehen. Er bemerkte, wie grimmig es sich verzog, als die Augen auf die Unterschrift fielen. Es war wirklich eine Qual, die der Franz durchkostete, indem er den Zeilen folgte.

Aus jedem Wort war ja eine innige Liebe zu erkennen, die ebenso innige Gegenliebe gefunden hatte.

Jetzt war er fertig. Er wollte die Briefe zusammenballen, tat es aber nicht, um jedes Geräusch zu vermeiden, sondern legte sie neben sich hin. Aber er erhob den Arm, ballte die Faust und drohte zur Paula hin.

Diese hatte ihren Brief längst zu Ende gelesen. Sie ließ die Hand, in der sie ihn hielt, sinken und blickte mit glücklichem Lächeln vor sich hin. Dann wollte sie den Brief neben sich legen, um einen andern zu nehmen. Jetzt bemerkte sie, daß die zwei verschwunden waren.

Sie fuhr von der Bank auf und blickte sich besorgt um. Aber nur die Umschläge waren noch da, die Briefe waren verschwunden. Hatte ein Lufthauch sie von der Bank herab in die Quelle geweht?

Sie schickte sich an, dem Wasser zu folgen, um nach den vermißten Briefen zu suchen. Da trat der Fingerlfranz aus dem Versteck. Er hatte jetzt die beiden Briefe in seine Tasche gesteckt und tat, als ob er eben erst komme. Er machte eine Bewegung des Erstaunens und sagte:

„Alle Teufel! Wen erblick ich hier? Die Paula! Wer hätt das denken können!"

Sie hatte ihm den Rücken zugewandt und drehte sich schnell zu ihm um. Sie war keineswegs erschrocken. Nur die Zeichen eines großen Mißmuts ließen sich in ihrem schönen Angesicht erkennen.

Sie erwiderte kein Wort, sondern schritt langsam zur Bank, nahm die Bogen, die noch dort lagen, an sich und ging weiter, um die verschwundenen Briefe zu suchen.

„Wo willst hin?" fragte er.

Sie antwortete auch jetzt nicht. Da eilte er mit einigen raschen Schritten ihr nach und stellte sich vor sie hin.

„Hast mich etwa gar nicht gesehn?" fragte er.

Sie wich vor ihm zurück und verbarg die Papiere in ihrer Tasche.

„Ich hab dich gar wohl gesehn und auch gehört. Weiter kanns nix geben. Geh mir aus dem Weg!“

„Wo willst denn hin?“

„Das brauchst nicht zu wissen!“

„Meinst? Führst ja eine gar strenge Sprache mit mir!“

„Lieber wär es mir, wann ich gar nicht mehr mit dir zu reden braucht!“

„Das sagst doch nur im Scherz! Wirst wohl noch recht lange mit mir sprechen! Mann und Weib müssen doch mitnander sprechen. Oder nicht?“

„Laß diese dummen Reden! Meine Meinung kennst, und wannst mir dennoch nachlaufst, so hast eben keine Ehre im Leib und bist ein Lump vom Kopf bis zu den Füßen.“

Franz lachte höhnisch auf.

„Das sagst nur so! Weißt, ein Dirndl muß sich erst ein wengerl spreizen und dem Buben zuwiderstellen. Das weiß man schon. Und je mehr sie zornig tut, desto lieber hat sie ihn. Weilst nun gegen mich gar so feindselig tust, so ist das ein sichres Zeichen, daß d' mir gut bist. Wannst gescheit sein willst, so gibst das zu und sagst mir endlich die Wahrheit!“

Er trat einen Schritt auf Sie zu. Sie wich abermals zurück und streckte die Arme abwehrend gegen ihn aus.

„Mach dich fort von hier! Ich kann dich nicht brauchen!“

„So! Also das soll die Wahrheit sein? Wann ichs nun nicht glaub? Wann ich im Gegenteil überzeugt bin, daß wir zusammengehören?“

„Niemals!“

„Kannst dich noch so sehr sträuben. Wanns das Schicksal will, so mußt gehorchen. Und wannst einen andern hättest, es würde doch nix draus. Liegt dir etwa der Fex im Sinn?“

„Das geht dich nix an!“

„Das denkst halt du. Ich aber denk ganz anders. Was

treibst dich da in der Einsamkeit herum und fangst Grillen? Was hast da für Papiere in die Tasche gesteckt? Zeigs doch mal her!"

„Du bist der allerletzte, dem ichs zeigen tät!"

„Laß dich nicht auslachen! Wann ich will, mußts mir doch zeigen. Ich bin stärker als du. Willst mir also die Zetterl da in deiner Tasche zeigen?"

„Nein!" antwortete sie entschieden, während sie die Hand fest auf die Tasche preßte.

„Nun", lachte er, „es ist auch gar nicht nötig, daß ich dich zwing. Ich weiß doch, daß es Liebesbriefe sind, die der Fex geschrieben hat."

Sie erglühte im ganzen Gesicht.

„Willsts leugnen?" fragte er.

„Nein, du bists nicht wert, daß ich deinetwegen eine Lüge sag. Der Fex hat mir die Briefe geschrieben, aber lesen wirst sie nicht."

„Ich werd sie lesen und dein Vater auch."

„Wie willst sie bekommen?"

„Ich hab sie ja schon!"

„Lügner!"

„Da! Hier sind sie!"

Er zog die beiden Briefe aus der Tasche und hob sie empor. Paula schrie erschrocken auf. Wie war er zu den Briefen gekommen?

„Wo hast sie her?" fragte sie aufgeregt.

„Als du so still auf der Bank saßest und in den Brief schautest, bin ich hergeschlichen und hab diese zwei weggenommen."

„Ach! Gestohlen hast sie mir! Jetzt wirst sie mir wiedergeben!"

„Das fällt mir nicht ein! Deinem Vater werd ich sie geben, aber nicht dir."

„Sie gehören mir!"

„Nein. Der Vater ist der Vormund. Der muß sie lesen."

„Er soll sie nicht haben!"

Sie trat blitzschnell auf ihn zu und griff nach den Briefen, aber er war ebenso schnell wie sie. Er hob die Hand, in der er die Briefe hielt, noch höher.

„Nimm sie doch, nimm sie doch!"

„Her damit, du Dieb!"

Sie hängte sich mit ihrem ganzen Gewicht an seinen Arm, um ihn herabzuziehen, es gelang ihr nicht, denn der Fingerlfranz war stark genug, diese Last zu tragen.

„Machst dir vergebliche Mühe", sagte er. „Ich kann mirs denken, wie gern du diese Briefe wiederhaben möchtest. So, auf diese Art und Weise bekommst sie nicht. Damit du aber siehst, daß ich nicht dein Feind bin, will ichs dir sagen, daß ich bereit bin, sie dir zurückzugeben."

„So bitte, gib sie her!" bat sie schnell.

„Nein, so nicht!" lachte er. „Solche Sachen gibt man nicht umsonst aus der Hand. Wann ich dir die Briefe wieder zurückgeb, kannst auch mir dafür eine Lieb erweisen."

„Welche?"

„Du gibst mir für einen jeden der beiden Briefe ein Busserl. Willst?"

„Nein! Behalt die Briefe und zeig sie auch dem Vater, ich hab nix dagegen. Aber bevor ich mich von dir anrühren lasse, sterb ich lieber!"

„So wollen wir doch gleich sehn, obst wirklich sterben wirst."

Er steckte die Briefe schnell in die Tasche und ergriff Paula, ehe sie es sich versah, bei beiden Armen. Sie versuchte, sich ihm zu entwinden. Es war vergeblich. Er hielt sie fest und zog sie mit Gewalt an sich.

„Hilfe, Hilfe!" rief sie aus. „O Fex, wärst du doch wieder da!"

„Der?" lachte der Franz. „Dem fällts nicht ein, jetzt herbeizukommen. Jetzt wirst meine Braut, und wannst ihm einen Brief schickst, so kannst ihm das mit schreiben."

„Das ist nicht nötig", erklang es neben ihm. „Mit dem Brief wäre es zu umständlich. Ich komme lieber gleich selber, wenn ich gebraucht werde."

Der Fex war herzugesprungen.

Der Fingerlfranz ließ vor Überraschung seine Hände von dem Mädchen und starrte den jungen Mann mit ungläubigen Augen an.

„Der Fex! Donnerwetter!" stieß er hervor.

„Fex, mein Fex, mein lieber Fex!" rief Paula jubelnd und warf sich an seine Brust.

„Ja, ich bin es, Paula", antwortete er in beruhigendem Ton. „Jetzt brauchst keine Angst mehr zu haben!"

Er drückte sie innig an sein Herz.

„Alle tausend Teufel!" fluchte der Franz. „Wie kommst daher, verdammter Kerl?"

„Bitte, bedienen Sie sich andrer Ausdrücke, sonst nehme ich Sie in einen Sprachunterricht, der sehr guten Erfolg haben soll, obgleich er außerordentlich kurz sein wird!"

Diese Worte verfehlten ihren Eindruck nicht. Der Franz wußte, daß der Fex sich nicht vor ihm fürchtete. Er hatte im Augenblick der Überraschung nur dem Gesicht des jungen Musikers Aufmerksamkeit geschenkt, jetzt fiel sein Blick auch auf seine Gestalt. Der Fex machte in seiner gegenwärtigen Kleidung einen ganz andern Eindruck als früher. Aus seinen Worten klang eine Sicherheit, die Eindruck machte.

„Soll ich den Fex etwa einen gnädigen Herrn nennen?" höhnte der Franz, wobei er versuchte, den Eindruck zu verbergen, den der andre auf ihn machte.

„Das ist nicht nötig. Sie haben mich ebenso mit Sie anzureden, wie ich das mit Ihnen tue. Ihre Gegenwart ist hier zudem wahrhaftig höchst überflüssig. Ich erwarte, daß Sie sich sofort entfernen, verlange aber vorher die beiden Briefe zurück."

Der Franz hätte sich in Wirklichkeit am liebsten entfernt, aber er schämte sich doch, sich in dieser Weise fortweisen zu lassen. Und was die Briefe betraf, so betrachtete er sie als eine Errungenschaft, die er auf keinen Fall preisgeben wollte.

„Briefe?" fragte er. „Die geb ich nicht heraus!"

„Und ich verlange sie! Sie haben nicht das mindeste Recht, sie zu stehlen."

„Gestohlen soll ich sie haben? Diesen Ausdruck muß ich mir verbitten. Ich bin auch gewohnt, grad so wie der Fex, daß man höflich mit mir redet. Ein Spitzbub bin ich nicht. Die Paula ist meine Braut, ihr Vater hat sie mir versprochen. Ich hab ein Recht nachzuschaun, von wem sie etwa Liebesbriefe bekommt."

„Nun wohl", lachte der Fex. „Ich habe keine Zeit, mit Ihnen darüber zu streiten, ob Sie dieses Recht besitzen. Jetzt haben Sie nachgesehen, Sie wissen, von wem die Briefe sind, haben sie sogar gelesen, und nun können sie Ihnen nichts mehr nützen. Sie werden also die Güte haben, sie uns zurückzugeben."

Er hatte das mit spöttischer Höflichkeit gesagt.

„Nein, ich geb sie nicht zurück, ich behalt sie", erklärte der Franz.

Da leuchtete der Blick des Fex glühend auf.

„Und ich verlange sie augenblicklich!" sagte er.

„Hol sie dir doch, Kerl!" höhnte der Fingerlfranz. „Kannst gleich den Zahlaus erhalten für damals mit!"

„Schön, her damit!"

Paula konnte sich nicht erklären, wie es zuging; der Fingerlfranz lag plötzlich am Boden, von einem fürchterlichen Hieb wie ein Klotz niedergestreckt. Er bewegte sich nicht, und da war auch schon die Hand des Fex in des Gegners Tasche und zog die beiden Briefe hervor.

„Hier, Paula, sind sie", sagte er ruhig, als ob nichts geschehen sei. „Steck sie ein, sie sind dein Eigentum."

Während sie die Blätter in ihrer Tasche verbarg, raffte sich Franz vom Boden auf. Seine Augen schienen aus ihren Höhlen treten zu wollen, seine Zähne knirschten, er schnappte nach Luft und zitterte am ganzen Körper.

„Hund!" stieß er pfeifend hervor. „Das sollst büßen!"

Er drang auf den Fex ein.

Dieser führte einen Gegenhieb, so schnell, daß nicht zu sehen war, wohin er den Gegner traf. Es klang dumpf und hohl, und dann stürzte der Franz abermals wie ein Sack hin.

Seine Augen schlossen sich, keins seiner Glieder bewegte sich, aber seine Brust hob und senkte sich krampfhaft, als ob er am Ersticken sei.

„Um Gottes willen!" schrie Paula auf. „Er stirbt!"

„Nein. Dieses Unkraut hat ein zähes Leben. Es war ein Boxerhieb auf den Magen. Nun schnappt er eine Weile nach Luft. Indes können wir gehen. Hat er Lust, so mag er nachkommen und sich den dritten Hieb holen. Bitte, gib mir deine Hand!"

Er führte sie fort, aber sie blickte sich wiederholt und voller Angst um.

„Wenn er uns nachkommt und unerwartet über dich herfällt!" warnte sie zitternd.

„Hab keine Sorge! Der bleibt noch eine ganze Weile unfähig zu einem Angriff. Bevor er die Fähigkeit dazu erlangt, befinden wir uns in Sicherheit. Du kannst es glauben."

Er sagte das im Ton solcher Überzeugung, daß sie die Sorge fallen ließ. Die Gegenwart trat in ihre Rechte.

„Abermals bist mein Retter gewesen, lieber Fex! Und das ist fast für eine Unmöglichkeit anzuschaun. Wer konnt denken, daß d' hier bei uns bist! Wann bist kommen?"

„Vorhin mit dem Zug.“

„Auf Besuch wohl?“

„Ja“, lächelte er.

„Zu wem?“

„Zu dir natürlich. Oder gibt es hier noch andre Menschen, zu denen ich eine Besuchsreise unternehmen könnte?“

„Vielleicht der Musikdirektor in der Stadt drinnen?“

„Oh, der ist vor mir sicher! Wollte ich ihn besuchen, so würde ich mich darauf gefaßt machen müssen, von ihm nicht wieder fortgelassen zu werden.“

„Also zu mir hast wollen! Aber leider kannst mich nur heimlich sehn. In der Mühle darfst dich nicht blicken lassen.“

„Vielleicht muß ich trotzdem deinen Vater besuchen.“

„Nein, das wirst nicht tun. Es kann jetzt ja zu nix führen.“

„Freilich. Aber ich muß aufrichtig sein und dir gestehn, daß ich eigentlich nicht aus freiem Antrieb komme. Ich erhielt eine Nachricht vom Wurzelsepp, der mich für heut hierher rief.“

„Was mag der von dir wollen?“

„Ich weiß es noch nicht. Doch da sind wir am Fluß. Wir fahren über.“

Die beiden winkten, und der Fährmann kam herüber, um sie abzuholen. Er wunderte sich nicht wenig, den unbekannten, vornehmen Herrn mit der Müllerstochter zu sehen.

Zugleich freute er sich auf die reichliche Bezahlung, die er jetzt zu erhalten hoffte.

Da aber hatte er sich geirrt.

Als der Fex drüben ausgestiegen war, wandte er sich scharf an ihn:

„Bekommen werden Sie für dieses Mal nichts, denn Sie sind ein schlechter Mensch. Sie verraten die Tochter Ihres Herrn für einige Groschen an einen gewalttätigen und ebenso ehrlosen Kerl, wie Sie anscheinend selber sind. — Schämen Sie sich!"

Er wollte mit Paula weitergehen zum Zigeunergrab, da hörten sie links vom Wiesenweg her eine Stimme.

„Fex, Fex! — Lauf doch nicht davon! — Ich weiß sonst nicht, wo ich dich zu suchen hab!"

Es war der Wurzelsepp. Die beiden eilten ihm entgegen.

„So hat mein Drahtbrief dich also richtig troffen", sagte der Alte. „Das ist gut! Nun ist die Sach in Ordnung. Aber schau, stell dich doch mal grad vor mich her!"

Er faßte seinen jungen Freund bei den Armen und gab ihm die beabsichtigte Haltung.

Er überflog ihn mit scharfem Blick vom Kopf bis zu den Füßen, nickte befriedigt vor sich hin, drehte die eine Spitze seines Schnurrbarts und fuhr fort:

„Weißt, das ist fast nimmer auszuhalten."

„Was?"

„Was d' für ein hübscher Kerl bist."

„Unsinn!" lachte der Fex.

„Nein, das ist kein Unsinn, sondern die reine Wahrheit! Du bist fast so ein Kerl, wie ich dazumal war, als ich in deinem Alter stand. Mir liefen die Dirndln ebenso nach, grad wie jetzt dir."

„Woher weißt du, daß sie das tun?"

„Meinst, ich hab keine Augen? Da steht ja gleich eine. Kaum bist hier ankommen und aus dem Zug gestiegen, so hast schon eine bei dir. Ja, so ists halt in der Jugend!"

„Wir trafen uns zufällig."

„Soll ich das glauben?"

Er musterte die beiden mit einem seiner bekannten, freundlich-pfiffigen Blicke.

„Ja. Ich ging hierher, weil ich überzeugt war, dich hier zu finden, und hörte von dem Fährmann, daß

Paula im Wald war. Natürlich suchte ich sie sofort auf."

„Und das hat er recht gemacht", fuhr Paula fort. „Wenn er nicht kommen wär, so hätt ich einen schlechten Stand gehabt mit dem Fingerlfranz."

„Mit dem wieder? Wie ist das kommen?"

Paula erzählte es ihm und lobte dabei den Geliebten in überschwenglicher Weise. Dabei vermochte sie kaum, ihre bewundernden Blicke von ihm zu wenden. Sie fühlte sich unendlich glücklich, ihn so stattlich vor sich zu sehen.

„Nun wird er zum Vater gehn und ihm alles berichten", schloß sie ihre Erzählung.

„Und da hast wohl eine große Angst?"

„Eine Angst grad nicht. Der Vater darf mich nicht zwingen, ihn zu heiraten, aber ein schlimmes Wesen gibts gewiß. Ich bekomm böse Reden vom Morgen bis zum Abend, sogar wann fremde Leute dabei sind."

„Das könntest doch anders machen, wannst weggehn wolltst von der Talmühle. Dann wär der ganze Ärger vorüber."

„Ja, das hab ich auch schon denkt. Ich bin ein Garnix daheim. Alles schimpft auf mich ein. Wenn das so fortgeht und ich erfahr einen Ort, wo es einen guten Dienst gibt, nachher bin ich gleich bereit, die Talmühle zu verlassen."

„Was für ein Dienst soll das sein?"

„Das weiß ich nicht."

„Als einfaches Dienstmädchen in eine Familie einzutreten, davon würde ich dir auf alle Fälle abraten", sagte Fex. „Ich werde in München nachschaun, ob sich eine passende Stellung finden läßt."

„So weit brauchen wir gar nicht zu gehn. Eine passende Stellung findet sich auch hier in der Umgegend", meinte der Wurzelsepp.

„Nun, weißt du vielleicht eine?"

„Ja, eine ganz gute. Weißt, Fex, ich kenn eine vornehme Dame, die ist noch jung und so gut wie die Liebe selbst, ich weiß zwar nicht, ob sie ein Mädchen braucht, aber wann ichs ihr sag, nimmt sie die Paula gleich zu sich."

„Wer ist das?"

„Das ist eine ganz hochvornehme Baronesse, die vor kurzer Zeit nicht weit von hier ein Schloß kauft hat. In so einem Schloß ist viel Platz, und da werden Leut braucht zu jeder Zeit. Und nun sind wir am Zigeunergrab. Gehn wir hinauf? Ich hab mit dir zu reden."

„Weshalbst mich herbestellt hast?"

„Ja."

„Darfs die Paula auch hören?"

„Jetzt noch nicht."

„Es ist doch nix Schlimmes?" fragte das Mädchen ahnungsvoll.

„Wer wird gleich so denken!" antwortete der Sepp. „Wann Männer über ein Geschäft reden wollen ohne die Frauen, da braucht man doch nicht sofort zu denken, daß ein Unglück dabei ist. Ich will dir nur sagen, daß es den Fex betrifft. Bist nun zufrieden, Paula?"

„Ja, wanns etwas Gutes ist."

„Nun, du kannst dirs denken, daß ich dem Fex lieber ein Gutes bring als ein Böses."

„So soll ich nach Haus gehn?"

„Ja, geh nach der Mühle, mein Dirndl! Vielleicht kommen wir bald nach."

Es lag eine eigentümliche Rührung in dem Ton des Alten, und sein treues Auge ruhte mit feuchtem, teilnahmsvollem Blick auf dem schönen Mädchen. Paula ergriff die Hand des Alten.

„Sepp, du bringst was Böses für mich! Ich hör und seh dirs an!"

„Ja, du wirst so eine feine Menschenkennerin sein,

die einem gleich an der Nasenspitze anschaut, was man auf dem Herzen hat!“

„Bei dir braucht man das nicht zu sein. Komm her, Sepp! Sag mir jetzt einmal, ohne den Blick von mir zu wenden, die Wahrheit. Bringst wirklich nix Böses für mich?“

Das war dem alten, ehrlichen Mann denn doch zuviel. Eine Lüge sagen und dabei dem Belogenen aufrichtig in das Auge schaun, das konnte er freilich nicht. Er wurde verlegen. Um diese Verlegenheit zu verbergen, tat er, als ob er zornig sei und rief in unwilligem Ton:

„Dirndl, laß mich aus! So ein junges Ding, wie du, braucht nicht in den Männern ihre Geschäftsgeheimnisse zu schaun!“

„Das will ich auch gar nicht. Ich will nur eine kurze Antwort auf meine Frage. Bitte, lieber Sepp! Spann mich doch nicht so auf die Folter!“

Sie sah ihn angstvoll flehend an. Der Fex nahm sich ihrer an.

„Sepp, tu ihrs doch zuliebe!“ bat er den Alten. „Es ist viel besser, etwas Unangenehmes genau zu wissen, als daß man es nur ahnt und es sich infolgedessen viel schrecklicher ausmalt, als es wirklich ist.“

„Ja, da hast freilich recht, Fex, und darum will ich ehrlich sein. Aber wirst sehr erschrecken, Paula?“

Sie erbleichte.

„Ists denn gar so schlimm?“

„Nun, gut ists freilich nicht. Wannst mir versprichst, jetzt noch darüber zu schweigen, so will ich dirs so weit sagen, wie ich darf.“

„Ich schweig. Hier meine Hand!“

„Schweigst auch gegen deinen Vater?“

„Ja. Ihn betriffts wohl?“

„Ja. Er hat was tan, was im Gesetz verboten ist, und das wird heut vielleicht an den Tag kommen.“

„O Herrgott! — Das hab ich denkt."

Sie hatte nicht beabsichtigt, dieses Geständnis auszusprechen. Nun es aber ihren Lippen entflohen war, konnte sie es nicht wieder zurücknehmen. Sie erschrak darüber noch mehr als über das, was sie vom Sepp erfahren hatte.

„Wie?" fragte dieser erstaunt. „Das hast du dir bereits denkt?"

„Ja", gab sie mit tonloser Stimme zu. „Wann ich den Vater angeschaut hab, so hat mich immer ein Grauen überkommen. Es ist mir immer gewesen, als ob er was Schweres auf dem Herzen hat. Und er tut in allem so heimlich, und sein ganzes Leben und Wesen ist so, daß man sich vor ihm fürchten muß."

„Das ist freilich wahr. Ich glaubs dir wohl, daß du kein Vertraun zu ihm haben kannst."

Da ergriff sie seine beiden Hände und sagte in flehendem Ton:

„Nun wird er wohl seine Straf erhalten?"

„Wann die Sach an den Tag kommt, kann die Straf nicht abgewendet werden."

„Und da kommt die Polizei in das Haus?"

„Freilich wohl."

Da schlug sie die Hände vors Gesicht und brach in ein erschütterndes Schluchzen aus.

„O Fex! Fex!" jammerte sie.

„Fasse dich, Paula!" bat dieser. „Ich bin ja bei dir!"

„Ja, jetzt bist bei mir, aber wie lange?"

„Immer, stets! Auf mich kannst rechnen!"

„Nein. Wir dürfen nix mehr voneinander wissen!"

„Wie? Was sagst da?" fragte er betroffen.

„Ich bin die Tochter eines Verbrechers."

„Aber du hast doch nix tan!"

„Das ändert nix an der Sache. Die Sünden der Väter werden gestraft an den Kindern bis in das dritte und vierte Glied. Wann ich zehnmal unschuldig bin, so werden doch die Leut mit den Fingern auf mich zeigen und dabei sagen: Das ist die Tochter vom Talmüller! Wie kannst da noch was von mir wissen wollen?"

„Du armes Mädchen! Wirf doch diese Sorg von dir! Dein Vater mag sein, wer er will, und mag tan haben, was es sei, du bist doch meine Paula! Du bist mein Engel gewesen und meine Sonne allezeit, und was du mir gewesen bist, das wirst mir sein und bleiben, solang ich leb auf der Welt!"

„Hörsts, Paula? Ihm kannsts glauben! Er ist wahr und treu wie Gold!" sagte Sepp. „Vielleicht ists gar nicht so schlimm, wie wir meinen. Und selbst wann sie dir den Vater nehmen sollten, so steht hier einer, der dich lieb hat, so lange, wie er dich kennt, und der dir ein guter und treuer Vater sein will bis an sein selig End, wannsts ihm nur erlauben willst. Also halt den Kopf hoch, Dirndl! Trockne die Tränen, und verlaß dich auf die beiden Männer, die bei dir stehn und es gut und treu mit dir meinen. Geh jetzt heim, und was auch kommen mag, du darfsts glauben: wir werden sorgen, daß es nicht zu deinem Unglück werden kann. Geh also, geh!"

Seinem Zureden gelang es, sie wenigstens äußerlich zu beruhigen. Sie gab ihnen die Hand und ging zur Mühle hin. Die beiden aber stiegen zum Zigeunergrab hinauf.

„Sepp, handelt es sich denn in Wirklichkeit um ein Verbrechen ihres Vaters?" fragte der Fex.

„Ja, und das Verbrechen ist viel größer, als ich es sie hab ahnen lassen."

„O weh! Was hat er tan?"

„Es bezieht sich auf dich."

„Wirklich? Du, Sepp, wann es sich auf mich bezieht und die Paula muß darunter leiden, so wollen wir es lieber sein lassen."

„Das ist nicht möglich. Er hat auch noch andres tan."

„Der Unglückselige!"

„Und er hat einen Mitschuldigen, der bereits von der Polizei verfolgt wird. Und wann dies auch nicht der Fall wäre, so dürfte man doch deinetwegen nicht schweigen, denn es handelt sich um deine Abstammumg."

„Weißt du, wer meine Eltern sind?"

„Ich glaub es zu wissen."

„Leben sie noch?"

„Nein."

„So verzicht ich auf alles, wann nur die Paula nicht betrübt wird."

„Auch wenn dein Vater ein reicher und vornehmer Mann gewesen ist?"

„Auch dann. Paulas Seelenruhe und ihr Glück sind mir mehr wert als das Bewußtsein, das Kind eines vornehmen Mannes zu sein."

Der alte Sepp kaute eine Weile an seinem Bart herum. Er war von dem Edelmut seines Freundes gerührt, wollte es sich aber nicht merken lassen und führte nun das letzte Mittel gegen ihn in den Kampf.

„Weißt noch damals, daß du dich an dem Talmüller rächen wolltest?"

„Das weiß ich wohl."

„Und nun bist auf einmal bei ganz andrer Gesinnung!"

„Weil ich jetzt erkannt habe, daß die Rache nicht nur den Vater, sondern auch die Tochter und also auch mich treffen würde."

„Na, Fex, ich will dir aufrichtig sagen, daß ich dir nicht unrecht geben kann; aber an der Sach ist nun nix mehr zu ändern. Sie muß ihren Gang gehn."

„Wirklich?"

„Ja. Da schau mal nach der Mühle hin. Wen siehst da sitzen?"

Man konnte von hier oben die ganze Mühle überblicken. Der Fex war bis jetzt so mit dem Gegenstand ihres Gesprächs beschäftigt gewesen, daß er für etwas andres kein Auge gehabt hatte. Jetzt richtete er den Blick zur Mühle. Vor dem Haus, im Gärtchen, saßen zwei Männer an einem Tisch.

„Ists möglich?“ sagte der Fex. „Dort sitzt ja gar der Müller im Garten!“

„Ja, auch ich erkenn ihn. Er darf also nun die Stub verlassen.“

„Weil es jetzt Sommer ist. Paula hat mir übrigens von einem neuen Badearzt geschrieben, der behauptet hat, ihn herstellen zu können.“

„So mag der Arzt nur rasch machen. Dann kann der Müller, wann er geheilt worden ist, seinen ersten Weg gleich ins Zuchthaus tun.“

„Sepp! Sprich nicht so!“

„Es ist aber so!“

„Ich hoffe doch, daß es sich noch ändern läßt. Was in meiner Macht liegt, dieses Unglück von Paula abzuwenden, das soll geschehn.“

„Es kann nix dagegen geschehn, denn der Herr Assessor ist bereits da.“

„Ein Assessor? Ein Gerichtsbeamter? Wo ist er?“

„Der Herr ist es, der mit dem Müller am Tisch sitzt. Er macht den Staatsanwalt.“

„Alle Wetter! Der Staatsanwalt bereits bei ihm! Und beide an einem Tisch!“

„Ja. Diese Herren vom Gericht sind kluge Leute. Sie wissens so einzurichten, daß sie das, was sie hören wollen, erfahren, ohne daß sie darnach fragen. Schau! Jetzt kommt die Paula bei ihnen vorüber, und ihr Vater ruft sie.“

„Und da unten kommt der Fingerlfranz von der Fähre. Er rennt wie ein Schnelläufer. Und was für ein Gesicht er macht! Er wird auch zur Mühle gehn.“

„Natürlich! Nun wird er die Paula bei ihrem Vater

anklagen; aber der Herr Assessor wird sie in seinen Schutz nehmen."

„Hat der bereits von ihr gehört?"

„Von ihr und dir."

„Bist nicht klug! Warum hast plaudern müssen?"

„Weil der Herr Assessor alles wissen mußt, und nun er es weiß, wird er in der Sach ganz anders vorgehn, mit weit mehr Schonung, als es sonst geschehn wär. Die Sach liegt so, daß der Müller eigentlich vom Landjäger weggeholt werden müßt. Aber weil ich ihm alles erzählt hab, hat er Teilnahme empfunden und sich vorgenommen, menschlicher zu sein, als er braucht."

„Nach dem, was ich von dir gehört habe, muß ich natürlich gespannt sein, noch mehr zu erfahren."

„Sollst es auch erfahren. Dazu bin ich ja da, und deshalb hat dir der Assessor telegraphieren lassen."

„Nicht du?"

„Nein. Er hat meinen Namen daruntersetzt; sonst hab ich mit dem Ding nix zu schaffen. Jetzt aber werd ich dir alles berichten."

Sie setzten sich auf die Bank neben dem Grabhügel, und der alte Sepp erzählte, was in Hohenwald geschehen war. Fex hörte aufmerksam zu. Die jugendliche Röte wich mehr und mehr aus seinem Gesicht, das je länger, desto mehr den Ausdruck der größten Spannung annahm. Als der Alte geendet hatte, sprang der junge Mann auf.

„Um Gottes willen", sagte er, „das ist freilich ganz anders, als ich es gedacht habe! Ich hab geglaubt, ein von Zigeunern geraubtes Kind zu sein! — Ich hab gemeint, daß in diesem Raub das ganze Verbrechen an meinen Eltern bestehe — und nun erfahre ich, daß noch weit Schrecklicheres geschehen ist!"

„Nicht wahr? Jetzt magst nun wohl keine Nachsicht mehr üben?"

„Man hat das Schloß angebrannt!"

„Die beiden, der Talmüller und der Silberbauer."
„Das Geld geraubt!"
„Es ist dasselbe gewesen, das du bei dem Müller im Kasten gesehn hast."
„Und meine Mutter getötet! O Mutter, Mutter!"
Er faltete die Hände ineinander und richtete die Augen zum Himmel.
„Nun", fragte der Sepp, „willst den beiden Mordbrennern das alles vergeben?"
„Nein, und abermals nein! Die Gerechtigkeit mag sie treffen!"
„So ists recht! Aug um Aug und Zahn um Zahn! So stehts in der Schrift, und das ist dem Herrgott sein Gesetz. Wer da sündigt, den muß die Straf ereilen."
„Paula! Meine arme Paula!"
Fex ging auf der kleinen Höhe auf und ab. Er war voll heiligen Zorns gegen die beiden Männer, die so schwere Verbrechen gegen ihn begangen hatten — und doch liebte er die Tochter des einen mit solcher Innigkeit, daß er gern ihrem Vater verziehen hätte, wenn nur die Untaten nicht gar so unsühnbar gewesen wären und der andre Verbrecher dann nicht auch straflos hätte ausgehen müssen. Da kam ihm ein Gedanke, von dem, wenn er richtig war, Rettung zu erwarten sein konnte.
„Aber bin ich denn auch wirklich in jenem Schloß geboren? Bin ich das Kind, von dem hier die Rede ist?"
„Wer solls denn sonst sein?"
„Wer sonst? Jeder andre kanns sein! Selbst meine Papiere beweisen noch nichts!"
„Welche Papiere meinst denn?"
„Die wir dem Müller mit dem Bild aus dem Stuhl genommen haben."
„Nun, dies Bild war doch richtig das Bild deiner Mutter!"
„Ja. Ich erkannte sie sofort."

„Schau, da müssen doch auch die andern Papiere dir gehören!“

„Das steht nicht so fest, wie du meinst.“

„Ja, wenn wir doch nur einen gefunden hätten, der es lesen kann!“

„Anfangs fand ich allerdings niemand; aber als du fortwarst und ich nicht so viel mehr zu arbeiten und zu üben brauchte, begann ich selber zu suchen.“

„Hast einen gefunden?“

„Ja. Es kam zufällig ein Rosenölhändler nach München, um sich die dortigen Kunstschätze anzusehn. Mit ihm traf ich zusammen. Er wohnte in Sofia und war in sämtlichen Sprachen der Donauländer bewandert. Er verstand die Urkunden zu lesen und hat sie mir übersetzt.“

„Das ist gut! Nun sag mir aber auch, was für Papiere es gewesen sind!“

„Der Geburtsschein eines walachischen Edelmanns namens Samo von Gulijan; der Geburtsschein seiner Frau, einer gebornen Etelka von Toregg, und der Geburtsschein ihres Sohnes, der Curty, also Curty von Gulijan getauft wurde. Dabei lag auch der Trauschein der beiden Eltern.“

„Himmelsakra! So ist ja alles gut! Du bist der Curty von Gulijan!“

„Beweise es!“

„Du hast ja die Papiere!“

„Ich hab sie dem Müller gestohlen!“

„Auf rechtmäßige Weise!“

„Wie wollt ich das beweisen? Wenn der Müller sich irgendeine Geschichte darüber aussinnt, wie diese Papiere in seine Hände kamen, so haben sie für mich nicht den mindesten Wert!“

„Da sollte doch gleich der Teufel dreinschlagen! Das will ich mir verbitten! Etwas aussinnen darf er sich nicht!“

„Verbiet es ihm. Es wird nix helfen."

„Oho!"

„Und mir macht es das Herz leichter — Paula soll meinetwegen nicht unglücklich werden."

„Ganz richtig! Unglücklich werden soll sie nicht! Aber du sollst was werden, nämlich der Curty von Gulijan, von dem wir gesprochen haben! Und ich werd dafür sorgen, daß d' es auch wirst."

Der Alte nahm den Sack und den Bergstock vom Rasen auf.

„Wohin willst du?"

„Zum Herrn Assessor. Du aber bleibst hier sitzen und paßt fein auf, wann ich dir das Zeichen geb. Nachher kommst mir nach."

„Welches Zeichen?"

„Ich schwenk den Hut, aber so, daß der Talmüller es nicht bemerken kann."

„Bleib lieber da und laß den Assessor mit dem Müller tun, was ihm beliebt!"

„Fällt mir nicht ein! Was der Sepp will, das tut er. Also hier wartest und gehst nicht fort, und wann ich mit dem Hut schwenk, so kommst zu uns hin. Kannst ja so tun, als obst ganz zufällig kämst."

Der Alte war ganz Feuer und Flamme und eilte davon.

*

Nachdem der Assessor, wie er dem Sepp gesagt hatte, das Bezirksgericht aufgesucht und sich mit ihm verständigt hatte, war er zur Mühle hinausspaziert.

Er hatte eigentlich noch keinen festen Plan darüber, wie er sich dem Müller nähern wolle. Er vertraute dem Zufall, und dieser war ihm günstig. Als er die Mühle erreichte, saß der Müller auf seinem Rollstuhl vor einem Tisch im Vorgärtchen und hatte, wie gewöhnlich, die Peitsche in der Hand.

Er betrachtete den langsam daherkommenden Assessor und erwiderte dessen Gruß in der unfreundlichen Weise, die ihm zur zweiten Natur geworden war.

„Erlauben Sie mir, bei Ihnen Platz zu nehmen?“ fragte der Beamte.

„Dort ist ja auch Platz!“ antwortete der Talmüller, wobei er auf einen andern Tisch deutete.

„Ich ziehe es vor, mich zu unterhalten.“

„Ich nicht.“

„Nun, so können wir ja auch stumm nebeneinandersitzen“, sagte der Assessor hartnäckig.

„Das Stummsein ist noch besser an verschiedenen Tischen!“

Der Beamte ließ sich aber nicht irremachen. Er zog sich einen Stuhl so an den Tisch, daß er dem Müller gegenübersaß.

„Hier ist doch wohl eine Gastwirtschaft?“

„Die ist freilich hier.“

„Was kann man da zu trinken bekommen?“

„Fragens nur die Leut!“

„Wo sind sie denn?“

„Drinnen in der Mühle.“

„Hm! Wollen Sie nicht die Güte haben, jemanden herauszurufen?“

Da schwang der Müller die Peitsche und knallte einige Male laut.

„Lassens mich aus, Herr! Ich hab Ihnen schon gesagt, daß ich keine Unterhaltung und Rederei haben will.“

„Nun, Sie sollen Ihren Willen haben; aber vorher bitt ich, mir gefälligst zu sagen, wer Sie sind.“

„Das geht Sie gar nix an.“

„Vielleicht doch. Ich will mich bei dem Talmüller nach etwas erkundigen.“

„Das könnens schon tun; mich aber lassens nun in Ruh!“

Es war ein eigenartiges Lächeln, das über die Züge

des Beamten glitt. Trotz des Empfangs, der ihm geworden war, traute er sich zu, recht gut mit diesem Mann fertig zu werden. Natürlich wußte er, wen er vor sich hatte. Der Müller war ihm vom Sepp so genau beschrieben worden, daß ein Irrtum gar nicht möglich war, und zudem die lahmen Füße — es mußte also der Talmüller sein.

Der Assessor brannte sich eine Zigarre an, die er in einer Weise rauchte, als ob seine ganze Aufmerksamkeit auf diese Tätigkeit gerichtet sei.

So verging eine Zeit. Da trat eine Magd unter die Tür. Der Assessor winkte sie heran.

„Haben Sie Bier, mein Fräulein?" fragte er sie in höflichem Ton.

„Ja, freilich haben wir eins", antwortete sie, während sie versuchte, einen Knix zu machen.

Obgleich es ihr vollständig mißlang, lachte ihr ganzes Gesicht vor Vergnügen über die Höflichkeit, mit der sie angeredet worden war.

„Bitte, bringen Sie mir ein Glas!"

Sie knixte wieder, freilich nur mit einem Bein, und eilte dann in das Haus, um den erhaltenen Befehl auszuführen.

„Alberne Trine!" bummte der Müller leise, aber doch so, daß der Assessor es hören mußte.

Als die Magd das Bier brachte, fragte der Beamte:

„Bitte, mein Fräulein, können sie mir wohl sagen, ob der Besitzer dieser Mühle jetzt zu sprechen ist?"

Sie blickte verwundert erst auf ihn, dann auf den Talmüller.

„Meinens etwa den Müller?"

„Ja."

„Nun, da sitzt er doch!"

Dabei deutete sie auf den Müller und machte ein Gesicht, dem man es deutlich anmerken konnte, daß sie die Frage nicht begriff.

„Danke!" sagte der Assessor höflich zu ihr, und als sie sich entfernt hatte, wandte er sich lächelnd an sein Gegenüber. „Sie scheinen gern Versteck zu spielen, und da auch ich ein großer Freund dieses allerliebsten Spiels bin, so freut es mich außerordentlich, Ihnen zeigen zu können, daß ich darin nicht unbewandert bin. Also setzen wir es so fort, wie wir es begonnen haben. Ich glaube nur nicht, daß Sie es lange mit mir aushalten werden."

Der Müller war ihm als ein Hartkopf beschrieben worden; deshalb tat er, als ob er ihm überlegen sei, um ihn zum Widerspruch zu reizen. Hatte er ihn erst einmal zum Sprechen gebracht, so mußte sich alles andre von selber entwickeln. Diese Annahme erwies sich auch sofort als richtig, denn der Müller zog ein höhnisches Gesicht.

„Ich möcht wohl den sehn, mit dem ichs nicht aushalten tät!" spottete er. „Oder haltens sich vielleicht für gar so gescheit?"

„Ja", antwortete der Assessor ernst.

„Na, so schauens freilich nicht aus!"

„Das ist ja möglich. Aber ich bin nicht so dumm, wie ich vielleicht aussehe. Sie hingegen haben außerordentlich kluge Gesichtszüge, und doch läßt sich vermuten, daß Sie das Pulver nicht erfunden haben."

Da schlug der Müller mit der Faust wild auf den Tisch.

„Himmelsapperment! Das ist ein Grobian! — Ich laß Sie hinauswerfen!"

„So, so! Was tue ich da mit Ihnen? Denn Sie haben mich doch auch beleidigt! Übrigens kann ich nicht begreifen, daß Sie sich verleugnen, wenn ich nach dem Müller frage. Das tut man doch nur dann, wenn man keine gerechte Sache hat."

„Teufel! — Wie meinens das? Inwiefern soll ich

keine gerechte Sache haben? Heraus damit! Ich wills wissen!“

„Ich habe nichts Bestimmtes gemeint, sondern im allgemeinen gesprochen!“

„Das will ich mir verbitten! Hier wird nicht im allgemeinen gesprochen. Verstanden? Und wenn ich nicht gleich sag, daß ich der Müller bin, so kann ich das, und ich hab meinen Grund dazu. Ich brauch nicht für jeden dazusitzen, der mit mir reden will.“

„Ach so! So ist also mit Ihnen kein Geschäft zu machen?“

Dieses Wort brachte die beabsichtigte Wirkung hervor. Das Gesicht des Müllers legte sich in freundlichere Falten.

„Ein Geschäft? Wegen einem Geschäft sinds kommen? Was ists denn für eins?“

„Haben Sie nicht Lust, einen sehr guten Getreidekauf zu machen?“

„Warum nicht? Frucht kauf ich immer, und wanns den Preis darnach stellen, so zahl ich gleich bar. Ists Roggen?“

„Nein.“

„Weizen oder Gerste oder Hafer?“

„Auch nicht.“

„Ein andres kanns doch gar nicht sein!“

„Vielleicht doch!“

„So sagens doch grad heraus!“

„Danke! Erst wollten Sie nicht mit mir reden, und nun ist mir die Lust vergangen, mit Ihnen zu sprechen.“

Er legte sich bequem an die Lehne seines Stuhls zurück und zog an der Zigarre. Der Müller betrachtete ihn mit forschendem Blick und hustete einige Male.

„Sinds ein Getreidehändler?“ fragte er endlich.

„Nein.“

„Oder ein Makler?“

„Auch nicht. Sprechen wir nicht weiter davon. Ich

wollte Ihnen ein sehr vorteilhaftes Angebot machen. Sie haben mich abstoßend behandelt, und so ist es gut. Ich zwinge mich keinem auf."

„Da sinds aber schief gewickelt! Ein Handelsmann darf nicht so empfindlich sein, sonst macht er kein Geschäft."

„Pah! Das brauche ich nicht zu befürchten. Meine Ware ist gut, und meine Preise sind niedrig! Da weiß ich, daß ich das Getreide loswerde. Übrigens kam ich nur hierher, um Sie kennenzulernen. Vielleicht machen wir später ein Geschäft. Zu dem gegenwärtigen brauche ich Sie nicht. Ich habe einen Mann, der ist Besitzer von zwei Mühlen. Wenn er die Preise erfährt und die Ware sieht, wird er sie mir sofort abnehmen."

„So? Wer ist denn dieser Mann?"

„Er heißt Klaus. Ich glaube nicht, daß Sie ihn kennen."

Er sagte das im unbefangensten Ton. Der Müller horchte auf.

„Meinens etwa den Konrad Klaus drüben in Hohenwald?" fragte er beklommen.

„Ja."

„Den kennens also?"

„Sogar sehr gut."

„Woher denn?"

„Schon seit langer Zeit, als ich noch im Ausland war. Er hatte in der Nähe meines Wohnorts eine Mühle gepachtet."

„Wo ist denn das gewesen?"

„In Slatina."

Es war, als ob eine Natter den Müller gestochen habe. Er fuhr so hoch, wie seine kranken Beine es erlaubten.

„Was? Sie sind von da unten her?"

„Ja."

„So! Da habens wohl auch auch alle Leute kannt, die dort wohnen?"

„Nein. Zur Zeit, als der Silberbauer sich in jener Gegend befand, war ich ein halbwüchsiges Bürschchen und kam nur zur Ferienzeit nach Haus."

„Aber beim Klaus sinds wohl oft in seiner Mühle gewesen?"

„Sehr oft."

„Und hats nicht noch eine zweite Mühle dort in der Nähe geben?"

„Vielleicht. Ich kenne sie nicht. Ich bin nicht hingekommen. Übrigens, unter uns gesagt, muß der Klaus damals ein eigentümliches Leben geführt haben."

Er hatte sich vorgebeugt und sagte diese Worte in vertraulichem Flüsterton. Des Müllers Augen waren weit geöffnet. Man sah ihm an, wie wichtig ihm der Gegenstand des Gesprächs war. Er zwang sich aber zu einem möglichst gleichgültigen Ton.

„Was weiß ich davon?"

„Nichts? Ich denke, Sie kennen das alles?"

„Warum soll ichs kennen?"

„Weil Sie ein Vertrauter des Silberbauern sind."

„Ich? Warum denkens denn eigentlich, daß ich ein Vertrauter von ihm bin?"

„Weil Sie wissen, daß dort in seiner Nähe noch eine zweite Mühle gewesen ist. Ich vermute, daß Sie das von ihm erfahren haben, denn hier gibt es keinen Menschen, der in jener Gegend Bescheid weiß."

„Ja, das ist richtig. Ich bin Müller, und der Klaus ist Müller. Wir haben uns mal getroffen, und da hat er mir von dem Ort erzählt, an dem er früher gewohnt hat. Da sprach er von der zweiten Mühle. So hab ichs von ihm erfahren. Aber sagens doch mal, warum Sie denken, daß der Silberbauer damals ein so absonderliches Leben führt hat?"

„Ich habe so meine Gedanken darüber."

„Die man wohl nicht erfahren darf?"

„Was könnte es Ihnen nützen?"

„Nix. Das ist freilich wahr. Aber ich hätt gern was von seinen früheren Zeiten erfahren."

„Sie sind Geschäftsfreunde, und bei solchen ist es ja von Vorteil, wenn sie sich gegenseitig kennen. Ich weiß nur nicht, ob ich von diesen Sachen sprechen darf."

„Warum nicht? Ists denn was Schlimmes?"

„Hm! Ich weiß nicht."

Der Assessor zog bei diesen Worten ein sehr bedenkliches Gesicht. Das hatte die Wirkung, daß der Müller noch begieriger wurde, zu erfahren, was dieser fremde Mann von dem Silberbauer wußte.

„Was schneidens denn für ein Gesicht?" fragte er. „Der Silberbauer wird doch nix Böses tun! So, wie ich ihn kennengelernt hab, ist er ein braver Mann."

„Jetzt vielleicht."

„Aber früher wohl nicht?"

„Wie es scheint, nein."

„Hörens, da betrachtens ihn wohl von der falschen Seite!"

„O nein! Haben Sie nicht vielleicht einmal von einer gewissen Frau Weise gehört?"

„Nein. Die kenne ich nicht."

„Ihr Mann war auch Müller; er wohnt in Hohenwald und wird der Finkenheiner genannt."

„Hm, so einen ähnlichen Namen habe ich schon einmal gehört; aber die Frau kenn ich nicht."

„Auch ihr Schicksal nicht?"

„Nein."

Es war ihm anzusehen, daß er die Unwahrheit sagte.

„Sie soll eine Liebschaft mit dem Silberbauern gehabt haben."

„So! Das ists! Nun, wanns weiter nix Schlimmes von ihm wissen, so ists ja nicht so bös. Eine Liebschaft hat jeder mal."

„Aber nicht mit der Frau eines andern!"

„Warum nicht? Das soll auch vorkommen."

„Er hat sie entführt."

„Nun, wann sie mit ihm davongelaufen ist, so hat sie allein die Dummheit begangen."

„Aber sie hat ihr Geld mitgenommen, um das er sie dann betrogen hat."

„Obs wahr ist!"

„Gewiß! Es ist sogar erwiesen."

„Nun, so hat er sichs wohl bloß geborgt. Er mags ihr zurückgeben; er kann das, denn ich hab gehört, daß er reich ist."

„Ja, reich ist er. Er soll sogar zwei große Kasten voll türkischer Goldstücke besitzen."

Da wechselte der Müller die Farbe.

„Was?" rief er stockend. „Zwei große — Kasten mit — türkischen Goldstücken!"

„Ja, so munkelt man."

„Woher soll er die haben?"

„Von Slatina mitgebracht, wenigstens den einen Kasten. Den andern soll er sich erst vor kurzer Zeit geholt haben."

„Alle Teufel! Ist er da wieder in Slatina gewesen?"

„Nein. Er soll diesen Kasten bei einem Bekannten geholt haben, der mit ihm — ah, da fällt mir etwas ein! Sie fragten vorhin nach einer zweiten Mühle. Ich konnte mich nicht besinnen. Jetzt aber, da von dem Geldkasten die Rede ist, fällt es mir wieder ein. Ja, es hat noch eine Mühle gegeben, und der Pächter ist nicht nur der Freund, sondern auch der Verbündete des Silberbauern gewesen. Sie haben ein Schloß angezündet."

„Tod und Hölle!" rief der Müller vor Schreck fast überlaut.

„Und dabei alles Geld geraubt, das sich in der Kasse befand."

„Da sinds ja gradzu — Mordbrenner gewesen!"

„Allerdings. Den Raub haben sie geteilt und sind dann fortgezogen."

„Wohin?“

„Der Silberbauer natürlich nach Hohenwald.“

„Und der andre?“

„Das weiß man nicht.“

„Aber der Silberbauer wird es wissen.“

„Höchstwahrscheinlich. Aber sagen wird er es jedenfalls nicht.“

„Warum denn nicht?“

„Weil dann die Sache erwiesen wäre. Er wird natürlich leugnen, und so kann man ihm nichts beweisen.“

Der Müller holte tief Atem. Er nahm die Peitsche in die Hand und schwippte leise mit ihr hin und her. Da aber kam ihm ein Gedanke, der ihn sehr zu bedrücken schien.

„Woher weiß man denn das eigentlich?“ fragte er.

„Das kann ich auch nicht sagen. Jeder erzählt es; aber keiner sagt, von wem er es hat. Wissen Sie, solche Sachen liegen, sozusagen, in der Luft. Es ist erwiesen; man weiß es; man spricht auch davon, und der Betreffende hat nicht die mindeste Ahnung.“

„Das sollte er wissen — das sollte man ihm sagen!“

„Er wird es schon noch zur richtigen Zeit erfahren. Wenn ein Gewitter in der Luft liegt, so geht es in den meisten Fällen auch nieder. Und so wird auch das Wetter, das über dem Silberbauern schwebt, sich entladen. Er muß alle Augenblicke gewärtig sein, daß ein Gerichts- oder Polizeibeamter von der Sache erfährt, und dann bricht es los, und er wird verhaftet.“

„Himmelsakra! Aber es ist jedenfalls nur eine Verleumdung, die sich irgendeiner, der ihm nicht gut ist, ausdenkt hat.“

„Das glaube ich nicht. Solche Sachen sinnt man sich nicht aus. Das ist zu gefährlich für den Verleumder. Übrigens ist eine Zeugin da, die wohl imstande sein wird, gegen ihn auszusagen.“

„Wer ist das?“

„Die Frau des Finkenheiner."

Ein kurzes Schweigen trat ein. Der Müller hatte den Mund offen und blickte den Assessor starr an. Dann sagte er, wobei er mehrere Pausen machte:

„Die — die ist — wieder hier? Das kann sie doch gar nimmer wagen! Sie kann ja ihrem Mann gar nicht unter die Augen treten! Und dann die Schand vor den andern Leuten! Die alle wissen ja, daß sie ihrem Mann davongelaufen ist!"

„Wer eine Rache im Herzen nährt, der macht sich aus einigen Blicken der Verachtung und Geringschätzung nicht viel."

„Was gibts da für eine Rach im Herzen?"

„Natürlich gegen den Silberbauer. Seit sie da ist, forscht sie nach dem andern Müller. Sie will ihn entdecken, und dann, wenn sie ihn gefunden hat, wird es bei dem Silberbauern wohl einen großen Krach geben."

Der Müller ließ die Peitsche fallen. Er war sprachlos vor Schreck. Dann trommelte er mit den Fingern auf der Tischkante und blickte ins Weite, weil er sich nicht getraute, den Assessor anzusehen.

„Wer hätt das denken sollen! Weiß sie denn nicht, wo der andre sich befindet?"

Der Assessor tat, als ob er gleichgültig vor sich niedersehe, hielt aber verstohlen den Blick scharf auf das Gesicht des Müllers gerichtet, in dem sich Schuld und Angst in der deutlichsten Weise ausdrückten.

„Würde sie nach ihm suchen", meinte er obenhin, „wenn sie seinen Aufenthalt wüßte?"

„Freilich nicht. Sie muß also meinen, daß er in der Nähe von Hohenwald wohnt?"

„Ja, sie scheint Veranlassung zu haben, das zu glauben."

„Inwiefern?"

„Weil der Silberbauer eine große Dummheit begangen hat. Er ist so unvorsichtig gewesen, vor einigen Tagen diesen andern Müller aufzusuchen."

„Donnerwetter! Woher weiß man das?"

„Er hat am Abend desselben Tags einen Kasten voll türkischer Pfundstücke gebracht, lauter Gold."

„Ja, das ist freilich eine Dummheit" rief der Müller grimmig, „eine verdammte Dummheit!"

„Na", lächelte der Beamte, „erzürnen Sie sich doch nicht so darüber! Sie geht ja die Geschichte gar nichts an."

Der Müller bemühte sich, einen gleichgültigeren Ton anzuschlagen.

„Da habens recht! Man soll sich über die Unvorsichtigkeit fremder Leute nicht ärgern."

„Freuen vielmehr muß man sich darüber, falls durch so eine Unvorsichtigkeit ein Verbrechen ans Tageslicht kommt. Aber, wenn der Silberbauer früh fortgefahren und gegen Abend schon wieder mit dem Geld zurückgekommen ist, so versteht es sich von selbst, daß der andre Müller in der Nähe von Hohenwald wohnen muß."

„Das ist freilich richtig. Die Frau des Finkenheiner wird wohl seinen Namen wissen."

„Vermutlich."

„Und Sie, wissen Sie ihn auch?"

„In diesem Fall müßte ich mit der Frau auf sehr vertrautem Fuße stehen."

„Nun, Sie könnten sie ja kennen, da Sie aus der Gegend von Slatina sind."

„Ich habe mich nicht um sie gekümmert."

„Nun, sie mag suchen, und wenn sie ihn findet, so wird es ihr wohl schwer werden, die Tat zu beweisen. Ist sie denn dabeigewesen?"

„Ich glaube nicht."

„So mag sie nur den Mund halten."

„Das ist ihr freilich anzuraten, wenigstens in Beziehung auf den Raub der Goldstücke. Das andre wird sie aber wohl beweisen können."

„Was? Gibts noch ein andres?"

„Freilich! Es ist damals ein Knabe verschwunden, der Sohn des Barons von Gulijan; er ist entführt worden."

„Alle Teufel! Das weiß man so genau?"

„Ja. Man kennt sogar den, der ihn geraubt und mit sich fortgenommen hat. Der Kerl hat Barko geheißen."

„Ists — wahr? Barko —!"

„Ja. Dieser Barko hatte einen Bruder, namens Jeschko, dessen Frau, Mylla, die Amme dieses Knaben war. Haben Sie diese drei Namen oder wenigstens einen davon vielleicht einmal gehört?"

„Nein, nein", antwortete der Müller. „Wo sollte ich sie gehört haben?"

„Nun, vielleicht aus dem Mund des Silberbauern."

„Der wird sich hüten, mir so was zu sagen. Was geht mich der Zigeuner an? Und was hat der Silberbauer mit der Entführung zu schaffen? Nix, gar nix!"

„Sehr viel sogar. Jeschko sagt es."

„Der Zigeuner?"

„Ja, von dem ich soeben gesprochen habe, dessen Frau die Amme des entführten Knaben war."

„Wann hat er das gesagt?"

„Vor kurzem in Hohenwald."

„Was? Ist er etwa dort?"

„Ja, er ist mit der Frau des Finkenheiner dort angekommen. Sie wollen dem Silberbauer an den Kragen, aber bevor sie gegen ihn auftreten, wollen sie erst den andern Müller suchen."

„Warum diesen?"

„Weil sich bei ihm der geraubte Knabe befinden soll."

Das war zuviel für den Müller. Er war nicht leicht aus der Fassung zu bringen, das aber, was er jetzt erfuhr, ging über die Kraft seiner Selbstbeherrschung.

Er schlug mit der Faust auf den Tisch, daß es krachte, und schrie:

„So eine verdammte Gesellschaft! Was fällt ihnen ein? Wann sie mir kommen, so —"

Er hielt erschrocken inne.

„Was haben Sie?" fragte der Assessor in freundlich verwundertem Ton. „Von wem sprechen Sie denn?"

„Von — von — von", stotterte der Müller, „von diesen schlechten Kerlen, die den Buben geraubt haben! Sehens nicht, daß ich ganz erbost bin auf diese Bande? Ich könnt das Volk gleich erschlagen, aus Zorn, daß sie das gute Buberl gestohlen haben! Ein jeder gute Mensch muß da einen Grimm kriegen!"

„Ach, so war es gemeint. Sie taten aber grad so, als ob Sie der Müller seien, der gesucht wird."

Der Talmüller wurde kreideweiß im Gesicht.

„Ich? Ich?" fragte er.

„Ja. Ihre Worte klangen genauso. Übrigens wird es wohl nicht sehr lange dauern, so ist der Mann entdeckt. Man braucht seinen Namen nicht zu kennen. Die Amme Mylla ist bei ihm gewesen und bei ihm gestorben. Das ist Anhalt genug. Hier bei uns zu Land gibt es nur ganz vereinzelte Zigeunergräber, so daß so ein Hügel sehr bald gefunden wird."

Das Auge des Müllers schweifte sofort angstvoll hinüber zum Hügel. Er wollte etwas sagen, schwieg aber, da er eben jetzt den Fingerlfranz daherkommen sah.

„Schweigens jetzt", sagte er rauh. „Der da kommt, der braucht von dieser Sach nix zu hören."

„Wer ist es?"

„Der Fingerlfranz, der reichste Bub in der ganzen Gegend, der meine Tochter heiraten wird."

„Und warum soll er nichts wissen?"

„Er kennt den Silberbauer auch. Er hat sogar zuweilen ein Geschäft mit ihm und braucht nix zu wissen, was man von ihm erzählt."

„Ganz wie Sie wünschen. Mich geht die Geschichte nichts an. Lassen wir also diese Sachen. Ich hätte gar nichts gesagt, wenn Sie nicht so begierig gewesen wären, etwas darüber zu erfahren."

„Oh, ganz schweigen wollen wir noch nicht darüber. Ich möcht Sie noch um was fragen, aber nicht, wann der Franz dabeisitzt."

Dieser war indes langsam herangekommen. Er machte ein finsteres Gesicht und tat den Mund kaum auf, als er grüßte. Den Assessor schien er nicht zu sehen.

„Grüß Gott, Franz", erwiderte der Müller auf die mürrische Anrede. „Was hast im Kopf? Machst ja ein Gesicht, als hättst Fischtran verschluckt."

„Hasts erraten."

„Fischtran? Wie meinsts?"

„Hab jetzt keine Zeit."

„Oho! Zeit ists immer."

„Aber man muß allein sein."

Er warf dabei einen forschenden Blick auf den Assessor. Der Müller verstand.

„Setz dich nur immer her! Vor dem Herrn brauchst dich nicht zu scheuen. Er ist gut Freund. So sag also, was d' jetzt bereits in der Früh gefressen hast!"

„Gefressen hab ich nix, aber fressen werd ich ihn schon noch!"

„Wen denn?"

„Den, den ich im Wald troffen hab."

„Wo?"

„Bei der Paula."

„Die ist in den Wald gangen, das weiß ich schon. Und es war einer bei ihr? Wer denn?"

„Nun, der, der allemal bei ihr ist, wann ich komm, um mit ihr zu sprechen!"

Der Müller schüttelte verwundert den Kopf.

„Ich versteh dich nicht. Wer soll heut bei ihr sein?

Der, an den ich dabei denken möcht, der ist doch nicht hier."

„So? Wo soll er etwa sein?" fragte der Fingerlfranz höhnisch.

„In München ist er."

„Ja, in München! Das denkst freilich, aber du hast dich verrechnet. In Scheibenbad ist er; bei der Paula ist er, bereits seit dem frühen Morgen!"

„Der Fex?"

„Ja, der Fex."

„Du hast dich geirrt! Hast einen andern für den Fex gehalten!"

„So! Kann ich einen andern für ihn halten, wann ich mit ihm red?"

„Mit ihm gesprochen hast?"

„Ja, und auch mit ihm gerauft!"

„Bist toll! Was will er da?"

„Weißts ja eben genauso wie ich. In den Wald kommt er, um mit der Paula zu reden."

„Du, das denkst nur! Von München her macht keiner ein Stelldichein, um ein Dirndl so früh im Wald zu treffen."

„Ist aber doch so!"

„Wie solls die Paula wissen, daß er kommt?"

„Das kannst dir nicht denken? Dieser Lump weiß schon, wie er das einzurichten hat. Einen Brief schreibt er ihr, und da stehts drin, wo sie ihn sehn kann. Nun weißts."

„Einen Brief? Was ists mit dem Brief? Ist was Wahres dran?"

„Natürlich! Mehrere sogar hats bereits, und schreiben tuts ihm auch wieder."

„Das müßt ich doch auch wissen."

„So? Der Briefträger wird dir den Wisch wohl gleich unter die Nase halten, wann die Paula zu ihm gesagt hat, daß ers heimlich tun soll."

„Kreuzbataillon! Red richtig heraus! Kannsts beweisen?“

„Ja. Ich hab welche in der Hand gehabt und auch gelesen. Und nachher, als ich ihr gesagt hab, daß es ein Unrecht ist, von dem Lump Briefe zu empfangen, da ist er selber dazukommen. Er war im Wald.“

„So zeig die Briefe!“

„Ja, hab ich sie?“ lachte er wild. „Der Fex hat sie mir wieder weggenommen.“

„Und das hast dir gefallen lassen?“

„Muß ich nicht? Ehe ich es denkt hab, hat er mich mit der Faust auf den Magen geschlagen, daß ich zusammenbrochen bin wie ein Baumklotz. Ich hab nix mehr gesehn und gehört; und als ich dann aufgewacht bin, waren sie fort, der Fex, die Paula und auch die Briefe.“

Der Müller vermochte sich noch immer nicht zu denken, daß der Fex da wäre und — was ihm am allerärgerlichsten war — mit seiner Tochter gesprochen hätte.

„Was will er hier?“ rief er aus. „Was für eine Absicht hat er, hierherzukommen?“

„Das magst dir leicht zusammenreimen! Natürlich will er weiter nix, als mit der Paula reden, um sie mir abspenstig zu machen!“

„Wann er das denkt, so soll ihn der Teufel reiten! Das duld ich nicht. Na, das Dirndl wird wohl bald nach Haus kommen. Da mag sie sich gefaßt machen. Ich werd ihr zeigen, wo Barthel seinen Most holt.“

„So tu es auch, und sag es nicht nur! Ich kann ein jedes Dirndl kriegen, was ich nur haben will. Ich brauch nicht hinter einer herzulaufen, die mir immer nur versprochen wird, ohne daß ich sie bekomme. Ich hab das Warten satt. Wann binnen heut und vierzehn Tagen nicht das Verlöbnis ist, so seh ich von der Sache ab.“

Der Müller wollte zornig auffahren, besann sich aber eines Besseren.

„Gut, ich werd dir zeigen, daß ich Wort halt. Sie wird deine Frau, und kein andrer soll sie bekommen."

„Wann ichs glauben könnt!"

„Ich geb dir ja mein Wort darauf."

„Das hast mir bereits schon vielmal geben, und wann ich mich darauf verlassen hab, so bin ich der Betrogne gewesen. Jetzt nun ists Zeit. Schau, da kommt sie gegangen. Nun red gleich mal ein Wort mit ihr in meiner Gegenwart. Ich will sehn, ob sie Widerstand leistet."

„Das soll sie nur wagen."

Er bückte sich nach der Peitsche. Der Fingerlfranz kam ihm zu Hilfe, hob sie auf und gab sie ihm. Die Schadenfreude glänzte auf seinem Gesicht, den Zorn des Müllers angefacht zu haben.

Der Assessor hatte sich während der Unterhaltung der beiden schweigend verhalten. Jetzt betrachtete er das näherkommende Mädchen. Der Wurzelsepp hatte von ihr gesprochen, aber der Assessor sah, daß die Beschreibung weit hinter der Wirklichkeit zurückblieb.

Paula war ein Bild lieblicher Schönheit. Der Ernst, der auf ihrem Antlitz lag und ihre blühenden Wangen bleich gemacht hatte, erhöhte diese Anmut.

Sie tat, als ob sie vorübergehen wolle, ohne die drei Männer zu bemerken.

„Paula, hast keine Augen?" rief der Vater.

Sie trat näher.

„Was soll ich?" fragte sie leise.

„Sprich laut, wannst mit mir redest! Wo bist jetzt gewesen?"

„Im Wald."

„Was hast da tan?"

„Das wird dir der hier wohl gesagt haben."

Sie deutete auf Franz.

„Jawohl, hat er mirs gesagt!"

„Das konnt ich mir denken. Ein Angeber und Verräter kann den Mund nie halten."

„Schweig! Es ist seine Pflicht, es zu sagen, und ich bin ihm dankbar dafür, daß er mir die Augen geöffnet hat. Du hast dich mit dem Fex heut im Wald bestellt gehabt!"

„Nein."

Sie blickte ihn mit verschleierten Augen an, aber ihre Stimme klang fest.

„Und es ist doch eine Lüge. Ich weiß es. Wannst die Wahrheit nicht sagen kannst, so hab ich hier die Peitsche; die wird dich schon gesprächig machen."

Sie blickte ihm gerade in die Augen.

„Ich hab den Fex nicht bestellt. Ich hab gar nicht gewußt, daß er zugegen ist, und bin erstaunt gewesen, als er vor mir stand. Das muß der Franz bestätigen, wann er die Wahrheit sagen will."

„Aber du hast doch einen Brief gehabt von dem Fex."

„Freilich."

„Sogar mehrere!"

„Ja."

„Er hat dir also geschrieben?"

„Viermal."

„Und da hast ihm geantwortet?"

„Dreimal."

Sie gab diese Antworten in furchtlosem Ton, fast geschäftsmäßig, wie jemand, dem es gleich ist, was nun folgen könnte.

„Das hast du ohne meine Erlaubnis tan, und es wird nicht noch mal geschehn. Damit dir aber diese sauberen Gedanken aus dem Kopf kommen, so wirst mir jetzt die Briefe geben."

Sie bewegte sich nicht.

„Nun, her damit!" befahl er.

„Diese Briefe sind mein. Keiner, als ich allein, hat das Recht, sie zu lesen."

Da flackerte in seinen Augen ein drohendes Licht auf. Er schwang die Peitsche.

„Auch dein Vater nicht?"

„Nein, so nicht. Er hätte wohl das Recht, zu wissen, was der Fex mir schreibt, und was ich ihm antworte, wann er zu mir wäre, wie ein Vater zu seiner Tochter sein muß. Da er mich aber zwingen will, einen Hallodri zu heiraten, so bin auch ich von meiner Pflicht entbunden."

Paula wollte sich abwenden und fortgehen.

„Her mit den Briefen!" brüllte der Alte.

Er streckte die linke Hand aus und schwippte mit der rechten die Peitsche in einer Weise, aus der zu ersehen war, daß er zuzuschlagen beabsichtigte.

Sie drehte sich wieder um.

„Und wann ich sie dir nicht geb, was wirst dann mit mir tun?"

„Das wirst gleich fühlen!"

„Willst mich etwa schlagen, hier vor diesem Herrn?"

„Ja, das werde ich, und zwar sogleich!" antwortete er so, daß man ihm den Ernst seiner Drohung anhörte.

Da schritt sie nahe an ihn heran, legte ihm die Hand auf die Schulter und warf dabei einen halben Blick auf den Assessor.

„Du, Vater, mach das nicht! Schlag deine Tochter nicht! Du könntest ihre Liebe wohl sehr brauchen, wann alles dich haßt und verachtet."

„Was?" fuhr er auf. „Was sagst? Was meinst da zu mir?"

Da beugte sie sich an sein Ohr.

„Die Polizei streckt bereits die Hand nach dir aus", flüsterte sie. „Denk an den Fex! Der ist deswegen da."

Es war ihm, als hätte ihn der Schlag gerührt. Der Schreck öffnete ihm die Hand, so daß ihr die Peitsche entfiel. Er starrte Paula an und blickte ihr nach, als sie sich jetzt von ihm wandte und langsam zur Tür schritt.

„Nun, Müller, so schlag doch zu!“ rief der Franz mit höhnischem Lachen.

Der Müller antwortete ihm nicht. Sein Auge hing mit dem Ausdruck des Entsetzens an der Tochter, bis sie hinter der Tür verschwunden war.

„Nun, schlagen kannst also nicht und reden aber auch nicht mehr, wie es scheint!“

Der Müller drehte sich zu ihm um. Seine Augen waren gläsern.

„Hasts gehört, Franz“ fragte er tonlos, „was sie mir ins Ohr gesagt hat?“

„Nein. Das war so leise und nur allein für dich gemeint.“

„Dann ists gut!“ entfuhr es dem Alten.

„Gut? — Warum? Willst nun wohl mit ihr zusammen gegen mich spielen?“

„Nein, ich halt mein Wort!“

„Das hab ich jetzt deutlich gesehn. Hast sie schlagen wollen, und sie ist davongegangen, ohne daß du sie gehindert hast.“

„Das hat seinen guten Grund. Sie hat mir da was gesagt, was — was —“

„Nun, was? Sags doch heraus!“

„Nein, jetzt nicht. Wart ein wenig! Ich hab über was nachzudenken.“

Er starrte vor sich hin. Erst hatte der Assessor, den er allerdings für einen Geschäftsmann hielt, ihm so erschreckliche Mitteilungen gemacht. Man suchte nach ihm und nach dem Fex. Man hatte das Gold gesehen, das der Silberbauer von ihm geholt hatte. Jetzt war der Fex selber da, und Paula sprach von der Polizei. Er erkannte, daß eine fürchterliche Gefahr nahte. Wie war sie abzuwenden? Nur dadurch, daß er den Silberbauern warnte. Gestand Klaus nichts, so konnte, seiner Meinung nach, kein Mensch ihm etwas beweisen.

„Nun", sagte Franz, „bist bald fertig mit dem Gedanken? Oder soll ich dir helfen?"

„Ja, kannst mir helfen, wannst willst. Komm mit herein in meine Stube! Weißt, ich werd jetzt die Paula zwingen, es dir zu versprechen, daß sie deine Frau wird, und da müssen wir allein mit ihr sein."

Da sagte der Assessor schnell:

„Oh, bitte, ich will Sie nicht stören. Machen Sie diese Angelegenheit immerhin hier aus!"

Er stand auf und tat, als ob er sich entfernen wolle, was aber gar nicht in seiner Absicht lag.

„Nein, nein", fiel der Müller ein. „Bleibens nur da! Ich komm gleich wieder heraus! Sie wissen ja, daß ich noch was Notwendiges mit Ihnen zu reden hab!"

„Aber ich habe keine Zeit!"

„Wartens nur noch fünf Minuten. Ich werd sehr schnell machen! Komm, Franz, fahr mich hinein."

Dieser drehte den Rollstuhl, auf dem der Müller saß, herum und schob ihn auf das Haus zu.

„Hm!" flüsterte der Assessor, während ein zufriedenes Lächeln über sein Gesicht glitt. „Fahrt nur zu! Was der Alte will, das kann ich mir wohl denken; aber ich will euch ein Hindernis in den Weg legen."

Er stand auf und entfernte sich langsam, als ob er nur einige Schritte tun wollte, um sich die Zeit zu vertreiben. Aber als er von den Fenstern aus nicht mehr gesehen werden konnte, wurden seine Schritte desto rascher.

Er eilte an dem Landhaus vorüber und kam zu einem Buschwerk, das seitlich des Fahrweges lag. Dort hielten sich auf seinen Befehl zwei Landjäger verborgen.

„Meine Herren", sagte er, „ich vermute, daß der Müller einen Burschen, den sogenannten Fingerlfranz, mit einer Botschaft nach Hohenwald senden will. Halten Sie diesen Mann an und bringen Sie ihn auf alle Fälle so lange in Sicherheit, bis er keinen Schaden mehr tun kann."

„Sehr wohl, Herr Assessor", antwortete der eine und brachte die Fingerspitzen an die Mütze.

„Es steht zu erwarten, daß die Botschaft schriftlich ist. Durchsuchen Sie also den Franz nach einem Brief. Ich werde wohl den Wurzelsepp senden, den Brief zu holen, da ich nicht weiß, ob ich selber kommen kann. Aber alles ohne Geräusch."

Er kehrte an den Tisch zurück und nahm Platz, ohne daß jemand seine Abwesenheit gemerkt hatte.

Der scharfsinnige Mann hatte in seiner Vermutung das Richtige getroffen. Der Fingerlfranz mußte den Müller in dessen Stube fahren. Dort glaubte er, daß nun Paula gerufen werde. Aber das war nicht so.

„Schieb mich schnell an den Tisch", sagte der Müller, „und gib mir Feder, Tinte und Papier aus dem Kasten!"

„Soll ich die Paula rufen?"

„Wart noch!"

Er legte sich das Papier zurecht, starrte einen Augenblick finster vor sich hin und wandte sich dann an den Franz.

„Wannst die Botschaft, die ich dir anvertrau, richtig ausführst, so ist heut abend die Versprechung zwischen dir und der Paula."

„Und wann sie nicht will?"

„So mach ich in deiner und ihrer Gegenwart das Testament. Ich enterbe sie, und du bekommst alles."

„Alle Wetter! Darauf geh ich gern ein!"

„Das kannst freilich. Arm mag sie wohl nicht werden, und darum wird sie ‚ja' sagen, wenn sie erkennt, daß ich Ernst mach."

„Schön! Wo willst mich hinsenden?"

„Nach Hohenwald. Kennst du dort den Silberbauer?"

„Natürlich."

„Ihm sollst den Brief bringen, den ich jetzt schreib. Aber kein Mensch darf es wissen, weder heut noch in späterer Zeit."

„Ists denn ein so großes Geheimnis?"

„Freilich! Die Sach darf keinen Aufschub erleiden. Du nimmst den Brief, gehst heim, sattelst ein Pferd und reitest immer Galopp. So schnell bringst mir auch die Antwort wieder."

„So sollt ich eigentlich nicht erst heimgehen. Während du schreibst, kann ich mir doch deinen Schimmel oder Fuchs satteln lassen."

„Nein, das geht nicht. Das würde draußen der bemerken."

„Der Fremde? Darf ers nicht wissen?"

„Nicht ahnen! Er ists ja, von dem ichs erfahren hab. Er ist ein Getreidereisender, weißt; er hat ein großes Geschäft vor, das ich lieber mit dem Silberbauer machen will. Darum sollst so schnell fort. Es ist ein sehr schönes Geld dabei zu verdienen."

„Ah, ists so! Ja, ein Schlaukopf bist immer gewesen. Also schreib! Ich werd reiten, daß die Straß raucht!"

Der Müller tauchte die Feder ein und begann:

„Mit großem Schreck habe ich erfahren, daß die Anna mit dem Jeschko nach Hohenwald gekommen ist. Es ist alles verraten. Man weiß sogar, daß wir das Schloß angezündet und den kleinen Baron entführt haben. Auch das Geld, das Du von mir geholt hast, ist gesehn worden. Ich schreib Dir das in aller Eile. Richt Dich danach, und nimm Dich in acht! Wirst Du verhaftet, so gesteh nichts! Ich werd auch nichts gestehn. Und diesen Brief mußt sogleich verbrennen! Gotthold Kellermann, Talmüller."

Er steckte das Schreiben in den Umschlag und begnügte sich nicht, ihn einfach durch den Gummirand zu verschließen, sondern er versiegelte ihn.

„So“, sagte er und gab dem Franz den Brief. „Nun reitest, daß die Funken fliegen. Du verlangst Antwort. Und wann die gut ausfällt, so bekommst noch heut die Paula zur verlobten Braut.“

„So schlag ein! — Topp!“

„Topp! Also lauf! Nimm mich aber erst mit hinaus!“

„Willst wirklich wieder zu dem Fremden?“

„Natürlich! Weißt, ich muß ihn so lang wie möglich zurückhalten, daß er das Geschäft versäumt.“

„So komm! Ich werde dich schieben.“ —

Kaum hatte der Assessor seinen Platz wieder eingenommen, so kam der Wurzelsepp vom Zigeunergrab daher. Das war dem Beamten sehr recht.

„Gut, daß Sie kommen, Sepp“, sagte er. „Ich werde Ihnen einen kleinen Auftrag geben.“

„Werd alles machen.“

„Wenn Sie ihn ausgeführt haben, dann müssen Sie nach dem Fex suchen. Er ist schon da, wie ich erfahren habe.“

„Ja, da ist er freilich. Ich hab ihn schon.“

„Ah! Wo?“

„Dort steht er auf dem Zigeunergrab. Sobald ich ihm ein Zeichen geb, wird er kommen.“

„Das ist gut. Sie bleiben nachher hier bei mir. Wenn ich Ihnen winke, geben Sie das Zeichen, aber ohne daß der Müller es bemerkt.“

„Wills schon machen. Und wie lautet der Auftrag, den ich jetzt bekommen soll?“

„Sie gehen da rechts um das Landhaus. Sie sehen ein Gebüsch, abseits vom Weg. Dort stecken zwei Landjäger, die dem Fingerlfranz höchstwahrscheinlich einen Brief abnehmen werden. Den bringen Sie mir her, lassen aber den Müller nichts merken.“

„Schön! Soll ausgerichtet werden!“ sagte der Sepp und entfernte sich eiligst.

Er fand die beiden Landjäger und gesellte sich zu

ihnen. Bereits nach kurzer Zeit kam der Fingerlfranz. Die Beamten wollten hinter dem Gebüsch hervortreten; aber der Sepp sagte:

„Bleibens nur da! Wann er Sie erblickt, lauft er vielleicht davon; ich aber werd ihn herbeirufen."

„Wird er kommen?"

„Das versteht sich. Zu dem Sepp kommt er allemal, wann der ihn ruft."

Jetzt war der Franz in der Höhe des Gebüsches. Der Sepp ging ihm entgegen.

„Hallo!" rief er. „Fingerlfranz, hast einen Augenblick Zeit?"

„Ah, der Sepp! — Nein!"

„Nur einen Augenblick!"

„Keinen halben!"

Er lief weiter.

„Hab dir was zu zeigen!"

„Mag nix sehn!"

„So! Nun, so lauf davon, wannst von der Paula nix sehn willst."

Das half. Franz blieb stehen.

„Was sagst?" fragte er. „Von der Paula ists, was du mir zeigen willst?"

„Ja."

Er kam langsam näher.

„Was ists denn?"

„Komm nur und schau!"

Franz war zu neugierig, als daß er sich hätte weigern können. Freilich, als er den Landjäger erblickte, war er nicht angenehm überrascht.

„Da steht ja Polizei!" wunderte er sich.

„Ja, das ists, was ich dir zeigen wollt."

„Das ist aber nix von der Paula!"

„O doch! Es hängt mit der Mühle und mit dem Müller zusammen und betrifft also auch seine Tochter."

„So laß mich aus! Ich muß fort!"

Er wandte sich zum Gehen. Da aber ergriff ihn der eine Beamte am Arm.

„Bleiben Sie noch, Franz! Wir haben eine Kleinigkeit mit Ihnen zu reden."

„So! Aber ich hab keine Zeit. Ich muß fort."

„Wohl nach Hohenwald?"

„Wer sagt das?"

„Ich sage das! Sie gehen zum Silberbauern, nicht?"

Franz machte ein sehr verblüfftes Gesicht.

„Warum fragens denn eigentlich?"

„Weil wir wissen wollen, ob der Müller Ihnen einen Brief anvertraut hat."

„Einen Brief? Ich weiß nix davon."

„Franz, sagen Sie keine Unwahrheit!"

„Ich sag, was richtig ist!"

„So zwingen Sie uns, Sie zu durchsuchen."

„Alle Teufel! Haltens mich etwa für einen Spitzbuben?"

„Nein. — In diesem Augenblick aber haben Sie dem Müller zuliebe die Unwahrheit gesagt, und das kann große Unannehmlichkeiten für Sie haben."

„Was? — Unannehmlichkeiten? — Wie meinens dieses Wort?"

Franz war tief erschrocken, denn er besaß nur wenig wirklichen Mut.

„Wir müssen Sie verhaften."

„Herjesses! Und etwa einstecken?"

„Ja."

„Aber warum?"

„Weil der Talmüller sich mit Dingen abgibt, die durch das Gesetz verboten sind. Wenn Sie seinen Hehler machen, werden Sie sein Mitschuldiger."

„Ich hab nicht glaubt, daß ich was Böses tu!"

„Hätten Sie gedacht, daß Sie etwas Erlaubtes vornehmen, so brauchten Sie nicht zu leugnen."

„Es handelt sich ja nur um ein Geschäft!"

„Aber um ein verbotenes."

„Nein. Es soll Frucht kauft werden."

„Ah, das hat der Müller Ihnen also weisgemacht! Jetzt frage ich zum letzten Mal: Haben Sie einen Brief?"

„Nun, da will ichs sagen. Ich hab einen."

„An den Silberbauern in Hohenwald?"

„Ja."

„Geben Sie ihn heraus!"

Er langte in die Tasche und reichte das Schreiben hin. Es hatte die Anschrift: „Herrn Konrad Klaus in Hohenwald". Es war also der gesuchte Brief.

„Sie sollten ihn also nach Hohenwald schaffen und eine Antwort mitbringen?" erkundigte sich der Landjäger weiter, um sicher zu gehen.

„Ja, und reiten sollt ich, damit ich bald wieder hier sein könnt."

„So! Nun, mein Lieber, Sie haben sich da zum Vermittler einer sehr sträflichen Absicht hergegeben. Wir müssen uns Ihrer Person versichern und uns vergewissern, daß Sie nicht dennoch nach Hohenwald gehen."

„Das fällt mir nun gar nicht mehr ein!"

„Ich will es Ihnen glauben, muß mich aber nach meiner Anweisung richten. Doch will ich das so rücksichtsvoll wie möglich tun. Ich will Sie nicht ins Gericht schaffen. Wir gehen in den Gasthof des Skatmatthes und trinken da ein Glas Bier. Da merkt kein Mensch, daß Sie mein Gefangener sind. Hier mein Kamerad wird mich später benachrichtigen, wenn ich Ihnen die Freiheit wiedergeben darf."

„So mags eher gehn. Das will ich mir gefallen lassen. Der Talmüller kann mir gestohlen werden! Dem schau ich nie wieder in die falsche Fratze!"

So schimpfend ging er mit dem Landjäger ab, während der zweite Beamte auf seinem Posten blieb. Der Sepp aber steckte den verhängnisvollen Brief in die Tasche und kehrte zum Assessor zurück.

EINE WICHTIGE ENTDECKUNG

Als der Fingerlfranz den Müller zurückbrachte und sich dann schleunigst entfernte, hatte der Assessor gesehen, daß seine Vermutung zutreffend war. Er freute sich im stillen, den Müller in seiner eigenen Schlinge gefangen zu haben, denn er konnte erwarten, daß der Brief irgendein Geständnis enthielt, während der Untersuchungsrichter wohl große Mühe gehabt hätte, den Peitschenmüller zu einem solchen zu bringen.

Der Müller saß eine kleine Weile schweigend in seinem Rollstuhl. Er wollte wieder vom Silberbauern anfangen, doch sollte das unauffällig geschehen.

„Was habens denn eigentlich von meiner Tochter denkt?" begann er.

„Ich habe die Ansicht, daß man ein Kind nicht zur Heirat zwingen darf."

„So was kann nur der Vater verstehn. So ein Dirndl weiß den Teufel, wie man glücklich wird!"

„Streiten wir nicht darüber!"

„Ja, ich könnts beweisen. Denkens mal grad an den Silberbauern! Der hat auch einen Sohn und eine Tochter. Kennens die?"

Er war froh, sein Gesprächsthema so geschickt wieder ergriffen zu haben.

„Ja, ich kenne sie beide", erwiderte der Assessor. „Sie sollen in Slatina geboren sein."

„Ich weiß es auch nicht anders. Der Bub ist ein Blitzkerl und die Martha ein bildsaubres Dirndl. Da soll mirs um diese beiden leid tun, daß der Vater ein Verbrechen begangen hat."

„Vielleicht wissen beide davon."

„Das glaube ich nicht. Welcher Vater, der ein Spitzbub ist, wirds seinen Kindern sagen! — Aber — da kommt der Wurzelsepp! Ist der auch wieder hier in der Gegend, der Lump?"

Der Sepp kam langsam daherspaziert und grüßte, als ob er erst jetzt hier ankäme.

„Gott grüß die Herren! — Wie gehts, Talmüller? Ist die Paula gesund und hat bereits Hochzeit gemacht mit dem Fingerlfranz?"

„Wannst so dumm fragen willst, kannst gleich wieder gehn!" antwortete der Müller giftig.

„Ich komm ja eben erst. Hast den großen Topf noch mit den Fröschen und Kröten?"

„Halts Maul, Lump, sonst antwort ich dir mit der Peitsche!"

„Na, hast du aber eine schlechte Laun heut! Da möcht man sich doch lieber gar nicht hersetzen."

„Hasts auch nicht nötig. Es sind noch andre Tische da."

„Ja, doch am liebsten sitz ich bei dir. Also mit Verlaub!"

Er machte Anstalt, sich an den Tisch zu setzen.

„Halt, nicht hierher!" gebot der Müller. „Wannst auch vor mir keine Achtung hast, so siehst doch, daß ein fremder Herr dasitzt!"

„Ein Fremder? Oh, den Herrn kenn ich besser als du! Der wird mirs gern erlauben, mich zu euch zu setzen."

„Ists wahr?" fragte der Müller den Assessor verwundert.

„Ja", antwortete der Beamte. „Ich habe den Wurzelsepp schon oft gesehen und gar nichts dagegen, daß er sich her zu uns setzt."

„Na, so kann ichs nicht ändern. Aber was wir zu

sprechen hatten, das braucht doch kein andrer zu hören, und der Sepp am allerwenigsten."

„Warum? Es sind doch keine Geheimnisse, die wir verhandeln."

„Freilich nicht."

Dem Müller war es sehr unlieb, daß sich der alte Wurzelhändler hatte hinsetzen dürfen. Er konnte nun den Fremden nicht nach dem Silberbauern ausfragen. Und wie nun, wenn der Sepp anfing zu plaudern, zum Beispiel von dem Zigeunergrab? Dann war es ja gleich verraten, wo der andre Müller wohnte, der vergebens gesucht worden war.

Der schlaue Sepp zog, während er sich setzte, unbemerkt den Brief aus der Tasche, ließ seinen Hut, wie aus Versehen, fallen, bückte sich, um ihn aufzuheben, und legte dabei dem Assessor den Brief auf die Knie, ohne daß der Müller es sehen konnte. Dann fing er sofort ein Gespräch an, um die Aufmerksamkeit des Müllers auf sich zu lenken.

Der Assessor bemerkte die Absicht, öffnete den Umschlag, las den Brief und steckte ihn wieder zurück; das geschah alles unter dem Tisch und ohne daß der Müller eine Ahnung davon hatte.

„Ja", meinte der Sepp im Lauf des Gesprächs, als er sah, daß der Assessor alles gelesen hatte, „hier in der Talmühle kehr ich allemal gern ein. Jetzt fehlt mir freilich der Fex ein wenig. Ich hab immer gern ein wenig mit ihm plaudert. Weißt nicht, wie es ihm geht?"

„Wie solls ihm gehn? Ferien hat er und lauft in der Welt herum, immer hinter den Dirndln her", antwortete der Müller böse.

„Hinter den Dirndln? Das glaub ich nicht. Der Fex ist ein anständiger Bursch!"

„Ja, das hab ich heut wieder gesehn! Hier im Wald ist er gewesen, und der Paula ist er nachgelaufen! Wann ich ihn erwisch, so kann er sich gefaßt machen!"

„Was? Hier ist er? Das ist schön! Da muß ich ihn nachher aufsuchen!"

„Kannst ja gleich jetzt gehn! Ich brauch dich hier nicht!"

Das war ein Wink mit dem Zaunpfahl; der Sepp aber tat, als habe er ihn nicht verstanden.

„Nein, erst muß ich was ausruhen. Weißt, Müller, ich hab heut einen langen Weg hinter mir. Da bin ich müd. Im Alter wollen halt die Knochen nimmer so gehorchen wie in der Jugend, wo man gleich am liebsten alle Tag durchs ganze Bayern einen Walzer tanzen tät."

„Ja, so gehts mir auch. Wo aber kommst denn heut schon her, weilst gar so müd bist?"

„Droben von Hohenwald."

Der Müller horchte auf.

„Bist bloß durch den Ort gangen oder einen Tag dablieben?"

Der Assessor warf dem Sepp einen warnenden Blick zu, damit er keinen Fehler machen solle. Der Alte bemerkte diesen Blick, lächelte in seiner eigenartigen Weise und drehte lustig die Spitzen seines Schnauzbarts.

„Einen Tag nur? Nein, mehrere Tage bin ich dagewesen."

„So! Gibts nix Neues droben?"

„Gar viel."

„Nun, was denn? Erzähl einmal!"

„Nun, das Neueste ist der neue Schullehrer, der nach Hohenwald gekommen ist."

„Wird auch was Rechts sein! Was für eine Sorte dahin kommt, das weiß man."

„Ja, aber grad dieser ist ein tüchtiger Kerl. Er hat gleich am ersten Tag dem Silberbauern und dem Silberfritz den Meister zeigt. Er hat sie alle beide zu Boden gerauft."

„So muß es ein Riese Goliath sein."

„Nein; er ist nicht groß, aber ein tüchtiger Kerl. Er

hat dem Silberbauern gleich ins Gesicht sagt, daß dieser ihm nix zu befehlen hat, und daß er ihm zeigen werd, was ein Lehrer zu bedeuten hat. Er hat Wort gehalten, und wanns so fort geht, so bringt er den Silberbauern aus dem Silberhof heraus und —"

„Unsinn!" rief der Peitschenmüller.

„— und dafür ins Zuchthaus hinein!" fuhr der Sepp ruhig fort.

„Bist wohl nicht gescheit! — Der Silberbauer und das Zuchthaus! Hahaha!"

„Freilich! Sein Sohn, der Silberfritz, steckt schon im Gefängnis."

Jetzt wurde der Müller kalkweiß.

„Ists — wahr?" stotterte er.

„Ja. Ich selber habs gesehn, wie er fortgeschafft worden ist."

„Warum denn?"

„Weil er seinem Vater geholfen hat, auszureißen."

Der Müller hielt sich an den Seitenlehnen seines Stuhles fest.

„Auszureißen?" stieß er hervor. „Warum denn? Wer die Flucht ergreift, muß doch gefangen gewesen sein!"

„Das ist er ja auch."

„Sepp, was fällt dir ein! Was machst da für einen dummen Scherz?"

„Ich erzähl nur die Wahrheit, denn ich bin ja mit dabeigewesen und hab alles mitgemacht und mitgesehn."

„Warum habens ihn denn fangt?"

„Weil er dem Feuerbalzer sein Haus anbrannt hat und den Balzer selber hat erschlagen wollen. Das ist nun an den Tag kommen; und dann soll er auch in der Türkei mehreres auf dem Kerbholz haben."

„Mein Himmel! So ist er nicht daheim? So ist er auf der Flucht?"

Er dachte mit Schrecken daran, daß nun der Fingerlfranz den Brief nicht abgeben konnte.

„Ja, auf der Flucht.“

„Und niemand weiß, wohin?“

„Wissen tut mans nicht, aber denken kann mans sich.“

„So! Was meinst?“

„Deshalb eigentlich komm ich zu dir. Ich will dich warnen, weil ich ein guter Freund von dir bin. Man hat nämlich denkt, daß er zu dir gehn werd!“

In diesem Augenblick dachte der Müller, daß der Silberbauer damit sehr klug handeln würde, laut aber sagte er:

„Was wollt denn der Silberbauer bei mir?“

„Nun, ihr seid doch immer die besten Freunde mitnander gewesen.“

„Das denkst nur, weil wir manchmal einen kleinen Handel mitnander gehabt haben.“

„Aber wohl lange nicht mehr?“

„Viele Jahre nicht. Ich hab den Silberbauern wohl an die fünf Jahre nicht mehr gesehn.“

„Hm! Jetzt bist du es, der einen Spaß macht! Er ist doch erst vor einigen Tagen bei dir gewesen.“

„Nein.“

„O doch. Er hat bei dir einen Kasten mit dem Fuhrwerk geholt.“

Jetzt war es dem Müller, als ob jemand ihm mit dem Stock einen Hieb über den Kopf gegeben hätte. Sollte er leugnen oder nicht? Er hatte einmal „Nein“ gesagt und mußte nun auch dabei bleiben.

„Da hat man dir wohl falsch berichtet.“

„Ich bin aber doch selber mit ihm gefahren. Ich bin da draußen auf der Waldschenk aufgestiegen. Ja, ich weiß sogar, was er bei dir geholt hat.“

„So! Was denn, he?“

Diese Frage kam vollständig klanglos hervor. Der Müller sah aus, als ob er im nächsten Augenblick in Ohnmacht fallen werde.

„Was denn? — Das fragst auch noch? Geld hat er geholt, viel Geld!"

„Das ist nicht wahr!"

„Oho! Ich habs gesehn. Lauter Goldstücke aus der Türkei sinds gewesen. Wieviel hat dir der Silberbauer denn für das viele Gold geben?"

„Ich weiß ja gar nix davon!"

„Der Silberklaus hats mir doch gesagt!"

„Laß mich aus!"

„O doch! Dreißigtausend Mark hat er dir geben, und sechstausend hat er verdient."

„Wa — wa — wa — was?" stotterte der Müller. „Ich begreif — dich — gar — nimmer."

„Tu nur nicht so! Willst wohl von dem Geschäft nix wissen wegen der Steuer, he?"

„Jetzt willst mich wohl gar mit dem Silberbauern seinem Tun und Treiben zusammenbringen?" brauste der Peitschenmüller auf. „Das ist eine Schlechtigkeit von dir, die dir gar niemals vergeben werden kann!"

„Reg dich nicht auf, Talmüller!" warnte der alte Sepp. „Ich bin noch heut ein guter Freund von dir, und darum ists von dir nicht recht, daß d' mir so eine Lüg vormachen willst. Was ich weiß, das weiß ich vom Silberbauern."

„So hat er dich belogen."

„Das glaub ich nicht. Ich hab doch die vielen Goldstück mit meinen eignen Augen gesehn."

„Das mag meinetwegen wahr sein; aber von mir sind sie nicht gewesen!"

„So! Und geschrieben hast ihm wohl auch nicht, daß er sie holen soll, weil du nimmer sicher bist und weil die Papiere und das Bild weg sind aus deinem Stuhl? Er soll kommen und das Geld holen; du willst ihm einen Profit davon geben? — hm?"

Der Müller bot einen unbeschreiblichen Anblick. Das Blut trat ihm ins Gesicht, so daß es dunkelrot wurde.

„Diesen — Brief — hab ich — nicht geschrieben!“ stammelte er. „Ich weiß — nix davon — kein Wort!“

„Und wohl auch davon weißt nix, daß er dir einen Drahtbrief geschickt hat, in dem stand, daß er anderntags kommen wollte, um elf Uhr vormittags?“

Das war denn doch zuviel! Der Müller wollte antworten, konnte aber nicht. Die Sprache versagte ihm. Er schluckte und schluckte, brachte aber nichts hervor als einige abgerissene Laute.

„Nun, so gib doch Antwort!“ sagte der Sepp.

„Ich — ich — kann nicht!“

„Ja, so schaust auch aus. Aber du hast ja Zeit. Sammle dich also. Ich kann warten!“

Der Müller zitterte am ganzen Körper. Seine Lippen bebten. Man hörte seine Zähne gegeneinanderschlagen. Er blickte mit blutunterlaufenen Augen bald nach rechts und bald nach links, als ob er von irgendwoher Hilfe erwartete. Schließlich sah er ein, daß er etwas sagen müsse; darum stammelte er mit heiserer Stimme:

„Warum tust mir das an? Warum erzählst da solche Sachen?“

„Weil du selber von ihnen anfangt hast. Hast mich nicht nach Hohenwald gefragt und nach dem Silberbauern?“

„Weil ich nicht denkt hab, daß d' nun von solchen Dingen reden wirst. Schau doch mal diesen Herrn da an! Wie der mich anblickt! Grad als ob ich ein — Verbrecher wär!“

„Oh, daran sind meine Worte nicht schuld. Dieser Herr weiß auch ohne mich, was er von dir zu halten hat.“

Der Assessor hatte bisher diesem Gespräch ruhig zugehört, denn er bemerkte, daß der alte, kluge Sepp ganz folgerichtig vorging. Bei seinen letzten Worten aber mußte er befürchten, daß der Wurzelhändler verraten werde, daß er, der Assessor, ein Gerichtsbeamter sei, und dazu war es noch zu früh. Darum mischte er sich jetzt ein.

„Ich habe allerdings bereits einiges über Sie gehört, Talmüller; aber was jetzt der Sepp sagt, das erfüllt mich doch mit größter Entrüstung."

„Nicht wahr?" stimmte der Müller bei. „Ja, man muß ganz entrüstet sein bei den Schlechtigkeiten, die er sagt."

„So habe ich es nicht gemeint, sondern ich wollte sagen, daß ich entrüstet bin über Sie; das, was er von Ihnen erzählt, ist jedenfalls wahr."

„Nein. — Es ist die größte Lüg!"

„Langsam, langsam, Talmüller! Übrigens mache ich Sie aufmerksam auf die Bemerkung bei Beginn unsres Gesprächs: ‚Wir spielen Verstecken'. Ich sagte Ihnen, daß Sie das mit mir nicht aushalten würden. Jetzt sehen Sie ein, daß ich recht hatte. Wir sprachen von dem zweiten Slatinaer Müller, und Sie taten, als ob Sie den Mann nicht kannten. Nun aber sind Sie es selber!"

„Was redens daher? — Ich?"

„Sie sind also wirklich niemals in jene Gegend gekommen?"

Jetzt meinte der Müller, doch anders auftreten zu müssen.

„Und wann ich fortgereist wäre, was geht es Sie an?"

„Jetzt freilich nichts. Aber wenn ich nun die Gerichte benachrichtige, daß ich den gesuchten Müller gefunden hab?"

„So ist das eine Sach, die Sie einen Dreck angeht!"

„Sie irren sich. Man wird Sie verhaften, und dann ists um Sie geschehen. Man wird Ihnen nachweisen können, daß Sie in Slatina gewesen sind."

„Das kann keiner."

Jetzt gab der Assessor dem Sepp einen Wink. Der Alte stand auf, trat beiseite und gab dem Fex hinterm Rücken des Peitschenmüllers das verabredete Zeichen.

„Wie kommt es dann, daß Sie mit Personen verkehrten, die aus jener Gegend stammen?“ fragte der Assesor.

„Ich weiß keine!“

„Also ist die Amme Mylla nicht hier bei Ihnen gewesen?“

„Nein.“

„Und es gibt wohl auch kein Zigeunergrab hier in der Nähe?“

„Da gibts wohl eins. Aber die darinnen liegt, die hab ich nicht kannt.“

„So, so! Aber ihren Sohn haben Sie gekannt?“

„Ja, den hab ich zu mir genommen und ihn bei mir erzogen.“

„Diese Erziehung soll sehr eigenartig gewesen sein. Sie wissen also genau, daß er der Sohn jener Toten ist, die da oben vergraben liegt?“

„Ja.“

„Er hatte keine andern Eltern? Vielleicht war sie nur seine Amme?“

„Nein, sie ist seine Mutter gewesen. Teufel, da kommt er ja gleich selber! Fast kennt man ihn nicht mehr.“

Er hatte zwar den Fex kommen sehen, ihn aber zunächst nicht erkannt. Er war es gewohnt gewesen, seinen Fährmann nur barfuß und in zerlumpten Kleidern zu erblicken. Als nun aber der Fex ganz herangekommen war, war kein Irrtum möglich. Der junge Mann verbeugte sich vor dem Assessor und setzte sich dann auf den vierten Stuhl, der an dem Tisch stand.

„Also Sie kennen diesen jungen Herrn?“ fragte der Assessor den Müller.

„Natürlich! Das ist ja der Fex, von dem wir reden.“

„Und auf den Sie so zornig sind, weil er mit Ihrer Tochter gesprochen hat!“

„Ja. So etwas kann ich nicht dulden. Von München herbeikommen, um der Paula den Kopf zu verdrehn, dazu geb ich mein Dirndl nicht her! — Hörst, Fex? Wannst dich nochmals erblicken läßt, so —"

„Schweigen Sie!"

Es waren nur diese beiden Worte, die ihm der Fex zurief; aber es lag in dem Ton, in dem sie gesprochen wurden, und in dem Blick, den der junge Mann ihm dabei zuwarf, eine Gewalt, die dem Müller den Mund schloß. Er fuhr zurück, betrachtete den Fex mit Augen, in denen Haß und Furcht miteinander stritten.

„Na, na! — Man wird doch noch mit dir reden dürfen?"

„Aber in einem andern Ton! Ich habe aufgehört, Ihr Sklave und Sündenbock zu sein!"

„Was? Sklave und Sündenbock! — Hab ich dich nicht erzogen, dir Nahrung geben und dich kleidet und stets gut behandelt?"

„Ich danke! Darüber wollen wir gar nicht sprechen. Sie haben wohl über die Angelegenheit bereits mit ihm verhandelt, Herr Assessor?"

Der Beamte nickte. Die Wirkung der Anrede, die Fex gebraucht hatte, war ungeheuer.

Der Müller war erst erbleicht, daß sein Gesicht ausgesehen hatte, wie das eines Toten; dann aber schoß ihm das Blut in den Kopf, so daß sein Antlitz glühendrot wurde.

„Assessor!" stammelte er. „Ein Assessor sinds?"

„Ja", lächelte der Beamte.

„Also kein Getreidehändler? Warum habens das nicht vorher gesagt?"

„Eben weil wir miteinander Verstecken spielen wollten. Jetzt werden Sie nun wohl einsehen, daß Sie verloren haben."

Da bäumte sich der Müller auf. Er schlug mit beiden Fäusten auf den Tisch.

„Jetzt ists aus!" schrie er. „Es muß ein End haben! Was habens hier zu suchen? Machens gleich, daß Sie fortkommen, Sie und auch hier diese beiden andern Lumpen!“

„Bitte, Müller, sprechen Sie in einem andern Ton zu uns!“ warnte der Assessor. „Ich erkläre Ihnen hiermit, daß ich kraft meines Amtes bei Ihnen bin, um mich über gewisse frühere Geschichten zu unterrichten. Ich mache Sie darauf aufmerksam, daß ich ein ehrerbietiges Verhalten und wahrheitsgetreue Antworten von Ihnen verlange. Andernfalls werde ich diejenigen Maßregeln ergreifen, die ich für geeignet halte, Sie in die gebührenden Schranken zurückzuweisen.“

Diese im ernstesten Amtston vorgebrachten Worte verfehlten ihre Wirkung nicht.

Der Müller ließ den Kopf hintenübersinken. Er schnappte nach Luft. Bald aber ging ein eigentümliches Leuchten über sein Gesicht.

„So! Also ein Herr Assessor sinds, und ein Verhör wollens anstellen mit mir?“ sagte er höhnisch.

„Ja.“

„Zu einem solchen Puppenspiel gibt sich der Talmüller nicht her!“

„Sie werden sich wohl fügen müssen!“

„So? Wer will mich zwingen? Wir sind mitnander fertig. Sie sind gleich mit Lügen zu mir kommen, und mit solchen Leuten hab ich keinen Verkehr! Wann ein Herr von unserm Gericht hier oder einer von der Polizei kommt, den ich kenne, so weiß ich, was ich zu tun hab. Sie aber machen mir keine Wippchen vor! Ich werd mich in meine Stube fahren lassen. Sie können dann Ihre Suppe mitnander weiterkochen!“

Er griff zu der Klarinette, die an seinem Rollstuhl hing, und blies hinein. Sofort trat eine Magd aus der Tür und blickte fragend nach ihm.

„Fahr mich hinein!“ gebot er ihr.

Sie kam näher. Da zog der Assessor ein Pfeifchen

aus der Tasche und gab damit ein schrilles Zeichen. Dann wandte er sich an die Magd.

„Sie können wieder gehn. Der Müller wird sich von einer anderen Person bedienen lassen!"

Die Magd wollte sich entfernen.

„Bleibst gleich, alberne Dirn!" schrie der Müller. „Wer ist der Herr hier in der Mühle? Wem hast zu gehorchen?"

Sie wollte den Stuhl anfassen, um den Befehl ihres Dienstherrn auszuführen, da aber deutete der Assessor auf den Landjäger, der auf das Zeichen mit der Pfeife eiligst herankam.

„Hier kommt die Bedienung des Müllers. Gehen Sie!"

Als sie den Landjäger erblickte, erschrak sie und machte sich schleunigst aus dem Staub.

„Jetzt sehen Sie einen Polizeibeamten, den Sie kennen", sagte der Assessor zum Müller. „Ich habe Ihnen Ihren Willen getan und bin überzeugt, daß Sie nun gehorchen werden. Tun Sie das nicht, so verschlimmern Sie Ihre Lage."

„Alle tausend Teufel! — Soll ich etwa gar eingesperrt werden?"

„Das wird auf Ihr Verhalten und auf das Ergebnis der kurzen Unterredung ankommen, die ich nun noch mit Ihnen zu führen beabsichtige."

„Wollens mich etwa weiter ausfragen?"

„Ja."

„So erhaltens freilich keine Antwort, keine einzige!"

„Schön! Sie treiben mich also dazu, Sie sofort nach einem Ort bringen zu lassen, an dem man Sie zwingen kann, Antwort zu geben."

Er gab dem Landjäger einen Wink. Der Beamte ergriff den Rollstuhl, drehte ihn vom Tisch ab und setzte ihn in Bewegung.

„Halt!" schrie der Müller. „Was soll hier vorgehn? Wohin soll ich bracht werden?"

„Ins Gefängnis“, antwortete der Assessor.

„Das geht nicht! Ich hab vorher die Mühle und das Geschäft in Ordnung zu bringen!“

„Schweigen Sie!“ warnte ihn der Landjäger. „Sonst lege ich Ihnen Fesseln an!“

„Dableiben, dableiben! — Ich werde antworten!“

Er sah doch ein, daß Widerstand unnütz war.

„Gut! — Bringen Sie ihn noch einmal her“, gebot der Assessor. „Ich will versuchen, ob sich mit ihm sprechen läßt. Wenn nicht, so wird er fortgeschafft; dann helfen alle weiteren Bitten nichts mehr.“

Es war ein widerlicher Anblick, den der Müller bot, als er nun wieder am Tisch saß. Blutrot im Gesicht, schnaufte er vor Aufregung wie ein Tier. Es war zum erstenmal in seinem Leben, daß sein gewalttätiger Charakter gezwungen wurde, sich den Vorschriften des Gesetzes zu beugen.

„Also machen wir es kurz“, begann der Assessor. „Waren Sie früher einmal in Slatina?“

„Nein.“

„Haben Sie mit dem sogenannten Silberbauern in Geschäftsverkehr gestanden?“

„Ja.“

„Ihm türkisches Gold verkauft?“

„Nein.“

„Ihm auch keinen darauf bezüglichen Brief geschrieben?“

„Das ist mir nicht eingefallen.“

„Auch keine Depesche von ihm erhalten, die sich auf dieses Geschäft bezog?“

„Nein. Ich hab ein solches Geschäft gar nicht machen können, weil ich niemals ein türkisches Geld gesehn oder gar in meiner Hand gehabt habe.“

„So! Nun sehen Sie sich doch einmal dieses Telegramm an, das für Sie aufgegeben worden ist!“

Er zog seine Brieftasche hervor und nahm zwei

Papiere heraus. Das eine zeigte er hin. Es war der Zettel, den damals der Knecht des Silberbauern aufs Postamt getragen und vorher dem Lehrer Walter gezeigt hatte.

Dieses Papier hatte der Assessor von der Post zum Zweck der Beweiserhebung ausgebeten.

Der Müller las die Worte und schüttelte den Kopf.

„Das kenn ich nicht. So ein Ding hab ich niemals erhalten."

„Und diesen Brief? Kennen Sie ihn?"

Der Assessor zeigte ihm das zweite Papier hin.

Es war der Brief, den der Müller an den Silberbauern gesandt hatte, und der von dem Sepp und dem Lehrer in der Brieftasche des Bauern gefunden worden war. In der Schlafstube des Silberbauern war die Brieftasche samt ihrem Inhalt entdeckt worden.

Der Müller erschrak, als er seine eigenen Zeilen erblickte. Er griff schnell mit beiden Händen darnach, aber der Assessor war noch schneller als er und zog den Brief wieder zurück.

„Nun, wer hat das geschrieben?" fragte er.

„Das weiß ich nicht."

„Ist es nicht Ihre Handschrift?"

„Es ist ähnlich, aber von mir ists nicht."

„Und der Silberbauer ist auch nicht bei Ihnen gewesen?"

„Nein."

„Talmüller, Ihr Leugnen ist völlig sinnlos, denn Sie haben ja bereits eingestanden, daß der Silberbauer jenes türkische Geld von Ihnen holte, das ein Beweis Ihrer früheren Verbrechen in Slatina ist!"

„Ich? Das ist mir nicht im Schlaf in den Sinn kommen!"

„Sogar schriftlich haben Sie es eingestanden."

„So! Na, da weiß ich nicht, was ich sagen soll! Wann soll ich es denn eingestanden haben?"

„Heute!"

„Lächerlich! Zeigens mir doch mal die Schrift, worin das steht!"

„Hier ist sie!"

Er hielt ihm den Brief hin, der dem Fingerlfranz abgenommen worden war. Als die Augen des Müllers auf diese Zeilen fielen, vergrößerten sie sich geradezu zum Erschrecken. Dann schloß er sie und sank unbeweglich in den Stuhl zurück.

„Nun, was sagen Sie dazu?"

Er antwortete nicht.

„Sprechen Sie!"

Als er auch jetzt weder antwortete noch sich bewegte, erhielt er von dem hinter ihm stehenden Landjäger einen kräftigen Stoß. Jetzt schlug er die Augen auf. Auf seinem Gesicht stand nicht, wie man hätte meinen sollen, Schrecken und Entsetzen, sondern maßlose Wut.

„Werden Sie nun antworten?" forderte der Assessor ihn auf. „Kennen Sie diesen Brief?"

„Nein."

„Aber der Fingerlfranz behauptet, daß Sie ihn geschrieben haben!"

„Der Lump! Der Lügner!"

„Er hat ja dabeigestanden, als Sie ihn schrieben!"

„Das soll er mir beweisen!"

„Es ist doch sonderbar, daß grad Sie der Unschuldige sind, während alle andern, in deren Händen sich Beweise gegen Sie vorgefunden haben, die Verbrecher sein müssen! Diese Art und Weise, Tatsachen, die klar und unbestreitbar vorliegen, zu Ihrem Nutzen umzudrehen, wird Sie zu dem beabsichtigten Ziel nicht führen. Also Sie widerrufen keine Ihrer jetzigen Aussagen?"

„Nein. Was ich gesagt hab, dabei bleibt es."

„Gut, so werde ich Sie jetzt in Ihre Stube bringen lassen. Sie bleiben dort unter der Aufsicht dieses Sicherheitsbeamten und dürfen mit keinem Menschen verkehren."

„Oho! — Ich hab meinen Leuten notwendige Befehle zu erteilen!"

„Sorgen Sie sich nicht! Ihre Mühle wird nicht einstürzen, wenn Sie auch einstweilen abgesondert werden. — Jetzt fort mit ihm!"

Der Landjäger fuhr ihn in die Stube.

Als die Bewohner der Mühle das sahen und sodann auch noch erfuhren, daß keiner von ihnen mit dem Herrn reden dürfe, erregte das einen gewaltigen Schrekken.

Der Talmüller festgenommen!

Das war ja entsetzlich! Im stillen aber gönnten es ihm alle, und nur die eine, gegen die er in letzter Zeit am härtesten gewesen war, hielt sich weinend in ihrem Stübchen auf — Paula. Er war ja ihr Vater — trotz allem und allem . . .

*

Nun saßen die drei draußen am Tisch beieinander, der Assessor, Sepp und der Fex. Der Jurist betrachtete den jungen Mann mit freundlicher Teilnahme.

„Der Sepp hatte Ihnen wohl schon alles erzählt?" fragte er ihn.

„Das, was er selber wußte, hat er mir gesagt, ja."

„Ihr Schicksal ist so seltsam, besonders auch für mich in meiner gegenwärtigen Eigenschaft, daß es meine höchste Teilnahme erwecken muß. Leider habe ich in meiner Depesche eine große Unterlassungssünde begangen. Ich hätte Sie ersuchen sollen, das Lichtbild und die Papiere aus dem Stuhl des Müllers mitzubringen."

„Ich habe sie mit."

„Wirklich? Ach, das ist sehr gut!"

„Ich konnte mir, als ich die Nachricht erhielt, nichts anderes denken, als daß der Zweck meiner jetzigen Anwesenheit hier in Beziehung zum Müller stehe, und darum steckte ich diese Sachen zu mir."

„Wollen Sie mir erlauben, sie zu sehen?"

„Gern."

Er gab sie dem Assessor hin. Dieser betrachtete zunächst das Lichtbild.

„Eine sehr schöne Frau!" sagte er. „Und die Ähnlichkeit mit Ihnen ist so auffallend, daß man sofort auf die Vermutung kommt, Sie müßten mit dieser Dame in nächster Verwandtschaft stehen. — Und nun auch die Papiere!"

Er nahm eins nach dem andern vor. An der Art und Weise, wie er aufmerksam die Zeilen der Reihe nach überblickte, ersah Fex, daß er den Inhalt wirklich las.

„Wie? Sie verstehen diese Sprache, Herr Assessor?" fragte er erstaunt.

„Zufälligerweise", lächelte der Beamte. „Das hat seinen Grund darin, daß ich nicht Gerichtsbeamter bleiben, sondern mich der diplomatischen Laufbahn widmen will. Da ich mein Augenmerk besonders auf den Balkan richte, so habe ich mich eingehend mit den dortigen Sprachen beschäftigt. Das hier ist rumänisch."

Er sah die Papiere durch und bezeichnete sie dann einzeln.

„Geburtsschein des Barons Samo von Gulijan. Geburtsschein der Baronesse Etelka von Töregg, der Trauschein dieser beiden, und nun noch der Geburtsschein ihres Sohnes Curty von Gulijan. — Der wären also Sie."

„Wer kann das beweisen?"

„Ich hoffe, diesen Beweis führen zu können. Der Talmüller wird nicht ewig leugnen können, und den Silberbauern werden wir wohl wieder ergreifen. Dann wird es nicht unmöglich sein, die Beweise Ihrer Abstammung zu erhalten."

„Wenn ich nur wüßte, was diese seltsamen Worte bedeuten, die auf der Rückseite des Geburtsscheins stehen."

Der Assessor hatte diese Worte noch gar nicht gesehen. Er drehte das Schriftstück um. Da stand in lateinischen Buchstaben geschrieben:

‚RAR ES KI DA MAN KE'.

Er betrachtete längere Zeit diese Worte, schüttelte dann den Kopf und sagte:

„Das begreife ich nicht. Sie haben natürlich bereits Sprachkenner gefragt?"

„Ja, aber keiner hat es entziffern können. Nicht einmal zu welcher Sprache die Worte gehören, konnte erraten werden."

„Hm! Das kann ich auch nicht sagen. Diese Worte — oder sind es nur Silben?"

„Wohl auch möglich."

Der Assessor bemühte sich weiter, gelangte aber zu keinem Ergebnis.

„Ich kann die Silben zusammensetzen nach allen Weisen, so ergibt es kein mir bekanntes Wort; und doch möchte ich behaupten, daß sie sehr wichtig sind und sich auf Sie und auf diese Ausweispapiere beziehen — mit einem Wort, daß sie die Lösung irgendeines wichtigen Geheimnisses enthalten."

„Hm, hm, hm", murmelte der Sepp, während er sich seine Pfeife stopfte. „Wollen mal darüber nachdenken. Vielleicht finden wirs."

„Du, Sepp?" lachte der Fex. „Dazu gehört ein größerer Schriftgelehrter!"

„Pst! Mach mir meine Pferde nicht scheu! Man braucht eine Sach nicht grad aus dem Grund zu verstehn, um über sie nachdenken zu können. Sind etwa die Herrn Sterngucker schon mal auf dem Mond oder auf der Sonne herumspaziert? Und doch schreibens ganze große Bücher über die beiden. Also ists auch mit mir. Wann ich so ins Nachdenken komm, so sag ich mir folgendes: Wann es ein Geheimnis ist, darf es da jeder lesen, Herr Assessor?"

„Nein."

„Schön! Wanns nicht jeder lesen soll, wird mans da so herschreiben, daß es gleich zu lesen ist?"

„Schwerlich."

„Also muß es wohl anders gelesen werden, als wie mans gewöhnlich liest. Jetzt buchstabierens mal los! Vielleicht muß es in die falsche Quere gelesen werden. Versuchens das Ding doch mal von hinten nach vorn!"

„Der Gedanke ist nicht übel", meinte der Assessor. „Es ist überhaupt verwunderlich, daß ich nicht auch schon daraufgekommen bin. Also von hinten nach vorn würden die sechs Silben heißen:

‚KE - MAN - DA - KI - ES - RAR.'

Und da könnte bei der richtigen Zusammenstellung sich —"

Er hielt inne. Seine Züge nahmen den Ausdruck größter Spannung an; dann lachte er befriedigt auf und rief:

„Der Sepp hat recht! Ja, er ist der Schlauste von uns allen!"

„Nicht wahr?" schmunzelte der Alte. „Ja, das ist mein Lebtag so gewesen. Ich war immer der Gescheiteste vor allen andern. Also troffen hab ichs?"

„Wie heißts?" drängte der Fex.

„Es ist türkisch. Aus den sechs Silben werden zwei Worte, die ‚Kemandaki Esrar' gelesen werden müssen."

„Gott sei Dank!" rief der Fex. „Jetzt endlich ist Hoffnung, hinter die Sache zu kommen. Aber bitte, können Sie diese beiden Worte übersetzen?"

„Das ist sehr leicht. Esrar heißt Geheimnis. Sie sehen, daß wir ganz richtig vermuteten, als wir glaubten, daß es sich um ein Geheimnis handeln werde."

„Und Kemandaki?"

„Eigentlich heißt dieses Wort nur keman, das ist Geige. Da - ki sind Nachsilben, die ungefähr soviel wie ‚das darin befindlich ist' bedeuten. Wörtlich heißt es also

‚Geige darin das Geheimnis', und eine korrekte Übersetzung würde vollständig lauten: Das Geheimnis ist in der Geige zu finden oder in der Geige zu lösen."

„Fex, Fex, hasts gehört?" jubelte der Sepp. „In der Geige steckt der ganze Pudel! Dahinein müssen wir schauen!"

„Aber was für eine Geige denn?" fragte der Assessor.

„Darüber gibt es wohl keinen Zweifel", antwortete der Fex. „Die Zigeunerin hat mir eine alte Geige hinterlassen und ist es daher wohl gewesen, die die Worte hierhergeschrieben hat oder hat herschreiben lassen."

„Und Sie besitzen diese Geige noch?"

„Ja. Ich brauche sie selten, da ich jetzt eine weit bessere habe; doch würde ich die alte um keinen Preis verkaufen. Sie ist ein teures Andenken an frühere Zeiten."

„Und wo haben Sie die Geige?"

„In München, in meiner Wohnung."

„Ach, wenn wir sie hier hätten!"

„Schön! Sehr schön!" sagte der Sepp. „Weißt, was ich tu, Fex? Ich fahr mit dem nächsten Zug nach München und hol die Vigolin herbei."

„Hm!"

„Soll ich, Herr Assessor?"

„Ich hätte sie allerdings sehr gern hier. Wer weiß, welchen Nutzen es uns brächte. Aber Sie würden erst spät am Abend zurückkommen."

„So weiß ich einen besseren Rat", sagte der Fex. „Wenn ich nur wüßte, wann der nächste Zug aus München abgeht."

Sofort zog der Assessor seinen Fahrplan hervor.

„In anderthalb Stunden", antwortete er.

„So drahte ich."

„Richtig! Das ist das allerbeste. Sie bemerken dazu die Buchstaben DXP, das heißt, dringendes Telegramm, und Eilboten bezahlt. Dann wird es sofort ausgetragen, und der Bote, der die Geige bringt, kann mit dem nächsten Zug zurechtkommen. Wollen Sie?"

„Ja. Ich werde sofort schreiben. Sepp, du läufst schnell zur Stadt und gibst die Depesche auf."

„Ja, ich renn, daß ich die Schuh verlier!"

„Und", fragte der Assessor, „wissen Sie, Sepp, wohin der Landjäger den Fingerlfranz gebracht hat? Ich hatte noch keine Zeit, darnach zu fragen."

„Das weiß ich schon, zum Matthes in den Gasthof."

„So gehen Sie auf dem Rückweg mit dahinein und geben dem Mann einen Zettel, den ich Ihnen schreiben werde. Er mag den Franz nun freilassen."

Wenige Minuten später war der Alte unterwegs. Er lief so rasch, wie er in seinem Leben noch nicht gelaufen war.

„Was werden wir indessen beginnen?" fragte der Fex.

„Ich habe beim Müller Haussuchung zu halten, kann aber nicht eher damit anfangen, als bis der zweite Landjäger zugegen ist. Sie müssen es sich schon gefallen lassen, sich die Zeit mit mir zu vertreiben."

„Gern. Natürlich wird der Müller verhaftet?"

„Das versteht sich von selber."

„Kommt er ins hiesige Gefängnis?"

„Nein. Ich nehme ihn mit mir. Es wird dadurch die Untersuchung vereinfacht. Dieser Mensch ist ein so hartgesottener Sünder, wie ich noch keinen kennengelernt habe. Ich meine, daß es schwer sein wird, ihn zum Geständnis zu bringen."

„Ich wüßte ein Mittel."

„So? Welches?"

„Der Schreck, das Entsetzen."

„Das ist freilich ein Mittel, das bereits so manchem Untersuchungsrichter zu Hilfe gekommen ist. Aber woher es nehmen?"

„Aus dem Zigeunergrab."

„Wieso?"

„Er muß meine Amme sehen."

„Brr! Das Gerippe? Es würde nicht anders wirken als jedes andre Gerippe auch."

„Hm! Von einem Gerippe ist keine Rede."

„Wovon sonst?"

„Ich werde es Ihnen zeigen. Erlauben Sie mir einige Augenblicke!"

Er ging zur Mühle und kam bald darauf mit zwei grauen Leinwandhosen und ebensolchen Jacken zurück. Diese Kleidungsstücke hatte er sich von den Mühlknappen geliehen.

„Bitte, wollen Sie mich begleiten, Herr Assessor?"

„Sie haben sich ja ausgerüstet wie zu irgendeinem geheimnisvollen Abenteuer!"

„Das wird es auch. Wir steigen in die Unterwelt. Ich will Ihnen jetzt noch nicht sagen, was ich Ihnen zeige. Ich möchte sehen, welchen Eindruck es auf einen Unbeteiligten macht."

Er führte ihn zum Zigeunergrab. Sie kamen an Ort und Stelle. Fex deutete auf einen Busch.

„Dieser Strauch war damals nicht so groß wie jetzt, aber ich war klein genug, mich dennoch hinter ihm zu verstecken. Da habe ich gesehen, wie der Müller die Amme ermordete."

„Herrgott! Ists wahr?"

„Ja. Hier auf der Stelle, an der sie in die Erde gescharrt wurde, erwürgte er sie."

„Ach! Nun wird mir einiges Dunkle klar. Er hatte freilich Veranlassung, sie unschädlich zu machen. Aber ist die Leiche nicht untersucht worden?"

„Nur oberflächlich. Sie war ja eine Zigeunerin."

„Und Sie sagten nichts?"

„Ich war kaum einige Wochen über vier Jahre alt. Ich fürchtete mich entsetzlich vor dem Mörder und hütete mich, ein Wort zu sagen."

„Und so hat er keine Ahnung, daß Sie Zeuge dieser schauerlichen Tat gewesen sind?"

„Jetzt doch. Ich habe es ihm gesagt. Er wollte seine Tochter zwingen, den Fingerlfranz zu heiraten, und ich wußte kein andres Mittel, mich ihrer mit Erfolg anzunehmen, als daß ich ihm drohte, den Mord zur Anzeige zu bringen, falls er auf dieser Heirat bestehe."

„Und was tat er?"

„Die Verlobung unterblieb. Mich aber wollte er dann ermorden lassen."

„Sind Sie des Teufels! — Sie ermorden lassen? Durch wen?"

„Eben durch den Fingerlfranz. Es ist ihm aber nicht gut bekommen."

Und lachend erzählte er das Ereignis jenes Abends, an dem der Fingerlfranz so fürchterliche Prügel bekommen hatte.

Der Assessor blieb sehr ernst dabei.

„Anstiftung zum Mord durch den Müller und Mordversuch durch den Fingerlfranz!" sagte er. „Ich werde den Franz auch festnehmen."

„Das liegt nicht in meiner Absicht, Herr Assessor."

„Aber in meiner. Dieser Mensch ist ein gefährlicher Bursche. Sie haben seine Rache stets zu fürchten, und da muß es ihm gezeigt werden, daß der Rachsüchtige seine schlimme Leidenschaft zu zügeln hat, wenn er nicht mit den Gesetzen in Widerspruch geraten will. Aber wollen wir nicht unsern Gang antreten? Die Oberwelt nehmen wir später in Augenschein."

„Ja, kommen Sie!"

Er führte ihn hinab, räumte die Steine fort und fand darunter die Holztür. Es war alles noch genau so, wie er es verlassen hatte. Kein fremdes Auge hatte in das Geheimnis eindringen können. Er öffnete die Tür.

„Hierhinunter müssen wir. Wir ziehen diese Hosen über, legen die Röcke ab und fahren dafür in die Jacken."

„Ich bin neugierig, was Sie mir zu zeigen haben", sagte der Assessor, während er die genannten Kleidungsstücke anlegte.

„Ahnen Sie es nicht?"

„Ich würde vermuten, daß Sie mir die Überreste der Amme zeigen wollen, aber das ist doch nicht möglich."

„Warum?"

„Weil dieser Stollen senkrecht hinabgeht, und das Grab also viel höher liegt. Wir befinden uns sogar jetzt schon unter ihm; zu ihm also kann dieser verborgne Gang nicht führen."

„Nun, Sie werden ja sehen, wohin wir kommen."

Sie ließen ihre Röcke und Hüte liegen. Es war kaum zu befürchten, daß jetzt jemand kommen und grad diese versteckte Stelle aufsuchen werde. Dann stiegen sie hinab, der Fex voran.

Als sie unten angekommen waren, stieß er die Kiste beiseite und zog den Assessor mit sich in die Höhle.

Die Zündhölzer, deren er sich früher bedient hatte, und die noch in der Mauernische lagen, waren jedenfalls feucht. Der Fex hatte frische mitgenommen. Er öffnete die Lattentür und brannte die Lampe an.

Nun schaute der Assessor sich um.

„Ein unterirdisches Versteck mit zwei Abteilungen", sagte er erstaunt. „Hier dringt sogar das Wasser des Flusses ein. Wie haben Sie diesen Ort entdeckt?"

„Das werde ich Ihnen später erzählen. Jetzt muß ich Ihnen zeigen, was Sie sehen sollen. Kommen Sie wieder in die andre Abteilung zurück, in die wir eingestiegen sind."

Er ergriff die Lampe und trat mit dem Beamten hinaus. Dann nahm er das Tuch weg, das die Leiche verhüllte, und hielt die Lampe so, daß ihr Licht voll und hell auf die Tote fiel. Der Assessor stieß einen Ruf des Erstaunens aus.

„Ah! — Also doch eine Leiche! Aber nicht die Ihrer Amme?“

„Und doch ist sie es.“

„Die muß doch viel höher liegen! Wie kommt sie herunter?“

Der Fex erklärte es ihm. Er erzählte, wie er diese unterirdische Felsenspalte entdeckt hatte. Daß selbst der König bereits hier gewesen war, verschwieg er jetzt noch.

Ganz, als ob sie schliefe, lag Mylla in dem Kasten. In dem ungewissen Licht sah es aus, als ob die langen Wimpern nur halb geschlossen seien und im Erwachen leise zuckten. In den gebräunten Wangen schienen noch Ströme warmen Blutes zu kreisen. Wer nicht wußte, daß er vor einer Leiche stand, hätte denken können, daß die Schläferin im nächsten Augenblick sich bewegen werde. Diese Täuschung wurde noch vervollständigt durch die seltene Fülle dunkler Haare, die den Kopf der Toten wie ein Schleier umflossen.

Der Assessor konnte für das Gefühl, das, ohne Furcht zu sein, ihm dennoch kalt prickelnd durch die Nerven lief, keine passende Bezeichnung finden.

„Wunderbar“, sagte er. „So etwas konnte ich nicht erwarten. Nur der Chemiker begreift, warum der Körper sich so erhalten konnte. Also ermordet ist sie worden, die treue Dienerin ihres Herrn! — Sie haben recht getan, mich hierher zu führen. Der Müller muß vor sein Opfer gestellt werden, und zwar noch heut.“

„Ist das möglich?“

„Unter diesen Umständen, ja. Ich eile sofort in die Stadt, um mich mit meiner Behörde zu besprechen.“

„So soll der Müller hierher gebracht werden? Das wird schwer gehen, weil er gelähmt ist.“

„Nein, die Leiche muß hinauf.“

„Durch den engen Gang?“

„Den erweitern wir. Es müssen Arbeiter her. Übrigens wird das keine großen Schwierigkeiten bereiten. Drei, vier Männer können in zwei Stunden fertig sein."

„Und was geschieht nachher mit der Leiche?"

„Darüber kann ich jetzt noch nicht entscheiden. Jedenfalls erhält sie einen Ruheplatz in geweihter Erde. Bitte, kommen Sie!"

Als sie wieder oben angekommen waren, vertauschten sie die leinenen Sachen mit ihren Röcken und schlossen den Gang. Dann begaben sie sich zur Mühle.

Der Wurzelsepp war bereits zurückgekehrt und hatte den Landjäger mitgebracht. Dieser erhielt ebenso seine Anweisung wie sein Kamerad, der den Müller bewachte; dann begab sich der Assessor in die Stadt.

Der Sepp hatte sich wieder vor der Mühle an den Tisch gesetzt, rauchte seine alte Pfeife und trank Bier dazu. Der Fex aber hatte nun eine schwere Pflicht zu erfüllen: er mußte Paula aufsuchen, um sie zu beruhigen.

Sie hatte sich eingeschlossen und wollte niemanden zu sich lassen; doch als er seinen Namen nannte, öffnete sie ihm. Sie schien in Schmerz und Tränen aufgelöst zu sein und machte, als er eintrat, eine Bewegung, als ob sie sich in seine Arme werfen wolle, blieb aber auf halbem Wege stehen und ließ die Arme sinken. Dann barg sie ihr Gesicht in den Händen und brach in ein herzbrechendes Schluchzen aus.

Er zog die Tür hinter sich zu und legte ihr die Hand leise auf die Schulter.

„Paula, willst mich wohl nimmer anschaun?"

Es war, als ob sie antworten wolle, aber Schluchzen erstickte ihre Worte.

„Magst nun wohl nix mehr von mir wissen?"

Er wartete auf eine Antwort von ihr — vergebens. Ihr ganzer Körper erbebte unter der Gewalt des Schicksals, das heut über sie gekommen war. Da legte er den Arm um sie und zog sie an sich. Paula ließ es willenlos geschehen. Sie duldete es auch, daß er ihren Kopf an seinem Herzen bettete; aber sie weinte fort und brachte kein Wort hervor.

Da überkam auch ihn eine bittere, große Traurigkeit. Er war ja die Veranlassung, daß das Unglück heut über die Geliebte gekommen war; er gab sich die Schuld, obgleich er das alles nicht verursacht hatte. Hätte er dieses gewaltige Herzeleid nicht von ihr wenden können? fragte er sich. Nein! lautete die Antwort. Ihr Vater war dem Arm der göttlichen Gerechtigkeit längst verfallen, und ob er von dem der menschlichen Vergeltung ergriffen wurde, das war nur eine Frage der Zeit gewesen.

Mit diesem Gedanken beruhigte sich Fex. Freilich erschütterte ihn der gewaltige, wortlose Schmerz der Geliebten.

Er zog sie zu sich auf einen Stuhl, nahm sie auf den Schoß, schlang beide Arme um sie und flüsterte ihr ins Ohr:

„Meine liebe Paula! Du darfst es dir nicht zu sehr zu Herzen nehmen! Dein Vater erntet nur die Frucht der eigenen Taten! Der Himmel hats nimmer mit ansehn mögen, wie er dich und mich gequält hat all die Jahre!"

„Aber er ist ja mein Vater! Seine Schuld fällt also auch auf mich."

„Nein. Kein Mensch kann so unbillig denken, ein Kind die Handlungen des Vaters entgelten zu lassen. Ich möchte den sehn, der es wagen wollte, dir eine Kränkung oder gar Beleidigung zuzufügen."

Da blickte sie ihn mit einem trostlosen Ausdruck im beträntcn Antlitz an.

„Andre denken nicht so edel wie du. Der Schatten von dem, was mein Vater tat, fällt auf mich. Mein Leben wird von jetzt an so dunkel und traurig sein, daß ich mir lieber den Tod, als ein längeres Dasein wünschen möchte."

„Um Gottes willen, was sind das für Gedanken!“ rief er erschrocken. „Der Schmerz, der gewaltige Schreck über das, was du erfahren mußtest, haben dir das Vertrauen genommen und den Lebensmut geraubt. Wenn einige Tage vergangen sind, wirst du Trost und neuen Mut finden.“

„Ein solches Denken würde sich später in eine desto schwerere Trauer verwandeln. Ich will die bittre Arznei schnell und bis auf den letzten Tropfen trinken. Sag mir also alles! Was hat mein Vater getan?“

Sie ergriff seine beiden Hände und sah ihm flehend ins Gesicht. Er konnte diesem Blick nicht widerstehen, und doch widerstrebte es ihm, ihr einen solchen Schmerz zu bereiten. Er rang mit sich selber. Er sah ein, daß es besser sei, aufrichtig mit ihr zu sprechen, als sie im unklaren zu lassen. Denn sie mußte später doch alles hören, und dann war der Eindruck, den die Kunde auf sie machen mußte, jedenfalls viel unheilvoller, als jetzt, da er ihr mit der nötigen Schonung die Mitteilung machen konnte. Sie bemerkte seine Unschlüssigkeit.

„Bitte, sprich! Bedenke, daß das, was ich aus deinem Mund erfahre, leichter für mich zu tragen ist, als was Fremde mir sagen!“

„Du hast recht.“

„Wessen klagt man ihn an?“

„Der schwersten Verbrechen, die es gibt.“

„Herrgott! Das schlimmste Verbrechen ist ja der — Mord!“

Sie brachte dieses Wort kaum über die Lippen und blickte nun den jungen Mann mit einem angstvollen Ausdruck an, als ob Leben und Tod von seiner Antwort abhingen.

„Um Gottes willen, red!“ drängte sie.

Er zog sie an sich, drückte ihren Kopf an seine Brust und sagte leise, als ob er sich fürchte, die Worte laut auszusprechen:

„Ja, Liebling, deine Vermutung ist — richtig."

Da fuhr sie von seinem Schoß empor, stieß einen lauten Wehschrei aus und schlug die Hände vors Gesicht.

„O Gott! Also doch! Ein Mörder, ein Mörder! Der Himmel erbarme sich! — Wen soll er getötet haben, wen?"

„Zwei Menschen, die mir sehr nahe standen, meine Mutter und —"

„Deine — deine Mut — Mutter!" unterbrach sie ihn in einem Ton, aus dem die größte Seelenpein klang.

„Ja, meine Mutter und auch meine Amme."

„Unmöglich! Unmöglich!"

„Nein, es ist wahr, es ist wirklich wahr!"

„Fex, es kann ja nicht wahr sein!"

Sie hatte die Hände vom Gesicht genommen, aus dem alles Blut gewichen war, und starrte ihn mit großen Augen an. Er wollte schweigen. Bei ihrem Anblick bereute er, offen gewesen zu sein. Aber sie erfaßte ihn bei beiden Schultern und schüttelte ihn.

„Ich verlange die Wahrheit, die volle, reine Wahrheit! Täusche mich nicht! Denke, du ständest vor einem Richter, vor Gott selber, der dir in das Herz blickt! Du sollst und darfst mir nichts verschweigen! Ich schwöre dir, daß ich nie wieder ein Wort mit dir spreche, wenn du mir jetzt nicht die Wahrheit sagst! — Also rede! Hat er wirklich deine Mutter ermordet?"

„Ja, er und der Silberbauer."

„Sind Zeugen da?"

„Ja. Es fällt mir zwar sehr schwer, es dir zu sagen und ich tu es sehr ungern, aber ich muß dir doch mitteilen, daß ich selber gezwungen sein werde, als Zeuge gegen ihn aufzutreten. Ich war Zeuge, als er die Amme ermordete, da drüben, wo sie begraben liegt."

„Du Fex, du hast das selber gesehn?"

„Ich war ein kleiner Knabe und habe niemandem etwas davon gesagt, aus Angst vor deinem Vater."

„Und selbst mir nicht!"

„Durfte ich dir diesen Schmerz bereiten? Dir hatte ich ja mein Leben zu verdanken."

„Mir? Ich weiß kein Wort davon."

„Du hast es getan, ohne eine Ahnung davon zu haben. Dein Vater trachtete auch mir nach dem Leben. Aber du zeigtest eine so große Anhänglichkeit gegen mich, daß er es deinetwegen unterließ. Ich wußte, daß ich in steter Todesgefahr schwebte."

„Wie schrecklich, wie entsetzlich! — Fex, ich habe geglaubt, einmal recht, recht glücklich sein zu können. Das war ein Traum, das ist nun nicht mehr möglich. Ein Fluch heftet sich an meine Fersen. Ich muß verschwinden, dahin, wo niemand mich kennt. Und du wirst deine lichten Pfade wandeln, und kein Strahl davon wird auf meine dunklen Wege fallen. Ich bin die Tochter eines Mörders — eines Mörders!"

Sie schritt händeringend in dem Stübchen hin und her und stieß die letzten Worte in einem so jammervollen Ton hervor, daß es dem jungen Mann durch Herz und Seele schnitt.

Er ergriff sie beim Arm.

„Paula, sprich nicht so! Das kann ich nicht mit anhören! Soll ich bereuen, dir deinen Wunsch erfüllt zu haben?"

Da faßte sie sich. Sie zwang sich zur Ruhe.

„Du hast recht. Was nützt der Jammer und das Klagen! Es ist nichts mehr ungeschehn zu machen, und Unglück muß getragen werden. Ich will mich also beherrschen, damit ich imstande bin, auch das übrige zu hören. — Warum hat er die beiden getötet? Der Grund kann doch nur sein, daß er durch — Mord einen verbrecherischen Nutzen hatte! Ist das richtig?"

Ihr Blick ruhte dabei so ängstlich forschend auf ihm,

daß es ihm unmöglich war, aus liebevoller Rücksicht auf ihren Seelenzustand ihr eine Unwahrheit zu sagen.

„Ja", antwortete er.

„Ich wußte es. Also warum hat er deine Mutter ermordet?"

„Um sie zu berauben."

„Zu berauben!" wiederholte sie tonlos. „Also nicht nur ein Mörder, sondern auch ein Raubmörder ist er! Es ist mir, als ob der Himmel über mir zusammenbrechen müsse."

„So wollen wir doch jetzt nicht weiter darüber sprechen. Später, wenn du gefaßter bist, magst du alles erfahren."

„Nein. Ich habe vorhin gesagt, daß ich die Arznei ganz, bis auf den letzten Tropfen trinken will. Ich mag sie nicht schluckweise zu mir nehmen. Sprich also weiter! Warum tötete er deine Amme?"

„Weil sie wußte, was er früher verbrochen hatte. Sie war eine Zeugin gegen ihn, die er aus dem Weg schaffen mußte."

„Und gibt es Zeugen für den Mord an deiner Mutter, die ihm die Tat nachweisen können?"

„Ich weiß es nicht. Die Amme ist tot, und sein Mitschuldiger, der Silberbauer, hat die Flucht ergriffen. Er wird, selbst wenn man ihn wieder faßt, sich hüten, ein Geständnis abzulegen und sich dadurch selber mit in Strafe zu bringen."

Sie strich mit der Hand über die Stirn und holte tief und schwer Atem.

„Fex, ich habe den Vater nie so geliebt, wie eine Tochter ihren Vater lieben sollte; aber selbst wenn ich ihm mit der zärtlichsten Zuneigung zugetan gewesen wäre, muß mir der Wille Gottes höher stehn, als die Rücksicht auf den Vater. Hat mein Vater gesündigt, so muß ich ihn verurteilen, ganz gleich, ob ich ihn liebe oder nicht, und ich werde nicht dulden, daß er durch Lügen die Schuld noch erhöht, die bereits auf ihm lastet."

„Willst du damit sagen, daß du beabsichtigst, ihn zu einem offenen Geständnis aufzufordern?"

„Ja. — Wo ist er?"

„In seiner Stube."

„Allein?"

„Nein. Es sind zwei Landjäger bei ihm."

„Vor ihnen darf ich mich nicht scheuen. Nur fragt es sich, ob sie mir erlauben werden, zu ihm zu kommen."

„Sie haben freilich den strengen Befehl, ihn mit keinem Bewohner der Mühle verkehren zu lassen, aber sie wissen, wie sehr beteiligt ich bei dieser Angelegenheit bin, und werden dir auf meine Bitte hin vielleicht die Erlaubnis geben."

„So komm mit hinunter!"

Sie wandte sich zum Gehen.

„Unterlaß es lieber, Paula!" bat er. „Du bist entsetzlich aufgeregt. Zu dem, was du vorhast, gehört eine Stärke, die du in diesem Augenblick wohl kaum besitzt."

Ein bitteres Lächeln ging über ihr schönes Gesicht.

„Meinst du, daß nur der Mann stark sein kann?" fragte sie. „Du wirst sehn, daß ich nur dir gezeigt habe, wie mich die Kunde von dem Verbrechen meines Vaters erschüttert hat. Weder er selber noch ein fremder Mensch sollen merken, daß ich ins tiefste Herz hinein getroffen bin. Also komm mit hinunter!"

Sie schritt voran, und er folgte. Ihre Haltung war aufrecht, stolz, ihr Gang sicher. Dieses junge, unerfahrene Mädchen hatte in den wenigen Augenblicken eine Schule durchgemacht, zu der andre lange Jahre brauchen. Sie war in dieser kurzen Zeit zu der Erkenntnis gekommen, daß sie in Zukunft in allen Dingen nur auf sich selber angewiesen sein werde.

Als sie die Tür zu der Stube des Müllers öffneten, sahen sie ihn auf seinem Rollstuhl sitzen. Er hielt die

Augen geschlossen, als ob er schlafe. Das war nur Verstellung. Er wollte ungestört über seine Lage und die Möglichkeit eines Auswegs nachdenken. Auch lag es in seinem Charakter, die beiden Landjäger keines Blickes zu würdigen.

Der eine der Beamten kam auf die beiden Eintretenden zu und fragte nach ihrem Begehr.

„Darf ich vielleicht einmal mit meinem Vater sprechen?“ erkundigte sich Paula.

„Nein, Fräulein.“

„Warum nicht?“

„Ihr Vater darf überhaupt jetzt mit keinem Menschen verkehren. Es liegt das in der Natur der Sache.“

„Aber ich verspreche Ihnen, daß ich kein Wort zu ihm sage, was ich nicht sagen darf.“

„Darauf kann ich leider nicht eingehen. Sie wissen ja gar nicht, was Sie sagen dürfen und was nicht. Und der Gefangene würde dieses Gespräch gewiß nur zu Mitteilungen oder Winken benutzen, die wir unmöglich gestatten dürfen.“

Da warf Paula einen bittenden Blick auf den Fex. Der junge Mann wandte sich in flüsterndem Ton an den Landjäger.

„Sie können es ihr getrost erlauben. Ihre Absicht ist nur vorteilhaft für den Verlauf der Untersuchung. Sie will ihren Vater auffordern, ein offenes Bekenntnis abzulegen.“

Der Polizeibeamte zuckte die Achsel.

„Wer gibt mir Sicherheit?“

„Ich. Es ist auch mein Vorteil, daß nichts Störendes sich ereignet.“

„Das mag sein; aber ich kann die Verantwortung doch nicht übernehmen. Selbst wenn sie die beste Absicht hat, kann ihr Vater das Gespräch zu einer Bemerkung benützen, die schädigend auf den Verlauf der Untersuchung einwirkt.“

„Sie schlagen uns also die Bitte ab?"

„Nur ungern, aber doch bestimmt. Meine Anweisung ist streng und gemessen. Ich habe eigentlich schon gegen sie verstoßen, indem ich Sie hier eintreten ließ. Ich darf keinen Menschen zu dem Gefangenen lassen."

Fex nahm Paula bei der Hand und entfernte sich mit ihr. Grad, als sie aus dem Zimmer gingen, kam der Assessor zur Haustür herein.

„Wie?" sagte er erstaunt. „Sie waren drin beim Müller?"

Seine Stirn legte sich dabei in Falten.

„Wir wollten zu ihm", erklärte der Fex, „sind aber von dem Landjäger zurückgewiesen worden."

Die Stirn des Gerichtsbeamten glättete sich wieder.

„Mein Befehl, der sehr streng ist, lautete allerdings, daß kein Mensch hinein dürfe, am allerwenigsten ein Bewohner des Hauses. Darf ich fragen, was Sie bei Ihrem Vater wollten?"

Diese Frage war an Paula gerichtet. An ihrer Stelle erklärte der Fex, welche Absicht das Mädchen gehabt hätte. Der Assessor blickte eine Weile sinnend vor sich hin.

„Nun gut", sagte er. „Ihre Bitte soll erfüllt werden, aber weniger in der Hoffnung, daß Ihr Zweck erreicht wird, als wegen der Teilnahme, die ich Ihnen entgegenbringe. Kommen Sie mit hinein!"

Er öffnete die Stubentür, damit Paula eintreten möge, und da er den Fex nicht hinderte, so ging auch er mit.

Der Assessor schritt auf den Müller zu, der noch ebenso regungslos und mit geschlossenen Augen saß wie vorher.

„Talmüller, Ihre Tochter ist da. Sie will mit Ihnen reden."

Der Gefangene bewegte sich nicht und behielt auch die Augen geschlossen. Da gab der Assessor Paula einen Wink und trat zurück.

„Vater!“ sagte sie.

Es kam keine Antwort.

„Meinst etwa, ich soll denken, daß d' nicht bei Bewußtsein bist?“ fuhr sie eindringlicher fort. „Gegen mich brauchst dich nicht zu verstellen. Ich will mit dir reden, und wannst mich nicht hören willst, so kann ich ja gehn. Aber denk nur nicht, daß ich dann wiederkomm. Wann ich jetzt von dir geh, so bekommst mich im Leben nimmer zu sehn!“

Jetzt hob er langsam die Lider. Sein Blick glitt blitzschnell im Zimmer umher und blieb dann an der Tochter haften.

Wäre sie unerwartet vor ihn hingetreten, vielleicht hätte er dann seine Verlegenheit für den ersten Augenblick nicht bemeistern können; jetzt aber, da er seit einigen Minuten wußte, daß sie mit ihm sprechen wollte, zeigte sein Blick die gewöhnliche, gefühllose Härte. Er tat, als ob er sonst niemand sehe, und hielt die Augen nur auf Paula gerichtet.

„Was willst?“

„Hast jetzt geschlafen, Vater?“

„Nein.“

„Warum schließt die Augen?“

„Ich schau keinen Menschen an, der es nicht wert ist, daß der Talmüller ihn anschaut. Gegen die vom Gericht und von der Polizei darf ich mein Hausrecht nicht anwenden, sonst hätt ich sie alle schon längst hinauswerfen lassen. Und weil ich es dulden muß, daß sie sich herstellen und mich anstaunen wie die Kuh das neue Scheunentor, so habe ich kein andres Mittel, mich gegen sie zu wehren, als daß ich die Augen schließ.“

„Und meinst wirklich, daß d' ein Recht hast, gegen sie bös zu sein?“

Er tat, als ob er über diese Frage außerordentlich erstaunt wäre.

„Natürlich hab ich das Recht.“

„So bist wohl unschuldig?“

„Dirndl, frag nicht so dumm!“

„Ich bin deine Tochter, und als solche muß ich doch wissen, was ich von dir zu denken hab.“

„Und das weißt wohl jetzt noch nicht?“ fragte er höhnisch. „Dann bist mir eine schöne Tochter! Ich dank für so ein Kind! Eine richtige und brave Tochter muß Stein und Bein schwören können, daß ihr Vater unschuldig ist.“

„Aber wann ich da nun gar einen Meineid schwör?“

„So! Also hältst mich für schuldig?“

„Ja.“

Sie blickte ihm dabei fest in die Augen. Um nicht seinen Blick senken zu müssen, heuchelte er einen Zorn, den er gar nicht empfand, denn ihre Antwort hatte ihn nur in heftigen Schrecken versetzt. Er schlug mit der Faust auf die Armlehne des Stuhls.

„Jetzt marsch, sofort hinaus aus der Stube hier! Ists nicht genug, daß fremde Leute sich Lügen aussinnen, die sie mir an den Kopf werfen? Muß auch noch mein eigenes Kind so schlecht gegen mich sein?“

Sie ließ sich durch diese Worte keineswegs bewegen, ihr Verhalten zu ändern. Den Blick fest auf ihn gerichtet, antwortete sie:

„Kannst in aller Ruh mit mir sprechen. Du siehst ja, daß auch ich ruhig bin.“

„Ja, das seh ich schon! Und das ist auch wohl eine gar große Ehre für dich? Ich, wann man meinen Vater so beschuldigen tät wie mich, ich tät alles zerschmeißen und würf die ganze Gesellschaft zum Haus hinaus! Oder hasts vielleicht noch gar nicht gehört, was ich alles begangen haben soll?“

„Habs gar wohl vernommen.“

„Von wem denn?“

„Vom Fex.“

„So! Vom Fex also! Ja, das kann ich ihm schon zutraun. Anstatt daß er mir dankbar ist dafür, daß ich ihn zu mir genommen und gefüttert hab diese langen Jahre hindurch, geht er zu dir, um mich schlecht zu machen und dich gegen mich aufzuhetzen. Das hast du von der Freundschaft, die du stets gegen ihn gezeigt hast! Jetzt will er mich unglücklich machen. Ein Mörder soll ich sein! Denk dirs nur!"

„Vater, du bist nicht immer so zu mir gewesen, wies hätt sein können, und darum bin ich dir auch lieber fern blieben. Aber mein Vater bist doch, und ich bin dein Kind. Wir zwei gehören zusammen. Zu dir muß ich mehr halten als zu einem andern, und wann ich ihn noch so lieb hätt. Darum hat mich das, was man von dir sagt, bis tief ins Leben hinein troffen. Es ist grad so, als ob ich den Mord sollt ausgeführt haben. Wir wollen grad und ehrlich miteinander sein. Schau, wannst auch schuldig bist, mein Vater bleibst doch, aber sagen mußt mirs aufrichtig, wie es steht. Hasts tan, so gesteh es ein! Du wirst die Straf erhalten; wannst aber nachher im — im — im Gefängnis bist, so werd ich kommen und dich besuchen, daß es dir nicht gar so schwer fallen mag. Und beten werd ich für dich, und — und — und —"

Sie konnte nicht weiter, denn die hervorbrechenden Tränen erstickten ihre Stimme.

Der Müller sah finster vor sich nieder. Er fühlte sich von dem Schmerz seines Kindes nicht im geringsten berührt, sondern war vielmehr ergrimmt über Paulas Verhalten. Seiner Meinung nach hätte sie ihn mit allen Kräften und gegen alle Wahrheit in Schutz nehmen und verteidigen sollen.

Darum blickte er sie, als er nun den Kopf wieder hob, finster an.

„Schweig! Was redest da für Dinge, die gar keinen Verstand haben!" herrschte er sie an. „Ins Gefängnis soll ich kommen? Willst also dem Fex mehr glauben als mir, deinem Vater?“

„Er hat mir noch nie eine Unwahrheit gesagt.“

„So! Aber ich hab dich wohl gar sehr oft und viel belogen?“

Und als sie auf diese Frage nicht gleich eine Antwort fand, fuhr er fort:

„Wannst so gegen mich denkst, so brauchst gar nicht zu mir zu kommen. Was willst da bei mir? Du machst die Sach nur noch schlimmer für mich, denn wer dich so dumm reden hört, der muß denken, daß ich wirklich das bin, wofür mich die Polizei ausschrein will! Dazu brauch ich dich nicht. Wannst nicht auf meiner Seite stehn willst, so bleib lieber ganz weg! Ich kann mich schon allein verteidigen. Und nachher, wanns mich wieder frei haben lassen müssen, dann mag ich dich auch nimmer sehn. Ich weiß nun schon: Ich hab mal eine Tochter gehabt, jetzt aber hab ich sie nicht mehr!“

Er hatte sich bemüht, einen gefühlvollen Ton anzuschlagen, und obgleich es ihm nicht gelungen war, fühlte Paula sich doch von seinen Worten unendlich ergriffen.

Sie trat dicht zu ihm heran und faßte seine Rechte.

„Vater, solche Worte mag ich nicht hören. Ich bin deine Tochter. Ich will mit dir leiden und dulden. Aber ich muß auch wissen, woran ich mit dir bin. Ich tät mein Leben geben, wann ich sagen könnt, daß d' wirklich unschuldig bist.“

„Du glaubsts ja nicht.“

„Ich glaubs doch, ja, ich will es glauben, wannst es mir richtig sagst.“

„Ich habs dir ja gesagt! Oder war das vielleicht nicht richtig?“

„Nein, nicht so, wie es sein muß. Vater, ich bitt dich, schau mir grad, ganz grad in die Augen!“

Er hob die Augen zu ihrem Gesicht empor. Er gab

sich alle Mühe, diesem Blick die nötige Festigkeit und Unbefangenheit zu verleihen, aber es gelang ihm nicht.

„Und nun sag mir grad hinein in mein Gesicht, was ich dich frag. Bist ein Mörder — oder bist unschuldig?"

Es klang eine ungeheuere Angst aus dem Ton, in dem diese Frage ausgesprochen wurde.

„Ja, freilich bin ich unschuldig."

„Kannsts wohl auch beschwören?"

„Ich schwör dir mit allen Eiden, die es nur geben kann, in deine Hand hinein, daß —"

„Halt!" befahl da der Assessor und trat rasch näher. „Auf so etwas darf ich meine Erlaubnis nicht ausdehnen. Nur die von Gott eingesetzte Obrigkeit hat das Recht, einen Schwur zu verlangen. Der aber, den Sie von Ihrem Vater fordern, würde eine Sünde gegen Gottes Gebote sein; dabei will ich gar nicht entscheiden, ob dieser Schwur nicht vielleicht gar ein entsetzlicher Meineid wäre. Ich habe Ihren Wunsch erfüllt, und es ist eingetroffen, was ich Ihnen vorhersagte. Ihr Besuch hier hat nun sein Ende erreicht. Sie können an die Unschuld Ihres Vaters glauben; es steht mir nicht zu, Sie davon abbringen zu wollen. Wir aber haben die Pflicht, nicht nach Vermutungen, sondern nach den Tatsachen zu richten. Es bleibt Ihnen unbenommen, jetzt von ihm Abschied zu nehmen."

„Abschied? Wo schaffens den Vater dann hin?"

„Das wird Ihnen noch mitgeteilt werden. Ich bitte Sie, sich und uns diesen Augenblick nicht schwerer zu machen, als es unbedingt nötig ist."

Paula sah wie eine Tote aus, als sie sich ihrem Vater wieder zuwandte.

Dieser war keineswegs so bleich wie sie. Ihm war das Blut ins Gesicht gestiegen, und seine Augen blitzten voll Wut.

„Also fortgeschafft soll ich werden? Nun gut! Ich kann mich nicht dagegen wehren, aber vorher muß ich mein Haus und Geschäft in Ordnung bringen, und Wäsch und Kleider und Geld und Essen muß ich mir einpacken lassen. Dazu will ich Zeit haben!"

„Sie verreisen nicht in ein Seebad, Müller. Für das, was Sie brauchen, wird die Behörde sorgen, und was Ihr Haus und Geschäft betrifft, so werde ich tun, was meine Pflicht von mir fordert. Sie haben noch eine Minute Zeit. Wollen Sie Ihrer Tochter Ade sagen oder nicht?"

„Nein. Ich nehme keinen Abschied von ihr! Ich werd, wanns mich heut fortschaffen, morgen oder übermorgen bereits wieder da sein."

„Sie stellen meine Geduld auf eine harte Probe. Vielleicht führen Sie sehr bald eine andre Sprache. Übrigens ist die Zeit nun abgelaufen. — Bitte, Fräulein!"

Er deutete in höflicher Weise zur Tür. Anstatt diesem Wink zu folgen, ergriff Paula nochmals beide Hände ihres Vaters.

„Also du hast mich nicht belogen? Du bist wirklich unschuldig?"

„Laß mich nun endlich mal aus mit deinem Gefrag! Was ich gesagt hab, das hab ich gesagt!"

„So will ichs glauben. Und ich hoff, daß d' bald wiederkommen wirst. Ich werd mich auch fleißig erkundigen und dir gern alles bringen, was d' brauchen kannst. Und nun behüt dich Gott, Vater! Vergiß nimmer, daß d' eine Tochter hast, die an dich denken wird in jedem Augenblick!"

Ihre Tränen flossen. Sie beugte sich über ihn, als ob sie ihm einen Abschiedskuß geben wolle. Da aber schob er sie schnell von sich.

„An mich wirst denken? Ja, das kennt man schon! Am Fex wirst hangen, wann ich nimmer da bin. Was aber mit dem Vater geschieht, das wird dir wenig Sorg bereiten. Mir machst da nichts weis, und —"

Er unterbrach sich, denn die Türe wurde aufgerissen, und der Fingerlfranz stürmte herein.

„Ists wahr, Müller", rief er hastig, „daß d' verhaftet bist? Daß d' fortgeschafft werden sollst?"

„Ja."

„So! Also ists doch wahr! Und auch ich bin festgenommen worden deinetwegen! Und den Brief hat man mir abgenommen, und ins Unglück hättst mich beinahe bracht! Das hat man davon, wann man sich mit einem Schurken abgibt! Ich hab mir zwar schon längst denkt, daß d' kein Guter bist, aber so schlimm hab ichs mir doch nicht ausgemalt! Jetzt nun komm ich, um dir zu sagen, daß unsre Freundschaft aus ist! Mit einem Zuchthäusler mag ich nichts zu tun haben!"

Dieses Eindringen in die Stube und diese Auslassung trotz der Gegenwart der andern war so roh und kam dem Müller so unerwartet, daß er zunächst kein Wort der Entgegnung fand. Der Assessor hatte es in seiner Macht, den Menschen fortzuweisen; aber er mochte denken, daß einige Worte fallen können, die ihm als Untersuchungsrichter von Nutzen sein würden, und darum verhielt er sich zunächst abwartend.

„Nun, was starrst mich an?" fuhr der Fingerlfranz fort. „Hasts gehört, was ich dir sagte, oder soll ichs noch einmal sagen?"

„Ah! — Oh!" stieß der Talmüller hervor.

„Also seufzen tust! Nun ja, das kannst billig haben. Ich hab auch seufzen mögen, als ich vorhin verhaftet worden bin, weilst mich belogen hast!"

„Belogen?" fragte der Müller. „Davon weiß ich nix!"

„Nicht? Hast mich nicht mit einem Brief zum Silberbauern senden wollen wegen einem Geschäft? Und weils kein Geschäft gewesen ist, sondern ein Verbrechen, so hat mich der Schandarm mitgenommen!"

„Was sagst? Zum Silberbauern hätt ich dich schicken wollen? Das hast dir nur selber ausgesonnen!"

„Was? Talmüller, was fällt dir ein? Daß d' ein schlechter Kerl bist, das weiß alle Welt — aber daß d' eine so große Lüg machen kannst, das geht schon über alles!"

„Wer ist der Lügner? — Du bists, du allein!"

„Oho! Jetzt willst wohl gar sagen, daß ich selber den Brief geschrieben hätt?"

„Ja, das sag ich! Oder hast ihn dir von einem andern schreiben lassen! Ich aber weiß nix von einem Brief!"

Da riß der Franz seinen Mund weit auf und blickte mit dem Ausdruck des dümmsten Erstaunens im Kreis umher.

„Sollt man so was denken? Und dem sein Schwiegersohn hab ich werden sollen! Aber ich sags ja, daß ich sein Dirndl gar nicht hab haben wollen. Die Dirn ist sogar für den Fex noch viel zu schlecht. Sie steckt mit ihrem Vater unter einer Decke und muß mit ihm sogleich eingesperrt werden!"

Das war dem Fex denn doch zuviel. Zwar ärgerte er sich nicht über die unsinnigen Reden des rohen Menschen, aber er kam doch von seiner früheren Absicht ab, keinen Strafantrag gegen Franz zu stellen. Darum sagte er jetzt zu ihm in scheinbar freundlichem Ton:

„So! Also sie ist noch zu schlecht für mich? Und erst heut morgen noch hast sie zwingen wollen, freundlich mit dir zu sein."

„Das war nur ein Gespaß. Ich mag sie nimmer. Ihr Vater gehört ins Zuchthaus hinein und sie auch."

„Und du? Wohin gehörst du? Ich glaube, in dasselbe Haus. Oder hasts bereits vergessen, daß d' mich hast ermorden wollen?"

Der Fingerlfranz zog ein Gesicht, aus dem das höchste Erstaunen sprach.

„Ich? — Dich? — Das hast wohl träumt?"

„Dann hättst wohl auch nur träumt von den Hieben, die du damals erhalten hast?"

„Wo?“

„Drüben an der Fähre, als du dich mit den Händen im Fuchseisen gefangen hattst.“

„Ach so! Daran hab ich gar nimmer denkt. Ja, ich möcht wissen, wers damals war, der sich den albernen Witz gemacht hat! Ich wollt mich überfahren, und da lag ein Fuchseisen, ohne daß ichs gewußt hab.“

„O nein! Mich hast ermorden wollen, weil ich dir bei der Paula im Weg gewesen bin. Aber das war auch nicht der einzige Grund, die Hauptsach ist gewesen, daß d' mir die Brieftasch hast abnehmen wollen.“

„Die Brieftasch? Keinen Buchstaben weiß ich davon!“

„Nicht? So dauerst mich sehr, daß d' so ein schlechtes Gedächtnis hast. Der Müller hat sie dir ja sehr genau beschrieben. Und du bist auch drüben an der Fähr gewesen und hast nach ihr gesucht, sie aber nicht gefunden. Dann, als ich von dem Konzert kommen bin, hat dir der Müller gesagt, daß ich sie in der Tasche hab, und dann bist hin zu mir geschlichen, um sie mir abzunehmen und mich ins Wasser zu werfen. Versuchs doch mal, obst leugnen kannst!“

Der Franz starrte dem Fex ins Gesicht.

„Wer hat dir das alles verraten?“ entfuhr es ihm.

„Kannsts dir nicht selber denken?“

Das war schlau angefangen. Der Fex beabsichtigte, den Fingerlfranz gegen den Müller aufzubringen und ihm ein unvorsichtiges Geständnis zu entlocken. Der Franz ging auch sogleich in die Falle, denn er antwortete, während er dem Talmüller einen gehässigen Blick zuzuschleuderte:

„Das könnt nur ein einziger sein!“

„Meinst?“

„Ja, denn nur dieser einzige hats gewußt! Hat ers eingestanden?“

„Könnt ichs sonst so genau wissen?“

„O dieser Schuft!“ rief der Franz. „Aber das hat man davon, wenn man einen solchen Freund hat! Erst stiftet er es an, und nachher will ers von sich auf mich abschieben. — Müller, was bist doch für ein großer Schuft!“

„Halts Maul, du Dummkopf du!“ geiferte der Müller. „Was hab ich dir tan? Nix, gar nix!“

„Verraten hast mich!“

„Kein Wort.“

„Schweig! Und ich kanns mir denken, daß d' nun alles auf mich geschoben hast! Und doch bist du es gewesen, der den Anschlag gemacht hat, den Fex zu ermorden!“

Da war das verhängnisvolle Wort heraus. Alle waren still, nur Paula ließ einen halb unterdrückten Schrei hören. Was jetzt der Fingerlfranz sagte, das war gewiß keine Lüge. Und wenn ihr Vater den Fex hatte ermorden wollen, so war er auch der andern Verbrechen fähig, deren man ihn angeklagt hatte. Ihr Glaube an ihn zerbrach mit einem Mal.

Auch der Müller war bei der Anklage, die ihm so offen und unerwartet ins Gesicht geschleudert wurde, verstummt. Doch durfte er sie unmöglich auf sich ruhen lassen.

„Willst gleich still sein, du armseliger Halunke du!“ brach er wie toll los. „Ich soll dich angestiftet haben, den Fex umzubringen? Du hast dirs selber ausgesonnen!“

„Lüge! Hast mir nicht versprochen, wann ich ihn umbring, so soll gleich hernach die Verlobung sein? Dir war die Brieftasche verschwunden mit den Papieren. Der Fex hat sie gehabt, und das war für dich so gefährlich. Darum hab ich ihn beiseitschaffen und dir die Brieftasche bringen sollen!“

„O du dummer Ochs du!“

„Red nicht von der Dummheit andrer Leut! Wie

klug du selber bist, das beweist eben jetzt, wo du als Gefangner hier eingesperrt worden bist! Ich aber bin frei. Und wann du im Zuchthaus Wolle spinnen mußt, werd ich mit dem reichsten Dirndl im Land die Hochzeit machen!“

Dieser Hohn brachte den Müller so in Harnisch, daß er die letzte Vorsicht vergaß.

„Du — frei? — Wann ich ins Zuchthaus soll, so mußt du auch hinein! Denn ich selber mach Anzeig gegen dich!“

„Kein Mensch wird auf einen Halunken wie dich hören!“

Franz sah hochmütig auf den Alten herab. Der Talmüller blickte giftig zu ihm hoch.

„Dir zu Gefallen werd ichs gleich jetzt sagen, wie es gewesen ist!“ stieß der Müller wutschnaubend hervor. „Jetzt gesteh ein, daß d' hinüber zu der Fähr gangen bist, um den Fex umzubringen!“

„Aber du hasts angestiftet!“

„Nein, du selber! Ich hab dich sogar gewarnt!“

„Was hättst tan, du Hund? Darauf zu antworten bin ich mir zu schad!“

Da trat der Assessor zu Franz heran und legte ihm die Hand auf die Schultern.

„Ich werde mir aber dennoch eine Antwort ausbitten müssen!“

„Sie? Was geht Sie das an? — Sie haben nur mit dem Müller zu schaffen, mit mir aber nix. — Behüt Gott!“

Bei den Worten des Beamten war Franz plötzlich ein großes Licht aufgegangen, daß er sich außerordentlich unvorsichtig in die Höhle des Löwen gewagt hatte. Es kam nun darauf an, sie so schnell wie möglich zu verlassen, und darum wandte er sich bei den letzten Worten zur Tür. Aber schon hatten ihm die beiden Landjäger den Weg verlegt.

„Bleiben Sie noch ein bißchen", sagte der Assessor. „Sie sind mir einige Antworten schuldig."

Franzens Gesicht war bleich geworden.

„Wanns mich was fragen wollen, so will ich gern antworten", stotterte er höflich, „aber ich habe gar nicht lange Zeit, sondern muß schnell wieder fort. Darum bitt ich, mich nicht lang aufzuhalten."

„Wird sich finden! Also Sie behaupten, von dem Müller veranlaßt worden zu sein, den Fex zu ermorden?"

„Ja."

„Um ihm die Brieftasche abzunehmen?"

„Ja."

„Sind Sie auf dieses Ansinnen eingegangen?"

Diese Frage hatte Franz freilich nicht erwartet. Sie verblüffte ihn so, daß er keine Antwort fand.

„Nun bitte!"

„Ja", stammelte der Gefragte, „eingegangen darauf bin ich schon."

„Mit dem festen Willen, es zu tun?"

„O nein. Ich hab dem Fex nix tun wollen. Das könnens mir glauben."

„Aber dennoch sind Sie zur Fähre gegangen, sogar zweimal."

„Nur zum Schein."

„Ach so! Also haben Sie die Fähre zunächst nur zum Schein durchsucht?"

„Ja", nickte der Franz, froh, daß der Beamte so schnell auf seine Ausrede einging.

In seinem beschränkten Geist bemerkte er nicht, daß er damit nur auf den Leim geführt werden sollte.

„Und dann später sind Sie auch nur zum Schein zur Fähre geschlichen?"

„Freilich, freilich!"

„Und sind nur zum Schein hineingestiegen?"

„Ja, nur zum Schein!"

„Das war ja aber nur gar kein Schein mehr, sondern es war die Wirklichkeit!"

„Wieso? Ich habs doch tun müssen, damit der Müller denken sollt, daß ich den Fex wirklich ermorden will."

„Der Müller war gelähmt und konnte seine Stube nicht verlassen, um Sie zu beobachten. Sie hatten, wenn Sie ihn wirklich täuschen wollten, bloß nötig, sich für kurze Zeit zu entfernen und dann bei der Rückkehr ihm zu sagen, daß Ihre Absicht nicht ausführbar gewesen sei."

„Ganz recht. Das wollte ich auch."

„Warum aber sind Sie denn da in Wirklichkeit zur Fähre gegangen?"

Der Fingerlfranz schnitt ein Schafsgesicht. Er begann einzusehen, daß er mit aller Gemütlichkeit in eine Falle gekrochen war, der zu entschlüpfen, ihm wohl kaum gelingen würde.

„Warum? — Hm! — Ja! — Darum!" brummte er.

„Können Sie mir keine deutlichere Antwort geben?"

„Ich kanns doch nicht deutlicher sagen."

„So! Also Sie geben zu, die Fähre nach der Brieftasche durchsucht zu haben?"

„Ja."

„Und dann später haben Sie sich wieder leise hingeschlichen und sind hineingestiegen?"

„Ganz hinein nicht, denn ich bin mit den Händen gleich im Fuchseisen hängen blieben."

„Aber wenn dieses Fuchseisen nicht dagelegen hätte, wären Sie doch wohl ganz in die Fähre gestiegen. Das ist doch von so einem mutigen Mann, wie Sie sind, zu erwarten."

Ein mutiger Mann genannt zu werden, das schmeichelte dem Franz gewaltig. Darum nickte er und antwortete ohne alles Bedenken:

„Natürlich wär' ich ganz hineingestiegen! Ich werd mich doch vor dem Fex nicht fürchten!"

„Hm! — Wers glaubt!"
„Glaubens etwa nicht? Warum?"
„Weil der Fex Ihnen bereits einmal gezeigt hatte, daß er stärker ist als Sie."
„Oho! Das war nur ein Zufall."
„Schwerlich. Ich bin doch der Ansicht, daß Sie ihn fürchten müssen."
„Fallt mir nicht ein! Das hab ich ja auch wohl bewiesen."
„So? Wann denn?"
„Eben grad an jenem Abend."
„Hm!" lächelte der Assessor ungläubig. „Wie wollen Sie uns wohl glaubhaft machen, daß Sie es da bewiesen haben?"
„Das ist doch klar! Ich bin in die Fähre gestiegen, obgleich ich dacht hab, daß der Fex darinnen liegt!"
„Und da hatten Sie wirklich einen solchen Mut, daß Sie allen Ernstes beabsichtigten, ihn zu überfallen?"
„Ja. Ich hätt mit der Hand nach ihm gelangt, ihn bei der Gurgel gefaßt, und mit dem ersten Griff wär es aus mit ihm gewesen und nachher —"
Er hielt inne, als er merkte, daß die Gesichter aller mit dem gespanntesten Ausdruck auf ihn gerichtet waren.
„Bitte, fahren Sie ruhig fort!" forderte der Assessor ihn gemütlich auf.
„Himmeldonnerwetter!"
„Was? Warum fluchen Sie?"
„Weil ich glaub, ich hab — hab — hab —"
„Nun, was haben Sie?"
„Ich hab mich verschnappt!"
Es kam ihm jetzt die Erleuchtung, daß der Assessor ihn in der Angel ganz sanft aufs trockene Land gezogen hatte. Er hatte das allerschönste Geständnis abgelegt. Darüber war er nun so bestürzt, daß er offen gestand, sich verschnappt zu haben. Und dabei machte

er ein Gesicht, das einem Maler als Vorbild eines Dummkopfs hätte dienen können.

„Ja", nickte der Beamte freundlich, „verschnappt haben Sie sich allerdings."

„Das ist eine verfluchte Geschichte!"

„Freilich."

„Dieser Schurke von Peitschenmüller —"

„Beruhigen Sie sich. Da Sie ein so freiwilliges Geständnis abgelegt haben, so steht zu erwarten, daß die Richter möglichste Milde walten lassen. Es ist immer vorteilhafter, man zeigt sich geständig, als daß man durch Verstocktheit und Lügenhaftigkeit die Richter veranlaßt, zum höchsten Strafmaß zu greifen."

Das Gesicht des Fingerlfranz war gar nicht zu beschreiben. Er schlang und schlang, als ob er irgendeinen Gegenstand im Hals habe. Dann riß er sich den Hut, den er bisher nicht abgenommen hatte, vom Kopf, um sich die Schweißperlen mit dem Ärmel seiner Joppe von der Stirn zu trocknen.

„Strafe?" brachte er endlich hervor. „Das ist doch nur ein Gespaß!"

„O nein. Ich pflege in solchen Angelegenheiten niemals zu scherzen. Übrigens muß ich bemerken, daß ich mich in amtlicher Eigenschaft hier befinde. In dieser Eigenschaft habe ich auch meine Fragen an Sie gerichtet."

„Alle tausend Teufel! So gilt wohl gar alles, was ich gesagt hab?"

„Natürlich!"

„Na, wann ich das vorher gewußt hätt!"

„So hätten Sie hoffentlich ebenso aufrichtig gesprochen!"

„Den Teufel auch! Das wär mir gar nicht in den Sinn kommen! Ich bin doch kein Rindvieh! — Man soll sich nicht in Gefahr begeben, und das hätt ich vorhin beinahe getan."

Jetzt lächelte der Assessor nicht nur freundlich, sondern beinah herzlich.

„Meinen Sie? Sie sind der Ansicht, daß Ihnen eine Gefahr gedroht habe, wohlverstanden, bloß gedroht?"

„Ja. Aber ich bin klug genug gewesen und hab nix gesagt."

„Oh, ich meine, daß Sie im Gegenteil ein umfassendes Geständnis abgelegt haben."

„So? Dann habens wohl viel mehr gehört als ich wirklich gesagt hab! Was soll ich denn eingestanden haben? Sagens mir doch mal das Verbrechen, das ich eingeräumt hab?"

„Mordversuch."

„Das ist nicht wahr!"

„Bitte! Sie sind von dem Müller angewiesen worden, den Fex zu ermorden, und dann stiegen Sie in die Fähre, weil Sie glaubten, daß der Fex darinnen liege. Wollen Sie das jetzt leugnen?"

„Nein. Aber ich hab ja gar nix tan, gar nix begangen!"

„Weil der Fex nicht da war. Hätte er im Schlaf gelegen, so hätten Sie ihn mit der Hand bei der Gurgel genommen und mit einem einzigen Griff erwürgt. Die Herren, die hier stehen, haben Wort für Wort mit angehört und können es beschwören."

Da fuhr sich der Franz mit beiden Händen nach dem Kopf und raufte sich die Haare.

„Na, wer hat das denkt, daß ich ein so großer Schafskopf sein kann! Da will ich mich nur schnell wieder herausmachen!"

„Das wird so schnell wohl nicht gehen. Aber ich habe Ihnen zu Ihrer Beruhigung bereits mitgeteilt, daß man in Anbetracht Ihres offenen Geständnisses zu dem möglichst niedrigen Strafmaß greifen werde."

„Der Teufel mag dieses Geständnis holen! Wann

ich nicht so offen gewesen wär, so hätt ich nun keine Straf zu zahlen!“

„Zahlen? Damit wird es wohl nicht abgemacht sein“, lächelte der Assessor.

Da warf der Franz seinen Hut in die Stube und trampelte wütend darauf herum.

„Jetzt seh ich, was man davon hat! Ich glaub gar, daß ich nun brummen muß!“

„Das werden Sie freilich.“

„Tod und Teufel! Wie lange denn? Einen Tag? Zwei?“

„Mit zwei Tagen werden Sie nicht wegkommen. Mordversuch ist eine schlimme Sache.“

„So sagens doch gleich!“

„Mord wird mit dem Tod bestraft.“

„Das geht mich nix an, ich hab keinen ermordet!“

„Wird ein Verbrechen, das mit dem Tod bestraft wird, nur versucht, so wird dieser Versuch mit mindestens drei Jahren Zuchthaus bestraft.“

„Drei —“

Jetzt stand der Franz so bewegungslos wie eine Bildsäule. Die Worte des Assessors hatten ihn wie ein Keulenschlag getroffen. Erst nach einiger Zeit begann er sich zu regen. Er fuhr wie aus einem Traum empor, strich sich mit der Hand über die Stirn, als ob er seine Gedanken sammeln müsse.

„Drei Jahre Zuchthaus!“ sagte er in leisem Ton. „Du mein Himmel! Ich weiß gar nicht, ob ich leb oder tot bin! Wer hätt so was dacht! Und die Schand! Der Fingerlfranz drei Jahr ins Zuchthaus! Und wer ist —“

Er hielt inne. Er hatte seine Worte wie im Traum, wie geistesabwesend gesagt. Jetzt aber kam Leben und Bewegung in ihn. Er reckte sich empor; seine Augen bekamen das frühere Feuer, und in sein bleiches Gesicht kehrte die entschwundene Röte zurück. Und als er jetzt fortfuhr, wurde seine Stimme immer stärker und sein Ton immer drohender.

„Und wer ist schuld daran? Wer hat mich dazu verführt? Wer hat mir die Paula als Lohn versprochen? — Der Talmüller, der Schuft — Soll ihm das so ausgehn? Nein! Wann ich einmal drei Jahr sitzen muß, so mögens auch gleich vier werden, und für das vierte werd ich jetzt den Müller durchhaun, daß ihm die Seel im Leib schreien soll!"

Er stürzte sich auf den Talmüller, um seine Drohung wahrzumachen. Aber schon standen die beiden Landjäger hinter ihm und rissen ihn zurück.

Der Franz schäumte vor Wut. Die Erkenntnis, welcher Bestrafung er entgegenging, war wie etwas ganz Unglaubliches über ihn gekommen, und anstatt offen einzugestehen, daß die Schuld nur an ihm selber liege, warf er sie auf seinen Verbündeten.

Der Talmüller hatte, seit der Assessor das eigentümliche Verhör mit dem Fingerlfranz begonnen hatte, sich schweigsam verhalten. Er hatte es von Herzen gewünscht, daß der Franz bestraft wurde. Und bei diesem Gedanken vergaß er ganz, daß diese Strafe ihn selber auch mit treffen mußte.

Jetzt, als er sich außer Gefahr sah, von dem Franz mißhandelt zu werden, rief er diesem höhnisch zu:

„Nun kannst zufrieden sein, du Schwatzmaul! Mich hast einen Zuchthäusler genannt, und nun kommst selber hinein!"

„Schweig!" brüllte Franz. „Wann ich drei Jahr drinnen bin, so wirst du so lang gefangen sein, wie du lebst. Vielleicht kommst gar aufs Schafott, denn verdient hasts wohl mehr als nur einmal!"

„Kennen Sie vielleicht eine Tat, durch die er diese Strafe verdient hat?" fragte ihn der Assessor schnell.

„Nein."

„So schweigen Sie! Es wird sehr vorteilhaft für Sie sein, wenn Sie sich nur mit dem beschäftigen, was Sie auf Ihrem eigenen Gewissen haben!"

Dieser strenge Ton war so verschieden von der Freundlichkeit, mit der man ihn vorher behandelt hatte, daß Franz ihn ganz betroffen anblickte.

„An dem, was ich tan hab, ist nur der allein schuld! Aber die Vergeltung wird auch ihn noch treffen. Jetzt nun will ich wissen, wann ich aufs Gericht zum Verhör zu kommen hab!"

„Das sollen Sie sofort erfahren, denn ich muß Sie ersuchen, sich gleich hin zu verfügen."

„Ja, das werd ich tun. Ich mag gar nicht eher nach Haus gehn und meinem Vater vor die Augen treten, als bis ich genau weiß, woran ich bin. Also geh ich jetzt sogleich."

Er machte einige Schritte zur Tür.

„Warten Sie noch einen Augenblick", gebot der Assessor. „Sie wissen doch gar nicht, an wen Sie sich beim Gericht zu wenden haben. Ich werde Ihnen einen Landjäger mitgeben, der den betreffenden Herrn zu benachrichtigen hat. Wenn ich das nicht tue, werden Sie einfach abgewiesen, und das werden Sie um Ihres eigenen Vorteils willen doch nicht wollen."

„Nein. Je schneller, desto besser. Der Landjäger mag also mitgehn."

Der Assessor riß ein Blatt aus seinem Merkbuch, schrieb einige Zeilen darauf und übergab es dann dem Beamten, dem er zuflüsterte:

„Er ist natürlich festgenommen und wird sofort in einer Zelle für Untersuchungsgefangene untergebracht. Aber behandeln Sie ihn unterwegs vorsichtig, denn er ist gewalttätig. Besser ists, er merkt nicht eher etwas, als bis er sich hinter Schloß und Riegel befindet."

Darauf entfernte sich der Landjäger mit dem Franz, der nicht ahnte, daß er sein väterliches Gut nicht so bald wiedersehen würde.

Der alte Müller aber hatte den Assessor durchschaut.

„Da läuft er hin, der alberne Kerl!“ grinste er hämisch. „Dem sein Gesicht möcht ich sehn, wann er ins Loch gesperrt wird!“

„Schämen Sie sich, Müller! Die Schadenfreude, die Sie jetzt zeigen, ist wahrhaft teuflisch.“

„Warum sollt ich mich denn nicht freun? Er hat ja auch mich ins Unglück bringen wollen, als er sagte, ich hätt es angestiftet, daß er den Fex ermorden solle.“

„Da hat er die Wahrheit gesagt.“

„Das ist nicht wahr.“

„Leugnen Sie es nicht! Wir wissen es genau.“

„Woher soll es ein Mensch wissen?“

„Sie sind damals nicht vorsichtig gewesen. Sie haben sich mit dem Fingerlfranz hier in dieser Stube aufgehalten und dabei so laut gesprochen, daß man sogar draußen jedes Wort hören konnte. Einige Männer haben am Fensterladen gestanden und durch die Spalten und Astlöcher hereingeblickt. Wäre dieser glückliche Umstand nicht gewesen, so hätte der Fex sich in der Fähre befunden und wäre in Wirklichkeit ermordet worden.“

„Donnerwetter!“ entfuhr es dem Müller.

„Sie sehen also, daß wir Zeugen haben. Ein Leugnen wird nichts nützen und im Gegenteil Ihre Lage nur verschlimmern. Übrigens wollen wir jetzt diesen Laden schließen. Man kann von draußen hereinsehen, und es braucht kein Neugieriger zu bemerken, daß die Polizei sich hier aufhält.“

Er trat selber ans Fenster, um den Laden zu schließen. Der Landjäger kam schnell hinzu, um zu helfen, und erhielt dabei die leise Weisung:

„Sorgen Sie dafür, daß er nicht bemerken kann, was jetzt am Zigeunergrab vorgeht. Er darf keine Ahnung davon haben!“

Dann verließ der Assessor mit Fex und Paula die Stube. Draußen war eben eine Gerichtsabordnung mit mehreren Arbeitern angekommen, um die Leiche der Zigeunerin aus der Höhle heraufzuholen.

Der Fex blieb mit Paula für einige Augenblicke im Flur.

„Glaubst du noch, daß er unschuldig ist?“ fragte er sie.

„Nein, nun nicht mehr. Es wurde mir schon vorher sehr schwer, es zu glauben.“

„Wenn du dich doch in den Gedanken finden könntest, daß er des Schmerzes gar nicht wert ist, den er dir bereitet.“

Sie blickte vor sich nieder.

„Vielleicht finde ich mich darein. Ich habe ein Grauen vor dem Vater, seit ich jetzt bei ihm gewesen bin. Der Assessor hatte recht, als er ihn teuflisch nannte.“

„So suche die verlorene Ruhe wiederzugewinnen. Es sind schwere Tage, der heutige ist der allerschwerste; aber es wird auch die Zeit kommen, in der diese Last von deinem Herzen genommen wird. Darf ich dich heut noch einmal in deinem Stübchen aufsuchen?“

„Ja, komm! Andre dürfen nicht zu mir. Ich schäme mich, irgend jemandem ins Gesicht zu sehn. Wohin gehst du jetzt?“

„Hinüber zum Zigeunergrab. Dann muß ich einmal in die Stadt, und nachher komm ich zu dir.“

Paula ging hinauf, um sich in ihrem Stübchen einzuschließen und um den Tränen freien Lauf zu lassen. Fex ging zum Grab, wo der Assessor mit den Herren der Abordnung seiner wartete. Sie bestand aus einem Amtmann, einem Schreiber und dem Gerichtsarzt. Der Fex stieg mit ihnen hinab zu der Leiche. Dann begannen die Arbeiter ihr Werk. —

FIEBERTRÄUME EINES MÖRDERS

Stundenlang schon durchstreifte Max Walter mit einem Gerichtsbeamten den Wald. Er hatte die Aufgabe übernommen, in aller Stille den entflohenen Silberbauern zu suchen, der sich zweifellos noch in der Umgegend von Hohenwald befand, denn sein Zustand hatte ihn wohl nicht weit kommen lassen.

Jetzt blieb der andere plötzlich stehen und horchte.

„Was ist?“ fragte Walter.

„Sollte ich mich getäuscht haben? Es war mir, als hätte ich eine menschliche Stimme vernommen, die um Hilfe rief.“

„Ich hörte nichts.“

„Und doch! — Da — wieder!“

Jetzt hörte auch Walter den Ton. Es war ein langgezogener, klagender Laut.

„Aus welcher Richtung?“

„Das ist hier kaum zu bestimmen, da wir uns mitten im Wald befinden.“

Wieder und nach einer kurzen Pause abermals erklang der zitternde, durchdringende Laut.

„Ich möchte behaupten, daß es da von rechts her kommt“, sagte Max. „Da — es ruft wieder.“

„Es ist wirklich da rechts. Dort gibt es, wie ich auf meiner Karte eingezeichnet finde, eine Art von Höhle, in der man wohl einen leidlichen Unterschlupf finden kann. Eigentlich sollten wir antworten. Ich will rufen.“

„Halt! Rufen Sie nicht!“ warnte Max, während er ihn beim Arm ergriff. „Unterschlupf? — Jeder Unterschlupf im Umkreis ist —“

Er brach ab.

Der andere pfiff leise durch die Zähne. Er hatte den gleichen Gedanken.

„Aber der Silberbauer würde doch nicht rufen?“

„Denken Sie an das Wundfieber!“

„Ist es nicht geradezu unbegreiflich, daß ein Mensch eine solche Verwundung überstehen und dann noch nach dem Wehr laufen und schließlich unter solchen Umständen entfliehen kann?“

„Er hat eine Pferdenatur. Aber denken Sie an seine gestrige Anstrengung, an das kalte Bad und auch daran, daß er bis jetzt die nassen Kleider auf dem Leib trug. Da wäre es ein Wunder zu nennen, wenn das Fieber ausbliebe. Aber schweigen wir. — Es stöhnt und wimmert ganz in der Nähe.“

„Die Höhle ist kaum noch hundert Schritte entfernt.“

„So wollen wir uns leise heranschleichen.“

Sie hatten längst den gebahnten Weg verlassen und waren, der Stimme folgend, nach rechts vorgedrungen. Es war unter dem lichten Laubdach vollständig finster; so kam es, daß sie nur sehr langsam weiterkamen.

Endlich ragte es in schwarzer Schwere vor ihnen empor. Es war der Felsen, in dem sich das Loch befand, und als sie um die Ecke bogen, konnten sie auch die Worte verstehen, die unter hörbarem Zähneklappern ausgesprochen wurden.

„Wer soll ich sein?“ erklang es. „Der Silberbauer soll ich sein? — Hundsfott, das ist eine miserable Lüg! — Wannsts nicht sofort widerrufst, schlag ich dich zu Boden!“

Die beiden Männer standen lauschend nebeneinander.

„Was soll ich tan haben?“ sprach es weiter. „Eine Kiste mit Gold geraubt? Wer hat das erfunden? — Die Anna? — Was die sagt, das gilt nix! Die will mich nur ins Gefängnis bringen. Hoho! Seht ihrs, wie das Schloß brennt? Wie das Feuer bis hinauf zum Himmel steigt?

Wer hats anbrannt? Der Silberbauer und der Talmüller? Wer das sagt, den bring ich um! Was das für eine Hitz wirft und für eine Glut, so ein Feuer, wanns ganze Schloß brennt! Und doch frierts mich, als obs im Winter wär. Macht Feuer im Ofen und kocht mir einen Grog! Wer soll das aushalten bei solcher Kälte! Hört ihrs nicht, wies mir die Zähne zusammenklappert?"

„Schrecklich!" flüsterte der Beamte. „Sie haben richtig vermutet. Sein Körper ist nicht stark genug gewesen für das alles. Er hat Fieber. Was ist zu tun?"

„Man muß sich natürlich seiner Person versichern."

„Aber wie?"

„Einer geht Hilfe holen, und der andre bleibt hier, ohne seine Anwesenheit zu verraten."

„Das ist eine gefährliche Sache."

„Allerdings, aber es muß gewagt werden. Da ich den Silberbauern genau kenne, ist es wohl am besten, wenn ich hier bleibe. Auch bin ich stärker als Sie. Falls es ja zum Ringen mit ihm kommen sollte, habe ich mehr Hoffnung, mit ihm fertig zu werden."

„Aber wen soll ich holen?"

„Laufen Sie so schnell wie möglich nach Hohenwald! Der Eschenbauer, bei dem ich wohne, wäre der sicherste Mann. Er ist still und verständig. Da würde kein Aufhebens gemacht. Ja. Er mag sofort anspannen und den Knecht mitbringen, auch etliche Stricke, um nötigenfalls den Silberbauern zu fesseln, und Stroh oder sonst etwas Weiches, daß er unterwegs nicht allzu hart liegt."

„Gut! Hoffentlich geht es nicht schlimmer, als Sie denken. Ich bin so bald wie möglich zurück."

Der Beamte verschwand im Dunkel der Nacht. Max setzte sich in der Nähe des Felsenlochs nieder.

Der Bauer schien jetzt bewegungslos zu sein. Er ächzte und stöhnte halblaut vor sich hin, und dazwischen war das Klappern der Zähne zu hören. Dann schrie er plötzlich laut auf:

„Fort mit dir! — Wer bist eigentlich? Was grinst mich an und fletschst mir die Zähne! — Was? Mein Weib willst sein? Was soll ich tan haben? Dich zu Tod geärgert? Wannst das mir nochmals sagst, so hau ich dir den Stock ins Gesicht, viel stärker als damals, wo du noch lebtest! Sei froh, daß du tot bist!"

Dann begann das Wimmern wieder.

Es war unheimlich in der Nähe dieses Mannes. Er phantasierte fortwährend. Bald verteidigte er sich laut und zornig gegen unhörbare Anklagen, dann stöhnte er zum Erbarmen.

So verging eine Viertelstunde und noch eine. Walter hörte die Hohenwalder Turmuhr schlagen, wie wenn man mit einem Hammer auf einen alten, zerbrochenen Kessel klopft. Schon begann er, in Gedanken die Minuten zu zählen. Da stieß der Bauer abermals einen Schrei aus.

„Hilfe, Hilfe! — Seht ihr sie nicht? — Das ist die Anna, die mich ins Mühlrad werfen will! — Der Arm soll weg — grad wie beim Heiner!"

Der Hilferuf wurde leiser, bis er endlich verstummte. Dann begann der Fiebernde von neuem zu rufen.

„Wer kommt da? — Wer läuft da hinter mir her? Der Schullehrer! — Was hat der zu lauschen? Was will er erfahren? Lieber geh ich fort. Ich bleib nicht hier, wo der Kerl ist!"

Es raschelte in dem Loch. Der Silberbauer kam herausgekrochen und richtete sich mit seinem einen Arm mühsam am Felsen auf. Er taumelte dabei hin und her, und die Kinnbacken schlugen ihm gegeneinander.

„Brr, wie kalt!" stöhnte er. „Wo steckt er denn, der Lehrer? Ich seh ihn doch nicht! Vielleicht ists besser, ich leg mich wieder zu Bett. Aber dann, wann er kommt, dann hat er mich auch gleich fest. Nein, ich werd hier auf ihn warten."

Er stand da, ungefähr wie ein Orang-Utan, wenn er sich aufgerichtet hat. Walter saß keine vier Schritte entfernt von ihm und konnte ihn trotz der Dunkelheit ziemlich deutlich sehen, da es hier keine Baumwipfel gab, durch die der Sternenhimmel verhüllt werden konnte.

„Jetzt fangens wieder an!" knurrte Silberklaus. „Seit der neue Lehrer da ist, singens in der Schule lauter dumme Lieder, an die kein Mensch glaubt. Horch, was singens jetzt? Ich hörs ganz gut. Auch die Melodie kann ich auswendig. Sie klingt so —"

Und mit klappernden Zähnen sang er halblaut:

„Üb immer Treu und Redlichkeit
bis an dein kühles Grab,
und weiche keinen Finger breit
von Gottes Wegen ab!"

Es schnitt dem Lauscher in die Seele, die Worte aus diesem Mund zu hören.

„Oh, die Redlichkeit!" lachte der Bauer höhnisch auf. „Wer ist redlich, wer?"

Er horchte auf und fragte dann mit weithin schallender Stimme:

„Wer hat da gesprochen? — Antwortet keiner? Nein, es hat kein Mensch gesprochen. Ich bin ganz allein. Und es ist still hier in der Stube. Aber schließt das Fenster, damit ich das Gesing nimmer hör! Da muß ich allemal mitsingen. Pst, still! Sie kommen doch! Ich hör schon ihre Schritte! Aber mich sollens nicht erwischen. Ich geh ihnen aus dem Weg."

Und er machte wirklich Anstalten, sich von der Höhle zu entfernen. Er tappte sich mit der Hand langsam am Felsen fort, Schritt für Schritt, auf Max Walter zu. Dieser huschte zur Seite, um nicht von ihm bemerkt zu werden.

So schritt der Fiebernde bis zur Ecke des Felsens. Dort blieb er horchend stehen.

„Ja", sagte er, „sie kommen. Ich muß noch weiter

fort. Sehn darf mich keiner hier am Wehr, sonst ahnens gleich, daß ich hier was versteckt hab."

Er riß sich zusammen, um in den Wald hineinzugehen. Max Walter durfte ihn nicht entrinnen lassen. Darum trat er rasch einige Schritt vor und stellte sich ihm in den Weg. Der Silberbauer bemerkte ihn sofort. Aber anstatt zu erschrecken und zu fliehen, richtete er sich hoch auf.

„Wer bist und was willst hier?"

Dem Lehrer kam ein Gedanke.

„Wer ich bin? Kennst mich nicht?" antwortete er in der Mundart der Gegend.

„Nein, dich kenn ich nicht."

„Ich dich auch nicht. Sag, wer du bist und was du hier tun willst!"

„Geht dich das was an?"

„Nein, aber du hast doch auch mich gefragt!"

„Das kann ich auch."

„So will ichs dir sagen, wannst mich nicht verraten willst."

„Ich verrat keinen."

„Weißt denn auch, wo du jetzt bist?"

„Wohl werd ichs wissen — da im Wald."

Es schien, daß von dem Augenblick an, in dem der Silberbauer den Lehrer gesehen hatte, das Fieber von ihm gewichen wäre. Er sprach wie im vollständigen Bewußtsein.

„Nun, schau!" sagte Max vertraulich. „Ich bin ein armer Teufel und hab nix für den Ofen daheim. Da bin ich in den Wald gangen, um mir ein Holz zu holen."

„Ach so! Ein Dieb bist also, ein Spitzbub!"

„So willst mich wohl verraten?"

„Verraten? Fällt mir gar nicht ein! Einen Dieb verrat ich nimmer. Ich bin ja selber einer."

„Machst einen Spaß?"

„Wannst mirs aufrichtig gesagt hast, daß du Holz

stehlen willst, so kann ich auch so offen reden. Laß dich nur nicht erwischen! Und hör nicht darauf, wanns in der Schule singen. Hörsts? Sie beginnen schon wieder!"

Er packte Max beim Arm und sang leise:

„Dann wirst du wie auf grünen Aun
durchs Erdenleben gehn,
dann kannst du ohne Furcht und Graun
dem Tod ins Auge sehn."

Er war also doch nicht bei voller Besinnung. Ergreifend war der Vorgang für den Lehrer dadurch, daß er erfuhr, welchen Eindruck dieses Lied gemacht hatte. Seitdem er es mit seinen Schulkindern eingeübt hatte, sangen die Buben und Mädchen es jetzt auf der Straße.

Der Silberbauer hatte es gehört und war von ihm so beunruhigt worden, daß ihm Töne und Worte jetzt durch den umnachteten Geist klangen.

„Kennst das Lied auch?" fragte der Bauer.

„Ja."

„Hast niemand gesehn?"

„O doch."

„Wohl gar viele Leut?"

„Sehr viele."

„Was habens denn im Wald gewollt? Habens vielleicht gar einen gesucht?"

„Fast schien es so."

„Etwa den Silberbauer? Den werdens nimmer finden. Er hat seinen Sohn bestellt, den Silberfritz. Der bringt ihm Geld und ein andres Gewand, und dann verschwindet der Silberbauer ganz aus der Gegend. Kannsts ihnen sagen, daß sie sich keine Mühe geben sollen. Sie bekommen ihn doch nicht. Und der, der ihn am liebsten haben möcht, der neue Schulmeister, der bekommt ihn auch nicht. Kennst ihn vielleicht?"

„Ja."

„Hasts auch schon gehört, daß er mit dem Silberbauern gerauft hat?"

„Auch das weiß ich."

„Und wer ist dem andern über gewesen?"

„Ja, wenn ich das wüßte!"

„Nun, so will ichs dir sagen. Der Silberbauer hat den Lehrer zur Erd geworfen und fast zu Tod geschlagen. Das kannst auch denken, denn der Bauer ist ein großer, starker Kerl und der Lehrer so eine kleine Kröte, fast so klein wie du, und auch so einen Hut hat er auf und —"

Er hielt inne und trat einen Schritt zurück.

„Was hast? Sprich doch weiter!" sagte Max, der ahnte, daß das Spiel jetzt eine andre Wendung nehmen werde.

„Ja, wer bist denn eigentlich? Weißt, ich traue dir nicht. Du bist —"

Er trat schnell heran und brachte sein Gesicht nahe an das Walters.

„Himmelsakra" schrie er auf. „Spion, verfluchter! Willst mich fangen? — Da hasts."

Er holte zu einem fürchterlichen Hieb aus. Max war jedoch darauf gefaßt gewesen und sprang zur Seite. Der Bauer stürzte von der Wucht seines eigenen Schlags zu Boden, raffte sich aber wieder auf und faßte den Lehrer bei der Brust.

Er hielt ihn mit eiserner Faust gepackt und streckte den Arm so weit aus, daß Walter ihn nicht zu greifen vermochte. Auf diese Weise versuchte er, ihn mit sich fortzuzerren, dahin, wo der Felsen steil zur Tiefe abfiel.

„Da mußt hinunter, da hinab!" knirschte er, während er immer weiter zum Abgrund vorrückte.

Es gab für Walter kein andres Mittel, von dem grimmigen Gegner loszukommen, als sich gegen ihn seiner

Beine zu bedienen. Er versetzte dem Bauer einen kräftigen Fußtritt gegen das Schienbein.

Da ließ der Wütende los.

„Getreten hast mich! — Und da kommen auch die andern, die am Wehr mit dir waren. Aber ehe sie da sind, mußt du tot sein!"

Er trat mit den Füßen blind auf den Lehrer ein.

„Schau, wie das Schloß brennt!" schrie er dabei. „Ich solls anzündet haben! Aber es ist nicht wahr! Ich will nur dich hineinwerfen in die Flammen! Und den Heiner soll ich hinabgeworfen haben in das Rad. Das ist auch eine Lüge. Doch du sollst hinab. Du sollst auch nur einen Arm haben, grad so wie er und ich."

Seine Hiebe fielen hageldicht. Das Fieber war wieder über ihn gekommen, aber trotzdem hielt er doch den Gedanken fest, den Lehrer vor sich zu haben. Max konnte nichts tun, als die Hiebe des Gegner abzuwehren. Zum Angriff kam er gar nicht.

Trotz des Fiebers verfolgte Silberklaus unentwegt die Absicht, Walter an den Abgrund zu drängen, dem sie sich immer mehr näherten. Die Gefahr wurde größer und größer.

Da machte Max eine schnelle Seitenwendung, huschte unter dem Arm des Gegners hinweg, faßte ihn von hinten beim Kragen, drückte ihm das Knie in den Rücken und warf ihn zu Boden.

Aber der Silberbauer hatte ihn noch im Fallen gepackt und riß ihn mit.

Jetzt begann ein entsetzliches Ringen. Max hatte beide Arme und war dem Bauern an Gewandtheit überlegen. Diesem wiederum aber gab das Fieber übermenschliche Kraft. Er biß um sich wie ein wildes Tier. Max ergriff ihn bei der Gurgel und mit der andern Hand beim Arm und hielt ihn so fest.

Der Bauer versuchte, sich unter ihm aufzubäumen — vergeblich. Max spannte seine Muskeln auf das stärkste an. Lange freilich konnte er es nicht aushalten, das fühlte er sehr wohl.

Da hörte er das Knarren eines Wagens.

„Hallo, Eschenbauer!“ rief er laut.

„Ja, ja!“ antwortete es.

„Schnell —“

„Jetzt kommens! — Jetzt wollens mich haben. Aber sie sollen mich nicht erwischen!“ schrie der Bauer. „Erst bring ich dich um und dann auch sie! Hinein müßt ihr ins Feuer! Hinein, wo das Schloß brennt, alle, alle!“

Er machte eine Anstrengung, wie nur ein Fieberkranker sie fertig bringt. Max preßte die Zähne zusammen und — hielt aus.

Sie lagen jetzt nahe am Rand des Abgrunds. Erhielt der Bauer nur einen kurzen Augenblick die Oberhand, so konnte Max verloren sein.

Da ließen sich eilige Schritte hören, die trotz der Dunkelheit schnell näher kamen. Dahinter erschienen die Lichter mehrerer Laternen.

„Hier, hier!“ keuchte Walter.

Jetzt brüllte der Silberbauer wie ein Stier.

„Sie kommen, sie kommen! — Hinab in die Höll mit ihnen! — Hinab!“

Er zog seinen Leib zusammen und schnellte ihn wieder empor. Es war eine fürchterliche Kraftanstrengung, aber er vermochte nicht, Max von sich abzuschütteln. Doch diese Bewegung hatte beide noch näher an den Abgrund gebracht.

Aber jetzt war der Eschenbauer mit seinem Knecht da. Beide hatten Laternen. Sie sahen die Ringenden, setzten die Laternen zu Boden und warfen sich auf den wutschäumenden Bauern.

„Stricke, nehmt Stricke!“ rief Max.

Nun banden die drei dem Bauern, der sich wie ein Rasender wehrte, zunächst die Füße zusammen, damit er mit ihnen keinen Schaden anrichten konnte.

Mit großer Mühe wurde ihm dann auch der Arm an den Leib gefesselt. Endlich lag er bewegungslos. Schaum stand ihm vor dem Mund, und seine Brust atmete unter keuchendem Röcheln.

„Ihr Hunde!“ stieß er dazwischen hervor. „Ihr Mörder! Was wollt ihr mit mir? Wißt ihr, wer ich bin? Ich bin der Baron von. Gulijan. Ihr wollt mich nur fesseln, daß mein Weib verbrennen soll, daß ich sie nicht aus dem Feuer holen kann. Bringt den Silberbauern herbei und den Talmüller, und werft sie hinein! Die haben das Schloß angezündet. Ich aber bin unschuldig!“

„Herrgott! Er ist verrückt geworden!“ sagte der Eschenbauer.

„O nein“, antwortete der Lehrer. „Er fiebert und sagt dabei Dinge, die in Wirklichkeit geschehen sind.“

„Aber —, Herr Lehrer, wie sehen Sie denn aus?“

Beim Schein der beiden Laternen bemerkte Max, daß sein ganzer Anzug zerfetzt war.

„Das ist noch auszuhalten“, meinte er. „Aber wenn ihr einige Minuten später gekommen wäret, so wäre ich mit ihm in den Abgrund gestürzt.“

„Wie ist denn das gekommen? Erzählen Sie doch!“

„Später. Jetzt wollen wir ihn nach dem Wagen schaffen, damit er bald in Gewahrsam kommt. Man muß alles tun, um ihn am Leben zu erhalten. Seine Geständnisse sind von großem Wert.“

Der Wagen hielt auf der Waldstraße. Der Bauer wurde hingetragen und ins Heu gelegt. Dann band man ihn an.

Während der Wagen sich heimwärts in Bewegung setzte, erzählte Walter, wie er mit dem Fiebernden in Kampf geraten war.

Als sie das Dorf erreichten und grad am Gasthof vorüberwollten, bekam der Silberbauer einen neuen Fieberanfall. Der Umstand, daß er mit Gewalt verhindert wurde, seine Glieder zu bewegen, vergrößerte seine Wut. Er schrie überlaut, so daß es durch das ganze Dorf zu hören war.

„Wo bin ich? Warum hat man mich anbunden? Was will man von mir? Denkt man, daß ich ein Dieb oder ein Mörder bin? Hält man mich für den Silberbauer? Ich bin ein ganz andrer! Ich bin ein Baron und werd meine Leute zusammenrufen. — Hilfe, Hilfe, Hilfe!"

Diesen Ruf wiederholte er so oft und stieß ihn in so durchdringendem Ton aus, daß sofort alles aus dem Gasthof gestürzt kam und den Wagen umringte. Nun war nichts mehr zu verschweigen. Es erhob sich ein allgemeines Hallo, so daß auch noch andere Leute dazukamen und den Wagen bis zum Silbergut begleiteten. Die Menge wurde immer größer.

„Sie bringen den Silberbauer! — Der Herr Lehrer hat ihn gefangen draußen im Wald!" ging es von Mund zu Mund.

Das größte Aufsehen erregte die Ankunft des Bauern bei seinem Gesinde. Die Leute flüsterten nur miteinander und warfen scheue Blicke auf den Lehrer. Der Kranke wurde in seine Stube gebracht. Dann schickte man nach der Mühle zum Medizinalrat. Auch der stellvertretende Ortsvorsteher wurde geholt, um für einen Wachtdienst zu sorgen. Man durfte den Gefangenen nicht abermals entwischen lassen.

Er hatte sich ohne Widerstreben entkleiden lassen und lag ruhig im Bett, die Augen starr zur Decke gerichtet. Nur wenn ihn der Schüttelfrost überfiel, jammerte er kläglich.

Da kam der Balzerbauer herein, der seine Wohnung im Silbergut aufgeschlagen hatte. Als er sich über das Gesicht des Gefangenen beugte, fiel der Blick des Silberbauern auf ihn. Sofort nahmen dessen Züge den Ausdruck der grimmigsten Wut an.

„Was willst hier bei mir?“ schrie er auf. „Pack dich! Meinst, ich hab dich erschlagen?“

„Ja, du warst es!“ antwortete Balzer.

„Ich? — Das ist nicht wahr!“

„Ja, mit dem Hammer.“

„Nein. Ich hab nie einen Hammer gehabt.“

„Aber sie haben ihn bei dir gefunden und auch den Fünfhunderttalerschein, den du von damals noch aufgehoben hast.“

„Das ist eine faustdicke Lüge! Geh fort, sonst tu ich, was mir damals nicht gelungen ist: Ich schlag dich tot.“

Er bäumte sich im Bett auf und holte mit der geballten Faust zum Schlag aus. Balzer mußte sich sogleich entfernen, damit die Aufregung den Zustand des Kranken nicht verschlimmerte.

Als der Medizinalrat kam, lag der Silberbauer wieder im Fieberfrost. Der Arzt schüttelte den Kopf.

„Wenn er es übersteht, so ist das der erste Fall, den ich erlebt habe. Ich werde ein fieberstillendes Mittel verschreiben. Der Kranke darf keinen Augenblick allein gelassen werden. Es müssen stets einige starke Männer anwesend sein, die ihn bei einem Anfall von Fieberwut bezwingen können. Auch muß alles entfernt werden, womit er sich oder andern gefährlich werden könnte. Hoffentlich kehrt der Assessor noch heut aus Scheibenbad zurück. Ich halte es für das geratenste, den Silberbauern in der Krankenabteilung eines Gefängnisses unterzubringen.“

*

Bald mußte der Zug aus München in Scheibenbad eintreffen. Deshalb ging der Fex zum Bahnhof der Stadt, um zu sehen, ob ein Bote mit der Geige aussteigen werde.

Die Depesche hatte ihre Wirkung nicht verfehlt. Als der Zug anhielt, stieg ein Dienstmann aus einem Abteil dritter Klasse. Er hielt einen Geigenkasten in der Hand und blickte sich suchend um. Der Fex ging auf ihn zu.

„Sie kommen aus München?"

„Ja. Ich habe diese Geige an einen Herrn abzugeben."

„Der bin ich selber."

„So! Nun, ich kann Ihnen die Geige nicht eher geben, als bis Sie sich ausgewiesen haben."

„Ganz recht. Aber welche Art von Ausweis verlangen Sie?"

„Ich habe das Fernschreiben mitgebracht. Wenn Sie mir seinen Wortlaut sagen können, sind Sie natürlich der Herr, dem ich die Violine bringen soll."

„So will ich Ihnen die Worte sagen."

Nachdem Fex sich so ausgewiesen hatte, machte er sich schnell auf den Weg zur Mühle. Er war außerordentlich begierig zu erfahren, worin das Geheimnis der Geige bestehen werde.

Dort saß der Assessor, der auf ihn wartete, mit dem Wurzelsepp in dem Gärtchen, und er gesellte sich zu ihnen.

„Also ‚Kemandaki esrar', das Geheimnis in der Geige", sagte der Assessor. „Jetzt wollen wir schnell darangehen, den Schleier dieses Geheimnisses zu lüften."

Die Violine wurde aus dem Kasten genommen und von allen Seiten befühlt, beklopft und betrachtet. Es zeigte sich nichts Auffälliges. Nun versuchten die drei, durch die Schallöcher in das Innere zu sehen, aber da, wohin ihre Blicke zu reichen vermochten, war nichts zu bemerken.

„Wir müssen sie aufsprengen", meinte der Assessor. „Oder ist sie etwa so wertvoll, daß Sie das lieber unterlassen wollen?"

„Die Violine ist nicht schlecht", antwortete der Fex. „Sie würde noch besser, vielleicht sogar ausgezeichnet sein, eine prächtige Zigeunergeige, wenn ihr Ton nicht durch etwas gestört würde, was sich durch Worte nicht genau beschreiben läßt."

„Vielleicht ist grad das Geheimnis daran schuld."

„Möglich. Ich habe oft darüber nachgedacht, woran der Fehler liegen mag, mir diese Frage aber nicht beantworten können. Doch, ob wertvoll oder nicht, die Ergründung des Geheimnisses ist uns jedenfalls noch kostbarer. Ich öffne sie."

Er versuchte, den Boden von der Umwand zu lösen, ohne aber das Holz zu beschädigen.

Es gelang, und nun zeigte sich ein schmal zusammengefaltetes Papier, das mit Leim an dem hinteren Teil der Umwand befestigt war.

Das Papier war unbeschriftet und bildete einen Umschlag, in dem mehrere dünne, engbeschriebene Bogen steckten. Fex faltete sie auseinander. Die Schrift war so deutlich, als sei sie erst gestern aus der Feder geflossen, aber es war eine fremde Sprache, die er nicht kannte. Darum reichte er die Bogen dem Assessor.

„Rumänisch", sagte dieser, als er den ersten Blick daraufgeworfen hatte.

„Das verstehen Sie ja."

„Wenigstens so, daß ich es leidlich zu lesen vermag."

„Dann bitte, übersetzen Sie es gleich!"

„Nur gemach, gemach, mein lieber Freund! Zunächst will ich es einmal überfliegen."

Er begann leise zu lesen.

Man sah ihm an, daß der Inhalt der Schriftstücke außerordentlich wichtig war. Die Spannung, die sich in seinen Zügen ausdrückte, wuchs von Seite zu Seite, ja fast von Zeile zu Zeile. Endlich faltete er die Papiere zusammen.

„Nun, welches ist der Inhalt?" fragte Fex.

„Er enthält eine Beichte Ihrer Amme. Sie ist mit Ihnen von einem fürchterlichen Wetter überrascht worden und hat sich krank gefühlt. Da hat sie Schutz im

Haus eines griechisch-katholischen Popen gesucht, und dort ist eine Krankheit zum Ausbruch gekommen, deren Keime wohl längst verborgen in ihr gelegen hatten. In dem Gefühl, vielleicht sterben zu müssen, hat sie diesem Mann ihre Beichte abgelegt, und zwar unter der Bedingung, daß er sie Wort für Wort niederschreiben solle. Im Fall ihres Todes solle er sich des Knaben annehmen und nach den beiden Müllern Kellermann und Klaus forschen, im Fall ihrer Genesung ihr aber die Blätter geben, da sie dann die Nachforschung selber vornehmen wolle."

„Und was hat sie gebeichtet?"

„Hm! Ich bin überzeugt, daß Sie außerordentlich auf den Inhalt dieser Zeilen gespannt sein müssen."

„Natürlich!"

„Auch gebe ich zu, daß sie Ihr unbestrittenes Eigentum sind, aber dennoch möchte ich Sie bitten, noch ein klein wenig Geduld zu haben."

„Warum?"

„Weil ich mich über den Inhalt erst mit meinem Kollegen, dem Amtmann, beraten möchte. Auch will ich, bevor ich Ihnen weitere Mitteilungen mache, den Talmüller nochmals ins Verhör nehmen."

„Und wie lange soll ich warten?"

„Nur kurze Zeit, höchstwahrscheinlich nicht länger als bis morgen."

„Nun, so lange kann ich mich wohl noch gedulden."

„Ich danke Ihnen."

„Aber ich!" fiel der alte Sepp ein. „Darf auch ich noch nix erfahren?"

„Sie?" lachte der Assessor. „Sie haben ja gar kein Recht auf dieses Geheimnis."

„Ich? — Kein Recht? Der Wurzelsepp hat ein Recht auf alles!"

„Soll ich Ihnen etwa erzählen, was ich dem rechtmäßigen Besitzer dieses Beichtstückes vorenthalte?"

„Ich sag ihm ja nix wieder!“

„Nun, wenn Sie es nicht in der Absicht erfahren wollen, darüber zu sprechen, so brauchen Sie es auch noch nicht zu wissen.“

„So! Schön, sehr schön! Das gefällt mir ausgezeichnet. Wann nachher Sie mal von mir was erfahren wollen, werd ichs auch so einem Popen beichten, damit Sie nix davon hören.“

Der Assessor lachte den Alten, der doch nur so tat, als wäre er zornig, gehörig aus und entfernte sich dann in der Richtung zum Zigeunergrab. Dort fand er den Amtmann, mit dem er sich bald in ein angelegentliches Gespräch vertiefte.

Die Arbeiten schritten nur sehr langsam vorwärts. Der felsige Boden leistete mehr Widerstand, als man vermutet hatte, und so verging ein guter Teil des Nachmittags, ohne daß die Arbeiter bis hinab in den Raum gelangten, in dem sich die Leiche befand.

Um diese Zeit möglichst gut auszunutzen, ging der Fex wieder zu Paula. Der alte Sepp aber saß im Vorgärtchen an seinem Tisch und trank ein Bier nach dem andern.

Gegen Abend kam der Assessor wieder und schickte den Sepp, um den Fex zu holen.

„Auch mein Kollege ist der Ansicht, daß Sie bis morgen warten möchten“, sagte der Assessor zu Fex. „Wir wünschen vorher noch die Aussage des Talmüllers zu hören.“

„So muß ich also bis morgen hierbleiben?“

„Nicht hier. Sie werden mir in den nächsten Tagen als die Hauptperson, um die es sich handelt, so nötig sein, daß ich Sie in meiner Nähe haben möchte. Haben Sie Zeit?“

„Zu diesem Zweck bestimmt.“

„So wäre es mir lieb, wenn Sie für diese Tage ihren

Aufenthalt in Hohenwald nehmen wollten. Sie könnten ja im Haus des Silberbauern wohnen."

„Ich richte mich natürlich nach Ihren Wünschen, Herr Assessor."

„Schön! Höchstwahrscheinlich komme ich heute noch nicht von hier fort. Sie aber möchte ich schon heute dort in Hohenwald wissen. Ich werde Ihnen meinen Wagen zur Verfügung stellen, und der Sepp kann Ihnen bei der Fahrt Gesellschaft leisten. Wollen Sie?"

„Ja. Haben Sie vielleicht einen triftigen Grund, mich von hier zu entfernen?"

„Sie zu entfernen nicht, aber Sie dort in Hohenwald zu wissen. Sie können dort nämlich heut schon auf das vorbereitet werden, was Sie morgen erfahren werden. Der Sepp mag Sie zu dem Finkenheiner führen, dessen Frau ja in Slatina bei Ihren Eltern gewesen ist. Sollte dort etwas vorgefallen sein, wovon Sie meinen, daß es mir zu wissen nötig oder nützlich sein werde, so bitte ich, mir zu drahten. Ich werde hier in der Mühle wohnen."

„Wann wird die Leiche an die Oberwelt gelangen?"

„Vielleicht noch heut. Sie werden sie übrigens wiedersehen, denn ich nehme sie mit. Also begeben Sie sich zur Stadt, um anspannen zu lassen. In drei Stunden können Sie oben in Hohenwald sein."

„Was wird einstweilen mit Paula, bevor ich für sie zu sorgen vermag?"

„Um sie braucht es Ihnen nicht bange zu sein. Ich werde sie gern unter meine Obhut nehmen. Die Mühle wird von Gerichts wegen einen Verwalter bekommen, dem das Fräulein ja außerordentlich nützlich sein kann. Falls heut in Hohenwald etwas geschehen sein sollte, empfehle ich Sie besonders an den Lehrer Walter, in den ich großes Vertrauen setze. Und noch eine Warnung: Verplaudern Sie sich nicht, wenn Sie dem fremden Herrn begegnen, der jetzt in der dortigen Mühle wohnt."

„Warum nicht verplaudern?"

„Weil er unerkannt sein will."

„Wer ist er?"

„Ein Bekannter auch von Ihnen, König Ludwig."

„Sapperment! Das hätt ich ihm ja auch sagen können!" polterte der alte Sepp. „Hier soll ich nix hören und auch nix reden. Es wird Zeit sein, daß wir uns auf den Weg machen. Komm, Fex, wir wollen suchen, so bald wie möglich zu unserm Wagen zu kommen."

*

Schon in kurzer Zeit waren die beiden Freunde nach Hohenwald unterwegs.

Ihre Unterhaltung drehte sich um die heutigen Erlebnisse; ferner schilderte der Sepp dem Fex die Menschen, mit denen er in Hohenwald wahrscheinlich zusammentraf. Und da er besonders an die Frau des Finkenheiner gewiesen war, so teilte der Alte ihm alles mit, was er von ihr und ihren Schicksalen wußte.

So war der Fex, als sie am Abend in Hohenwald eintrafen, über alles unterrichtet, was zu wissen ihm notwendig war.

Am Eingang des Dorfs ließ der Alte halten.

„Ich fahr gleich zur Mühle. Du weißt schon zu wem. Der muß sogleich erfahren, was in der Talmühle geschehn ist. Du aber kannst schon hier aussteigen. Da rechts liegt die Flachsdörre, in der der Finkenheiner oben wohnt. — Nachher, wannst von dort fortgehst, kann er dich zum Silberhof führen, wo du eine Stube bekommst. Ich werd dich noch heut dort aufsuchen."

Der Fex folgte dem Rat. Er stieg aus und schritt auf die Flachsdörre zu.

In dem unteren Raum war es heute dunkel, da die Balzerbauerfamilie jetzt im Silbergut wohnte. Er fand nur mit Mühe den Weg und ging die steile alte Treppe empor. Dann tastete er sich bis zur Tür und klopfte an. Eine weibliche Stimme antwortete, und er trat ein.

Daheim war nur der Elefantenhans mit seiner Mutter, da der Heiner mit der Tochter sich noch in der Mühle befand. Heut brannte eine kleine Stehlampe auf dem Tisch, deren schwacher Schein nicht bis zu der Tür reichte. Das Gesicht des Eintretenden war also nicht deutlich zu erkennen.

„Guten Abend“, grüßte er.

Hans dankte mit denselben Worten; seine Mutter hatte bereits den Mund geöffnet, vergaß aber die Antwort. Sie hob schnell den Kopf, horchte auf, als ob sie etwas Seltsames gehört habe.

„Nicht wahr, hier wohnt der Finkenheiner?“ fragte Fex.

„Ja“, antwortete Hans.

„Ist er zu Haus?“

„Nein. Aber vielleicht dauert es nicht lange, bis er kommt.“

„So möcht ich gern auf ihn warten, wenn Sie es mir erlauben wollen.“

„Sehr gern“, antwortete die Frau. Sie kam dabei langsam, ganz langsam näher zur Tür und machte ein Gesicht, als ob alle ihre Sinne in Tätigkeit seien.

„Bitte, wollen Sie sich setzen?“ fügte sie hinzu, indem sie auf einen Stuhl deutete.

Dieser stand im Schein des Lichts. Darum richtete der Fex, der das eigentümliche Gebaren der Frau wohl bemerkt hatte, es so ein, daß er den Stuhl in den Schatten rückte und dann erst Platz nahm.

Obgleich er nun im Halbdunkel saß, sahen Mutter und Sohn doch deutlich, daß er vornehm gekleidet war, sie also keinen gewöhnlichen Dorfbewohner vor sich hatten.

„Kommen Sie vielleicht, eine Bestellung bei meinem Mann zu machen?“ fragte die Frau.

„Nein. Meine Absicht ist nur, bei ihm eine Erkundigung einzuziehen. Ein Bekannter von mir, der Wurzelsepp, hat mich hergeschickt."

„So ist es, als ob Sie uns bereits ganz gut kennen. Die Bekannten dieses Mannes sind alle gut Freund untereinander."

„Das habe auch ich schon bemerkt. In Ihrer Familie muß er schon seit langen Jahren verkehrt haben. Er hat mir so sehr viel von Ihnen erzählt."

Sie errötete ein wenig bei dem Gedanken, daß der Alte wohl auch von ihrem früheren Vergehen geplaudert haben könnte. Dieser Gedanke bewirkte, daß sie nicht gleich antwortete, aber sie hielt den Kopf lauschend zu ihm herübergeneigt wie jedesmal, wenn er seit seinem Eintreten gesprochen hatte.

„Sie sind doch jedenfalls die Frau des Finkenheiner?"

„Ja."

„Fällt Ihnen an mir etwas auf?"

„Warum denken Sie das?"

„Weil Sie mich so eigenartig betrachten und so scharf herüberhorchen, wenn ich spreche."

„Sie haben es erraten, mein Herr. Ihre Stimme ists, die mir auffällt."

„Hat das vielleicht einen bestimmten Grund?"

„Freilich. Ihre Stimme hat genau den Klang einer andern, die ich vor vielen Jahren täglich hörte."

„Wer war die Person, an die Sie dadurch erinnert werden?"

„Ein Baron, bei dessen Frau ich diente."

„Nun, so ist die Ähnlichkeit eben nur ein Zufall."

„Das glaub ich auch, denn die Familie wohnte sehr weit von hier, drunten in der Walachei."

„So? — Wie war der Name?"

„Gulijan."

„Ah! Das Stammschloß lag bei Slatina?"

Die Frau fuhr zunächst zusammen, als ob sie erschrocken sei. Dann aber fragte sie in freudigem Ton:

„Wie? Sie kennen diese Familie? Durch wen?"

„Durch den Wurzelsepp."

„So ist es erklärlich. Der hat von meinem Mann einiges über diese Familie gehört."

Da zog der Fex seine Brieftasche hervor und nahm das Bild seiner Mutter heraus, das er damals mit den Papieren aus dem Stuhl des Peitschenmüllers entwendet hatte.

„Oh", sagte er, „der alte Sepp kennt diese Familie auch aus eigener Anschauung."

„Das ist unmöglich. Er hat niemals jemand davon gesehn."

„In Person freilich nicht, aber im Bild."

„Das bezweifle ich. Es ist mir nicht bewußt, daß irgendein solches Bild vorhanden ist."

„Auch kein Lichtbild?"

„Auch das nicht, denn es ist alles damals bei dem großen Schloßbrand mit zerstört worden."

„Das glaub ich nicht. Wollen Sie vielleicht einmal einen Blick auf dieses Bild werfen?"

Er legte es auf den Tisch. Die Frau nahm das Bild und hielt es an das Licht. Kaum hatte sie ihren Blick darauf gerichtet, so stieß sie einen lauten Schrei aus.

„Baronin Etelka! Das ist sie, meine liebe, gute Herrin! Es ist gar kein Zweifel möglich! Herr, wie kommen Sie zu diesem Lichtbild?"

„Auf eine etwas geheimnisvolle Weise, von der ich Ihnen erzählen muß."

Er trat bei diesen Worten an den Tisch, als wolle er das Bild wieder an sich nehmen, in Wirklichkeit aber in der Absicht, das Licht nun auf sein Gesicht fallen zu lassen.

Er hatte dafür einen bestimmten Grund. Aus allem Vorhergegangenen mußte er annehmen, daß er der Sohn jenes Barons von Gulijan sei. Und dennoch war er nicht imstande, es überzeugend zu beweisen. Die Papiere, die er besaß, waren zwar die jenes Kindes, aber ob er tatsächlich jenes Kind war, das war noch nicht erwiesen. Darum war er heut, als er aufgefordert wurde, diese Frau aufzusuchen, auf den Gedanken gekommen, einmal an ihr zu prüfen, ob er seinem Vater oder seiner Mutter ähnlich wäre.

Diese Prüfung war von einem vollständigen Erfolg begleitet, denn kaum fiel das Licht auf sein Gesicht, so schrie die Frau laut auf.

„Herrgott! Ists möglich — Baron Samo Gulijan!"

Das war der Name seines Vaters. Es durchrieselte ihn ein Gefühl glücklicher Befriedigung. Er war jenem Baron zum Verwechseln ähnlich. Das konnte als ein Glied in der Kette der Beweise gelten, die er zu führen hatte. Doch blieb er kalt und ruhig.

„Meinen Sie mich?" fragte er im Ton des Erstaunens.

„Ja, Sie! Es ist doch kein andrer hier!"

„Aber so heiße ich ja nicht!"

„Nicht? Sie wären nicht Baron Samo Guli— —"

Sie hielt inne, schlug sich mit der Hand an die Stirn.

„Ja, richtig! Woran habe ich da gedacht! Der Baron ist ja tot! Aber welch eine Ähnlichkeit! Das grenzt geradezu ans Wunderbare."

„Auch das wird das Spiel eines bloßen Zufalls sein."

„Nein, nein, das kann ich nicht glauben. Diese Ähnlichkeit! Die Gestalt, das Gesicht, das Haar, die Augen und sogar auch die Stimme!"

„Zufall!"

„Das kann ich mir nicht denken. Herrgott! Da fällt mir der kleine Curty ein!"

„Wer ist das?"

„Das Söhnchen meiner Herrschaft, das plötzlich verschwand und niemals wiedergefunden wurde!"

„Haben Sie den Knaben gekannt?"

„Freilich, freilich! Wie oft habe ich ihn auf meinen Armen getragen, wenn Mylla, die Amme, einmal verhindert war, es zu tun."

„Und niemals hat sich eine Spur von ihm finden lassen?"

Anna zögerte mit der Antwort und schien verlegen zu sein.

„Er selber ist nicht wiedergefunden worden, aber Spuren hätte man wohl entdecken können, wenn man an die richtigen Personen gedacht hätte", sagte sie endlich. „Erst kürzlich sprach ich mit — ah, Sie sagen, daß Sie den alten Sepp kennen. Jetzt, jetzt geht mir ein Licht auf. Er hat Sie zu uns geschickt, vielleicht gar nicht zu meinem Mann, sondern zu mir. Er erzählte von einem jungen Mann, der Fex genannt wird. Kennen Sie ihn vielleicht?"

„Freilich kenne ich ihn. Ich bin es selber."

„Sie sind es? — O mein Gott! Wenn doch meine Ahnung mich nicht täuschen wollte! Sagen Sie mir, haben Sie Ihre Eltern noch? Ist Ihre Abstammung widerspruchslos erwiesen?"

Sie kam um den Tisch herum zu ihm und hielt die Lampe, die sie ergriffen hatte, so, daß seine ganze Gestalt beleuchtet wurde.

„Leider nein", antwortete er. „Ich habe keine Eltern, ich kenne sie nicht. Und über meiner Abstammung schwebt ein Dunkel, das ich bisher nicht zu lichten vermochte."

„So sind Sie es, so sind Sie es, der junge Herr, der Baron Curty von Gulijan!"

Sie setzte die Lampe hin und ergriff seine beiden Hände, um sie an ihre Lippen zu ziehen. Er entzog ihr die Hände.

„Nicht so vorschnell! Wie wollen Sie die Wahrheit dessen, was Sie sagen, beweisen? Ich bin Ihnen ja ein vollständig fremder Mensch!"

„Fremd? — Nein, o nein! Sie sind mir so bekannt, als ob wir uns seit Jahren nicht ein einziges Mal getrennt hätten!"

„Das ist freilich eine kühne Behauptung, aber ich vermag sie nicht zu entkräften. Mein einziger Widerspruch besteht in der Versicherung, daß ich Sie nicht kenne; also können auch Sie mir nicht besonders nahe gestanden haben."

„Diese Entgegnung ist hinfällig. Ich bin bereit, es Ihnen zu beweisen."

„Nun, so beweisen Sie!"

„Erstens spricht die Stimme meines Herzens für Sie."

„Das gilt bei dem Juristen, auf den es ja in diesem Fall ankommt, gar nichts."

„Sodann habe ich Sie sofort erkannt. Gleich als Sie Ihre ersten Worte sprachen, fiel mir die Ähnlichkeit mit der Stimme Ihres Vaters auf. Und dann die übrige Ähnlichkeit, die so auffallend ist, daß sie nur eine Folge engster Verwandtschaft sein kann."

„Das sind keine genügenden Beweise."

„Außerdem hat mir doch der Sepp von Ihnen erzählt."

„Soll vielleicht das etwas gelten?"

„Nein, aber es läßt doch vermuten, daß auch Sie glauben müssen, der zu sein, für den ich Sie halte. Und nun gar das Bild Ihrer Mutter! Wie käme es in Ihre Hände, wenn Sie nicht Ihr Sohn wären?"

„Vielleicht bin ich nur ein Verwandter von ihr."

„Nein. Sonst wurde niemand von der Familie vermißt. Himmel! Was wird Jeschko sagen, wenn er Sie erblickt? Er wird alle möglichen Eide schwören wollen, daß Sie der junge Baron von Gulijan sind!"

„Ich habe von ihm gehört und werde mit ihm sprechen. Haben Sie seine Frau gekannt?"

„Natürlich! Sie war ja jene Amme, die ich vorhin erwähnte. Sie hieß Mylla."

„Wann starb sie?"

„Von ihrem Tod weiß ich nichts. Sie war plötzlich verschwunden und ist nie wieder gesehen worden."

„Sie werden sie sehen."

„Was? Sie lebt noch?"

„Nein, sie ist tot. Aber ihr Körper hat sich so gut erhalten, daß sie das Aussehn einer Schläferin besitzt."

„Und wo befindet sie sich?"

„Jetzt drunten in Scheibenbad, aber vielleicht schon morgen wird man den Körper hierherbringen, um in der Untersuchungssache gegen den Müller Kellermann —"

„Kellermann!" rief sie aus. „Ein Müller! Ists der, der mit dem Silberbauern in der Gegend von Slatina war?"

„Ja."

„Der befindet sich in Untersuchung?"

„Ja, ich komme soeben von ihm und war dabei, als er verhaftet wurde."

„Gott sei Dank! Endlich, endlich beginnen meine Wünsche sich zu erfüllen! Nach diesem Menschen habe ich gesucht, lange, lange Jahre, und stets vergeblich. Hat er denn hier auch Verbrechen begangen? Denn wegen seiner in der Walachei verübten Taten wird man ihn hier doch wohl nicht festgenommen haben."

„Auch deswegen, aber er hat auch hier einen Menschen getötet — die Mylla!"

„Ihre Amme?"

„Ja. Ich selber habe es gesehen."

„So hat sie ihn gesucht, ganz so wie ich, und ihn zu ihrem Verderben gefunden. Möge ihn die Strafe so hart treffen, wie er sie verdient. Nachsicht gegen diesen Menschen wäre eine Sünde, wie es kaum eine größere geben kann! Auch ich bin bereit, gegen ihn zu zeugen. Ich werde gleich morgen nach Scheibenbad gehen, um mich beim dortigen Gericht zu melden."

„Das haben Sie nicht nötig. Er wird morgen hierher

gebracht, weil die Untersuchung von unserer Behörde geführt werden soll."

„Desto besser. Wie entsetzt wird er sein, wenn er mich erblickt, die er längst verschollen oder gar tot wähnt! Er wird gradso erschrecken wie der Silberbauer, der vor Entsetzen über mein Erscheinen ins Mühlrad gestürzt ist."

„Der Sepp hat mir davon erzählt. Wie schade, daß es diesem Menschen gelungen ist, zu entkommen!"

„Uns ist er entkommen. Vor Gottes Auge aber vermag er sich nicht zu verbergen. Bei den Verletzungen, die er davongetragen hat, ist es unmöglich, daß er das Leben eines Flüchtlings lange zu führen vermag. Vielleicht ist er schon hinter irgendeinem Busch zusammengebrochen, wo er mit dem Tod ringt. Horch! Es kommt jemand. Das ist mein Mann. Ich kenne ihn am Schritt."

Sie hatte recht, der Finkenheiner trat ein.

„Anna", rief er noch unter der Tür, „weißt, was geschehn ist? Sie haben ihn."

„Wen?"

„Den — ah, da ist ein Besuch? Den kenn ich gar nicht. Willkommen auch!"

Er streckte dem Fex die Hand entgegen. Der junge Mann ergriff sie und schüttelte sie herzlich.

„Danke sehr! Ich habe so viel Gutes von dem Finkenheiner gehört, daß ich mich freue, Sie endlich einmal kennenzulernen."

„So? Wer hat sich denn da den unnützen Spaß gemacht, von mir ein Aufhebens zu machen?"

„Der Wurzelsepp."

„Ja, der! Der ist mein Spezi, und sein Maulwerk geht den ganzen Tag, wie bei einer alten Jungfer die Kaffeemühle. Wer weiß, was er Ihnen erzählt hat. Aber darf ich wohl auch erfahren, wer Sie sind?"

„Ja, das darfst erfahren", antwortete seine Frau an

des Fexens Stelle, „aber von mir sollsts hören. Denk dir nur mal, das ist der junge Herr Baron von Gulijan."

„Bist des Teufels?"

„Nein."

„Bei dem du gedient hast in der Walachei?"

„Ja."

„Aber der junge Baron ist ja verlorengangen."

„Jetzt hat er sich wiedergefunden. Er wills zwar selber nicht recht glauben, daß ers ist, aber wir wollen die Beweise schon recht hübsch zusammenkriegen. Auch den Müller Kellermann haben wir endlich gefunden, und wann der Silberbauer noch entdeckt werden könnt, so wäre das —"

„Hallo!" rief der Heiner. „Was hast da zu plauschen! Hast denn vorhin nicht gehört, daß sie ihn haben?"

„Doch nicht etwa gar den Silberbauern?"

„Natürlich den und keinen andern."

„Gott sei Dank! Aber wo hat er denn gesteckt?"

„Droben in der Felsenhöhle."

„Und wer hat ihn erwischt?"

„Wer? Das brauchst gar nicht zu fragen, denn die Antwort versteht sich von selber. Seit der da ist, ists ein ganz andres Leben geworden!"

„Meinst wohl den Herrn Lehrer?"

„Freilich! Was der anfaßt, das hat Sinn, Verstand und Schick. Er ist im Wald gewesen, wo er ihn hat schreien hören. Da hat er den Eschenbauer mit seinem Wagen geholt und den Silberbauern aufgeladen. Nun liegt er wieder in seiner Kammer, und soeben ist der Doktor von ihm fort, und zwei Wächter sitzen bei ihm; er hat das Wundfieber und kann gar leicht ausbrechen wollen."

Die Nachricht hatte den Heiner so außer Rand und Band gebracht, daß er gar nicht darüber nachgedacht hatte, daß es beinahe ein Wunder war, den verschollenen Baron von Gulijan bei sich zu sehen; und als jetzt dieser Gedanke ihm ins Bewußtsein trat, war es zu spät, denn der Fex hatte bereits den Hut ergriffen und fragte: „Bitte, gehn Sie heut zeitig zur Ruhe?"

„Nein, heut wohl nicht. Warum fragens?"

„Weil ich gern noch mehr mit Ihnen sprechen möchte und doch jetzt für einige Zeit fort muß."

„So kommens nur getrost wieder! Wir werden gern warten."

„Schön. Wie geht man, um zum Silberhof zu kommen?"

„Dahin wollens?"

„Ja, ich muß den Silberbauern einmal sehen und dann sogleich ein Fernschreiben absenden."

„Ich werd Sie führen. Das ist besser, als wann ich Ihnen den Weg beschreibe, denn Sie finden ihn in der Dunkelheit nicht."

„Ja, führ den Herrn", stimmte seine Frau bei. „Und auch einen Boten zur Post mußt ihm besorgen. Sodann aber bringst mir ihn ja wieder mit her. Es sind sehr wichtige Dinge, die wir mitsammen zu besprechen haben. Ich wollt, ich könnt dabei sein, wann der Silberbauer ihn erblickt. Ich möcht wetten, daß es diesem grad so gehn wird wie mir: er wird ihn für den Herrn Baron Samo von Gulijan halten. Das ist heut ein Tag, den ich so bald nicht wieder vergessen werde. Wer weiß, was da alles noch geschehn kann! Denn wann der Herrgott einmal seine Taten ausführt, so kommt gleich viel zusammen. Also geht nun jetzt und laßt mich nicht zu lange auf euch warten!"

Die beiden Männer verließen die Flachsdörre und begaben sich zum Silbergut, vor dessen Einfahrt noch immer neugierige Leute standen.

„Der Finkenheiner mit einem Fremden!" hörte man sie sagen. „Wer mag das sein?"

In dieser abgelegenen Gegend war das Erscheinen eines Unbekannten eine Seltenheit, zumal so spät am

Abend, und man brachte es zu den Ereignissen sofort in nähere Beziehung.

In dem Haus war es ungewöhnlich still. In die Dienstboten war ein heilsamer Schrecken gefahren. Sie verrichteten ihre Arbeiten jetzt in möglichster Ruhe.

Das hatte seinen Grund nicht nur in dem wohlverdienten Schicksal, das über ihren Herrn hereingebrochen war, sondern auch in dem Umstand, daß sich der Balzerbauer jetzt hier befand und die Leitung des Gutes übernommen hatte.

Vielleicht war es ein Wagnis zu nennen, daß der Assessor einem Menschen, der bisher für wahnsinnig gehalten worden war, die Aufsicht über die Bewirtschaftung eines so großen Anwesens anvertraut hatte. Aber einerseits hatte er dies erst nach eingehender Besprechung mit dem Medizinalrat getan, und dann war es ihm eine wirkliche Herzensfreude, dem armen Feuerbalzer, der durch den Silberbauern so viel gelitten hatte, diese Genugtuung zu verschaffen.

Und eine große Genugtuung war es freilich, ganz besonders für die Feuerbalzerin, die alte Frau, die so lange Jahre hindurch gehungert und gelitten hatte und wegen ihrer großen Armut von den Leuten verachtet worden war.

Sie fühlte sich jetzt wieder als eine Frau, die ein gewichtiges Wort zu reden hatte.

Da sie mehr als arm an Kleidern war, so hatte sie sich einstweilen aus dem Vorrat, den Martha zurückgelassen hatte, einiges für sich Passendes ausgesucht. Nun konnte sie sich auch in dieser Beziehung sehen lassen, und — sie ließ sich sehen.

Mit dem großen Schlüsselbund am Schürzenband ging sie durch alle Räume, um das Reich, dessen Regierung ihr nun anvertraut worden war, kennenzulernen. Die Alte nahm sich der Wirtschaft mit einem Eifer und einer Pflichttreue an, als ob der Silberhof jetzt ihr Eigentum wäre.

„Und wer kanns wissen, wie es noch wird?“ sagte sie zu ihrem Sohn. „Der Silberbauer hat uns alles genommen, er muß es uns nun auch wiedergeben. Und woher sollen wirs erhalten? Doch vom Silberhof! Vielleicht kommts noch so weit, daß der verrückte Feuerbalzer ein Silberbauer wird. Es gibt einen Herrgott und eine Gerechtigkeit. Und nachdem wir so viel und auch so lang gelitten haben, kann man es uns gönnen, daß es uns nun auch wieder mal wohlgehn mag!“

Als der Fex mit dem Finkenheiner oben in die Schlafstube trat, in der der Silberbauer lag, befand sich der Lehrer da und mit ihm noch einige Männer, denen die Bewachung des Fieberkranken anvertraut war.

Klaus hielt die Augen geschlossen, als ob er schlafe, doch sein Geist ruhte keineswegs. Die Lippen bewegten sich unaufhörlich, und ein leises Flüstern deutete an, daß er sich trotz seiner Bewegungslosigkeit mit allerhand wirren Gedanken beschäftigte.

Der Lehrer gab den Eintretenden einen Wink, ruhig zu sein, deshalb sagte der Finkenheiner leise zu ihm:

„Es ist der Fex, von dems wohl gehört haben.“

„Ah, das ist eine Überraschung, obgleich ich weiß, daß der Assessor nach München hat drahten lassen, um ihn für heut nach Scheibenbad zu rufen. Willkommen, Herr — Herr — ja, wie habe ich Sie denn eigentlich zu nennen?“ wandte der Lehrer sich an Fex.

Er reichte, während er diese Frage aussprach, dem angehenden Geigenkünstler die Hand.

„Der Heiner hat ja soeben meinen Namen genannt“, antwortete Fex.

„Aber Sie müssen doch einen andern haben.“

„Bevor ich das Recht erlangt habe, meinen wirklichen Namen zu führen, mögen Sie mich immerhin so nennen.

Ich bin an ihn gewöhnt, und darum hat er nichts Verächtliches für mich."

„Ja", meinte der Heiner, mit äußerst wichtiger Miene, „wanns seinen wirklichen Namen wüßten, Herr Lehrer, da tätens sich wohl gewaltig verwundern. Er ist nämlich —"

„Pst!" unterbrach ihn der Fex. „Davon wollen wir jetzt nicht sprechen."

„Warum nicht? Sie sind der junge Herr Baron, und da wird man es doch wohl auch sagen dürfen."

„Baron?" fragte der Lehrer. „Ich habe eine Ahnung, welchen Namen Sie meinen. Der Wurzelsepp hat mir einige Andeutungen gemacht. Ich kenne Sie sehr gut, wenn auch noch nicht persönlich, so doch vom Hörensagen, und es sollte mich freuen, wenn Sie bald die Berechtigung erhielten, den Namen zu führen, auf den Sie ein Anrecht haben. Da Sie hier in Hohenwald sind, vermute ich, daß der Herr Assessor auch mitgekommen ist. Warum ist er nicht zu sehen?"

„Er wird erst morgen zurückkehren und hat mich vorausgesandt, damit ich mich einstweilen über die hiesigen Verhältnisse unterrichten möchte."

„Das ist recht. Ich stelle mich Ihnen zur Verfügung. Wie stehts in der Talmühle?"

„Der Müller wird morgen hier eingeliefert werden. Der Assessor beauftragte mich, ihm zu drahten, wenn sich hier etwas Wichtiges ereignet haben sollte; und da ich hörte, daß es gelungen ist, den —"

„— den Silberbauern zu ergreifen", fiel der Lehrer ein, „so müssen wir sofort eine Depesche absenden. Das versteht sich von selber, und ich werde das besorgen. Sie kamen, um den Silberbauern zu sehen? Kennen Sie ihn?"

„Ich habe ihn einmal in der Talmühle gesehen, aber so flüchtig, daß ich mich nicht mehr auf sein Gesicht besinnen kann. Jetzt weiß ich, daß ich mit diesem Menschen eine ganz bedeutende Rechnung auszugleichen habe, und will ihn mir doch einmal genau betrachten."

Er trat an das Bett.

Da lag der Mann, der ihn im Verein mit dem Talmüller um alles, alles gebracht hatte. Es waren eigenartige Gefühle, die bei dem Anblick des Verbrechers den Fex bewegten.

Er beugte sich tiefer und tiefer zu dem Silberbauern nieder, um zu hören, ob vielleicht ein Wort von dem, was er im Fieber flüsterte, deutlich zu verstehen sei. Und wirklich, da vernahm er einiges aus dem Murmeln heraus.

„Still! — Still! — Das darf nicht verraten werden! — Was? Was sagst? — Ich wär es gewesen? — Ich?"

Indem er einer augenblicklichen Eingebung folgte, hielt der Fex den Mund nahe ans Ohr des Phantasierenden.

„Ja, du bists gewesen, du und kein andrer."

Der Kranke öffnete die Augen nicht, auch seine Lippen bewegten sich nicht, aber sein Gesicht nahm einen Ausdruck an, als ob er auf etwas lausche.

Dann fragte er so laut, daß die Anwesenden es alle hören konnten:

„Wer spricht denn da? — Das ist wieder eine andre Stimme. — Sag, wer du bist!"

„Kennst mich denn nicht?"

„Dich? Ja, wann ich dich doch sehn könnt! Wo bist denn eigentlich?"

„Hier. Schau nur her!"

Wieder vergingen einige Sekunden.

Der Silberbauer zog die Brauen empor. Er horchte, das war ihm anzusehen.

Dann antwortete er:

„Ich schau ja hin, aber sehn kann ich dich nicht. Warum versteckst dich denn? Hast wohl Angst vor mir?"

„O nein, sondern du mußt dich vor mir fürchten!"

„Ich? Vor dir? Der Silberbauer fürchtet sich vor

keinem Menschen. Darum nimm dich in acht vor mir! Bist du etwa einer aus Hohenwald?“

„Nein.“

„Das ist gut. Die suchen mich. Die wollen mich fangen. Aber ich geh zum Talmüller, der versteckt mich und gibt mir Geld, daß ich weiterkommen kann. Oder bist woanders her? Kennst mich denn?“

„Ja, dich und alle deine Verbrechen.“

„Das ist nicht wahr! Was ich tan hab, das weiß kein Mensch, und die es wissen, die sind nicht da. Also sag, woher du bist.“

„Aus Slatina.“

Die Wirkung dieses Wortes war gewaltig. Der Mund des Silberbauern öffnete sich weit. Auf seinem Gesicht lag Schrecken und Entsetzen.

„Vorsicht, Vorsicht!“ flüsterte der Lehrer dem Fex warnend zu.

„Es wird ihm gewiß nichts schaden“, antwortete dieser leise. „Vielleicht entlocke ich ihm ein Geständnis.“

Der Lehrer wollte noch eine Bemerkung machen, aber er kam nicht dazu, denn jetzt löste sich der starre Schreck von den Zügen des Silberbauern, und er sagte in der hastigen Art und Weise, wie man in der Angst jemandem etwas zuraunt:

„Pst, pst! Sprich leise! Von dort darf niemand was erfahren. — Also in Slatina bist bekannt?“

„Ich bin dort zu Haus.“

„Kennst auch die Mühlen dort?“

„Ja.“

„Und auch die beiden Müller damals?“

„Ganz genau!“

„Wie habens denn geheißen?“

„Klaus und Kellermann.“

„Himmelsakra! Ja, du weißt die Namen, aber sonst weißt nix, gar nix!“

„Oh, ich weiß alles.“

„Nein, nein, nein!“

Das erste ‚Nein‘ sprach er leise, das zweite lauter, und das dritte schrie er heraus.

Dann murmelte er heimlich vor sich hin und fragte schließlich wieder vernehmlich:

„Hast auch den Baron gekannt?“

„Grad so gut wie du.“

„Und auch seine Frau?“

„Ja.“

„Eine schöne Frau, eine sehr schöne, nicht wahr?“

„Hat sie dir denn gefallen?“

„Gefallen? Ich bin ganz verrückt gewesen in sie. Warst etwa dabei, als ichs ihr gesagt hab?“

„Nein.“

„Das ist gut. Denn was sie mir geantwortet hat, darf keiner wissen. Einen Mörder hat sie mich genannt, denk dir, einen Mörder! Und ich bins doch nicht allein gewesen.“

„Sondern der Peitschenmüller auch?“

„Ja. Und wenn zwei was mitsammen tan haben, so ist doch nicht einer allein schuld daran. Ich hab vor ihr kniet. Hasts gesehn?“

„Nein.“

„Das ist gut, denn sie hat mich angespuckt, und nachher, als ich aufgesprungen bin, da hat sie mich mit der Faust ins Gesicht geschlagen und dann laut um Hilf gerufen. Und da ist die Anna kommen. Kennst sie?“

„Nein.“

„Dem Finkenheiner sein Weib. Da hab ich fliehn müssen, damit sie mich nicht sehn sollt. Aber die Rach ist nachher gleich kommen. Hast vielleicht gesehn, wie lieb sie ihren Buben hat?“

„Nein, gar nicht.“

„Das ist schad. Wannsts gesehn hättest, so könnst auch wissen, welch ein Jammer es nachher war, als der Bub so plötzlich verschwunden war. Das war die Rach.

Und dann unten am Fluß, als sie mich da traf: Da hat sie vor mir kniet, wie ich erst vor ihr, und mich himmelhoch beten, ihr doch den Buben wiederzugeben."

„Hat sie es denn gewußt, daß du es gewesen warst?"

„Denken hat sie es sich können; aber mir was zu beweisen, das war ihr nicht möglich. Oh, der Silberbauer ist ein kluger Kopf! Und noch heut ist er so gescheit, daß kein Mensch was mit ihm anfangen kann! Hättst sie hören sollen, wie sie gejammert hat. Alles soll vergeben und vergessen sein, und kein Mensch soll was erfahren, wann ich ihr nur den Buben wiedergeb."

„Warum hasts nicht getan?"

„Werd mich wohl hüten! Was hätt ich davon? Gar nix! Und Geld hat sie mir geben wollen, viel Geld. Ich hab gar nicht gewußt, daß sie so viel hat. Sie hat mirs selber gesagt, daß gestern welches ankommen ist und bei ihr liegt in der Schlafstub. Ich solls haben, alles, alles; nur den Buben, den Curty soll ich ihr wiedergeben. War das nicht dumm von ihr?"

„Warum?"

„Weil wir uns das Geld geholt haben, und sie hat den Buben doch nicht kriegt. Ich hätt ihn ihr auch gar nicht geben können, denn ich hab ja nicht gewußt, wohin der Barko mit ihm ist. Und nachher das schöne Feuer. Wie hats knistert und brannt, und wie ists emporgestiegen, himmelhoch! Und kein Mensch hats gewußt, wie es entstanden ist. Und die Baronin hat sich gewehrt wie eine Katz und mir das Gesicht zerkrallt und um Hilf gerufen. Da ist die Anna an die Tür kommen und hat gefragt, was es ist, und ob sie hereinkommen soll. Und ich hab eine Frauenstimme nachgeahmt und ihr mit ‚Nein' geantwortet. Und sie hätt auch nicht hereinkönnen, denn wir hatten die Tür von innen verschlossen, ich und der Talmüller. Und die Baronin hat weiter nicht rufen können, denn wir hatten sie anbunden und ihr ein Tuch in den Mund gesteckt. Dann, als wir das Geld durchs Fenster geschafft hatten, haben wir das Bett anbrannt. Was sie da für Augen gemacht hat, voller Angst und Entsetzen! Oh, es ist schön, so eine Rach, wann einen eine angespuckt hat und nix von einem wissen will, weil man nur ein Müller ist und sie eine Reiche und Vornehme! Kannst du dir so eine Rach denken?"

Der Fex vermochte nicht zu antworten. Er zitterte vor Entsetzen und klammerte sich an das Bett, um nicht umzusinken. Seine Brust atmete schwer. Er befand sich in einer Aufregung wie er sie noch niemals in seinem Leben erfahren hatte. Also eines solchen Todes war seine Mutter gestorben! Welch ein fürchterliches Ende! Gefesselt war sie worden, und dann hatte man Feuer angelegt! Verbrannt, bei lebendigem Leib verbrannt!

Auch die andern Anwesenden waren auf das tiefste erschüttert von dem, was sie gehört hatten. Eines solchen Verbrechens hatte doch keiner den Silberbauer für fähig gehalten. Der aber lag bewegungslos in seinem Bett, lächelte befriedigt vor sich hin und hielt das eine Ohr aufwärts, als wenn er eine Antwort erwarte.

„Aber nachher hab ich erfahren, wo der Bub steckt," fuhr er dann fort. „Ich kanns dir sagen, wannsts nicht verraten willst. Drunten beim Talmüller ist er. Der Fex ist der Baron Curty. Aber er wird es niemals wissen. Er ist der Fex und bleibt der Fex. Das ist auch ein Teil der Rach. Was — was — was schreist?"

Endlich löste sich das Entsetzen des jungen Mannes von der beklemmten Brust. Er stieß einen lauten, furchtbaren Schrei aus. So gräßlich war der Schrei, daß der Bauer aus seinem Fiebertraum erwachte. Er kam zu sich und öffnete die Augen. Sein Blick fiel auf den Fex, der noch immer vornübergebeugt am Bett stand.

Sofort nahmen seine Züge einen ganz andern Ausdruck an.

„Tausend Teufel!“ schrie er laut.

„Mörder! — Elender Mörder!“ stöhnte der Fex.

„Der Baron! Der Baron! Er lebt!“ erklang es jetzt wimmernd aus dem Mund des Silberbauern.

„Du hast sie ermordet, verbrannt! — Du bist ein Teufel in Menschengestalt, ein Satan!“

„Nein, er lebt nicht — er kann nicht leben! Er ist tot! Es ist sein Geist, sein Geist! Hu — hu — hu!“

Er brüllte wie in entsetzlicher Todesangst auf und versuchte, aus dem Bett zu springen. Er rüttelte an den Fesseln und brach dann ermattet zurück.

„Fort, fort!“ ächzte er. „Ich sterbe! Ich ersticke!“

Seine Glieder streckten sich, und sein Gesicht nahm den Ausdruck des Todes an. Dann lag er still.

„Er stirbt, er stirbt!“ rief Max Walter, der schnell an das Bett getreten war.

„Mag er sterben!“ antwortete der Fex kalt. „Sein Tod ist schnell und leicht; er hätte tausend Tode sterben müssen. Mag der ewige Richter dort oben nach seiner Gerechtigkeit mit ihm verfahren!“

SPÄTE ERFÜLLUNG

Und wieder war der Frühling ins Land gezogen. Strahlender Sonnenschein lag mild und warm auf den grünen Matten der bayerischen Alpen.

In langwierigen Untersuchungen hatte das Gericht mit vieler Mühe Licht in die dunkle Vergangenheit des Silberbauern gebracht und dem inzwischen gänzlich genesenen Feuerbalzer den Silberhof zugesprochen, während der Finkenheiner Eigentümer der Talmühle geworden war. Der Peitschenmüller, der zuerst in dreistem Leugnen verharrte, brach bei der Gegenüberstellung mit der Leiche Myllas und durch den Augenzeugenbericht des Fex völlig zusammen und legte ein umfassendes Geständnis ab, das ihn zwar vorm Galgen rettete, ihm aber lebenslängliche Freiheitsstrafe einbrachte. Auch der Fingerlfranz war verurteilt worden, kam jedoch mit einem blauen Auge davon, denn seine Strafe wurde zur Bewährung ausgesetzt. Noch mehr Glück hatte der Silberfritz: da ihm nicht bewiesen werden konnte, daß er an den Schandtaten seines Vaters mitschuldig war, mußte man ihn wieder freilassen. Der Feuerbalzer war so edelmütig, ihm die Mittel zur Überfahrt nach Amerika zu geben. Man hörte nie wieder von ihm.

Für den Silberbauern hatte der wenn auch schreckliche Tod eine Erlösung bedeutet. Sein Kumpan, der Peitschenmüller, sollte es jedoch schlimmer haben als er. Hatten ihn schon früher nächtliche Schatten der Vergangenheit gequält, so ließ jetzt im Gefängnis der Wurm des bösen Gewissens überhaupt nicht mehr von ihm.

Dazu kam, daß sein im Geiz erstarrtes Herz den Gedanken nicht fassen konnte, daß ein anderer sich seines durch Raub und Mord zusammengerafften Besitzes erfreuen sollte. Die Qualen, die ihm sein Geiz und noch mehr sein böses Gewissen bereiteten, waren ärger als die Strafe, die ihm von der irdischen Gerechtigkeit auferlegt worden war, und brachten ihn oft genug an den Rand des Wahnsinns. So lebte er in der dumpfen Kerkerzelle ein ödes, hoffnungsloses, von keinem Lichtstrahl erhelltes Dasein.

Dem Fex war es nach hartnäckigem Kampf mit Verwandten, die sich seines väterlichen Erbes bemächtigt hatten, durch Vermittlung des Königs gelungen, als Baron Gulijan anerkannt zu werden und die Güter in der Walachei zurückzuerhalten. Das aber brachte ihm ebensowenig Glück und Zufriedenheit wie seine künstlerischen Erfolge, weil Paula zunächst verzweifelt bei der Ansicht blieb, daß sie als Tochter eines Verbrechers den Pfad ihres Jugendfreundes nicht mehr kreuzen dürfe. Schließlich aber machte der tiefe Schmerz des Geliebten doch Eindruck auf sie, und da auch der Sepp nicht müde wurde, ihr ihre Bedenken auszureden, gab sie endlich nach und kam nach München, wo in aller Stille die Trauung zwischen ihr und dem Fex erfolgen sollte.

Als Trauzeuge wurde außer dem Wurzelsepp Max Walter geladen. Seit sich die Spannung aller mit dem Tod des Silberbauern gelöst hatte, war der Lehrer sehr still und verschlossen geworden. Er konnte sich über den Verlust Marthas nicht hinwegtrösten. Seit ihrer Flucht aus dem Vaterhaus hatte man nichts mehr von ihr gehört, und man nahm zuerst sogar an, das Mädchen habe sich ein Leid angetan. Der alte Wurzelsepp hatte wochenlang nach ihr gesucht, aber in der ganzen Gegend nichts über ihren Verbleib in Erfahrung bringen können.

Als Max den Sepp am Tag der Hochzeit in München wieder traf, galt seine erste bange Frage der Silbermartha. Doch der Alte winkte nur ab.

„Geh, Herr Lehrer!“ brummte er. „Die Martha ist auf und davon! Soll das Mädel doch bleiben, wo der Pfeffer wächst!“

Max blickte den Sepp zornig an.

„Du, Sepp, wenn du mein Freund bleiben willst, dann sag nicht wieder so etwas! Die Martha ist brav und —“

„Aber fort ist sie gelaufen, das dumme Ding!“ Sepp schüttelte unwillig den Kopf. „Ha! Was würdst denn machen, wenn sie plötzlich vor dir ständ?“

„Ich — ich würde sie bitten zurückzukommen!“

„Ja so! Und wann sie nicht will, he?“

„Dann liebt sie mich nicht!“

„Aha! Dann liebt sie dich nicht. Du — schau! Da kommt der Fex mit seiner Paula! Ich bin schon ganz aufgeregt, weil ich halt so lange schon keinen Trauzeugen mehr gemacht hab! Gehts dir auch so?“

„Ach!“ stieß Max traurig hervor. „Ich freu mich ja so sehr mit dem Fex. Aber gleichzeitig beneide ich ihn schrecklich!“

„Das darfst nicht sagen. Wann einer mit seinem Schicksal hadert, dann wird ihm der Herrgott nimmer helfen!“

„Hast recht, Sepp. — Komm, gehen wir zu den beiden!“

Das junge Paar nahm glückstrahlend die herzliche Begrüßung der Freunde entgegen. Dann aber drängte der Sepp zum Aufbruch.

„Kinder, schauts, daß ihr nicht zu spät kommt! Unterhalten können wir uns auch morgen. Ich lad euch in der Früh zu einer Brotzeit in den Gasthof, wo ich wohn! Der Sepp kann auch nobel sein. — Also kommts jetzt!“ —

Am nächsten Morgen saßen die vier beieinander und gaben sich gegenseitig Bericht. Max allerdings sprach kaum ein Wort, und schließlich fragte ihn der Fex nach dem Grund seiner Schweigsamkeit. Doch bevor der Lehrer antworten konnte, mischte sich schnell der Sepp ein.

„Der Herr Lehrer wird schon bald mehr zu reden haben. Es gibt nämlich vom Gericht noch eine Nachuntersuchung, und grad vorhin bin ich aufgefordert worden, euch allen mitzuteilen, daß nachher ein Beamter kommt, um ein paar Fragen zu stellen."

„Was soll denn nun noch untersucht werden?" fragte der Fex unwillig. „Ich wär froh, wenn diese ganzen traurigen Geschichten endlich mal zum Abschluß kämen! — Ja, bitte?"

Neben ihm stand der Kellner und machte eine Verbeugung.

„Verzeihung! Sind Sie der Herr Brendel, bitte?"

„Nix da, der bin ich!" fiel der Wurzelsepp rasch ein und stand auf. „Ich komm schon!"

Er schritt mit dem Kellner zur Tür und gab dabei einige leise Anweisungen. Dann kam er zum Tisch zurück.

„Was gabs denn, Sepp?" fragte Paula.

„Was ich euch grad erzählt hab; der Herr vom Gericht ist eben kommen, und ich hab ihn auf mein Zimmer geschickt. Zuerst möcht er den Max sprechen. Sei so gut, Herr Lehrer, und geh bittschön hinauf. Zimmer acht."

Max erhob sich.

„Gut. Aber ich weiß gar nicht —" Er blickte Sepp fragend an.

„Ich weiß auch nix!"

„Na schön. Wir werden ja sehen, worum es sich handelt." —

Als Martha von Hohenwald weggegangen war, hatte sie sich nach München gewandt und eine Stelle als Hausmädchen bei einer alten, kranken Dame angenommen. Doch nun war diese gestorben, und Martha mußte sich einen neuen Verdienst suchen. Sie hatte hier und da gefragt — ohne Erfolg. Dann aber erhielt sie einen Brief, worin sie gebeten wurde, in einem Gasthof rückzufragen, wo sie eine neue Anstellung vermittelt bekommen könne. Hier war sie nun und wartete.

Ein paarmal schritt sie unruhig auf und ab. Schließlich trat sie zum Fenster, legte die Stirn an die Scheibe und blickte trübe auf den Platz hinab.

Wie glücklich hätte sie jetzt sein können, wenn sie früher nicht so stolz und herzlos gewesen wäre. Sie selber hatte ihr Glück zerstört ...

Aber wäre sie jetzt auch wirklich glücklich? Hätte sie, die Tochter eines Verbrechers, das Dasein des Geliebten an das ihrige ketten dürfen? Nein, nein und tausendmal nein! Sie war zur Einsamkeit verurteilt und mußte dieses Schicksal tragen. Doch die Last war schwer ...

Unten rasselten die Wagen. Der Platz vor dem Hotel war sehr belebt. Darum hörte sie das Klopfen nicht. Als sie merkte, daß die Tür geöffnet wurde, brachte sie es nicht fertig, sich umzuwenden, denn sie wollte die Tränen nicht sehen lassen, die in ihren Augen standen. Als aber kein Wort gesprochen wurde und keine Bewegung im Zimmer zu hören war, drehte sie sich um.

Was war das? Vor Schreck griff sie nach dem Herzen. Reden konnte sie nicht. Alles Blut wich aus ihrem Gesicht.

Und dort unter der geöffneten Tür stand einer, reglos und ebenso blaß wie sie, und starrte sie an wie einen Geist. Doch dann tat er einen tiefen Atemzug, schloß die Tür hinter sich und trat auf sie zu.

„Martha!" sagte er mit bebender Stimme.

Sie antwortete nicht.

„Hast du kein Wort für mich?“

Was sollte sie sagen, was sollte sie tun? Ein tiefer Seufzer entfloh ihren Lippen.

Max deutete ihr Schweigen falsch.

„Leb also wohl!“ sagte er bitter und ging zur Tür.

Da überkam Martha eine unbeschreibliche Angst.

„Max!“ rief sie verzweifelt.

„Was soll ich noch?“ fragte er traurig.

„Max, Max!“ Ihre Stimme war so erfüllt von Angst und Qual, daß er sich umwandte und langsam auf sie zutrat.

Ihr Antlitz war totenbleich. Und nun, da er ihr so nahe gegenüberstand, sah er deutlich, welche Veränderung mit ihr vorgegangen war. Ihr Gesicht war schmaler geworden, und sie war schöner, viel schöner noch als früher. Das Leid hatte ihren Zügen eine Reife gegeben, die vorher gefehlt hatte.

„Martha, warum bist du davongelaufen?“

Sie antwortete noch immer nicht. Ihre Augen standen voll Tränen. Sie preßte die Lippen zusammen, um den überlauten Aufschrei ihres Herzens zu unterdrücken, und barg das Gesicht in den Händen.

Er wartete, daß sie aufblicken und mit ihm sprechen werde, — sie tat es nicht. Da fühlte er etwas wie Zorn in sich aufsteigen.

„Nun“, sagte er erbittert, „wenn du nicht antworten kannst, so hättest du mich auch nicht zu rufen brauchen!“

Sie hob langsam den Kopf und sah ihn an. Es war wie der Blick einer Sterbenden, — und erst jetzt kam ihm die Erkenntnis, warum sie nicht hatte reden können, und daß er gefühllos und grausam zu ihr gewesen sei.

Er legte behutsam den Arm um ihre Schulter und drückte sie zart an sich.

Sie brach in Weinen aus, bis ihr Kopf still an seiner Brust ruhte.

Max konnte nicht ihr Gesicht sehen, aber ihre Hände sah er, und diese erzählten die ganze Geschichte des armen Mädchens, das von der Höhe herabgeschleudert worden war und, auf sich selbst gestellt, sein Brot durch schwere Arbeit hatte verdienen müssen.

Früher hatten Ringe an diesen Fingern geglänzt, mehrere nebeneinander, als Zeichen eines maßlosen Bauernstolzes. Und jetzt? Ein einziger Reif, nicht von Gold und auch nicht von Silber, umschloß den kleinen Finger. Er bestand aus einem dünnen Geflecht, dessen Enden in einer schwarzen Perle vereinigt waren, einer ganz schlichten Glasperle.

„Martha", flüsterte er ihr zu, „kannst du mir vergeben?"

Sie schwieg auch jetzt noch.

„Bitte, antworte doch! Sag doch wenigstens ein Wort!"

Sie aber legte nur beide Arme um ihn und drückte ihn fest an sich. Dabei hob sie ihren Kopf halb empor, und ihre noch immer nassen Augen blickten ihn an.

„O Martha! Dies soll das letzte Mal sein, daß du um die Vergangenheit weinst!"

„O nein", antwortete sie leise. „Ich werde noch oft darüber zu weinen haben!"

„Nein! Dein Leid ist zu Ende! Du hast mehr als genug geduldet!"

„Aber nicht gebüßt!" hauchte sie.

„Gebüßt? Wofür?"

„Für meinen Stolz, für meine Gefühllosigkeit, für — für — die Silbermartha!"

„Das ist vorüber!"

„Ja, für dich, Max, aber nicht für mich! Du weißt das sehr gut; aber du gestehst es nicht ein, um mich nicht zu kränken."

„So hältst du mich wohl gar für unendlich zart und rücksichtsvoll?“

„Ja, das bist du!“

„Herrgott! Du weißt nicht, welche Strafe für mich in diesen Worten liegt! Wie rücksichtslos bin ich gegen dich gewesen! Erst vorhin bestand ich noch darauf, daß du reden solltest!“

„Ich konnte nicht!“

„Das weiß ich jetzt. Vergib mir! Willst du, Martha?“

Sie nickte ihm zu, und ihr Gesicht erhellte sich. Er neigte sich zu ihr; sie aber wich ihm aus.

„Martha!“ sagte er vorwurfsvoll. „Ich habe geglaubt, daß du mich liebhattest. Magst du mich auch jetzt noch?“

„Ja“, flüsterte sie errötend.

„Aber warum wendest du dich dann ab? Unsere Liebe ist geläutert aus der Trübsal hervorgegangen, und nun muß sie auch zu ihrem Recht gelangen. Ich kenne nichts, was uns jetzt wieder trennen könnte —“

Sie schüttelte leise, aber bestimmt den Kopf.

„Das sagst du aus lauter Herzensgüte“, sagte sie schwach.

„Nein, sondern aus voller Überzeugung!“ widersprach er.

„Du täuschst dich, Max. Denk an die Vergangenheit zurück! Ich will den heutigen Tag als eine Gnade Gottes betrachten und noch einmal, das letzte Mal im Leben, bei dir sein!“

„Martha!“ rief er erschrocken.

„Fürchte nichts!“ antwortete sie bitter lächelnd. „Ich kann das Leben tragen; ich werfe es nicht von mir. Aber es gehört nicht mehr mir und meinem Glück, sondern es wird dem Dienst der Demut und Arbeit gewidmet sein.“

„Wer fordert von dir, daß du ohne mich leben sollst?“

„Die Gerechtigkeit."

„Aber —"

„Hör mich an, Max. Ich habe viel gelitten und viel gerungen, bis ich zu dieser Klarheit gelangt bin. Ich bin bereit, — zu vergessen."

„Das wirst du nicht können, Martha!"

Sie senkte den Kopf. Sie konnte ihm nicht widersprechen. Da ergriff er ihre Hand, deutete auf den Ring und fragte:

„Wer hat das geflochten?"

„Ich selbst", sagte sie leise und erglühte dabei über das ganze Gesicht.

„Und die Perle?"

„Oh, die ist ein kostbares Andenken. Bevor ich heimlich aus der Heimat fortging, besuchte ich die Feuerbalzerin. Sie besserte eine alte Haube aus, und dabei fielen einige Perlen herab. Ich bat sie, mir eine zu schenken. Sie gab mir diese hier."

Max verstand. Er war tief erschüttert. Von der Frau, die so oft durch ihren Stolz gekränkt worden war, hatte sich Martha eine armselige Perle erbettelt. Das war Demut, das war die Bezwingung des früheren Stolzes. Sie hatte in die Welt gehen wollen, um sich zu verbergen, und als Andenken an die Heimat hatte sie eine wertlose Perle mitgenommen!

„Schau, Martha", sagte Max eindringlich, „diese Perle, die du da trägst, ist ein Beweis, daß du gar nicht vergessen willst! Wirf doch diese Verzagtheit ab!"

„Max! Wenn mein Vater nicht gestorben wäre, säße er heute im Zuchthaus! Wie kann die Tochter eines Zuchthäuslers dir gehören!"

„Wenn wir uns deshalb nicht angehören dürften, so wäre nur ich daran schuld! Hast du denn nicht bemerkt oder erfahren, daß ich es war, der alles entdeckte, eins nach dem andern?"

„Das weiß ich."

„Seit ich deinen Bruder und deinen Vater zum ersten Mal traf und von ihnen beleidigt wurde, hatte ich mir vorgenommen, sie zur Rechenschaft zu ziehen. Ich bin ihnen nachgegangen auf Schritt und Tritt. Nun ist dein Vater tot, dein Bruder hat die Heimat verlassen, und ich bin schuld daran! Die andern wollte ich strafen, und dich habe ich unglücklich gemacht ...“

Sie blickte ernst zu ihm auf.

„Ich habe dir nichts zu vergeben. Gar nichts. Du hast die Welt von einem Verbrecher befreit; das war ein Verdienst. Daß dieser Mann mein — nächster Verwandter war, dafür konntest weder du noch ich.“

„Du machst mir keinen Vorwurf?“

„Max, ich schwöre es dir beim Herrgott, daß mir nie ein solcher Gedanke gekommen ist. Ich selbst bin ja heimlich fort, weil ich den Vater hätte anzeigen müssen, wenn ich geblieben wäre. Wenn dich das bekümmert, — ich zürne dir nicht. Aber ich muß nun meinen Weg allein finden!“

„Martha, — schau mir ins Gesicht! — So!“

Er nahm ihren Kopf in beide Hände und hob ihn so empor, daß sie ihm gerade in die Augen blicken mußte.

„Hast du mich wirklich noch lieb?“

„Lieber als mein Leben!“ hauchte sie.

„Und meinst du, daß ich dich weniger liebhabe, als du mich? Du bist mir niemals aus dem Sinn gekommen! Wie habe ich stets nach dir gefragt und geforscht. Du fehltest mir. Die Sorge um dich quälte mich, und ich machte mir Vorwürfe. Ich sagte mir, ich sei hart gegen dich gewesen, und das ist auch wahr, nicht?“

Sie wollte den Kopf schütteln, brachte es aber nicht fertig.

„Ja, ja“, nickte er, „ich verstand dich eben nicht. Ich war herzlos und glaubte, du hättest kein Herz. Ich, ich war der Stolze und warf dir vor, stolz zu sein. Da siehst du, wer die Schuld trägt, Martha!“

„Aber die Leute würden auf uns zeigen und würden sagen, daß deine Frau die Tochter des Silberbauern ist!“

„Laß sie reden! Was kümmert uns das? — Und nicht nur ich denke so. Du kennst doch den Fex? Er liebt seine Paula und ist glücklich mit ihr. Gestern wurden sie getraut. Und sie ist die Tochter des Peitschenmüllers, der im Gefängnis sitzt!“

„Nein, Max. Ich habe doch recht. Ich weiß zu gut, daß später die Zeit kommen würde, in der ich bereuen müßte, wenn ich jetzt nachgäbe.“

„Und du bist von diesem Gedanken nicht abzubringen?“

„Nein!“ Sie hatte die Hände ineinander gelegt und blickte ihm ernst und fest ins Gesicht.

Er schaute sie schweigend an; dann nickte er langsam, traurig.

„Ich hatte nicht geahnt, Martha, daß ich dich hier finden würde. Aber mein Herz hatte mir gesagt, daß ich dich wiederfinden müsse, — und dieses Wiedersehen hatte ich mir so schön ausgemalt. Nichts sollte uns dann mehr trennen können. Nun ist es anders gekommen, weil es uns anders beschieden ist, und so magst du deinen Willen haben. — Gib mir die Hand; ich will gehen. Leb wohl.“

Er gab sich Mühe, dies mit ruhiger Stimme zu sagen. Aber sie sah seine Lippen beben, sie merkte das Flakkern seines Blickes. Er kämpfte mit Tränen.

„Max, nicht so!“ stammelte sie. „Mein Gott, was soll ich tun, was soll ich tun?“

„Gib mir die Hand zum Abschied!“

„Nein, nein! Das kann ich nicht!“

„So bleib bei mir!“

„Auch das kann ich nicht!“ rief sie verzweifelt.

Sie waren so ganz und gar mit sich selbst beschäftigt, daß sie gar nicht merkten, wie sich leise die Tür geöffnet hatte. Der Sepp streckte den Kopf herein; er tat ganz heimlich. Jetzt aber wurde er laut.

„Was kannst auch nicht?“ fragte er, während er eintrat.

Martha stieß einen Schreckensruf aus und wollte sich den Armen des Geliebten entziehen. Der aber hielt sie fest.

„Hasts gehört?“ fragte der Sepp. „Was kannst auch nicht?“

„Ihn behalten“, antwortete sie, eigentlich ohne antworten zu wollen.

„So bist wohl ganz irr im Kopf?“

„Wieso denn?“

„Fortlassen kannst ihn nicht und behalten auch nicht. Das ist konfuses Zeug. Was soll denn sonst geschehn? Willst ihn etwa als Kronleuchter in deiner Stub aufhängen? Ihr Weibsleut werdet euer Lebtag nicht gescheit. Seid doch froh, wann einer kommt, der euch will! Angeführt ist er auf alle Fälle! Gleich gibst ihm die Hand und einen Schmatz! Sonst komm ich und nehm einen für mich! Na, wirds bald?“

Max beugte sich zart zu ihr nieder. Folgte sie jetzt wirklich der Stimme ihrer Liebe, oder war es der Respekt vor Sepp, der trotz allem Humor sehr ernsthaft gesprochen hatte? Sie duldete, daß Max sie küßte.

„Schön!“ rief der Alte und trat mit funkelndem Blick näher. „Und nun sagst, obst ihn heiraten willst oder nicht!“

Sie sah ihm in die blitzenden Augen und fragte zaghaft: „Wird das denn kein Unglück geben?“

„Unsinn! Eine Hochzeit wirds geben, weiter nix! Na, vorwärts also!“

Max hielt ihr die Hand entgegen.

„Nun, Martha: Willst du?“

Da blickte sie von einem zum andern, mußte dann plötzlich lächeln und ergriff gerührt seine Rechte.

„Ja, ich will! Der Herrgott wird alles zum Guten wenden!"

Max drückte sie innig an sich.

„Gott sei Dank! Endlich ist alles gut!"

„Ja", nickte der Sepp, „und wer hats eben wieder gut gemacht? Der Wurzelsepp, der alte Schwerenöter! Wann der nicht ganz München aufn Kopf stellt hätt, um die Martha ausfindig zu machen, und wann der dann nicht lauter Lügen gesagt hätt, um euch zwei hier ins Zimmer zu schicken! Und das Allerschönst: Wann er jetzt nicht kommen wär, da wärt ihr vonander gangen und hättet euch niemals wieder zusammenfunden. — Nun aber bin ich als Zeuge dastanden, und keins kann wieder zurück! So! Aber jetzt muß ich gehn! Machts gescheit, ihr Hallodris! Und eins bitt ich mir aus: daß ihr euch ein Beispiel am Fex nehmt und mich einladet — — als Trauzeugen!"

*

Wiederum war geraume Zeit verstrichen. Ruhe und Ordnung herrschte in der Hohenwalder Gegend, und die fleißigen Gebirgler lebten wieder friedlich in der gelassenen Beschaulichkeit ihres Alltags.

In Scheibenbad hatten sich die Einwohner heute sehr früh vom Lager erhoben. Denn dieser Tag sollte etwas ganz Besonderes bringen. Die Straßen waren festlich geschmückt; an den Häusern hingen Kränze und Girlanden; über die Gassen zogen sich lange Laub- und Blumengewinde, und der Hauptplatz bot einen herrlichen Anblick.

An der Stirnseite eines in schönster Frührenaissance gehaltenen Neubaus, der auf den ersten Blick als Kunsttempel zu erkennen war, ragten Masten empor, von denen die Flaggen des Landes im Winde flatterten. Die Fassade verbarg sich fast unter duftendem Schmuck, und grüne Waldbäume verwandelten den Platz in einen kleinen Park.

Scheibenbad ist eine kleine Stadt, wenn sie auch im Sommer von vielen Badegästen besucht wird, und daher war die Einweihung eines neuen Theaters an sich für den Ort ein Ereignis von größter Bedeutung. Aber durch die besonderen Umstände, die damit verbunden waren, wurden die Erwartungen der Scheibenbader aufs höchste gesteigert.

In den Gassen herrschte schon vor der Ankunft des ersten Zugs ein reges Leben. Die Herren des Festausschusses standen auf dem Bahnhof, um — den König zu empfangen.

Einer befand sich in ihrer Nähe, den sie alle kannten und über den sie im stillen schmunzelten, obgleich an seinem Äußeren nichts zu finden war, was Anlaß zu diesem Lachen gegeben hätte.

Er trug einen modernen Gesellschaftsanzug und war — der Wurzelsepp.

Er bewegte sich in dieser Kleidung, als ob er sein Lebtag in nichts anderem gesteckt hätte; aber man war eben gewohnt, den Alten in seiner einfachen Gebirgstracht zu sehen, und deshalb fand man seine Erscheinung außerordentlich auffällig.

Endlich kam der Zug. Berichterstatter, Vertreter der Regierung, Theateragenten und auch Theaterleiter, die vielleicht hofften, hier einen Vertrag anbahnen zu können, stiegen aus und wurden von den Mitgliedern des Festausschusses begrüßt.

In einem Abteil hörte man eine scheltende Frauenstimme:

„Gott, ich ersticke! Ich verbrenne vor Hitze! Ich kann nicht durch. Helft mir!“

Das war Madame Gualèche, die frühere Gesangslehrerin der Leni.

Leni selbst hatte sich abseits gehalten und ging sehr

einfach gekleidet. Sie eilte herbei und brachte mit Hilfe des Sepp und dreier Schaffner die Dicke aus dem Abteil, um sie dann sogleich nach einem Wagen zu geleiten.

Hinter ihr stieg noch eine andere Dame aus.

Sie trug ein enganliegendes, graues Reisekleid und einen breitrandigen Amazonenhut mit Riesenfeder. An einem Riemen hing eine Mappe, und in der Hand hatte sie einen Regenschirm, dessen Knauf aus einem Tintenfaß bestand.

Diese Dame war Franza von Stauffen, die ‚Dichterin'. Als sie den Sepp erblickte, trat sie auf ihn zu.

„Mein Herr", sagte sie. „Was ist denn eigentlich hier los? Wohl eine Festlichkeit?"

„Gewiß, gnädiges Fräulein", antwortete er mit einer Verbeugung.

„Was für eine?"

„Das wissen Sie nicht? Kommen Sie heut ganz zufällig nach Scheibenbad?"

„Ja."

„Desto mehr werden Sie sich freuen, hier vielleicht Stoff für zehn oder zwanzig Romane zu finden."

„Woher wissen Sie, daß ich solche Stoffe suche?" fragte sie erstaunt.

„Sie sind ja Schriftstellerin."

„Sehn Sie mir das an?"

„Ich würde es Ihnen ansehn, aber ich kenne Sie ja, Fräulein von Stauffen, wie auch Sie mich kennen."

„Ich Sie? Kann mich nicht besinnen! Wollen Sie meinem Gedächtnis nicht ein wenig zu Hilfe kommen?"

„Sie kennen ganz gewiß meinen Namen. Man pflegt mich den Wurzelsepp zu nennen."

Sie trat einen Schritt zurück und betrachtete ihn erstaunt.

„Wie? Sie wären der Wurzelsepp?"

„Gewiß!"

„Ja, ja, jetzt seh ich es. Jetzt erkenne ich Sie. Aber in dieser Stadtkleidung!“

„Ich bin vorwärts gekommen.“

„Meinen Glückwunsch! Aber was ist hier los?“

„Theaterweihe.“

„Ach! Was wird gegeben?“

„Die Oper ‚Götterliebe‘.“

„Wie? — Herrlicher Titel! Ich möchte Sie küssen, Herr Sepp!“

„Bitte, später! Nicht gleich hier auf dem Bahnsteig!“

„Wer ist der Komponist?“

„Der Fex.“

„Ists möglich? Jener prächtige Geiger von damals? Das ist ja ein Roman! Das merk ich mir. Ist er jetzt ständig beim Theater?“

„Nein. Er hat das nicht nötig.“

„Warum?“

„Weil er Baron ist und Besitzer einer sehr bedeutenden Herrschaft.“

„Das soll man glauben?“

„Oh, bitte! Er war ein geraubtes Kind!“

„Herrgott! Wieder ein Stoff! Den notiere ich mir. Wer ist denn der Dichter des Textes?“

„Max Walter.“

„Wer ist das?“

„Ein früherer Schulmeister.“

„Früher? Was ist er jetzt?“

„Eben Dichter.“

„Ein Schulmeister? Ein Dichter? Welch ein Stoff! Das gibt zehn Novellen. Ich werde Sie dafür küssen!“

„Langsam, Fräulein!“

„Kommen auch Herrschaften?“

„Versteht sich, sogar der König.“

„Ach! Da muß ich mir eine Eintrittskarte nehmen!“

„Dann dürfen Sie nicht zögern. Das Haus ist schon fast ausverkauft.“

„Da werde ich freilich springen müssen. Aber welche Kräfte sind denn gewonnen?“

„Natürlich nur die hervorragendsten!“

„Wer singt die Hauptrolle?“

„Der Anton Forstner.“

„Kenne ich nicht.“

„Meinens? Er wurde früher Krikelanton genannt —“

„Kri —? Derselbe, der damals in meine Schlafstube gestiegen war und dem ich dann hier allerlei Krimskrams abkaufte? Er war Tabulettkrämer!“

„Der ist es.“

„Der, der ist jetzt Sänger?“

„Erster Güte.“

„Wer hat die weibliche Hauptrolle?“

„Signora Mureni.“

„Ach! Das ist die Berühmteste von allen.“

„Und doch ist sie eine arme Waise.“

„Herr Sepp, Herr Sepp! Sie bringen mich um!“

„Wieso? Ist ja gar nicht meine Absicht!“

„Vor Freude über den Stoff, den Sie mir so massenhaft bieten.“

„Wenn ich Ihnen wirklich diene, so ists mir eine große Ehre, gnädiges Fräulein!“

„Ja, Sie dienen mir! Aber sagen Sie —“

„Bitte, bitte!“ unterbrach er sie. „Sie müssen sich eine Karte besorgen. Eilen Sie!“

„Da haben Sie recht. Ich muß fort. Auf Wiedersehen, auf Wiedersehen, mein Bester! Auf Wiedersehen!“

Sie schüttelte dem Alten die Hand und lief davon.

Der Sepp trat inzwischen zu dem Wagen dritter Klasse. Er sah einen grauen Kopf erscheinen. Schnell öffnete er das Abteil.

„Ei, guten Morgen, Herr Pfarrer!“ rief er. „Grüß Gott, ihr Forstnersleut! Steigt aus!“

Sie kamen heraus, und er reichte jedem die Hand.

Der Pfarrer ging wie jeder Landgeistliche. Die Forstnersleute trugen neue Kleidung, doch war ihnen auch heute noch das Gedrücktsein anzusehen, denn Anton hatte schon lange nichts mehr von sich hören lassen.

Sepp winkte einen Burschen heran.

„Da ist der Kutscher, der euch nach der Talmühle fahren wird", sagte er. „Lauft mit ihm, wir sehn uns später wieder."

*

Im Theater sollte die Generalprobe stattfinden. Eigentümlicherweise hatten die Sänger die Trägerin der Hauptrolle noch gar nicht gesehen, da sie erst heute eintreffen und während der Probe ihre Rolle singen sollte. Diese war bisher von einer unbeschäftigten Sängerin stellvertretend übernommen worden.

Alle waren begierig, die berühmte Signora zu sehen. Aber sie erschien nicht.

Der Komponist dirigierte selber. Wie aber wunderte man sich, als er das Zeichen zum Anfang gab — die Sängerin war nicht da und die Stellvertreterin auch nicht.

Die Musik begann, und alles klappte. Als die Sängerin einzusetzen hatte, erscholl ihre Stimme aus der Höhe des zweiten Ranges herab. Sie war also da, ließ sich aber nicht sehen.

Das setzte alle in Erstaunen. Welchen Grund hatte sie? Stolz? Wohl nicht. Die Probe fiel glänzend aus. Als sie zu Ende war, eilten alle zum Ausgang, um die Sängerin zu sehen. Sie war bereits fort — natürlich nach der Mühle hinaus, die so voller Gäste steckte, daß kein Mensch mehr Platz finden konnte.

Und wer waren die Gäste? Alles gute Bekannte, der Krikelanton nicht ausgenommen.

Der ehemalige Wilddieb hatte unter der sorgfältigen Leitung von Professor Weinhold, dessen Frau er einst vom Tode errettet hatte, den Weg zum Ruhm gefunden und war ein hochgeschätzter Künstler geworden; aber Ehre und Reichtum hatten ihn nicht darüber hinwegtäuschen können, daß etwas in seinem Leben fehlte: Leni. Das Glück war ihm oft freundlich entgegengetreten und hatte ihm äußere Erfolge gebracht, innerlich aber war er unbefriedigt geblieben. Die Leere seines Herzens konnte durch alle Erfolge nicht ausgefüllt werden. Im Gegenteil, Anton vereinsamte immer mehr, und Reue und Selbstvorwürfe machten aus ihm einen verbitterten Menschen, der mit sich und mit aller Welt zerfallen war.

Anton war natürlich ebenfalls bei der Generalprobe erschienen und hatte sich genauso wie die anderen über das Fernbleiben der Sängerin gewundert. Er konnte ja nicht wissen, daß sie bei ihrem heutigen Auftreten noch unerkannt bleiben wollte. Aber als dann ihre Stimme von der Höhe herab erscholl, da durchzuckte es ihn wie ein elektrischer Schlag: es war die Leni. Er hätte ihre Stimme aus Tausenden heraus erkannt. Und er konnte sich wohl denken, warum sie sich absonderte. Weil — weil sie ihn verachtete und es vermeiden wollte, mit ihm zusammen zu sein, wenn es nicht unbedingt nötig war. Diese Erkenntnis gab ihm einen Stich ins Herz. Ja, es konnte nicht anders sein — die Leni verachtete ihn. Oder war der Grund ihres Benehmens vielleicht doch ein andrer? Wie, wenn sie ihn trotz allem noch liebte?

Anton wurde es warm bei diesem Gedanken. Gleichgültig war er ihr nicht, das erriet er wohl, denn mit einem gleichgültigen Menschen zu spielen oder zu singen, hätte wohl keine so große Abneigung in ihr hervorgerufen, daß sie sich abseits hielt. Also blieb nur Verachtung übrig oder — Liebe. Himmel! Wenn es das letztere gewesen wäre! Wenn sie aus Liebe, die sie sich vielleicht selber nicht gestehn wollte, sich und ihm das Peinliche eines gezwungenen Beisammenseins ersparen wollte! Welche Seligkeit lag für ihn schon in dieser wenn auch leisen Hoffnung! Dann war ja noch nicht alles verloren, dann war es vielleicht doch noch denkbar, ein neues Leben anzufangen — ein Leben an der Seite Lenis.

Der Krikelanton konnte sich später an die Einzelheiten dieser Probe nicht mehr erinnern. Wie im Traum spielte und sang er; wie im Traum verließ er das Theater, das Herz nur von einem Gedanken erfüllt.

Der Sänger ahnte nicht, wie richtig er das Wesen Lenis beurteilte.

Auf der Talmühle war ein beständiges Kommen und Gehen. Die verschiedenen Personen, die sich im Lauf dieser Geschichte kennen und schätzen gelernt, wußten sich hier zu treffen. Dann ein kräftiges Händeschütteln, und man war mitten im Erzählen und im Austauschen von alten Erinnerungen froher oder wehmütiger Art.

Die Mitglieder des Festausschusses aber standen bei jedem ankommenden Zug auf dem Bahnhof, um den König zu empfangen — vergeblich. Er kam nicht. Sie wußten nicht, daß er längst heimlich eingetroffen war. Er bewohnte einige Zimmer des Landhauses, das zur Talmühle gehörte, ließ sich aber vorläufig nicht sehen.

So nahte der Abend, und die Türen des Theaters wurden geöffnet. Die Besucher strömten hinein.

Die Plätze füllten sich bis obenan. Nur die vorderen Sitzplätze waren leer geblieben. Für wen? Niemand wußte es.

Erst kurz vor Beginn der Ouvertüre wurden die Plätze eingenommen; alle Augen richteten sich auf die Eintretenden.

Zuerst erschien der alte Sepp, jetzt nicht im Frack, sondern in seiner alten Gebirgskleidung. Viele der Badegäste erkannten ihn sofort als den Mann, der damals im alten Theater mit der Leni gejodelt hatte.

Sein Erscheinen erregte Aufsehen. Es ließ vermuten, daß irgendeine Überraschung zu erwarten sei.

Dann kam der Pfarrer mit den Eltern des Krikelantons. Diese Leute in einer solchen Festvorstellung! Das war verwunderlich.

Nach ihnen stellte sich der Finkenheiner mit seiner Frau und seinem Sohn Hans ein, der völlig genesen von seiner Studienreise durch Italien und Ägypten zurückgekehrt war. Finkenheiners Tochter Lisbeth folgte mit dem Müllerhelm. Hinter ihnen schlich die alte Barbara aus der Mühle einher, prächtig aufgeputzt mit einem gelben, rotgeblümten Umschlagtuch und einer blauen Haube.

Jetzt erschienen zwei ausgesprochene Schönheiten, die trotz der einfachen Kleidung dennoch aller Blicke auf sich zogen: Paula und Martha.

Von der anderen Seite her kam ein Ehepaar, der Feuerbalzer mit seiner Frau und seiner alten Mutter.

Ein Flüstern ging durch den Raum. Der Fex war erschienen und an das Dirigentenpult getreten.

„Das ist er — der damalige Geiger — der so lumpenhaft erschien — jetzt ein Baron — reicher Mann — steinreich!“ so flüsterte man sich zu.

Er hob den Taktstock, und die Ouvertüre begann.

Der Stoff war den nordischen Göttersagen entnommen. Freija, die schöne, herrliche Göttin der Liebe, wird von ihrem Gatten Od geschmäht und verflucht. Aufgestachelt zu dieser Tat wurde der Gott durch die Intrigen und Machenschaften des Feuergottes Loki, der das allem Lebenden innewohnende böse Prinzip darstellt. — Das Schicksal straft Od für die Verdammung seiner schuldlosen Gattin; ruhelos muß er in den ‚neun Welten‘ umherirren, bis ihn Loki selber durch weitere Bosheiten und Verleumdungen zurückführt zu Freija, wodurch die beiden Liebenden zu größerem Glück als vorher zueinanderfinden. —

Die Ouvertüre wurde glanzvoll zu Ende gespielt. Rauschender Beifall ertönte, und der Fex mußte sich wiederholt verbeugen. Dann ergriff er wieder den Taktstock. Nach kurzer Einleitung öffnete sich der Vorhang zum ersten Akt.

In Freijas Burg Volkwang wartet Heimdall, der strahlende, lichte Wächter der Regenbogenbrücke, auf die Heimkehr Freijas. Doch statt ihrer erscheint Loki, der Mißgünstige und Gleisnerische, der alle anderen Götter grimmig haßt, besonders aber diesen; denn der ‚Wachsame' war es, der ihn vor Zeiten ertappte, als er Freijas kostbaren Halsschmuck stahl, und ihm diesen im Kampf wieder entriß. — In einem wortkargen Zwiegespräch erfährt Loki, daß Heimdall im Auftrag des Göttervaters Wodan zu Freija geschickt wurde, ihr zu melden, daß sie in Wodans Göttersitz Gladsheim Wohnung nehmen solle, um dort künftighin den Göttern und den toten Helden das Met der ewigen Jugend in der Walhall zu kredenzen. — Loki rät Heimdall, der Göttin entgegenzugehen. Kurz darauf kehrt Od zurück und ist verwundert, Loki an Stelle seiner Gattin anzutreffen. Der listige Gott des Feuers berichtet ihm nun, Freija habe Od böswillig verlassen, um in Zukunft dem schönen Heimdall anzugehören, der schon lange sein Nebenbuhler sei. Od will zuerst den heimtückischen Verleumdungen nicht glauben, läßt sich dann aber doch verleiten, als Loki ihm durch ein Fenster Freija und Heimdall zeigt, die gerade wieder die Burg betreten. Während sich Loki nun rasch entfernt, empfängt Od die Göttin mit Groll und Argwohn, schmäht sie und überschüttet sie mit ungerechtfertigten Vorwürfen. Freija ist entstetzt und sagt dem Geliebten, daß sie von Wodan nach Walhall gerufen sei; doch Od schilt sie eine Lügnerin und verflucht sie, als sie sich empört von ihm wendet, um von Heimdall geleitet Gladsheim aufzusuchen. Od bricht verzweifelt zusammen. —

Begeisterter Beifall der Zuschauer setzte bereits beim Fallen des Vorhangs ein. Die dramatisch überzeugende und musikalisch kühne Großartigkeit des Werkes hatte alle in ihren Bann gezogen.

Unten auf den beiden verborgensten Eckplätzen des Parketts saßen Antons Eltern. Sie waren noch nie in ihrem Leben in einem Theater gewesen und fühlten sich vor Bewunderung starr und steif.

„Mutter", flüsterte Forstner seiner Frau zu, „hast du so was für möglich gehalten? Ich bin ganz weg und möchte nur immerfort das Maul aufsperren!"

„Und mir ists wie im Himmelreich!" gestand die Alte. „Und doch warens nur lauter Götzen!"

„Unsinn! Nicht Götzen, sondern Götter. Der Herr Pfarrer hats uns doch unterwegs erklärt."

„Ja, ja. Der geistliche Herr sagt, das wären die Gottheiten von Schweden und Norwegen und Deutschland gewesen. O Sakra, muß das ein Himmel gewesen sein!"

„Der gefällt dir wohl?"

„Freilich ja. Hast denn gar nicht die schöne Göttin sehn und auch singen hören? Jesses, war die schön!"

Er faltete vor Begeisterung die Hände. Die Forstnerin blickte ihn von der Seite an und sagte:

„Die tätst wohl gleich nehmen?"

„Auf der Stell würd ich sie heiraten, wenns sein könnt!"

„O du alter sakrischer Bub! Jetzt ist dir wohl deine Frau nicht mehr gut genug?"

„Ach, red nicht so! Das ist doch was ganz anderes. An so eine Göttin darf unsereins nicht mal im Traum denken, selbst wenn man noch jung und ledig wär."

„Hast sie denn auch erkannt?"

„Wie meinst das? Angeschaut hab ich sie mir schon genau. Hast auch gemerkt, daß sie ein Gesicht hat wie die Leni?"

„Na, die wars ja auch!"

„Was, die Leni? Wer hätt das denken können! Die Murenleni! Und welch eine Stimm!"

„Ja, so schön ist meine nicht!"

„Sei stark, Frau! Wirst doch nicht etwa gar eifersüchtig sein wollen?"

„Aber gar nicht! Du wärst mir der Richtige, der einer andern den Kopf verdrehn tät!"

„Jetzt nicht mehr, — aber früher!"

„Schweig! Denk lieber an ein ruhig End, als an solche Sachen! Aber was sagst zu dem armen Gott, dem der andre, weißt, der Rote, so viele Lügen von der Leni erzählt hat?"

„Du meinst den, dems am Schluß so schlecht worden ist? Ja, was soll man da sagen. Er ist schon sympathisch, aber er sollte nicht so leichtgläubig sein. Hast bemerkt, daß er eine große Ähnlichkeit mit unserm Anton hat?"

„Natürlich! Der Anton wars ja auch selber!"

„Wie? Was? Unser Anton wärs gewesen? Das kann ich mir nicht denken."

„Warum nicht? Er ist doch Sänger und spielt im Theater."

„So was! Unser Anton ein Gott! Aber das muß ich sagen: ich bin gar nicht mehr zufrieden mit ihm; wie kann er bloß der armen Leni so böse Worte geben!"

„Ja, ich weiß auch nicht, was er denkt. Er hat schon damals so schlimm an ihr gehandelt, und nun tut ers wieder, wo sie doch tausendmal schöner ist als früher."

„Und sogar seine Frau!"

„Was! So sind sie nun richtig Mann und Frau worden?"

„Natürlich."

„So könnens doch gar nie wieder voneinander gehen, wanns so ist."

„Nein. Geschieden werdens nicht, dazu werdens wohl keine kirchliche Erlaubnis bekommen, und wenn er sie dennoch fortjagt, so wird ihn das Gericht zwingen, daß er ihr das Kostgeld bezahlt."

„So begreif ich gar nicht, daß der talkete Bub sich das gar nicht überlegt!"

„Weißt, er ist noch zu jung und zu hitzig. Wann wir ein verständiges Wort mit ihm reden, wird er sie wieder zu sich nehmen. Das arme Schlankerl kann mir leid tun, die Leni! So jung, so schön, so gut und brav — —"

„Mein Gott, ja! Hast recht!"

„Gräm dich noch nicht! Wir werden schon erfahren, wohin sie ist. Nachher suchen wir sie auf und bringens ihm zurück."

In dieser Weise betrachteten diese guten, einfachen Leute die Sache. Sie nahmen das Leben auf den Brettern für die reine Wirklichkeit.

Hinter den Kulissen aber spielte sich eine zwar kurze, doch hitzige Szene ab.

Leni wollte sich in ihre Garderobe begeben. Da trat Anton ihr in den Weg.

„Leni, Leni!" rief er.

„Mit wem sprechen Sie?" blitzte sie ihn an. „Ich kenne Sie nicht!"

„Du willst mich nur nicht kennen! — O Gott! — Wer hätte gedacht, daß die Murenleni —"

„— es trotz der schlimmen Vorhersage eines ehemaligen Wilddiebs zu etwas bringen werde!" fiel sie ihm in die Rede.

„Verzeih! Ich ahnte nicht —"

„Mögen Sie geahnt haben, was Sie wollen! Wir haben unsere Rollen zu singen und zu spielen, sonst aber kennen wir uns nicht."

„Leni, ich erkläre dir —"

Er wollte vor ihr niederknien.

„Halt! Keine Szene!" unterbrach sie ihn, wandte sich ab und verschwand in ihrem Ankleidezimmer. Er starrte nach der Tür und drückte die geballten Fäuste vor die Stirn.

„Anton, du hast den Himmel von dir gestoßen!" murmelte er niedergeschlagen. „Aber noch ist nicht alles verloren! — Sie hat mich geliebt, und so eine Liebe stirbt nicht; das fühle ich jetzt deutlich an mir! — Sie muß, sie muß mich anhören." —

Das Vorspiel zum zweiten Akt begann.

Seit jenem Tag, da er Freija fluchte, durchstreift Od ruhelos die neun Welten, um die Verlorene zu suchen. Übermächtige Sehnsucht nach der Göttin verzehrt ihn, doch er kann sie nicht finden. Denn sein verderblicher Fluch ist auf ihn selber zurückgefallen: in dem Augenblick, da er die Verwünschung aussprach, hat er die Wirklichkeit vergessen, nämlich Freijas Mitteilung, daß sie die Götterburg Gladsheim bewohnen werde. — Vielerlei Abenteuer und Kämpfe hat Od auf seinen Irrfahrten bestanden, die ihm Sieg und Ruhm einbrachten. Von allen wird er geachtet, von vielen gefürchtet. Doch sein Leben ist hohl und leer geworden, und ewig reißt ihn der Zwiespalt zwischen Groll und Liebe zu Freija hin und her. — So gelangt er nun zur Weltesche Yggdrasill und steigt hinab zum Quell an ihren Wurzeln, wo die Nornen wohnen. Er befragt Urd, die Älteste, und erfährt aus ihrem Orakel, daß eine schwere Schuld aus der Vergangenheit seinem Glück im Wege stehe. Werdanda beschreibt sein gegenwärtiges Dasein, das erfüllt ist von Leben und Leiden, da er zur Ruhelosigkeit verdammt ist. Skuld aber blickt in die Zukunft. Sie mahnt Od, sein Verbrechen zu erkennen, denn was kommen wird, hängt vom freien Willen seiner Entscheidung ab. Nur wenn er freiwillig seine Sünde begreife und bereue, sei die Sühne zu Ende, und er werde das Glück seines Lebens wieder erhalten. — Die Nornen sind verschwunden, Od bleibt nachdenklich allein und grübelt über seine ihm nicht bewußte Schuld. Da taucht Loki auf. Voller unechter Teilnahme beklagt er das Geschick des traurigen, ihm insgeheim so verhaßten Gottes. Od fragt ihn, ob er Freijas Aufenthalt habe erforschen können. Loki leugnet und fügt hinzu, Od solle sich doch endlich die Gedanken an die Falsche aus dem Kopf schlagen, er habe sie ja mit vollem Recht verflucht und ihr für immer abgesagt. Da durchfährt es Od wie ein Blitz. Er springt auf und stellt Loki zur Rede: nur seine Behauptungen hätten ihn zu jenem Fluch verleitet, den er jetzt tief bereue. Als Loki neuerlich Freija der Untreue bezichtigt, setzt sich Od wütend für die Ehre der Göttin ein und fordert den Lügner zum Zweikampf. Der willigt mit bösartigem Lächeln ein, weil er weiß, daß Od seinen Listen und Schlichen niemals gewachsen sein kann. Doch wie beide aufeinander eindringen wollen, ertönt ein mächtiger Posaunenruf, der sie zwingt, beklommen innezuhalten. In der Ferne steht der wachsame Heimdall, der durch sein Signal den Donnergott Thor herbeigerufen hat. Während Od wie erstarrt bleibt, will Loki die Gelegenheit nutzen und seinen Feind umbringen. Doch da schlägt mit lautem Krach Thors Hammer zwischen den Streitenden ein; der Donnergott fordert Od und Loki auf, ihm nach Walhall zu folgen, wo Wodan Gericht halten und den Zwist beenden werde. —

Anton spielte seine Rolle meisterhaft. Liebe und Zorn, Entzücken und Reue tobten in ihm. Hatte er nicht auch Leni verstoßen? Die symbolhafte Ähnlichkeit der Dramenhandlung mit seinem eigenen Leben ließ seine Darstellungskunst über sich selbst hinauswachsen. Der wuchtige Aktschluß mit seiner faszinierenden Klangwirkung machte einen so nachhaltigen Eindruck, daß diesmal erst nach längerer Stille ein um so rauschenderer Beifall einsetzte. —

Der letzte Akt spielte auf Wodans Götterburg Gladsheim.

In der Walhall klagt Freija dem Göttervater ihr Leid.

Sie kann Od nicht vergessen, aber auch sein Fluch geht ihr nicht aus dem Sinn. Auch sie schwankt hin und her zwischen verzeihender Liebe und beleidigter Ehre. Alle Götter und alle Wesen verehren sie und huldigen ihr, doch Ods schwere Beleidigung steht ihrem Glück im Wege. — Die Götter nahen, angeführt von Thor und Heimdall, und bringen Loki und Od mit sich, die sich nun vor Wodans Thron rechtfertigen sollen. Erschüttert erblickt Od an Wodans Seite Freija und erkennt den Wahrspruch der Norne Skuld. Er fällt Freija zu Füßen und bittet sie um Verzeihung ob seiner Zweifel. Heimdall, der edle, strahlende Gott, spricht für den reuigen Od, während der grimmige Thor sich gegen ihn wendet. Wodan fordert Freija auf, nach eigenem Ermessen zu urteilen; vorher aber müsse erforscht werden, was Od und Loki zum Kampf gegeneinander versuchte. Od berichtet wahrheitsgetreu die Ereignisse. Als Wodan empört den Lügner Loki zur Rede stellen will, ist dieser verschwunden und hat damit den Beweis seiner Schuld geliefert. Freija verzeiht nun Od, der wieder in die Reihe der Götter aufgenommen wird und an der Seite der Göttin seinen neuen Wohnsitz in Gladsheim bezieht. —

Das Werk war zu Ende, und der Vorhang fiel. Wieder tobte der Beifall, die Begeisterung kannte keine Grenzen. Immer wieder mußten die Sänger sich zeigen. Sobald Leni oder Anton erschienen, verdoppelte sich der Applaus.

Schließlich wurden Stimmen laut, die nach dem Komponisten und dem Textdichter riefen. Sofort fielen die anderen Zuhörer in die Rufe ein. Man schwieg nicht eher, als bis der Aufforderung Folge geleistet wurde.

Beide erschienen gleichzeitig: der Fex und Max Walter.

„Bravo, bravo! — Hoch, hoch, hoch!“ erschallte es durch das ganze Haus.

Die beiden jungen Künstler verbeugten sich und wollten abtreten. Doch der Begeisterungstaumel des Publikums zwang sie, nochmals und nochmals zu erscheinen, und erst nach langem Applaus leerte sich nach und nach der Zuschauerraum.

Die Künstler und ihre Angehörigen und Freunde hatten auf Ludwigs Wunsch die Plätze nicht verlassen. Nachdem das übrige Publikum sich entfernt hatte, trat der Theaterdirektor vor den Vorhang und sagte:

„Seine Königliche Majestät haben allergnädigst geruht zu befehlen, daß für die noch anwesenden Herrschaften ein kleiner Festball veranstaltet werde. Es ist dabei der Wunsch Seiner Königlichen Majestät, daß die herkömmlichen Standesschranken fallen und ein herzliches, freundliches Einvernehmen zwischen allen Damen und Herren erzielt werde. Für die Festtafel ist keine Bestimmung über die Reihenfolge der Plätze getroffen. Herr Josef Brendel, genannt der Wurzelsepp, wird den Vorsitz führen. Die andern Herrschaften können sich nach Wunsch setzen. Trinkgespräche sind natürlich erbeten und gern gestattet. Weinkarten liegen aus, damit ein jeder beliebige Wahl treffen könne; es ist überhaupt erwünscht, daß jedermann sich nach eigenem Geschmack bewegen und vergnügen möge!"

Diese Bekanntmachung, von der nur wenige vorher gewußt hatten, wurde sowohl im Parkett als auch hinter dem Vorhang mit Jubel aufgenommen.

Jetzt mußten die Gäste das Parkett räumen, das als Tanzsaal eingerichtet werden sollte. Dabei nahm der Sepp sich der alten Forstners an und führte sie in ein entlegenes Stübchen, wo er sie bat, zu warten, bis er sie holen werde.

„Warum sollen wir nicht bei den übrigen bleiben?" fragte der Alte.

„Weil ihr den Anton sehn sollt."

„Hier?"

„Nein. Ich bring euch nachher hin."

„Das freut uns sehr! Aber sag doch mal: Er hat kämpft. Ist er verwundet?“

„Nein.“

„Aber die Leni hat er noch?“

„Jetzt nicht mehr, freilich.“

„Aber sie ist ihm doch zugesprochen worden!“

„Oh, das ist ja alles nur zum Schein! Das wird nur gespielt, und wanns aus ist, geht ein jeder seinen vorigen Weg.“

Er ließ die Alten kopfschüttelnd zurück.

Anton hatte während des Spiels seine Eltern nicht gesehen; er ahnte gar nicht, daß sie hier waren. Als er von dem bevorstehenden Fest hörte, holte er sich von einem der Logenschließer die Tanzkarte. Er ging eben die Tanzfolge durch, als die Leni kam, um sich auch eine Karte geben zu lassen. Als sie ihn erblickte, wollte sie umkehren. Schnell aber stand er bei ihr.

„Leni“, sagte er, „du mußt mir einen Tanz geben!“

„Wie? Ich muß?“

„Ja. Wenn du es nicht tust, störe ich das ganze Vergnügen. Dann ist mir alles gleich.“

„Sie wollen mich also zwingen?“

„Ja. Aus Rücksicht auf die andern mußt du meinen Wunsch erfüllen!“

Sie blitzte ihn zornig an.

„Wenn Sie meinen, daß ich mich zwingen lasse, irren Sie sich sehr. Übrigens können Sie versichert sein, daß Sie keine Störung bereiten werden. Der König ist da, und wenn Sie — frech werden sollten, — was ich Ihnen allerdings zutraue, — so wird der Direktor Sie einfach hinauswerfen lassen. Ich werde Sorge tragen, daß man sich sofort darauf vorbereitet.“

Sie wollte fort. Er aber ergriff sie am Ärmel des Gewandes.

„Leni, haßt du mich denn wirklich?“

„Nein, aber ich bemitleide Sie. Das ist bekanntlich schlimmer als Haß."

„Leni, bitte gib mir einen Tanz!"

„Nein!"

„Tu es um meiner Eltern willen, auf die du so viel hältst!"

„Gut! Um Ihrer Eltern willen will ich einen Tanz aufheben, aber nur einen."

„Welchen? Den ersten, die Polonäse?"

„Nein. Die gehört meinem Sepp."

„Dann den zweiten, den Walzer."

„Gut!"

Sie nahm eine Karte und schrieb neben den betreffenden Tanz den Namen.

„Welch ein Mädchen!" murmelte er, nachdem Leni sich entfernt hatte. „Na, einen Tanz hab ich. Das ist ein Anfang. Und bei Tisch werde ich neben ihr sitzen. Ich werde es so einzurichten wissen."

Er zog sich in eine Ecke zurück.

Während die Bühne und das Parkett für den Tanz vorbereitet wurden, hatten sich die meisten der Anwesenden nach dem Vorraum begeben, wo Erfrischungen bereitstanden; da suchten und fanden sich die Paare.

Die rauschenden Takte der Polonäse erklangen.

Der alte Sepp schaute sich grad nach einer Tänzerin um. Da kam die Leni auf ihn zu.

„Sepp, machst die Polonäse mit?" fragte sie.

„Natürlich."

„Mit wem?"

„Ich such eben die alte Barbara."

„Nein. Diesen Tanz bekommst von mir."

Seine Augen leuchteten freudig auf.

„Was: Mit dir soll ich tanzen?" rief er. „Weißt, daß d' grad zum alten Sepp kommst, das ist eine große Ehre für mich."

„Also willst?"

„Ja freilich!"

„So tu den Arm her, denn wir beide müssen die Polonäse anführen."

„Auch noch? Na, da gib nur acht, was ich für Dummheiten machen werd! Wann ich falsch lauf, so wink und pfeif nur laut, damit ichs höre!"

Trotz dieser Worte, die nicht viel Selbstbewußtsein verrieten, schritt er unendlich stolz neben seinem Liebling her, und da er gut aufmerkte, so brachte er es glücklich fertig, keinen Fehler zu begehen.

Kurz vor dem Schluß der Polonäse erkundigte sich die Leni:

„Weißt, wo der Anton ist?"

„Ja. Er sitzt in der Fremdenloge oben und schaut heimlich auf uns herab."

„Er hat sich den nächsten Tanz bestellt."

„Hast du zugesagt?"

„Ja."

Ehe der Alte noch etwas erwidern konnte, stand Anton schon vor ihnen. Sepp ging kopfschüttelnd fort. Er wurde aus Leni nicht klug, dazu fürchtete er, grob gegen Anton zu werden, dem er sein Verhalten gegen sein Patenkind nicht verzeihen konnte.

Anton kam eben von seinen Eltern, die er zufällig gefunden hatte, noch ehe der Sepp seinen Plan, die Begegnung zu vermitteln, hatte ausführen können. Die Wiedersehensfreude war groß gewesen, nicht ohne peinlichen Beigeschmack für den Sänger, der sich lange um seine Angehörigen nicht gekümmert hatte und nun erfahren mußte, daß Leni die Einladung zum Fest besorgt hatte. Aber die alten Leute waren gern bereit, dem Reuigen zu verzeihen. In dieser gerührten Stimmung kam Anton zu Leni. Wortlos nahm sie seinen Arm, und sie reihten sich unter die Tanzenden. Als die Musik schwieg, sagte er:

„Ich bin nicht gut gegen Sie gewesen, Leni, aber ich

erleide meine Strafe, und so möchte ich Sie bitten, mir nicht mehr so gram zu sein wie bisher. Wollen Sie?"

„Anton, ich war stets Ihre Freundin und bin es auch noch jetzt", antwortete sie gerührt, denn sie fühlte, daß eine Wandlung in ihm vorgegangen war.

„Und — und — und darf ich dann so vermessen sein zu hoffen, daß auch Sie wahrgenommen haben, wie sehr sich unser heutiges Spiel auf unser beider Leben bezieht?"

„Wie meinen Sie das?"

„Nun, ich — ich dachte eben, Od trennt sich im Spiel von seiner Freija und findet schließlich zu ihr zurück. Aber auch in Wirklichkeit hält er sie fest, so wie jetzt —"

Er wollte seinen Arm um Leni legen. Sie aber wich zurück.

„Nur langsam, Anton! Wer sagt Ihnen denn, daß sich Freija von Od festhalten lassen will? Seien Sie nicht so stürmisch, Anton, sondern lassen Sie mir Zeit! Wenn ich ruhig darüber nachgedacht habe, werde ich Ihnen zu seiner Zeit vielleicht eine andre Antwort geben, als Sie heut von mir hören mußten. — Reden wir jetzt von etwas anderm. Haben Sie schon eine Dame, mit der Sie zu Tisch gehen?"

„Ja."

„Wer ist es?"

„Meine Mutter."

„Das ist schön! Richten Sie es so ein, daß Sie neben mir sitzen."

„Ist das Ihr Ernst?"

„Ja. Und noch eins!"

Sie sah auf ihre Tanzkarte und fuhr dann mit einem neckischen Lächeln fort:

„Ich habe noch einen Walzer frei, den ich für Sie aufgehoben habe. Darf ich Ihren Namen dazuschreiben?"

Sein Gesicht rötete sich.

„Leni," fragte er, „haben Sie ihn mir wirklich aufgehoben, oder denken Sie erst jetzt daran, ihn mir zu geben?"

„Ich sage die Wahrheit, wenn ich gestehe, daß ich ihn Ihnen absichtlich freigelassen habe."

„So haben Sie es vorhin also doch nicht so schlimm gemeint, wie es schien?"

„O doch! Aber ich hegte das feste Vertrauen zu Ihnen, daß Sie sich wieder zurechtfinden würden."

„Nun gut, ich hatte mich verloren, ich hab mich aber wieder. Sie haben mir viel zu verzeihn, ich weiß es, denn ich war ein Raufbursche, ein Dummkopf. — Doch ich will nicht weiter in Sie dringen, Leni. Dazu habe ich das Recht verloren. Ich werde warten. Aber ich hoffe, ja, ich bin überzeugt, es wird einmal die Zeit kommen, da Sie meine Werbung nicht mehr zurückweisen werden; bis dahin werde und muß ich mich gedulden."

So war die Aussöhnung angebahnt, und der Mißton, der sich in das heutige Vergnügen hatte einschleichen wollen, war verstummt.

Da, wo sich die königliche Loge befand, waren die Gasflammen gelöscht worden, doch bemerkte man trotzdem die Gestalt des Königs, der sich im Hintergrund niedergelassen hatte. Er betrachtete mit stillem Vergnügen die verschiedenartigen Gestalten der Leute, die ihm mehr oder weniger ihr Glück zu verdanken hatten.

Nach einiger Zeit wurden Tische aufgestellt. Der Pächter der Theaterwirtschaft begann, die Erzeugnisse seiner Kochkunst auftragen zu lassen.

Nun gab es bunte Reihen. Der Sepp hatte den Vorsitz, aber er war besorgt gewesen, neben sich zwei Damen zu haben, rechts die alte Barbara aus der Hohenwalder Mühle und links die alte Feuerbalzerin.

Einer der Stolzesten war der alte, brave Finkenheiner. Sein leuchtender Blick hing an seinen glücklichen Kindern, die zu beiden Seiten der Eltern saßen, das Lisbetherl mit seinem Müllerhelm und der Elefantenhans.

War das eine Freude und Herrlichkeit! Der alte Sepp betrachtete sich als Mitschöpfer des Glückes aller Anwesenden. Er brachte den ersten Trinkspruch aus, natürlich auf den König. Alle erhoben sich, und die Hochs wollten kein Ende nehmen.

Die einfachen Leute hatten wohl keine große Rednergabe; aber bald riß ein wahres Trinkspruchfieber ein. Jeder hielt eine Rede auf irgendeine der anwesenden Damen.

Bald bekamen auch die Frauen und Mädchen Mut. Leni war die erste, die dem Sepp zutrank. Die andern folgten, und als endlich gar der Champagner erschien, da öffneten die schaumig perlenden Tropfen auch den Mutlosesten den Mund.

Die letzte Rede hielt wieder der Wurzelsepp, und wie das Fest begonnen hatte, so schloß es auch: mit einem Dank an den königlichen Wohltäter. Brausend stimmten alle in das ‚Hoch' des Alten ein, dem ein dreimaliger Tusch des Orchesters folgte. Aber der König hatte davon nichts mehr gehört. Er war längst still davongegangen. —

DER 13. JUNI 1886

Der Mai des Jahres 1886 hatte Berge und Täler, Wälder und Felder mit frischem, jungem Grün geschmückt, und nun lag ein wunderschöner Junimorgen in jungfräulichem Glanz über dem Starnberger See und dessen Ufer ausgebreitet.

Wer einmal in Feldafing, dem Lieblingsaufenthalt der Kaiserin Elisabeth von Österreich, gewesen ist, der weiß die Schönheiten dieses Sees, der auch Würmsee genannt wird, zu rühmen.

Auf einer kleinen Anhöhe, die einen überwältigenden Blick auf den See und die Berge im Süden gewährte, lag ein im Schweizerstil gehaltenes Landhaus. Es gehörte dem Krikelanton und seinem Weib, der Murenleni. Die Aussöhnung, die damals bei der Einweihung des Scheibenbader Theaters angebahnt worden war, hatte sich vertieft, und Anton hatte wieder den Weg zu Lenis Herzen gefunden, diesmal für immer. Seit längerer Zeit schon war sie seine glückliche Frau.

Anton hatte seine Eltern zu sich genommen, und die beiden alten Leute, die nicht untätig sein konnten, wirtschafteten im Garten, daß es eine Art war, während Leni den kleinen Haushalt in Ordnung hielt. Ein Knecht, Tobias mit Namen, versah die gröberen Arbeiten in Stall und Feld.

Leni hatte ihr Versprechen, das sie vor Jahren Anton gegeben, gehalten; sie war von der Bühne geschieden und trat nur noch in Konzerten und bei Wohltätigkeitsveranstaltungen auf. Anton dagegen hatte Anstellung bei der Königlichen Hofoper in München gefunden. Er liebte seinen Beruf und tat sein Bestes, um die Gottesgabe, die in seiner Stimme lag, zu nützen. Aber seine seligsten Stunden verlebte er nicht auf der Bühne, wenn er vom Beifall der Zuhörer umtobt wurde, sondern zu Haus an der Seite der Leni. Sein Beruf ließ ihm genügend Muße, ein glückliches, von keinem Schatten getrübtes Familienleben zu führen.

Heut morgen befand sich Anton wieder einmal in München auf einer Probe der ‚Walküre', und Leni nahm mit den alten Forstnersleuten den Morgenkaffee im Freien vor dem Haus ein. Die Unterhaltung drehte sich natürlich, wie meist, wenn Anton nicht da war, um den Abwesenden, und nachdem dieser Gegenstand nach allen Seiten erörtert worden war, lenkte sie ebenso natürlich in ein andres naheliegendes Geleise.

„Diesmal läßt aber der Wurzelsepp lange nichts von sich hören", meinte der alte Forstner.

„Ja, es ist schon lange her", gab ihm seine Frau recht.

„Das letztemal war er vor drei Monaten hier. So lang ist er noch nie weggeblieben."

„Er wird doch nicht krank sein?"

„Das fürchte ich nicht", warf Leni ein. „Aber ich vermute, der Sepp hat eine große Sorge."

„Der Sepp und Sorgen!" lachte der Alte und schnippte mit den Fingern. „Der macht sich aus den Sorgen nicht so viel."

„Für gewöhnlich nicht, da magst du recht haben. Aber ich kenne meinen Paten besser. Er war das letztemal nicht so heiter wie sonst. Es war mir, als ob ihn ein tiefer Kummer bedrücke."

„Hast du ihn denn nicht nach dem Grund gefragt?"

„Nein, er hätte mir doch keine Antwort gegeben, oder wenigstens keine richtige. Wenn der Sepp mit etwas zurückhält, dann kann nicht einmal ich etwas aus ihm herausbringen."

„Was es nur sein mag?“ grübelte die Alte.

„Ich hab mir schon oft meine Gedanken darüber gemacht. Wegen einer Geringfügigkeit läßt sich der Sepp seine Laune nicht verderben. Es muß sich also um etwas sehr Ernstes handeln. Manchmal ist mir die Vermutung gekommen, der König könnte schuld sein.“

„Der König? Wieso?“ fragten beide Alten wie aus einem Mund.

„Weil er sich schon seit langer Zeit von der Außenwelt vollkommen abschließt. Es ist ja wahr, ein Einsamer und Eigner war der König immer, aber so wie jetzt war es früher doch nicht. Er läßt niemanden zu sich als seine Dienerschaft, kümmert sich um die Regierungsgeschäfte nicht mehr und lebt nur noch in seiner eigenen Gedankenwelt.“

„So darf wohl auch der Sepp nicht mehr zu ihm?“

„Ich fürchte, nein. Und das ist es, wie ich glaube, was meinem Paten so nahegeht, obgleich er nie darüber gesprochen hat. Ich hoffe, es kommt nicht zum Schlimmsten.“

„Was wäre das?“ fragte der Alte neugierig.

„Genau kann ich es eigentlich nicht sagen. Ich weiß nur, was mir mein Anton erzählt hat. Er hört so manches, was aus den hohen und höchsten Kreisen durchsickert. Und das klingt nicht gut. Man spricht dort oben böse von unserm König. Sogar das Wort Absetzung ist schon gefallen.“

„Um Gottes willen! Sie werden doch nicht!“ rief die alte Forstnerin erschrocken. „Das wäre ja entsetzlich!“

„Gott geb es, daß — — — wer ist das?“

Sie unterbrach sich, denn ihr Blick war auf die Landstraße gefallen, die am Haus vorbeiführte. Sie bemerkte einen alten Mann, der langsam, Schritt für Schritt, daherkam und sich auf einen langen Bergstock stützte.

Sein Haar war weiß, ebenso der mächtige Schnurrbart. Auf dem Kopf trug er einen alten Hut, der mit verwelkten Frühlingsblumen besteckt war, und auf dem Rücken hing ihm der Rucksack.

Einen zweiten scharf prüfenden Blick warf Leni auf den Nahenden, dann sprang sie auf.

„Der Sepp! Der Sepp kommt!"

Damit eilte sie durch die Gartentür auf die Straße und dem Daherwankenden entgegen. Je näher sie kam und je genauer sie sein Gesicht erkennen konnte, desto deutlicher bemerkte sie, welche Veränderung mit ihm vorgegangen war. Seine Augen lagen tief in den Höhlen; auf den faltigen Wangen glänzte es fieberhaft, und seine Brust atmete schwer.

„Herrgott, Sepp, wie schaust aus!" rief Leni erschrokken, als sie bei ihm angekommen war. „Ich werd gleich einen Enzian holen!"

Er schüttelte den Kopf.

„Warum nicht? Bist doch krank!"

„Wohl, wohl!" antwortete er mit heiserer Stimme.

„Wo fehlts dir denn?"

„Hier und hier."

Er deutete nach der Brust und dem Kopf.

„Wo kommst denn her?"

„Von Schwanstein."

„Wo der König ist?"

„Ja."

„Und wo willst hin?"

„Nach Berg."

„Dem Schloß da unten?"

Er nickte.

„Was willst dort?"

„Sterben."

„Bist nicht klug! Ich muß dir wirklich gleich einen Schnaps holen."

„Ich trink keinen mehr. Laß mich aus damit, Leni."

Der Wurzelsepp bot ein Bild inneren und äußeren Verfalls. Und als er jetzt durch das Gartentor kam, sank er mit einem ächzenden Seufzer auf die Holzbank vor der Tür. Der Stock entglitt der Hand. Er nahm den Hut vom Kopf; auch dieser entfiel ihm. Leni konnte nicht anders, sie kniete bei ihm nieder und nahm seine beiden fieberheißen Hände in die ihren.

„Sepp, lieber Sepp, bist sehr krank?"

„Zum Tod", hauchte er.

„In der Brust wohl?"

„Im Herzen."

„Warum denn? Was ist geschehn? Hast dich etwa erkältet?"

„Vielleicht. Ich hab nicht darauf geachtet."

„Aber so sag doch, was geschehn ist!"

„Was geschehn ist? Die Welt geht unter! — O Gott, o Gott!"

Er hatte an sich gehalten, jetzt brach er plötzlich in ein lautes Schluchzen aus, in das sich ein trockener Husten mischte.

„O Himmel, der Sepp weint!" rief die Forstnerin erschrocken. „Sepp, was hast?"

Sie schüttelte ihn an der Schulter. Da trocknete sich der Weinende die Augen mit dem Ärmel der alten Jacke und zwang sich zur Antwort.

„Weißt denn noch nicht, was geschehn ist?"

„Nein. Mit wem denn?"

„Mit dem König."

„Was ists denn?"

„Nach Schloß Berg wird er geschafft."

„Warum?"

„Weil sie sagen — daß — daß er den Verstand verloren hat. Ach, mein Herrgott!"

Wieder weinte er laut auf.

Die andern standen dabei, starr vor Schreck. Forstner hielt den Sepp, sonst wäre er von der Bank gefallen.

„Der König wahnsinnig!" sagte er. „Das ist doch gar nicht möglich! — Sepp, glaubst du es?"

Der Alte schüttelte verzweifelt den Kopf.

„Ich weiß nur das eine, daß alles, alles aus ist! Der König stirbt und der Sepp auch.“

„Das darfst nicht sagen“, erwiderte Forstner. „Der Herrgott lebt ja noch.“

„Das weiß ich. Aber mein König ist krank. Es darf niemand mehr zu ihm, nur die Irrenärzte. Ich mag nicht mehr leben, denn auch er überlebt das nicht. Laßt mich fort, laßt mich fort! Ich muß weiter nach Berg, wohins ihn schaffen wollen!“

Er wollte aufstehen, fiel aber wieder auf die Bank zurück.

„Sei verständig, lieber Sepp“, bat Leni. „Jetzt kannst unmöglich weiter. Du mußt dich ausruhn. Komm herein in die Stub! Ich werd dich führen.“

Sie stützte ihn, und doch ging es nur sehr langsam vorwärts. Sepps Beine zitterten, und im Zimmer sank er sofort auf das Sofa.

Unterwegs hatte er sich noch aufrecht halten können; jetzt aber, da die Schwäche sich seiner einmal bemächtigt hatte, kam er nicht wieder auf.

„Was hast denn aber gemacht?“ fragte Forstner. „Der Schreck kanns doch nicht allein gewesen sein!“

„Nein“, keuchte der Sepp.

„Was denn?“

„Ich hab gehört, daß mein König krank ist, und zu ihm wollt ich. Aber man hat mich nicht zu ihm lassen. Da hab ich keine Ruhe gehabt bei Tag und Nacht und bin im Freien gelegen in Wind und Wetter, um zu erlauschen, wie es mit ihm steht. Dabei muß ich mich verkältet haben, und nun gehts mit mir zu End.“

„Willst du nicht nach einem Arzt senden?“ fragte Leni.

„Ein Doktor?“ rief der Sepp. „Ich mag keinen.“

Er richtete sich aus seiner liegenden Stellung auf dem Ellbogen empor und blickte wild und zornig um sich.

„Aber Sepp, sei doch verständig!“ bat Forstner. „Du bist krank. Du mußt doch einen Doktor haben!“

„Ich will ihn nicht sehn! Er soll mir vom Leib bleiben! Wer mir einen Doktor bringt, den schlag ich tot!“ schrie der Kranke.

Das Fieber hatte sich seiner bemächtigt.

Da kniete Leni vor dem Sofa nieder.

„Sepp, du bist dem lieben Gott, dir selber und denen, die dich lieben, schuldig, daß du alles Mögliche tust, dein Leben zu erhalten. Willst du mir eine recht dringende Bitte erfüllen?“

„Kann ich denn?“

„Ja.“

„So tu ich es gern. Sags!“

„Es ist zweierlei: Laß dich in ein Bett legen und erlaub mir, nach einem Arzt zu senden!“

Er antwortete nicht gleich. Sie streichelte ihm leise die Wangen.

„Weilst es gar so gut mit deinem alten Paten meinst, sollst deinen Willen haben“, flüsterte er. „Holet einen Arzt und legt mich ins Bett! Ich bin müd und will schlafen. Nachher wird mir wohl besser werden.“

Das war so rührend, daß allen die Tränen in den Augen standen.

Tobias mußte kommen, um mit Hilfe Forstners den Kranken hinaufzutragen. Er sollte im Bett Antons liegen. Als sie ihn faßten, streckte er die Hand nach Leni aus.

„Weißts, daß ichs nur deinetwegen tu, nur dir zu Gefallen?“

„Ja, Sepp.“

„So mußt auch mir wieder einen Gefallen tun!“

„Gern.“

„Bleib bei mir, daß d' da bist, wenn ich ausgeschlafen hab.“

„Gut, ich werde bei dir bleiben.“

Sie ging mit hinauf, und die alte Frau Forstner auch. Der Sepp wurde ausgezogen und ins Bett gelegt. Er schlief sogleich ein. Leni setzte sich zu ihm.

Wohl erst nach Verlauf einer Stunde kam der Arzt. Sepp war wieder aufgewacht und wollte sich nicht ausfragen lassen. Auf Lenis Bitten aber gab er ruhige Antworten. Dann schlief er wieder ein.

Natürlich wurde der Doktor gefragt, was er hoffe oder befürchte. Er zuckte die Achseln.

„Außerordentliche Gemütsaufregung und körperliche Anstrengung, dazu eine vernachlässigte, hochgradige Lungenentzündung. Wenig Hoffnung. Es ist zwar möglich, daß seine kräftige Natur die Krisis übersteht, wahrscheinlicher aber ist, daß er stirbt. Wenn der Kranke Verwandte hat, so benachrichtigen Sie sie! Ich werde am Abend wiederkommen und auch in der Nacht noch einmal."

Er traf noch einige Anordnungen und ging.

Leni beschloß, denen, die dem Sepp nahegestanden hatten, zu drahten.

Sie schickte Tobias nach dem nächsten Postamt und ließ dort Depeschen an Anton, Fex, Max Walter und den Elefantenhans aufgeben.

Der Kranke verbrachte die Nacht in großer Unruhe. Nur Lenis Hand war imstande, ihn zu beruhigen und zum Einnehmen der Medizin zu veranlassen. Gegen Morgen schlief er endlich ein, und zwar dauerte der Schlaf mehrere Stunden lang.

Aber wer den Schläfer sah, der mußte alle Hoffnung aufgeben, daß er sich wieder erholen werde. Seine Wangen fielen mehr und mehr ein, die Nase trat scharf hervor — das Leben war im Erlöschen.

Spät am Vormittag begann Sepp sich zu regen.

Er schlug die Augen auf. Sein Blick fiel auf Leni. Er lächelte leise und streckte seine Hand nach ihr aus. Sie reichte ihm die ihrige.

„Ists nun Tag geworden?“ fragte er.

„Ja.“

„Bist die ganze Nacht bei mir gewesen?“

„Ja, lieber Sepp.“

„Nun mußt aber auch schlafen gehn!“

„Ich bin nicht müde.“

„Wannst auch nicht müd bist, die Jugend muß schlafen. Ist der Doktor wieder hier gewesen?“

„Ja. Er gibt die beste Hoffnung.“

„Oh, ich weiß es schon, du willst mich trösten, aber das brauchst nicht. Ich sterb gern. Was sie mit ihm machen wollen und was sie von ihm sagen, das kann mein König nicht überleben. Er muß sterben, und darum mag auch ich nicht leben bleiben. Also sag mir die Wahrheit! Was hat der Doktor gesagt?“

„Daß du an Lungenentzündung leidest, daß er aber alle Hoffnung hat, dich zu retten.“

„Und jetzt sagst mir die Wahrheit doch nicht. Wanns nicht gefährlich wär, würd der Arzt nicht auch die Nacht noch kommen sein. Aber ich kann dir nicht zürnen. Ich weiß, daß d' es gut meinst. Doch will ich denken, daß es zu End geht mit mir, und meine Vorkehrungen danach treffen. Dabei sollst mir helfen.“

„Verlang alles von mir, Sepp!“

„Es ist gar nicht viel, was du machen sollst. Weißt, wo mein Rucksack liegt?“

„Da unter dem Bett.“

„Mach ihn mal auf! Es ist eine Blechbüchse drin, die verlötet ist. Die muß ich dir zeigen.“

Leni folgte seiner Anweisung und gab ihm das Gewünschte in die Hand.

„Schau, Leni, das ist mein Testament!“ sagte er. „Es ist in aller Form gemacht und kann nicht angefochten werden. Wer wollt dies auch tun? Ich hab ja keinen Verwandten auf der Welt.“

Er holte tief Atem.

„Ich bin nicht so arm, wie man denkt. Ich hab nicht nur Wurzeln graben, sondern auch Dinge verrichtet, zu denen sonst ganz andre Kerle genommen werden, als der Wurzelsepp scheinbar ist. Doch meinetwegen mag man sich den Kopf zerbrechen, wer und was ich eigentlich gewesen bin. Ich könnts sagen, doch das hätt keinen Zweck. Ich bin als der Wurzelsepp bekannt und will auch als Wurzelsepp begraben sein. Du bist meine einzige Erbin. Ich hatt denkt, du tätst ein armes Dirndl bleiben. Darum hatt ich für dich gesorgt. Nun aber bist eine berühmte Sängerin und reich. Da hab ich dir zwar all mein Geld geben, aber ich hab dazugeschrieben, zu welchen Wohltaten du es verwenden sollst. Der Sepp hat in seinem Leben vielen Menschen geholfen, ohne daß sie es ahnten; er will dies auch noch nach seinem Tod tun. Also mach, was darinnen steht, aber sage nicht, daß es von mir ist! Nun bin ich fertig. Willst also meine Erbin sein?"

„Ja, ja", schluchzte sie.

„Leni, ich danke dir. Ich bin so froh, daß die Sache geregelt ist, denn der Frost kommt wieder, und das Fieber beginnt mich zu schütteln. Ich hab mich mit dem Sprechen zu viel angestrengt. Nun will ich still und ruhig sein."

Er schloß die Augen. Bald aber begann sein ganzer Körper zu zucken, und sein Mund murmelte halblaute, unverständliche Worte. Da kam der Arzt. Er stand lange am Bett und schüttelte den Kopf. Er mußte sein Urteil von gestern wiederholen; der Zustand des Kranken hatte sich keineswegs gebessert.

Im Lauf des Vormittags kamen die Freunde, die durch die Depeschen Lenis herbeigerufen worden waren.

Der Krikelanton traf erst gegen Abend ein.

Er stieg leise die Treppe empor und klinkte die Tür zur Schlafstube auf. Dort lag der Kranke, und bei ihm saß Leni, seine Hand in der ihrigen. Er schien zu schlafen, bewegte aber unaufhörlich die Lippen. Er sprach immerfort leise vor sich hin, und nur selten war einmal ein Wort zu verstehen.

„Was phantasiert er denn?“ fragte Anton.

„Immer nur vom König und von dessen Wahnsinn und Tod.“

„Er hat es sich so zu Herzen genommen, daß er es nicht verwinden kann.“

„Leider. Horch nur!“

Eben sprach der Kranke deutlicher.

„Sterben, sterben — nur nicht wahnsinnig sein — nur nicht für verrückt gelten — tot, tot ist besser — ist viel besser!“

Nachdem er dies gesagt hatte, öffnete er plötzlich weit die Augen. Sein Blick fiel grad auf Anton, erst starr, dann immer bewußter.

„Ich dank dir auch, Anton, daß du gekommen bist“, sagte er mit müder Stimme. „Es tut mir so wohl im Herzen, daß d' auch gut auf mich gesinnt bist. Aber sag doch, wo ist der König?“

„In Schloß Berg.“

„Also schon dort? Seit wann?“

„Seit heut. Doktor Gudden ist bei ihm.“

„Ein Irrenarzt?“

„Ja. Er wird natürlich heimlich bewacht.“

„Was ist heut für ein Tag?“

„Der zwölfte Juni.“

„Ich weiß gar nicht, wie lange ich bereits hier bin. Mein Kopf ist wüst, und das Denken fällt mir schwer. Ist denn Pfingsten schon vorüber?“

„Nein. Morgen ist der erste Feiertag.“

„Das ist traurig. Grad am Vorabend des heiligen Festes, an dem der Geist herniederkommt, wird mein König als geisteskrank nach Berg geschafft. Wer soll das überleben! Mir wird ganz schwach. Ich will wieder schlafen.“

Er wandte das Gesicht zur Seite und phantasierte weiter.

„So geht es immerfort", sagte Leni leise. „Immerfort fiebert er, und nur selten kommt einmal ein klarer Augenblick."

Da öffnete der Sepp wieder die Augen.

„Leni", sagte er, „ich hab eben jetzt meine Gedenktafel gesehn, wann sie in der Kirche hängt. Da hing auch meine alte Zither dabei. Ich hab sie wollen lassen mit mir begraben, weils mir eine gar so treue Freundin gewesen ist. Aber es wär doch jammerschad um sie, wann sie mit mir verfaulen sollt. Wirst mir eine Gedenktafel machen lassen?"

„Ja."

„Und meine Zither läßt mit hinhängen?"

„Ja."

„Und einen Kranz von Veilchen rings herum? Es ist ja noch Frühjahrszeit, wo sie wachsen."

„Ich versprech es dir."

„Ich dank dir, Leni. Und weißt, ich möcht sie doch gar zu gern noch mal hören, meine Zither. Aber ich kann sie nicht selber spielen, denn meine Finger reichen heut nicht dazu aus. Gibts hier nicht einen, ders kann?"

„Max Walter ist da; er ist Meister auf der Zither."

„Und noch was möcht ich zum letztenmal hören, bevor ich sterb: deine liebe Stimm, meine Leni. Willst mir zur Zither nochmal das Lied singen: ‚Schlaf in Ruh'? Tu deinem alten Sepp noch den Gefallen!"

„Oh, gern!" sagte sie, laut schluchzend.

„Weine nicht! Bald werd ich im Himmel die Psalmen der lieben Engel hören. Und nachher tät ich mich freuen, wann der Anton hier das Lied mit dir singen tät, zweistimmig. Das soll mein Abschied von der Musik sein. Wollt ihr?"

Leni konnte nur schluchzen, und auch Anton sprach nicht. Er nickte nur.

„So ists recht", fuhr der Kranke fort, „und weil die Freunde hier sind, so sollen sie es auch mit hören. Ich will hier sein, ganz allein. Ihr andern seid draußen in der Stube. Anton, geh hinab und laß sie holen! Meine Zither steckt im Rucksack."

Anton ging still fort, während Leni beim Kranken zurückblieb, der sofort wieder in Phantasien fiel. Draußen füllte sich die Stube mit den herbeigerufenen Leuten, die leise eintraten und tiefes Schweigen beobachteten. Da nahm Anton die Zither aus dem Rucksack, und dabei erklangen die Saiten leise, ganz leise, aber sofort fuhr der Sepp mit dem Kopf herum.

„Was ist?" fragte er. „Das war meine Zither. Sind die Leut alle da?"

„Ja."

„So geh mit hinaus und sing, während ich zuhöre."

Leni trat zu den andern in die Wohnstube. Die Tür wurde nur angelehnt.

Max Walter war wirklich ein Künstler. Der gegenwärtigen Stimmung gab er durch ein ergreifendes Vorspiel Ausdruck. Dann fielen Leni und Anton mit Singen ein, erst leise, dann ließen sie ihre Stimmen anschwellen.

„Schon fängt es an zu dämmern,
der Mond als Hirt erwacht
und singt den Wolkenlämmern
ein Lied zur guten Nacht.
Und wie er singt so leise,
da dringt vom Sternenkreise
der Schall ins Ohr mir sacht:
Schlaft in Ruh, schlaft in Ruh,
vorüber der Tag und sein Schall.
Schlaft in Ruh, schlaft in Ruh,
die Liebe Gottes deckt euch zu!"

Schwerlich hatten die beiden jemals so meisterlich gesungen, wie hier. Der Schmerz war der Dirigent, dem sie gehorchten, und darum machte das Lied einen gewaltigen Eindruck. Dann begann der zweite Vers:

„Und wie nun alle Kerzen
erlöschen durch die Nacht,
da schweigen auch die Schmerzen,
die uns der Tag gebracht.
Lind säuseln die Zypressen;
ein seliges Vergessen
durchschwebt der Lüfte Pracht.
Schlaft in Ruh, schlaft in Ruh,
vorüber der Tag und sein Schall.
Schlaft in Ruh, schlaft in Ruh,
die Liebe Gottes deckt euch zu!"

Jetzt war es zu Ende. Niemand bewegte sich. Da trat Leni ins Zimmer des Sepp.

„Er schläft", sagte sie. „Er ist über dem Gesang eingeschlummert."

„So können wir gehn", sagte Anton. „Er hat sein letztes Lied gehört."

Die Augen aller standen voll Tränen. Es war, als ob einem jeden sein eigenes Sterbelied gesungen worden sei.

Die kommende Nacht war schwer für Leni. Der Sepp war außerordentlich unruhig. Er fand keinen Atem und wurde von einer entsetzlichen Angst gequält.

Draußen läuteten am Morgen die Pfingstglocken. Der Arzt kam früh und auch am Nachmittag — nein, es war keine Hoffnung mehr.

Gegen Abend fand der Kranke eine kurze Ruhe, wurde aber wie durch einen großen Schreck aus ihr gerissen, denn er fuhr jäh empor und schaute mit glasigen Augen um sich.

„Wo — wo bin ich?"

„Hier, bei mir, lieber Sepp", ertönte Lenis beruhigende Stimme.

„Und wo ist der König?"

„In Berg.“

„Wann er nur auch dort im Schloß ist und nicht anderswo! Oh, wann ich laufen könnt! Ich rennt nach Berg, um zu sagen, daß sie den König nicht herauslassen sollen, ja nicht in das Wasser!“

„Warum denn?“

„Weil er ertrinken wird, wann er ins Wasser kommt! Ich habs gesehn!“

„Es hat dir geträumt.“

„Nein, das war kein Traum. Ich hab nicht geschlafen, sondern nur die Augen geschlossen und so in mich hineingeschaut. Da sah ich den König ins Wasser gehn, tiefer und immer tiefer, bis es über ihm zusammenschlug. Es muß sogleich ein Bote fortgeschickt werden nach Schloß Berg, um den König und seine Leut zu warnen!“

Und als Leni nicht gleich antwortete, drängte er:

„Lauf doch, lauf hinab und send den Tobias! Er soll aber rennen, damit er nicht zu spät ankommt!“

Was war zu tun? Leni war überzeugt, daß es sich nur um einen Fiebertraum handle.

Einen Boten fortzusenden, wäre Wahnsinn gewesen, doch um den Kranken zu beruhigen, sagte sie:

„Ich werde gleich den Tobias schicken. Hast du sonst noch einen Wunsch wegen des Königs?“

„Nein. Wann er nur weiß, daß er nicht ins Wasser soll; dann ist alles gut.“

Sie ging hinaus und kam nach längerer Zeit wieder und berichtete, daß Tobias fort sei.

Aber der Kranke beschäftigte sich noch unausgesetzt mit Schreckbildern. Er sah den König in Gefahr und ängstigte sich, daß ihm der Schweiß von der Stirn tropfte.

Es war draußen mild und duftig, das Fenster stand offen — da auf einmal erklang vom See her der laute Ruf:

„Forstner, weißt das Neueste, Schreckliche?“

„Nein“, antwortete unten der Alte dem Vorüberfahrenden.

„Der König wird gesucht; er ist fort zum Wasser, und niemand kann ihn finden!“

Da fuhr der Sepp kerzengrad im Bett empor, ein Bild starren Schreckens.

„Herrgott, er ertrinkt, er ertrinkt!“ schrie er. „Hilfe, Hilfe!“

Leni umschlang ihn und wollte ihn aufs Lager niederziehen; aber er riß sich los, sprang ans Fenster, streckte den Arm aus und schrie mit der letzten Kraft seiner kranken Lunge, während er auf den See deutete:

„Hilfe, Hilfe! — Der König muß ertrinken! — Dort geht er ins Wasser! — Zieht ihn heraus, schnell, schnell!“

Dann brach er zusammen.

Leni vermochte nicht, ihn zu halten.

Alle, die ihn gehört hatten, stürzten herbei.

Er wurde aufs Bett getragen; er atmete und bewegte die Lippen.

Nach einer Weile öffnete er die Augen und sah sich mit hellem, klarem Blick im Kreis um.

„Da seid ihr ja alle“, sagte er. „Wollt Abschied nehmen vom alten Wurzelsepp? Das ist recht. Mein König ist tot, und so bleib ich auch nicht mehr. Sendet zum geistlichen Herrn, damit ich die heilige Wegzehrung erhalt und ihm meine Sünden beichten kann. Noch zwei Stunden sind mir vergönnt, dann steig ich zu meinem Herrgott hinauf.“

Seine Stimme klang klar und kräftig wie früher. Das Atmen machte ihm keine Not mehr.

Alle schluchzten.

„Weint nicht!“ sagte er. „Mir ist wohl. Gebt mir eure Hände, damit ich euch Lebewohl sagen kann. Wann der geistliche Herr da ist, dann will ich mich nur noch mit meiner Seel beschäftigen. Hasts dir gemerkt vom Totenbrett, Leni?“

„Ja“, schluchzte sie.

„Und von der Zither und dem Veilchenkranz herum?“

„Ja —“

Ihre Stimme brach vor Schmerz.

Forstner mußte herbei, um Sepp in sitzender Stellung aufrecht zu halten, und nun nahten alle, um Abschied von ihm zu nehmen.

Dann kam das Hochwürdigste ...

*

Gerade nach zwei Stunden, wie er es vorausgesagt hatte, starb Sepp, ohne erfahren zu haben, daß die Leiche des geliebten Königs gefunden worden war.

Der letzte Wille des Wurzelsepp ist treulich erfüllt worden. Sein Wirken, das dem Glück seiner Mitmenschen gewidmet war, dauert fort, denn sein Erbe ruht in Händen, die es genau in seiner Weise und in seinem Geiste verwalten.

Es ist eine verborgene Quelle der Wohltaten.

Auf Wurzelsepps schlichtem Grab steht kein Denkmal. In der Kirche aber hängt ein einfaches Gedenkbrett mit seinem Namen, und daneben sieht man die alte Zither, geschmückt mit einem Veilchenkranz.

Beachten Sie bitte die folgenden Seiten

Band 66

DER PEITSCHENMÜLLER

In den bayerischen Bergen spielt dieses Buch Karl Mays, dessen farbige, spannende Handlung von frischem Humor getragen wird und eine treffende Schilderung des treuherzig-biederen Gebirglervolks bietet. Der Wurzelsepp, eine der am besten gelungenen Gestalten des Schriftstellers, steht in seiner kernigen Lebensechtheit im Mittelpunkt des Geschehens. Aller Menschen Freund, ist er stets bereit, unglücklichen Mitmenschen beizustehen und mit seinem listig-lustigen Gemüt überall Frohsinn zu verbreiten. Daneben ist er von unbestechlichem Gerechtigkeitssinn, und so geschieht es, daß mit seiner Hilfe altes Unrecht, dessen packende Schilderung zugleich die abenteuerliche Spannung des Bandes ausmacht, endlich aufgedeckt wird und seine Sühne findet.

Band 68

DER WURZELSEPP

Wie auch Band 66 „Der Peitschenmüller“ und Band 67 „Der Silberbauer“ entstammt dieses Buch Karl Mays ursprünglichem Lieferungsroman „Der Weg zum Glück“ und enthält die beiden nicht zur Haupthandlung gehörenden Teile „Der Geldprotz“ und „Der Samiel“. Band 68 steht inhaltlich völlig für sich geschlossen und hat mit den beiden vorangehenden Bänden lediglich die Hauptperson gemeinsam. Die am Anfang stehende Schmugglererzählung schildert den verzweifelten Kampf eines mit dem Gesetz in Konflikt geratenen Bauern gegen die Erpressungsversuche zweier gewissenloser Schurken. Beim zweiten Teil handelt es sich um eine spannende Räubergeschichte; ein geheimnisvoller Verbrecher hält unter dem Namen „Samiel“ die Gegend in Angst und Schrecken, bis er schließlich durch die tatkräftige und listenreiche Mithilfe des Wurzelsepp sein verdientes Ende findet.

Band 69

RITTER UND REBELLEN

Als einziges Buch der Gesammelten Werke umfaßt dieses Werk Erzählungen Karl Mays, die im Mittelalter spielen. Die drei hier zusammengefaßten Geschichten lassen den Leser eine neue Seite des so vielseitigen Schriftstellers kennenlernen. Auch hier werden abenteuerliche Handlung und reiche humoristische Schilderung zu farbiger Einheit verwoben; die gefahrenreichen Geschicke um ‚Suteminn, den Einsamen', eng verbunden mit denen des sagenumsponnenen ‚Schwarzen Ritters' Dietrich von Quitzow, fesseln den aufgeschlossenen Leser von Mays Reiseerzählungen und Romanen in gleicher Weise wie die zarte Liebesgeschichte um das Mädchen ‚Wildwasser' und die lustig-beschauliche Erzählung um den ‚Falkenmeister'. In engem Zusammenhang mit der Befriedung der Mark Brandenburg durch den Burggrafen Friedrich VI. von Nürnberg bilden zahlreiche lebendige Darstellungen aus einer versunkenen Epoche deutscher Geschichte den Hintergrund.

Band 70

DER WALDLÄUFER

Dieses Werk stellt Karl Mays vielgerühmte Bearbeitung des großen Romans von Gabriel Ferry dar, der eine der ersten bedeutenden Amerikaerzählungen nach Coopers ‚Lederstrumpf' war und gleicherweise starken Einfluß auf ganze Generationen späterer Indianer-Erzähler bis in das heutige Abenteuerschrifttum hinein ausübte. Die Handlung spielt um die Zeit der blutigen Auseinandersetzungen zwischen Indianern und Weißen in den südwestlichen Gebieten Nordamerikas. Die abenteuerlichen Geschehnisse, in deren Mittelpunkt eine reiche Goldfundstelle steht, um die verschiedene Gruppen von Weißen erbitterte Kämpfe führen, zeichnen das eindrucksvolle Bild der Pionierzeit Arizonas.

KARL-MAY-VERLAG BAMBERG

KARL MAY

GESAMMELTE WERKE

1 Durch die Wüste
2 Durchs wilde Kurdistan
3 Von Bagdad nach Stambul
4 In den Schluchten des Balkan
5 Durch das Land der Skipetaren
6 Der Schut
7 Winnetou I
8 Winnetou II
9 Winnetou III
10 Sand des Verderbens
11 Am Stillen Ozean
12 Am Rio de la Plata
13 In den Kordilleren
14 Old Surehand I
15 Old Surehand II
16 Menschenjäger
17 Der Mahdi
18 Im Sudan
19 Kapitän Kaiman
20 Die Felsenburg
21 Krüger Bei
22 Satan und Ischariot
23 Auf fremden Pfaden
24 Weihnacht
25 Am Jenseits
26 Der Löwe der Blutrache
27 Bei den Trümmern von Babylon
28 Im Reiche des silbernen Löwen
29 Das versteinerte Gebet
30 Und Friede auf Erden
31 Ardistan
32 Der Mir von Dschinnistan
33 Winnetous Erben
34 „ICH"
35 Unter Geiern
36 Der Schatz im Silbersee
37 Der Ölprinz
38 Halbblut
39 Das Vermächtnis des Inka
40 Der blaurote Methusalem
41 Die Sklavenkarawane
42 Der alte Dessauer
43 Aus dunklem Tann
44 Der Waldschwarze
45 Zepter und Hammer
46 Die Juweleninsel
47 Professor Vitzliputzli
48 Das Zauberwasser
49 Lichte Höhen
50 In Mekka
51 Schloß Rodriganda
52 Die Pyramide des Sonnengottes
53 Benito Juarez
54 Trapper Geierschnabel
55 Der sterbende Kaiser
56 Der Weg nach Waterloo
57 Das Geheimnis des Marabut
58 Der Spion von Ortry
59 Die Herren von Greifenklau
60 Allah il Allah!
61 Der Derwisch
62 Im Tal des Todes
63 Zobeljäger und Kosak
64 Das Buschgespenst
65 Der Fremde aus Indien
66 Der Peitschenmüller
67 Der Silberbauer
68 Der Wurzelsepp
69 Ritter und Rebellen
70 Der Waldläufer
71 Old Firehand
72 Schacht und Hütte
73 Der Habicht
74 Der Verlorene Sohn

KARL-MAY-VERLAG · BAMBERG

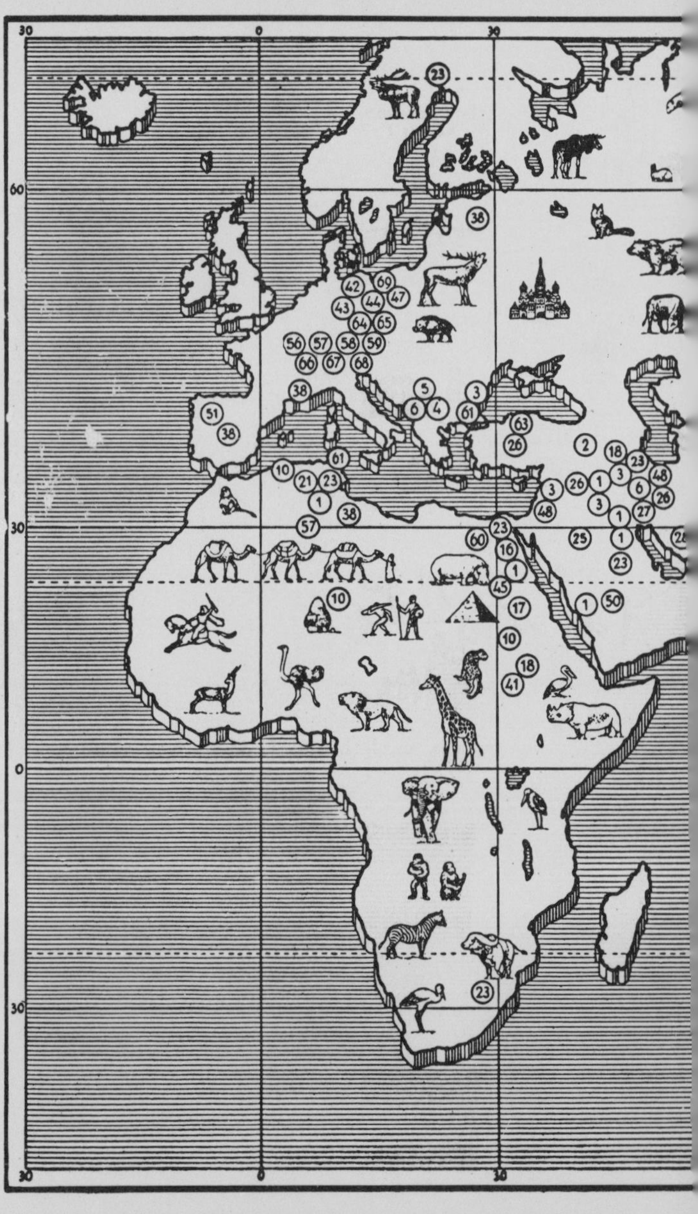
30
0
30
60
30
0
30
30
0
30
23
38
42 69 47
43 44
64 65
56 57 58 59
66 67 68
38
5
6 4
3
61
51
38
63
26
2
18
23
48
61
10
21 23
1
38
57
3
48
26 1 3
6 26
3
1 27
23
60
25
1
16
23
1
45
10
17
1 50
10
18
41
23